BASTEI
LÜBBE

JASON DARK

JOHN SINCLAIR

Festival der Blutsauger

Acht spannende Grusel-abenteuer

BASTEI LÜBBE

BASTEI LÜBBE TASCHENBUCH
Band 73 951

1. Auflage: November 2004

Vollständige Taschenbuchausgabe

Bastei Lübbe Taschenbücher
ist ein Imprint der
Verlagsgruppe Lübbe

Lektorat: Hans-Ulrich Steffan
Titelbild: Castro/Bassols, Barcelona
Umschlaggestaltung: QuadroGrafik, Bensberg
Satz: Wildpanner, München
Druck und Verarbeitung:
AIT SA, Trondheim, Norwegen
Printed in Norway
ISBN 3-404-73951-5

Inhalt

Das Vampir-Internat

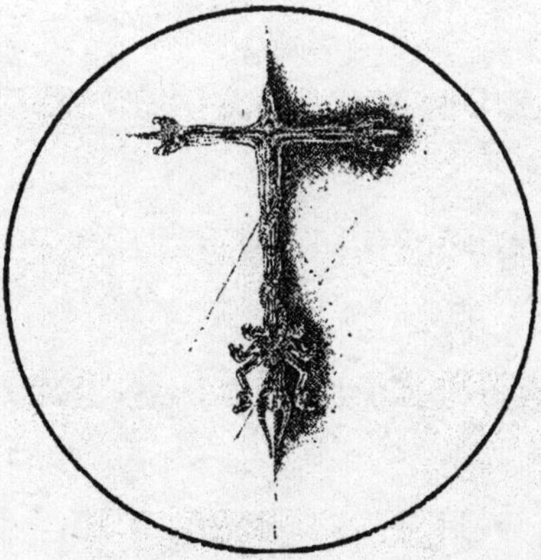

»Bleibt draußen, ihr Schweine!« Ich will euch nicht sehen! Weg mit euch!« Die helle Jungenstimme überschlug sich, so sehr strengte sich der Schreier an.

Hinter der Tür wurden seine Eltern bleich im Gesicht. Margret und Harry Belmont starrten sich an. Angst flackerte in den Augen der achtunddreißigjährigen Frau, als sie ihre Hand auf die Schulter des Mannes legte. »Du musst etwas tun, Harry. Das ist doch Wahnsinn, was hinter der Tür geschieht!«

»Ich weiß«, erwiderte der Mann stöhnend und fuhr durch sein Haar. Zum x-ten Mal drückte er die Klinke nach unten, doch die Tür blieb verschlossen!

Die Belmonts konnten es nicht fassen. Wie kam ausgerechnet ihr Sohn Bobby dazu, sich so zu benehmen, sich den Eltern zu widersetzen und wie ein Wahnsinniger zu schreien?

Er hatte sogar vom Teufel gesprochen, er der dreizehnjährige Junge. Das war einfach nicht zu glauben!

»Ich werde ein Stemmeisen holen«, sagte Margret plötzlich. Sie drehte sich um und lief die schmale Treppe hinab, die in den ersten Stock führte.

Harry versuchte es noch einmal. Er klopfte fast zaghaft gegen Bobbys Schlafzimmertür und erntete sofort eine Reaktion. »Seid ihr noch immer nicht verschwunden? Haut endlich ab, verdammt!«

»Bobby, mein Junge!«

»Ich bin nicht mehr dein Junge. Ich gehöre jetzt ihm, dem Lord Acron!« Ein dumpfes Lachen folgte den Worten, und Harry Belmont bekam eine Gänsehaut.

Aber er gab nicht auf. »Wir wollen doch nur mit dir reden, Kind. Das ist alles!«

Die Antwort erschreckte ihn zutiefst. »Sei nur froh, dass ich keine Pistole habe. Ich würde durch die Tür schießen und euch zerlöchern!« Wieder folgte das hämische Lachen des Jungen, und sein Vater konnte hören, wie das Bett ächzte. Wahrscheinlich tanzte sein Sohn auf der Matratze.

»Glaubst du nicht, dass wir dir helfen wollen, Bobby?«

»Nein!«

Harry Belmont richtete sich auf und drückte seinen Rücken durch. Dem Gesicht des Mannes konnte man die schweren Sorgen ablesen, die er sich wegen seines Kindes machte. Bobby musste unter einen schlechten Einfluss geraten sein. Überhaupt, was hatte er da von einem Lord Acron geredet?

Die Gedanken des Mannes wurden unterbrochen, weil er Schritte auf der Treppe hörte. Margret, seine Frau, kehrte zurück. Sie war mal blond gewesen, jetzt hatte ihr Haar graue Strähnen. Die letzte Diätkur und die Sorgen um Bobby hatten tiefe Falten in ihr Gesicht gegraben.

In der rechten Hand hielt sie das Stemmeisen. Sie hatte es aus dem Werkzeugkasten geholt und drückte es ihrem Gatten in die rechte Hand. »Jetzt bist du an der Reihe.«

Harry nickte. »Ich habe noch einmal versucht, mit ihm zu reden.«

»Ich hörte es unten. Und?«

»Er zeigt sich uneinsichtig. Außerdem – hast du schon mal etwas von einem Lord Acron gehört?«

Margret schüttelte den Kopf. »Nein, wer soll das denn sein?«

»Ich habe keine Ahnung. Wir müssen Bobby fragen.«

Sie deutete auf die Tür. »Aber erst, nachdem du sie aufgebrochen hast. Okay?«

»Ich werde mein Bestes geben.« Es war zwar das erste Mal, dass Harry Belmont so etwas tat, doch er hatte ein gewisses handwerkliches Geschick und glaubte fest daran, es schnell schaffen zu können.

Dicht über dem Schloss setzte er das Stemmeisen an. Es gab dort einen schmalen Spalt, in den die vordere, abgeflachte Seite des Werkzeugs genau hineinpasste.

Das Eisen benutzte der Mann als Hebel. Leider konnte er die Arbeit nicht geräuschlos verrichten, das Holz splitterte, und dieser Lärm wurde von dem Jungen im Zimmer vernommen.

»Verdammt, was habt ihr vor?«, schrie er.

»Gib keine Antwort«, zischte Margret, »und mach weiter.« Sie stand geduckt da, schaute ihrem Mann zu und sah, dass dessen Schläfenadern im Gesicht vor Anstrengung und Konzentration scharf hervorstachen.

Harry Belmont arbeitete weiter.

»Hört damit auf!«, kreischte Bobby. »Verdammt, hört damit auf! Ich will es nicht!«

Belmont machte weiter – und schaffte es!

Noch ein letztes Splittern, ein Ruck, und die Tür war offen.

Er ließ das Stemmeisen fallen, weil er nicht mit einer Waffe in das Zimmer seines Sohnes gehen wollte. Bobby hockte tatsächlich auf dem Bett. Er hatte den Kopf gedreht, schaute zu seinem Vater hin und zog den Mund in die Breite.

In seinen Augen leuchtete die Wut, und mit einer blitzschnellen Bewegung griff er nach der Lampe auf dem Nachttisch. Er riss den Stecker dabei aus der Dose, schleuderte seinem Vater die Lampe entgegen, der auswich und dann stehen blieb.

Bobby sprang vom Bett. Er war schnell und wendig. Das Fenster befand sich gegenüber. Es stand auf der Kippe. Bobby brauchte es nur aufzustoßen, was er auch tat.

»Nein, nicht!«

Margret schrie ihn an, um ihren Sohn von dieser Wahnsinnstat abzuhalten, der kümmerte sich nicht darum und hatte sich mit einem Klimmzug schon hochgezogen.

»Tu doch was, Harry!«

Belmont wirbelte herum. Er sah seinen Sohn aus dem Fenster klettern und lief sofort hin. Bobby bemerkte dies und trat mit dem rechten Bein wild nach hinten. Belmont hatte mit dieser Reaktion nicht gerechnet. Er brachte den Kopf nicht rechtzeitig zur Seite, sodass er den Tritt voll nehmen musste. Die Sohle traf sein Gesicht. Er spürte den bösen Schmerz, und einen Augenblick später lief Blut aus dem rechten Nasenloch.

Bobby aber kletterte weiter. Seine Augen leuchteten wild,

das Gesicht war entstellt. Es glich einer Maske, über die man dünne Haut gezogen hatte.

»Ihr kriegt mich nicht, ihr Verdammten!«

Margret lief auf ihn zu. Auch nach ihr trat er, aber sie hatte sich nicht so weit herangetraut wie ihr Mann, deshalb fehlte der Tritt. »Hau ab, du Hexe!«

Die Frau erschrak. So etwas hatte Bobby noch nie gesagt. Der kannte Schimpfworte, die waren einfach grauenhaft, und er spie sogar in das Zimmer. Dann verschwand er.

Geschickt turnte er weiter. Es war risikoreich, über das Dach zu gehen, denn es hatte noch vor zwei Stunden stark geregnet. Das Dach war nass! Trotz seiner Turnschuhe lief Bobby Gefahr, abzurutschen und mit gebrochenen Knochen im Garten zu landen.

Auch Harry Belmont hatte sich wieder gefangen. Das blutgefärbte Taschentuch presste er vor seine misshandelte Nase, legte den Kopf in den Nacken und schielte in die Höhe.

Er sah Bobby nicht mehr.

Dafür hörte er ihn. Trotz der Isolierung drangen seine Schritte durch. Beide Eltern konnten den Weg genau verfolgen, der zunächst zum First führte.

»Du musst ihm nach«, flüsterte Margret.

»Nein, ich breche mir dort oben den Hals.«

»Was willst du dann tun?«

»Ich fange ihn unten ab, wenn er gesprungen ist. Irgendwas muss er doch tun. Auf dem Dach kann er nicht bleiben!«

»Ja, das stimmt.«

Sie konzentrierten sich wieder auf die Schritte ihres Sohnes, die langsamer gesetzt wurden, weil sie sich der anderen Seite des Dachrands näherten.

»Jetzt geht er dorthin!«, hauchte Margret.

»Ich weiß.« Harry reagierte schnell. Er huschte aus dem Zimmer, doch bevor er die Treppe erreicht hatte, hörten er und seine Frau den gellenden Schrei.

»Acroooonnnn!«

»Gott, er ist gefallen!«, schrie Margret.

Ihr Mann jagte die Treppe hinunter. Dass dabei seine Nase wieder anfing zu bluten, störte ihn nicht. Er musste es so schnell wie möglich hinter sich bringen. Vielleicht war dem Jungen noch zu helfen.

Wild riss er die Haustür auf, taumelte ins Freie, schaute in den Vorgarten und brauchte nicht lange zu suchen. Die Gestalt in der hellen Kleidung hob sich deutlich vom dunklen Untergrund ab. Sie lag in einem Brombeerstrauch, der den Aufprall gedämpft haben musste.

Noch bestand eine Chance.

Dass er durch die Astern lief, die Margret angepflanzt hatte, bemerkte er nicht. Auch nicht den vorbeifahrenden Wagen, dessen Scheinwerferlicht den Vorgarten für einen kurzen Moment in einen hellen Schein tauchte. Belmont wollte nur zu seinem Sohn, der auf dem Boden lag und sich nicht rührte.

Harry Belmont bahnte sich einen Weg durch das stachelige Gewirr der Brombeerbüsche. Die Dornen zerrissen seine Kleidung und zerkratzten ganze Hautpartien. Neben Bobby ließ er sich auf die Knie fallen. Sein Atem ging schnell. Er stand als Dampfwolke vor den Lippen. Verdammt, der Kleine sah so bleich aus. Wie eine Leiche wirkte er und rührte sich nicht. In seiner Panik hob der Mann den rechten Arm des Jungen an, fühlte nach dem Puls und stöhnte ein wenig erleichtert auf.

Bobby war *nicht* tot. Der Brombeerstrauch hatte seinen Fall stark abgebremst und ihm das Leben gerettet.

Auch Margret Belmont eilte herbei. Das Streulicht der Außenlampe erfasste ihr Gesicht und ließ die Haut blass und unnatürlich erscheinen. »Ist er …?«

Harry drehte den Kopf. »Nein, Maggy, er ist nicht tot. Unser Sohn hat überlebt.«

Sie wankte zurück, presste die Hände gegen ihr Gesicht und begann zu weinen. Es waren Tränen der Erleichterung. Alles, was zuvor geschehen war, schien sie vergessen zu haben, im Gegensatz zu Harry Belmont, dessen Gesicht starr wie ein Betonklotz wirkte, als er seinen Sohn mit ausgebreiteten Armen hochhob.

Er wusste mehr, nur hatte er es seiner Frau nicht gesagt. In dieser Umgebung ging etwas vor, das man mit dem normalen Verstand nicht mehr erfassen konnte.

Harry drehte sich um. Er begegnete dem Blick der Frau und las darin die Frage.

»Ich bringe ihn ins Wohnzimmer«, sagte Belmont.

Margret nickte. Sie hatte eine Hand zur Faust geballt und gegen ihr Kinn gepresst. »Soll ich einen Arzt rufen?«, hauchte sie.

»Nein, noch nicht.«

Mehr als diese knappe Antwort gab er ihr nicht. Keine weitere Erklärung, das wunderte sie. Überhaupt machte ihr Mann nicht den Eindruck eines Menschen, der unsagbar froh war, sein eigenes Kind wieder in den Armen halten zu können. Er wirkte irgendwie verbissen, hart und auch wissend.

Er ging ins Haus. Bobby lag auf seinen Armen. Für seine dreizehn Jahre war er relativ klein, dafür breit in den Schultern. Das Haar erinnerte an helles Stroh. Auf dem Gesicht verteilten sich die Sommersprossen als zahlreiche Punkte. Er trug Jeans, einen Pullover und Turnschuhe, war völlig normal gekleidet und hatte doch so negativ seinen Eltern gegenüber reagiert.

Harry Belmont trug seinen Sohn nicht in dessen Zimmer. Er sparte sich die Treppe. Das Wohnzimmer war groß genug. Dort konnte Bobby auf der Couch liegen.

Margret stand noch an der Haustür. Sie wollte sehen, ob die Nachbarn irgendetwas mitgekriegt hatten. In dieser Straße wurde viel geredet. Sie lag ziemlich einsam, und man hatte eben Zeit, sich um die wenigen Nachbarn zu kümmern. Anscheinend war Bobbys Sturz aus dem Fenster nicht weiter aufgefallen, und so ging Margret in den Wohnraum, wo sich ihr Mann soeben einen doppelten Whisky einschenkte.

»Willst du auch einen Schluck, Maggy?«

»Nein, du weißt doch, dass ich keinen Alkohol trinke. Mein Vater ist an Leberkrebs gestorben.«

»Alles klar.« Harry hatte nicht den Nerv, sich jetzt noch Lamentos über den Alkohol und dessen Missbrauch anzuhören. Er trank und schaute dabei über den Rand des Glases hinweg auf seinen auf der Couch liegenden Sohn.

Margret schlich hinter Harrys Rücken entlang und schaltete den Fernseher aus.

Harry dachte nach. Was sein Sohn getan hatte, konnte man nicht erklären. Selbstverständlich gab es aufsässige Jugendliche, aber die waren älter oder kamen aus anderen familiären Verhältnissen. Was Bobby getan hatte, konnte man logisch nicht mehr begründen. Das war schon abnorm. Er hatte seinen Eltern einen regelrechten Hass entgegengeschleudert, als wäre er nicht mehr er selbst gewesen, sondern ein anderer.

Wie ein anderes Wesen, fast wie ein Dämon hatte er sich nach Belmonts Meinung benommen. Er hasste seine Eltern plötzlich, hatte sie nicht mehr sehen wollen, und diese Entwicklung kam gar nicht mal so plötzlich. In den letzten beiden Wochen hatte sich ihr Sohn so verändert. Er musste dabei unter einen anderen Einfluss geraten sein, und wahrscheinlich hing dieser Einfluss mit der Schule zusammen.

Die Schule war gefährlich.

Belmont hatte zwar keine Beweise dafür, aber er hatte ein Telefongespräch seines Sohnes durch Zufall mitgehört, und da waren Worte gefallen, die ihm überhaupt nicht gefielen.

Da war von Blut geredet worden und auch von nächtlichen Treffen und Beschwörungen.

Irgendetwas ging da vor, dessen war sich der Mann sicher. Seiner Frau hatte er nichts davon gesagt. Sie hätte es sowieso nicht begriffen. Zudem vergötterte sie Bobby, ihr einziges Kind.

Harry Belmont leerte sein Glas und bemerkte dabei, wie seine Frau ihn anstarrte. Dabei hatte sie beide Hände auf die Sessellehne gestützt. »Willst du nicht endlich etwas tun?«, fragte sie.

»Was denn?«

»Einen Arzt holen«, erwiderte Margret schrill.

Harry hob die Schultern. »Ich glaube kaum, dass uns ein Arzt helfen kann, meine Liebe.«

Sie deutete auf Bobby. »Er muss verletzt sein. Vielleicht hat er sich sogar etwas gebrochen. Ich finde es nicht gut von dir, wenn du so reagierst. Wirklich nicht.«

Er winkte ab. »Gebrochen wird er sich kaum etwas haben. Der Strauch hat ihn aufgefangen. – Manchmal haben Kinder einen besonderen Schutzengel, weißt du.«

»Nein, das weiß ich nicht. Ich werde ...«

»Mir jetzt aus der Schublade das alte Holzkreuz holen, das du von deinen Eltern geerbt hast«, erklärte Harry.

Sie schaute ihn an und schüttelte den Kopf. »Was willst du haben? Das alte Kreuz?«

»Ja.«

»Wieso?«

»Hol es, bitte!«

Margret schaute ihren Mann skeptisch an, hob dann die Schultern und verließ den Raum, um Harrys Wunsch nachzukommen. Das Kreuz lag in der Küche. Dort zog sie eine Schublade auf, schaute sich das Kruzifix an und brachte es ihrem Mann.

Der saß mittlerweile auf dem Rand der Couch und schaute seinem Sohn ins Gesicht. Er sah die blasse Haut und auch das leichte Zucken der Lippen. Ein Zeichen, dass Bobby bald aus seiner Ohnmacht erwachen würde.

Harry nahm das Kreuz an sich. »Wenn du nicht zuschauen willst, Margret, dann verlass das Zimmer.«

»Was hast du denn vor?«

»Wirst du schon sehen.«

»Nein, ich will es wissen.« Ihre Stimme hatte sich hart angehört. Harry kannte sie. Wenn Margret so reagierte, duldete sie keinen Widerspruch mehr. »Ich werde Bobby testen, wenn er erwacht. Ich habe nämlich das Gefühl, dass Bobby kein normales Kind mehr ist. Verstehst du?«

»Nein.«

»Ist auch nicht schlimm. Den Beweis oder Gegenbeweis werden wir ja bald erhalten.« Er hielt das Kreuz in der rechten Hand. Mit der linken tätschelte er die Wange seines Sohnes und hoffte, dass ihn die leichten Schläge aus der Bewusstlosigkeit holten.

Tatsächlich begannen die Augenlider des Jungen zu zucken. Er musste auch die Stimme seines Vaters hören, denn er verzog den Mund, als wollte er gleich anfangen zu weinen.

Harry spürte wieder die Schmerzen in seiner Nase. Der Tritt, der ihn so hart getroffen hatte, war nach seiner Ansicht kein Zufall gewesen, und er hatte ihn in seiner Meinung bestärkt, dass sein Sohn, der immer friedlich gewesen war, unter der Kontrolle eines anderen stand.

Wer das war, wollte er herausfinden.

Margret war nicht verschwunden. Sie stand so, dass sie ihren Sohn sehen konnte.

Und der öffnete die Augen. Das ging sehr schnell, ohne irgendeinen Übergang.

Plötzlich starrten sich Vater und Sohn an.

Zuerst zuckte es im Gesicht des Jungen. Er stöhnte leise, und es dauerte einige Sekunden, bis er sich zurechtgefunden hatte und dann das Kreuz sah.

Sein Blick wurde starr.

»Siehst du es?«, fragte Harry. »Siehst du das Kreuz?« Er wollte seinem Sohn eine Reaktion entlocken.

Und die kam.

Aus Bobby Belmonts Mund drang ein furchtbarer Schrei, der den Eltern des Jungen unter die Haut fuhr und Margret zurücktaumeln ließ.

»Nimm es weg! Nimm es weg, verdammt!«, schrie Bobby. »Wenn du es nicht wegnimmst, kille ich dich!«

Harry Belmont hatte mit etwas Ähnlichem gerechnet, deshalb blieb er auch so hart, obwohl er sich erschreckt zeigte, als er diesen fast tierischen Schrei des Jungen vernahm. Er hatte das Gefühl, nicht mehr neben seinem Kind zu sitzen, sondern bei einer Person, die von einem anderen Wesen besessen war.

Der Junge blieb nicht ruhig liegen. Er warf sich von einer Seite auf die andere, schrie, brüllte und forderte immer wieder seinen Vater auf, das Kreuz wegzunehmen.

Das tat er nicht.

Obwohl es ihm schwer fiel, Bobby leiden zu sehen, hielt er das Kreuz weiterhin dicht über dem Gesicht des Jungen, sodass der es einfach ansehen musste.

Er schrie und schrie!

Irgendwann, vielleicht erst nach Minuten, die Eltern hatten jegliches Zeitgefühl verloren, wurde er wieder ruhiger. Seine Stimme versagte. Die Laute klangen erstickter, bevor sie in einem Röcheln endeten, das hin und wieder von einem Schluchzen unterbrochen wurde.

Das Gesicht war tränennass, es zeigte sich sogar entstellt, weil der Mund nicht mehr geschlossen war. Nur schluchzend holte Bobby Belmont Atem. Die Arme hatte er angewinkelt und auf das Kopfkissen gepresst. Seine Hände waren zu Fäusten geballt, und aus dem vor kurzem noch roten Gesicht wich allmählich die Farbe.

Er wurde leiser.

Schließlich weinte Bobby nur noch, hatte aber seinen Kopf auf die rechte Seite gedreht, weil er keinesfalls mehr auf das Kreuz schauen wollte. Es war ihm verhasst. Nur noch ein Wimmern drang aus seinem Mund, und endlich traute sich auch seine Mutter wieder näher an die Couch heran.

»Mein armes Kind!«, flüsterte sie.

Harry warf ihr einen schrägen Blick zu. »Armes Kind?«, fragte er und begann zu lachen. »Das glaubst du doch wohl selbst nicht, Maggy. Das ist kein armes Kind.«

»Doch, wer so reagiert …«

»Okay, du hast Recht. Unser Sohn ist besessen, Darling. Besessen, hast du verstanden?«

Margrets Gesicht nahm einen ungläubigen Ausdruck an. »Wie meinst du das denn?«

»Wie ich es gesagt habe. Er steht unter der Kontrolle einer fremden Kraft oder Macht.«

»Und wer kann das sein?«

»Vielleicht der Teufel!«, erwiderte Harry mit leiser Stimme. »Wir müssen uns da auf einiges gefasst machen!«

Seine Antwort hatte die Frau sprachlos werden lassen. Sie ging einen Schritt zurück und schüttelte den Kopf. »Nein, Harry, nein, das kannst du mir nicht erzählen. Das glaube ich dir einfach nicht. Der Teufel!« Sie lachte schrill. »Wo gibt es denn so etwas? Ich glaube nicht an den Teufel oder die Hölle. Du spinnst dir da etwas zusammen!«

Harry blieb gelassen und schüttelte den Kopf. »Ich spinne mir nichts zusammen, Margret. Hast du in der letzten Zeit nicht bemerkt, wie sich unser Sohn verändert hat? Oder bist du mit geschlossenen Augen durch die Welt gelaufen? Er hat sich verändert. Bobby ist nicht mehr der, der er noch vor einem Jahr gewesen ist.«

Margret nickte. »Klar, Kinder entwickeln sich. Sie bleiben nicht stehen. Das war bei uns auch so.«

Harry lächelte knapp. »Da gebe ich dir Recht. Auch wir haben uns entwickelt, und jedes Kind muss sich entwickeln, aber nicht auf eine solche Art und Weise. Das ist nicht normal, das ist grauenhaft und furchtbar. Der Teufel hat von unserem Sohn Besitz ergriffen. Da kannst du sagen, was du willst.«

»Wie soll er das getan haben?«

»In der Schule.«

Da lachte Margret. »Im Internat?«

»Ja.«

»Dann müssten die anderen Kinder doch auch so reagieren wie Bobby. Ich habe davon aber nichts gehört.«

»Wahrscheinlich sind die Eltern zu feige, darüber zu

sprechen. Lass dir gesagt sein, da geht etwas Schreckliches vor!«

Margret hatte nicht weiter nachgedacht. Sie war noch vor Minuten der Überzeugung gewesen, dass sich ihr Mann alles nur eingebildet hatte. Nun hatte sie ihre Meinung geändert, und sie musste zugeben, dass sich ihr gemeinsamer Sohn tatsächlich auf eine erschreckende Weise verändert hatte. Zwar hatte er noch immer die gleichen Gesichtszüge, aber über sie schien sich ein Schatten gelegt zu haben, und als er abermals den Kopf ein wenig drehte, sah er wieder das Kreuz.

Urplötzlich entstellte Hass seine Züge. »Weg damit! Ich will es nicht mehr sehen. Nehmt das verdammte Kreuz weg! Ich will es nicht mehr!« Seine Stimme überschlug sich und endete in einem verzweifelt klingenden Schluchzen.

Harry blieb ruhig, obwohl es ihn Überwindung kostete. Er nahm kaum wahr, dass sich seine Frau in einen Sessel fallen ließ und dort so steif hockte, als hätte sie einen Stock verschluckt. Ihr Gesicht war vom Weinen gerötet, und ihre Wangen waren aufgequollen.

»Habe ich Recht?«, fragte Harry leise.

Sie nickte nur.

Harry nahm das Kreuz weg. Er ließ es in die Tasche seiner Strickjacke gleiten, wo es nur mit seinem oberen Ende hervorschaute. Dann wartete er ab.

Bobby öffnete wieder die Augen. Zunächst blinzelnd, weil er sehen wollte, ob sich das Kreuz noch in seiner unmittelbaren Nähe befand. Das war nicht der Fall, und so starrte Bobby aus weit geöffneten Augen seinem Vater ins Gesicht.

Er begann zu grinsen. Die Lippen zogen sich nur sehr langsam in die Breite, aber dieses Grinsen hatte überhaupt keinen freundlichen Ausdruck mehr. Es war kalt und bösartig. Dabei dokumentierte es, wie es im Innern des Jungen aussah.

»Es ist nicht mehr da, Bobby.«

»Das sehe ich.«

»Und jetzt?«

Der Junge überlegte noch. »Ich werde euch zeigen, wo es langgeht. Ich bin nicht mehr euer Sohn. Jetzt gehöre ich einem anderen.«

Auch Margret hatte die Worte verstanden. »Aber Bobby. Wie kannst du so etwas sagen, Kind?«

»Ich kann alles!«

»Nein, das darfst du nicht. Ich bin deine Mutter. Hast du das vergessen?«

»Nichts habe ich vergessen. Gar nichts.« Er sprach mit einer böse klingenden Stimme. »Ich werde auch nichts mehr vergessen. Ihr sollt weggehen, verschwinden! Habt ihr gehört? Ich will nichts mehr von euch sehen, überhaupt nichts. Ich gehöre nicht mehr zu euch, und ihr gehört nicht mehr zu mir, verdammt!«

Diese Worte trafen tief. Margret wandte sich ab. Sie konnte den Jungen nicht mehr hören und auch nicht mehr ansehen. Harry Belmont fiel es ebenfalls schwer, aber er riss sich zusammen und sagte zunächst einmal nichts. Harry blickte seinen Sohn nur an. Und er sah besonders in dessen Augen.

Sie waren blau gewesen, wie sie es oft bei blonden Menschen sind. Auch jetzt hatten die Pupillen noch diese Farbe. Dennoch zeigten sie sich verändert. Ihr Glanz war ein anderer geworden. Viel härter, unnachgiebiger und brutaler. Das war nicht mehr der Bobby, wie Harry ihn kannte.

Aber er fragte weiter. »Du willst also nicht mehr unser Sohn sein, wenn ich dich richtig verstanden habe?«

»So ist es.«

»Zu wem gehörst du dann?«

»Zu Acron!«

Da war er wieder, dieser Name, mit dem Harry nichts anfangen konnte. Acron hieß er also. Schon einmal hatte Bobby ihn erwähnt, oben in seinem Zimmer, aber weder Margret noch er wussten etwas damit anzufangen. »Wer ist Acron?«

Bobbys Blick veränderte sich. Er wurde lauernd. »Weshalb willst du das wissen?«

»Vielleicht möchte ich mit ihm reden.«

Zunächst sagte Bobby nichts. Plötzlich begann er zu lachen. Erst leise, dann immer lauter. »Du willst mit Acron reden? Was meinst du, was dann passiert? Ich bin wahnsinnig, ich …«

»Wer ist es?«

Plötzlich schnellte Bobby hoch. Harry zuckte zurück, sonst hätte die Stirn des Jungen noch einmal seine Nase getroffen. »Wer Acron ist, willst du wissen! Ja, ich sage es dir. Er ist ein Vampir, ein Blutsauger, hörst du?«

Es gibt Fallen, die sind an Hinterlist und Gemeinheit kaum zu überbieten. Zu dieser Kategorie gehörte das quer über die Fahrbahn gespannte dünne Stahlseil.

Dass ich es überhaupt sah, verdankte ich einem Lichtreflex, der sich an den am Seil hängenden Tropfen brach, denn es hatte vor kurzem noch geregnet.

Auch der neben mir sitzende Bill Conolly hatte etwas bemerkt. »Vorsicht, John!«

Ich bremste.

Und ich musste voll hineingehen. Dabei hatte ich das Gefühl, als würde ich das Pedal bis auf den unter uns liegenden Asphalt der Straße durchtreten.

Und schon ging es los.

Mein Bentley war trotz seines Alters zwar spurtreu, aber die Vollbremsung riss auch ihn aus dem Gleichgewicht. Ich hörte das Jaulen der Reifen auf der noch feuchten Straße und stellte fest, dass sich die Räder nicht mehr drehten. Hart wurden wir nach vorn geschleudert. Gleich würde das straff gespannte Seil gegen die Frontscheibe des Wagens knallen.

Ich kurbelte am Lenkrad. Der Silbergraue nahm mir dies übel. Vielleicht rutschte er auch auf den feuchten Blättern weg, jedenfalls brach er mit dem Heck aus.

Bill hatte sich neben mir geduckt. Auch ich hatte mich

zusammengekauert und zitterte innerlich in der Hoffnung, dass es noch gut gehen würde.

Das Seil rückte näher.

Viel zu schnell. Der Bentley würde nicht mehr rechtzeitig genug zum Stehen kommen. Innerhalb einer Sekunde sah ich viel mehr, als ich normalerweise wahrnehmen konnte. Die Bäume rechts und links der Straße tanzten und bewegten sich in den hellen Inseln, die unser Scheinwerferpaar in die Dunkelheit und das Unterholz am Wegrand hineinschleuderte.

Mit dem Heck brach der Bentley nach rechts aus. Wenn uns das Seil jetzt erwischte, dann an der Seite.

Das Kreischen der Reifen klang wie eine schrille Musik in meinen Ohren. Ich hielt mich am Lenkrad fest, als wäre es ein letzter Rettungsanker, und dann prallten wir gegen das Seil.

Aber mit der Seite.

Wir hörten beide einen singenden, hohen Laut, unser Wagen wurde durchgeschüttelt, er wollte wieder ausbrechen, ich lenkte gegen, hörte noch, wie das Stahlseil an der Seite entlangratschte und von der Lackierung einiges abschabte. Dann wurden die Baumstämme plötzlich zu gewaltigen Stempeln, zwischen denen es kaum Platz für meinen Silbergrauen gab.

Wir prallten nicht dagegen.

Zwar wühlte sich die Schnauze des Fahrzeugs noch in das Unterholz und knackte dort einiges zusammen, aber wir kamen rechtzeitig zum Stehen. Ich konnte es kaum fassen. Noch immer hatte ich das Gefühl, herumgeschleudert zu werden, aber wir standen tatsächlich.

Dieses quer über die Straße gespannte Seil hätte uns den Tod bringen können.

Ich schaute nach links und warf einen Blick auf meinen Freund Bill Conolly.

Der saß da wie eine Puppe. Nur hatte er einen Arm angehoben und wischte den Schweiß von seiner Stirn. Seine Lippen waren in die Breite gezogen, er lächelte aber nicht. Die Anspannung stand noch in seinem Gesicht.

Mir erging es nicht viel besser. Erst jetzt folgte der Schock. Ich spürte das innerliche Zittern und merkte auch, dass meine Arme allmählich lahm wurden.

Sicherheitshalber löste ich die Hände vom Lenkrad und ließ sie nach unten fallen.

Sie klatschten auf meine Knie.

So saßen wir, sagten nichts und atmeten schwer. Bill fand als Erster die Sprache wieder. »Wer von uns hat denn einen so guten Schutzengel gehabt?«, erkundigte er sich.

»Wahrscheinlich wir beide, denn einer reichte da wohl nicht aus.«

»Das meine ich auch.«

Wir standen schräg, aber wir nahmen nicht die gesamte Straßenbreite ein. Ich überlegte schon, wer das Seil gespannt haben konnte. Eine Antwort fand ich nicht. Eines war aber sicher: Irgendjemand wollte nicht, dass die Straße befahren wurde. Und wenn ich daran dachte, dass es nicht uns, sondern einen anderen hätte erwischen können, einen Motorradfahrer zum Beispiel, wurde es mir noch übler.

»Hast du eine Zange?«, fragte Bill.

»Wozu?«

»Damit wir das Seil durchschneiden können.«

»Da musst du wohl beißen.«

»Leider kann ich den Beißer nicht erreichen. Und der gute alte James Bond wird ihn mir wohl kaum ausleihen.«

»Okay.« Ich löste den Gurt. Zum Glück waren wir angeschnallt gewesen, sonst hätte es trotz der Bremsaktion noch übel für uns ausgehen können. Gemeinsam stiegen wir aus.

Die Luft war herbstlich kühl geworden. Vor unseren Lippen dampfte der Atem. Ich warf einen Blick auf die Uhr. Der Abend hatte erst angefangen, trotzdem war es schon dunkel geworden. Für Oktober eben üblich. Ich schaute nach, ob der Bentley mit seinen Vorderrädern möglicherweise in einem Graben gelandet war. Dann brachten wir ihn aus eigener Kraft wohl kaum wieder heraus.

Das war zum Glück nicht der Fall. Fahrbahn und Waldrand befanden sich auf einer Höhe. Durch Rückwärtsfahren würden wir den Wagen schon wieder flottbekommen.

Dann schauten wir uns den Baumstamm an, an dem das Stahlseil mit einer Klammer befestigt war. Die Klammer wurde durch eine Schraube gehalten, die wir lösen mussten. Werkzeug war gefragt.

Ich sah im Kofferraum nach. Dort lag das übliche »Besteck«. Der Wagenheber war nicht geeignet, aber ich fand einen alten Hammer, der bereits Rost angesetzt hatte.

Ihn konnten wir gebrauchen. Es war eine schwere Arbeit, aber wir schafften es, das um die Stämme gespannte Seil nach unten zu schlagen, sodass es auf der Fahrbahn lag. Jedes Fahrzeug konnte jetzt das Hindernis überfahren.

Bill Conolly spendierte eine Runde Zigaretten. Ich blies den Rauch in die kühle Luft und dachte daran, dass eigentlich Bill Conolly die Schuld daran trug, dass wir uns in diese Gegend gewagt hatten. Ob es zu einem Fall werden würde, stand noch nicht fest, aber einiges deutete darauf hin. Wie dieses über die Straße gespannte Stahlseil.

Eigentlich ging es ja um ein Internat. Oder vielmehr um deren Bewohner. Bill Conolly kannte einen Mann, der seinen Sohn auf dieses Internat geschickt hatte. Bei einem zufälligen Wiedersehen hatte der alte Bekannte dem Reporter von seinen Sorgen berichtet. Sein Sohn hätte sich so verändert gehabt. Er wollte nicht mehr nach Hause kommen und lehnte jeglichen Besuch ab. Dieser Junge, gerade dreizehn Jahre alt geworden, hatte seinen Eltern klar gemacht, dass er mit ihnen nichts mehr zu tun haben wollte. Er hätte jetzt einen anderen. Dem Vater war sogar eine Antwort gegeben worden. Acron, der Vampir.

Zuerst hatte der Mann noch gelacht, bis er näher darüber nachdachte und auch das Verhalten seines Sohnes genauer beobachtete. Da war ihm das Lachen vergangen. Er hatte natürlich mit den Lehrern gesprochen, doch auch aus ihnen nichts herausbekommen. Die Lehrpersonen sprachen völlig normal über den Jungen und dessen Klassenkameraden. Das wollte der Vater nicht glauben, hatte der Schule auch zweimal einen Besuch abgestattet und alles so vorgefunden, wie es ihm gesagt worden war.

Beim zweiten Mal war er bis zum Einbruch der Dunkelheit geblieben, und da waren merkwürdige Dinge passiert. Einige Kinder hatten die Schule heimlich verlassen und sich in einen nahen Wald begeben, wo sie ein Feuer entfachten und nach Acron schrien. Mehr hatte der Vater nicht in Erfahrung bringen können, weil er plötzlich überwältigt und bewusstlos geschlagen worden war. In seinem Wagen war er wieder zu sich gekommen und nicht noch einmal zurückgefahren. Einen Tag später hatte er dann Bill Conolly getroffen und ihm von der Sache berichtet.

Bill hatte für so etwas immer offene Ohren und sich an mich gewandt. Suko und ich waren soeben aus Wien zurückgekehrt und hatten uns eigentlich ausruhen wollen.

Auf Bills Drängen hin hatte ich mich schließlich einverstanden erklärt, der Schule einen Besuch abzustatten, und auf dem Weg dorthin war uns dieses gespannte Stahlseil buchstäblich in die Quere gekommen.

»Wie denkst du nun über den Fall?«, fragte mich Bill.

»Ein wenig anders.«

»Das freut mich.«

»Obwohl ich dämonische Aktivitäten noch immer nicht erkennen kann«, schränkte ich ein.

»Warte es ab.«

Ich hob die Schultern. Schweigen umgab uns. Der letzte Ort lag zwei Meilen hinter uns. Diese Straße führte geradewegs zum Internat, das in einem alten Herrenhaus untergebracht war und sehr düster wirken sollte, wie Bill von seinem Bekannten gehört hatte. Natürlich hatten wir vor, mit den Lehrern zu sprechen, aber erst am nächsten Morgen. In der Nacht wollten wir herausfinden, ob Simon Wade, so hieß Bills Bekannter, mit seiner Behauptung Recht gehabt hatte. Den Weg hatte er dem Reporter beschrieben. Um in den

Wald zu gelangen, brauchten wir nicht bis zur Schule zu fahren. Wir konnten den Wagen vorher abstellen.

Wir stiegen ein. Ich drückte meine Zigarette im Aschenbecher sorgfältig aus. Bill ebenfalls. »Internate sind nichts für mich«, erklärte er.

»Wieso? Hast du mit dem Gedanken gespielt, Johnny in eine solche Schule zu stecken?«

»Bewahre, John, bewahre. Wenn sie magisch gesichert wäre, vielleicht, aber so nicht.«

Ich startete. Durch das gespannte Stahlseil war ich gewarnt und fuhr langsamer weiter. Ich hatte mir auch die Stelle zuvor angesehen, wo das Seil den Wagen berührt hatte. Dort war der Lack in einer langen und fingerbreiten Linie abgeschrammt worden.

Wir rollten durch eine stille Herbstnacht. Zu beiden Seiten des Weges stand der Wald wie ein dunkles, unüberwindliches Hindernis. Manchmal fielen Blätter von den Bäumen und taumelten zu Boden.

Bill konzentrierte sich ebenso wie ich. Er sprach mit sich selbst und redete von dem Weg, den ihm Simon Wade nahe gelegt hatte. »Es ist nur ein schmaler Pfad an der rechten Waldseite. Du musst Acht geben, John, dass du ihn nicht verfehlst.«

Niemand begegnete uns. Nur einmal huschte ein Eichhörnchen vor uns über die Fahrbahn und turnte mit einer kaum zu verfolgenden Geschwindigkeit an einem Baumstamm hoch.

»Wie friedlich das alles ist«, bemerkte ich.

»Ja, bis auf die Stahlseile.«

»Wir haben ja überlebt.«

Bill nickte. »Ich bin nur gespannt, welche Überraschung uns als nächste erwartet.«

»Acron.«

Der Reporter schniefte durch die Nase. »Dabei frage ich mich schon die ganze Zeit über, wer dahinterstecken könnte. Hast du den Namen schon einmal gehört?«

»Nein. Aber er scheint sich auf Kinder spezialisiert zu haben. Eine verdammt harte Sache!«

»Noch steht es ja nicht fest.«

»Wie hieß der Sohn von deinem Bekannten noch?«

»Peter.«

»Okay, dieser Peter hat sich verändert. Das alles schiebt er auf diesen Acron. Ich kann mir verdammt gut vorstellen, dass sich ein Dämon wie Acron neue Betätigungsfelder sucht. Und Vampire kennen keine Gnade. Ob es sich bei ihren Opfern um Frauen oder Kinder handelt, die nehmen alles, verstehst du?«

»Bin ja nicht taub. Dann rechnest du also damit, einem Vampir zu begegnen?«

»Davon gehe ich sogar aus.«

Bill wollte sich auf den Weg konzentrieren und bat mich, das Fernlicht einzuschalten.

Ich tat ihm den Gefallen. Der kalte Lichtschein huschte über die Straße und erfasste die Waldränder. Er erhellte das Unterholz, Büsche, Farnkraut und hohe Gräser.

»Da ist die Schneise!«

Bill deutete nach rechts und reckte sich in seinem Gurt vor. Auch ich hatte sie gesehen, zog den Wagen über die Straße und musste feststellen, dass der Weg zu schmal war, um mit dem Bentley hindurchzufahren. Wir mussten den Silbergrauen an der Einmündung abstellen. Ich drehte ihn, damit er mit seiner Schnauze zur Fahrbahn hin zeigte und wir im Notfall schnell wegkamen.

Bill stieg aus. Ich schloss den Wagen ab und überlegte, ob ich meinen Bumerang mitnehmen sollte. Die Beretta und das Kreuz würden bestimmt reichen, so ließ ich ihn im Wagen. Bill hatte seine goldene Pistole zu Hause gelassen.

»Was hat dein Bekannter gesagt, Bill? Wie geht es jetzt weiter?«

Der Reporter deutete in das Dunkel des Waldes. »Wir müssen dem Pfad folgen. Irgendwann gelangen wir an eine Lichtung oder an eine Stelle, wo die Bäume nicht mehr so dicht beieinander stehen, da ist dann unser Ziel. Jedenfalls haben sie sich dort getroffen und nach diesem Acron geschrien.«

»Dann komm.« Ich warf einen Blick auf meine Uhr. Für eine Vampirbeschwörung war es eigentlich noch nicht spät genug. So etwas wurde meist um Mitternacht durchgeführt, aber Ausnahmen bestätigen ja immer die Regel, und vielleicht hatten wir Glück.

So machten wir uns auf den Weg. Ohne uns abgesprochen zu haben, dämpften wir unsere Schritte. Sollte jemand im Dunkel des Waldes auf uns lauern, sollte er uns nicht so schnell bemerken. Aus diesem Grunde verzichteten wir auch auf unsere Lampen.

Der Waldboden war weich. Übersät mit Blättern und feuchtem Humus. Manchmal wuchsen Baumwurzeln bis an die Oberfläche. Sie sahen aus wie krumme, eingefrorene Schlangen.

Tiefer hinein in den nächtlichen Wald führte unser Weg. Hin und wieder strich der Wind durch die Kronen der Bäume, bewegte die Blätter, schabte sie gegeneinander, sodass stets ein geheimnisvolles Rascheln erklang, das unseren Weg begleitete.

Von den Kindern sahen und hörten wir nichts. Auch nicht von jenem Wesen namens Acron. Über dem Wald lag der nächtliche Frieden. Manchmal wurde der Pfad so eng, dass wir nur hintereinander gehen konnten und uns trotzdem noch die Zweige der an den Rändern wachsenden Büsche wie biegsame Arme streiften.

Es war nie sehr still. Irgendwo raschelte es immer in den Büschen, aber ich empfand diese Geräusche nicht als unheimlich, sondern als normal. Ein Wald »lebt« auch in der Nacht. Irgendwie waren wir Menschen Störenfriede in einer noch intakten Natur.

Bill ging vor mir auf dem Pfad. Plötzlich blieb er stehen. Er streckte seinen Arm aus. Ich sah seine Gestalt wie einen Schattenriss.

»Was hast du?«, fragte ich ihn.

»Sieh mal nach vorn, John. Schimmert da nicht etwas in der Dunkelheit?«

Ich blickte in dieselbe Richtung wie Bill und erkannte auch etwas. Die Entfernung war schwer zu schätzen, aber wir sahen tatsächlich dieses geheimnisvolle Schimmern, das aus der Tiefe des Bodens zu dringen schien und sich wie eine halbrunde Kuppel im Wald ausgebreitet hatte.

»Da könnten sie sein«, flüsterte Bill.

»Hat dir Wade denn etwas von einem Lichtschein berichtet?«

»Ja, habe ich dir doch erzählt.«

Ich überlegte schon weiter und fragte: »Sollen wir uns trennen?«

»Du meinst, wir sollen sie in die Zange nehmen?«

»So ungefähr.«

Bill hob die Schultern. »Wäre nicht schlecht. Aber zuvor lass uns zusammenbleiben.«

»Klar.«

Wir setzten den Weg fort und wurden noch vorsichtiger. Die Vegetation war sehr dicht. Hinter jedem Baumstamm oder Busch konnte jemand lauern, der uns an den Kragen wollte. Auch fiel mir an der Umgebung etwas auf. Es war wesentlich ruhiger geworden. Die Stimmen der Nachttiere und auch das oft aufklingende heftige Rascheln waren nicht mehr zu hören.

Dieser Teil des Waldes empfing uns mit einer fast bedrückenden Stille. Ein Mensch mit viel Phantasie hätte Furcht empfinden können, weil er in den Bäumen und Büschen stets etwas anderes sah, als sie wirklich darstellten.

Da konnten die Pflanzen zu geheimnisvollen Wesen werden, die ein Eigenleben entwickelten, sich dann in Bewegung setzten und auf uns Menschen zukrochen, um uns mit ihren starken Armen zu umklammern. Immer wenn Blätter über mein Haar oder die Haut im Nacken strichen, bekam ich eine leichte Gänsehaut. Sie waren noch nass vom letzten Regen, und die Tropfen legten sich perlend auf meine Kleidung.

Nach einer Weile konnten wir nicht mehr auf dem Pfad bleiben, weil er in eine andere Richtung führte. Er zweigte zur rechten Seite hin ab, wir aber wollten nach links, verließen den Weg und schlugen uns in die Büsche.

Jetzt streunten wir durch die Lücken zwischen den Baumstämmen. Oft genug versperrten uns Nadelhölzer den Weg, die wir umgehen mussten, doch wir behielten die Richtung bei und sahen, wie das Licht immer heller wurde.

Und wir hörten auch etwas.

Der Nachtwind trug die Geräusche an unsere Ohren, sodass wir zunächst stehen blieben und erst mal lauschten.

Es waren Geräusche, die überhaupt nicht in die nächtliche Ruhe des Waldes passten. Nicht sehr laut, dafür aber von einer gleich bleibenden Monotonie. Ein Summen, das man als Addition verschiedener Stimmen bezeichnen konnte, wehte uns entgegen. Wenn Menschen dafür verantwortlich waren, so sagten sie stets nur ein Wort oder einen Satz, den aber weder Bill noch ich verstanden. Auch dann nicht, als sich der Wald lichtete. Der humusreiche Boden bildete kleine Täler, Hügel – und einen Krater.

Aus ihm stieg das Licht.

Es drang als ein gewaltiger Schein hervor, der sich dicht über dem Rand zu einer Kuppel formierte, die uns schon beim ersten Augenblick aufgefallen war. Das Licht war klar, es hatte einen weißlich blauen Schimmer, und es zeichnete die Umrisse der Gestalten sehr scharf nach, die auf dem Rand der Mulde hockten.

Ob es Kinder oder Erwachsene waren, konnten wir nicht erkennen, weil sie durch ihre Kleidung alle gleich aussahen. Sie trugen lange Gewänder mit Kapuzen, die sie hochgeschoben hatten, sodass die Köpfe verdeckt wurden.

Wir gingen nicht mehr weiter. Aber wir hatten uns gehockt, um mit dem Schatten des Unterholzes zu verschmelzen.

Wenn ich mir das blauweiße Licht so betrachtete und die

am Rand des Kraters hockenden Gestalten sah, wurde ich an die unheimliche Begegnung der vierten Art erinnert. Es hätte mich nicht gewundert, aus dem Krater fremde Wesen steigen zu sehen.

Überhaupt spürte ich den Atem des Fremden und Unheimlichen, der durch diesen Teil des Waldes wehte. Ich war jetzt sicher, dass etwas Außergewöhnliches vorging.

Und ich konnte endlich das verstehen, was die Gestalten mit einer unglaublichen Monotonie riefen.

Es war nur ein Wort.

Acron!

Immer wieder wurde dieser Name gemurmelt. In einem bestimmten Rhythmus wiederholte sich der Ruf, als wollten die Gestalten ihren großen Herrn und Meister aus der Tiefe der Mulde holen.

Bill schaute mich wissend an. »Acron«, hauchte er. »Das hätten wir uns auch denken können.«

»Ich habe es mir gedacht.«

»Angeber.« Bill grinste scharf. »Sollen wir näher heran? Ich möchte gern einen Blick in die Mulde werfen.«

»Ich auch.«

Wir drückten uns aus den geduckten Haltungen hoch. Genau da passierte es! Plötzlich hörten wir den schrillen Pfiff irgendwo hinter uns aufklingen.

Was die anderen Gestalten an der Mulde taten und wie sie reagierten, interessierte uns nicht. Wir wirbelten hoch und herum.

Das war genau das Falsche.

Denn aus der Höhe flog etwas heran, das immer größer wurde, je tiefer es fiel.

Ein Netz.

Und es erwischte uns beide!

Harry Belmont stand im Bad. Er schaute in den Spiegel, sah seine geschwollene Nase und tupfte mit einem feuchten

Wattebausch die letzten Blutreste von seinem Kinn. Wenn die Nase durch den Tritt gebrochen worden war, musste er einen Arzt aufsuchen. Nur nicht mehr in dieser Nacht, da hatte er etwas anderes vor.

Im Spiegel sah Harry, dass die Tür geöffnet wurde. Seine Frau betrat das Bad, blieb an der Tür stehen und blickte ihn fragend an. Im kalten Licht der Deckenleuchte wirkte ihr gerötetes Gesicht fleckig. Noch immer hatte sie den Schock nicht überwunden, und ihre Hände zitterten stark.

»Hast du nach dem Jungen gesehen?«, fragte Harry.

»Nein.«

»Das solltest du aber.«

»Er liegt im Wohnraum.«

Belmont hob die Schultern und warf den Wattebausch in einen kleinen Eimer. »Ich wäre mir da nicht so sicher. Seine Reaktionen sind leider unkontrollierbar und nicht vorhersehbar geworden. Wir müssen bei ihm mit allem rechnen. Leider.«

»Siehst du da nicht zu schwarz?«

»Nein, Maggy.« Er drehte sich um, blickte seine Frau nachdenklich an und sah ihr Kopfschütteln.

»Ich begreife es einfach nicht, Harry. Es ist unfassbar für mich. In was ist unser Junge da hineingeraten?«

»Das möchte ich auch gern wissen.«

»Aber du weißt mehr«, sagte sie, ohne ihren Mann anzusehen.

»Woher willst du das wissen?«

»Das fühle ich. Du warst nicht sehr über Bobbys Reaktion überrascht. Sei ehrlich, Harry, hast du so etwas vorausgesehen?«

»Nein, das nicht.« Er hatte die Antwort sehr nachdenklich gegeben.

»Was denn?«

»Ich meine, dass wir ihm jetzt helfen müssen. Bobby ist da in einen fürchterlichen Kreislauf hineingeraten. In eine Sache, die man rational nicht erklären kann.«

»Das verstehe ich nicht.«

»Glaubst du denn an Vampire, Maggy?«

»Nein!«, erwiderte die Frau fast entrüstet.

»Und das, meine Liebe, ist wohl dein Fehler. Bobby hat immer von Acron gesprochen. Und er hat hinzugefügt, dass es sich bei ihm um einen Blutsauger handelt. Ich kann mir gut vorstellen, dass unser Junge eine Begegnung mit einem Vampir gehabt hat.«

Margret trat vor Schreck einen Schritt zurück und stieß mit dem Rücken gegen die geschlossene Badezimmertür. »Das kann ich einfach nicht glauben.« Sie schlug gegen ihre Stirn. »Nein, Vampire gibt es nicht in Wirklichkeit.«

»Das hatte ich bisher auch immer gedacht.«

»Und jetzt denkst du anders darüber?«

»Ja. Dies hat auch seinen Grund. Erinnere dich daran, als ich ihm das Kreuz zeigte. Wie hat er da reagiert?«

»Er wollte es nicht sehen.«

»Sehr richtig, Maggy. Ich will deine Antwort noch verstärken. Er wollte es nicht nur nicht sehen, er hat es sogar gehasst. Denk mal an seinen Gesichtsausdruck. War das noch dein Kind? Hast du so etwas schon einmal bei ihm gesehen?«

»Nein!«

»Na bitte. Dieser Hass, diese starke Abwehr. Das ist nicht mehr menschlich, Maggy. Da wohnt jemand anderer in unserem Sohn, der ihn beherrscht.«

Margret Belmont wurde bei den Worten ihres Mannes noch bleicher, als sie es ohnehin schon war. »Meinst du das wirklich, Harry?«

»Es ist mein Ernst.«

Sie holte tief Luft. »Und was können wir tun? Sollen wir vielleicht die Polizei holen?«

Harry begann zu lachen. »Die Polizei? Du bist gut. Was meinst du, wie die reagieren, wenn sie hören, mit welch einer Sache wir zu ihnen kommen! Die stecken uns in die Klapsmühle. Das glaubt dir doch kein Mensch.«

»Ja, stimmt auch wieder. Aber was ist mit den Lehrern und

den Klassenkameraden? Die müssen doch etwas bemerkt haben. Meinst du das nicht auch?«

»Vielleicht. Vielleicht aber auch nicht. Möglicherweise stecken sie mit unserem Sohn unter einer Decke. Wir müssen mit allem rechnen, meine Liebe. Mit einem Eisberg, von dem wir durch Zufall oder Glück möglicherweise nur die Spitze entdeckt haben.«

»Kennst du denn einen Ausweg?«

Da war Harry zwar nicht überfragt, aber eine konkrete Antwort hatte er auch nicht parat. »Es ist so, Maggy, wir müssen uns an Bobby halten. Nur er kann uns die Lösung des Falles bringen. Er ist die einzige Spur, die wir haben.«

»Er wird dir nichts sagen.«

»Stimmt. Nur braucht er nicht gerade zu merken, dass wir ihm auf den Fersen sind. Oder zumindest ich.«

»Was hast du vor?«

»Ich werde ihn verfolgen.« Belmont grinste scharf. »Wie ein Detektiv die Leute beschattet, so werde ich mich an die Fersen meines Sohnes Bobby heften.«

Margret wusste zunächst nicht, was sie sagen sollte. Nach einer Weile erst fragte sie: »Und das willst du wirklich tun?«

»Siehst du eine andere Möglichkeit?«

»Nein, nein. Ich sehe überhaupt nichts. Ich habe das Gefühl, gar nicht mehr denken zu können. Das ist alles über mich gekommen wie ein Sturmwind. Ja, Bobby hatte sich in den letzten Tagen verändert, aber dass so etwas passieren würde, wer konnte damit schon rechnen?«

Margret war verzweifelt. Ihr Mann wusste jetzt, was er tun musste, ging auf sie zu und nahm sie in den Arm. Sacht strich er über das Haar seiner Ehefrau. »Es wird alles wieder gut werden, glaub mir. Wir packen es gemeinsam und holen Bobby aus den Klauen dieses anderen.«

Margret ließ sich Zeit mit einer Antwort. »Ich möchte dir so gern glauben, Harry, aber ich kann es nicht. Ich fühle, dass da eine starke Macht ist, die uns Bobby entreißen will. Etwas lauert hier, gegen das wir nicht ankommen.«

Harry war im Prinzip mit seiner Frau einer Meinung. Er gab es nur nicht zu, um sie nicht noch hoffnungsloser zu machen, als sie ohnehin schon war.

Stattdessen drückte er sie zurück. »Ich muss jetzt gehen.«

»Wohin?«

»Zu Bobby!.«

»Es hat keinen Sinn. Er wird dir kaum antworten und vielleicht sogar eingeschlafen sein.«

Da musste Harry Belmont lachen. »Bobby und eingeschlafen? Nein, meine Liebe, das stimmt nicht. Der Hass hält ihn wach und auch der Glaube an diesen verdammten Acron.«

Der Mann öffnete die Tür. Das Bad lag, wie auch die Schlafzimmer, im ersten Stock des Reihenhauses. In den Wohnraum führte eine ziemlich enge Holztreppe hinunter.

Auf der dritten Stufe von oben blieb der Mann stehen und lauschte. Von Bobby hörte er nichts. Er vernahm nur die Schritte seiner Frau hinter sich, hob die Hand und bedeutete ihr, zu schweigen.

Sie blieb stehen. Nach einigen Sekunden hielt sie es nicht mehr aus und fragte flüsternd: »Was ist denn los?«

»Ich höre nichts.«

»Er schläft sicherlich.«

»Das will ich genau sehen.« Harry Belmont schritt die Treppe hinab. Nein, an die Worte seiner Frau wollte er nicht glauben. Seine Hand schleifte über das Geländer, während er die Holzbohlen bei jedem Schritt nur mit den Zehenspitzen berührte.

Der Flur bildete nahe der Tür zum Wohnraum einen Winkel, der einen langen Schatten warf, sodass sich dieser wie ein breiter, schwarzer Geisterfinger in den Raum schob.

Dieser Schatten war symbolisch für alles, was der Familie in der letzten Stunde widerfahren war. Fremde Kräfte hatten nach ihnen gegriffen und sie in ihre Gewalt gebracht. Zudem fühlte sich der Mann mitschuldig an den Ereignissen.

Nach der letzten Stufe konnte er in den Wohnraum schauen. Sein Blick fiel direkt auf die Couch.

Sie war leer!

Harry Belmont schrie nicht, er fluchte nicht, er sagte überhaupt nichts. Er spürte nur den gewaltigen Druck im Magen, der auf ihm lastete wie ein schwerer Fluch.

Nur die innere Stimme wallte in ihm hoch, und die sagte ihm: ›Du hast es gewusst, zumindest geahnt. Dass er jetzt weg ist, trifft dich. Es ist deine Schuld.‹

Wie ein Roboter ging er vor, blieb in der Tür stehen, sah die spaltbreit geöffnete Terrassentür und spürte erst jetzt den kühlen Wind, der in das Zimmer fuhr und über sein Gesicht strich.

Margret kam näher. »Was ist denn los?«, hauchte sie.

»Er ist weg!«, erwiderte Harry tonlos. »Unser Sohn hat sein Elternhaus verlassen, um Acron zu folgen. Er ist gegangen«, sagte der Mann mit zuckender und stotternder Stimme. »Furchtbar.«

Diesmal hatte sich Margret besser unter Kontrolle. »Und jetzt?«, fragte sie leise.

»Ich habe keine Ahnung.«

Sie fasste ihren Mann an. »Aber du musst doch wissen, wo er hingegangen ist.«

»Vielleicht.«

»Dann geh hinter ihm her. Oder ich mache es, Harry. Kampflos gebe ich Bobby nicht her!«

Der Mann drehte sich langsam um. »Das sagst du, Maggy?«

»Ja, das sage ich. Irgendwann muss Schluss sein. Es gibt eine Grenze, auch bei mir. Die ist jetzt erreicht. Ich kann einfach nicht mehr anders, wenn du verstehst. Wir müssen etwas unternehmen. Wir können Bobby nicht den anderen überlassen.«

»Da hast du Recht.«

»Dann geh und hol ihn zurück!« Sie schob sich an ihrem Mann vorbei, ging in das Zimmer und hob das Kreuz vom

Boden auf. Mit ihm in der vorgestreckten Hand ging sie wieder auf ihren Mann zu. »Hier, das nimm mit! Dieses Kreuz wird ihn und dich vor dem Bösen bewahren. Ich habe nie etwas von Vampiren oder so gehalten, aber ich habe gehört, dass man sie mit einem Kreuz bekämpfen kann!«

Harry starrte seine Frau an, als wäre sie eine Fremde geworden. »Lieber Himmel, so kenne ich dich nicht.«

»In jedem Menschen steckt eine große Kampfkraft, wenn es darum geht, sein eigen Fleisch und Blut zu retten. Bobby ist unser Kind, vergiss das nie! Und ich überlege, ob ich dich nicht begleiten soll!«

»Nein, du musst ...«

»Ja, ich komme mit.« Margret nickte heftig, drehte sich um und holte ihren Mantel.

Auch Harry Belmont blieb nicht mehr stehen. Er schritt quer durch den Raum auf die offene Terrassentür zu und schaltete die Außenleuchte dort ein.

Ihr Licht reichte bis in den kleinen Garten, wo Margret mit sehr viel Sorgfalt ihre Beete und die darin wachsenden Blumen gepflegt hatte.

Darauf hatte aber Bobby keine Rücksicht genommen. Bei seiner Flucht war er quer durch die Beete gelaufen und hatte einen Teil der Blumen niedergetrampelt.

Diesmal konnte Harry dieser Zerstörung auch ein Gutes abgewinnen. So war ihm wenigstens die Richtung bekannt, in die der Junge gelaufen war. Wahrscheinlich hatte er einen Bogen geschlagen, um die Straße zu erreichen.

»Bist du so weit?«, hörte er die Stimme seiner Frau.

»Dann hol den Wagen.«

Wieder wunderte sich der Mann über Margrets Aktivitäten. Sie kämpfte tatsächlich wie eine Löwin. Es ging um ihren Jungen, und da ließ sie nicht locker.

Harry schloss die Terrassentür. Seine Frau wartete bereits in der kleinen Diele, den Mantel hatte sie über die Schultern gehängt. Sie reichte ihm den Wagenschlüssel.

Die Familie fuhr einen Ford Escort. Die Größe reichte ihnen

gerade aus. Der Wagen parkte auf der Zufahrt zur Garage. Die Feuchtigkeit hatte eine matte Schicht auf die Karosse gelegt. Auch die Scheiben waren beschlagen. Tropfen hingen traurig an den Außenspiegeln. Mit der Hand wischte Margret die Heckscheibe blank und stieg erst ein, nachdem ihr Mann den Wagen zurückgesetzt hatte.

»Wohin?«, fragte sie.

»Ich fahre in Richtung Schule. Nur dort kann er sein. Alles geht von diesem verdammten Internat aus, da bin ich mir jetzt völlig sicher.«

Margret, die neben ihrem Mann saß, hatte die Hände in den Schoß gelegt. Sie waren zum Gebet gefaltet.

Bill warf sich nach rechts, ich in die entgegengesetzte Richtung. Beide taten wir instinktiv das Richtige, nur waren wir zu langsam. Vielleicht hatten wir auch die Breite des Netzes unterschätzt.

Ich lag auf dem Boden und versuchte, noch unter dem Netz hervorzukriechen, was mir nicht gelang. Neben mir hörte ich Bill fluchen. Ich warf einen Blick dorthin, wo die Gestalten um die Mulde herum gesessen hatten. Sie waren aufgesprungen, jagten auf uns zu, und ich sah, dass es keine Erwachsenen sein konnten.

Halbwüchsige, vielleicht noch Kinder, die heranjagten wie gefährliche Monster.

Das Netz war nicht so schwer, als dass ich es nicht hätte hochheben können. Leider war es sehr dicht. Hätte ich Zeit genug gehabt, wäre es mir bestimmt gelungen, mich von dem Netz zu befreien, so aber waren die anderen schneller. Ich wollte auch nicht schießen, um sie mir vom Leib zu halten, schließlich waren es Kinder oder Halbwüchsige. Plötzlich bildeten sie zwei Gruppen, und jede hatte sich einen Gegner ausgesucht.

Zu viert stürzten sie mir entgegen. Die anderen drei rannten an mir vorbei und nahmen Bill aufs Korn.

Ich hörte meinen Freund fluchen, als ich von den Körpern gleichzeitig angesprungen würde. Auf meiner Haut fühlte ich das dünne Netz. Als die Angreifer dagegendrückten, spannte es sich. So konnte ich meine Arme nicht heben, und dann warfen sie sich gegen mich.

Der Aufprall riss mich von den Beinen. Auch wenn sie nicht so schwer und kräftig wie erwachsene Menschen waren, meine Chance war gleich null. Ich kippte nach hinten, und die Kinder brachen über mir zusammen wie eine gewaltige Woge.

Ich hörte sie sprechen, zischen und kreischen. Sie waren zu tobenden kleinen Bestien geworden, schlugen nach mir, sodass ich gezwungen war, mich zusammenzurollen, das Netz immer noch auf meinem Körper.

Ich empfing die ersten Tritte, hörte wieder meinen Freund Bill fluchen und biss die Zähne zusammen, als mir ein scharfer Schmerz über den Rücken fuhr, wo mich abermals ein Hieb erwischt hatte.

Das machte keinen Spaß mehr, und es war auch kein Spaß. Diese Kinder konnte man als Besessene bezeichnen, die unter dem Bann eines gefährlichen Dämons standen.

Sie schlugen weiter und schrien dabei Worte, die mir unter die Haut gingen. »Wir werden ihn Acron opfern. Er wird sein Blut schon nehmen. Und er wird leben. Ja, Acron. Er braucht das Blut!«

So ging es immer weiter, während ich versuchte, mich möglichst vor den Tritten und Schlägen zu schützen, was mir natürlich nur unzureichend gelang.

Am besten war es, wenn ich überhaupt keine Reaktion zeigte und mich nicht wehrte. Dann würden sie von allein aufhören.

Das geschah auch.

Als hätten sie einen geheimen Befehl erhalten, ließen sie plötzlich von mir ab. Aber sie verzogen sich nicht auf ihre ehemaligen Plätze, sondern blieben in meiner Nähe.

Im Gegensatz zu Bill war ich ruhig. Mein Freund

beschwerte sich ächzend. Keiner von uns hatte damit gerechnet, dass der Angriff von oben erfolgen würde, außerdem war da noch ein Pfiff erklungen. Wer ihn ausgestoßen hatte, wusste ich nicht. Es war keiner von denen gewesen, die am Trichter gesessen hatten. Mit dem Gesicht lag ich im Dreck. Die Erde war weich und feucht. Die Halbwüchsigen hatten mich überall getroffen. Es gab wohl kaum eine Stelle am Körper, die nicht schmerzte.

Einige der kleinen Gestalten bewegten sich. Ich hörte ihre Schritte und dann eine helle Stimme, die trotzdem scharf und irgendwie kalt klang. Unterschwellig hörte ich eine gewisse Gnadenlosigkeit heraus. »Wo hast du so lange gesteckt, Bobby?«

»Ich konnte nicht. Tut mir Leid, Peter.«

»Wieso konntest du nicht?«

»Mein Vater hat mich erwischt.«

»Und?«

»Er zeigte mir ein Kreuz!«

Peter kreischte. »Dieser Hundesohn. Aber nicht mehr lange. Bald ist es so weit. Dann stehen wir Acron gegenüber.«

»Ja, ja!«, riefen die anderen. »Wir warten auf Acron.«

Die Burschen waren abgelenkt. Sehr vorsichtig bewegte ich meinen Kopf, der zum Glück am wenigsten abbekommen hatte, und schaute nach links. Ich sah sie außerhalb des Netzes. Ihre Kutten hatten eine dunkle Farbe. Das Licht in der Mulde war verloschen, sodass sich die kleinen Gestalten kaum vom Hintergrund abhoben. Sie standen zusammen und sprachen miteinander. Diesmal flüsternd und wispernd. Worum sich das Thema drehte, konnte ich mir gut vorstellen, jedenfalls unterhielten sie sich über einen »Zeugen«, den sie nicht gebrauchen konnten.

Ich erschrak zutiefst. Wie tief mussten diese Jungen gesunken sein, dass sie schon so redeten? Dieser Acron musste sie voll und ganz unter seinem Bann halten.

Solange sie abgelenkt waren, konnte ich etwas unternehmen. Über mir lag das Netz. Durch meine Bewegungen war es mir gelungen, mich so weit zur Seite zu rollen, dass ich ziemlich an den Rand des Netzes geraten war.

Vielleicht war es nur eine Körperlänge entfernt. Diese Strecke musste ich einfach schaffen.

Auf meine blauen Flecken achtete ich dabei nicht, als ich mich schlangengleich in Richtung Netzrand hindrehte. Den Kopf hielt ich dabei so, dass ich die anderen erkennen konnte, die noch immer zusammenstanden und nichts taten.

Sie berieten, was sie mit uns anstellen sollten. Ich hatte Gelegenheit, die Distanz zu verkürzen. Über meinen Rücken schleiften die Maschen hinweg. Nach wenigen Sekunden schon lag der Netzrand zum Greifen nahe vor mir. Ich schöpfte neue Hoffnung, die in dem Augenblick zerbrach, als sich einer der Jungen umdrehte. Ich sah ihn nur noch als kreiselnden Schatten, hörte aber seinen wütenden Schrei, der die anderen alarmierte. Ehe die angreifen konnten, sprang er schon auf mich zu, hatte den rechten Fuß angehoben und wollte gegen meinen Kopf treten.

Ich war schneller.

Noch bevor mich der Schuh berührte, hatte ich den Knöchel umklammert. Dass sich zwischen ihm und meiner Hand noch die Netzfäden befanden, störte mich nicht weiter. Ich zog mit einem heftigen Ruck am Bein, hörte den Schrei und sah, wie der andere plötzlich waagerecht in der Luft schwebte.

Die anderen sahen dies, und nun zeigte sich, dass sie keine kalten Profis waren. Der Fall ihres Freundes hatte sie aus der Fassung gebracht, sodass ich Gelegenheit erhielt, meine Bemühungen fortzusetzen. Nur noch eine Armlänge brauchte ich unter dem Netz zurückzulegen.

Das schaffte ich.

Sie kamen.

Und diesmal erwartete ich sie. Ich konterte mit mittelharten Schlägen. Sie wurden zurückgeworfen, überschlugen sich dabei, kamen wieder in die Höhe, und einen von ihnen schnappte ich mir. Es war der Einzige, der keinen Umhang trug.

Der Junge starrte mich hasserfüllt an. Sein blondes Haar leuchtete, auf seinem Gesicht lag ein Ausdruck, der mich erschreckte, und er trampelte wild, während er schrie: »Hundesohn, lass mich los!«

Ich tat es nicht.

Aber die anderen rannten weg. Auch diejenigen, die sich bei Bill Conolly aufgehalten hatten, sodass nur noch der eine Junge, den ich festhielt, zurückblieb.

»Du nicht!«, sagte ich.

Er zerrte, aber ich umklammerte sein Gelenk. »Jetzt wirst du mir einiges über euren Freund Acron erzählen, mein Junge!« Ich zog ihn zur Seite. Er stemmte sich ein, trampelte, und ich sah plötzlich einen Mann und eine Frau am Rand der Lichtung erscheinen.

Auch der Junge sah die beiden. »Verdammt!«, stieß er hervor, und dann jagte ein fürchterlicher Schmerz durch meine Hand, da ich für einen Moment nicht aufgepasst hatte.

Zähne können verdammt scharf sein, und die hatte der Junge in mein Handgelenk geschlagen.

Ob ich wollte oder nicht, ich musste ihn loslassen, schaute für einen Moment auf meine Hand und sah dort den Abdruck seines Gebisses.

Der Junge hatte schon einen großen Vorsprung gewonnen, und er wurde auch von den beiden Neuankömmlingen gesehen. Die Frau war es, die plötzlich stehen blieb und verzweifelt rief: »Bobby, mein Junge! Bobby, bitte! Bleib stehen.«

Ich war gerührt und geschockt zugleich. In ihrer Stimme hatte eine so große Qual gelegen, dass es mir eiskalt den Rücken hinablief. Der Junge aber kümmerte sich nicht um das Rufen seiner Mutter. Er rannte weiter und lachte die Frau noch gellend aus. »Acron. Ich gehöre zu Acron!«, schrie er immer wieder.

Dann hatte ihn der dichte Wald verschluckt. Noch einmal

echote sein Lachen als unheimlich klingendes Geräusch durch den finsteren Wald.

Ich machte mir Vorwürfe. Natürlich hätte ich ihn verfolgen können, aber es war alles zu schnell gegangen. Außerdem war der Wald sehr dunkel, und da hatte der andere alle Chancen, sich im dichten Unterholz zu verkriechen.

So blieb ich zurück, hörte schnelle Schritte und sah den Mann auf mich zurennen. Ich kannte ihn nicht, aber seine Haltung sagte genug aus. Anscheinend sah er in mir einen potenziellen Feind, der seinem Sohn etwas Böses hatte antun wollen, und so stürmte er auf mich zu, als wollte er mich niederschlagen.

Schon holte er aus.

Es war ein weit aus der Schulter gezogener Schwinger, dem ich auswich. Im Gegenzug stellte ich dem Mann ein Bein. Er stürzte, kam hoch und starrte plötzlich in die Mündung meiner Beretta.

»Lassen Sie das, Mister!«

Er blieb unten. Die kleine Mündung glotzte ihn an wie ein drittes Auge. Der Mann stand noch unter Strom. Er knirschte mit den Zähnen, hatte die Hände zu Fäusten geballt, und ich hörte, wie die Frau etwas zu ihm sagte, wobei sie indirekt auch mich meinte.

»Keine Sorge, Harry! Wenn er ein Vampir ist, wird mein Kreuz ihn vernichten!«

Ich sah mich nicht um, musste aber trotz der Lage innerlich lachen. Für einen Vampir hatte mich noch nie jemand gehalten, da war ich mir völlig sicher.

»Kommen Sie ruhig näher!«, rief ich zu der Frau hinüber. »Ich bin kein Vampir!«

Sie traute sich nicht so recht. Ich schielte zu ihr hin und erkannte, dass sie stockend auf uns zuging. Den rechten Arm hielt sie vorgestreckt. In der Hand trug sie tatsächlich ein Holzkreuz, und ihr Gesicht wirkte dabei angespannt und bleich.

»Ich bin kein Vampir, sondern Polizist!«, erklärte ich.

Natürlich stieß ich auf Unglauben, bis ich mit der freien Hand in meine Tasche griff, den Ausweis hervorholte und ihn vor den am Boden knienden Mann fallen ließ. »Lesen Sie!«

Er nahm den Ausweis tatsächlich hoch, hielt ihn dicht vor seine Augen, las und nickte seiner Frau zu. »Er hat Recht, Maggy, er ist wirklich Polizist.«

Margret Belmont ließ erleichtert das Kreuz sinken. Ich steckte meine Beretta weg und merkte, dass sich das Netz an der anderen Seite bewegte.

Bill wollte darunter hervorkriechen.

»Einen Augenblick noch«, sagte ich zu den beiden Leuten und ging auf Bill Conolly zu. Ich half ihm bei seinen Bemühungen und musste ihn auf die Beine zerren, denn er hatte mehr abgekriegt als ich. Auf der Stirn war Haut aufgeplatzt. Am Hinterkopf »schmückte« ihn eine Beule.

»Mein lieber Schwan«, flüsterte der Reporter. »Ich bin doch richtig weggetreten.« Er presste seine Handfläche gegen den Kopf. »Verdammt, John, das waren Kinder.«

»Ich weiß.«

»Das kann ich kaum glauben.«

»Vielleicht können uns die Eltern eine Antwort geben. Wir werden sie fragen.«

Die Eltern zeigten sich bedrückt. Der Mann hatte seine Hand auf die Schultern der Frau gelegt und redete leise auf sie ein. Erst als wir vor ihnen standen, verstummte er.

Wir erfuhren, dass sie Margret und Harry Belmont hießen und einen Sohn namens Bobby hatten, der auf dem Internat zur Schule ging, aber des Abends nach Hause kam, um dort zu schlafen, denn die Schule war nicht weit vom Wohnort der Belmonts entfernt.

Dann erzählten sie uns ihre Geschichte, und ich musste zugeben, dass sie viel mitgemacht hatten. Sie konnten sich die Wandlung ihres Sohnes aber nicht erklären. – Ich fragte sie nach Acron.

»Er ist ein Vampir«, flüsterte der Mann.

»Den Sie noch nie gesehen haben?«

»Das stimmt, Sir.«

Was sollte man da sagen? Nichts oder nicht viel. Auch wir wussten nicht, wie alles zusammenhing, aber uns war klar, dass die Schule einiges damit zu tun haben musste.

Das meinten auch die Belmonts.

»Wir könnten hinfahren!«

Ich wollte auf Bills Vorschlag erst zustimmend nicken, dann fragte ich, was das wohl bringen würde.

»Beweise.«

»Glaube ich nicht. Und was sollen wir sagen, Bill?«

»Dass wir hier im Wald ...«

Ich winkte ab. »Das hat keinen Sinn. Wenn wir hinfahren, müssten wir einen besseren Grund haben. Und weshalb sollen wir sie warnen? Wir werden uns das Internat morgen ansehen.«

»Was machen wir bis dahin?«

»Du kannst deine Wunden pflegen, Bill. Ich besichtige mal den Krater.«

Aus ihm war das Licht gedrungen, und um ihn hatten auch die sieben Gestalten gesessen.

Vorsichtig näherte ich mich dem Rand. Die anderen blieben zurück. Meine Schritte raschelten im alten Laub, und ich sah die Druckstellen im Boden, wo die Jungen gesessen hatten.

Zwischen zwei »Plätze« trat ich und blieb stehen. Mein Blick fiel in den Krater.

In einen völlig normalen, mit Laub, Zweigen und kleinen Ästen gefüllten Krater, der auch kein bläulich weißes Licht ausstrahlte.

Ich schaute zurück. Bill Conolly stand neben dem Ehepaar Belmont. »Hast du was entdeckt, John?«

»Nein.«

»Kein Licht oder so?«

»Nur Laub.«

Bill gab nicht auf. »Wir sind doch nicht blind gewesen. Vielleicht ist das Licht darunter verborgen.«

»Das werde ich gleich wissen. Ich gehe nämlich hinein.«

»Aber gib Acht.«

Ich winkte ab, drehte mich und betrat den inneren Kraterrand. Das rechte Bein hatte ich vorgesetzt, denn der Hang war ziemlich steil.

Dicht über dem Grund der Mulde ging es schließlich besser. Noch zwei Schritte, dann hatte ich es geschafft, blieb im Krater stehen, spürte aber unter mir ebenfalls nur weichen Boden.

Natürlich hatte ich keine Lust, das Laub mit den Händen wegzuräumen. Ein in der Mulde liegender Ast fiel mir auf. An seinem Ende zweigten mehrere dünne Holzarme ab, sodass er fast die Form eines Besens hatte.

Ich packte den Ast und schaufelte das Laub zur Seite. Nichts war da. Kein Glasboden, kein Licht, keine Lampe, kein Spiegel, nur der normale Untergrund.

Aber woher war das Leuchten gekommen?

Auf diese Frage konnte mir die Mulde keine Antwort geben. Ich wollte schon wieder gehen, als mir etwas auffiel. Zwischen dem aufgewirbelten Laub blinkte etwas. Zuerst dachte ich an eine Münze. Ich bückte mich. Was es genau war, wusste ich auch nicht. Das konnte Kunststoff, aber auch Glas sein.

Ich kletterte wieder aus der Mulde, ging achselzuckend auf die Wartenden zu und sagte: »Nichts. Bis auf diese Kleinigkeit.«

»Welche?«

Ich holte das helle Plättchen hervor und reichte es herum.

Die Belmonts konnten damit nichts anfangen. Bill auch nicht. Nur bewies er Phantasie. »Sieht aus wie ein Chip, den man bei Computern verwendet.«

»Wenigstens hat er die Größe«, gab ich ihm teilweise Recht.

»Aber ich wüsste nicht, was das mit unserem Sohn zu tun haben sollte«, sagte Margret.

Ich ebenfalls nicht, und so schlug ich vor, von hier zu verschwinden.

»Also nicht zur Schule?«, fragte mich Harry Belmont.

»Nein.«

»Fahren Sie denn wirklich morgen Früh hin?«

»Darauf können Sie sich verlassen. Noch wiegen wir die Burschen in Sicherheit. Bei Tageslicht sieht alles anders aus. Und auf diesen Acron bin ich besonders gespannt.«

»Wo übernachten Sie denn?«

»Ich kenne in der Nähe ein kleines Hotel«, antwortete Bill.

»Sonst hätten Sie auch bei uns schlafen können«, schlug die Frau vor.

Das wollten wir nicht, und so trennten wir uns, als wir unsere Fahrzeuge erreicht hatten.

Wir ließen die anderen zuerst abfahren. »Willst du wirklich schon ins Bett?«, fragte mich Bill.

»Nein.«

Er grinste. »Dann möchtest du dorthin, wo ich auch hinwill – oder?«

»Genau, Alter. Mich haben Internate bei Nacht schon immer gereizt. Ich habe es nur nie gesagt.«

Wir waren der Straße gefolgt, hatten das Schild gesehen, mussten abbiegen, einen Hügel hinauffahren und erreichten das Internat.

Es war ein alter Bau, das erkannten wir trotz der Finsternis. Vor ihm lief die Stichstraße in einem freien Platz aus. Kugellaternen standen dort. In ihrem Licht glänzte der Lack der abgestellten Wagen. Ich konnte meinen Bentley dort ebenfalls parken.

Als wir ausstiegen, hörten wir die leisen Schritte und ein Knurren. Ein Hund näherte sich uns. Bill kümmerte sich um den Vierbeiner. Er streichelte ihn, sodass er Vertrauen zu uns fasste und nicht bellte.

Wir hatten uns noch keinen Plan zurechtgelegt. Jedenfalls wollten wir so lange wie möglich unentdeckt bleiben. Um nicht aufzufallen, hatten wir auch das Ehepaar Belmont nicht nach den örtlichen Gegebenheiten des Internats gefragt.

Wir mussten uns selbst zurechtfinden.

Den normalen Eingang nahmen wir nicht. In diesen Häusern, auch wenn sie als Schulen eingerichtet waren, existierten immer Hintereingänge.

Kaum hatten wir den Schein der Laternen verlassen, als die Dunkelheit über uns zusammenfiel. Aus einer Hausnische vernahmen wir vertraute Geräusche.

Dazwischen ein Flüstern, und dann die Stimme des Mädchens, die sagte: »Mir ist kalt.«

»Gleich wird es dir schon heiß werden, Angie. Ich bin als Heißmacher bekannt.«

Das Mädchen kicherte. »Aber du kitzelst.«

»Nie.«

Wir hörten das laute, scharfe Atmen und auch wieder Angies Stimme. »Pass auf, der Knopf geht leicht ab.«

Ich legte einen Finger vor die Lippen und sah Bills Nicken. Dann ging ich näher an die Nische heran und schaute auf den Rücken des jungen Mannes, der mir den Anblick auf Angie nahm. Der Junge hatte sich vorgebeugt, er war voll beschäftigt, und es tat mir Leid, dass ich ihn gerade bei dieser Aufgabe stören musste, aber Dienst war Dienst.

Ich tat es sehr sacht und tippte ihm auf die Schulter. Er zuckte zusammen und stand wie festgenagelt auf dem Fleck.

Angie merkte dies. »Was ist? Weshalb bist du so steif?«

»Weil ich hier stehe«, sagte ich flüsternd.

Jetzt schrie Angie. Zum Glück nicht laut. Zudem dämpfte der vor ihr stehende Junge den Schall, aber ihn interessierte das Mädchen plötzlich nicht mehr, denn er fuhr herum und sah mich stehen.

»Sir, wir …«

Ich winkte ab. »Keine falschen Ausreden, ihr beiden. Auch ich will ehrlich sein, dann passiert nichts. Okay?«

Ein zögerndes »Ja« war die Antwort, während Angie hastig ihre Kleidung ordnete.

»Wir sind keine Lehrer«, sagte ich, »aber wir möchten in die Schule. Ihr könnt uns zeigen, wie wir ungesehen ins Haus gelangen.«

Der Junge bekam große Augen, das sah ich auch in der Dunkelheit. »Wollen Sie einbrechen?«

Natürlich war er misstrauisch geworden, und dem wollte ich vorbeugen. Mit der kleinen Lampe leuchtete ich meinen Ausweis an, den ich hervorgeholt hatte. Er las und war beruhigt.

»Scotland Yard?«

»Genau, aber das bleibt unter uns.«

»Sicher. Nur – was wollen Sie hier?«

»Ich möchte von dir wissen, wo ich Peter Wade finde, falls du ihn kennst.«

»Nein.«

»Aber ich«, meldete sich Angie. Sie drängte sich vor. Um die Schultern hatte sie einen Poncho gelegt. Ihr Gesicht konnte ich nur schwach erkennen. »Peter hat mir mal mein Fahrrad repariert.«

»Toll. Und wo schläft er?«

»Zusammen mit einigen anderen in der dritten Etage in dem großen Schlafsaal.«

Ich wunderte mich. »Gibt es das noch immer?«

»In der Regel nicht, aber diese Klasse wollte es. Die Jungen hängen zusammen. Sie bilden die große Clique.«

»Wie kommen wir dorthin?«

Der Junge nickte mir zu. »Sie können hinter uns hergehen. Ich habe jetzt keine Lust mehr.«

»Es kommen auch wieder wärmere Nächte«, meldete sich Bill aus dem Hintergrund.

Die beiden lösten sich aus der Nische. So leise wie möglich bewegten wir uns um das große Haus herum.

»Sind eigentlich noch mehr Schüler so wie ihr unterwegs?«, erkundigte ich mich.

Angie kicherte. »Ja, aber die haben ihre Plätze im Wald. Wir eigentlich auch. Aber Hank war heute so wild.«

»Sei ruhig.« Dann wandte er sich an mich. »Wir müssen durch den Heizungskeller.«

»Und zu dieser Tür hast du einen Schlüssel?«

»Nachgemacht.«

Ich musste grinsen, auch Bill lachte, bevor er meinte: »Es hat sich zu früher nichts geändert.«

Da hatte er Recht.

Der Heizungskeller lag tiefer. Ein schmaler Weg führte zur Tür hinunter, die aus Metall bestand und feuerfest war. Hank legte einen Finger auf die Lippen und zückte den Nachschlüssel. Er hakte etwas, aber schnell ging es trotzdem. »Ich kann die Tür nicht ganz aufdrücken!«, hauchte er. »Sie würde quietschen.«

»Okay«, sagte Bill.

Hinter mir schob er sich über die Schwelle. Ölgeruch empfing uns. Licht konnten wir nicht anknipsen, ich nahm meine Lampe in die Hand, doch auch das lehnte der Junge ab. Er ging voraus und führte uns sicher an den großen Maschinen und Kesseln vorbei, die leise summten und vibrierten. Die Tür zum eigentlichen Kellerflur hob sich als schwach abgezeichnetes Rechteck ab.

Sie war nicht verschlossen.

Hier unten war die Treppe noch schmal, weiter oben verbreiterte sie sich. Die beiden jungen Leute verabschiedeten sich. »Dritter Stock«, sagte der Junge noch.

»Danke.«

Bill seufzte. »Jung müsste man sein, da macht einem so etwas noch Spaß, sich heimlich zu treffen.«

»Und sich überraschen zu lassen.«

Der Reporter winkte ab. »Das gehört dazu.«

Wir kamen uns tatsächlich wie zwei Pennäler vor, als wir durch die Schule schlichen.

Im Keller brauchten wir nicht so aufzupassen, aber eine Etage höher wurde es schon kriminell. Wir hörten Schritte und entdeckten einen Mann im grauen Kittel, der die Halle hinter der Eingangstür durcheilte. Wir drückten uns gegen die Wand. Der Mann sah uns nicht. Er verschwand hinter einer Schwingtür.

Wir gingen weiter.

Rechts von uns lag die Treppe mit den breiten Stufen und dem wuchtigen Handlauf. Es war jetzt kurz nach 22.00 Uhr, trotzdem herrschte nicht die Ruhe, die eigentlich hätte sein müssen. Aus den Zimmern erklang ein Stimmenwirrwarr, irgendwo dudelte noch ein Radio, zwei Schüler prügelten sich, und einer rannte im Schlafanzug auf den Gang. Als er uns sah, blieb er erschreckt stehen und jagte schnell wie ein Wiesel ins Zimmer zurück.

In der dritten Etage war es ruhig. Hier lagen die Schlafräume der Älteren, aber ich hatte leider vergessen, nach der Zimmernummer zu fragen. Und hier im Gang zweigten zahlreiche Türen ab.

Was tun?

Aus dem Waschraum hörte ich das leise Rauschen. Er musste besetzt sein. Als ich die Tür öffnete, sah ich den Jungen, der den Waschraum verlassen wollte.

Beide erschraken wir.

Ich beruhigte ihn schnell und fragte nach Peter Wade.

»Er schläft direkt hinter dieser Tür«, erklärte er und deutete nach rechts.

»Danke, und jetzt ins Bett.«

»Was wollen Sie denn von Peter?«

»Das sage ich ihm selbst.«

»Gehört das auch zum Spiel, Mister?«

»Welchem Spiel?«

»Das die bekommen haben. Lord Acron heißt es.«

»Was?« Ich fasste dem Jungen an die Schulter. »Was hast du gesagt? Acron?«

»Ja, das ist ein Spiel.«

»Und wie geht das?«

»Weiß ich nicht. Jedenfalls sind alle begeistert. Man muss da echt mitmachen.«

»Danke.«

»Nichts für ungut, Mister.«

Ich wartete, bis der Junge verschwunden war. Dann wandte ich mich an den Reporter. »Hast du gehört, was der Knabe erzählt hat?«

»Ja, Acron ist ein Spiel.«

Ich schaute auf Bills Blessuren. »Wenn man dich so ansieht, muss es ein gefährliches Spiel sein.«

»Keine Philosophie, Alter, ich will in den Schlafraum.«

Da verlöschte das Licht. Es war genau halb elf. Zapfenstreich. Nur noch die Notbeleuchtung brannte. Das kam uns natürlich entgegen, wo wir uns sowieso schon wie Einbrecher fühlten.

Bill Conolly war schneller als ich und hatte schon seine rechte Hand auf die Klinke gelegt.

Ich warf noch einen Blick zurück in Richtung Treppenhaus. Der Flur lag im Halbdunkel. Von der Treppe her vernahm ich schwere Schritte. Dort musste ein Erwachsener kommen, der uns nicht unbedingt zu entdecken brauchte. Englische Internate haben ihre Regeln und Gesetze. Sie achten auf Tradition, in einigen gibt es noch die Prügelstrafe, und ich glaubte auch daran, dass mit dem Verlöschen des Flurlichts auch die Beleuchtung in den einzelnen Schlafräumen ausgegangen war.

Das bekamen wir bestätigt.

Als Bill die Tür öffnete, sahen wir zwar über ihr an der Wand einen matten gelben Schein, ansonsten war der Raum in Finsternis gehüllt. Wir bewegten uns beide nur auf Zehenspitzen weiter. Ich war der Letzte und drückte die Tür vorsichtig ins Schloss.

Etwas Unnormales entdeckten wir nicht. Es roch nach Schlafraum. Ein typischer Geruch, der wohl überall auf der Welt gleich ist. Drei Fenster gab es in dem Raum. Sie waren jeweils in vier Rechtecke unterteilt, wobei die oberen jeweils schräg standen, damit frische Luft hereinkam.

An der Tür blieben wir stehen, aber außerhalb des Lichtscheins. Noch trauten wir uns nicht weiter und warteten ab, ob einer der Jungen unser Eindringen bemerkt hatte.

Das schien nicht so zu sein. Niemand rührte sich. Die Jungen blieben ruhig in ihren Betten liegen. Manche von ihnen hatten die Lippen geöffnet, andere schnarchten.

Bill schlich zu mir. »Als ob nichts gewesen wäre, liegen die hier und pennen. Die müssen ein verdammt gutes Gewissen haben. Ich jedenfalls hätte das nicht gekonnt.«

»Die Jugend ist heutzutage abgebrühter.«

Da nach unserem Eintreten einige Zeit vergangen war, hatten sich unsere Augen an die herrschenden Lichtverhältnisse gewöhnt.

Dieser Schlafsaal gehörte tatsächlich noch zu denen, wie man sie von alten Fotos oder Beschreibungen her kannte. Zwischen den Betten führte ein Gang zu einem der Fenster.

Einige Schüler hatten es besonders eilig mit dem Entkleiden gehabt. Ihre Sachen hatten sie kurzerhand in den Gang geschleudert, aber wir entdeckten nicht die Kutten.

Sie mussten versteckt worden sein.

Ich drehte Bill mein Gesicht zu. »Hast du auch eine Lampe dabei?«

»Die gleiche wie du.«

»Okay, teilen wir uns die Reihen. Du nimmst die rechte, ich die linke.«

Bill hatte nichts dagegen. Obwohl unsere Lampen nur dünne Lichtstreifen abgaben, gingen wir kein Risiko ein. Wir schirmten mit der Hand das meiste Licht ab. Wir konnten gerade so noch etwas erkennen. Von unserem Eindringen schien niemand etwas bemerkt zu haben.

Der gefilterte Schein glitt wie ein Hauch über die Bettlaken, wanderte immer höher und erfasste die Gesichter der schlafenden Jungen.

Entspannte Züge, keine hassverzerrten Masken mehr. Nichts unterschied sie von den anderen Kindern.

Ich entdeckte Wade, den Jungen, der keine Zeugen gebrauchen konnte. Auch er lag völlig entspannt in seinem Bett.

Sogar ein Lächeln umspielte seine Lippen. Aus dem offenen Mund drang ruhig und gleichmäßig der Atem. Er hatte die Arme hochgenommen, sie dabei angewinkelt und die Hände neben den Kopf auf das Kissen gelegt.

Wie gesagt, ein völlig normaler Junge.

Ich ging weiter, erreichte das nächste Bett, es war das letzte in der Reihe. Auch hier entdeckte ich an dem schlafenden Jungen nichts Außergewöhnliches.

Bill hatte sich in dem gleichen Tempo bewegt wie ich. Vor dem Fenster trafen wir zusammen. Ich warf einen Blick durch die Scheibe. Der Himmel war düster. Dicke Wolkenberge verdeckten die Gestirne. Ein roter Punkt segelte lautlos in großen Höhen dahin.

Irgendein Flugzeug auf dem Flug nach London.

»Das war wohl nichts«, bemerkte mein Freund.

Ich konnte nicht widersprechen, wollte es aber nicht so recht glauben und schüttelte den Kopf. »Wie ist es möglich, dass die Halbwüchsigen einmal kleine Teufel sind und bald darauf wie Engel in den Betten liegen? Da stimmt einiges nicht.«

»Sollen wir wieder verschwinden?«, fragte mich der Reporter.

»Und Acron?«

»Ist ein Spiel, das hast du ja gehört.«

»Aber ein verdammt teuflisches. Ich weiß nicht, Bill, irgendetwas stört mich daran. Ich würde mir gern das Spiel einmal näher ansehen.«

»Ich auch, aber hast du es hier gesehen?«

»Nein.«

»Na bitte.«

Mir fiel wieder mein Fund ein. Ich griff in die Tasche und holte den Chip hervor. Er war sehr flach und von mittlerer Größe, kein Mikrochip also.

Auf dem Handteller ließ ich ihn liegen. Dabei bedeckte er ungefähr die Hälfte der Fläche.

Bill blickte ebenfalls darauf. »Meinst du, dass er des Rätsels Lösung ist?«

»Kann sein.«

»Aber was ist das für ein Ding?«

Ich stellte eine waghalsige Vermutung an. »Er könnte doch zu einem Spiel gehören. Es gibt diese elektronischen Spiele in Massen. Meinst du nicht auch?«

»Ja, ja, nur sehe ich keinen Sinn darin.«

»Ich auch noch nicht. Jedenfalls haben wir im Wald das Licht gesehen, und es muss in der Mulde seine Quelle gehabt haben. Vielleicht war es tatsächlich dieser Chip.«

Er lag noch immer auf meiner Hand. In der Dunkelheit glänzte er in einem milchigen Weiß. Ich hatte auch das Gefühl, als wäre er heller geworden.

Das konnte auch an der Dunkelheit hier liegen.

Unsere gesamte Unterhaltung war im Flüsterton geführt worden. »John, wir erreichen hier nichts mehr. Ich würde vorschlagen, dass wir morgen früh noch einmal zurückkehren und gezielte Fragen stellen, was dieses Spiel betrifft. Einverstanden?«

»Okay, dann komm.«

Ich wollte gerade den Chip einstecken, als Bewegung in die Halbwüchsigen kam. Sie rollten sich alle herum und richteten sich auf.

Ohne uns abgesprochen zu haben, handelten wir gleichzeitig und traten vom Fenster weg. Jetzt standen wir wieder im Finstern und warteten ab.

Es war verrückt, aber mir kam der Vergleich mit Zombies in den Sinn, die von einer bösen Macht gesteuert wurden. So ähnlich reagierten die Schüler hier, als sie sich gleichzeitig hinsetzten.

In dieser Haltung blieben sie, als warteten sie wie auf den nächsten Befehl.

»Acron!«, sagte einer.

Dieses leise Flüstern wehte durch den Raum, verklang, wurde wiederholt und jetzt auch von den anderen Jungen vernommen, die sich sofort darauf einstellten.

Der zweite sprach.

»Acron.«

Dann der dritte, der vierte, bis alle an der Reihe gewesen waren.

Eine kurze Pause folgte. Bill und ich spürten genau, dass sich hier etwas verändert hatte. Es war der Pesthauch des Bösen oder einer fremden Magie, der uns hier entgegenwehte. Ich merkte die Gänsehaut auf meinem Rücken. Meine Gesichtsmuskeln waren gespannt, die Lippen lagen hart aufeinander, aber noch tat sich nichts.

Ein Schrei folgte, der Bewegung in die hier versammelten Schüler brachte.

Plötzlich schwangen sie sich in verschiedenen Richtungen aus ihren Betten und standen auf.

»Das gibt es doch nicht!«, hauchte Bill, dessen Hand sich seiner Waffe näherte.

Ich legte meine Finger auf sein Gelenk. »Lass es sein, Bill. Noch ist nichts geschehen.«

Aber es geschah etwas.

Nicht bei den Schülern, sondern bei mir. Noch immer hielt ich die Hand offen und den Arm halb ausgestreckt. Der Chip lag nach wie vor auf meiner Handfläche.

Und er strahlte plötzlich auf.

Ein leicht bläulich schimmerndes Licht, wie wir es bereits im Wald gesehen und erlebt hatten. Auch hier im Raum verteilte es sich, dass es jeden Winkel erhellte und trotzdem nicht blendete, denn irgendwie schien dieses Licht aus hellen Schatten zu bestehen, eine andere Erklärung fiel mir dafür nicht ein. Ich verglich es mit dem Licht, das von den Sternen und Planeten abgegeben wurde.

In seinem Schein wirkten die acht Schüler – Bobby eingeschlossen, der als einziger keinen Schlafanzug trug – wie bleiche Gestalten, die soeben gestorben, aber dann aus ihren Särgen gestiegen waren.

Das Licht glitt über ihre Gestalten, gab ihnen ein unheimliches Aussehen, als wären sie von einem anderen Planeten auf unsere Welt gekommen, um hier das Leben der Menschen zu studieren.

Sie hatten sich im Gang aufgestellt, der breit genug war, um zwei Halbkreise aus Körpern bilden zu können.

Und sie starrten uns an.

Wir schauten zurück, sahen in ihre Gesichter und erkannten die blassen Lippen mit dem bläulichen Schimmer, die sie wie auf Kommando öffneten.

Im nächsten Augenblick sahen wir, mit wem wir es tatsächlich zu tun hatten.

Vor uns standen Schüler, die zu gefährlichen Vampiren geworden waren!

»O nein!«

Es war Bill, der diesen Laut ausgestoßen hatte und dabei den Kopf schüttelte. »Das darf doch nicht wahr sein. Verdammt, John, sag mir, dass ich träume.«

»Leider nein.«

»Dann ist das echt?«

Es war echt, das konnte auch ich erkennen. Ich hatte genug mit diesen verfluchten Blutsaugern zu tun gehabt, und nun wurde mir auch klar, weshalb dieser Bobby Belmont eine so große Furcht vor dem Kreuz seines Vaters gezeigt hatte.

Vampire hassen das Kreuz! Sie wissen genau, dass sie dieser »Waffe« nichts entgegensetzen können.

Auch diese hier ...

Noch taten sie nichts. Sie standen da, wurden von einem unnatürlichen Licht gebadet, das der Chip auf meiner Hand abstrahlte. Und sie starrten uns aus leb- und blicklosen Augen an, als wollten sie uns bis auf den Grund der Seele schauen.

Ihre Gesichter hatten sich verändert. Bill Conolly sprach flüsternd das aus, was ich dachte und noch für mich behalten hatte. »Sieh dir ihre Gesichter an, John. Die sehen alt aus. Fast wie Greise.«

Bill hatte zwar ein wenig übertrieben, im Prinzip jedoch kam er der Wahrheit ziemlich nahe.

Mit den Kindern war eine Veränderung vorgegangen. Wir sahen nur die äußerliche, ich war fest davon überzeugt, dass sie sich auch innerlich gewandelt hatten.

Vor uns standen junge Menschen, eingepackt in Schlafanzüge, aber mit Hass in den Augen, deren Pupillen vom blassbleichen Lichtschein nicht verschont geblieben waren und matt glänzten. Dabei war ihre natürliche Farbe von diesem fremden Licht überstrahlt worden, sodass alle gleich aussahen.

»Vampire kann man durch geweihte Silberkugeln töten!«, hauchte er. »Aber verdammt, John, bringst du es übers Herz, auf diese Jungen so einfach zu feuern?«

»Nein.«

»Ich auch nicht, ich habe auch selbst einen, John. Wenn ich daran denke, dass er sich in wenigen Jahren auch in dem Alter dieser Schüler befindet, wird mir ganz schlecht.« Der Reporter sprach mehr zu sich selbst. Er wollte sich einfach ablenken und dieses Grauen nicht wahrhaben.

Auf Vampir-Kinder schießen! Mussten wir das wirklich? Ich wollte nicht darüber nachdenken. Abwarten war in diesem Falle immer besser, als voreilig zu handeln.

Noch hatten sie sich kaum gerührt, aber sie blieben nicht mehr stehen. An ihrer Spitze hielt sich Peter Wade auf. Er war ihr Führer, auf ihn hörten sie, und sie sahen, wie er eine Hand hob, als Zeichen, sich in Bewegung zu setzen.

Sie kamen. Langsam, erinnerten an Puppen, die sprechen konnten.

Immer wieder flüsterten sie dieses eine Wort. »Acron! Acron! Acron!«

Dieser Begriff war für die Kinder eine Motivation. Acron hatte ihren Geist überspült und Besitz von ihnen ergriffen. Ein jeder von ihnen ballte die Hände zu Fäusten, und sie stießen uns, während sie ständig dieses eine Wort wiederholten, ihre Arme entgegen.

Acron war das Grauen, Acron war Gewalt, Acron leitete sie und wollte den Schrecken bringen.

»John«, sagte Bill neben mir. »Allmählich müssten wir etwas unternehmen. Findest du nicht auch?«

»Ja.«

»Was machst du?«

Er schielte mich an und sah, dass ich unter mein Hemd griff und das Kreuz hervorholte. Ich streifte mir die Kette über den Kopf. Noch hatten die Schüler das Kreuz nicht gesehen, aber eine Sekunde später schon wurde es ihnen präsentiert.

Es stach aus meiner Faust hervor und sollte auf diese acht Veränderten so wirken wie ein Stoppschild auf den heranfahrenden Autofahrer.

Der Chip lag in meiner anderen Hand, die ich geschlossen hatte, aber er strahlte trotzdem hindurch, sodass sich das weiße Licht nicht veränderte.

In diesen Strahl brachte ich meine Rechte und damit auch das geweihte Silberkreuz.

Und dann geschah etwas Großartiges!

Plötzlich vergrößerte sich mein Kreuz auf eine Art und Weise, die Bill und mich in Erstaunen versetzte. Noch nie hatte ich es so gewaltig gesehen, und es war auch nicht das eigentliche Kreuz, das sich so vergrößert hatte, sondern sein Schatten.

Er war in diesen unheimlichen Lichtstrahl hineingeraten. Die Perspektiven verschoben sich, und der Schatten fiel den acht Schülern entgegen. Er zeichnete sich sogar auf ihren Körpern ab.

Schatten können nicht drücken. Man kann sie nicht auf der Haut spüren, normalerweise jedenfalls.

Hier war es anders.

Das Licht wurde von dem Schatten meines Kreuzes regelrecht aufgesaugt, und die Schüler merkten, dass ihre Kraft, auf die sie alles gesetzt hatten, allmählich zurückfloss.

Sie veränderten sich.

Dabei wussten sie nicht, was mit ihnen geschah. Sie kamen mir vor wie Wesen, die jeglichen Halt und auch den Bezug zur Gegenwart verloren hatten.

Die ersten drehten sich auf der Stelle, stießen gegen ihre Mitschüler, trieben diese zur Seite. Bobby Belmont war es, der als Erster in ein Bett kippte und die Beine in die Höhe schleuderte. Dabei wimmerte er, als hätte man ihn geschlagen.

Den anderen erging es nicht besser. Es war der große Schatten meines Kreuzes, der die Bösartigkeit aus ihren Körpern saugte, sodass sie nicht mehr daran dachten, was sie eigentlich waren.

Vampire!

Sie fielen, wo sie standen. Noch zwei weitere hatten das Glück, in die Betten zu fallen.

Peter Wade wurde nicht verschont. Ich sah, wie er versuchte, einen Schritt auf mich zuzugehen, doch er schaffte es nicht mehr.

Das Böse wurde aus seinem Körper getrieben. Da er mir am nächsten stand und noch etwas Restlicht über dem Raum lag, konnte ich sein Gesicht erkennen.

Der Mund stand offen. Nur entdeckte ich keine Vampirzähne mehr in ihm. Dieser Junge war wieder völlig normal geworden, konnte sich auch kniend nicht mehr halten, kippte nach vorn und wurde von Bill aufgefangen, bevor er mit dem Gesicht zu Boden schlug.

Hatten wir es geschafft?

Mein Freund nahm Peter Wade wie ein kleines Kind auf die Arme und trug ihn zu seinem Bett. Als er ihn dort niederlegte, hatte ich mich bereits um die anderen gekümmert. Auch sie brachte ich zu ihren Schlafplätzen und war froh, dass ein jeder von ihnen atmete und keiner unter der Kraft des Schattenkreuzes gestorben war.

Ich schaute in die Münder hinein, entdeckte aber bei keinem mehr die Vampirzähne. Ich lehnte mich aufatmend neben der Tür gegen die Wand. Wir hatten es überstanden. Keines dieser Kinder hatten wir töten müssen. Allein das zählte.

»Willst du noch bleiben?«, fragte Bill. Er trat auf mich zu. Sein Gang wirkte schwerfällig.

Ich schüttelte den Kopf. »Nein, Bill, nicht mehr. Hier wird nichts passieren.«

»Hoffentlich.«

Ein letztes Mal drehten wir noch die Runde. In jedes Bett warf ich einen Blick und sah schlafende Kinder. Keine Spuren hatte dieser geheimnisvolle Acron an ihnen hinterlassen. Die Schüler würden, so hoffte ich, dem neuen Tag entgegenschlummern.

Deshalb verließen wir den Schlafsaal. Im Flur atmeten wir tief durch.

In das Internat war Ruhe eingekehrt. Ich hoffte nur, dass am nächsten Tag, einem Samstag, auch unterrichtet wurde, denn mir brannten einige Fragen auf der Zunge.

Auf dem Weg, den wir gekommen waren, verschwanden wir auch wieder. Schon bald hatte uns der Heizungskeller verschluckt. Durch die Hintertür gelangten wir ins Freie und atmeten dort tief durch.

Erst danach tauschten wir Gedanken aus. »Bist du jetzt schlauer geworden?«, fragte Bill.

»Nein.«

»Ich auch nicht.« Er malte mit der Fußspitze Kringel in den Boden. »Und du kannst mit dem Namen Acron wirklich nichts anfangen?«

»Nein, Bill.«

»Vielleicht eure Computer. Die Abteilung ist Tag und Nacht besetzt. Ruf doch mal an.«

»Die steinigen mich.«

Bill grinste schief. »Können die so weit werfen?«

»Lass uns gehen.«

Ungesehen erreichten wir den Silbergrauen. Bills Idee war nicht schlecht gewesen, und so rief ich beim Yard über Autotelefon an. Ich ließ mich mit der Fahndungsabteilung verbinden und mir den verantwortlichen Chef geben.

»Au, Sinclair, das gibt Ärger, wenn Sie mitten in der Nacht anklingeln. Wie eilig ist es denn diesmal?«

»Am besten bis vorgestern.«

»Dann schießen Sie mal los.«

»Nur ein Wort, Kollege. Acron. Prüfen Sie nach, ob Sie diesen Begriff gespeichert haben.«

»Mehr nicht?«

»Nein. Wann soll ich zurückrufen?«

»Sagen wir in einer halben Stunde.«

»Ich verkürze auf zwanzig Minuten.«

»Sklaventreiber, verdammter.« Damit war die Verbindung unterbrochen. Ich sah Bills Hand, die eine Zigarettenpackung hielt. »Willst du eine?«

»Ja.«

Wir rauchten schweigend. Durch das zur Hälfte geöffnete Fenster an meiner Seite zogen die Wolken träge nach draußen. Jeder hing seinen Gedanken nach, die nur trübe sein konnten.

»John, wenn ich mir vorstelle, dass meinem Sohn mal so etwas passiert …«

»Um das zu verhindern, sind wir ja hier.«

»Stimmt auch. Und wo willst du schlafen? Ich meine, die Nacht ist noch lang.«

Wir hatten vorgehabt, in dieses relativ nahe gelegene kleine Hotel zu fahren. Das genau wollte ich nicht mehr und erwiderte grinsend: »Weißt du eigentlich, dass dieser Bentley, über dessen Alter du dich immer so aufregst, auch Liegesitze hat?«

»Ach, wirklich?«

Ich drückte die Zigarette im Ascher aus. »In der Tat, mein Lieber. Deshalb würde ich vorschlagen, dass wir uns hier zur Ruhe legen. Ist ein Vorschlag, oder?«

»Das schon«, gab Bill mürrisch zu.

»Wenn es dir nicht passt, Alter, draußen ist es frisch. Du kannst dich mit Laub vom letzten Jahr zudecken, dir eine Höhle graben und Eichhörnchen spielen.«

»Danke, so viele Nüsse habe ich nicht.« Er lachte kurz. »Okay, John, bleiben wir hier.«

Noch ließ ich den Sitz in der normalen Stellung und holte

stattdessen den Chip wieder hervor. Bill schaltete die Innenbeleuchtung ein. In ihrem Licht schauten wir uns den Gegenstand an.

»Fällt dir was auf?«, fragte ich meinen Freund.

»Von der Form her hat er sich nicht verändert, doch irgendwie kommt er mir blasser vor. Dir nicht auch?«

Wenn ich genauer hinschaute, fiel es mir ebenfalls auf. Der Chip hatte sich in der vergangenen Stunde farblich verändert. Seine Oberfläche war tatsächlich matter geworden, und mir kam eine Idee. Ich holte mein Kreuz hervor, legte beide Dinge dicht nebeneinander und verglich sie.

Zuerst glaubte ich an eine Täuschung und wünschte sie mir sogar, aber es entsprach leider den Tatsachen, was ich sah. Nicht nur der Chip hatte sich verändert, die Farbe meines Kreuzes ebenfalls. Es war dunkler geworden, und mir kam automatisch der Gedanke, dass Kreuz und Chip ihre Magien untereinander ausgetauscht hatten. Mein Kreuz hatte die Energie, die der Chip nicht mehr haben wollte, aufgefangen.

»Komisch«, sagte Bill. »Täusche ich mich, oder ist das Kreuz tatsächlich dunkler geworden?«

»Es ist dunkler.«

»Und wieso?«

»Liegt auf der Hand. Es hat einen Teil der Chip-Energie aufgesaugt. Es muss von ihm beeinflusst worden sein, und ich frage mich, ob man diesen Chip als dämonisch einstufen kann.«

»Und wenn?«

Ich bekam einen trockenen Hals vor der Antwort. »Dann könnte es dem Chip unter Umständen gelingen, die Kräfte des Kreuzes zu manipulieren.«

»Was für die Zukunft nichts Gutes bedeutet.«

»Stimmt genau, Bill.«

Während wir warteten, warf ich ab und zu einen Blick auf den Eingang des Internats. Die zu ihm hochführende Treppe wurde angestrahlt.

Das Telefon summte.

Sofort hob ich ab, presste den Hörer gegen mein Ohr und kam nicht dazu, mich zu melden, denn der Kollege von der Fahndung war schneller. »Genau zweiundzwanzig Minuten, Sinclair. Ist doch was.«

»Klar. Habt ihr etwas herausgefunden?«

»Ja und nein.«

»Wieso?«

»Der Begriff Acron ist bei uns nicht gespeichert worden. Es gibt wohl keinen Gesetzesbrecher, der sich dieses Namens bedient. Das mal vorweg. Aber wir haben nicht aufgegeben und weiter nachgeforscht. Einer der Kollegen, ein Science-Fiction-Fan, kam auf den Gedanken, dass Acron etwas mit dem Weltall und der Zukunft zu tun haben müsse, und in diese Richtung forschten wir weiter.«

»Habt ihr ein Ergebnis?«

»Kann sein, Sinclair. Acron ist, wie gesagt, ein Begriff aus der Science Fiction. Aber er ist noch mehr. Er ist gleichzeitig der geschützte Name eines Konzerns.«

»Wie?«

»Du kennst doch diese Multis, die sich mit Elektronik befassen. Dazu gehört Acron.«

Ich hätte mich am liebsten selbst in den Hintern gebissen. Klar, jetzt wusste ich es auch. Acron musste der Name des bekannten Medienkonzerns sein, der tatsächlich wie eine Dolchspitze in den Elektronik-Markt hineingestoßen war.

»Wisst ihr noch mehr?«

»Sie können ja mal fragen, Sinclair.«

»Stellt der Konzern auch Spiele her?«

»Unter anderem.«

»Danke, das wollte ich wissen. Ach so, eines noch. Wer hat sich an die Spitze gesetzt? Ich meine, wer führt ihn? Eine Einzelperson, ein Gremium oder …?«

»Das wissen wir nicht. Du müsstest uns mehr Zeit geben, dann finden wir es heraus.«

»Okay, versucht es. Ich rufe morgen noch einmal an.«

Bill Conolly hatte von unserer Unterhaltung das meiste mitbekommen. Jetzt lachte er auf. »Klar, ich kenne Acron. Das ist ein Konzern. Aber verdammt, ich hätte ihn nie mit diesen Vorgängen in Verbindung gebracht. Wie man sich doch irren kann.« Er dachte einen Moment nach. »Vielleicht sind wir auch einer falschen Spur aufgesessen.«

»Das glaube ich nicht. Als man mir sagte, dass das Spiel *Lord Acron* ebenfalls aus der Produktion dieses Konzerns stammt, war für mich alles klar. Da muss es einfach eine Verbindung geben, Bill.«

»Die wir aufdecken müssen.«

»Das auch.«

»Und wobei wir uns mit diesem Konzern anlegen.«

Ich hob die Schultern und verdrehte die Augen, bevor ich den Sitz zurückstellte.

»Aber so etwas sind wir ja gewohnt«, erklärte mein Freund, der sich ebenfalls ausstreckte.

Einschlafen konnten wir vorerst nicht. Der Fall lag über uns wie ein böser, gefährlicher Druck.

Als mich die durch die Wagenfenster strömende Helligkeit weckte und ich die Augen aufschlug, hatte ich das Gefühl, nur wenige Minuten geschlafen zu haben.

Ich fühlte mich wie gerädert. Meinem Freund Bill erging es nicht viel anders. Er erwachte Minuten nach mir, streckte sich und stöhnte, als hätte er mehrere Hiebe hintereinander eingesteckt.

Auch ich merkte jetzt die Schläge, die man mir verpasst hatte. Blaue Flecken, Druckstellen, Muskeln, die schmerzten, wenn sie bewegt wurden; und der pelzige Geschmack im Mund sorgte nicht gerade dafür, dass wir uns an diesem Morgen wohl fühlten. Mir fehlte die obligatorische Dusche, doch auf sie musste ich leider verzichten. Weder Bill noch ich verspürten Lust, uns im Baderaum der Schule zu duschen.

Dort war bereits das Leben erwacht. Wir hörten die lauten Stimmen der Kinder und die Schulglocke.

Ich warf einen Blick auf die Zeiger.

Genau sieben Uhr.

Fingen die jetzt schon mit dem Unterricht an? Das konnte ich mir kaum vorstellen. Nicht um diese Zeit. Vielleicht rief die Glocke die Schüler auch nur zum Frühstück. Lärm genug machten sie jedenfalls. Ihre lauten Rufe schallten bis zu uns.

Auch die breite Haustür wurde geöffnet. Der Pedell erschien. Es war der Hausmeister im grauen Kittel, den wir schon in der vergangenen Nacht gesehen hatten.

Er blieb vor der Tür auf dem Podest stehen und warf einen langen Blick ins Freie. Auch unseren Wagen musste er gesehen haben, denn er stutzte plötzlich und wirkte einen Moment später so, als wollte er uns einen Besuch abstatten.

Doch er überlegte es sich anders, drehte sich um und betrat wieder das Haus.

Dieser Mann hatte auf mich einen düsteren Eindruck gemacht. Es lag nicht allein an seinem Kittel, auch an seinen dunklen Haaren, die in die Stirn gekämmt waren.

Er schloss die Tür, als wollte er dafür sorgen, dass wir die Schule nicht betreten konnten.

»Was ist?«, fragte Bill. »Sollen wir?«

»Ja, einen kleinen Waldlauf zum Frühstück starten. Danach wird ja wohl der Unterricht beginnen, wenn wir Glück haben.«

Der Reporter war nicht gerade begeistert, fügte sich meinem Wunsch, und wenig später waren wir unterwegs. Ohne Joggingschuhe machte das Laufen keinen richtigen Spass. Bevor wir richtig auf Touren gekommen waren, brachen wir es schon wieder ab.

Beide schabten wir über unser Kinn, fühlten die Bartstoppeln und hätten uns gern rasiert. Auch auf diese Annehmlichkeit mussten wir verzichten, und so setzten wir unseren Plan endlich in die Tat um und schritten über die Treppe auf die Eingangstür zu.

Der Hausmeister hatte sie doch nicht wieder verschlossen. Wir öffneten sie und standen zum zweiten Mal in der großen, jetzt hellen Halle, durch deren breite Fenster das Tageslicht strömte.

Und es war etwas los.

Die Schüler mussten das Frühstück bereits hinter sich haben, denn sie tobten durch die Halle, die Flure und die Treppen hinauf. Eine Glocke schrillte laut.

Wir kamen uns ein wenig verloren vor, bis wir einen Lehrer trafen, der einige Hefte unter dem Arm trug.

Bill trat ihm in den Weg. »Entschuldigen Sie, Sir, aber wir möchten gern in die Klasse, in der sich ein Junge namens Peter Wade befindet. Wer unterrichtet dort, und wo finden wir die Klasse?«

Der Lehrer schob seine Hornbrille höher und zeigte über die Schulter. »Nehmen Sie den Gang, dann erreichen Sie den Anbau, in dem die einzelnen Klassenräume liegen. Über uns befinden sich nur die allgemeinen Räume.«

»Danke sehr.«

»Bitte, bitte!« Er eilte davon.

»Hast du es gehört?«, fragte mich Bill.

»Klar, gehen wir.«

Wir schritten durch eine völlig normale Schule, in der sich die Kinder nicht anders benahmen als irgendwo in London oder Liverpool. Die Kleineren schrien, rannten, stießen sich gegenseitig an, hin und wieder auch um, und auch wir wurden angerempelt, wenn wir es nicht schafften, schnell genug auszuweichen.

Die Türen der meisten Klassenräume standen offen. Kein Schüler saß auf seinem Platz. Einige hockten, wenn sie sich schon in den Klassenzimmern aufhielten, auf den Tischen oder standen auf ihren Stühlen. Ruhig war auch niemand. Ein großes Chaos oder Durcheinander herrschte in jeder Klasse. Ich konnte sehen, dass auch heute noch mit feuchten Schwämmen geworfen wurde und dies nicht ein »Sport« meiner Jugendzeit gewesen war. Sobald die Lehrer erschienen, wurde es ruhig. Manche Schüler standen auch als Wachtposten vor den Klassen und gaben Bescheid, sobald sie die Pauker entdeckt hatten.

Bei einem Schüler erkundigte ich mich nach der richtigen Klasse. Es war bereits der nächste Raum auf der rechten Seite, und dessen Tür war geschlossen.

»Die werden sich freuen, wenn wir stören«, sagte Bill, bevor er zweimal anklopfte.

Einige Stimmen schrien »Come in!«. Wir betraten den Klassenraum und sahen nicht nur die Augen der Schüler auf uns gerichtet, auch die Lehrerin blickte uns erstaunt an, bevor sie unseren Morgengruß ein wenig zaghaft erwiderte.

Die Lehrerin war ziemlich klein. Sie hatte halblanges, dunkelblondes Haar, das ein blasses, sehr schmales Gesicht umrahmte. Die Frau trug ein grünes, schlicht geschnittenes Kleid und lächelte uns zaghaft zu.

»Ich bin Jennifer Deylen. Kann ich etwas für Sie tun, Gentlemen? Oder waren Sie vielleicht angemeldet?«

»Nein, das waren wir nicht«, sagte Bill und zauberte sein Sonntagslächeln hervor. Er konnte das wesentlich besser als ich. Dann stellte er uns vor.

Die Lehrerin zeigte sich irritiert. »Ihre Namen habe ich nie gehört. Ihre Kinder sind auch nicht in meiner Klasse.«

»Deshalb sind wir nicht hier«, erklärte ich.

»Und wieso?«

»Wir möchten mit einigen Ihrer Schüler reden, Miss Deylen.«

Das schmale Gesicht der Lehrerin wurde ernst. »Haben sie etwas ausgefressen?«

»Wie mans nimmt«, erwiderte Bill. »Bitte, wenn Sie uns einen Gefallen tun würden, halten Sie sich am besten ein wenig zurück.«

»Nein!« Plötzlich widersprach sie. »Das empfinde ich als unverschämt. Sie platzen hier in meine Schulstunde, unterbrechen den Unterricht, stellen Forderungen, die ich nicht akzeptieren kann.«

»Bitte, Miss Deylen, einen Augenblick.« Ich war vorgetreten und zeigte ihr meinen Ausweis.

Sie las und schwieg.

Die Schüler sagten nichts. Kreuzbrav saßen sie auf ihren Stühlen. So jedenfalls hatte man früher die Schüler hingesetzt. Ein jeder wartete darauf, wie es weitergehen würde.

Die Lehrerin nickte. »Wenn Sie von der – ich meine, weiß der Rektor von Ihrem Besuch?«

»Noch nicht.«

Sie sah mich direkt an und musste dabei ihren Kopf in den Nacken legen, weil sie so klein war. »Dann muss ich ihn informieren, Mr Sinclair.« Nervös bewegten sich ihre Hände.

»Warten Sie noch einen Moment. Hören Sie sich erst an, was wir zu sagen haben.«

»Es geht aber um die Kinder?«

»Das ist korrekt.«

»Haben Sie vielleicht etwas angestellt, dass Sie auf diese Weise reagieren und zu uns …?«

»Es wird sich herausstellen.«

Jennifer Deylen atmete tief ein und hob ihre schmalen Schultern. »Bitte, ich kann Sie nicht daran hindern, Ihre Pflicht zu tun. Aber rechnen Sie damit, dass ich mich an meine Vorschriften halten werde.«

»Das ist Ihr gutes Recht!«

Ich wandte mich jetzt an die Kinder. Bill Conolly wollte mich reden lassen. Er war wieder bis in die Nähe der Tür zurückgegangen und hatte sich dort an die Wand gelehnt. Seine Haltung strömte Ruhe aus, doch ich wusste, dass Bill auf dem Sprung stand, um notfalls eingreifen zu können.

Schon beim Eintritt war ich erstaunt gewesen, dass es sich bei dieser Klasse um eine gemischte handelte. Also Jungen und Mädchen zusammen.

Die meisten Gesichter kannte ich nicht. Aber es waren diejenigen dabei, die wir in der Nacht im Schlafraum besucht hatten. Auch Peter Wade entdeckte ich. Er saß in der zweiten Reihe und trug einen roten Pullover mit dem Buchstaben Y auf der Brust. Nichts in seinem Gesicht zeugte davon, dass er uns erkannt hatte.

Allmählich wurden die Kinder unruhig. Ich merkte, dass ich etwas sagen musste, und stellte mich vor. »Ich bin Polizeibeamter, und mein Name ist John Sinclair. An der Tür dort steht mein Freund Bill Conolly, und wir beide sind sicher, dass einige von euch uns kennen werden. Oder?«

Nach dieser Frage wurde es lauter. Die Halbwüchsigen sahen sich an. Die Mädchen unter ihnen begannen zu flüstern. Sie stießen ihre Nachbarn an, und ein Mädchen mit dunklen Lockenhaaren hob die rechte Hand. »Nein, ich kenne Sie nicht, Sir.«

Sofort schüttelten auch andere die Köpfe, und die acht aus dem Wald befanden sich ebenfalls darunter.

Das wollte ich nicht hinnehmen. Ich wandte mich nicht an Bobby Belmont, der ziemlich weit hinten saß, sondern an den in der zweiten Reihe hockenden Peter Wade. »Du müsstest mich kennen.«

Er deutete auf seine Brust. »Ich?«

»Ja, Peter Wade.«

»Nein.«

Ich lächelte und holte tief Luft. »Wir reden später weiter.« Dann fragte ich Bobby: »Wie ist es mit dir, Bobby Belmont? Kennst du mich nicht?«

»Woher denn?«

»Ich habe dich gestern im Wald gesehen. Es war schon dunkel. Deine Eltern haben versucht, dich zurückzuholen. Einige deiner Klassenkameraden waren auch dabei.«

Vorn drehte sich Peter um. »Hör mal, Bobby, der Bulle will uns was erzählen.«

»Ich war in keinem Wald!«, behauptete Bobby.

»Und ich auch nicht!«, erklärte Peter.

Bill mischte sich ein. Er ging an der Fensterreihe entlang, wo ein Poster hing, auf dem ein Skelett abgebildet war. Jeden Einzelnen, der uns im Wald überfallen hatte, pickte sich der Reporter heraus. »Du warst da. Du und auch du.«

»Nein, Sir!«

Alle widersprachen heftig. Sehr schnell entstand ein Tumult, und die Lehrerin mischte sich ein. Nachdem ihre Worte nichts bewirkt hatten, nahm sie einen Zeigestock und schlug damit heftig auf das Pult. Sofort wurde es ruhiger.

»Ich möchte, dass ihr jetzt still seid. Es wird sich alles aufklären, und sicherlich in eurem Sinne.«

»Mal sehen«, meldete sich einer aus der letzten Reihe. »Sonst holen wir den Boss.«

»Den Mirror?«, fragte ein Mädchen.

Andere lachten. Miss Deylen schlug noch einmal mit dem Stock auf das Pult. Endlich wurde es still.

Ich hatte mir in der Zwischenzeit die Gesichter der Schüler genau angesehen und bei ihnen keine Veränderung erlebt. Glatt und ausdruckslos waren sie. So wie immer. Nichts in ihnen wies darauf hin, dass es sich bei diesen jungen Menschen um Vampire handelte. Es waren normale Schüler, aber ich wusste auch, dass wir keinen Traum erlebt hatten und die Vorgänge in der letzten Nacht verdammt real gewesen waren.

Vampire sind Geschöpfe der Nacht. Am Tag ruhen sie. Erst nach Einbruch der Dunkelheit erwachen sie aus ihrem tiefen Schlaf, den sie zumeist in den Särgen verbringen. Sollten diese Halbwüchsigen tatsächlich Vampire sein, so verhielten sie sich nicht so, wie es das alte Muster vorschrieb. Sie gingen am Tage einer völlig normalen Beschäftigung nach, und das irritierte mich besonders.

Ich dachte an den Chip, der in meiner Jackentasche steckte. Wenn keiner etwas zugeben wollte, würde ich ihn hervorholen und eine Reaktion abwarten.

Zunächst aber redete Jenny Deylen, die Lehrerin. »Also, Kinder. Ihr habt gehört, was der Oberinspektor behauptet. »Wer von euch war in der letzten Nacht draußen und hat sich im Wald herumgetrieben?«

Sie erhielt keine Antwort. Ein nahezu verbissenes Schweigen legte sich über den Klassenraum.

»Gut.« Sie nickte. »Ich möchte es anders anfangen.« Einen Moment dachte sie nach und sagte dann: »Solltet ihr nichts Ungesetzliches getan haben, wird auch keiner von euch bestraft, das verspreche ich. Ich persönlich werde mich für euch einsetzen, dass euch nichts geschieht. Keine Benachrichtigung an die Eltern, kein Verweis. Ist das ein Angebot? Deshalb frage ich noch einmal: Wer hat in der letzten Nacht die Schule verlassen und sich im nahen Wald herumgetrieben?«

Diesmal erhielt sie eine Antwort. Von einem Mädchen in der vierten Reihe. Es stand sogar auf. »Wir waren alle im Haus, Miss Deylen. Glauben Sie uns. Ich habe noch mit einigen zusammengesessen und gelesen.«

»Auch mit den von meinem Kollegen erwähnten Jungen?«

Das Mädchen schaute mich an. Von den Ohren hingen kleine Zöpfe, die sich bewegten, als sie den Kopf schüttelte und sich langsam hinsetzte.

»Also nicht«, stellte ich fest.

Miss Deylen drehte sich mir zu. »Mr Sinclair, ich kann nicht mehr tun, als die Schüler zu fragen. Ich kenne die Klasse jetzt einige Jahre und weiß auch, dass sie nicht gerade die friedlichste auf der Schule ist. Das bringt die Pubertät halt so mit sich. Aber ich kann Ihnen versichern, dass ich den Kindern glaube. Wenn ich so intensiv frage und keine Antworten erhalte, haben die Schüler Recht.«

»Das würde bedeuten«, nahm ich den Faden wieder auf, »dass Sie uns einen Irrtum unterstellen.«

»So ist es.«

»Aber wir haben uns nicht geirrt«, meldete sich Bill, der wieder seinen Platz an der Tür eingenommen hatte. »Wir sehen ziemlich zerzaust aus, wenn Sie uns betrachten. Das hat seinen Grund. Es sind die Spuren der Schülerfäuste, die sich in meinem Gesicht abzeichnen. Das sollten Sie sich merken.«

Jenny Deylen verteidigte ihre Klasse. »Aber wenn sie nicht im Wald gewesen sind.«

»Dann lügen sie«, sagte Bill hart.

Die Lehrerin war in diesen Augenblicken überfordert. Sie wusste nicht, was sie unternehmen sollte. Mit den Schneidezähnen berührte sie ihre Unterlippe und nickte schließlich. »Gut, wenn Sie bei Ihrer Behauptung bleiben, gibt es für mich nur eine Möglichkeit. Ich werde den Schulleiter informieren.«

»Warten Sie damit noch einen Moment«, bat ich die Frau in einem versöhnlich klingenden Tonfall. »Ich möchte noch einen letzten Versuch starten. Ja?«

»Bitte«, erwiderte sie spitz.

Ich nickte ihr dezent zu, während meine rechte Hand bereits in der Tasche verschwunden war und den geheimnisvollen Chip umklammert hielt, der dort steckte.

Ich holte ihn nur sehr langsam hervor, blickte auch nicht auf die Tasche, sondern nach vorn in die erwartungsvoll angespannten Gesichter der Schüler, die noch alles so furchtbar aufregend fanden.

Niemand sagte etwas. Nur unser Atem war zu hören.

Mein Blick fiel auf den in der zweiten Reihe sitzenden Peter Wade. Hatte er vielleicht etwas bemerkt, fühlte er etwas? Benahm er sich nicht auch anders?

Doch Peter, den ich als Anführer der Gruppe einstufte, zeigte eine ebensolche Gleichgültigkeit wie auch die anderen Schüler.

Der Chip befand sich in meiner Faust. Ich streckte den Arm vor und öffnete die Hand.

Jetzt lag er frei auf der Fläche.

In den folgenden Sekunden geschah nichts. Bis jemand in der letzten Reihe aufstand.

Diese Bewegung hatte Signalwirkung, denn auch andere erhoben sich von ihren Plätzen.

Sie sahen mich, meine Hand – und den Chip!

Und plötzlich geschah es.

Der Chip reagierte, und Peter Wade stieß einen gellenden Schrei aus.

Shao lächelte ihren Partner über den Frühstückstisch hinweg an. »Du bist hier, wir haben Samstag, und John Sinclair ist mal wieder unterwegs. So muss das sein.«

Suko schaute von seiner Teetasse hoch. »Wieso?«

»Das finde ich. Er ist Junggeselle. Um Wochenendfälle kann er sich kümmern.«

»Du vergisst Bill.«

Shaos Hand, die nach der Teekanne hatte greifen wollen, blieb auf dem Griff liegen, ohne die Kanne in die Höhe zu heben. »Wieso erwähnst du ihn? Was meinst du damit?«

»Weißt du das nicht?«

»Nein.«

Suko lehnte sich zurück. Dabei rutschte die Zeitung von seinen Knien und fiel zu Boden. »Das ist ganz einfach. Bill Conolly ist mit zu diesem Internat gefahren.«

»Dann ist Sheila ja allein.«

»So kann man es sehen.«

»Hm.« Shao überlegte, während Suko den letzten Rest Ei aus der Schale holte. Er wusste genau, dass hinter der schmalen Stirn seiner Freundin die Gedanken verrückt spielten, sie nach irgendetwas suchte und plötzlich zu einem Ergebnis gekommen war. »Ich habs.«

»Und was?«

»Wenn Bill weg ist, können wir ja Sheila einladen. Dann ist sie nicht so allein am Abend. Außerdem sind wir ihr das schuldig. Sie hat uns oft genug eingeladen.«

»Wer weiß, ob sie überhaupt Zeit hat.«

»Das können wir feststellen, nicht wahr.« Shao rückte ihren Stuhl zurück. »Und zwar gleich.«

Suko kam mit einem Einspruch. »Meinst du nicht, dass es noch etwas zu früh für einen Anruf ist?«

»Wieso? Die Conollys haben einen Sohn. Glaubst du denn, dass Johnny seine Mutter bis zum Mittag schlafen lässt?«

»Nein, eigentlich nicht.«

»Na bitte.« Wenn Shao etwas wollte, ließ sie sich auch durch Geld und gute Worte nicht davon abbringen. In diesem Fall musste sie den Anruf bei den Conollys zunächst zurückstellen, weil sich der Apparat in dem Augenblick meldete, als sie den Hörer abnehmen wollte.

»Wer kann das denn sein?«, fragte sie.

»Vielleicht Sheila, die die gleiche Idee gehabt hat wie du«, erwiderte Suko ein wenig brummig. Er ärgerte sich darüber, dass er zu Hause saß, während John und Bill auf »Tour« waren. »Aber wenn du abhebst, wirst du es wissen.«

»So schlau bin ich auch.« Shao schüttelte den Kopf. Sie konnte die miese Laune ihres Partners nicht verstehen. Ihre Stimme klang locker, als sie sich meldete. Suko, der sie beobachtete, sah, dass sich ihr Gesicht plötzlich verzog. Da war wohl nicht Sheila Conolly am anderen Ende der Leitung. »Für dich, Suko.«

»Und wer?«

Shao holte tief Luft, während sie Suko den Hörer reichte. »Wer kann das schon sein? Deine Firma. Hast du mir doch etwas verschwiegen?«

»Nicht, dass ich wüsste.« Er klemmte den Hörer zwischen Schulter und Kinn. »Ja, was ist denn?«

Es war ein Kollege aus der Fahndungsabteilung. »Wir wollten Sie nur über einiges informieren. Leider haben wir John Sinclair nicht erreicht. Da Sie beide zusammenarbeiten ...«

»Kommen Sie bitte zur Sache!«

»Okay, es ist Folgendes: Ihr Kollege hat uns über Acron etwas gefragt. Wir konnten ihm nur sagen, dass es ein Konzern der Elektronik und Unterhaltungsbranche ist. Wir forschten weiter nach und stellten fest, dass es einige Ungereimtheiten gegeben hat. Der Konzern selbst scheint gesund zu sein, nur zwei seiner Topmanager sind unter mysteriösen Umständen ums Leben gekommen.«

»Ach. Kennen Sie Details?«

»Nein. Nur nimmt man an, dass es kein normaler Tod war.«

»Wer hat denn die Fälle bearbeitet?«

»Wir nicht. Ich glaube, da hat der Geheimdienst mitgemischt. Das war alles. Wenn die Leute mehr wissen, sagen sie es uns nicht und halten sich bedeckt.«

»Gut, ich bedanke mich und werde es John ausrichten.«

»All right.«

Suko war sehr nachdenklich, als er den Hörer wieder auf den Apparat drapierte.

»Ärger?«, fragte Shao.

Der Inspektor hob die Schultern. »Es hält sich in Grenzen, aber ich merke, dass da etwas auf uns zukommt.«

»Auch an diesem Samstag?«

Suko lächelte schmal. »Wenn du unbedingt Sheila sehen willst, ich hindere dich nicht daran. Ich glaube nämlich, dass John von mir mit einigen Infos versorgt werden muss.«

»Du weißt doch nicht, wo er steckt.«

»Das lässt sich herausfinden. Außerdem hat sein Wagen Telefon. Acron«, murmelte Suko. »Was kann das wieder sein, und weshalb sind die beiden Spitzenmanager umgekommen? Jedenfalls werden Sie Nachfolger haben, und denen werde ich einen Besuch abstatten.«

»Heute noch?«

»Nein, aber ich kann gewisse Vorbereitungen treffen.«

»Meinen Segen hast du!«, stöhnte die Chinesin. »Wenn du dir unbedingt den Samstag verderben willst, bitte. Ich hindere dich nicht mehr daran.«

Ich erlebte die Grausamkeit eines schrecklich langen Augenblicks. Dabei hatte ich das Gefühl, an einer Schwelle zu stehen und diese nicht überschreiten zu können. Eine andere Macht übte Einfluss auf meine Reaktionen aus.

Das war der Chip!

Was folgte, war unwahrscheinlich und unfassbar für mich, denn der Chip in meiner Hand verlor an Temperatur. Er glich immer mehr einem kleinen Stück Eis, das nicht schmelzen konnte, auch nicht durch die Körperwärme meiner Haut.

Gleichzeitig zog es etwas zu sich heran, das man als Energie bezeichnen konnte. Ich hatte dafür einen anderen Namen.

Licht!

In der Klasse wurde es dunkel. Es war eine ungewöhnliche Finsternis. Kalt und grau, nicht völlig schwarz, sodass ich noch etwas erkennen konnte.

Die Temperatur sank ebenfalls. Kälte überdeckte die wärmere Heizungsluft. Sie umkrallte uns, aber unser Atem wurde vor den Lippen nicht sichtbar. Allmählich verschwammen die Schüler vor meinen Augen. Die Körper lösten sich nicht auf, nach wie vor erkannte ich sie, aber sie glichen erstarrten Schattenwesen.

Das alles geschah so lange ohne einen Laut, bis die flüsternde Stimme des Peter Wade die Stille unterbrach. »Er hat Acron. Er muss Lord Acron kennen ge ...«

Und genau dies bewies mir, dass die Jungen doch etwas mit dieser Sache zu tun hatten. Ob es sich bei den Mädchen ebenso verhielt, wusste ich nicht, jedenfalls rührten sie sich nicht von ihren Plätzen.

Ich hörte die Lehrerin scharf atmen. Auch sie musste dieses Erlebnis zum ersten Mal spüren und konnte sich nicht entscheiden, wie sie reagieren sollte.

Sie flüsterte Worte, die ich nicht verstand. Bill sagte etwas Beruhigendes zu ihr, und ich kam mir vor wie in einer kalten Zelle. Über die zeitliche Länge des Vorgangs dachte ich nicht genau nach. Das konnte höchstens eine Minute gedauert haben, und der Chip auf meiner Hand leuchtete wie ein blankes Stück Metall.

Die Schüler saßen in ihren Bänken. Sie sprachen nicht miteinander. Auch mich ließ man in Ruhe, aber es ging weiter. Das Grauen war nicht nur da, es nahm noch zu.

Ich wurde das Gefühl nicht los, dass es mittlerweile Gestalt annahm. Es trat aus dem Verborgenen heraus und konzentrierte sich auf die Schüler und deren Gesichter.

Sie hoben sich aus der kalten, grauschwarzen Dunkelheit

wesentlich stärker ab, wobei ihre Körper mit der Finsternis verschwammen und nur die Köpfe so aussehen ließen, dass ich sie erkennen konnte.

Gesichter von Kindern.

Im Alter vielleicht zwischen zwölf und vierzehn Jahren. Kinder, die noch lernen wollten und mussten, die ihre Schwierigkeiten hatten wie jeder normale Heranwachsende, die aber trotzdem anders waren.

Denn die Blässe ihrer Gesichter deutete auf etwas Schlimmes hin, über das ich nicht nachdenken wollte, es jedoch akzeptieren musste.

Diese Gesichter kannte ich.

In alten Grüften, hinter düsteren Schlossmauern oder in wuchtigen Steinsärgen hatte ich solche Gesichter schon gesehen, wenn sie sich fratzenhaft verzerrten und sich dem bleichen Licht des Mondes zuwandten.

So war es auch hier.

Nur schauten diese Schüler auf den Chip in meiner Hand, und ihre Lippen bewegten sich.

Als hätten die Schüler einen gemeinsamen Befehl erhalten, öffneten sie ihre Münder.

Wir alle sahen es, aber weder Bill noch Jenny Deylen sagten ein Wort.

Auch ich schwieg.

Meine Kehle war zu, denn ich starrte auf einen Wirklichkeit gewordenen Albtraum. Die Schüler vor mir waren zu Vampiren geworden, und ich hatte dafür gesorgt.

Es war nicht zu fassen. Ich wollte es aus einer inneren Abwehr heraus nicht akzeptieren, doch ich musste mich leider mit diesen Tatsachen abfinden.

Die Schüler waren zu Blutsaugern geworden!

Vampire, diese schon alte Monsterart, sind gefährlich. Sie saugen Blut, um sich zu ernähren. Die Menschen hatten immer versucht, sich gegen diese Wesen zu wappnen.

Da gab es die Kreuze, die für Vampire tödlich waren. Ähnliche Wirkungen zeigten Eichenpflock und geweihte Silberkugeln. Knoblauch konnte sie ebenfalls umbringen. Das alles war mir bekannt, und ich trug sogar die entsprechenden Waffen bei mir, um mir die Blutsauger vom Hals zu schaffen, aber es war für mich unmöglich, auf sie zu schießen. Das gab es einfach nicht, da bestand eine Hemmschwelle, die ich nicht überwinden konnte. Vor mir saßen zwar Blutsauger, aber es waren Kinder, keine Erwachsenen. Halbwüchsige, die unter einem teuflischen Bann standen und wahrscheinlich darauf aus waren, das Blut der Menschen auszusaugen.

Nein, ich zog meine Waffe nicht, dafür sah ich mir die Gesichter an.

Peter Wade saß in der zweiten Reihe. Sein offener Mund wirkte wie eingefroren. Kleine, spitze Eckzähne ragten aus dem oberen Kiefer wie winzige, gelblich schimmernde Messer, die mit Leichtigkeit durch die straff gespannte Haut eines menschlichen Halses dringen konnten, um den kostbaren Lebenssaft aus den Adern zu saugen.

Jedes Kind war erwischt worden.

Auch Bobby Belmont und die Mädchen, die in seiner Nähe saßen. Die gesamte Klasse hielt der Vampirkeim gepackt. Über die Folgen wollte ich nicht weiter nachdenken. Dass wir etwas tun mussten, lag auf der Hand, und ich spürte die Hand meines Freundes Bill auf der Schulter, bevor ich seine Stimme vernahm.

»John, wir müssen hier weg!«

»Und die Kinder?«

»Lassen wir hier.«

Wir hörten die Lehrerin sprechen. Ich sah ihren Schatten, als sie sich auf die erste Bankreihe zubewegte, hielt sie aber zurück, denn niemand sollte in Gefahr geraten.

»Bleiben Sie!«

Bill ging auf Nummer sicher. Er hielt die zart wirkende Person an den Schultern fest.

Auch ich hatte mich mittlerweile entschlossen, etwas zu

unternehmen. Ich musste einfach weg. Dieses Klassenzimmer konnte für uns zu einem gefährlichen Gefängnis werden. Wenn ich etwas tun wollte, dann über diesen geheimnisvollen Lord Acron.

»Raus!«, flüsterte ich scharf. »Wir müssen den Klassenraum verlassen.«

»Aber die Kinder!«

»Wir helfen ihnen schon«, erklärte Bill, der auf Jenny Deylens Einwand reagiert hatte.

»Geht ihr schon vor!«

Die beiden waren einverstanden. Sie schlichen hinter mir vorbei, ich vernahm den scharfen Atem. Ihre Schritte hörten sich zögernd an, gleichzeitig auch unsicher.

»Geht schneller!«

Jenny Deylen wollte wohl nicht. Bill musste sie mit leisen, aber intensiv gesprochenen Worten überreden. Ich warf einen schnellen Blick zur Seite. Ja, sie befanden sich fast an der Tür. Bill tastete schon nach der Klinke. Mit der anderen Hand hielt er den Arm der Lehrerin, er zog sie förmlich aus dem Klassenraum.

Auch ich ging.

Keines der Kinder rührte sich. Sie wirkten noch immer wie eingefrorene Schatten, in denen nur die Gesichter zu erkennen waren – bleich, kalt und grausam wirkend.

Kein Gefühl entdeckte ich in den Augen. Nichts zuckte auf der Haut. Die Münder standen offen, und an den Spitzen der Zähne hing auch kein Tropfen Blut.

Wenn sie nur so sitzen blieben und nichts unternahmen, konnte ich froh sein, aber würden sie das auch? Mussten sie nicht einfach ihrem fürchterlichen Trieb nachgehen, der sie stets dorthin brachte, wo Blut in Adern floss?

Die Gier danach trieb sie an.

Den Chip nahm ich mit. Er musste das Geheimnis dieser Vampirverwandlung beinhalten. Wenn er nicht mehr war, wurden unter Umständen auch die Blutsauger zerstört.

Ich erreichte die Tür. Den Arm hatte ich ausgestreckt.

Meine Hand legte sich auf das Metall der Klinke. Ich spürte deren Kälte. Sie brachte mich für einen Moment wieder in die Wirklichkeit zurück, denn in den letzten Sekunden hatte ich das Gefühl gehabt, nicht mehr zu gehen, sondern über dem Boden zu schweben.

Der Chip trug daran die Schuld.

Er musste mit einer Kraft gefüllt sein, die auch mich manipulierte und dafür sorgte, dass mein Kreuz nicht reagierte. Es sprach auf diese Magie einfach nicht an, und als ich mich durch den Spalt schob, hatte ich das Gefühl, eine andere Welt zu betreten.

Die Magie blieb auf das Klassenzimmer konzentriert. Momentan befand ich mich in einem völlig normalen Schulflur, in dem Bill Conolly und Jenny Deylen auf mich warteten.

Es war schon fast paradox und unwirklich, dass aus einer anderen Klasse Gesang tönte. Er erreichte den Flur und unsere Ohren. Die hohen, hellen Kinderstimmen verbreiteten eine Fröhlichkeit und Sorglosigkeit, die nicht mehr vorhanden war.

Ich deutete auf die Klassentür. »Kann man sie abschließen? Jetzt?«

Die Lehrerin fühlte sich angesprochen. »Ja, ich habe den Schlüssel bei mir.«

»Fantastisch.«

Jenny Deylen kramte in ihrer Umhängetasche, die sie mitgenommen hatte. Während dessen beobachteten Bill und ich mit gespannten Gesichtern die Tür.

Da tat sich nichts.

Es blieb alles ruhig innerhalb der Klasse. Keine Schritte waren zu hören, niemand unternahm auch nur den Versuch, die Tür zu öffnen und uns zu verfolgen.

Endlich hatte die Lehrerin den Schlüssel gefunden. Ihre Hand zitterte. Es war ein Wunder, dass er ihr nicht aus den Fingern glitt. Bill nahm ihn an sich und führte ihn in das simple Türschloss.

Zweimal konnte er ihn herumdrehen. Wenn die Vampir-Schüler das Klassenzimmer verlassen wollten, mussten sie die Tür aufbrechen. Natürlich konnten sie jederzeit entkommen, wenn sie nur wollten. Da gab es noch die Fenster, die sie nur zu öffnen brauchten.

Zum Glück blieb es in den anderen Klassen ruhig. Dort wurde der Unterricht normal weitergeführt. Dieser Vampirkeim war auf diese eine Klasse beschränkt.

Ich konnte nur hoffen, dass es so blieb.

Jenny Deylen war nervös. Ihr Blick zeigte Unruhe und flackerte. »Sollen wir jetzt die Polizei rufen?«, hauchte sie.

Ich schüttelte den Kopf. »Nein, meine Liebe, die kann uns auch nicht helfen. Außerdem sind wir von der Polizei.«

»Was wollen Sie dann tun, Mr Sinclair? Sie müssen etwas unternehmen.« Das Flehen zeichnete sich auf ihrem Gesicht ab. In den Augen glitzerten Tränen.

»Vor allen Dingen sollten wir die Ruhe behalten, Miss Deylen«, erklärte Bill.

Sie lachte auf. »Das sagen Sie so.«

»Nein, mein Freund hat Recht«, stand ich Bill bei. »Diesen Fall können wir nicht in Hektik lösen. Nur die Ruhe muss es bringen. Und all dieser Schrecken hat eine Ursache.«

»Sie forschen nach einem Motiv?«

»Ja, Miss Deylen.«

»Wissen Sie schon mehr?«

Ich nickte. »Lord Acron. Wer oder was ist dieser Lord Acron?« Ich schaute auf den Chip, den ich nicht wieder eingesteckt hatte. »Hat dieses Ding etwas mit Lord Acron zu tun?«

Die Lehrerin nickte und hob gleichzeitig die Schultern. »Ja, die Kinder haben des Öfteren davon gesprochen. Nur kann ich mir nicht vorstellen, dass es etwas mit ihrem Zustand zu tun haben soll. Lord Acron kenne ich. Das ist ein Spiel, wie man mir sagte.«

»Und die Kinder besitzen es?«

»Jawohl. Sie reden oft davon.«

»Haben Sie es schon gesehen?«, fragte Bill. »Dann müssten Sie auch wissen, wo es sich befindet. Erst wenn wir es näher untersuchen, können wir unter Umständen die Kinder von diesem Fluch befreien.«

»Aber nicht mit Garantie!«

»Das leider nicht, Miss Deylen.«

Die Lehrerin nickte. Wir sahen ihr an, dass sie scharf nachdachte. »Das Spiel gehört einem Jungen«, murmelte sie. »Aber ich weiß im Augenblick nicht, wem ...«

»Existiert davon nur eines?«, hakte ich nach.

»Keine Ahnung. Ich jedenfalls habe einen Schüler damit gesehen. Er trug es unter dem Arm.«

Meine nächste Vermutung schoss ich aufs Geradewohl ab. »Kann das vielleicht Peter Wade gewesen sein?«

Jenny Deylen trat einen Schritt zurück. Sie ballte die Hand, nickte und schaute mich aus großen Augen an, bevor sie eine Antwort gab. »Ja, ich glaube.«

»Dann gehen wir in sein Zimmer.«

»Ja, das gibt es auch.«

»Obwohl sie in einem Gemeinschaftsraum schlafen?«, fragte Bill.

Miss Deylen hob die Schultern. »Wir haben uns nach langer Diskussion darauf eingelassen, weil die Klasse es einmal ausprobieren wollte. Das sollte kein Zustand auf Dauer sein.«

»Gehen wir zum Zimmer des Jungen.« Ich hatte es eilig und wollte keine Zeit verlieren. Zwar passte es mir nicht, die Klasse aus dem unmittelbaren Bereich der Beobachtung zu lassen, aber es gab einfach keine andere Möglichkeit für uns.

Und so schlossen wir uns Jenny Deylen an, die uns zum Treppenhaus führte.

In der nächsten Etage wandten wir uns nach links, denn dort führte der Gang in einen Anbau hinein. Dort lagen die Zimmer der Kinder. Da sich die Schüler samt und sonders in den Klassen befanden, fiel die Ruhe in diesem Teil des Gebäudes besonders auf.

Nur einmal kam uns eine Putzfrau entgegen, die einen schweren Bohnerbesen hinter sich herschleifte.

Jenny Deylen ging vor.

Ich beschäftigte mich mit meinem Beutestück, dem Chip, der wieder seine normale Farbe angenommen hatte. Er lag auf meiner Hand, reagierte nicht mehr und sah nur noch so harmlos aus wie ein normales Computer-Teil.

Bill, der neben mir ging, ahnte meine Gedanken. »John, in diesem Chip muss mehr stecken, als wir bisher angenommen haben.«

»Bestimmt.«

»Und welches Gefühl hast du?«

Ich verzog den Mund. »Ein mieses, ehrlich gesagt. Ein verdammt mieses sogar. Ich habe das Gefühl, einen Faden in der Hand zu halten, den wir erst noch aufrollen müssen.«

»Und wo führt er uns hin?«

»Hier ist das Zimmer!«, hörten wir die Stimme der Lehrerin.

»Ist es abgeschlossen?«, fragte ich.

»Nein, das ist bei uns verboten. Vertrauen gegen Vertrauen. Die Türen bleiben offen.«

»Bitte, Miss Deylen, treten sie zurück. Ich möchte den Raum als Erster betreten.«

Sie folgte meiner Aufforderung kommentarlos.

Bill nickte. Er hatte seine Hand in die Nähe der Beretta gebracht. Wie ich stand auch der Reporter unter einem unverkennbaren Druck. Ich öffnete die Tür schnell, schaute in den Raum und somit in ein völlig normales Zimmer.

Zwei Betten, zwei Schränke. Poster an den Wänden, einige Kleidungsstücke, die verstreut auf dem Boden lagen, Stühle, ein Tisch, ein Fenster der Tür gegenüber.

In einem dreireihigen Regal standen Bücher, Krimis, Western und Abenteuergeschichten.

Aber kein Spiel mit dem Namen *Lord Acron.*

Ich wandte mich an Jenny Deylen. »Wo hat Peter Wade denn geschlafen?«

Sie deutete auf ein Bett. »Daneben steht sein Schrank.«
»Danke.«
Das Möbelstück hatte zwei Türen. Ich öffnete zunächst die rechte und sah in den eingebauten Regalen die Wäsche und Kleidung liegen. Nicht sehr ordentlich gestapelt, aber auch zwischen diesen Dingen entdeckte ich kein Spiel.
Anders in der linken Schrankhälfte. Ein Skateboard, Rollschuhe, die entsprechenden Knie- und Armschoner sah ich sowie Teile einer elektrischen Eisenbahn.
Und drei aufeinander gestapelte Kästen.
Spiele.
Die ersten beiden waren harmlos. Normale Brettspiele, aber das unterste musste es in sich haben.
Obwohl es im Schrank düster war, las ich den Titel. *Lord Acron.* Er schimmerte silbrig, und ich zog das Spiel vorsichtig hervor. Dann drehte ich mich um und brachte es zu dem Tisch. Bill und Jenny traten näher.
»Ist es das?«, hauchte die Lehrerin.
»Ja.«
Sie wollte danach greifen, ich aber hielt ihre Hand zurück. »Bitte nicht, wir können nicht wissen, was sich in dem Kasten befindet. Es kann eine Gefahr darin lauern.«
»Meinen Sie?«
Ich gab keine Antwort mehr, sondern fasste das Spiel selbst an. Wie jedes hatte auch dieses hier einen Deckel, den ich sehr vorsichtig in die Höhe hob.
Glatt ließ er sich von seinem Unterteil lösen. Auf dem Deckel war eine Figur abgebildet, die wie ein Raumfahrer aussah. Eingepackt in einen silberfarbenen, glänzenden Anzug und mit einem Helm auf dem Kopf, der ein Sichtvisier hatte.
Völlig normal.
Und der Inhalt?
Bill blickte mir gespannt über die Schulter, aber es war nur ein zusammengeklapptes Spielbrett zu sehen.
Ich klappte das Brett auf.

Es war in Felder unterteilt, die sich in Schlangenlinien über das Brett zogen. Man musste würfeln, um weiter zu kommen. Ein sehr simples Prinzip, aber etwas war doch anders.

Ich las die Erklärungen auf der Deckelinnenseite, und mir fiel der letzte Satz dabei besonders auf, weil er fett gedruckt war.

WENN DU ALLES GESCHAFFT HAST, WIRST DU DAS ZIEL, EIN STERNENVAMPIR ZU SEIN, ERREICHEN.

Ein Sternenvampir also!

War es das?

Auch Bill hatte mitgelesen. »Ein Sternenvampir?«, fragte er leise. »Verdammt, was ist das denn?«

»Ich weiß es nicht. Lass mich mal weiterlesen.« Ich hielt den Deckel so, dass auch meine beiden Begleiter den Text auf der Innenseite entziffern konnten.

Um Sternenvampir zu werden, musste man sich über zahlreiche Hindernisse kämpfen. Nur wer als Erster das auf die Spielfläche gemalte Weltall durchquert hatte, erhielt den ersten Preis, den mit kosmischer Energie gefüllten Sternenchip des Lord Acron. Er wurde in diesem Spiel als der Herrscher des Alls dargestellt.

»Kosmische Energie«, flüsterte Bill. »Begreifst du das, John?«

»Kaum.«

»Ich bin auch überfragt«, meldete sich Jenny Deylen. »Tut mir Leid, davon weiß ich nichts!«

»Sie haben noch nie damit gespielt?«

»Nein.«

Ich war ebenfalls ein wenig ratlos, sah mir den Chip noch einmal an und fragte mich, aus welch einem Grunde er bei mir nicht so reagierte wie bei den Kindern.

Darüber sprach ich mit Bill. Der wusste auch keine Antwort, aber Jenny Deylen mischte sich ein.

»Vielleicht hat es daran gelegen, dass Sie das Spiel noch nicht gespielt haben.«

Ich starrte sie an. »Wie kommen Sie darauf?«

»Nur so.«

»John, da kann sie Recht haben«, meinte der Reporter.

Ich nickte. »Dann müssten wir also einen Versuch wagen.«

Die Lehrerin erschrak. Bill hob die Schultern, hatte aber ansonsten keine Einwände.

Ich schob einen Stuhl heran und setzte mich dem Reporter gegenüber. Jenny Deylen hatte noch Einwände. »Wollen Sie tatsächlich das Spiel durchziehen?«

»Ja.«

»Kann ich gehen?«

»Und wohin?«

»Zu den Kindern.«

»Nein, bleiben Sie mal hier. Sie können beobachten, während mein Partner und ich uns näher mit dem Spiel beschäftigen.« Ich legte den Chip in die kleine Ausbuchtung des Spielkastens, seinen richtigen Platz.

Kleine Silberpüppchen fanden wir, ebenfalls einen Metallwürfel, dann ging es los.

Schweigen breitete sich aus. Natürlich saß ich wie auf heißen Kohlen, aber ich musste das Spiel zu Ende bringen. Zudem hatten wir uns einen günstigen Zeitpunkt ausgesucht, denn der Unterricht begann mit einer Doppelstunde. Erst danach war Pause.

Zunächst sah es so aus, als würde ich gewinnen, dann aber holte Bill auf. Er hatte beim Würfeln eine Glückssträhne erwischt, warf mehrere Sechser hintereinander und näherte sich immer mehr meiner Puppe. Wenig später hatte er sie überholt. Es lag noch eine Kurve vor ihm, bis er das Ziel erreichte.

Diesmal holte ich auf. Drei Felder vor dem Ende hatte ich ihn erreicht.

Jetzt entschied der letzte Wurf.

Die Spannung wuchs. Ich hielt meinen Würfel noch in der geschlossenen Hand, bewegte sie, dann rollte der Würfel aus der Fläche über den Tisch, blieb liegen und zeigte eine Zwei.

»Jetzt du, Bill.«

Der Reporter nahm den Würfel. Seine Lippen waren fest zusammengepresst. Er schielte auf das Brett, seine Lippen zuckten, dann würfelte er. Ich beobachtete den Lauf, der erst kurz vor der Tischkante gestoppt wurde.

Eine Drei!

Bill schaute mich an. »Und damit habe ich gewonnen«, erklärte er.

»Bitte.«

Er fasste seine Spielpuppe an. Plötzlich war er noch gespannter. Ich hatte das Gefühl, als traute er sich nicht, die letzten drei Felder vorzugehen.

»Mach, du bist Sieger.«

»Und dann?«

»Werden wir weitersehen, ob Miss Deylen mit ihrer Vermutung Recht behalten hat.«

Und Bill schob die Puppe vor. Sehr akribisch. Das erste Feld, das zweite, das dritte – und er war am Ziel.

Der Reporter ließ den Atem über seine Lippen strömen. »Gewonnen«, sagte er leise.

Ich deutete auf den Chip. »Nimm ihn!«

Bill schaute mich noch einmal an. Auf seinen Handflächen entdeckte ich Schweiß. Dann nickte er entschlossen und griff ebenso entschlossen zu.

Er nahm den Chip aus der Mulde und hielt ihn fest umklammert. Ich wollte ihn schon fragen, ob er etwas spürte, als Bill sich ruckartig erhob. Gleichzeitig wurde sein Gesicht blass. Sichtbar für mich trat aus den Poren der Schweiß. Mein Freund beugte sich vor, stützte seine freie Hand auf die Tischkante und ächzte: »John!«

Er hatte meinen Namen so ausgesprochen, dass es mir kalt den Rücken hinablief.

Und noch einmal stöhnte er. »John!«

»Was ist?« Auch ich drückte mich hoch.

»Ich spüre etwas. Da kommt jemand auf mich zu. Verdammt, John, ich ...«

»Weg mit dem Chip!«

Er tat es nicht. Stattdessen ging er so heftig zurück, dass der Stuhl umkippte.

Ich war blitzschnell. Bevor Bill reagieren konnte, packte ich sein rechtes Handgelenk, wollte die Finger zurückbiegen, doch Bill schmetterte mir seine linke Faust in den Leib, dass ich zurückgeschleudert wurde und keine Luft mehr kriegte. Fast wäre ich gegen Jenny Deylen gefallen, die soeben noch ausweichen konnte. Dafür stieß ich mit dem Rücken gegen das Bett, krümmte mich und versuchte zu atmen. Der Treffer hatte mich völlig überraschend erwischt. Ich war überhaupt nicht darauf vorbereitet gewesen und kämpfte nun verzweifelt gegen die Schwäche an, die sich in meinem Innern ausbreitete.

Ich kam nicht mehr hoch. In den Knien schien sich Blei festgesetzt zu haben. Auch die Füße waren schwer geworden, und erst Jenny Deylens Ruf riss mich aus dieser Schwäche.

»Mein Gott, Mr Conolly!«

Ich starrte zur gegenüberliegenden Seite des Zimmers, wo das zweite Bett stand.

Bill lag auf ihm. Er hatte sich in die Rückenlage gewälzt, schrie, stöhnte und drückte seinen Körper hoch, wobei er Schreckliches durchmachte, denn er schlug wie ein Wahnsinniger um sich. Das Bett wackelte, und innerhalb dieses Raumes spürten wir das unsichtbare Grauen, das den Reporter umklammert hielt.

Ich ging vor.

Jeder Schritt bereitete mir Qualen. Noch immer hielt ich meine Hand auf die getroffene Stelle gepresst. Sie lag dicht über der Gürtelschnalle. Als ich meinen Freund ansprach, drang nur noch ein Ächzen über meine Lippen, mehr brachte ich einfach nicht hervor.

Und Bill tobte weiter. Manchmal hatte es den Anschein, als wollte er sich vom Bett wälzen, aber er fiel immer wieder zur Wandseite zurück.

Ich hatte ihn endlich erreicht, stützte mich ab und wollte ihn ansprechen, als sich Bill zu mir rollte.

Wir starrten uns gegenseitig an.

Sein Gesicht hatte sich verändert. Es schimmerte so bleich und gleichzeitig in einem kalten metallischen Glanz, so wie ich ihn schon bei den Schülern erlebt hatte.

Der schreckliche Verdacht wurde erst zur Gewissheit, als Bill Conolly den Mund öffnete und ich es sah.

Aus dem Oberkiefer wuchsen zwei Vampirzähne!

Mein Freund hatte das Spiel gewonnen und war zum Lohn dafür in einen Vampir verwandelt worden.

Ich starrte ihn an und hatte das Gefühl, in Eiswasser zu stehen. Etwas rann kalt über meinen Rücken, ich achtete nicht auf das Seufzen der Jenny Deylen, sondern fragte mich, was ich jetzt tun musste, um den Reporter zu erlösen.

Im Prinzip gab es nur eine Alternative.

Ich musste ihn töten!

Ja, so ging man mit Vampiren um. Zudem war Bill kein Kind mehr, sondern ein erwachsener Mensch.

Wie in der Klasse stand ich hier wie eine Statue und traute mich nicht, das zu tun, was ich eigentlich hätte unternehmen müssen. Ich sah in Bills Gesicht und sprach ihn flüsternd an. »Verdammt, Bill, was ist los? Komm zu dir! Du kannst doch nicht zu einem Vampir geworden sein!«

Wenn er mich gehört hatte, so zeigte er jedenfalls kein Verständnis für meine Worte. Aus seinem Mund drang ein tiefes Stöhnen. Wieder schüttelte er sich, sodass das Bett anfing zu vibrieren. Urplötzlich schoss er hoch. Damit hatte ich gerechnet. Meine Arme schnellten vor, die Hände packten Bill an den Schultern. Ich wollte ihn zurückdrücken, als mich der Kopfstoß an der Brust erwischte und zurückschleuderte.

Bill setzte nach.

Wie ein Panther hechtete er mir entgegen. Den Mund hielt er weit geöffnet, die Vampirzähne schimmerten. Diesmal war ich schneller. Zwei Treffer stoppten ihn, doch Bill wollte einfach nicht aufgeben. Er schleuderte mir den Tisch entgegen, und dabei rutschte ihm der Chip aus der Hand.

Er fiel zu Boden, und Bill wollte sofort nach ihm greifen, was ich wiederum nicht zulassen konnte.

Für einen Schlag stand er nicht günstig genug. Ich musste etwas tun, das mich bei einem Freund wie Bill eine verdammt große Überwindung kostete. Mit dem rechten Bein holte ich aus.

Der Tritt erwischte den Reporter an der rechten Schulter. Und dieser Aufprall stoppte ihn nicht nur, er schleuderte ihn auch auf den Rücken. Direkt vor der schreckensstarren Jenny Deylen blieb er liegen.

Ich nahm den Chip an mich, und dann ging ich volles Risiko ein. Was innerhalb dieses Teils steckte, konnte ich mit dem Begriff magische Energie umschreiben.

Woher sie stammte, war mir unbekannt. Nur befand sich in meinem Kreuz das Gleiche, nur eben mit umgekehrten Vorzeichen. Zudem war ich der Sohn des Lichts, und mit Licht hatte auch dieser Vorgang der Vampirwerdung zu tun. Bewiesen worden war es uns in der Klasse.

Bill hatte sich halb erhoben, als ich die Kette über den Kopf gestreift hatte und das Kreuz sichtbar für ihn hielt.

Er öffnete den Mund noch weiter, und gleichzeitig malte sich auf seinen Zügen der Schrecken ab.

Bill sagte etwas, wich zurück, doch ich verstand ihn nicht. Ich wusste nur, dass er das Kreuz fürchtete.

Da reagierte er wie jeder Vampir, denn ein Kreuz brachte dem Blutsauger die Vernichtung.

Ich aber wollte meinen Freund nicht töten, sondern ihm helfen. Dazu brauchte ich das Kreuz und den Chip.

Ihn hielt ich in der linken Hand, das Kreuz in der rechten. Und beides führte ich zusammen.

Nicht sehr schnell, dafür bedächtig und langsam. Auf dem Weg spürte ich bereits die beiden unterschiedlichen Magien, die sich einander näherten. Licht entstand.

Beim Chip kalt glänzendes, graues Schattenlicht, während

das Kreuz in einen silbrigen Glanz getaucht war. Es gelang mir auch, einen Blick auf Bill zu werfen.

Er hockte am Boden, hatte sich abgewandt und einen Arm angehoben und angewinkelt, damit er sein Gesicht schützte. Er jammerte. Diese Laute hatte ich bei ihm noch nie gehört. Sie waren so qualvoll ausgestoßen, dass er mir Leid tat, aber ich konnte einfach nichts für ihn tun. Durch diese Hölle musste er allein.

Ich hätte das Kreuz auch aktivieren können. Dies wiederum traute ich mich nicht, denn die geballte magische Kraft hätte unter Umständen meinen Freund Bill vernichtet.

So blieb ich vorsichtig.

Diesmal erkaltete der Chip nicht. Er nahm jedoch Hitze an, und meine Hand wurde warm.

Noch ein winziges Stück musste ich das Kreuz vorschieben, dann hatten die beiden so unterschiedlichen Gegenstände Kontakt.

Er kam zustande!

Nichts geschah.

Nur das Jammern meines Freundes verstärkte sich. Er jaulte regelrecht auf, warf sich bäuchlings zu Boden, und ich hörte ihn dumpf schreien, als würde er dabei in den Teppich beißen.

Einen Moment später schrie ich. Der Chip war urplötzlich so heiß geworden, dass er mir die Handfläche verbrannte. Ich musste ihn einfach fallen lassen.

Dabei prallte er auf die Kante, bevor er umknickte und mit seiner Rückseite liegen blieb.

Und endlich geschah das, was ich mir erhofft hatte. Durch die Kräfte meines Kreuzes war es mir gelungen, den Chip so zu manipulieren, dass er sein Geheimnis entließ.

Er öffnete sich mir, und es stieg das hervor, was tief in ihm steckte. Das verdampfende Blut des Sternenvampirs.

Dieselbe Schule, ein anderes Zimmer.

Ein Klassenraum.

Wie versteinert saßen die Schüler auf ihren Plätzen. Mädchen und Jungen, die es voll erwischt hatte, die trotzdem noch aussahen wie normale Schüler, wären nicht die Köpfe mit den bläulich bleichen und manchmal grau schimmernden Gesichtern gewesen, deren Münder offenstanden und dadurch die Vampirzähne zeigten.

Minuten vergingen.

Sie reihten sich aneinander, wurden zu einer Kette, doch keines der Kinder reagierte. Sie blieben auf ihren Plätzen und lauschten dem nach, was sich in ihrem Innern tat.

Manchmal flog ein Zucken über die Gesichter, als hätten sie gleichzeitig ein besonderes Erlebnis gehabt. Wahrscheinlich war dem auch so, denn ihre Augen nahmen einen entrückt wirkenden Glanz an, als wären die Pupillen darin geputzt worden.

Graues Licht tanzte in ihnen, schimmerte und blieb erhalten. Auch bei Peter Wade, der als Erster die im Klassenraum liegende Ruhe durchbrach. Er stand plötzlich auf.

Es war ein ruckartiges Erheben, als hätte man einen Roboter in Bewegung gesetzt. Und ebenso steif verließ er seinen Platz, ging die wenigen Schritte bis zum Pult des Lehrers, um sich dort zu setzen. Er schaute seine Mitschüler an, die seinem Blick nicht auswichen. Halb geöffnet war sein Mund, die Vampirzähne schimmerten wie poliert, und Peter Wade begann zu sprechen.

»Spürt ihr es, Freunde?«, fragte er.

Zunächst erfolgte keine Reaktion. Dann nickten die Ersten. Auch Bobby Belmont befand sich darunter. Die Mädchen bewegten ebenfalls die Köpfe. Ihre hübschen Kindergesichter glichen kleinen, monströsen Larven. Verändert durch die gefährlichen Hauer mit den wie angefeilt wirkenden Spitzen.

»Sie haben ihn gefunden. Sie spielen bereits mit Lord Acron, dem Sternenvampir, dem wir allein dienen.« Peter richtete seinen Blick gegen die Decke des Klassenzimmers. »Acron wird uns nicht im Stich lassen. Er ist uralt. Sein Blut ist sein Erbe, das wir übernommen haben. Er ist unser Herr, und wir werden bald den ersten Erwachsenen in unserem Kreis begrüßen können.«

Mit dem letzten Wort beendete Peter seine Rede. Er ging nicht mehr zu seinem Platz zurück und blieb auf dem Stuhl hocken. Den Kopf legte er schräg, die Lippen presste er zusammen. Es sah so aus, als würde er über etwas nachdenken, das nur er allein sah.

Manchmal zwinkerte er mit den Augen oder gab ein Lächeln von sich, das nie strahlend wirkte, sondern stets verkniffen war, als wollte er jemanden auslachen.

Plötzlich schoss ein Mädchen von seinem Platz hoch. Es hatte halblange, blonde Haare und trug einen dunkelblauen Pullover. Das Gesicht der noch jungen Person verzerrte sich, sie hob die Arme und presste sie gegen die Ohren. Gleichzeitig drang ein tiefes Stöhnen aus ihrem Mund, während sie in ihrer Sitzbank von einer Seite auf die andere taumelte. Wie dünne Rinnsale strömte Blut aus ihrer Nase, und sie schnappte sich ein auf dem Tisch liegendes Buch, das sie mit einer blitzschnellen Bewegung hinter sich schleuderte.

Erst dann sprach sie.

»Er ist da! Er ist da! Lord Acron. Ich spüre ihn. Er ist in mir. Er ist in Gefahr, in großer Gefahr. Die anderen beiden treffen ihn, aber der eine ist gefährlich.« Mit einem Schluchzlaut endete ihr unter großen Mühen hervorgestoßener Monolog. In einem Zeitlupentempo sank sie zusammen. Der Kopf pendelte noch für einen Moment, bevor er nach vorn sank und auf dem Tisch aufschlug.

Es war genau dieser Laut, der Peter Wade wieder aufstehen ließ. Er kannte das Mädchen gut. Die Schülerin hieß Silvia und galt als sehr sensibel. Sie war der Prototyp eines Mediums und nahm das auf, was andere nicht schafften.

Silvia hatte Ahnungen, sie reagierte auf Strömungen wie ein Messgerät, und sie hatte praktisch überhaupt den ersten

Kontakt zu Lord Acron, dem Sternenvampir, geschaffen. Aus diesem Grunde war ihr Urteil wichtig, und das wusste auch Peter Wade, der die Klasse leitete und sich selbst für einen großen Diener Acrons hielt.

Deshalb musste er etwas tun. Sehr vorsichtig drückte er sich hoch und glitt aus der Bankreihe. Seine Schritte waren kaum zu vernehmen, als er sich dem Mädchen näherte und neben ihm stehen blieb. Er senkte den Kopf und sprach Silvia an.

»Was hast du gesehen? Sag es uns! Wie weit sind sie gekommen?«

Der so junge weibliche Vampir stöhnte. Ein Zittern lief durch die Gestalt. Silvia hatte Mühe, etwas in Worte zu fassen. Was nur sie sah, musste schrecklich sein, und erst als Peter Wade sie in die Höhe zog, konnte sie etwas sagen.

Stockend drangen die Worte über ihre Lippen. »Der andere ist gefährlich. Er hat etwas, das mit Magie geladen ist. Mit weißer Magie. Sie ist so furchtbar, so gefährlich. Sie kann töten, sie kann vernichten, denn sie ist sehr, sehr mächtig.«

»Wo sind sie?«

»Im Zimmer. Sie haben Acron. Sie wollen, nein, sie haben den Chip. Lord Acrons Geist?«

Peter Wade wusste, dass Silvia nicht log. Scharf wandte er sich um. Seinen Entschluss hatte er längst gefasst.

»Wir alle dienen ihm, wir haben sein Spiel ausprobiert. Deshalb möchte ich, dass wir hier nicht länger bleiben und ihm zu Hilfe eilen. Los, beeilt euch! Wir müssen hin, unbedingt. Nur im Zimmer und beim Spiel können wir ihm helfen.«

Bisher hatten die Schüler noch immer auf Peter Wade gehört. Sein Wort war Gesetz.

Auch diesmal.

Ohne Widerspruch erhoben sie sich von ihren Plätzen. Sehr langsam schoben sie sich aus den Bankreihen. Es gab kaum Geräusche, denn sie setzten auch ihre Schritte behutsam und gingen in Richtung Tür.

Alles lief mit großer Disziplin ab, und auch als Peter Wade die Tür gewaltsam öffnete, blieben seine Mitschüler diszipliniert.

Sie schritten an ihm vorbei.

Niemand sprach ein Wort, und es war die berühmte Ruhe vor dem Sturm, die sie umfangen hielt.

Ihre Gesichter hatten sich nicht verändert. Noch immer wirkten sie wie mit einem metallischen Glanz versehen. Nur die Augen strahlten heller, wobei sie trotzdem wie dunkle Sterne wirkten.

Einer nach dem anderen betrat den Flur. Das Tappen ihrer Schritte auf dem blanken Boden war wie eine schaurige Begleitmelodie. Niemand hielt sich auf dem Gang auf. Lehrer und Schüler befanden sich in den Klassen, sodass die unheimlichen Gestalten durch einen geisterhaft daliegenden Flur gingen.

Peter Wade schaute noch einmal zurück, bevor er sich der Gruppe anschloss. Der Klassenraum, der die Zeit über im Dunkel gelegen hatte, veränderte sich wieder.

Das graue Licht verschwand, die normale Helligkeit flutete durch die Scheiben, sodass nichts mehr darauf hinwies, wer sich dort aufgehalten hatte. So sollte es auch sein.

Peter Wade hielt nichts mehr. Er lief schneller und hatte Sekunden später seine Mitschüler erreicht.

Wie eine geisterhafte Kompanie bewegten sich die Kinder mit den Vampirzähnen durch die Flure des Internats.

Im Chip befand sich Blut!

Heiß war er geworden, und endlich war es mir gelungen, sein Geheimnis zu lüften.

Ich sah, wie eine warme Wolke aus ihm aufstieg. Sie bestand aus drei Farben. Einem hellen Grau, darunter war ein silbriges Leuchten, und dies wurde von der Schwärze überdeckt, die so kalt und intensiv war, wie es sie auf der normalen Welt nicht gab.

Ich aber kannte diese Schwärze, hatte des Öfteren mit ihr zu tun gehabt und wusste demnach, dass ich sie in den Schlünden der Hölle finden konnte.

Ja, es war, so paradox es sich anhörte, ein schwarzes Licht, ein Schattenlicht, das man auch in der unendlich wirkenden Weite des Alls wiederfand.

Und dieses Licht stand gegen die Macht des Kreuzes!

Es wurde bekämpft!

Das bekam auch Bill Conolly mit, der unter den Einfluss des geheimnisvollen Lord Acron geraten war. Er lag auf dem Boden, sein Atem pfiff und hätte für mich beruhigend sein können, denn echte Vampire brauchen nicht zu atmen. Sie existieren als Untote.

Jenny Deylen hatte es nicht geschafft, den Raum zu verlassen. Sie wirkte wie angewachsen, stand nahe der Tür und lehnte mit dem Rücken dagegen. Starr schaute sie auf den unheimlichen Vorgang, die Hand gegen den Mund gepresst, um Schreie zu unterdrücken.

Ich verließ mich auf das Kreuz. Noch immer hatte ich es nicht aktiviert, das war auch nicht mehr nötig, denn als die aus dem Chip steigende Wolke in die helle Aura des Kreuzes geriet, begann der unheimliche Prozess der Zerstörung.

Gleichzeitig strahlte das Kreuz so hell auf wie nur in ganz extremen Situationen. Die Lichtfülle erfasste das Zimmer, sie hüllte uns als Aura ein, in dessen Mitte plötzlich ein uraltes, dennoch junges Gesicht mit weisen Augen zu sehen war.

Ich erschrak zutiefst, war aber gleichzeitig freudig erregt, denn ich kannte dieses Gesicht.

Es gehörte dem Seher!

Als Wanderer zwischen den Zeiten hatte ich ihn mal bezeichnet. Als ein Geist, der vieles wusste und der vielleicht aus mehreren Personen bestand, aber dieses Geheimnis hatte ich noch nicht gelüftet.

So sah ich nur immer sein Gesicht, wenn er sich mir zeigte

und ich mich zwangsläufig auf seine Augen konzentrierte, in denen das Wissen der Welt verborgen zu sein schien.

Wenn der Seher redete, hörte ich seine Stimme nicht, obwohl ich ihn trotzdem verstehen konnte, denn seine Worte drangen in mein Gehirn und wurden dort registriert.

Über eine Entfernung hinweg, die ich nicht einmal schätzen konnte, wurde sie an mich gerichtet, und auch jetzt hörte ich die erklärenden und beruhigenden Sätze.

›Es ist das Böse an sich, das nicht nur in den dir bekannten Welten existiert, sondern schon vor langer, langer Zeit anwesend war, als die Menschheit noch in den Kinderschuhen steckte. Da griffen aus anderen Dimensionen und von den Sternen her Wesen ein, die heute längst vergessen sind. Der Prophet Hesekiel, dem du so unendlich viel verdankst, hat sie gesehen, er hat mit ihnen gesprochen, und er hat erkannt, welch eine Gefahr sie darstellten. Er wusste vom Sternenvampir, dem Lord Acron, der die damalige Welt betrat und seine Spuren hinterlassen hat. Er kam zu den Sternen, er flog wieder zu ihnen zurück, aber er hinterließ ein gefährliches Erbe. Es war sein Kristallblut, der Sternenstaub. Verborgen in einem Tempel hat es gelegen, nie entdeckt von plündernden Menschen, bis es doch einer fand und es an sich nahm. Er wusste, dass dies etwas Besonderes war. Das Sternenblut des Lord Acron brauchte nur aufbereitet zu werden. Es enthielt alle Geheimnisse dieses Wesens. Jedes Teilchen war eine Speicherkammer für sich, und es war in der Lage, Menschen in seinen Bann zu bringen. Der Mann, der diesen Sternenstaub fand, wusste es sehr genau, und er setzte ihn gnadenlos für seine Zwecke ein. Er herrscht seit neuestem über einen mächtigen Elektronik-Konzern. Er ist die Gestalt im Finstern, und er hat es geschafft, andere Menschen von deren Plätzen zu verdrängen. Er erfand ein furchtbares Spiel als erstes Testobjekt, das er bei Kindern einsetzte. Er wollte herausfinden, ob sich die Kraft des Sternenvampirs noch gehalten hat. In dieser kleinen Platte ist sie konzentriert. Vereint mit dem Licht des Alls gibt es nur einen Gegenstand, der sie zerstören und ihr auch widerstehen kann. Dein Kreuz, John Sinclair, das Hesekiel in weiser Voraussicht so vollendet geschaffen hat.‹

Ich sprach mit ihm und stellte ihm eine Frage. ›Kann ich die Kinder vor ihm retten?‹

›Das hoffe ich sehr, Sohn des Lichts, denn die Sternenblut-Vampire sind mit denen, die du kennst, nicht zu vergleichen. Sie waren anders und schöpften ihre Kraft aus dem dunklen Licht des Alls. Du musst Acrons Erbe vernichten, versprich mir das.‹

Ich nickte und fügte als gedanklich gesprochene Antwort hinzu: ›Das Kreuz wird es schaffen.‹

›Das hoffe ich, Sohn des Lichts!‹

›Aber wer ist der Mensch, der es geschafft hat, dieses Sternenblut zu finden?‹

Die Frage hatte mir auf der Seele gebrannt, doch eine Antwort erhielt ich nicht. Dem Seher gelang es nicht mehr, die Verbindung aufrechtzuerhalten. Er zog sich zurück. Ich sah sein Gesicht immer blasser werden und schließlich verschwinden.

Die Vergangenheit hatte mich eingeholt wie ein Traum. Zurück blieb die Gegenwart, ein Zimmer, eine Frau, zwei Männer und ein auf dem Boden liegender und mit Sternenblut gefüllter Chip, der dabei war, sich aufzulösen, denn die strahlende Helligkeit meines Kreuzes war letztendlich stärker gewesen.

Nur noch ein kleiner Rest war vorhanden, aus dem dieser grauschwarze, kalt wirkende Dampf in die Höhe stieg, mit der Energie meines Kreuzes in Berührung kam, sodass es die fremde, uralte Vampirmagie vernichtete.

Ich stand auf dem Fleck, ohne mich zu bewegen. Das Kreuz hatte die Aufgabe übernommen. Immer wenn seine und die fremde Magie zusammenstießen, gab es Funkenschläge, bei denen die Aura meines Kreuzes Sieger blieb.

Lord Acron, die geheimnisvolle Figur im Hintergrund, hielt sich, falls sie noch existierte, zurück. Sie blieb in fernen, kaum zu erfassenden oder begreifbaren Dimensionen, während sein Erdenerbe durch mein Kreuz vernichtet wurde.

Als strahlender Komet schaute es aus meiner Hand, als Fanal des Lichts und als Triumph des Guten über die andere, so gefährliche Seite. Fast tat es mir ein wenig Leid, dass ich ihm nicht persönlich gegenübergestanden hatte, aber wenn er noch existierte, konnte es möglicherweise zu einer Begegnung kommen.

Jenny Deylen sprach mich an. »Mr Sinclair, was ist geschehen? Sie haben so seltsam reagiert, waren abwesend, und der Chip ...«

Da wurde die Tür aufgerammt.

Ich hatte während ihrer Worte zu ihr gesehen und bekam mit, wie die auffliegende Tür in den Rücken der Lehrerin drosch und sie nach vorn schleuderte.

Ich sah ihr schmerzerfülltes Gesicht, den verzogenen Mund, weit geöffnete Augen, und ich hielt sie in einer Reflexbewegung fest, um sie sofort danach hinter mich zu schleudern, denn in der Türöffnung waren diejenigen aufgetaucht, die ich nun überhaupt nicht hier im Raum haben wollte.

An der Spitze seiner Mitschüler stand Peter Wade. Die Vampirzähne gebleckt und bereit, sich ebenso auf mich zu stürzen wie seine Klassenkameraden.

Und diese griffen an!

Obwohl ich allein gegen sie stand, hatte ich einige Vorteile. Der erste war von der praktischen Art. Von der Breite her konnte die Tür die Masse der Kinder nicht fassen. Sie behinderten sich gegenseitig, so hatte ich einige Sekunden Luft.

Ich hielt das Kreuz noch in der Hand. Eine kleine Drehung meinerseits reichte aus, um es so zu halten, dass die ersten, darunter befanden sich auch Mädchen, auf diesen geweihten Talisman blickten.

Sie starrten ihn an, und auf ihren Gesichtern breitete sich die Angst aus.

Furchtbar waren sie anzusehen, als sie litten. Ihre spitzen Schreie bildeten eine schrille Lärmkulisse. Sie wollten nicht mehr, ich jagte ihnen Angst ein, und ich hörte auch noch Bill Conolly jammern.

Neben mir verdampfte der letzte Rest des Chips. Nicht mal ein Fleck blieb zurück, die magische Aura des Kreuzes zerstörte alles. In den folgenden Sekunden hatte ich tatsächlich das Gefühl, ein Stehenbleiben der Zeit zu erleben, denn die Kinder, die in den Bann geraten waren, wirkten auf mich wie Wesen, die in eine fremde Zeit gehörten.

Blitzartig kam die Schwäche über sie.

Peter Wade erwischte es als Ersten. Er kippte nach vorn. Es sah so aus, als wollte er fliegen, doch er landete vor meinen Füßen auf dem Boden des Zimmers.

Den anderen erging es ebenso. Der Bann hatte sie gnadenlos gehalten. Jetzt wurde er zerrissen.

Ich konnte nicht jedes Kind auffangen, das zu Boden fiel. Sie stürzten übereinander, sodass sie sich beim Aufprall kaum wehtaten. Das beobachteten Jenny Deylen und ich. Ich gab keinen Kommentar, die Szenen sprachen für sich, aber ich hörte jemanden etwas sagen.

Es war mein Freund Bill.

Er lag nicht mehr auf dem Fußboden, sondern hatte sich hingekniet. Mit den Händen stützte er sich auf, den Kopf hatte er leicht angehoben, sein Mund war geöffnet, und ich konnte sehr deutlich erkennen, dass keine Vampirzähne mehr aus dem Oberkiefer wuchsen.

Ebensowenig wie bei Peter Wade.

Seufzend holte der Reporter Luft. Er streckte einen Arm aus, und es war die Lehrerin, die ihm auf die Beine half. »Kommen Sie, Mr Conolly. Ich glaube, das hier ist vorbei.«

Ja, das war es. Nur hatten wir erst ein Steinchen aus dem Mosaik des Schreckens herausgerissen. Andere Steine steckten noch tief darin. Der Seher hatte mir von einem geheimnisvollen Mann berichtet, der an der Spitze eines Konzerns stand.

Wer konnte das sein?

Ich schluckte einige Male, weil mein Hals so trocken geworden war. Dann legte ich Bill meinen Arm um die Taille. Der Reporter konnte sich kaum auf den Beinen halten.

»Was war eigentlich genau los, John? Ich habe das Gefühl, in einem Nebel gelebt zu haben, der so dicht war, dass ich ihn nicht durchdringen konnte und nur vage Erinnerungen habe. Außerdem schmerzen mir einige Körperpartien, als hätte mich dort jemand geschlagen.«

»Das stimmt auch.«

»Warst du das etwa?«

»In der Tat.«

»Und weshalb hast du das getan?«

Ich lächelte. »Mein lieber Bill. Du hattest einfach einen zu großen Durst.«

»Ich?« Er lachte kratzig. »Deswegen schlägt man doch keinen Menschen. Was war in dich gefahren?«

»Nein, deswegen schlägt man auch nicht. Aber dein Durst bezog sich auf mein Blut, und so etwas mag ich verständlicherweise nicht.«

Bill wurde bleich, sodass man ihn schon mit einem Vampir vergleichen konnte. »Und das stimmt?«, hauchte er.

»Hätte ich dich sonst verprügelt?«, fragte ich grinsend.

Es hatte Suko Zeit und Mühe gekostet, überhaupt einen Kontakt zu gewissen Stellen herzustellen. Dass es schließlich doch noch klappte, hatte er seinem Chef, Sir James und dessen fantastischen Beziehungen zu verdanken. Und so war Suko losgefahren zu einem Haus, das im vornehmen Londoner Stadtteil Belgravia lag und von einem Grundstück mit hohem Eisenzaun umfriedet war. An einem Tor hatte Suko klingeln müssen und wurde eingelassen, als er ein bestimmtes Kennwort sagte, das zuvor vereinbart worden war. Das Haus lag ziemlich versteckt hinter den schon herbstlich bunt gefärbten Bäumen. Zum Eingang führte eine Treppe hoch, die ebenso grau aussah wie die breiten Fenster des Hauses.

Als Suko vor der Tür stand, schwang sie automatisch nach innen. Der Chinese trat ein.

Die halbdunkle Halle nahm ihn auf wie ein schützender Mantel. Möbelstücke standen an den Wänden verteilt. Hohe Regale, Aktenschränke, alles aus dunkel gebeiztem Holz, aber Suko sah auch einen Fernschreiber und eine moderne Computeranlage, die eingeschaltet war, denn einige Lampen blinkten wie feuerrote Augen.

Der Inspektor hatte im Lauf der Zeit Erfahrungen mit gewissen Abteilungen der Geheimdienste gesammelt und wunderte sich nicht, dass er so ungewöhnlich empfangen wurde.

Hinter ihm schwang die Tür wieder zurück, und Suko hatte das Gefühl, ein Gefangener zu sein, denn die Scheiben der Fenster waren offensichtlich schusssicher.

Er schaute sich um, entdeckte einen einigermaßen bequem aussehenden Sessel und ließ sich nieder. Die Beine schlug er übereinander. Er war hier, jetzt war die andere Seite am Zug.

Zuerst tat sich nichts. Suko hörte auch keine Schritte. Er war und blieb mit den Möbelstücken und Apparaturen allein. Dennoch war Suko sicher, dass man ihn genau beobachtete, denn in Häusern wie diesem war die elektronische Überwachung perfekt.

Es dauerte ungefähr fünf Minuten, bis er angesprochen wurde. Die Stimme drang aus von ihm nicht sichtbaren Lautsprecherboxen, die im Schatten lagen.

Es brannte sowieso nur eine Lampe, und ihr Licht fiel auf die Apparaturen.

»Wir freuen uns, dass Sie gekommen sind, und dürfen Sie begrüßen.«

»Ja, danke. Gruß zurück. Nur finde ich es ungewöhnlich, dass Sie sich nicht zeigen.«

»Das hat seine Gründe.«

»Meinetwegen. Ich will sowieso nur einige Fragen beantwortet haben. Sie wissen, um was es geht?«

»Ja.«

»Der Konzern Acron. Wer steckt dahinter?«

»Nun, es ist nicht so einfach. Wir jedenfalls sind nicht unmittelbar davon betroffen, weil es kein englischer Konzern ist.«

»Wirklich nicht?«

»Nein, dahinter stecken internationale Gruppen, wenn ich das mal so sagen darf. Es ist ein Mischkonzern und nicht nur, was die Palette seiner Produkte angeht.«

»Also auch bei der Besetzung des Managements.«

»Sehr richtig, Inspektor.«

»Können Sie Namen sagen?«

»Kaum. Es hat in letzter Zeit zu viele Verschiebungen gegeben. Zwei wichtige Personen sind auf ungewöhnliche Art und Weise gestorben. Wir rechnen damit, dass auch ein dritter Manager irgendwann verunglücken wird. Aber das muss sich erst herausstellen.«

»Gut, ich habe begriffen. Aber Leute, die sterben, müssen ersetzt werden. Wer hat die Posten der Manager übernommen?«

»Das steht nicht genau fest.«

»Sie haben doch Vermutungen.«

»Ja«, klang die zögernde Antwort auf.

»Und wer leitet den Konzern?«

»Man spricht hinter vorgehaltener Hand davon, dass ein neuer Stern geboren wurde. Wie dieser Mann es geschafft hat, innerhalb kürzester Zeit so weit aufzusteigen, ist uns nicht bekannt, aber wir müssen die Tatsache akzeptieren.«

Für Sukos Geschmack redete der Gesprächspartner zu viel. Der Inspektor stöhnte auf. »Verflixt noch mal, ich will mit Ihnen nicht plaudern, sondern wissen, welcher Mann dies geschafft hat. Sagen Sie es doch endlich!«

»Moment, ich frage zurück.«

Suko war ein Geduldsmensch, aber dieses Spiel, das hier mit ihm getrieben wurde, fiel ihm auf die Nerven. Er stand auf, ging zum Fenster und klopfte gegen die Scheibe.

Sie bestand tatsächlich aus einem kugelsicheren Glas.

»Ja«, hörte er wieder den Sprecher. »Ich habe mich nicht geirrt. Dieser andere Mann ist uns tatsächlich unbekannt, aber sein Name hört sich außereuropäisch an.«

»Soll ich raten?«

»Nein, das brauchen Sie nicht. Ich will es Ihnen sagen, aber dann ist die Sache hier vergessen!«

»Sie können sich auf mich verlassen.«

»Der Name dieses Mannes, der sich an die Spitze von Acron gesetzt hat, lautet Akim Samaran.«

Da wurde Suko blass.

ENDE

Der Feuerkult

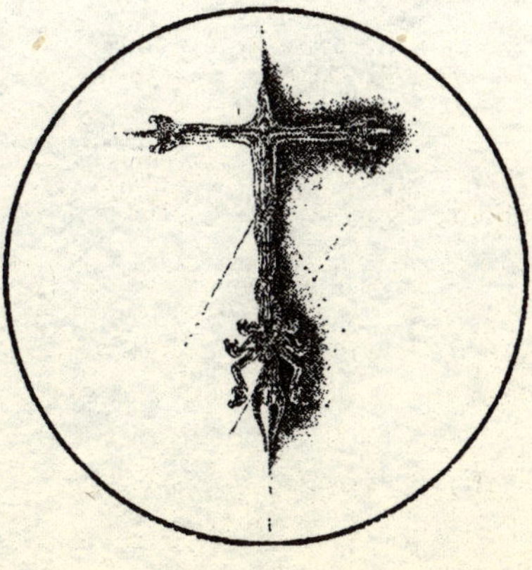

Über ihm befand sich der unendlich wirkende Himmel, tief unter ihm das weite Land, und neben ihm saß der Tod.

Nur wusste Robert Hayes davon nichts. Er glaubte fest daran, sich so sicher fühlen zu können wie beim Start der Maschine, aber das war nicht mehr der Fall.

Zudem hätte jeder in der Frau, die neben ihm den Platz eingenommen hatte, alles gesehen, nur nicht eine Killerin.

Sie war eine Verlockung, Fleisch gewordene Sünde mit feuerrotem Haar. Die Mähne umrahmte ein schlankes Gesicht, das Ähnlichkeit mit dem einer bekannten italienischen Sängerin aufwies. Die Wangenknochen waren hoch angesetzt und standen etwas hervor. Über sie spannte sich die blasse Haut. Im Gegensatz dazu standen die lockenden, vollen Lippen, die bereits etwas von der inneren Glut ahnen ließen, die sich auch in den Augen widerspiegelte.

Die Unbekannte hatte Robert Hayes einmal nur angesehen. Ein kurzer Blick war es gewesen, aber dieser Blick war dem 48-jährigen Mann mit dem schon grauen Haar tief unter die Haut gefahren. Man hatte ihm mal gesagt, dass er gut aussehen würde und nichts anbrennen ließ. In diesem Fall allerdings kümmerte ihn der Blick nicht, auch dann nicht, als sie um Feuer bat und er es ihr gab.

Noch jetzt dachte er darüber nach, warum die Flamme so ungewöhnlich hoch aufgeflackert war. Sie war sogar gegen das Gesicht der Unbekannten im grauen Lederkostüm gestrichen und hätte eigentlich die Augenbrauen versengen müssen, doch nichts dergleichen war geschehen.

An Bord herrschte Ruhe. Die Tageswende war bereits überschritten. Viele Passagiere schliefen, und die Stewardess bemühte sich, ihre Schritte möglichst lautlos zu setzen, wenn sie durch den Mittelgang schritt. Wer noch wach war, wurde von ihr mit einem Lächeln bedacht, nur bei der Frau neben Robert Hayes ging sie schnell vorbei, und sie hatte auch nie gefragt, ob sie Getränke bringen dürfte.

Es schien so zu sein, als spürte sie etwas von dem Unbekannten oder Geheimnisvollen, das in ihr steckte.

Hayes konnte nicht schlafen, die Frau neben ihm wollte nicht. Aber sie verlangte plötzlich nach einem Whisky. Wieder klang ihre Stimme dunkel, fast wie die eines Mannes.

»Scotch oder Bourbon?«, fragte die Stewardess.

»Bourbon.«

»Natürlich. Sie auch, Sir?«

Die Frage war an Robert Hayes gerichtet worden. Diesmal lächelte die dunkelhaarige Stewardess mit den leicht geschlitzten Augen, aber Hayes wollte nicht.

»Nein, danke. Vielleicht später.«

»Gern, Sir.«

Sie ging weiter, und Hayes war mit seinen Gedanken wieder allein. Das musste er einfach. Es gab noch zu viele Dinge, über die er nachdenken wollte. Wichtig war zunächst das Ziel seiner Reise, denn er würde einem bestimmten Mann eine ganz bestimmte Frage stellen, die ihn als Antwort den Tod kosten konnte.

Zwei seiner Kollegen waren bereits gestorben. Und zwar auf verdammt unerklärliche Art und Weise. Die Polizei hatte sich zunächst eingeschaltet. Wegen der außerordentlichen Wichtigkeit der Verstorbenen hatte sich aber dann auch einer der im Untergrund arbeitenden Dienste des Falles angenommen, und Informationen waren nicht mehr durchgesickert.

Schweigen stiftet Unruhe. Bei Hayes war dies ebenfalls der Fall gewesen. Er hatte lange überlegt, bis er sich zu diesem gewagten Schritt entschloss, sich in die Maschine setzte und in die Staaten flog, wo der Mann lebte, der dort sein Hauptquartier errichtet hatte und über einen gewaltigen Konzern allein bestimmte.

Er war praktisch aus dem Nichts gekommen und hatte innerhalb kurzer Zeit alles überrundet. In der normalen Wirtschaft und auf dem vorgezeichneten Karriereweg wäre dies nicht möglich gewesen, sodass man schon davon ausgehen konnte, dass diese Person mit dem Teufel im Bunde stand.

Die Stewardess brachte den Whisky. Die rothaarige Frau

nahm das Glas entgegen und sagte wie nebenbei: »Sie mögen mich wohl nicht, Miss?«

»Wie kommen Sie darauf?«

»Nur so.«

»Nein, Sie irren sich.«

»Lügen Sie nicht!«, zischte die Rothaarige leise. Dennoch hörte es sich gefährlich an.

Das Gesicht der Stewardess war rot angelaufen. Sie drehte sich um und ging. Hayes beobachtete sie, bis sie verschwunden war. Und plötzlich glaubte er an Halluzinationen.

Die Jacke des Mädchens brannte. Aus dem Stoff schossen plötzlich Flammen, die bis in den Nacken stiegen. Die Stewardess zuckte zusammen, schrie leise auf, drehte sich um die eigene Achse, und als Hayes wieder auf ihren Rücken schaute, waren die Flammen verschwunden.

Er schüttelte den Kopf.

Seine schöne Nachbarin warf ihm von der Seite her einen spöttischen Blick zu, während sie das Glas hochhielt und den Whisky in langsamen Schlucken genoss.

»Stimmt etwas nicht?«

Hayes strich durch sein Haar. Er lächelte unecht. »Ich weiß nicht so recht, aber ich habe das Gefühl, als hätte die Stewardess plötzlich gebrannt.«

»So?«

»Ja, tatsächlich.« Er breitete seine Arme aus und berührte unbeabsichtigt mit dem Ellbogen die Frau an seiner rechten Seite. Dabei zuckte er regelrecht zusammen, denn diesmal hatte er das Gefühl, etwas Heißes zu spüren. Und diese Hitze drang durch den Anzugstoff. Hayes zog seinen Arm hastig zurück.

Er sah nicht das Lächeln auf dem Gesicht der Rothaarigen, aber er hörte ihre nächste Frage. »Sie meinen, die Stewardess hätte gebrannt?«

»Ja, das hat sie.« Hayes schüttelte den Kopf und winkte ab. »Vergessen Sie es. Ich bin wahrscheinlich übermüdet. Hinter mir liegen anstrengende Wochen.«

Doch die Frau redete weiter. »Möglicherweise haben Sie Recht, und die Dame hat tatsächlich gebrannt.«

»Das kann ich mir nicht vorstellen. Dann hätte sie ja geschrien!«

»Feuer ist etwas Herrliches!«, erklärte die Rothaarige und ließ den restlichen Whisky in ihrem Glas kreisen, wobei sie die Hand geschickt drehte und den Blick des Mannes zwangsläufig auf sie richtete.

Was er sah, ließ seine Augen groß werden. Das Getränk brannte. Auf der Oberfläche züngelten kleine Flammen, die sogar im Rhythmus der Drehbewegung mittanzten.

»Das brennt ja!«, flüsterte Hayes.

»Stimmt.«

Hayes lachte. »Wieso? Ich habe nicht gesehen, dass Sie den Whisky ansteckten.«

»Haben Sie nicht?«

»Nein.« Hayes stöhnte. Diese überheblich klingende Fragerei der Rothaarigen mochte er nicht. »Ich kann mir auch nicht vorstellen, dass Sie es mit Ihrem Blick getan haben.«

»Wieso nicht?« Plötzlich drehte sie den Kopf. Da Hayes sie ebenfalls anschauen wollte, trafen sich ihre Blicke.

Und er sah die Flammen.

Sein Mund öffnete sich. Das Gesicht nahm einen erstaunten und gleichzeitig ängstlichen Ausdruck an, denn das Feuer brannte in den Augen der Frau. Diesmal nicht im übertragenen Sinne. Es waren echte Flammen, die sich dort zeigten, auf die Augen beschränkt blieben, dabei aber so konzentriert waren, dass Hayes das Gefühl hatte, in zwei unendlich lange Tunnelröhren zu blicken, die vom Anfang bis zum Ende von Feuer erfüllt waren.

»Und?«, fragte die Frau.

»Sie, Sie brennen«, sagte Hayes.

»Ich weiß.«

»Aber wieso?« Er wurde unruhig, strich über sein Gesicht, und als er die Hand wieder zur Seite nahm, sah die Frau völlig normal aus. Als wäre überhaupt nichts geschehen.

»Verdammt, ich habe doch nicht geträumt!« Er hatte diesen Satz denken wollen, ihn dann doch ausgesprochen und wurde aufgefordert, wieder in das Glas zu schauen.

Das tat er.

Dort brannte der Whisky. Begleitet von einem kalten Lachen, hob die Rothaarige das Glas und trank es aus. Wobei sie sich nicht daran störte, dass sie die Flammen mittrank. Das alles sah Robert Hayes, und aus seinem Gesicht wich schlagartig das Blut. Er war nicht in der Lage, irgendeinen Kommentar zu geben, denn was er hier erlebte, erinnerte ihn an den Feuerschlucker-Trick aus einem Zirkus.

Dann blickte sie ihm ins Gesicht. Sie schürzte die Lippen, bevor sie lächelte.

Hayes hatte Angst. Er musste plötzlich an den Tod seiner beiden Kollegen aus dem Management denken und wusste plötzlich, dass er in einer nicht überschaubaren Gefahr schwebte. Hayes drückte sich so weit zurück, dass er mit dem Kopf gegen das kleine Fenster stieß. »Was haben Sie da getan?«, hauchte er.

»Getrunken.«

»Feuer?« Hayes verzog das Gesicht, als würde er sich vor etwas ekeln.

»Natürlich. Ich liebe die Flammen.« Sie öffnete den Mund, und Robert Hayes sah das Feuer auf ihrer Zunge tanzen.

Das durfte doch nicht sein, aber der Mann sah noch mehr, denn die Rothaarige spie die Flamme aus. Sie wehte gegen ihre vor den Mund gehaltene Handfläche, breitete sich dort aus und tanzte plötzlich auch auf den Fingern. Vor den Augen des Mannes bewegten sich die Finger vor und zurück, während auf den Kuppen die Flammen tanzten und sich dem Gesicht des Mannes so weit näherten, dass dieser bereits die Hitze spürte.

Über seinen Rücken lief ein kalter Schauer. Er verkrampfte sich in seinem Sitz. »Gehen Sie!«, flüsterte er. »Verdammt, verschwinden Sie doch endlich! Sie dürfen nicht bleiben.«

»Doch, ich bleibe. Mir gefällt der Platz ausnehmend gut.«

»Dann gehe ich!« Hayes traf Anstalten, sich zu erheben. Plötzlich klang die Stimme der Frau fast so wie das Fauchen des Feuers. Sie sagte nur: »Bleib sitzen!«

Seltsamerweise gehorchte Robert Hayes. Er schwitzte und fror gleichzeitig. Diese Demonstration hatte ihn verdammt hart getroffen. Bis unter die Gürtellinie, und sein Gefühl, in einer tödlichen Gefahr zu schweben, wuchs weiter.

Die Rothaarige setzte sich wieder so bequem wie möglich hin. Sie streckte lässig ihre Beine aus, als wäre nichts geschehen. Tatsächlich hatten die anderen Passagiere nichts von diesen nicht erklärbaren Vorgängen bemerkt. Sie dösten auch weiterhin, und nur einige wenige waren da, die sich unterhielten.

»Ich möchte Ihnen noch meinen Namen sagen, Mister.«

»Nein, das können Sie sich sparen. Lassen Sie mich vorbei, dann ist alles erledigt.«

Die Frau hob die Hand. »Das kommt nicht in Frage. Meinen Namen müssen Sie wissen.«

»Und weshalb?«

»Weil Todeskandidaten immer erfahren sollten, wie ihr Mörder letztendlich heißt.«

Das war ein Tiefschlag, den Robert Hayes kaum verdauen konnte. Er duckte sich und spürte, wie sich die zweite Haut auf seinem Rücken noch mehr verdichtete.

»Ich heiße Belisana!«

»Das ist mir egal.«

»Sagt Ihnen der Name tatsächlich nichts?«

»Nein, verdammt, der sagt mir nichts. Ich will nur eines. Nicht mehr neben Ihnen sitzen.«

Die Rothaarige kümmerte sich nicht um den Einwand. Sie erklärte etwas über ihre Herkunft, und sie tat es mit flüsternder Stimme. »Belisana ist keltisch. Man hat mir den Namen zur Ehre der keltischen Götter gegeben.«

»Auch das interessiert mich nicht«, widersprach der Mann. »Meinetwegen können Sie den Göttern aus Hinterindien und dem ehemaligen Kongo geweiht sein. Ich jedenfalls habe kein Interesse mehr daran, mich mit Ihnen zu unterhalten. Das muss doch einfach in Ihren Kopf hineingehen. Einen so dummen Eindruck machen Sie mir gar nicht.«

Robert Hayes hatte gehofft, gerade durch diese beleidigenden Worte die Frau zum Nachgeben zu verleiten, sie aber dachte nicht daran und blieb bei ihrem Thema »Aber Baal ist Ihnen doch bekannt?«

»Auch nicht.«

»Er ist ein Götze. Man hat mal über das Goldene Kalb geschrieben, das müssten Sie doch wissen.«

»Und wenn schon.« Hayes hielt es nicht mehr aus. Er war nahe daran, Gewalt anzuwenden. Gleichzeitig sagte er sich, dass ihm diese Frau auch darin überlegen war. Sie besaß Kräfte, die über das normale Vorstellungsvermögen eines Menschen hinausgingen. Wer konnte schon das Feuer manipulieren?

Das Flugzeug zog ruhig seine Bahn. Hayes hatte nie Furcht vorm Fliegen gehabt, im Gegenteil, die Passagierräume der verschiedenen Maschinen waren für ihn so etwas wie Sicherheitszellen gewesen. Nun sah er die Dinge anders. Die Frau neben ihm besaß Macht, Stärke und wollte seinen Tod. Und er konnte nicht entfliehen. Aus einem fliegenden Jet kann man nicht aussteigen.

Die Rothaarige blickte auf ihre langen Finger. »Sie haben keine Chance, Mr Hayes.«

Robert schluckte. Das Hemd klebte auf seiner Haut. Er wirkte etwas verkniffen, die Lippen lagen zusammen, und hinter seiner Stirn jagten sich die Gedanken.

Die Welt um ihn herum sah er wie durch einen Schleier. Keine Kontur zeigte sich klar und scharf. Die Angst sorgte für die Veränderung des Blickwinkels.

Als die Stewardess vorbeischritt, sah er sie nur als einen Schatten. Dennoch reagierte er, sprach sie an, und trotz des Krächzens, das aus seinem Mund drang, wurde er von ihr gehört.

»Sir, Sie haben einen Wunsch?«

Hayes wischte über seine Stirn. Er wollte die Erschöpfung zur Seite drängen, den Kopf frei haben für klare Gedanken, und er hörte, wie die Stewardess ihn besorgt fragte: »Geht es Ihnen nicht gut, Sir?«

»Nein, im Augenblick nicht.«

»Ich kann Ihnen eine Tablette …«

»Bitte, bringen Sie mich hier weg. Ich will nicht mehr neben dieser Person sitzen.«

Die Stewardess lächelte verkrampft. Sie war überrascht, dass jemand so etwas sagte. Das hatte sie in ihrer langen Laufbahn noch nie erlebt. Normalerweise rissen sich die Männer um solche oder ähnliche Plätze. Frauen wie diese Rothaarige saßen nie allein. »Sir, ich würde Ihnen gern helfen, aber Ihr Problem verstehe ich nicht.«

Matt winkte Robert ab. »Schon gut, Miss, es ist alles in Ordnung. Ich brauche auch nichts zu trinken.«

»Wenn Sie es sich noch anders überlegen, ich komme dann wieder zu Ihnen.« Mit einem Lächeln auf den Lippen ging die Stewardess weiter.

Die Rothaarige drehte sich gelassen um. Ihre langen Finger bewegte sie wie Spinnenbeine. »Keine Chance, Robert!«

»Lassen Sie mich, verdammt!«

»Nein, ich werde Sie nicht lassen. Ich habe Ihnen den Tod angekündigt. Dieses ›Versprechen‹ werde ich einhalten. Verbrennen wirst du. Du hast das Feuer gesehen. Ich, Belisana, beherrsche es. Ich bin eine magische Figur im Feuerkult der Kelten. Ich bin eine Göttin.« Sie lachte breit, und ihre Augen waren wie Flammen. »Wenn ich dich berühre, Robert Hayes, wirst du dein Leben aushauchen, und auf deinem Sitz bleibt Asche zurück. Nur noch Asche!«

»Sie sind verrückt.« Hayes hielt es nicht mehr aus. Er stemmte sich hoch, zog den Kopf ein, weil er sich ihn nicht an der Gepäckablage stoßen wollte, und hörte das Lachen der Rothaarigen, als sie ihre Arme ausstreckte.

»Jetzt wirst du verbrennen!«, drohte sie mit düsterer Stimme und weidete sich an der Angst des Mannes.

»Das glaube ich nicht!«

Die Stimme, die plötzlich hinter ihnen aufklang, hatte entschlossen geklungen, und über den Rand der Sitze hinweg schoben sich zwei Hände, die sich um Belisanas Hals legten.

Gleichzeitig waren auch der Kopf, der Hals und die Brust des Mannes erschienen, sodass Robert Hayes seinen Retter erkennen konnte.

Es war ein Chinese!

Und dieser Mann hieß Suko. Von Beruf Inspektor bei Scotland Yard und gleichzeitig Geisterjäger sowie der Freund und Kollege eines gewissen John Sinclair.

Aber das war Robert Hayes nicht bekannt. Er stand noch immer, staunte den Mann an, senkte seinen Blick und sah die kräftigen Finger, die den Hals der Frau umklammerten, als wollten sie die Rothaarige erwürgen. Sie rührte sich nicht, saß wie eine Figur da und schien selbst überrascht zu sein.

»Setzen Sie sich nicht wieder hin!«, zischte Suko. »Klettern Sie über die Frau hinweg. Los, machen Sie schon! Suchen Sie sich einen anderen Platz! Ich übernehme das hier.«

Und Robert Hayes handelte. Er hob sein rechtes Bein an, spürte trotzdem die Angst und hörte den Chinesen reden. »Lassen Sie es lieber, Belisana. Es ist besser für uns.«

Die Rothaarige reagierte nicht. Die nächsten Sekunden vergingen, ohne dass etwas geschah, und Hayes gelang es tatsächlich, sich in den Gang zu stellen, wo er tief durchatmete. Einige Passagiere in der Nähe, die nicht schliefen, hatten etwas bemerkt. Sie schauten mit trägen Augen zu Hayes hin, der sich an Suko vorbeischob und einen freien Platz weit weg von der Rothaarigen suchte.

Es war dem Inspektor klar, dass er hier nicht länger stehen bleiben konnte. Es würde auffallen, wenn ein Mann die Hände um die Kehle einer Frau geschlungen hatte, deshalb löste Suko seinen Griff und wechselte den Platz.

Er setzte sich jetzt neben Belisana, die auf Roberts Platz gerückt war und Suko interessiert anschaute.

»Sie sind sehr mutig.«

»Das gehört dazu.«

»Wozu?«

»Zum Job des Leibwächters.«

»Ach, das wusste ich nicht.«

»Aber jetzt wissen Sie es.«

»Sicher.« Sie ließ ihren Blick über den Körper des Inspektors wandern. Dann verzog sie die Lippen. »Wissen Sie eigentlich, dass ich Sie auch hätte töten können?«

»Weshalb haben Sie es nicht getan?«

»Weil es mich interessiert, wie jemand so wahnsinnig sein kann, mich anzugreifen. So etwas kann nur an einer männlichen Überheblichkeit liegen. Ich will Ihnen sagen, dass es keinen Sinn hat. Bevor wir landen, wird Ihr Schützling tot sein, einige andere hier in der Maschine möglicherweise auch.«

»Dieser Mann hat Ihnen nichts getan.«

»Mir persönlich nicht. Er wird trotzdem sterben, darauf können Sie sich verlassen.«

Suko wich dem Blick der Frau nicht aus. »Wer sind Sie?«

»Haben Sie das Gespräch nicht mit angehört?«

»Schon, aber ich will Details wissen.«

»Nein, die gebe ich Ihnen nicht.« Sie beugte sich zur Seite und legte ihre Hand auf Sukos, bevor er sie wegziehen konnte. Der Griff war hart – und heiß.

Plötzlich spürte Suko die brennende Hitze. Es war kein Feuer, das seine Hand erfasste, aber er hatte das Gefühl, seine Haut würde unter dem Griff der Frau wegschmelzen. »Merkst du nun, was in mir steckt?«, hauchte sie. »Ich hätte auch schon so reagieren können, als deine Hände um meinen Hals lagen, aber ich war eben zu neugierig und wollte wissen, wer dieser Lebensmüde überhaupt ist.«

Suko konnte Schmerzen ertragen. Er schrie nicht sofort bei jedem Wehwehchen, aber dieser Griff, verbunden mit einer brennenden Hitze, erreichte schon die Grenze der Belastbarkeit. Lange würde er es nicht mehr aushalten, dessen war er sicher.

»Na?«

Nur seine linke Hand war erfasst worden, und Suko hielt auch schon eine Antwort auf die letzte Frage parat. Es war die Beretta, die er plötzlich hervorzog. Und die Mündung presste er gegen das Kinn der Rothaarigen.

Belisana schielte auf den dunklen Waffenstahl. »Du gibst wohl nie auf, wie?«

»Nein.«

»Und was ist nun?«

»Wenn ich abdrücke, jagt das Geschoss schräg durch deinen Kopf. Es besteht aus geweihtem Silber und hat schon einige ...«

Sie zog die Hand zurück. Suko warf einen kurzen Blick auf seinen Handrücken und entdeckte die gerötete Fläche. Dass die Hand nicht dampfte, kam ihm wie ein kleines Wunder vor.

Er nahm seine Waffe zurück und hatte nichts dagegen, dass sich die Frau lässig zurücklehnte. Bisher hatte sich kein Passagier um sie gekümmert, auch die Stewardess ließ sich nicht blicken, und Suko hatte das Gefühl, mit dieser Person allein in der Maschine zu sein. Er wusste genau, wie gefährlich sie war, und ihm war ebenfalls klar, dass er noch längst nicht gewonnen hatte.

»Geweihte Silberkugeln also«, sagte Belisana und lachte leise. »Wie ungewöhnlich.«

»Ja, das ist es.«

»Und weiter?«

»Geweihtes Silber tötet Dämonen.«

Belisana schaute auf die Waffe. »Dann nimmst du also an, in mir eine Dämonin vor dir zu sehen.«

»So ist es.«

Sie verzog ihr Gesicht. Plötzlich sah Suko die Flammen in ihren Augen und den böse verzogenen Mund. Sie war wütend, das gab sie auch glatt zu. »Für eine Dämonin hältst du mich, du verdammter Hund! Das bin ich nicht. Ich bin mehr.«

»Und was?«

In ihren Augen wurden die Flammen noch heller. »Eine Göttin! Ja, ich bin eine Göttin.«

»Die töten will!«

»So ist es!«

Suko schüttelte den Kopf. »Nein!«, sagte er hart. »Göttinnen sind weise. Sie töten nicht. Deshalb kann ich dir nicht glauben, dass du eine Göttin bist. Göttinnen geben sich auch nicht mit so profanen Dingen ab wie mit Mord. Ich wundere mich über dich.«

»Ich beherrsche das Druidenfeuer!«, sagte sie so laut, dass sich jemand beschwerte.

»Auch Druidenpriester waren nicht alle schlecht«, hielt Suko dagegen. »Du kannst erzählen, was du willst, Belisana, aber eine Göttin bist du nicht. Ich habe gehört, dass du dich mit Baal auf eine Stufe gestellt ...«

»Ihm zu Ehren wurde ich so genannt. Denn er wurde auch von den Kelten verehrt. Unterschätze seine Macht niemals! Baal hat lange Reisen unternommen. Viele kannten ihn. Die Kelten, die Sarazenen und auch die alten Juden und Babylonier.« Sie sprach noch weiter, aber Suko hörte nicht mehr so recht zu, denn die ersten Worte hatten in ihm eine Erinnerung aufflackern lassen.

Baal – Sarazenen – Okastra!

Das war es. Er erinnerte sich noch genau an das furchtbare Abenteuer in Spanien. Es endete damit, dass John Sinclair seinen Dolch verloren hatte. Bisher war die Verbindung zu Baal nicht mehr zustande gekommen. Sollte es hier vielleicht einen gemeinsamen Punkt geben?

Suko wollte vorerst darüber nicht nachdenken. Es war noch alles zu wirr, und ein halbfertiges Mosaik war nie gut. Wenn er den geheimnisvollen Fall lösen wollte, dann Schritt für Schritt.

Er hatte diesen Flug sowieso mehr auf seine eigene Kappe genommen. Sein Freund John Sinclair war davon nicht informiert worden, denn er und Bill kümmerten sich um ein Vampir-Internat und um eine geheimnisvolle Figur namens Acron oder Lord Acron.

Unabhängig davon hatte Suko herausgefunden, dass sich hinter dem Begriff Acron ein Konzern versteckte, der groß in die Unterhaltungselektronik eingestiegen war, seine Software verkaufte und eine sehr gesunde finanzielle Basis hatte.

Nur hatte es im Vorstand von Acron einige Veränderungen gegeben. Er hatte aus drei Leuten bestanden. Zwei davon waren plötzlich gestorben. Simon Little und Ron Deal, wie Suko herausgefunden hatte. Der Dritte aber lebte noch.

Sein Name lautete Robert Hayes. Und auf dessen Fersen hatte sich Suko gesetzt. So war es ihm im letzten Augenblick gelungen, herauszufinden, wo sich Hayes aufhielt. Er hatte schon in der Maschine gesessen, und es war dem Yard durch eine Intervention gelungen, das Flugzeug so lange auf dem Platz zu halten und den Start zu verzögern, bis Suko an Bord war.

Er glaubte fest daran, dass auch Hayes auf der Abschussliste stand, denn er hatte zusätzlich erfahren, wer sich an die Spitze des Konzerns setzen wollte. Dieser Mann war wie ein Komet aus dem Dunkel gestiegen, um alles zu übernehmen.

Akim Samaran!

Einer der großen Feinde, die Suko hatte. Er und Kamikaze, sein Leibwächter, hatten dem Chinesen schon die Hölle auf Erden bereitet. Bisher waren die Kämpfe unentschieden ausgegangen. Samaran hatte auch den zweiten Würfel nicht bekommen, trotz aller Bemühungen. Danach hatte er sich zurückgezogen, um neue Pläne auszubrüten, und nun sah es so aus, als wollte er, mit seinem mächtigen Mentor als Rückendeckung, in einen Konzern einsteigen, damit er diesen Apparat für seine furchtbaren Pläne und Zwecke ausnutzen konnte.

Und sein Meister war der Spuk!

Aber Samaran wollte noch mehr. Er suchte eine Verbindung zu den geheimnisvollen Templer-Rittern, die ihm den Weg zum Dunklen Gral öffnen sollten.

Wie John Sinclair hatte er es auf direktem Wege nicht geschafft. Doch John war es bereits gelungen, einen der großen Templer-Führer, die in der Vergangenheit gelebt hatten, kennen zu lernen. Dieser Hector de Valois hatte auch mehr über den Dunklen Gral und dessen Geheimnis gewusst, es aber für sich behalten.

Diese Gedanken beschäftigten Suko, sodass er sich auf die Frau nicht hatte mehr konzentrieren können. Als er sie wieder anschaute, sah er auf ihren Lippen das spöttische Lächeln.

»Überrascht?«

»Das kann man sagen.«

Ihr Blick wurde starr. Die Augen leuchteten wie rote Laternen. »Du weißt mehr, als du zugeben willst. Du bist nicht irgendjemand.« Sie beobachtete ihn scharf. »Ich spüre es sehr deutlich. Hinter dir steckt einiges.«

Suko winkte ab. »Von mir ist in diesem Fall nicht die Rede. Ich will nur das Leben dieses Mannes retten.«

»Er geht dich nichts an.«

»Doch. Ich mag es nämlich nicht, wenn Menschen ohne Grund getötet werden!«

Die Rothaarige lachte, hob einen Arm und strich durch ihr Haar. Plötzlich sah Suko die kleinen roten Flämmchen, die durch ihr Haar tanzten, ohne es zu verbrennen. Sie ließ die Hand wieder sinken. Ihre Finger waren in Flammen gebadet.

»Ohne Grund? Ich töte nie ohne Grund. Es muss so sein. Zwei haben es bereits hinter sich.«

»Dann hast du die Leute auf dem Gewissen?«

»So ist es.«

»Und weshalb?«

»Weil es so sein muss.«

Suko fixierte sie scharf. »Das ist für mich keine Antwort, Belisana. Die akzeptiere ich nicht.«

»Das solltest du aber!«

»Nein, ich habe das Gefühl, dass du von jemandem geschickt worden bist. Ist dir der Name Akim Samaran kein Begriff?«

Belisana ballte die Hände. »Du kennst ihn?«

»Sicher.«

»Ja, er ist ein Mächtiger geworden. Er will, dass alte Zeiten zurückkehren, verstehst du?«

»Ich kenne ihn genug. Er hat viele Pläne. Bisher wurden sie ihm zerstört.«

»Von dir?«

»Auch!«

Belisana schaute Suko scharf an. Anscheinend überlegte sie, in welch eine Schublade sie ihn stecken sollte.

»Ich habe es mir leichter vorgestellt, das gebe ich zu. So aber werde ich zwei Leichen hinterlassen. Deine und die des Robert Hayes. Ich habe einen Auftrag und werde ihn erfüllen. Diese Maschine wird zu einer Hölle werden. Weißt du eigentlich, wie viele Menschen sich in ihr befinden?«

»Nicht genau.«

»Wenn du Schwierigkeiten machst, werden sie alle sterben. Ansonsten nur zwei.«

Suko hatte vorausgesehen, dass es dazu kommen konnte. Er befand sich in einer prekären Lage. Wenn er jetzt auf stur schaltete, brachte es diese Göttin fertig, alle Menschen im Flugzeug zu vernichten. Wehrte er sich nicht, waren es nur zwei.

»Schlechte Karten, nicht wahr?«, sagte die Rothaarige und strich sich über die Schenkel, wobei es knisterte und abermals kleine Flammen erschienen, die bis zu den Hüften tanzten und dann höher glitten.

Der Chinese stemmte sich hoch, blieb im Gang stehen und sah, dass auch die Frau nicht mehr sitzen blieb. »Keine Chance mehr!«, wiederholte sie einen Satz. »Wirklich keine Chance mehr. Ich erledige meinen Auftrag!«

Im nächsten Augenblick hob sie die Arme und wurde zu einer flammenden Feuersäule.

Bill Conolly und ich hatten lange mit den Schülern gesprochen, die einmal Vampire gewesen waren. Vampire in einem Anfangsstadium. Niemand konnte sich mehr so recht an diese schreckliche Zeit erinnern, und das war auch gut für die jungen Menschen, wie ich fand.

Auch die Lehrer waren informiert worden. Ihnen oblag es jetzt, die Eltern zu informieren und ihnen schonend beizubringen, was mit ihren Sprösslingen passiert war.

Wir hatten andere Aufgaben zu erfüllen.

Da gab es einen Namen, den wir gehört und dessen Wirkung wir erlebt hatten. Acron!

Der Name eines Konzerns, der aber auch in einem Spiel vorkam, das Lord Acron hieß und dessen Spielchip in der Lage gewesen war, die Jungen und Mädchen so schrecklich zu verändern.

Von einem Sternenvampir war die Rede gewesen. Uralt und möglicherweise noch immer unterwegs durch die Galaxien. Mir war es schließlich gelungen, den bewussten Chip zu vernichten. Mein Kreuz hatte auf ihn reagiert, und sogar der Seher hatte sich mit mir in Verbindung gesetzt und mir einige Informationen gegeben.

Andere Dinge, die mit Acron zusammenhingen, die möglicherweise Verbindungen zu anderen Fällen ergaben, mussten wir erst noch herausfinden. Das hatten wir uns als nächste Aufgabe vorgenommen.

In der Schule hielt uns nichts mehr. Sie war von einem schrecklichen Fluch befreit worden, und so machten wir uns am späten Nachmittag wieder auf den Weg nach London.

Bill saß neben mir und war sehr in Gedanken versunken. »John, ich sage dir, dahinter steckt noch verdammt viel.«

»Wie meinst du das?«

»Acron!«

»Das ist klar.« Wir rollten durch den Wald und erreichten die Stelle, wo das Stahlseil gespannt worden war, das uns fast zum Verhängnis geworden wäre. Darüber hatten wir mit den Schülern nicht weiter geredet. Die Sache war vergessen.

Durch die herbstlich bunt gefärbten Blätter schimmerten ein paar vereinzelte Sonnenstrahlen. Ansonsten zeigte sich der Himmel ziemlich bedeckt. Geregnet hatte es auch. Auf den Straßen lag ein nasser Film, der manchmal spiegelte.

Wir waren beide sehr nachdenklich. Obwohl die Schüler wieder zu normalen Menschen geworden waren, zeigten wir uns nicht zufrieden. Zu viele Rätsel waren noch ungelöst. Und es war Bill, der mich daran erinnerte, dass die Kollegen vielleicht etwas mehr über Acron herausgefunden haben konnten. »Ruf doch mal an.«

Ich winkte ab. »Mach du das.«

»Wir können ja wechseln.«

Ich war einverstanden. Mein Freund übernahm das Lenkrad, nachdem ich auf der linken Seite angehalten hatte. Die Kollegen von der Nachtschicht, die mir die ersten Informationen gegeben hatten, würde ich nicht mehr antreffen. Hoffentlich hatten sie die Informationen weitergegeben, doch diese Sorge zeigte sich als unbegründet, denn als ich die Verbindung bekam, wurde ich von der Zentrale sofort weitervermittelt.

Sir James wollte mich sprechen.

»Endlich hört man etwas von Ihnen!«

»Wir hatten keine Zeit.«

»Und hier ist es inzwischen rundgegangen.«

»Wieso?«

»Suko befindet sich schon auf dem Flug nach San Francisco.«

Ich schluckte. »Wieso das?«

»Es geht um Acron!«

Das war die zweite Überraschung innerhalb einer halben Minute. Allmählich wurde ich nervös und gespannt. »Sir, ich verstehe nicht so recht. Was hat Suko damit zu tun?«

»Sie haben den Stein ins Rollen gebracht, John. Mittlerweile ist er zu einer Lawine geworden. Hinter Acron soll ein Mann stehen, der ein alter Bekannter von Ihnen ist. Akim Samaran!«

»Was?«

»So ist es!«

Ich fing einen schnellen Blick meines Freundes Bill auf, gab aber noch keine Erklärungen, sondern hörte zu, was mir mein Chef mitzuteilen hatte. Das war verdammt brisant. Ich hatte das Gefühl, in ein Wespennest gestochen zu haben, und ich konnte mir gut vorstellen, dass Akim Samaran an der Spitze eines solchen Konzerns all seine schrecklichen Pläne in die Tat umsetzen konnte.

Da besaß er Macht und gleichzeitig die Rückendeckung des Spuks. So konnte er Macht und Magie vereinigen.

Mir wurde der Kragen eng, und im Hals spürte ich ein trockenes Gefühl. »Sind Sie noch da, John?«

»Ja, Sir. Es steht also fest, dass zwei der Leitenden ermordet worden sind?«

»Davon müssen wir ausgehen.«

»Und Suko will den dritten beschützen!«

»Richtig. Auf dem Weg nach Frisco.«

»Weshalb gerade in diese Stadt?«

»Weil Acron dort seine Zentrale hat.«

»Und dort leben auch Jane Collins, Yakup und Ali.«

»Ich weiß. Möglicherweise gibt es sogar Querverbindungen, aber ich will nichts herbeireden und möchte zunächst Sukos Bericht abwarten. Drücken wir ihm die Daumen, dass er es schafft! Rechnen Sie auf jeden Fall damit, auch hinfliegen zu müssen.«

»Geht in Ordnung, Sir.«

»Wann sind Sie in London?«

Ich warf einen schnellen Blick auf meine Uhr. »Eine Stunde werden wir noch brauchen.«

»Gut, Sie finden mich im Büro.«

»Da war doch was«, sagte Bill, als ich aufgelegt hatte. »Oder nicht?«

»Und wie.« Ich begann mit meinem Bericht, und auch Bill Conolly wurde blass.

»Meine Güte, John, was rollt da noch alles auf uns zu?«

»Akim Samaran.«

»Hat er es geschafft?«

»Ich hoffe nicht.«

Wir sprachen noch über frühere Fälle, in denen Samaran kräftig mitgemischt hatte, und ich ging davon aus, dass seine erste Tat bei Acron die Erfindung und Verbreitung des Spiels Lord Acron gewesen sein musste, wobei ich nicht mal wusste, wie viele dieser Spiele schon verkauft worden waren. Gehört hatten wir jedenfalls nichts davon, sodass ich die Hoffnung hatte, es mit einem Prototyp zu tun zu haben. Je näher wir unserem Ziel rückten, umso nervöser wurde ich. Suko auf dem Weg nach Frisco, ich hier. Ich fühlte mich nicht sehr wohl dabei, denn ich hatte das unbestimmte Gefühl, dass in Frisco der Fall weitergeführt wurde.

»Soll ich mit über den großen Teich fahren?«, erkundigte sich Bill.

»Halt du mal hier die Stellung. Das wird Sheila auch lieber sein.«

»Nein, so darfst du das nicht sehen. Wenn eine Gefahr überschwappt, ist es besser, wenn sich ihr mehrere stellen.«

»Erst warten wir Sukos Bericht ab.«

Bill hob die Schultern. »Wie du willst.«

Wir erreichten London, als die Dunkelheit schon über der Stadt lag. Durchbrochen wurde sie von den zahlreichen Lichtern der Autoscheinwerfer. Ich war von dem Verkehr überrascht, wir gerieten in einen Stau und mussten warten, bis eine Demo vorbei war. Ich hatte noch einmal angerufen und unser Zuspätkommen erklärt.

Sir James saß am Schreibtisch und trank sein kohlesäurefreies Wasser. Von seinem Gesicht konnten wir nicht ablesen, was er dachte. Die Augen hinter den dicken Brillengläsern wirkten unnatürlich groß. Er bot uns Plätze an.

»Hat sich Suko schon gemeldet?«, wollte ich wissen.

»Noch nicht.«

»Dann scheint alles in Butter zu sein«, bemerkte Bill.

Das wollte ich nicht unterstreichen. »Er sitzt im Flugzeug.

Dieser Robert Hayes steht auf Samarans Abschussliste, und du weißt selbst, zu welchen außergewöhnlichen Maßnahmen dieser Mensch fähig ist. Der geht über Leichen. Dem Teufel hat er goodbye gesagt und sich an den Spuk gehängt. Ich sage dir, Bill, dass auch der letzte der Großen Alten noch längst nicht aufgegeben hat.«

»Das ist klar.«

»Kommen wir zu einem anderen Thema«, schlug Sir James vor. »Acron. Was wissen Sie darüber?«

»Weniger als Sie, Sir«, erwiderte ich.

»Das ist in der Tat nicht viel. Ich habe natürlich Erkundigungen eingezogen. Das heißt, ich wollte es, aber viel ist dabei nicht herausgekommen. Acron ist ein Konzern in der Elektronikbranche. Mitarbeiter ungefähr achttausend. Diese sind verteilt auf mehrere Werke.«

»Auch auf London«, sprach Bill dazwischen.

»Sehr richtig, Mr Conolly. Und hier in London werden die Spiele hergestellt.«

»Ach«, sagte ich nur.

Unser Chef nickte. »Ich habe es erst vor kurzem erfahren, denn es ist sehr schwierig, Lücken in eine Mauer des Schweigens zu reißen. Sie wissen, dass zwei der Topmanager auf ungewöhnliche Art und Weise ums Leben gekommen sind. Wer dafür verantwortlich ist, wissen wir nicht genau. Wir gehen aber davon aus, dass es sich um Akim Samaran handelt. Nur hat man uns – und das habe ich erst jetzt erfahren – die Aufklärung der Verbrechen aus den Händen genommen.«

»Wer kümmert sich jetzt darum?«

»Das Kriegsministerium. Sie kennen diese Spezialtruppe, die vom Verteidigungsministerium finanziert wird und immer dann auftritt, wenn es um militärische Geheimnisse geht.«

»Was hat denn Acron damit zu tun?«

Sir James verzog die Lippen, als er meine Frage hörte. »Elektronik, Chips, Computer. Die Firma hat Aufträge für die Rüstung bekommen. Man hielt das Management unter Kontrolle, führte geheime Verhandlungen, und da war es nur eine natürliche Folge, dass sich eine Spezialgruppe um die Morde kümmerte.«

»Sind sie aufgeklärt worden?«

Sir James hob die Schultern. Er bewegte sich auf seinem Sessel, und das Gesicht rückte dabei näher gegen den Schein der Lampe. »Wissen Sie, John, ich habe mich über die Ignoranz und Arroganz dieser Leute geärgert. Man bekommt leider keine konkrete Auskunft. Wir sind und bleiben am Ball, heißt es da nur.«

»Das ist natürlich schlecht.«

»Sicher.«

»Und wo wurde dieser Auftrag durchgeführt?«

»Hier in der Londoner Filiale, denn bei uns wurden zudem die Spiele hergestellt.«

»Das ist interessant.«

»Ja.«

»Wie sieht es aus, Sir James?«, fragte Bill. »Wissen Sie, ob die Spiele bereits im Handel sind? Wenn ja, wäre das eine Gefahr für die Menschen, die wir bisher kaum abschätzen können.«

»Nein, das weiß ich nicht.«

Bill schaute mich an. »Wir müssen es herausfinden. Wenn die Spiele im Londoner Zweigwerk hergestellt worden sind, hat man sie auch hier irgendwo gelagert, und dieses Lager sollten wir uns ansehen.«

Der Meinung war ich auch.

Sir James lächelte. »Ich habe mir schon so etwas gedacht und Sie rechtlich abgesichert. Sie bekommen einen Durchsuchungsbefehl und können auch in der Nacht die Halle betreten.«

Das war gut. »Und mein Flug nach Frisco?«

»Ist vorerst zurückgestellt worden.«

Ob ich dies als positiv oder weniger glücklich einstufen sollte, wollte ich zunächst dahingestellt sein lassen. In

Anbetracht der Lage war es allerdings besser, wenn wir uns um die Londoner Niederlassung des Acron-Konzerns kümmerten.

»Wo finden wir die Filiale?«, fragte Bill.

Sir James lächelte schmal, bevor er uns die Antwort gab. »Acron Castle liegt in der Nähe von Schloss Windsor. Allerdings näher an London.«

»Was?«, rief ich. »Acron Castle?«

»Ja. Man hat die Tochterfirma in einem alten Schloss untergebracht. Das ist sehr außergewöhnlich, aber es stand damals zum Verkauf, wie ich erfahren habe, und direkt in London waren die Grundstücke Mangelware. Acron Castle sollte nur vorübergehend sein.«

Bill schnippte mit den Fingern. »Ich weiß, wo es sich befindet«, erklärte er. »Vor kurzem bin ich sogar daran vorbeigefahren. Auf dem Schloss weht die Fahne des Konzerns. Auf hellblauem Grund ein silberfarbenes A.«

»Ja, das stimmt«, pflichtete Sir James bei.

Ich wandte mich an meinen Chef. »Haben Sie noch mehr Informationen für uns?«

»Leider nicht. Sie wissen ja, John, diese Geheimdienstleute halten sich bedeckt.«

»Und wie ist es mit den Leichen der beiden Männer? Können wir uns die wenigstens anschauen?«

»Sie sprechen von den Managern.« Sir James hob die Schultern. »Auch hier bin ich an Grenzen gestoßen. Man hat sich nicht konkret ausgedrückt. Es war ihnen nicht recht, deshalb fragte ich nicht weiter. Es glich schon einem Wunder, dass man Suko überhaupt Informationen gegeben hat.«

»Aber Sie haben blendende Beziehungen zum Innenminister, Sir.«

»Die habe ich, sonst wüsste ich nicht so viel über den Konzern, obwohl es im Prinzip wenig ist.«

Sir James erhob sich. »Tun Sie Ihr Bestes.«

Auch wir standen auf. Bill war natürlich mit von der Partie, wollte aber noch Sheila Bescheid geben, damit sie sich keine

Sorgen zu machen brauchte. Der Reporter rief direkt von Sir James Büro aus an. Als er den Hörer wieder auflegte, wedelte er mit der Hand.

»Ärger?«, fragte ich.

»Nein, nicht direkt. Shao ist bei uns. Sie scheint auf Suko sauer zu sein, dass er so plötzlich geflogen ist. Der war nicht mehr zu halten, wie Sheila mir sagte.«

»Es ist sein Job!«, erklärte Sir James.

»Das sage ich auch immer.«

»Nur stimmt es bei ihm«, nahm ich Suko in Schutz und ging bereits zur Tür.

Bill folgte mir. Auf dem Gang meinte er: »Ich bin zwar kein Hellseher, John, aber ich habe das unbestimmte Gefühl, dass sich über unseren Köpfen etwas Schreckliches zusammenbraut.«

»Wem sagst du das, alter Junge?«

Es geschah alles so schnell, dass nur wenige Passagiere etwas von diesem Vorgang bemerkten. Urplötzlich brannte die Rothaarige lichterloh, und Suko sah, wie sich ihre Haare hochstellten und eine Verbindung mit dem Feuer eingingen.

Belisana war zu einem rauschenden Feuerball geworden, der nicht auf dem Boden der Maschine stehen blieb, sondern in die Höhe stieg und mit seinem flackernden, tanzenden Licht einen Teil des Passagierraumes ausfüllte.

»Feuer!«, schrie einer und riss die anderen Passagiere aus dem Schlaf.

Noch wussten Sie nicht so recht, wie ihnen geschah. Suko sah noch, wie die beiden Stewardessen hervorstürzten, dann interessierte ihn nicht mehr, was um ihn herum vorging. Er wollte einzig und allein diese gefährliche Belisana stellen.

Feuer löscht man mit Wasser.

Es bei diesem hier zu versuchen hatte keinen Sinn, weil es magisch beeinflusst war und wahrscheinlich nur auf die Personen übergriff, die sich Belisana ausgesucht hatte.

Auch Suko hätte – da konnte er so schnell sein, wie er wollte – wohl kaum eine Chance gehabt, wäre ihm die Stewardess mit den Mandelaugen nicht zu Hilfe geeilt.

Sie hatte die Lage blitzschnell erfasst und ebenso schnell einen der Feuerlöscher gegriffen, die Verplombung gelöst, den Kontakthebel gedrückt und den weißen Strahl auf die Gestalt gerichtet.

Das Mädchen stand breitbeinig im Mittelgang. Die Arme vorgestreckt, in den Händen den Löscher, so bekämpfte sie mit dem breiten Schaumstreifen das Feuer. Ohne Erfolg, die Rothaarige brannte weiter.

Sie wurde von dem hellen Schaum zwar bedeckt wie von einem Mantel, aber die Flammen konnten nicht gelöscht werden. Trotzdem hatte Suko Zeit und Gelegenheit, einen Gegenzauber aufzubauen, und er setzte in diesen Augenblicken alles auf eine Karte.

Seine Dämonenpeitsche war eine hervorragende Waffe. Er trug sie bei sich, zog sie aus dem Gürtel hervor und schlug einmal einen Kreis auf den Boden, sodass die drei Riemen aus der Öffnung fallen konnten.

Jetzt griff er an.

Die Menschen saßen nicht mehr. Keinen hatte es auf seinem Platz gehalten. Sie standen, gestikulierten, schrien, aber sie hielten sich nicht im Mittelgang auf, und so hatte Suko relativ viel Platz, um agieren zu können.

Die Peitschenriemen falteten sich während des Schlages wie ein Fächer auf, denn der Chinese wollte, dass Belisana von den dreien gleichzeitig getroffen wurde.

Es klappte.

Sie jagten durch die Flammen. Er sah, wie die Göttin zusammenzuckte und das Feuer an bestimmten Stellen verlöschte. Diese Tatsache gab dem Inspektor Hoffnung. Wieder zog er seine Peitsche zurück, holte erneut aus und hielt mitten in der Bewegung inne, denn Belisana wischte plötzlich an ihm vorbei. Sie berührte den Boden längst nicht mehr, jagte wie ein langgestreckter, brennender Feuerwerkskörper durch den Gang, vorbei an den entsetzten und angststarren Passagieren, die von dem heißen Hauch wie Höllenatem getroffen wurden.

Suko drehte sich. Er konnte den Flug für die Dauer einer Sekunde verfolgen und sah, wie die Haare zweier männlicher Passagiere Funken sprühend und knisternd brannten. Verzweifelt schlugen die Männer auf ihre Köpfe, um die Flammen zu ersticken.

Wo wollte Belisana hin?

Die Antwort auf diese Frage war simpel. Es gab nur einen Auftrag für sie.

Robert Hayes musste sterben!

Er hatte sich verkrochen, war zwischen zwei Sitzreihen verschwunden und hoffte, dass er hier nicht so leicht gefunden wurde. Dabei stand er Todesängste durch. Sein Schreien wurde nicht gehört. Es ging in der Kulisse unter. Er schwitzte Blut und Wasser. Wie eine giftige Kralle umklammerte ihn die Todesangst, und er hatte das Gefühl, sein Herzschlag hätte längst ausgesetzt.

Nichts fühlte er mehr, nur seine verzweifelte Angst, die sich zu einer wilden Panik steigerte. Er sah die Gefahr nicht, aber er merkte plötzlich, dass sie sich dicht hinter ihm befand.

Der Hitzeschleier traf ihn.

Und er hörte die Stimme.

»Jetzt hole ich dich, Verdammter!«

In dem Augenblick hatte er das Gefühl, sein Hals würde zerschmort. Da packte eine Hand zu und riss ihn aus seinem Versteck. Mit einer so großen Kraft, dass er über dem Boden schwebte, wobei er die Arme und Beine angewinkelt hatte, herumgedreht wurde und in die Flammen schaute. Hinter ihnen sah er die mit Schaum übersprühte Gestalt der Göttin Belisana und glaubte zu schmelzen.

Sie umarmte ihn.

Für Richard Hayes war es ein tödlicher Gruß. Seine Schreie übertönten selbst die anderen Geräusche und auch das

Klatschen, als Suko heran war und die drei Riemen der Peitsche gegen den Rücken der Frau schmetterte.

Wieder wurden die Flammen dort gelöscht. Suko sah dunkle Stellen, aber sofort rissen sie auf, und aus dem Körperinnern drangen erneute Feuerzungen.

Hayes fiel zu Boden.

Belisana aber jagte weiter. Sie geriet aus dem unmittelbaren Bereich der Peitsche. Ihr nächstes Ziel war die Bordwand.

Die Menschen vergaßen ihren Schrecken und ihre schreckliche Angst, als sie sahen, was passierte. Das Flammenweib raste genau auf eine Stelle zwischen zwei kleinen Fenstern zu und fuhr wie ein Komet hindurch, ohne das Flugzeug zu beschädigen.

Die Magie hatte sie geschickt, die Magie hatte sie wieder genommen. Zurück blieb das Chaos.

Sukos Arm sank nach unten. Er hatte nur einen kleinen Erfolg erzielen können. Es war der Peitsche gelungen, die Flammen zu löschen, doch Sekunden später waren sie wieder aufgeflackert.

Aus dem Lautsprecher drang die Stimme des Kapitäns. Er bat um Ruhe, wiederholte dies dreimal, aber es war nicht zu schaffen.

Jetzt drängten sich die Passagiere im Gang. Sie wollten raus. Man sprach von einem fliegenden Sarg, und Suko hatte große Mühe, sich bis zu Robert Hayes durchzukämpfen.

Die Leute nahmen einfach keine Rücksicht, und Sukos Gesicht vereiste, als er den Mann auf dem Boden liegen sah. Ihm war nicht mehr zu helfen.

Das Feuer hatte ganze Arbeit geleistet. Von der hellen Haut des Mannes war kaum etwas zu sehen. Dunkle Brandflecken überschatteten sie. Die Kleidung bestand nur noch aus verkohlten Resten, das Haar war überhaupt nicht mehr vorhanden, und der Kopf glich einer geschrumpften Kugel.

Suko kniete neben ihm.

Er vergaß die Hölle um sich herum, jetzt zählte nur noch

Hayes, der nicht tot war, die Augen öffnete, die so aussahen wie zwei weiße Löcher in einem schwarzen Gesicht.

»Wir werden Sie …«

»Nein, nein«, ächzte Hayes. »Es hat keinen Sinn. Sie haben mich erwischt. Ich bin der Dritte. Der Weg ist frei für Samaran. Ich hätte die Warnung verstehen müssen.« Jedes Wort, das er sprach, brachte er nur mühsam über die Lippen.

»Welche Warnungen?«, fragte Suko.

»Der Feuerkult in Frisco. Sie haben …« Er konnte nicht mehr. Der Tod kannte kein Erbarmen. Unsichtbar schlug er zu und nahm das Leben des Mannes zu sich.

Suko schloss dem Toten die Augen, und er wunderte sich darüber, wie still es plötzlich geworden war.

Als er hochblickte, sah er die Gesichter der Umstehenden. Auch der Kapitän war dabei.

Sie alle warteten auf eine Erklärung des Chinesen, aber dieser verlangte nur nach einer Decke.

Jemand brachte sie.

Suko breitete sie über den Toten, den er zwischen zwei Sitze geschleift hatte. Dann stand er auf. Die Menschen wichen vor ihm zurück, als wäre er der feuerumkränzte Mörder. Nur der Kapitän blieb auf seinem Platz. Auf seiner Stirn glitzerten Schweißperlen. In die Haut hatten sich tiefe Falten gegraben.

»Erklären kann hier wohl keiner etwas, Mister«, sagte er zu Suko. »Aber ich hoffe doch, dass Sie mir helfen können.«

»Vielleicht. Ich wollte sowieso mit Ihnen reden. Wo können wir das?«

»Kommen Sie mit in die Bordküche.«

Von zahlreichen Blicken verfolgt, gingen die beiden Männer an den Sitzreihen vorbei und schlossen die Tür der kleinen Küche, in der alles peinlich sauber war. Die Maschine flog ruhig. Man hätte meinen können, dass überhaupt nichts vorgefallen war.

Der Kapitän stellte sich vor. Er hieß James Ross, lehnte sich an die Wand und verschränkte die Arme vor der Brust. Auch

Suko nannte seinen Namen. Er spürte die noch abwehrende Haltung des Mannes gegen sich und stellte die erste Frage. »Glauben Sie an Geister?«

»Was soll das?«

»Nun, ich will wissen, ob Sie an Geister glauben. Das ist alles.«

»Nein.«

»Sie werden Ihre Meinung ändern müssen.« Es hatte keinen Sinn, wenn Suko ein Blatt vor den Mund nahm. Deshalb redete er offen mit James Ross. In dessen Gesicht rührte sich nichts. Nur die Schweißperlen auf seiner Haut wurden mehr. Suko gab keine Kommentare. Er berichtete rein sachlich von den Vorgängen.

»Und das soll ich Ihnen alles abnehmen?«, fragte Ross.

»Ich habe Zeugen.«

»Da brennt eine Frau, sie tötet einen Mann, und Sie können nichts tun. Dann verschwindet diese Frau vor den Augen zahlreicher Zeugen durch die Bordwand, ohne ein Leck zu hinterlassen. Das ist doch unwahrscheinlich. Das gehört ins Reich der Fabel.«

»Nun, ich habe es erlebt.«

»Aber wieso?«

»Weil diese Frau kein Mensch war, auch wenn sie so ausgesehen hat. Sie ist eine Dämonin, wie ich annehme. Sie hat sich als Göttin bezeichnet, was ich nicht glaube, aber gehen Sie bitte davon aus, dass dies den Tatsachen entspricht.«

»Und Sie meinen, dass mir meine Vorgesetzten dies abnehmen? Ich bin nur gespannt, welche Fragen die Polizei Ihnen stellen wird.«

Suko holte seinen Ausweis hervor. »Mit den amerikanischen Kollegen komme ich schon zurecht, keine Sorge. Außerdem sollte man sie vorwarnen. Können Sie schon Verbindung mit Frisco aufnehmen?«

»Ja.«

»Dann tun Sie es bitte. Außerdem könnte von Frisco aus nach London telefoniert werden. Auch beim Yard muss man informiert sein. Dieser Fall ist multinational. Er greift über Grenzen hinweg, und jeder, der damit zu tun hat, sollte über seinen eigenen Schatten springen, wenn Sie verstehen.«

»Das nicht gerade, aber ich werde Ihrem Wunsch Folge leisten. Was danach geschieht, liegt nicht in meinen Kräften.«

»Kann ich mit in die Kanzel?«

James Ross wollte erst nicht, aber Suko überzeugte ihn vom Gegenteil. Er folgte dem Kapitän und wurde vom Co-Piloten und dem Funker angestarrt wie ein Geist. Es kam nicht oft vor, dass der Kapitän Besuch mitbrachte. Suko hatte das Gefühl, in einer anderen Welt zu sein. Grünliches Licht flimmerte über die Apparaturen und die elektronischen Steuerelemente. »Wir fliegen bereits über die Rockys«, wurde dem Inspektor erklärt. »Ich nehme jetzt Verbindung mit Frisco auf.«

Der Kapitän hatte sich auf den Platz des Funkers begeben und stellte den Kontakt her.

Er berichtete, dass ein Toter an Bord war. Dann übergab er an Suko.

Es wurde ein langes Gespräch, sodass der Inspektor ins Schwitzen kam. Die amerikanischen Kollegen zeigten sich verblüfft bis verärgert, doch Suko bat sie, sich mit London in Verbindung zu setzen.

Man versprach es ihm und wollte sich nach der Landung weiter unterhalten. Wenn Suko durch das Fenster der Kanzel schaute, sah er die Weite des Himmels, der sich allmählich grau färbte. Ein wunderbares Bild, denn unter ihnen lagen die Wolken, aus denen hin und wieder spitze Buckel schauten, die Gipfel hoher Berge. Auf den meisten lag eine dicke Eisschicht.

»Und wie wird es weitergehen?«, fragte der Kapitän.

Suko verzog die Lippen. »Das, Mr Ross, wird nicht Ihr Problem sein. Darum habe ich mich zu kümmern. Freuen Sie sich, dass noch alles so glimpflich abgelaufen ist. Es hätte auch anders kommen können, denn das Weib wollte keine Rücksicht nehmen.«

»Hätte sie es denn geschafft?«

»Leider, mein Lieber.« Suko nickte den Männern zu und verließ die Kanzel. Beide Stewardessen hatten alle Hände voll zu tun. Jeder Passagier wollte etwas trinken, und Suko, der sich nahe der Bordküche befand, erhielt als Erster eine Tasse Tee.

Die Mädchen hatten in jede Tasse einen Schuss Cognac gekippt. Das wärmte doppelt. Auch Suko trank. Er spürte die Hitze in seinem Magen, die dennoch die Kälte nicht vertreiben konnte, weil diese von innen her kam und nichts mit irgendwelchen Temperaturen zu tun hatte.

Nach einigen Minuten kam die Stewardess mit den Mandelaugen zurück. Sie blieb vor Suko stehen und küsste ihn auf die Wange. »Danke!«, hauchte sie. »Ohne Sie wären wir vielleicht verloren gewesen.«

Der Inspektor winkte ab. Dieser Dankesbeweis war ihm ein wenig peinlich, doch er zeigte ihm gleichzeitig, dass es auch noch ein wenig Menschlichkeit in all dem Grauen gab.

Und das war gut so.

Acron Castle!

Ich hatte auf der Fahrt dorthin intensiv darüber nachgedacht und mich gewundert, dass eine Firma sich ein Schloss gekauft hatte, um dort ihre Geschäfte abzuwickeln.

Nun ja, in der Not frisst der Teufel Fliegen. Und in London ein passendes Grundstück zu erstehen ist auch nicht gerade einfach.

An diesem Abend würde wohl niemand mehr in der Firma arbeiten. Vielleicht trafen wir einen Nachtwächter, mussten aber auch damit rechnen, auf elektronische Anlagen zu treffen, die dieses Gebäude schützten. Schließlich arbeitete Acron für die Regierung und zudem noch an geheimen Projekten.

Das konnten wir uns alles abschminken, als wir das Gelände erreichten. Es war nicht mal umzäunt, lag sehr naturfreundlich, war von Wäldern umgeben, und eine Stichstraße führte geradewegs zum Ufer der Themse hinab.

Wir kamen aus einer anderen Richtung und waren den Schildern gefolgt. Nach einer Kurve, die von alten Laubbäumen flankiert wurde, fiel unser Blick auf das Schloss.

Es war nicht sehr groß. Vielleicht hätte die Bezeichnung Märchenschloss gepasst, und tatsächlich wehte auf einem der beiden Türme eine Fahne mit dem Firmenzeichen.

Ein Scheinwerfer strahlte es an. Das silberfarbene A hob sich vom hellblauen Untergrund sehr deutlich ab.

Neben dem Haus befand sich der großzügig angelegte Parkplatz.

Unter der Lichtglocke einer Lampe stellte ich den Bentley ab. Der Silbergraue war nicht der einzige Wagen, der auf dem Kiesplatz parkte. Ich zählte noch vier andere. Hinter einigen Fenstern des Betriebs brannte Licht, was uns wunderte.

»Ob die eine Nachtschicht einlegen?«, fragte Bill, als er den Wagenschlag zudrückte.

»Kann sein.«

Wir schritten auf den Haupteingang zu. Eine Treppe führte hoch. Die Mauern zeigten ein dunkles Muster. Es stammte von den Ranken des Efeus und des wilden Weins, der sich bis zum Dach hochzog und das Gestein fast völlig verdeckte.

Wir lasen die Namen auf einem Klingelbrett. Ich drückte auf den untersten Knopf.

Wir hörten nichts, aber es wurde uns geöffnet. Der Mann im grauen Kittel blickte uns misstrauisch an. Er mochte etwa sechzig sein und trug eine Wollmütze.

»Wer sind Sie?«, fragte er.

Ich zeigte meinen Ausweis.

»Polizei? Schon wieder?«

»Ja.«

»Meinetwegen kommen Sie rein.« Kopfschüttelnd ließ er uns passieren.

»Wieso schon wieder?«, fragte ich.

Der Hausmeister schloss die Tür. »Ach wissen Sie, ich bin

hier Hausmeister und Nachtwächter in einer Person. Ich habe oben eine kleine Wohnung. Ihre Kollegen waren schon zweimal da. Aber es waren andere Typen. Die sahen mir aus wie vom Geheimdienst.«

»Da haben Sie richtig getippt«, sagte ich. »Aber wir sind vom Yard.«

»Ist mir auch sympathischer.« Er nickte. »Und was kann ich jetzt für Sie tun?«

»Einige Fragen beantworten und uns durch das Schloss oder die Firma führen.«

»Was wollen Sie denn wissen?«

»Wird hier produziert?«, fragte Bill.

»Nein, nur verpackt und gelagert.«

»Was?«

»So einiges.« Der Hausmeister ließ sich auf einen Stuhl fallen. Die Halle, in der wir uns aufhielten, war als Büro eingerichtet. Es gab mehrere Schreibtische, die so verteilt standen, dass noch ein breiter Mittelgang zur Tür frei geblieben war. Die großen Leuchten unter der Decke waren ausgeschaltet. Dafür brannten Wandlampen. Ihr Schein reichte dem Hausmeister aus.

Er hatte einen Arm auf die Lehne gelegt. »Es sind nur die kleinen Dinge, die wir von hier versenden. Eines unserer Computermodelle, dann die Taschenrechner, flach und griffig, wie die Werbung immer sagt.«

»Auch Spiele?«, fragte ich.

»Ja, ein Spiel. *Lord Acron.* Soll uns einen neuen Markt erschließen. In der folgenden Woche werden die Sachen bereits für das Weihnachtsgeschäft auf die Reise geschickt.«

Der Mann redete, als würde ihm die Firma gehören. »Und Sie überwachen hier alles, Mister?«

»Jawohl. Ich lebe hier allein. Meine Frau ist vor fünf Jahren gestorben. Wenn die Angestellten weg sind, gehört das Schloss mir. Dann sage ich mir immer: Ziggy, du hast es geschafft.«

»Ziggy heißen Sie?«, fragte Bill.

»Eigentlich Zigolski. Meine Vorfahren stammen aus Polen. Aber Ziggy gefällt mir besser.«

Ich ging durch die Halle und schaute mich um. Zwei Treppen führten in die oberen Etagen. Ein weiterer Durchbruch, von einer Schiebetür verschlossen, war der Zugang zu einer weiteren Halle. Es roch nach Metall und Bohnerwachs.

»Wo lagern sie denn?«, fragte Bill.

»Die größeren Stücke im Keller. Sonst dahinter.« Ziggy deutete auf die Schiebetür.

»Kennen Sie eigentlich das Spiel *Lord Acron?*«, fragte ich ihn.

»Klar.«

»Auch schon gespielt?«

»Versucht.«

Mein Blick war gespannt. »Und?«

Er lachte leise. »Nichts und, Mister.« Lässig winkte er ab. »Das ist keine Sache für mich. Ich bin der Meinung, man sollte bei den Kartenspielen bleiben. Aber die jungen Leute denken da anders. Ist auch irgendwie richtig. Wollen Sie sonst noch etwas wissen?«

»Dieser Parkplatz, auf dem unser Wagen steht, ist von mehreren Fahrzeugen besetzt.«

Ziggy grinste. »Ich kann es nicht ändern. Ich habe vorhin die jungen Leute erwähnt. Der Platz liegt einsam. Oft genug kommen die Pärchen hierher, um in Ruhe das tun zu können, was ich damals auch gern getan habe. Sie verstehen?«

»Sicher.« Ich schaute ihn an. »Können Sie uns die Spiele einmal zeigen?«

»Ich habe keines hier.«

»So meine ich das nicht. Hier lagern doch welche?«

»Schon. Und die wollen Sie sehen?«

»Ja.«

»Aber die sind bereits verpackt.«

»Dann werden wir die Verpackung eben öffnen.«

Ziggy schüttelte den Kopf. »Verdammt, ob ich das erlauben

darf, ist fraglich. Das glaube ich nicht. Ich müsste zurückrufen, aber ich erreiche keinen mehr.«

»Schauen Sie her, Ziggy.« Ich holte den Durchsuchungsbefehl aus der Tasche. »Den hier haben wir mitgebracht. Wir sind demnach autorisiert, dieses Gebäude zu durchsuchen.«

»Aber warum? Wir haben hier kein Rauschgift oder so.«

»Uns geht es um die Spiele.«

Er stand auf und hob die Schultern. »Mir soll es egal sein, aber ich kann Ihnen gleich sagen, dass Sie nichts finden werden. Die Spiele sind astrein.«

»Das vermuten wir auch.«

Ziggy ging vor. Er tastete nach seinen Schlüsseln, die in der Kitteltasche steckten, und holte sie hervor. Sorgfältig zählte er sie ab. »Ja, sie sind alle da.«

Ziggy schlurfte zum Aufzug. »Da müssen wir runter.«

»Modern seid ihr ja«, meinte Bill.

Ziggy drückte auf einen Knopf. Die Tür schwang zurück, und ich wunderte mich laut über die Größe des Fahrstuhls.

»Da werden auch hin und wieder Lasten mit transportiert«, erklärte mir der Hausmeister.

Wir stiegen ein. Mein Blick fiel über die Leiste. Man konnte nach oben als auch nach unten fahren. Die Tür schloss sich, und wir kamen uns vor wie in einem Gefängnis. Ein kurzer Ruck durchlief die Kabine, dann setzte sie sich in Bewegung. Ziemlich langsam und überhaupt nicht zu vergleichen mit den Hochhaushotels, wo die Lifts schon im Expresstempo zischten.

An der Decke brannte eine Lampe. Die Birne wurde von einer viereckigen Fassung umgeben. Als sie anfing zu flackern, dachte ich mir nichts dabei. Doch plötzlich verlöschte das Licht.

Schlagartig wurde es dunkel.

»Was ist das denn?«, hörten wir Ziggys Stimme. »Das ist ja noch nie vorgekommen.«

»Warten wir mal ab«, sagte Bill.

Ich enthielt mich vorerst eines Kommentars, denn ich hatte

noch etwas festgestellt. Bevor ich damit herausrücken konnte, hatte es auch Bill Conolly bemerkt.

»Verdammt, wir stecken fest!«

Und das war nicht gelogen. Die Kabine hatte Pause, und wir konnten uns irgendwohin beißen.

Bill holte sein Feuerzeug hervor. Das Ratschen des Rädchens war zu hören, und gleich darauf geisterte das Licht über die Wände.

Ziggys Gesicht wurde ebenfalls erfasst. Es zeigte Erstaunen und auch Erschrecken. »Das ist noch nie passiert«, flüsterte er.

»Und was machen Sie, wenn der Lift mal stecken bleibt?«

»Dann müsste man ... Unsinn, der Strom ist auch nicht mehr da. Und wir sind allein im Haus.«

»Das nehmen Sie an«, sagte ich.

»Wieso? Haben Sie denn jemanden gesehen?«

»Bisher noch nicht. Doch es kann durchaus sein, dass man uns hier eine Falle gestellt hat.«

»Verdammt, wir sind doch nicht im Kino.«

»Nein, Ziggy, leider nicht.«

Es wurde wieder dunkel, weil Bill die Flamme gelöscht hatte. Ich fühlte mich unwohl. Diese plötzliche Dunkelheit und das Wissen um die Enge behagten mir nicht. Ich hatte das Gefühl, von einer kalten Fettschicht umgeben zu sein.

»Hast du deine Lampe bei dir?«, fragte Bill.

»Klar.« Ich holte die Bleistiftleuchte schon hervor. Ihren dünnen Strahl richtete ich zuerst gegen die Decke, wo ich die Lampe anstrahlte. Befand sich dort die Ursache für den Stromausfall? Ziggy war der Hausmeister und Techniker. Er musste es eigentlich wissen. Bevor ich ihn danach fragen konnte, hatte er schon eine Idee. »Wenn einer von euch kräftig genug ist, kann ich auf seinen Rücken klettern und an die Lampe gelangen.«

»Ich mache das!«, bot sich Bill an. »Wenn du nur die Lampe hältst und leuchtest, John.«

»Klar.«

Der Reporter bückte sich. Ich baute mich vor ihm auf. So konnte er seine Arme um meine Hüften schlingen. Das gab ihm mehr Halt.

Ziggy versuchte es. Bill wollte die Lage ein wenig entkrampfen. »Aber gib Acht, ich bin kitzlig.«

»Das hat meine Frau auch immer gesagt.«

»Und?«

»Da habe ich dann woanders gekitzelt.« Er lachte. »Ach, Scheiße!«

»Was ist?«, fragte Bill. »War die andere auch nicht gut?«

»Das schon, aber ihr Rücken war so gebeugt.«

»Die Last der Arbeit.«

Ich musste mir ein Grinsen verbeißen und leuchtete in die Höhe. Ziggy presste noch eine Hand auf meinen Kopf, stützte sich dort ab und schob seinen Körper hoch. Er schwankte dabei wie das berühmte Rohr im Wind, löste seine linke Hand von meinem Kopf, streckte den Arm nach oben und konnte sich an der Decke abstützen.

»Alles klar?«, fragte ich.

»So ziemlich.«

»Okay, dann sehen Sie mal nach.«

»Nach links leuchten, bitte.«

Ich tat ihm den Gefallen. Dort befanden sich die Schrauben, die die Lampe unter der Decke hielten. Ziggy griff wieder in seine Kitteltasche und holte einen Schraubenzieher hervor. Ein praktisches Werkzeug, denn an seinem Kunststoffgriff befanden sich gleich mehrere Schraubenzieher. Einer passte sogar.

Ziggy arbeitete schnell und geschickt. Ein wenig Dreck oder Rost krümelte auf meinen Kopf, und ich hörte, wie es knirschte, als es Ziggy gelang, die Schale zu lösen. Er drückte sie an einer Seite von der Decke weg, und dann regnete es.

Sie trafen meine Haare und auch den Nacken. Bevor ich

mich beschweren konnte, hörte ich Ziggy fluchen. »So ein verdammter Bockmist!«

»Was ist denn los?«, fragte Bill keuchend. Ihm wurde das Gewicht des Mannes allmählich zu viel.

»Die Birne ist zerplatzt.«

»Und jetzt?«

»Öffne ich am besten den Notausstieg.«

»Wie lange dauert das denn?«, fragte der Reporter.

»Ach, stell dich nicht so an. Du kannst doch auch schwere Weiber stemmen.«

»Die stehen aber nicht auf meiner Schulter.«

»Gelobt sei, was hart macht. Bleib jetzt mal ruhig«, bat Ziggy, der wirklich Humor besaß. Er werkelte an den vier Schrauben der Verschlussklappe unter der Decke herum.

Bills Griff an meiner Hüfte wurde fest. Das Gewicht auf dem Rücken machte ihm zu schaffen.

»Ist ganz primitiv«, keuchte Ziggy. »Erst wollten sie einen neuen Aufzug einbauen, dann haben sie nur die Tür ausgewechselt. Vier Schrauben, und alles ist klar.«

Zur Hälfte war es bereits klar, dann rieselte es wieder. Diesmal Rost und Staub, sodass ich mich gezwungen sah, die Augen zu schließen.

»Kannst du noch?«, fragte Ziggy.

»Was denn?« Bills Stimme klang gepresst.

Ziggy lachte. Er geriet immer mehr in Form. »Irgendwie habe ich so was mal im Kino gesehen. Da hat sich dann einer am Seil in die Höhe gezogen. Dann kam aber der Aufzug nach. Das war vielleicht eine Sache. Zum Glück ist es hier nicht so hoch. Aber die Drahtseile sind fettig. Ist noch eine alte Anlage. Nicht mit Elektronik und so. Da muss man noch anständig Kraft einsetzen. Ich habe mir mal so ein Stahlseil aus der Nähe angesehen. Das ist gar nicht so glatt, auch wenn es mit Öl beschmiert wurde. Da stehen manchmal so kleine Metallflächen vor, sehen aus wie Haare, aber wenn du daran herabrutschst, reißen sie dir die Hände auf.«

»Mach weiter, Mensch!«, knurrte Bill.

»Bin doch schon dabei. Nur noch eine Schraube, dann müsst ihr den Kopf einziehen, sonst schlägt euch die Platte noch den Schädel platt.«

Ich schaute hoch. Allmählich wurde mir der Arm lahm, die Haltung war ungewohnt. Die Platte hing tatsächlich nur noch an einer Schraube und wäre weggekippt, hätte Ziggy sie nicht mit einer Hand gehalten.

»Verdammt, die Dinger sind verrostet. Aber jetzt. Vorsichtig, die Platte fällt!«

Hinter mir kam sie runter, tickte mit einer Kante auf, bevor sie flach hinfiel.

Ziggy wollte keine Sekunde länger auf dem Rücken des Reporters stehen und sprang nach unten. Ich sah seine Gestalt im Dunkeln verschwinden. Bill ließ mich los, ich ging zurück, er ging zurück, und so entfernten wir uns voneinander.

Dabei hatte ich großes Glück gehabt, das merkte ich einen Atemzug später.

Plötzlich schrie Ziggy auf. Ich wusste den Grund nicht, bewegte meinen Arm, der Lampenstrahl folgte, und ich sah, wie der Boden unter Ziggy wegkippte.

Er verschwand einfach. Eine Luke, ein Loch, und Ziggy fiel.

Nicht nur er, auch Bill. Dabei hatte der Reporter Glück, dass er sich am Rand des viereckigen Lochs aufgehalten hatte. Er fiel waagerecht auf die Luke, sodass er nicht hineinrutschte. Und er schaffte das Unmögliche. In seiner Schräglage gelang es ihm noch, einen Arm in die Tiefe zu strecken, und er kriegte den Kittel des Hausmeisters an der Schulter zu fassen.

Bill krallte seine Finger im Stoff fest. Er hörte Ziggy schreien und hielt auch weiterhin eisern fest.

Ich lief zur Luke, wollte meinen Freund unterstützen, kniete mich an den Rand und leuchtete zunächst einmal nach unten.

Der Lampenstrahl traf auf eine weiße Fläche. Als Gesicht

konnte ich das schon nicht mehr bezeichnen. Es war eine Angstfratze. Ziggy hatte den Kopf in den Nacken gelegt, seine Augen waren weit wie nie geöffnet, von den Lippen sprühte Speichel, und er gab Geräusche von sich, die sich grauenhaft anhörten.

»Wir schaffen das!«, rief ich ihm zu. Ich streckte meinen Arm aus, während Bill damit begann, sich vorsichtig herumzudrehen, ohne Ziggy dabei loszulassen. Der Reporter wollte auch die andere Hand zu Hilfe nehmen.

Über uns befand sich das Loch an der Decke, vor uns das im Boden. Dem Deckenloch wandte ich den Rücken zu, aber Bill war es während seiner Drehung gelungen, einen Blick dorthin zu werfen.

Und er sah die Bewegung.

»John, über uns!« Seine Stimme war nicht mehr als ein schweres Keuchen, ich hatte ihn trotzdem verstanden und drehte mich in der Hocke sitzend um.

Der dünne, helle Streifen erfasste nicht die gesamte Lukenfläche, aber auch der relativ kleine Ausschnitt reichte völlig aus, um das Gesicht eines Mannes erkennen zu können.

Sehr knochig, mit einer grau wirkenden Haut und eingerahmt von Haaren, die ebenfalls einen Grauton hatten. Dabei waren die Haare so lang, dass sie im Nacken zu einem Pferdeschwanz zusammengebunden werden mussten.

Das Gesicht kannte ich. Jedes Detail der hässlich dicken Lippen und der kleinen, gnadenlosen Augen.

Ich wusste, dass dieser Mann dort oben einer der gefährlichsten Killer war, die auf der Welt umherliefen. Auch sein Name war mir bekannt.

Kamikaze!

Suko war schon auf einiges eingerichtet, aber was ihn am Flughafen tatsächlich erwartete, übertraf all seine Vorstellungen. Wenn die Amerikaner etwas taten, dann machten sie es gründlich. Und mit einer Menge Leute. Das hatten sie im

Krieg ebenso bewiesen wie im Frieden, und so wurde die gelandete Maschine zunächst einmal umstellt.

Suko war dem Tag entgegengeflogen. Eine wie blank geputzt wirkende Sonne stand am Himmel. Ihre Strahlen fielen auf die silberfarbene »Haut« der Maschine, wurden reflektiert und ließen das Flugzeug glänzen.

Der Pilot hatte nicht direkt bis an den Terminal heranfahren können. Die dicken Reifen waren auf eine Nebenbahn gerollt, wo schon Busse für die Passagiere bereitstanden.

Nur die Besatzung und Suko mussten noch warten. Die Piloten rauchten in der Kanzel. Auch von ihnen fiel der Stress allmählich ab. Suko stand bei den Stewardessen. Er sah zu, wie die erleichtert wirkenden Fluggäste die Maschine der Reihe nach verließen. Dieses Geschehen würde wohl niemand vergessen.

Auch Reporter hatten schon Wind von der Sache bekommen. Sie standen in respektabler Entfernung, setzten aber starke Teleobjektive ein, sodass sie einiges auf die Filme bannen konnten.

»Jetzt beginnen die Verhöre«, sagte die zweite Stewardess, ein Mädchen mit schwarzen, glatten Haaren.

»Wie lange denn?«, fragte Suko.

»Bei denen weiß man das nie. Die haben ihre Launen. Zumeist wird noch das FBI eingeschaltet.«

»Na ja, ich werde schon zurechtkommen.«

Zunächst tauchten einige Uniformierte auf, dann Zivilisten, die eine Bahre mitbrachten. Der Tote wurde angeschaut und anschließend weggeschafft.

Suko machte die Bekanntschaft eines Mannes, der sich Clive Monterrey nannte.

Clive wirkte smart, war etwa in Sukos Alter und trug einen weißen Anzug. Sein Binder flatterte im Wind, als die beiden auf der Gangway standen, um gemeinsam nach unten zu gehen. »Wir haben uns natürlich über Sie erkundigt, Inspektor, und uns daran erinnert, dass Sie schon in dieser Gegend zu tun hatten.«

»Ja, das stimmt.«

»Ich hörte, dass es mal um zwei Detektive und einen Höllenwurm gegangen ist.«

»Sie irren sich nicht.«

Monterrey blieb stehen. »Und jetzt kommen Sie wieder mit einem so unglaublichen Fall?«

»Leider.«

Clive leckte über seine schmalen Lippen. »Das müssen Sie unbedingt erzählen.«

»Hier?«

Der FBI-Mann lachte. »Nein, wir machen es uns gemütlicher. Ich habe meinen Wagen dabei.«

Der Ford stand im Schatten eines größeren Einsatzfahrzeugs, wo ein Mann hinter dem Steuer hockte und seine Sonnenbrille putzte. »Alles klar, Kenny?«

»Sicher, Clive.« Der mit der Sonnenbrille grinste. »Wir brauchten nicht einzugreifen.«

»Vielleicht beim nächsten Mal.« Clive grüßte und wandte sich wieder an Suko. »Kenny ist immer da, wenn es um heiße Sachen geht. Ich meine, dieser Tote im Flugzeug hätte auch eine Falle sein können. Sie verstehen bestimmt.«

»Noch nicht ganz«, gab Suko zu. Ihm wurde die Tür geöffnet, und er ließ sich auf den Beifahrersitz fallen. Den Koffer warf er in den Fond.

Im Wagen roch es nach Rauch. Da funktionierte die Klimaanlage wohl nicht mehr. Der Sitz hätte auch neu aufgearbeitet werden müssen. Suko sank tief ein und blickte genau in die Sonne.

Clive Monterrey fuhr zu einem Nebengebäude und stellte den Wagen dort ab. Von Gemütlichkeit konnte keine Rede sein, als die beiden Männer einen kahlen Raum betraten, in dem ein Kaffeeautomat fast bis zur Decke reichte, ansonsten nur zwei Stühle und ein Tisch mit heller Platte standen. Das rote Telefon hätte auch dem Präsidenten gehören können.

Der G-man hob es vom Stuhl hoch und nahm Platz. Rollos

mit Lamellen bedeckten die beiden Fenster. Sonnenlicht fiel nur in dünnen Streifen in den Raum.

»Ja, dann lassen Sie mal hören!« Monterrey holte ein flaches Bandgerät aus der Tasche und stellte es auf den Tisch. »Oder wollten Sie zuvor einen Kaffee?«

»Nein, danke.«

Der FBI-Mann schaltete das Band ein und deutete auf Suko. Dann lehnte er sich zurück und begann zu rauchen.

Suko berichtete. Er wusste, dass er sich nicht querstellen konnte. Die amerikanische Polizei reagierte da empfindlich, aber er ließ Hintergründe aus und beschränkte seinen Bericht auf die reinen Fakten.

Monterrey gab sich lässig, als er seine Arme hinter dem Kopf verschränkte und vor sich hinrauchte. Die erste Frage stellte er nach Sukos Erzählung. »War das alles?«

»Reicht es nicht?«

»Nein.« Er drückte sich wieder vor und schaute den Inspektor lauernd an. »Weshalb sind Sie überhaupt nach L. A. geflogen?«

Jetzt musste Suko die Karten offen auf den Tisch legen. »Es geht um einen Konzern. Acron!«

»Die Elektronikleute?«

»Ja.«

»Und? Wollten Sie mit den Bossen reden?«

Suko hatte das Gefühl, dass Monterrey sich zwar lässig gab, in Wirklichkeit aber auf dem Sprung war und auf weitere Erklärungen lauerte.

»Das brauche ich jetzt nicht mehr«, sagte der Chinese.

»Weshalb?«

Suko lächelte. »Das will ich Ihnen sagen. Man hat den letzten Manager aus der Führungsspitze umgebracht. Vor meinen Augen. Er verbrannte, wie ich Ihnen schon berichtete.«

»Durch diese Frau, die verschwunden ist.«

»Richtig.«

»Soll ich Ihnen das glauben?«

»Sie brauchen es nicht, Mr Monterrey. Aber ich möchte Sie daran erinnern, dass ich nicht zum ersten Mal hier in Frisco bin und schon einige andere Dinge erledigt habe.«

»Ja, ja, das stimmt. Nur ging es da nicht um die Interessen unseres Landes, wenn Sie verstehen.«

»Nein.«

Mit der letzten Antwort hatte der G-man nicht gerechnet. Er kam aus dem Rhythmus. »Hören Sie, Kollege, das ist kein Spaß. Acron arbeitet für den Staat.«

»Das weiß ich. Auch in unserem Land.«

»Und deshalb werden nationale Interessen berührt. Da können wir uns nicht einfach in die Suppe spucken lassen.«

»Was wollen Sie tun?«

»Auf jeden Fall möchten wir Sie aus der Schusslinie haben.«

»Ich soll wieder nach London zurück?«

»Ja.«

»Das werde ich auch.«

»Wunderbar. Und wann?«

Jetzt grinste Suko. »Sobald ich meine Aufgabe hier erledigt habe. Sonst noch Fragen?«

»Sie tun sich keinen Gefallen damit, Inspektor. Wirklich nicht. Lassen Sie uns als Freunde scheiden.«

Suko sah das Lächeln des Mannes und wusste, dass es nicht echt war. Amerikaner lächeln viel. Manchmal zu viel. Er schüttelte den Kopf. »Ich wüsste nicht, weshalb zwischen uns Feindschaft herrschen sollte, wenn ich bleibe. Fühlen Sie sich vielleicht in Ihren Aktivitäten gestört?«

»So kann man es nennen.«

»Dann sehen Sie es anders. Mein Bleiben könnte für Sie eine große Hilfe bedeuten. Es gibt da Dinge, die Sie wohl nicht verstehen können, Mr Monterrey.«

»Und welche?«

»Suchen Sie eine Frau, oder lassen Sie eine Frau suchen, die das Feuer unter ihre Kontrolle bringen kann. Dann erst reden wir weiter.« Suko nickte dem anderen zu. »Ich werde mir einen Leihwagen nehmen, das wollte ich Ihnen noch sagen.«

Als er schon an der Tür war, holte ihn Monterreys Stimme noch einmal ein. »Sie machen einen Fehler, Partner. Einen verdammt großen, das sage ich Ihnen.«

»Vielleicht.«

Suko verließ das Gebäude und hatte einen Fußmarsch vor sich, doch das wollte Monterrey auch nicht. Er kam schnell nach und sagte: »Fahren wir.«

»Wohin?«

»Sie wollten doch einen Wagen mieten.«

»Das stimmt.«

»Ich bringe Sie bis an den Schalter.«

Auf der Fahrt zum Ziel gab sich Monterrey ungemein gelassen. Er pfiff sogar ein Lied, umkurvte einen Hangar und redete über den Fall nicht mehr. Erst als sie die belebteren Zonen erreichten und die Großanlagen vor sich sahen, wurde er schweigsamer. An einem Nebeneingang wurde Suko abgesetzt. »Ich an Ihrer Stelle würde wieder fliegen.«

Suko hob die Schultern. »Sie sind aber nicht an meiner Stelle. Danke für das Herbringen.« Er nahm seinen Koffer und verließ den Wagen. Suko wusste genau, dass Monterrey nicht aus reiner Menschenfreude gehandelt hatte. Dafür war der Fall einfach zu brisant. Das FBI würde ein Netz spannen. Verfolgung, Überwachung, darin verstanden sie sich.

Suko nahm einen schnellen BMW der 3er Reihe. Der Lack glänzte in einem grünen Metallicton. Nun war es so, dass sich Suko in Frisco einigermaßen auskannte. Er hatte hier Freunde. Yakup Yalcinkaya lebte in der Nähe, zusammen mit Jane Collins und dem kleinen Ali. Bei ihnen wollte Suko Unterstützung finden, denn ihm war der Begriff des Feuerkults nicht aus dem Kopf gegangen. Dahinter steckte mehr, als es den Anschein hatte. Um die Freunde zu erreichen, musste er über die Golden Gate.

Suko bekam seine Papiere und die Wagenschlüssel. Man wünschte ihm noch eine gute Fahrt, danach konnte er sich in den Trubel stürzen. Natürlich rechnete er damit, verfolgt zu werden.

Yakup hatte das Kloster von dem alten Zii, der sich selbst totgesprochen hatte, übernommen. Es lag einsam in den Bergen. Nicht mal Telefon gab es dort, obwohl der Türke versprochen hatte, es sich irgendwann legen zu lassen. Wenn Suko ihn erreichen wollte, musste er schon zu ihm.

Und dann hätten auch die ihn verfolgenden Polizisten die Spur zu seinen Freunden gefunden.

So etwas wollte er auf keinen Fall, deshalb griff er zu einer weiteren Möglichkeit.

In keiner amerikanischen Stadt gab es so viele Chinesen wie in San Francisco. Das war Sukos Chance. Er konnte im Chinesenviertel untertauchen und Yakup von dort aus eine Nachricht zukommen lassen.

Schon bald umgab ihn der Verkehr dieser Millionenstadt. Ein Wirrwarr aus Autos, Einbahnstraßen, Hügeln, Tälern und Benzingeruch. Wie viele Wagen sich an seine Fersen geheftet hatten, war dem Chinesen unbekannt.

An einer Ampel musste er mal wieder stoppen. Die Menschen strömten vorbei. Bunt gekleidet, locker, lässig. Alle Hautfarben waren vertreten. Die Frauen trugen eine Mode, wie sie verrückter nicht sein konnte, aber irgendwo kam stets der Madonna-Stil durch.

Plötzlich erschien jemand neben Sukos Wagen. Der Chinese drehte den Kopf, spannte sich, wollte schon eingreifen, als die Tür bereits von einer rothaarigen Frau geöffnet wurde.

»Mach keinen Ärger, sonst explodiert der Wagen!«, erklärte Belisana und setzte sich neben ihn.

»Das glaube ich dir.«

»Fahr weiter.«

»Und wohin?«

»Einfach so.«

Suko hob die Schultern. Ihm blieb nichts anderes übrig. Im Prinzip war er froh darüber, dass sie sich ihm gezeigt hatte, so fand er den Weg zu diesem geheimnisvollen Feuerkult bestimmt eher.

Er hatte sich rechts eingeordnet. Unter den weit geschwungenen Baumästen fuhren sie her. Mal hatten sie Sonne, dann wieder Schatten.

»Die nächste rechts!«

Suko blinkte. Es war eine schmale Straße, rechts und links wechselten sich leere Grundstücke mit kleineren Parkplätzen ab.

»Fahr den nächsten Parkplatz an!«

»Weshalb?«

»Tu es!«

Belisana trug zwar sichtbar keine Waffe bei sich, aber Suko gehorchte trotzdem. Wenn der Wagen hier in die Luft flog, war nicht allein er an der Reihe, auch einige Unschuldige würden erwischt werden, denn ein explodierender Wagen bedeutete immer Lebensgefahr.

Sukos ungebetene Besucherin trug die gleiche Kleidung wie im Flugzeug. Ihre rote Haarmähne schillerte wie Feuer, wenn sie den Kopf bewegte. Der Platz entpuppte sich als eine staubige Fläche, wo einige Wagen abgestellt waren. Suko fuhr bis hinten hin durch und parkte vor ein paar Sträuchern.

»Das reicht«, erklärte Belisana.

»Und jetzt?«

»Motor abstellen.«

Auch das tat Suko, bevor er sich nach rechts drehte und die Frau ansah.

Sie saß steif wie im Flugzeug, nur die Wimpern bewegten sich. Der Wind wirbelte Staub auf und wehte ihn über den Platz.

»Der eine ist tot, nicht wahr?«, fragte sie.

»Ja, und Sie sind seine Mörderin.«

»Das musste so sein.«

»Weil Samaran an die Spitze will.«

»Sicher.«

»Weshalb dienst du ihm?«

Da lachte sie. »Der Feuerkult geht verschiedene Wege. Mehr will ich dir nicht sagen. Aber es steckt mehr dahinter, als du bisher annehmen konntest. Ich habe bemerkt, dass du einiges drauf hast. Du besitzt eine starke Waffe, das ist außergewöhnlich für einen normalen Menschen. Oder solltest du kein normaler sein?«

»Nicht dass ich wüsste.«

»Unterschätz dich nicht, mein Freund. Ich zähle dich zu meinen Feinden, deshalb muss ich dich vernichten. Du könntest tatsächlich den großen Plan gefährden. Hast du erlebt, wie der Mann im Flugzeug verbrannte?«

»Ich war schließlich dabei.«

»Dir wird es ebenso ergehen.« Sie drehte Suko den Kopf zu. Wieder sahen ihre Augen aus wie Laternen. Rotes Feuer tanzte in ihnen. »Dieser Wagen soll für dich zu einem Grab werden. Du wirst mit ihm verschmelzen. Haben wir uns verstanden, Chinese?«

»Das haben wir.«

»Gut, dann …«

»Moment noch.« Suko streckte einen Arm aus, und die Frau ließ es zu, dass er sie berührte. Er spürte die Wärme ihres Körpers. »Wenn ich schon sterben soll, will ich auch wissen, für wen.«

Sie winkte ab. »Das ist zweitrangig. Im Prinzip dreht es sich um Acron. Ich habe mich überzeugen lassen, dass es gut ist, wenn ich auf der Seite eines Mächtigen stehe.«

»Du meinst Samaran?«

»Genau ihn.«

»Bist du nicht selbst mächtig? Hast du mir nicht erzählt …?«

»Ich werde nichts mehr sagen. Ich habe es Akim Samaran versprochen. Wir und Acron sind eine Verbindung eingegangen.«

»Du als keltische Feuergöttin?«, fragte Suko. »Was hast du mit Acron zu tun?«

»Er war ein Sternenvampir und hat etwas hinterlassen, das auch wir kannten.«

»Was war es?«

»Ein Kristall. In grauer Vorzeit wurden wir von Acron besucht, und er berichtete uns, dass er sich zwar in die Unendlichkeit zurückziehen würde, sein Erbe aber nach wie vor auf der Erde bliebe. Das ist nun gefunden worden.«

»Von Samaran?«

»So ist es.«

»Und was habt ihr damit zu tun?«

Sie lachte leise. »Wir kennen ihn, er kennt ihn nicht. Deshalb haben wir uns mit ihm zusammengetan.«

»Wer ist wir?«, fragte Suko. »Ich sehe immer nur dich.«

»Weißt du das wirklich nicht?«

»Sonst hätte ich nicht gefragt.«

»Baal und ich!«

Suko schwieg. Er war im Moment zu überrascht und hätte nicht gedacht, dass der Götze Baal einen so großen Wirkungskreis hatte. In Spanien hatte er ihn praktisch durch Okastra erlebt, John Sinclair war ihm in der Vergangenheit begegnet, und nun sollte er auch Einfluss auf die keltische Magie gehabt haben. Wenn man den Faden weiterspann, konnte man auf die Druiden zurückkommen, und da lag Aibon nur einen Katzensprung entfernt. Schloss sich mal wieder der Kreis?

Noch wusste Suko einfach zu wenig, um darüber weiter nachdenken zu können. Wichtig für ihn war es, aus dieser Falle herauszukommen. Er blickte durch die Scheibe. Das Sonnenlicht fiel schräg auf den Parkplatz. Der Staub glitzerte wie krümeliges Glas. Suko hatte die Hände am Lenkrad gelassen, und er hörte, wie die Frau sprach.

»Du hättest nicht fliegen sollen. Es war dein Fehler. Jetzt wird man dich als Asche nach London zurückbringen.«

Suko tat noch immer nichts. Er sagte nur: »Du machst einen großen Fehler, Belisana.«

»Und welchen?«

»Du hast dich mit Akim Samaran eingelassen. Er will dich benutzen. Er braucht deinen Feuerkult.«

»Das stört mich nicht.«

»Aber er wird dich anschließend fallen lassen, daran solltest du denken.«

»Das kann er nicht.« Sie lachte leise.

»Wieso nicht?«

»Ich weiß zu viel über gewisse Dinge. Samaran will den Dunklen Gral. Er hat es bei den ersten Versuchen nicht geschafft. Jetzt probiert er es andersrum. Verstehst du?«

»Fast.«

»Es gibt immer viele Möglichkeiten, zu einem Ziel zu gelangen. Die eine davon ist über den Feuerkult.«

»Aber nicht über Acron!«

»Wer weiß.«

Suko fragte weiter. »Was hast du mit dem Dunklen Gral zu tun, Belisana? Du bist eine Dienerin des Götzen Baal, mehr nicht. Du kannst den Dunklen Gral ...«

»Oh, ich kenne ihn. Sogar sehr gut. Schließlich hat es einmal die Templer gegeben, die mehr über ihn wussten und die auch abtrünnig wurden, wie du sicher weißt.«

Suko atmete durch die Nase ein. Nach diesen Antworten war er noch verwirrt. Da öffneten sich plötzlich völlig neue Dimensionen. Belisana wusste tatsächlich einiges. Nur war sie nicht die Person, die ihr Wissen auch in die Tat umsetzen konnte. Zwischen Theorie und Praxis gab es eben Unterschiede.

Der Staub blieb. Suko hörte schwach die Geräusche der an- und abfahrenden Wagen. Hinter dem staubigen Buschgürtel wuchs eine Hauswand hoch. Sie war weiß gestrichen worden und zeigte in der unteren Hälfte Sponti-Sprüche.

Das alles sah so normal aus, aber die Hitze in seinem Nacken empfand er als unnormal.

Suko spürte schon die warmen Hände – oder waren es bereits Flammen? Belisana hatte sich zur Seite gebeugt. In ihren Augen tanzte das Feuer, der Chinese sah die kleinen

Flammen auch zwischen den Haaren züngeln und ebenfalls aus den Nasenlöchern schießen.

Belisana brannte bereits.

Und er würde auch gleich brennen.

Seine linke Hand näherte sich der Tür. Wenn er gegen sie antrat, dann nicht im Wagen, sondern draußen.

Und da standen plötzlich die Männer.

Typen, die nicht nur wie Polizisten aussahen, sondern es auch waren. Sie hatten sich in Combat-Stellung aufgebaut, hielten die Waffen in ihren Händen, und Suko erkannte unter den vier Männern auch Clive Monterrey.

Er war es, der sprach und mit seinen Worten Belisana meinte: »Rauskommen! Und keine falsche Bewegung!«

Suko wusste genau, dass dies nicht gut gehen konnte. Belisana war einfach zu stark. Sie würde sich nicht von Polizisten und auch nicht durch Kugeln aufhalten lassen, aber sie stellte ihren Plan, Suko zu töten, zunächst einmal zurück.

»Sind das deine Freunde?«

»Nein.«

In den Augen bewegte sich das Feuer noch hektischer. »Ich werde sie ebenfalls töten!«

Suko starrte sie an. Seine linke Hand befand sich bereits am Türhebel. Er wusste, dass diese Frau kein Pardon kannte. »Einen Moment noch«, sagte er und bewegte den rechten Arm. Mit dem Finger deutete er auf die Scheibe. »Da, schau!«

Die Rothaarige drehte tatsächlich den Kopf. Es war nur eine kurze Bewegung, aber sie kostete Zeit, und die musste der Chinese einfach ausnutzen.

Er drückte den Türhebel herum, presste seinen Ellenbogen von innen gegen den Wagenschlag und rammte ihn auf.

Danach ging alles blitzschnell. Suko sah, wie einer der Beamten zur Seite sprang. Er hatte den Boden noch nicht berührt, als er den Männern bereits die Warnung entgegenschrie: »Verschwindet! Weg mit euch!«

Mit der Schulter prallte er auf, rollte sich ab, kam zur Ruhe und sprang auf.

Die Männer standen da wie Ölgötzen. Nur einer hatte seine Richtung verändert. Ein dunkelhäutiger FBI-Mann, der jetzt auf Suko zeigte und ihm zuzischte, stehen zu bleiben.

»Nein, das geht nicht. Ihr müsst weg!«

»Wieso, ich ...«

Das Wort wurde ihm abgeschnitten, weil Clive Monterrey das Kommando übernommen hatte. »Keine Reden mehr! Kommen Sie raus aus dem Wagen!«

»Sie ist die Mörderin von Robert Hayes!«, rief Suko dazwischen und hoffte, dass die anderen ihn hörten.

Sie hatten ihn wohl verstanden, aber sie handelten nicht danach. Zu viert fühlten sie sich sicher, und sie sahen zu, wie Belisana die Tür öffnete und ausstieg.

Suko wusste, dass dieser an sich so harmlose Vorgang zu einem tödlichen Spiel gehörte, aber die vier wollten einfach nicht auf ihn hören. Sie standen unter einer großen Spannung. Deshalb hütete sich der Inspektor auch, nach seiner Waffe zu greifen. Das hätte falsch aufgefasst werden können, und eine Kugel wäre ihm dann sicher gewesen.

Sie sah elegant aus, wie sie sich aus dem Wagen schwang. Fast wie eine Lady.

Die Männer beobachteten sie genau. Mit einer lässig anmutenden Bewegung schleuderte Belisana zunächst den Wagenschlag zu, bevor sie die roten Haare zurückwarf.

Und diese letzte Bewegung war die Initialzündung. Plötzlich standen die Haare in Flammen, und das fauchende Geräusch des Feuers wurde zu einem wahren Sturm, als Belisana ihre Horrortour begann.

Wo Kamikaze sich aufhielt, war der Tod zu Hause!

Und das bewies er auch wieder in dieser für uns drei so furchtbaren Sekunde.

Nicht nur sein Gesicht hatte ich erkennen können, auch die

Waffe, die er wie ein drittes Auge vorschob. Er zielte in die Kabine.

Er konnte uns gar nicht verfehlen!

Bill Conolly hing schräg über der Luke, einen Arm in die Tiefe gestreckt, um den Hausmeister festzuhalten. Er lag für Kamikaze wie auf dem Präsentierteller.

Wenn einer etwas retten konnte, war ich es, da ich mich noch bewegen konnte. Aber ich musste verdammt schnell sein. Zeit, meine Beretta zu ziehen, blieb mir nicht mehr, deshalb versuchte ich es mit einer Verzweiflungstat.

Ich sprang ihn an.

Damit hatte Kamikaze nicht gerechnet. Wie ein Tiger jagte ich in die Höhe.

Ich wollte die Waffe.

Plötzlich hielt ich sein rechtes Handgelenk fest. Die Mündung zielte an mir vorbei, ein Schuss löste sich donnernd, die Kugel fuhr über meinen Schulterknochen hinweg, aber ich konnte nicht erkennen, ob sie getroffen hatte, denn ich zog Kamikaze nach unten.

Er lag am Rand der Luke, und er war von meiner Attacke so überrascht worden, dass er es nicht mehr schaffte, meinem Druck Gegendruck entgegenzusetzen.

So kippte er nach vorn und über mich hinweg. Mit dem Kopf und dem Rücken krachte er zu Boden. Ich hatte zunächst gedacht, er würde durch die Luke fallen, doch sie war nicht so groß.

Während ich mich ebenfalls bewegte, hörte ich Bills Keuchen, der noch immer versuchte, den Hausmeister aus dem Schacht zu holen. Er lag jetzt auf dem Bauch, und es war ihm gelungen, seinen zweiten Arm in die Tiefe zu strecken. Vielleicht schaffte er es auf diese Art und Weise, den Hausmeister zu retten.

Ich konnte ihm nicht helfen, denn Kamikaze war ein Raubtier auf zwei Beinen.

Er trug wieder seine dunkle Kleidung. Ein schwarzes Hemd, eine Hose aus Leder und eine dünne Lederjacke. Sein

Gesicht war ein graues Werk aus Granit. Die Augen ein kaltes Steinpaar, der Mund ein welliger Strich.

Sein Revolver war verschwunden. Mir war meine kleine Lampe aus der Hand gerutscht. Sie lag am Boden und schickte ihren dünnen Lichtschein schräg durch die Kabine. Dass Kamikazes Gesicht von ihm getroffen worden war, konnte ich als einen Zufall bezeichnen.

Mir jedenfalls stand ein mörderischer Kampf bevor, und dies in einem Halbdunkel mit einer offenen Bodenluke.

Ich hatte bisher keine Zeit gefunden, meine Beretta zu ziehen. Als ich es versuchte, musste Kamikaze, der Augen wie eine Katze hatte, die Bewegung gesehen haben.

Der Hieb traf mich voll an der Brust. Ob ich wollte oder nicht, ich musste zurück und prallte dabei gegen eine Wand, wobei ich noch auf die eiserne Lukenklappe trat, die der Hausmeister Ziggy zu Boden geschleudert hatte.

Kamikaze lachte. Es klang hässlich, widerlich und auch siegessicher. Wie er mich töten wollte, war mir unbekannt, jedenfalls würde er mir kaum eine Chance lassen.

Ich sank in die Knie.

Aus dem Hintergrund der Kabine hörte ich Bills Keuchen, vermischt mit Ziggys Jammern. Für uns ging es um Leben und Tod. Das wusste ich verdammt genau. Vielleicht war es auch dieses Wissen, dass ich noch einmal Kräfte mobilisierte und mich diesem mörderischen Killer entgegenstemmte.

Ich sah seinen Tritt kaum. Es war mehr eine Ahnung, sodass ich den Kopf zur Seite riss. Der Fuß verfehlte mich. Er schrammte an der Wand entlang, und ich warf mich einfach nach rechts. Es war Zufall oder Glück, dass ich sein Bein zu fassen bekam. Ich riss es sofort herum.

Das war auch für Kamikaze zu viel. Er geriet ins Wanken und klatschte wieder zu Boden. Aus seinem Mund drang dabei ein wütender Grunzlaut, und ich orientierte mich nach vorn.

Nur kriechend konnte ich mich weiterbewegen. Mit beiden Händen berührte ich die Eisenplatte, die mal oben auf dem Dach der Kabine befestigt gewesen war.

Sie riss ich hoch und stemmte mich auf die Füße. Die Platte war für mich ein Schild, das ich dem anderen entgegenwuchten konnte. Es blieb beim Vorsatz, denn jetzt kam er.

Der hämmernde Schlag hätte mich bestimmt vernichtet. Vielleicht hatte Kamikaze die Eisenplatte nicht genau gesehen oder sie nur für harmlos gehalten, jedenfalls zog er seine Hand nicht zurück, und so donnerte der Schlag voll gegen das Eisen.

Dahinter lag so viel Wucht, dass ich zurücktaumelte und es mir nicht gelang, die Platte zu halten. Sie prallte dicht vor meinen Fußspitzen zu Boden.

Kamikaze reagierte. Er stöhnte, keuchte und winselte wie ein Hund. Dabei krümmte er sich wie ein schlecht eingeschlagener Nagel. Den rechten Arm hatte er angewinkelt, und er hielt deren Faust mit der linken Hand umklammert. Ob die Knochen gebrochen waren oder nicht, wusste ich nicht, ich hatte es jedenfalls geschafft, ihn anzuschlagen.

Wild schüttelte er den Kopf. Speicheltropfen und Schweiß flogen mir entgegen. Noch einen Schritt ging er zurück, während ich meine Beretta zog.

Ich hätte ihn jetzt erschießen können, aber das brachte ich nicht fertig. Kamikaze war ein Mensch, zwar ein brutaler Killer, aber ein Mensch. Er musste vor ein Gericht und abgeurteilt werden, so sahen es die Gesetze vor, auf die ich geschworen hatte. Zudem konnte ich mich nicht mit diesen Killern auf eine Stufe stellen.

Mit der Waffe wollte ich zuschlagen, holte bereits aus, als Kamikaze seinen entscheidenden Fehler machte.

Er ging noch einen Schritt nach hinten.

Und der war zu viel.

Die Luke war groß genug, dass sie ihn schlucken konnte, ohne Bill oder den Hausmeister zu berühren. Zudem breitete er seine Arme nicht aus.

Er fiel wie ein Stein und war verschwunden.

Ich holte Luft und hielt sie dann an, als ich aus der Schachttiefe das Krachen vernahm. Dieses Geräusch drang als hohles Echo zurück in die Kabine. Ich wusste genau, was geschehen war. Kamikaze hatte es nicht mehr geschafft. In der Tiefe war er aufgeschlagen und hatte sich vielleicht sogar selbst das Leben genommen.

»John.«

Bill keuchte meinen Namen. Allein der Tonfall bewies mir, mit welchen Schwierigkeiten mein Freund zu kämpfen hatte. Ich hatte auch Federn lassen müssen, hoffte aber stark, ihn trotzdem unterstützen zu können.

Neben der Luke fiel ich auf die Knie.

Bill lag schräg über ihr. Um besseren Halt zu haben, hatte er die Beine ausgebreitet, seine Arme hingen in den Schacht hinein und umklammerten Ziggy, den Hausmeister.

Ich griff zu.

Dabei hörte ich Ziggy stöhnen. Er durfte alles, sich nur nicht bewegen. Zum Glück hielt er sich daran, und so holten wir ihn hoch. Als er schließlich neben uns lag, waren wir drei erschöpft. Wenn Kamikaze jetzt über uns erschienen wäre, hätten wir für ihn wie auf dem Präsentierteller gelegen.

Wir keuchten und würgten. Bill und ich hatten eine bessere Kondition als Ziggy. Ich kniete mich hin. Mit zitternder Hand griff ich nach meiner kleinen Lampe. Ich drehte den Arm und sah etwas auf dem Boden liegen, das kalt schimmerte.

Kamikazes Revolver.

Den nahm ich an mich.

Bill hatte sich gesetzt und lehnte mit dem Rücken an der Wand. Als das Licht sein Gesicht traf, sah ich den dicken Schweißfilm und den offenen Mund des Reporters.

»John, das war Wahnsinn!«, keuchte er. »Das war ein verdammter und verfluchter Wahnsinn. Verstehst du?«

»Ja.«

»Du hast ihn geschafft, John. Verflucht, du hast diesen irren Killer geschafft!«

Ich gab keine Antwort, weil mich ein Hustenanfall schüttelte. Auf Händen und Füßen kroch ich zu Ziggy hin, der sich noch nicht erholt hatte und zitternd auf dem Rücken lag.

Er sah mich an. »Ihr habt mir das Leben gerettet.«

»Schon gut, Ziggy.«

»Nein, nicht gut. Das ist ...« Er verzog den Mund. »Verdammt, das vergesse ich euch nie.«

»Erholen Sie sich erst mal«, sagte ich und drehte mich wieder ab. Um den Rand der Luke zu erreichen, brauchte ich nicht sehr weit zu kriechen. Es reichte eine Drehung.

Ich blieb am Rand, streckte den Arm in die Tiefe und ließ den Lampenstrahl hineinfallen. Ich wollte unbedingt sehen, was mit Kamikaze geschehen war.

Der Lichtschein traf das ölig glänzende Seil, ich sah den Staub, die Spinnweben an den Wänden, aber keine Spur von Kamikaze. Das hatte nicht viel zu bedeuten, denn die Leuchtkraft meiner kleinen Lampe war begrenzt.

»Siehst du Kamikaze?«, hörte ich Bills Frage.

»Nein.«

»Der wird kaum überlebt haben.«

»Kamikaze ist zäh. Was der schon alles überstanden hat, grenzt an ein Wunder. Manchmal glaube ich, dass er kein Mensch ist.«

»Aber du hast ihn geschafft.«

»Wiederhole dich nicht immer, Alter. Da bin ich mir nämlich nicht so sicher. Ich frage mich vielmehr, was er hier gewollt hat. Der ist nicht ohne Grund hier aufgetaucht.«

»Den finden wir noch heraus.«

»Wobei wir zunächst einmal den Fahrstuhl verlassen müssen«, erklärte ich. »Hast du einen Vorschlag?«

»Sogar zwei. Wir können nach unten rutschen und nach oben klettern. Ist doch was?«

»Das hätte ich auch gewusst.« Ich stand auf. Auch der Hausmeister versuchte es. Er war noch zu schwach in den Armen, sie zitterten, so ging ich zu ihm und half ihm dabei.

»Danke!«, keuchte er.

Schwankend blieb er stehen und starrte auf die Öffnung, in

der er gehangen hatte. »Wie war es möglich, dass plötzlich der Boden wegbrach?«, fragte er leise. »Ich habe dafür keine Erklärung.«

»Wurde der Lift nicht von Ihnen gewartet?«

»Doch, Mr Sinclair, und ich kannte auch die Klappe. Man konnte sie nur von der Außenseite öffnen, deshalb musste ich mich auch für die obere entscheiden.«

»Dann hat sie jemand manipuliert«, sagte Bill.

»Aber wieso?«

Ziggys Frage war gut. Eine konkrete Antwort konnten wir ihm nicht geben. Unsere stützte sich allein auf Vermutungen. Kamikaze hatte uns eine Falle stellen wollen. Er musste die Schrauben schon vorher gelockert haben, und durch den Druck unseres Gewichts hatte die Platte schließlich nachgegeben.

Als ich diese Vermutung aussprach, erntete ich keinen Widerspruch. Aber damit war es nicht getan. Wir mussten die Probleme von einer anderen Seite anpacken.

»Wo sollen wir raus?«, fragte Bill.

Ich deutete auf die Bodenluke.

Bill nickte. »Dafür wäre ich auch. Dann können wir gleich sehen, was mit Kamikaze ist, und unter Umständen seine Leiche wegschaffen.« Mein Freund war und blieb Optimist.

Ziggy hatte Bedenken. »Ihr werdet euch die Haut von den Händen reißen, wenn ihr runterklettert.«

»Dann schützen wir sie eben«, sagte Bill.

»Und womit? Ich habe keine Handschuhe.«

»Aber einen Kittel. Wenn wir den in drei Teile reißen, haben wir durch den Stoff einen kleinen Schutz. Außerdem rutschen wir keine zehn Stockwerke nach unten.«

Ziggy hatten die Worte anscheinend überzeugt, denn er zog den Kittel bereits aus. Mit einem Taschenmesser zerschnitten wir den derben Stoff. Sein Werkzeug verstaute Ziggy in den Hosentaschen.

Ich wollte den Anfang machen, und Bill sollte mir Rückendeckung geben.

»Soll ich dann schießen?«

»Ja, wenn es Ärger gibt.«

»Okay, du kannst klettern.«

Ich hatte mir ein Drittel des Kittelstoffs um die Hände geschlungen und hoffte stark, dass ich trotzdem fest zugreifen konnte, um nicht abzurutschen.

Mit einem vorsichtigen Sprung erreichte ich das Hauptseil, umklammerte es nicht nur mit den Händen, sondern auch mit den Beinen. So hatte ich einen besseren Halt.

Allmählich verschwand über mir die Luke. Bill und Ziggy knieten an ihrem Rand. Ich sah von ihnen die Köpfe und die Oberkörper.

»Wie klappt es?«, hörte ich Bills Frage. Sie schwang hohl zu mir herunter.

»Ganz gut.«

»Okay, beeil dich.«

Die Lappen an meinen Händen hatten sich verschoben, zum Glück hatte ich den Schacht bereits erreicht. Eigentlich hätte ich Kamikaze hier liegen sehen müssen, doch er war verschwunden.

Trotz seiner verletzten Hand und auch des Aufpralls war es ihm gelungen, die in den Keller führende Fahrstuhltür zu öffnen und zu verschwinden.

Das bereitete mir Unbehagen.

»Wo ist der Killer?!«, schrie Bill.

»Verschwunden.«

Der Reporter schickte mir einen Fluch nach unten.

»Ich würde vorschlagen, dass ihr jetzt kommt. Und beeilt euch. Wenn Kamikaze hier herumgeistert, kann das noch gefährlich werden.«

»Okay.«

Die beiden diskutierten noch für einen kurzen Moment, wer sich zuerst nach unten gleiten lassen sollte. Ziggy wollte warten, damit er sich noch etwas erholen konnte.

Bill startete. Ich sah ihm zu und hoffte, dass er heil ankam.

Die beiden Hälften der Tür waren nicht bis zum Anschlag

aufgeschoben worden. Allerdings war der Spalt groß genug, dass ich mich hindurchschieben konnte.

Ich blickte in einen düsteren Gang, leuchtete mit meiner kleinen Lampe und entdeckte an der Wand einen altmodischen Sicherungskasten. Rasch ging ich hin.

Auf den ersten Blick erkannte ich, dass jemand daran manipuliert hatte. Von dieser Stelle aus war also die Stromversorgung unterbrochen worden. Ich musste warten, bis Bill und Ziggy unten waren. Erst dann konnte ich den Strom wieder einschalten.

Kamikaze sah ich nicht.

Das jedoch hatte nichts zu besagen. Ich wusste, dass sich dieser Killer so leise wie ein Bergpuma bewegen konnte. Er kam immer dann, wenn man nicht mit ihm rechnete.

Ich ging wieder zurück in den Schacht.

»Weg da!«, hörte ich Bill rufen, der mir fast auf den Kopf gesprungen wäre.

Schnell trat ich zur Seite. Neben mir kam Bill auf, er schleuderte die Lappen weg und grinste mit verschmiertem Gesicht. »Die Lappen haben tatsächlich geholfen.«

»Gut, jetzt Ziggy.«

Wir schauten den Schacht hoch. Ziggy war nur schwach zu erkennen, auch wenn ich leuchtete.

»Komm jetzt!«, rief ich.

»Ja, ist gut!«

Er war nicht so gelenkig wie wir. Leider konnten wir ihm nicht helfen. Er musste es ganz allein schaffen und drückte sich vor. Fast hätte er das Trägerseil verfehlt, wir sahen seinen zuckenden Schatten im schlechten Licht der Lampe. Ziggy griff nach, rutschte ab und packte es schließlich doch.

»Na endlich!«, stöhnte Bill.

Auch ich wollte etwas sagen, verschluckte die Worte jedoch, denn ich hatte ein anderes Geräusch gehört.

Ein leises Summen und ein Knacken.

Ich flog herum.

Die Tür schloss sich wieder.

Was das bedeutete, war mir klar. Jemand hatte die Energiezufuhr wieder eingeschaltet, und dadurch setzte sich der Aufzug nach unten hin in Bewegung.

Armer Ziggy.

Belisana war innerhalb einer Sekunde zu einer flammenden Frau geworden. Und diese Tatsache hatte selbst die abgebrühten FBI-Beamten so überrascht, dass sie nicht reagierten.

Auch Suko konnte nichts tun, denn Belisana und ihn trennte die Wagenbreite.

Deshalb fiel sie über den ersten her.

Der Mann wollte noch zurück, er ging auch einen halben Schritt, bevor ihn die andere umarmte.

Sie sah aus wie ein flammender Engel, als sie ihm mit ausgebreiteten Armen entgegenkippte und ihn umfing. Gemeinsam fielen sie zu Boden. Der Mann schrie, Belisana lachte.

Sie gab ihm das Feuer.

Und er brannte.

Seine Schreie wurden lauter, als sich beide auf dem staubigen Weg zwischen den abgestellten Wagen wälzten. Der G-man starb grausam.

Suko hatte eingreifen wollen, aber die beiden anderen, nicht der Schwarze, der hielt ihn in Schach, feuerten. Suko wäre genau in ihre Garben hineingelaufen.

Das Krachen der Schüsse rollte über den Platz und vermischte sich mit dem Fauchen der Flammen.

Die Kugeln trafen.

Belisana nahm sie, der Mann musste sie nehmen, und im nächsten Augenblick schwang sie mit einer geschmeidig wirkenden Bewegung hoch, breitete die Arme aus, blieb flammenumkränzt und lachte den Anwesenden kalt in die entsetzten Gesichter.

Auch der Schwarze schaute nicht mehr so starr auf Suko. Er schielte über die Kühlerhaube des BMW hinweg, weil er unbedingt sehen wollte, was mit seinem Kollegen passiert war.

Das nutzte Suko aus. Er wuchtete den Mann zur Seite und wischte um den Wagen herum. Dann forderte er die anderen auf, nicht zu schießen. Gleichzeitig zog er seine Dämonenpeitsche, schlug einmal einen Kreis über den Boden, sodass die Riemen ausfahren konnten.

Und noch etwas geschah in diesem Augenblick.

Von der Straße her war ein Wagen auf den Parkplatz gefahren, hatte die erste Kurve an den abgestellten Fahrzeugen vorbei genommen und rollte auf den freien Mittelgang zu.

Das dunkle Auto mit den hellen Streifen auf dem Dach stand ungefähr so weit von Belisana entfernt wie von Suko. Nur fuhr der Wagen schneller. Bis zu dem Moment, als der Fahrer sah, was los war.

Er bremste, blieb zögernd sitzen, entschloss sich dann, zu handeln, wuchtete die Tür auf und jagte davon, als säße ihm der Leibhaftige im Nacken.

Die Flammen hüllten Belisana ein wie ein rot-gelber, sich im Wind bewegender Mantel. Sie tanzten, sie fraßen, sie knatterten und fauchten, als die Frau Suko den Rücken zuwandte und auf den leeren Wagen zulief.

Nein, sie lief nicht. Sie schwebte wie ein brennender, vom Wind getriebener Gegenstand über den Boden, und Sukos erster Peitschenschlag, der ihren Rücken hatte treffen sollen, verpuffte ins Leere.

Dann war sie am Wagen.

Bevor sie einstieg, drehte sie sich noch kurz um. Suko sah ihr Gesicht hinter dem dünnen Flammenschleier und hatte das Gefühl, als würden die Züge zerfließen wie heißes Wachs.

Er riss die Beretta hervor und schoss.

Zweimal jagte er die Kugeln in die Flammen, konnte aber nicht erkennen, ob sie Wirkung zeigten oder einfach nur dahinschmolzen. Jedenfalls stieg Belisana in den Wagen und knallte die Tür zu.

Als brennende Person hockte sie hinter dem Lenkrad. Wie

sie es schaffte, das Fahrzeug in Bewegung zu setzen, war Suko ein Rätsel. Jedenfalls fuhr es und dabei auf ihn zu. Und in der Fahrgastzelle breitete sich das Feuer rasch aus. Schnell ähnelte sie einer Flammenhölle.

In ihr fühlte sich die Frau wohl.

Erst jetzt erkannte Suko, dass der Wagen ein offenes Stahlschiebedach hatte. Aus ihm loderten die Flammen. Beim Fahren wirkten sie wie eine brennende Fahne, die auf dem Dach mitgezogen wurde.

Wenn ein Wagen brannte, lief dies nie glimpflich ab. Es kam darauf an, wie sich das Feuer verteilte und wann es den Tank erreichte.

Dieser Wagen war bereits eine Flammenhölle. Die Hitze sprengte die Scheiben. Wie gierige Finger fuhren die heißen Feuerzungen aus den Öffnungen, und Suko stand noch immer wie ein Fels in der Fahrtrichtung.

Diesmal schrie Monterrey. »Lauf weg, verdammt!«

Suko blieb.

Der Wagen war zu einem feurigen Monstrum geworden, das fuhr und dabei fauchte wie ein Ungeheuer, das alles niederwalzen und verbrennen wollte, was sich ihm in den Weg stellte.

Suko feuerte in die Flammen hinein, in denen er die Gestalt der Belisana nur undeutlich sah, denn sie schien eins mit dem Feuer geworden zu sein. Aber seine abgefeuerten Silberkugeln konnten den Flammenwagen auf keinen Fall stoppen.

Er rollte weiter.

Dann musste Suko weg. In allerletzter Sekunde warf er sich nach rechts. Es war ein sehr hoher Sprung geworden, deshalb landete der Inspektor auf einer Kühlerschnauze und stieß gegen die Frontscheibe. Die zerbrach zum Glück nicht. Suko konnte sich abrollen. Mit viel Glück.

Der Wagen war vorbei.

Die G-men feuerten hinter ihm her. Ein heißer Hauch lag in der Luft. Die Kugeln schlugen in die Karosserie ein, bewirkten aber nichts.

Im Gegenteil, Belisana fuhr weiter. Und sie riss das Steuer plötzlich scharf nach links. Damit hatte wohl keiner der Anwesenden gerechnet. Jeder war auf eine Flucht vom Parkplatz vorbereitet gewesen.

Die Feuerfrau wollte das Chaos.

Da sie genau in eine bestimmte Richtung wollte, kurbelte sie noch immer am Steuer, und dann rammte sie im schrägen Winkel die Breitseite eines geparkten Buicks, den sie auf zwei andere Fahrzeuge schob.

Scheiben zerbrachen, verbogene Teile keilten ineinander, das Feuer fraß sich weiter, begleitet von stinkendem Qualm, und es erfasste auch die gerammten Fahrzeuge.

Suko sah das Unheil kommen, die G-men ebenfalls. Mit Feuerlöschern war da nichts mehr zu machen. Wenn sie einer explodierenden Hölle entkommen wollten, mussten sie die Beine in die Hand nehmen und flüchten.

In verschiedene Richtungen jagten sie davon. Suko lief auf die mit Sprüchen bemalte Mauer zu, die hinter dem Gebüsch und dem Abfall lag. Er schaute sich nicht um, wurde einmal von einem heißen Atem getroffen, sah den Buschstreifen vor sich und hechtete kopfüber hinein, wobei er die Arme vorstreckte, um edle Teile zu schützen.

Er fiel weich. Der Abfall nahm ihn auf wie eine große Puddingmasse. Zweige schlugen gegen sein Gesicht, er schloss die Augen und sah trotzdem den hellen Blitz.

Drei Wagen explodierten.

Suko zog die Beine an, machte sich so klein wie möglich und hoffte, von keinem herumfliegenden Wagenteil getroffen zu werden. Nach allen Seiten hin breitete sich die Druckwelle aus, zerrte an ihm, drohte sein Trommelfell zu zerstören, und Suko spürte auch den beißenden Qualm, der ihn einhüllte.

Er hörte nichts. Der erste Knall hatte ihn taub werden lassen.

Aber er wollte nicht länger liegen bleiben und drehte sich vorsichtig um. Suko hatte Glück gehabt. Der in die Luft geschleuderte brennende Treibstoff lag außerhalb seiner Deckung als brennende und rauchende Lache.

Mindestens drei Wagen standen in hellen Flammen. Aus der Ferne vernahm Suko schon das Wimmern der Sirenen. Es würde noch dauern, bis die Feuerwehr löschen konnte. Bis dahin war die Gefahr, dass das Feuer auf weitere Fahrzeuge übergriff, nicht gebannt.

Er wollte weg und blieb trotzdem gebückt stehen, denn das Bild, das er sah, faszinierte ihn, da es von der Macht erzählte, über die Belisana verfügte.

Sie jagte aus den brennenden Trümmern hoch.

War sie noch ein Mensch?

Nein, sie sah nur hinter dem zuckenden Flammenmantel so aus. Diese Person gehörte zur anderen Seite. Sie hatte die Arme hochgerissen, ebenso wie ihre Haare in die Höhe standen, brannten und zusammen mit dem feuerumkränzten Körper in den Tageshimmel stiegen, als wäre aus einem kochenden Vulkan die Lava herausgeschleudert worden.

Suko erinnerte sich an den Fall des Flammenengels, der es fast geschafft hätte, die Stadt London in Brand zu stecken. So ähnlich hatte auch er ausgesehen, nur war der flammende Engel damals mit einem Schwert bewaffnet gewesen, was Belisana nicht nötig hatte.

Sie wurde kleiner und kleiner. Es sah so aus, als wollte sie in die Sonne hineinjagen, um sie zur Explosion zu bringen. Nach einigen Sekunden sah Suko sie nicht mehr.

Er verließ seinen Platz. Schwer stampfte er durch den Abfall, blickte sich um und sah die Männer von der Straße her winken, wo sie sich in Sicherheit gebracht hatten.

Ein rotes, stählernes, wimmerndes Ungeheuer auf vier Rädern jagte dicht an ihnen vorbei. Feuerwehr. Der Wagen steuerte den Parkplatz an.

Suko und die G-men blieben stumme Zuschauer. Sie beobachteten, wie geschickt und schnell die Männer arbeiteten. Natürlich war der Verkehr auf der Straße zusammengebrochen. Kreuz und quer standen die von ihren Fahrern verlassenen Autos. Ein Wall aus neugierigen Personen hatte sich gebildet, und erste Reporter waren bereits zur Stelle. Einer von ihnen war auf einen Baum geklettert, um Bilder aus einer anderen Perspektive schießen zu können.

Suko sagte so lange nichts, bis er von Clive Monterrey angesprochen wurde. »Ja, da haben wir Glück gehabt.«

»Sicher.«

Der FBI-Mann wischte Schmutz aus seinem Gesicht.

»Können Sie eine Erklärung geben?«, fragte er.

»Sie hätten mich nicht verfolgen und eingreifen sollen«, erwiderte Suko.

»Okay, ich glaube Ihnen ja. Verdammt, ich glaube Ihnen, aber dann wären Sie verbrannt.«

»Das steht noch nicht fest.«

»Die hätte Sie doch nie verschont.«

»Manchmal sind die Spielregeln eben andere«, erwiderte der Inspektor orakelhaft.

Der G-man trat zur Seite, weil ein schwarzer Rauchstreifen gegen ihn wehte. »Wie meinen Sie das?«

»Es ginge zu weit, Ihnen das jetzt zu erklären.«

Sie unterbrachen den Dialog, denn die Männer der Feuerwehr begannen damit, den Brand zu löschen. Aus den Rohren jagten sie dicke Schaumstrahlen gegen die brennenden Fahrzeuge und erstickten damit die Flammen. Bald war von den zerstörten Autos kaum noch etwas zu sehen, weil sie allesamt unter einer Schaumhaube versunken waren.

Dann wurde die Leiche des FBI-Mannes geholt. Suko ging mit. Erschüttert blieb er vor dem völlig verkohlten Körper stehen. Das gleiche Schicksal hatte auch ihn treffen sollen. Noch im Nachhinein rann eine Gänsehaut über seinen Rücken.

Clive Monterrey schluckte. »Dieses verdammte Schwein!«, flüsterte er. »Das soll sie mir büßen.«

»Falls wir sie kriegen.«

Wütend blickte Monterrey den Inspektor an. »Zweifeln Sie etwa daran?«

»Ja.«

»Ich weiß nicht«, Clive holte noch einmal tief Luft, »welches Image das FBI bei Ihnen in England hat, aber lassen Sie sich gesagt sein. Wir sind immer besser als unser Ruf.«

»Das glaube ich Ihnen gern. Nur ist dies kein normaler Fall und die Feuerfrau nicht der Staatsfeind Nummer eins, den Sie einfach auf Ihre Liste setzen können. Hier gelten andere Gesetze.«

»Das sagten Sie schon einmal. Und welche?«

»Magische.«

»Erklären Sie mir die!«

»Das kann ich nicht. Es reichen die Tatsachen, die Ihnen hier präsentiert worden sind. Da Sie hier aus Frisco stammen, müssen Sie sich auch an meinen letzten Fall erinnern können, der genug Staub aufgewirbelt hat. Ninja kämpften gegen Zombies. Der alte Schiffsfriedhof ist da zu einem Hauptkampfplatz geworden.«

»Ich habe davon gehört.«

»Damals gab es auch keine Erklärungen. Es sei denn, Sie akzeptieren die Magie, Clive.«

Der G-man schürzte die Unterlippe. »Ich kann Ihnen zwar nicht folgen, aber irgendwie imponieren Sie mir«, gab er zu. »Sie rücken von Ihrer Meinung um keinen Zoll ab.«

»Weil sie mir immer wieder bestätigt wird.«

Man legte die verbrannte Leiche des G-man in einen Kunststoffkasten und transportierte sie ab. Die drei Kollegen des Toten schauten ihr stumm nach.

»Wie geht es jetzt weiter?«, wollte Monterrey wissen. »Haben Sie schon Pläne?«

»Ich brauche Unterstützung.«

»Die kann ich Ihnen geben.«

Suko lächelte schmal. »So habe ich das nicht gemeint. Sie unterstützen mich am besten, wenn Sie und Ihre Männer sich aus dem Fall völlig heraushalten.«

Monterrey schaute Suko an, als hätte er einen Idioten vor sich. »Das ist unmöglich. Dieser Fall gehört uns. Überlegen

Sie doch mal. Einer unserer Kollegen hat sein Leben lassen müssen. Da sind wir verpflichtet, seinen Tod aufzuklären.«

»Können Sie nicht mal über Ihren eigenen Schatten springen?«

»Nein.«

»Es wäre besser, denn in diesem Fall müssen Sie damit rechnen, dass noch weitere Ihrer Kollegen sterben. Das ist nun mal so. Ich kann daran nichts ändern.«

»Erzählen Sie das mal meinem Chef, und hören Sie sich dann an, was er Ihnen zu sagen hat.«

»Einen Tag?«, fragte Suko.

»Wie?«

»Geben Sie mir einen Tag Vorsprung.«

Clive Monterrey schaute den Chinesen schräg von der Seite her an. »Verdammt, Sie wissen mehr, als Sie zugeben wollen. Sie verheimlichen mir etwas.«

»Nicht viel.«

»Dann können Sie das Wenige sagen.«

»Nein, Clive, ich behalte es für mich. Es ist einfach noch zu vage. Ich muss zuvor versuchen, Spuren aufzunehmen. Und das wird nicht leicht sein.«

»Wo finden Sie diese denn? Hier in Frisco?«

»Möglich.«

Clive Monterrey atmete tief durch die Nase ein. Und das mehrmals hintereinander. »Mann, Engländer, Sie bringen mich in verfluchte Gewissenskonflikte.«

»Denken Sie an den Toten, und halten Sie sich da lieber raus, Clive. Einen anderen Rat kann ich Ihnen beim besten Willen nicht geben.«

»Einen Tag, sagten Sie?«

»Ja.«

Der FBI-Mensch nickte. »Ich werde versuchen, meine Leute so lange zurückzuhalten.«

»Das wäre gut.«

»Aber wenn Sie keinen Erfolg vorweisen können und wir Ihre Leiche irgendwo finden.« Er hob die Schultern und grinste. »Dann können Sie uns ja keine Vorwürfe mehr machen, und Grüße aus dem Jenseits gibt es wohl nicht.«

»Haben Sie eine Ahnung.« Suko schaute auf seinen Leihwagen, der das Chaos unbeschadet überstanden hatte. »Ich werde mich dann zurückziehen.« Er ging die paar Schritte und stieg ein.

Bevor Suko die Tür zuhämmern konnte, hielt Clive Monterrey sie noch fest. »Wie gesagt, Kollege, nur einen Tag.«

»Ich habe verstanden«, erklärte Suko. Er wartete, bis Monterrey die Tür zugeschlagen hatte, und gab Gas.

Wieder mussten wir uns innerhalb von Sekunden etwas einfallen lassen, um nicht einen schrecklichen Tod zu erleiden.

Das tat ich.

Dabei hatte ich das Glück, relativ nahe an der Fahrstuhltür zu stehen, deren Hälften sich in Bewegung gesetzt hatten.

Ich sprang dazwischen.

Was Bill schrie, hörte ich nicht. Zuerst war es mein Arm, dann die Schulter, die ich in den Spalt klemmte. Auch meinen Kopf drückte ich noch durch und schaute in den Gang.

Ich konnte den Kasten sehen. Aber von Kamikaze entdeckte ich nichts. Er hatte sich wieder verzogen.

Und die Kabine kam.

Sie fuhr, obwohl ich hier unten die Tür aufhielt. Ziggy war in Gefahr!

Für ihn ging es um alles oder nichts!

Bill Conolly wartete auf ihn. Er stand zitternd und breitbeinig eine Armlänge von mir entfernt, hatte den Kopf in den Nacken gelegt, konnte durch die Luke in die Kabine schauen, die mit einer gnadenlosen Präzision dem ihr vorgezeigten Weg in die Tiefe folgte.

»Verdammt, Ziggy, beeil dich!«, brüllte Bill.

»Ich rutsche ab!«, schrie Ziggy zurück. Er strampelte mit den Beinen, war aber noch zu hoch, um springen zu können.

Bill schaute zu mir, der ich eingeklemmt war. »John, verflucht, das wird zu knapp. Was können wir machen?«

Ich hatte die Beutewaffe gezogen. Es war ein schwerer Colt Magnum. Mit dem Kaliber konnten Elefanten getötet werden, wenn der Schuss richtig saß.

»Willst du uns erschießen?«

»Noch nicht!«, keuchte ich. »Gib du nur auf Ziggy Acht. »Ich versuche, den verdammten Kasten zu zerschießen!«

»Wenn du das schaffst.«

Mehr hörte ich von Bill nicht, denn seine nächsten Worte gingen bereits im Krachen des ersten Schusses unter. Zum Glück stand ich günstig. Ich konnte genau in die Richtung zielen, in der sich der Sicherungskasten befand.

Und es wurden Treffer, der erste, der zweite, auch der dritte. Ich jagte aus der schweren Waffe drei Kugeln in den Kasten. Der schwarze Kunststoff, der als Hülle gedient hatte, spritzte weg wie dunkler Schnee. Irgendwo funkte etwas, und eine lange Spur zuckte ins Freie, bevor sie verglühte.

Nach dem dritten Treffer legte ich eine Pause ein. Der Fahrstuhl fuhr noch immer.

Und Ziggy schrie.

Markerschütternd und gellend brüllte er los. Dazwischen hörte ich Bills Rufe, die den Hausmeister anfeuern sollten. Ob er sie allerdings hörte, war fraglich. Die Angst hielt ihn in ihren Klauen.

Ich sah ihn rutschen. Längst hatte er die Lappen nicht mehr richtig halten können. Sie waren von seinen Händen geglitten. Einer lag bereits neben Bills Füßen.

Mit der unbedeckten Hand glitt er über das Seil und riss sich die Haut auf, aber Ziggy hielt trotzdem fest, was ich ihm hoch anrechnete.

Ich schoss wieder.

Es war der vierte Schuss.

Bei den ersten dreien hatte ich wenigstens getroffen, aber

die vierte Kugel ratschte an der Wand entlang, wo sie einen langen Streifen hinterließ.

Für Ziggy wurde es höchste Zeit. Bill wollte, dass er alles auf eine Karte setzte. Auch ich war nicht dagegen, als mein Freund mit sich fast überschlagender Stimme schrie: »Los, jetzt, spring, Ziggy!«

Der ältere Mann traute sich nicht. Verängstigt hielt er das Seil umklammert und wusste nicht, ob er sich fallen lassen sollte oder nicht.

»Mach schon!«

Da ließ Ziggy los. Vielleicht hatte auch das Geräusch des jetzt sehr nahen Fahrstuhls dazu beigetragen, dass Ziggy seinen inneren Schweinehund überwand und losließ.

Die Entfernung zu Bill war noch ziemlich groß. Das konnte schief gehen. Und der Reporter stellte sich dorthin, wo Ziggy landen musste. Er hatte die Arme ausgebreitet und war bereit, den Fall zu bremsen.

Ziggy kam wie ein Fels.

Wuchtig schlug er ein. Dabei schrie er, bewegte Arme und Beine, erwischte Bill noch am Boden und drückte ihn durch die Aufprallwucht in den Schmutz.

Ich bekam dies alles sehr genau mit. Aus der Luke des Fahrstuhls fiel ein blasser Lichtschleier über die beiden regungslosen und ineinander verkeilten Körper.

»Bill!«, rief ich.

»Okay, John, ich bin okay. Oder fast.« Er stöhnte und wollte Ziggy wegdrücken, der sich aber an ihm festklammerte, als wäre Bill der letzte Rettungsanker. Der Reporter musste Gewalt anwenden, stand auf und betastete seine Knochen.

Zum Glück hatte er sich nichts gebrochen oder verstaucht. Anschließend half der Reporter dem Hausmeister auf die Beine. Es wurde auch Zeit, denn der Fahrstuhl war nicht mehr weit entfernt.

Bill trieb Ziggy hoch, aber der konnte nicht. »Ein Wehschrei drang über seine Lippen. »Mein Bein, ich, ich kann nicht mehr.«

Für die Dauer eines Atemzugs erstarrte der Reporter. Er

wusste, was dies bedeutete, ich ebenfalls, und Bill warf mir einen raschen Blick zu, in dem eine Aufforderung und ein Flehen zugleich standen.

Der Fahrstuhl senkte sich inzwischen weiter. Sie hatten noch die Chance, sich so hinzustellen, dass sie durch die Luke passten, aber auch das war mit dem schwankenden Mann ein Risiko.

Ich versuchte es noch einmal.

Diesmal zielte ich genauer. Vor der Mündung entstand für einen Moment das fahle Licht, dann schlug die Kugel in den Sicherungskasten, und diesmal war es mir tatsächlich gelungen, einen Volltreffer zu landen.

Helle Lichtblitze schossen aus dem deformierten Sicherungskasten. Es stank nach verbranntem Kabelgummi, und das Sprühen sah aus, als hätte jemand eine Wunderkerze angezündet.

Geschafft!

Der Fahrstuhl stand.

Vielleicht in Kopfhöhe war er zur Ruhe gekommen, und ich wuchtete endlich die beiden Türhälften so weit auf, dass wir hindurchschlüpfen konnten.

Bill hatte Ziggy ins Schlepptau genommen, und erst im dunklen Gang lehnte er ihn gegen die Wand.

Wir hörten den Hausmeister schwer atmen. »Mich hat es erwischt. Das Bein will nicht mehr.«

»Wir kriegen es wieder hin!«, versprach Bill und tastete nach mir. »Schalt mal die Lampe ein.«

»Das hatte ich sowieso vorgehabt.« Im bleichen Kegel sah Ziggys Gesicht aus wie das einer Leiche. Er musste stark leiden, aber er biss die Zähne zusammen.

»Können Sie es noch aushalten?«, fragte ich ihn.

»Ja, verdammt.«

»Okay, Sie wissen, was wir hier wollen. Wo befinden sich die Lagerräume? Da müssen wir einfach hin.«

Ziggy bezog meine Anmerkung auch auf sich. »Aber nicht ich. Keinen Schritt humpele ich in diese Richtung.«

»Das ist klar.«

»Gehen Sie weiter den Gang durch. Vorbei an dem Sicherungskasten. Dann sehen Sie schon den Eingang.«

»Leider nicht im Dunkeln«, meinte Bill.

Ziggy lachte leise. »Das ist dann Pech.«

Wir wollten nicht nur ins Lager, sondern auch Kamikaze an den Kragen. Für mich stand fest, dass dieser Killer noch längst nicht verschwunden war. Der hielt sich irgendwo versteckt und wartete sicherlich auf eine günstige Gelegenheit, uns an den Kragen gehen zu können.

»Also gut«, sagte Ziggy und verabschiedete sich durch einen Händedruck. »Ich schleppe mich jetzt die Treppe hoch. Die hätten wir mal gleich nehmen sollen.«

»Wem sagen Sie das?«

Ziggy verschwand. Sehr rasch geriet er aus dem Lichtschein der Lampe. Eine humpelnde Schattengestalt, die, wie viele Unschuldige vor ihm, in einen gefährlichen Kreis hineingeraten waren.

Ich löschte das Licht sehr schnell. Bill blieb rechts neben mir. »Du hast von diesem verdammten Kamikaze also nichts mehr gesehen?«, fragte er noch einmal.

»Nein.«

»Dann wird er im Lager sein.«

»Glaube ich auch.«

Wir schlichen. Zum Glück war dieser Gang nicht mit irgendwelchen Gegenständen vollgestopft, sodass wir weitergehen konnten, ohne gegen Hindernisse zu stoßen.

Ich musste einfach meine Leuchte wieder anknipsen. Dünn war der Strahl, der eine Tür traf, die als Eingang zum Lager diente.

Sie war ebenso breit wie der Gang. Da konnte ein Gabelstapler hindurchfahren. Sehr bald standen wir vor der Tür und sahen sie uns an. Ein normales Schloss, als Flügeltür gebaut, die wir an zwei Seiten aufziehen konnten.

Wir entschieden uns für die rechte. Das lief nicht ohne Geräusche ab. Während Bill zog, gab ich ihm Rückendeckung. Wenn Kamikaze aus dem Dunkel erschien, würde ich schießen.

Seine Waffe besaß ich zwar, aber dieser Killer konnte auch sehr gut mit dem Messer umgehen, das hatte er schon einige Male drastisch bewiesen. Vor allen Dingen Suko konnte davon ein Lied singen.

Man ließ uns in Ruhe. Bill hatte die Tür bis zum Anschlag aufgezogen, sodass wir in den dunklen Raum hineinblicken konnten. Wir konnten seine Größe nur mehr ahnen, zu sehen jedenfalls war nicht viel. Ich hatte die Lampe wieder eingesteckt und konzentrierte mich, nachdem ich die Schwelle überschritten hatte, auf die Umgebung. Ich wollte spüren, riechen oder ahnen, was sich in dem Gang befand.

Die Luft roch staubig, auch nach Holz, zudem war sie ziemlich kühl. Ein glatter Boden befand sich unter uns, und als ich mit einer Hand über die Wand tastete, fühlte ich keinen Beton, sondern raues Gestein unter den Fingern.

»Ich würde es doch wagen«, schlug Bill vor.

Er hatte Recht. Wenn wir hier im Dunkeln umherstolperten, brachte das nichts. Schließlich waren wir hier eingedrungen, um uns die Spiele anzuschauen. Lord Acron konnten wir leider nicht im Dunkeln sehen.

Als der dünne Lichtstrahl in die Finsternis stach, hatte ich für einen Moment das Gefühl, als Zielscheibe zu dienen. Im Magen zog sich etwas zusammen. Ich spürte Schweißtropfen im Nacken, aber es war keiner da, der auf mich schoss.

Dieser Schlosskeller war tatsächlich zu einem Lagerraum umfunktioniert worden. Sogar ganz einfach aufgeteilt. Rechts und links standen die Waren, in der Mitte befand sich der Gang.

Auf der linken Seite wuchs die Metallgeometrie eines langen und breiten Regals hoch. Genau gegenüber, wo wir uns aufhielten, standen die Kartons auf dem Boden.

Wir waren wegen des Spiels hier. Zuvor jedoch mussten wir wissen, wo Kamikaze steckte, deshalb durchsuchten wir den Raum, gingen ihn mit schussbereiten Waffen ab, ohne jedoch eine Spur dieses gemeingefährlichen Killers zu finden.

Wenn er sich tatsächlich hier befand, war er ein Meister des Versteckspiels.

»Nichts«, flüsterte Bill, als wir die gegenüberliegende Seite erreicht hatten, wo wir die Umrisse eines Gabelstaplers sahen. Neben ihm blieben wir stehen. Seine breiten Zinken sahen aus wie tödliche Schwerter, die schimmerten, wenn der Lampenschein auf sie fiel.

»Dann sehen wir uns mal die Spiele an.«

Die mussten wir zunächst einmal finden. Was da eingepackt und verschweißt war, gehörte zur Elektronik. Da gab es vom Computer über die Schreibmaschine bis hin zum Taschenrechner alles.

Nur *Lord Acron* sahen wir nicht.

»War das eine Ente?«, fragte Bill brummig.

»Ich weiß nicht. Wäre Kamikaze sonst aufgetaucht?«

»Stimmt auch wieder.«

»Noch mal von vorn.«

Diesmal rissen wir einige Pakete auf, die so aussahen, als könnten sie die Spiele enthalten. Wir fanden nur Taschenrechner. Aber dann hatten wir Glück. Ungefähr in der Mitte des Raumes und dem Regal gegenüber entdeckten wir mehrere aufeinander gestapelte Pakete. Mit dem Taschenmesser schnitt Bill die Schutzfolie auf. Darunter befand sich noch eine Lage braunes Packpapier. Als wir das zur Seite geräumt hatten, konnten wir die Spiele sehen.

Das große A auf dem Deckel stach uns ins Auge. Über Bills Gesicht glitt ein Lächeln. »Wer sagts denn? Glück muss der Mensch haben.« Er drehte sich halb herum, um mich ansehen zu können. »Das sind doch die Spiele – oder?«

»Klar.«

Bill zog den ersten Kasten hervor. Er nahm den Deckel ab, während ich nach meinem Kreuz tastete.

Der Inhalt des Spiels sah so aus, wie wir ihn von der Schule her kannten. Nur eines fehlte.

Der Chip!

Auch Bill hatte das erkannt und deutete auf die freie Stelle. »Da hätte er liegen müssen.«

»Ja. Fragt sich nur, weshalb er nicht vorhanden ist.«

»Keine Ahnung.«

»Vielleicht hätte uns Kamikaze eine Antwort geben können.«

Der Reporter runzelte die Stirn. »Meinst du, dass er hier war, um die Chips zu bringen?«

»Daran denke ich.«

»Kann sein. Dann hätten wir ihn bei der Arbeit gestört. Das heißt, er hat noch gar nicht angefangen.« Bill führte seinen Monolog weiter. »Ob wir hier auf ihn warten?«

»Wäre nicht schlecht.«

»Und wie lange?«

Da war ich überfragt. Ich wollte einfach nicht glauben, dass ein Typ wie Kamikaze aufgab. Wenn der von seinem Boss Akim Samaran einen Befehl erhielt, führte er ihn auch aus. Ich dachte daran, dass der Chip in dem Spiel der Schule mit dem kristallinen Blut des Sternenvampirs Acron gefüllt gewesen war. Akim Samaran hatte es als Testobjekt benutzt. Er war informiert über die Existenz des Sternenvampirs, der vor langer Zeit der Erde einen Besuch abgestattet hatte. Auch Hesekiel, der Prophet, dem ich mein Kreuz verdankte, musste von ihm gewusst haben, ohne jedoch über ihn etwas hinterlassen zu haben.

Während ich mich den Spekulationen hingab, packte Bill weitere Spiele aus. Er holte vier davon hervor, öffnete die Deckel, und keines war mit diesem gefährlichen Chip gefüllt.

Uns fiel ein Stein vom Herzen. Allmählich kristallisierte sich hervor, dass das Spiel in der Schule wohl der Prototyp gewesen sein musste. Eine andere Lösung gab es nicht.

»Das wars dann wohl«, sagte Bill Conolly. »Soll ich noch mehr Kästen öffnen?«

»Das kannst du dir sparen.«

»Meine ich auch.«

Noch immer mussten wir uns auf die kleine Lampe verlassen. Wir hörten unsere eigenen Schritte, aber auch das leise Zischen.

Sofort blieben wir stehen.

Ich löschte die Lampe und ging ein Stück zur Seite. Hinter mir spürte ich einen hohen Karton im Rücken. Das Geräusch wiederholte sich nicht, dafür vernahmen wir ein anderes.

Es war ein leises Summen oder Rollen. Gleichzeitig ein abgehackt klingendes Brummen.

Unheimlich klangen die Laute. Wenn man in der Dunkelheit steht, können sich Geräusche ganz anders anhören als bei Tag.

Und das Geräusch verstärkte sich.

Auch Bill hatte es vernommen, trat zu mir und wisperte mir seine Vermutung ins Ohr.

»Das kann der Gabelstapler sein, John!«

Das konnte er nicht nur sein, das war er auch. Denn nicht weit von uns entfernt krachte es. Der hohe Karton hinter mir geriet ins Wanken, und diesmal riskierte ich es, schaltete die Lampe ein, drückte meinen Arm nach rechts und sah tatsächlich das Ungeheuer aus Stahl mit den beiden gefährlichen Zinken, die so hoch gefahren waren, dass sie uns in Brusthöhe hätten erwischen können.

Gesteuert wurde das Gefährt von Kamikaze, der auf dem Führerstand hockte und uns mit den Zinken des Staplers aufspießen wollte.

Zwei Kämpfer umarmten sich!

Auf der einen Seite der blonde Türke Yakup Yalcinkaya, dieser knochige Typ mit den blonden Haaren und den kantigen Gesichtszügen.

Auf der anderen Seite Suko, der Chinese. Auch jemand, der Kampfsportarten beherrschte, aber nicht, wie Yakup, zur sagenumwobenen Legion der Ninja gehörte.

Die beiden waren Freunde. Der eine stammte aus der

Türkei, der andere aus China. Rassenhass gab es bei ihnen nicht. Da zählte nur der Freund und der Mensch. Beide wussten, dass sie sich stets aufeinander verlassen konnten.

Und das wollte Suko jetzt in Anspruch nehmen. Der Inspektor hatte sich noch einmal um Hilfe an die Polizei wenden müssen. Man hatte ihm einen Hubschrauber zur Verfügung gestellt, und nun stand er hier im Garten des Klosters.

Yakup konnte es noch nicht fassen, seinen Freund bei sich zu wissen.

»Du hättest mir vorher Bescheid geben müssen«, sagte er.

»Wie denn? Durch Trommeln?«

»Stimmt auch wieder.«

»Junge, lass dir ein Telefon legen.«

»Wir sind dabei.«

Suko nickte. »*Wir* hast du gesagt. Meinst du auch Jane und Ali damit?«

»Ja.« Über das Gesicht des Türken glitt ein Lächeln. Suko schloss daraus, dass Yakup die beiden mochte. Es war ein Risiko gewesen, Ali in den Staaten zu lassen, aber bei Jane und Yakup schien er sich wohl zu fühlen, was der Türke bestätigte.

»Er ist wie unser Sohn geworden.«

»Das freut mich.« Suko legte Yakup eine Hand auf die Schulter. »Wenn du das so sagst und ich näher darüber nachdenke, braucht ein Sohn Eltern. Wie ist das mit dir und Jane?«

Yakup senkte den Blick. Er wollte nicht so recht mit der Antwort heraus.

»Komm schon!«

»Ich habe Zeit«, sagte er.

»Und Jane?«

Yakup schaute über die Felder bis hin zu den hohen Felswänden der Berge, die sich grau vor dem Sonnenlicht abzeichneten. Er antwortete mit einem Gleichnis. »Da gibt es einen Schatten, der zwischen uns steht. Es ist ein menschlicher Schatten.«

»John?«

Yakup nickte. »Deshalb will ich ihr Zeit geben. Sie muss sich an die neue Lage gewöhnen.«

»Das verstehe ich.« Suko holte tief Luft. »Ich möchte dich nur fragen, wie sich Jane eingelebt hat. Die Operation ist gut verlaufen, dank magischer Hilfe. Hat sie trotzdem noch Schwierigkeiten, ist es ihr gelungen, ihr Leben als Hexe zu vergessen?«

»Nicht ganz.«

»Kannst du das genauer erklären?«

»Nun ja, sie fürchtet sich vor der Rache ihrer ehemaligen Schwestern, aber hier ist sie ziemlich sicher. Jane hat eine Aufgabe. Sie kümmert sich um Ali, ist so etwas wie eine Lehrerin für ihn, und die beiden verstehen sich prächtig.«

»Das freut mich.« Suko deutete auf die Felder, die zum Kloster gehörten. Yakup hatte sie kultiviert und einiges angebaut, wie Obst und Gemüse. »Schafft ihr das alles allein?«

»Nein, wir haben Freunde, die uns helfen. Familien, Landsleute von dir, besuchen uns hin und wieder.«

»Und Ninja?«

»Nicht direkt, aber ich schule einige junge Leute. Ich bringe ihnen die Kampfsportarten bei, denn ich weiß genau, dass Shimada und einige andere uns nicht vergessen haben.«

»Nur griffen sie nicht ein.«

»Nein.«

»Kann ich Jane und Ali sehen?«

»Ich hätte nichts dagegen, wenn sie da wären. Aber sie sind in die Stadt gefahren, um etwas einzukaufen. Ali brauchte neue Sachen. Er ist gewachsen, außerdem wollte sich Jane nach Werkzeug umsehen, ohne das wir nicht auskommen.«

»Ihr lebt sehr bescheiden?«

»Wir brauchen nicht viel Geld. Die Früchte des Feldes geben uns alles, was wir brauchen.«

»Und Bill?«

»Schickt hin und wieder Geld. Wir sind ihm sehr dankbar.«

Yakup räusperte sich. »Aber sag, Suko, weshalb bist du eigentlich hier, und wo steckt John?«

»Das ist eine lange Geschichte.«

»Die ich gern hören möchte.«

Suko sah auf seine Uhr. Allmählich wurde es dunkel. Wenn auch in diesem Teil der Staaten weit bis in den Oktober hinein die Sonne schien, so konnte sie nicht verleugnen, dass der Herbst im Anmarsch war. Unter einem Baum nahmen die beiden Freunde Platz, und Suko begann mit seinem Bericht. Er sprach auch davon, dass eigentlich John und Bill eine Spur aufgenommen hatten, die zu einem Internat führte. Von dort war es dann weitergegangen und hatte hier ihr vorläufiges Ende gefunden.

»Und jetzt suchst du Akim Samaran?«, fragte Yakup.

»Auch. Wenn ich auch nicht daran glaube, ihn so schnell aufzuspüren. Wenn er so mächtig geworden ist und bis an die Spitze eines Konzerns aufsteigen konnte, wird es ihm auch gelungen sein, sich so zu verbergen, dass man an ihn nicht herankommt.«

»Das sehe ich auch so.«

»Wichtiger ist Belisana.«

Yakup nickte. »Sie soll eine Göttin sein?«

»Ja, eine keltische. Zu Ehren des Obergötzen Baal. Er muss damals von Acron, dem Sternenvampir, besucht worden sein. Zwischen ihnen gibt es Verbindungen, die durch Akim Samaran aktiviert worden sind. Und als Bindeglied zwischen den beiden fungiert Belisana, die Feuergöttin. Sie ist sehr gefährlich, und der Mann im Flugzeug hat mir, bevor er starb, einen Hinweis gegeben. Feuerkult, Yakup. Deshalb bin ich zu dir gekommen. Kannst du etwas damit anfangen?«

Der Türke überlegte. »Im Augenblick nicht.«

»Denke weiter nach. Wir müssen Belisana stellen.«

»Davon bin ich überzeugt.«

Suko ließ seinen Freund in Ruhe. Von der Seite her blickte er ihn an. Yakup sah eigentlich aus wie immer. Er trug einen dunklen, judoähnlichen Anzug aus reißfestem Leinen. Jedenfalls sehr weit geschnitten und auch bequem. Yakup wirkte so, als wäre er stets bereit, sich in der nächsten Sekunde auf einen Gegner zu stürzen, der ihn angreifen wollte.

»Hast du wirklich nichts von einem Feuerkult gehört?«, hakte Suko noch einmal nach.

»Nein, eigentlich nicht.« Der Türke erhob sich. Wind fuhr von den Bergen in das Tal, ließ die weite Kleidung flattern und hob sein dünnes, blondes Haar an. »Ich werde aber meine Freunde im Kloster fragen. Warte bitte hier.«

»Natürlich.«

Yakup ging. Stattdessen kam ein anderer. Es war der Pilot des Hubschraubers. Vorwurfsvoll schaute er zunächst auf seine Uhr und dann den Inspektor an. »Wie lange müssen wir noch warten?«

»Ich hoffe, dass es bald vorbei sein wird.«

»Meine Zeit ist begrenzt.«

»Sie kommen schon früh genug zu Ihrem Feierabendwhisky.«

»Ich trinke keinen Whisky. Ich habe in der Nacht Alarmbereitschaft. Deshalb.«

»Okay, ich verstehe Sie.« Suko hoffte, dass Yakup etwas herausfand. Er lebte zwar abseits in den Bergen, aber er und seine Leute hatten tausend Ohren und Augen. Es gab geheimnisvolle Kanäle, über die ihnen Botschaften zugeflüstert wurden, und es konnte durchaus sein, dass sie auch etwas vom Feuerkult gehört hatten.

Yakup kam zurück. Seinem Gesicht war nicht anzusehen, ob er eine positive Nachricht brachte, aber in den folgenden Sekunden horchte Suko auf, denn die Worte des Freundes klangen optimistisch. »Es wird etwas von Feuermenschen geredet«, erklärte er. »Du weißt, dass es gerade hier in Frisco zahlreiche Gruppen und Bünde gibt, die sich mit diesen Dingen beschäftigen. Frisco ist ein Schmelztiegel, hier gibt es viele Götter und auch diese Feuermenschen sowie einen Feuerkult.«

»Gibt es denn eine konkrete Spur oder wenigstens einen Hinweis?«

»Ja, man spricht davon, dass sich die Gruppe in einem kleinen Tal trifft, das in den Bergen liegt.«

»Die sind groß.«

»Und einen Namen weißt du nicht?«

»Es kann sein, dass ich einen weiß, aber mein Informant ist sich nicht sicher gewesen.«

»Wer war es denn?«

»Einer meiner Schüler, der oft drüben in der Stadt herumläuft, um Augen und Ohren offen zu halten.«

»Wie heißt der Mann?«

»Es ist kein Mann.«

»Eine Frau?«

»Ja. Sie nennt sich Fire Lady.«

Suko horchte auf. »Das könnte doch Belisana sein.«

»Richtig.«

»Wo lebt sie?«

Yakup lächelte. »Wir werden hinfliegen. Bewaffnet habe ich mich bereits. Keine Sorge.«

Suko war bereits der Bogen aufgefallen, den Yakup über seine Schulter gehängt hatte. Hinzu kam der Köcher, aus dem die Schäfte der Pfeile ragten. Den Beutel mit den Wurfsternen sah Suko nicht, weil er von der Kleidung verdeckt wurde, aber er schaute dafür auf das Ninja-Schwert, das Yakup ebenfalls umgeschnallt hatte.

»Ist es weit?«

»Nicht mit dem Hubschrauber. Komm.« Sie gingen gemeinsam zur Maschine. Unterwegs wollte Suko wissen, ob sich Shimada wieder gemeldet hatte.

Yakup schüttelte den Kopf. »Der scheint genug zu haben, nachdem wir ihm die letzte Niederlage beibrachten. Aber er wird zurückkehren, da bin ich mir sicher.«

»Ja, das glaube ich auch.«

Sie erreichten den Hubschrauber. »Fliegen wir jetzt zu dritt?«, fragte der Pilot.

»Ja.«

»Und wohin?«

»Das werde ich Ihnen unterwegs bekannt geben. Zunächst einmal in Richtung Küste.«

»Mir soll es recht sein.«

Sie stiegen ein, und der Pilot setzte sich vor dem Start noch mit seiner Dienststelle in Verbindung. Er erhielt die Starterlaubnis und auch die, das Ziel anzufliegen, das ihm während des Flugs gesagt wurde.

Suko hoffte, dass sie die geheimnisvolle Feuerlady fanden. So ein Chaos wie auf dem Parkplatz wollte er nicht noch einmal erleben.

Als sie aufstiegen und die Mauern des Klosters hinter ihnen zurückblieben, schob sich die Dämmerung in das Tal und ließ alles gleich aussehen. Einige Lichter brannten noch wie verloren wirkende Glühbirnen, dann verschwanden auch sie, und vor ihnen breitete sich in der Ferne die Riesenstadt am Pazifik aus, dessen Wellen eine gewaltige, bleiern wirkende Fläche bildeten.

Yakup Yalcinkaya wirkte sehr konzentriert. Suko ließ ihn in Ruhe. Er war nicht davon überzeugt, dass sie ihr Ziel auf Anhieb erreichen würden, aber er war bereit, sich vom Gegenteil überzeugen zu lassen.

Zudem hatte er ein unsicheres Gefühl. Er hatte erlebt, wie Belisana sich kometengleich in die Luft erheben konnte und wie eine durch Wasser gelöschte Feuerwolke verschwand.

Ebenso schnell würde sie auch wieder erscheinen können. Da sie einmal die Spur des Chinesen aufgenommen hatte, bestand durchaus die Gefahr, dass sie den Hubschrauber angriff.

Yakup berührte ihn am Arm. Suko drehte sich zu dem Türken hin und sah dessen sorgenumfurchte Stirn. »Es ist so. Ich weiß ungefähr, wo sich die Feuerlady aufhält. Wir werden in der Nähe landen und sie suchen müssen.«

»Soll sie denn allein wohnen?«

»Ja, in einem ein wenig abseits stehenden Haus nördlich der Stadt.«

»Also nicht in den Bergen, wo angeblich die Feuerrituale durchgeführt werden?«

»Nein.«

»Findest du denn bei diesen Lichtverhältnissen den Platz?«, fragte Suko.

Yakup hob die Schultern. »Wir werden landen und uns umsehen müssen. Mehr kann ich dazu nicht sagen.«

»Gut.« Suko konnte dem Freund keinen Vorwurf machen. Er hatte ihn ja praktisch mit seiner Bitte überfallen. Er konnte schon froh sein, dass sich der Türke überhaupt so für ihn einsetzte. So war Yakup nun mal. Der ließ keinen Freund im Stich.

Auch in der Luft herrschte Betrieb. Suko sah die Maschinen, die den Airport ansteuerten und aus zahlreichen Himmelsrichtungen kamen. Aus kleinen Punkten wurden Maschinen. Die Positionslampen waren noch in großer Ferne zu erkennen. Nur eine Maschine gab keine Lichtzeichen.

Suko rann es plötzlich kalt über den Rücken! Seine Befürchtungen bewahrheiteten sich. Wer ihnen da entgegenjagte, war keine Geringere als Belisana, Baals Dienerin oder Göttin.

Auch Yakup hatte etwas von Sukos Veränderung bemerkt. Fragend schaute er ihn an.

»Sie kommt«, sagte Suko.

»Wo?«

Der Inspektor deutete nach Westen. »Das ist sie. Du siehst genau den Feuerschein.«

»Sollen wir landen?«

»Es wäre wohl besser …«

Beide Männer verloren die Ruhe nicht. Yakup beugte sich nach vorn und tippte den Piloten an. Als dieser den Kopf drehte, um zu fragen, was los war, konnten sie den Vorschlag bereits vergessen, denn Belisana hatte sich dem Hubschrauber fast bis auf Reichweite genähert.

Auch der Pilot sah die Gestalt. Er schrie auf, denn Belisana, feuerumkränzt, zog ihre Bahnen um den Hubschrauber. Für einen Moment verlor der Mann am Steuer die Kontrolle über die Maschine. Er sackte ab, und über den kreisenden Rotorblättern wischte die Gestalt hinweg, ohne von ihnen berührt zu werden.

Im nächsten Augenblick schwebte sie plötzlich vor ihnen. Eine brennende Gestalt, die in den Hubschrauber hineinstarrte. Beide Männer konnten durch den dünnen Flammenvorhang ihr Gesicht erkennen und sahen das Lächeln auf den Lippen.

Der Pilot verlor die Nerven. »Verdammt noch mal, was will die denn?« keuchte er.

»Noch nichts«, sagte Suko.

»Eine Demonstration«, sagte Yakup. »Sie will uns zeigen, wie mächtig sie ist.«

»Ja, das schafft sie.« Suko hatte damit gerechnet, Belisana bald neben sich zu sehen, das aber geschah nicht. Sie bewegte sich vor dem fliegenden Hubschrauber und fühlte sich innerhalb des Feuermantels wohl und beschützt.

»Verdammt, was will sie denn? Was soll ich machen?« Der Pilot wiederholte sich.

»Fliegen Sie weiter.«

Der Mann lachte nach Sukos Antwort. »Sie haben gut reden, Mann. Einfach weiterfliegen! Und wo landen wir dann?«

»Kann ich Ihnen nicht sagen.«

»Wir werden verbrennen und als Asche vom Himmel regnen.«

»Nein!« Suko hatte hart widersprochen.

Hätte Belisana vorgehabt, sie zu verbrennen, wäre dies schon längst geschehen, doch sie blieb nach wie vor in der Nähe des Hubschraubers, bewegte sogar die Arme, und wenn die Männer die Zeichen richtig verstanden, sollten sie der unheimlichen Flammenfrau folgen.

Das tat der Pilot auch. Er flog nicht mehr so ruhig wie zu Beginn. Die Maschine zitterte. Hin und wieder sackte sie ab, wurde anschließend hochgezogen, und die vor dem Hubschrauber schwebende Flammenfrau änderte plötzlich ihren Kurs.

Frisco blieb zurück. Der Lichterteppich unter ihnen wurde blasser. Sie flogen in Richtung Norden, wo dunkel die Berge aufragten.

»Das verstehe ich alles nicht!«, keuchte der Pilot. »Verdammt, es ist ein Wahnsinn!«

»Gewöhnen Sie sich daran!«, rief Suko.

Das Geräusch verstummte. Ein jeder wartete ab, welches Ziel diese Frau wohl ansteuern würde, und sie näherten sich, das war genau zu erkennen, der dunkelgrauen Fläche des Meeres.

»Wahrscheinlich will sie zum Strand«, vermutete Yakup.

»Möglich.«

Permanent stellte sich Suko die Frage, was Belisana im Schilde führte. Er blickte überhaupt nicht durch. Dieser Fall war einfach anders gelagert. Da spielten unterschiedliche Kräfte eine Rolle, die auf ein gemeinsames Ziel zustoßen würden, das Suko bisher noch nicht kannte.

»Wenn ich hier lebend wieder rauskomme«, rief der Pilot, »bringt mich vorerst keiner in eine Maschine rein.«

»Ihnen ist doch nichts passiert«, gab Yakup ruhig zurück. »Wir fliegen, und das ist alles. Ja, wir werden sogar geleitet.«

»Ihr Optimismus ist umwerfend.«

Belisana blieb vor dem Hubschrauber. Unter ihnen breitete sich ein nur dünn besiedeltes Gelände aus. Hin und wieder schimmerte ein vereinzeltes Licht, auch mal das Scheinwerferpaar eines Autos. Ansonsten hielt die Dunkelheit das Land bedeckt.

»Das Ziel scheint wohl nicht ihr Wohnhaus zu sein«, bemerkte Suko.

Yakup nickte. »Ich habe ja gesagt, dass es in den Bergen ebenfalls einen Platz gibt.«

»Das hier sieht mir mehr nach Strand aus.« Suko deutete in die Tiefe. »Wir fliegen parallel zur Küste.«

Das blieb noch einige Minuten so, bis die von Flammen umkränzte Belisana plötzlich den Kurs änderte und in die Tiefe jagte. Der Pilot wollte drehen, wurde jedoch von Suko barsch zurechtgewiesen. »Machen Sie keinen Unsinn! Wenn wir den Befehlen dieses Wesens nicht Folge leisten, wird es uns verbrennen.«

»Kennen Sie die?«

»Ja.«

»Und woher?«

»Fliegen Sie schon.«

Sie verloren an Höhe. Belisana hatte den Boden bereits erreicht und winkte ihnen zu. Dabei hatte sie die Arme ausgebreitet. In der Finsternis wirkte sie wie ein flammendes Kreuz, das seine Seitenarme bewegte.

»Da, wo sie steht, werden Sie landen«, erklärte Suko.

»Mach ich doch alles.«

»Hoffentlich.«

Schon bald wirbelten die kreisenden Rotorblätter den Sand auf. Als Wolke umwaberte er die Maschine, deren Kufen Kontakt fanden.

»Und ich?« fragte der Pilot, als Suko und Yakup ausstiegen.

»Sie können zurückfliegen.«

»Ehrlich?«

»Ja, Mann, verschwinden Sie schon.« Suko winkte ihm noch kurz zu. Er und Yakup liefen geduckt vom Hubschrauber weg, der wieder schnell in die Höhe gezogen wurde. Das künstliche Rieseninsekt aus Metall und Glas wurde von der Schwärze verschluckt.

»Sie ist verschwunden!« Yakup hatte die Worte gesagt. Er stand da und hatte seine rechte Hand auf den Griff des Ninja-Schwertes gelegt. Dieser Mann war bereit, hart zu kämpfen, wenn es darauf ankam.

Suko sah sich um.

Keine Spur von Belisana. Es schien den Männern so, als hätten sie alles geträumt.

»Feuer sieht man in der Dunkelheit«, murmelte Yakup.

»Auch wenn es weit entfernt ist. So schnell kann sie einfach nicht gewesen sein.«

»Das schon«, gab Suko zu. »Nur vergisst du eines: Belisana kann sich verwandeln.«

»Was heißt das?«

»Sie braucht das Feuer nicht unbedingt. Sie kann zu einer normalen Frau werden. Ich habe das erlebt, als ich sie im Flugzeug zum ersten Mal sah.«

»Du meinst, sie hätte sich hier irgendwo verborgen?«

»Ja.«

Die Freunde blickten sich um. Das Gelände war in tiefe Dunkelheit getaucht. An dieser Stelle des Strandes badete kaum jemand. Der Sandstreifen war einfach zu schmal. Dahinter begann felsiges Gelände, das leicht anstieg. Anschließend wuchsen regelrechte Steinwände empor, und dahinter erst führte die normale Küstenstraße in Bogen und Kehren vorbei.

Die Männer berieten sich. Da sie nicht unbedingt nur abwarten wollten, entschlossen sie sich, ein Stück am Strand entlangzugehen. Sie stimmten auch darin überein, dass Belisana irgendeinen Plan verfolgte und früh genug damit herausrücken würde.

Es war eine kühle Nacht. Der Wind wehte vom Meer her. Manchmal schimmerte die Fläche hell auf, als würden an bestimmten Stellen Lichter brennen. Hoch über ihnen schwebte lautlos ein Jumbo. Der Himmel zeigte sich als klare Fläche, bedeckt von einem prächtigen Sternenglanz.

Je weiter sie gingen, umso schmaler wurde der Strandstreifen. Bald wuchsen die Felsen bis dicht an die auslaufenden Wellen heran und wurden von ihnen umspült. Gischt und Schaum liefen auf dem Sand aus, wo sie blasse Streifen hinterließen.

Belisana zeigte sich nicht.

Irgendwie fühlten sich die beiden Männer verloren, und es war Yakup, der als Erster auf einen der Felsen kletterte und sich dort umsah. »Hier sollten wir warten.«

»Meinst du, dass wir hier richtig sind?« fragte Suko.

Die Antwort erhielt er nicht von Yakup, sondern von zahlreichen kleinen Feuern, die urplötzlich um sie herum aufflackerten und sogar auf dem Wasser brannten. Yakup, der erhöht und wie auf dem Präsentierteller stand, wurde ebenfalls vom Lichtschein erfasst, und als er sein Schwert zog, wirkte er wie ein Schattenkämpfer.

»Lass die Waffe stecken!«, vernahmen beide die Frauenstimme, und im nächsten Augenblick löste sich Belisana aus der Deckung mannshoher Felsen. Yakup und Suko brauchten sich nicht zu drehen, sie sahen die Frau auch so und wunderten sich darüber, wie sehr sie sich verändert hatte.

Nach wie vor umloderten sie die Flammen. Von den jetzt nackten Füßen stiegen sie in die Höhe und breiteten sich, je mehr sie sich den Schultern und dem Kopf näherten, wie ein Kelch aus. Suko fiel der Vergleich mit einer Rose ein, die in einem feurigen Kelch steckte.

Rosen haben Dornen, die Frau hatte zwar äußerlich keine, aber sie war gefährlich.

Ihre Haltung glich der einer Göttin aus der Antike. So steif, so unnahbar. Das Gesicht schien ebenfalls eingefroren zu sein. Kein Muskel regte sich darin, und zum ersten Mal konnte Suko ihren fast nackten Körper sehen, der vollendet gewachsen war. Belisana trug nur noch einen aus Fetzen bestehenden Lendenschurz, und ihre volle Brust wurde von einem Oberteil aus dem gleichen Material bedeckt.

Sie war barfuß, das Haar stand nicht mehr in die Höhe, sondern hing in langen, dichten Wellen bis auf die Schultern, deren nackte Haut von den Spitzen gekitzelt wurden.

Belisana verbreitete allein durch ihr Auftreten einen dämonischen Zauber. Am meisten aber trugen die beiden gelben Totenschädel dazu bei, die sie in den Händen trug. Sie hatte die skelettierten Köpfe auf ihre offenen Handflächen gelegt und sie dabei so gedreht, dass Suko in die Gesichter mit den leeren Augenhöhlen sehen konnte. Er wusste nicht, was die Schädel auf den Händen der Frau zu bedeuten hatten, rechnete jedoch damit, dass ihm bald die Lösung des Rätsels präsentiert wurde.

Belisana stand auf dem Felsen und bildete das größte Feuer. Die anderen kleinen Brände – auch die auf dem Wasser – waren nur ein Abklatsch davon.

Sie allein war die Herrscherin.

Yakup Yalcinkaya und Suko standen ein wenig abseits. Obwohl die zahlreichen Feuer sie einrahmten, spürten sie keine Wärme. Auch dies konnte als Beweis für die Anwesenheit einer starken Magie angesehen werden.

Der Türke bewegte seine Hand. Er ließ den Griff seines Ninja-Schwertes tatsächlich los, glitt aber zurück und setzte mit einem fast tigerhaft anmutenden Sprung auf einen nächsten Felsen zu, der vom Wasser der auslaufenden Wellen umgurgelt wurde.

Diese eine Bewegung sah wie eine Flucht aus. Das merkten auch die kleineren Brände auf dem Wasser. Sofort flackerten sie auf, vereinigten sich und bildeten eine geschlossene Front, durch die Yakup ohne Verletzung nicht hätte hindurchspringen können.

Er stoppte, und er hörte, ebenso wie Suko, die scharf gesprochenen Worte der Flammenfrau.

»Das ist mein Reich. Ihr habt euch herlocken lassen, und ich wollte euch hier haben.«

Yakup drehte sich wieder. Sein Gesicht sah schwarz und rot zugleich aus, denn auf ihm zeichnete sich der Widerschein des Feuers ab. Auch in den Pupillen war das Leuchten zu sehen, und er stellte die erste Frage: »Sag uns, weshalb du diese Welt betreten hast!«

Sie lachte. »Man hat mich geschickt!«

»Und wer?«

»Baal!«

Yakup konnte damit nichts anfangen. Er warf Suko einen fragenden Blick zu.

Der Inspektor nickte. »Baal also. Was hast du mit ihm zu tun?«

»Ich bin ihm geweiht worden.«

»Und woher kommst du?«

»Aus dem Volk der Kelten, denn sie haben auf ihrer langen Wanderung etwas von Baal gehört. Nicht alle dienten ihm, aber es gab einige unter ihnen, die Baal faszinierte. Deshalb gaben sie mir den Namen Belisana. Er ist nicht unbekannt, wenn man in den alten Schriften nachliest, denn ich war die Person, die das magische Feuer beherrschte. Weißt du nun Bescheid?«

»Fast.«

»Du kannst fragen. Inzwischen bin ich stark genug geworden, um dir auf alles eine Antwort zu geben.«

»Weshalb mussten die Menschen sterben?«

»Meinst du die drei Männer von Acron?«

»Ja.«

Sie lächelte sogar, bevor sie eine Antwort gab. »Früher habe ich dem großen Götzen Baal gedient. Er hat sich zurückgezogen, heute diene ich einem anderen und bereite seinen Weg zur Macht vor.«

»Akim Samaran?«

»So heißt er.«

»Er ist nur ein Mensch«, hielt Suko ihr entgegen. »Und das wird er immer bleiben.«

»Irrtum! Er ist zwar ein Mensch, aber ich werde dafür sorgen, dass seine magischen Kräfte wachsen. Wenn er sich an die Spitze von Acron setzt, muss er unverletzbar sein.«

»Ach – und das schaffst du?«

»Sicher, ich schaffe es. Durch mein Feuer kann ich ihm dienen. Ich werde ihn in den magischen Flammen abhärten. Er soll der Meister des Feuerkults werden, damit Acron zu seiner vollen Größe heranwachsen kann. Er ist nicht vergessen worden.«

»Acron war ein Vampir, nicht wahr?« erkundigte sich Suko.

»Ein Sternenvampir.«

»Wo befindet er sich jetzt?«

»Irgendwo in der Unendlichkeit. Er hat vor langen Jahren die Erde besucht, als die Menschen noch in einer Welt lebten, die sehr begrenzt war. Da hat er bemerkt, dass es Personen gab, die ihm hörig sein wollten. Er fand den Götzen Baal und sorgte dafür, dass er zu seinem Helfer wurde. Als Dank ließ er ihm den Sternenstaub oder das Sternenblut zurück, das Menschen zu Vampiren macht. Auch Tausende von Jahren danach. Es musste nur gefunden werden.«

»Das hat Akim Samaran geschafft?«

»Ja, er fand Acrons Erbe und wusste sofort, welch eine Macht ihm da in die Hände gegeben war. Er setzte sie für sich ein, sorgte mit seiner ihm eigenen Energie dafür, dass etwas Besonderes daraus entstehen konnte. Ein Spiel, das sich Lord Acron nennt. Wer seinen Regeln genau folgt, wird zu einem Blutsauger werden, und das allein hat Samaran gewollt. Ich habe mit dem Spiel nichts zu tun. Es ist in einem ganz anderen Land erprobt worden, aber die Männer an der Spitze des Konzerns hatten nicht so gewollt wie Akim, deshalb mussten sie sterben. Den Gefallen tat ich ihm gern, denn durch Acrons Erbe bin auch ich, die in einer Flamme Begrabene, wieder erwacht. Der keltische Feuerkult wird neu entstehen, das ist mein Ziel.«

»Und Baal?«

Da lächelte sie kalt. »Es ist möglich, dass auch er erscheinen wird, denn er ist praktisch der Vertreter des Sternenvampirs. Willst du noch mehr wissen?«

»Ja, noch einiges.«

»Beeile dich, die Zeit ist kurz.«

»Ich kenne Baal!«

Nach Sukos Worten zuckte selbst die Flammenfrau zusammen. »Du willst ihn kennen und hast überlebt?«

»In der Tat, denn schon einmal hat er versucht, in unserer Welt Fuß zu fassen. Durch seinen Diener Okastra. Fast wäre es ihm gelungen, aber wir waren schneller.«

»Nein, der Mann mit dem Kreuz.«

»Du kennst John Sinclair?«

»Ich habe von ihm gehört.«

»Dann weißt du auch, dass ich sein Freund bin.«

»In der Tat. Doch ich weiß noch mehr. John Sinclair hat seinen Dolch an Baal verloren, eine seiner stärksten Waffen, und irgendwann wird er auch noch das Kreuz abgeben müssen.«

»Es schützt ihn so wie dich das Feuer!«

»Das gebe ich zu, denn Baal hat auch versucht, Hesekiel zu vernichten, was ihm nicht gelungen ist. Der Prophet hat widerstanden, und er konnte diesen Widerstand dem Kreuz mitgeben, aber nicht dem Dolch, der sich in seinem Besitz befindet. Ich warte auf den Tag, wo beide zusammentreffen, und dies wird nicht mehr lange dauern.«

Suko hatten die Worte sehr nachdenklich werden lassen. Er wusste, wie sehr sein Freund John Sinclair unter dem Verlust des Dolches gelitten hatte. Suko hatte ihn einige Male aufmuntern müssen, war aber stets der Ansicht gewesen, dass sich irgendwann der Kreislauf wieder schließen würde.

Jetzt deutete einiges darauf hin.

Noch war vieles unklar. Eines stand jedoch fest. Es war Akim Samaran gelungen, seine Macht zu stärken. Er, der Sucher, der Tüftler, der jeder Spur nachging, die nur im Entferntesten einen dämonischen Ursprung hatte, war auf das Erbe des Sternenvampirs Acron gestoßen und hatte es für sich eingesetzt. Nicht nur das. Es war ihm auch gelungen, die Helferin des mit Acron verbundenen Baal zu erwecken, um von ihr profitieren zu können.

»Du bist schweigsam geworden, Chinese!«

»Ich denke nach.«

»Über deinen Tod?«

Suko wollte natürlich nicht die Wahrheit sagen und lenkte mit seiner Antwort ab. »Nein, über die Gegenstände, die du in deinen Händen hältst. Was bedeuten die Totenschädel? Weshalb hast du sie mitgebracht?«

»Sie sind für mich ein Symbol. Es ist das Zeichen des Todes, das ich überbringe. Wer diesen Schädel von mir erhält, ist auserwählt worden, zu sterben.«

Sie hatte kaum die letzten Worte gesprochen, als sie die beiden Köpfe schon schleuderte. Und zwar in verschiedene Richtungen gleichzeitig. Suko und Yakup wurden überrascht. Der Inspektor reagierte reflexartig, streckte beide Hände aus und fing den Schädel auf, während Belisana gellend lachte.

Genau das hatte sie erreichen wollen.

Bei Yakup hatte sie Pech. Der Ninja war so schnell, dass man seinen Bewegungen mit den Augen kaum folgen konnte. Er sackte in die Knie, riss sein Schwert hervor und führte einen blitzartigen Streich, den er von unten nach oben zog.

Plötzlich bestand der Schädel aus zwei Hälften. Die Klinge hatte ihn fast in der Mitte geteilt.

Böse schrie Belisana auf, während Suko den Schädel zu Boden schleudern wollte und feststellte, dass es nicht klappte. Er saß wie festgeleimt auf seinen Händen.

Das sah auch Yakup.

Der Türke hatte die Waffe noch nicht weggesteckt. Mit zwei Sprüngen erreichte er seinen Freund und schlug wieder zu. Es sah so aus, als wollte er den Arm des Inspektors zerteilen, doch das Schwert traf nur den Schädel und spaltete ihn ebenfalls in zwei Hälften, wobei die Klinge nicht einmal Sukos Hand ritzte. So meisterhaft wurde das Schwert von Yakup beherrscht.

Er tänzelte weiter. Aus seinem Mund drang ein wütender Schrei, als er auf die Flammenfrau zusprang und mit ansehen musste, wie die Flammen zu einer gewaltigen Wand wurden und ihm fauchend entgegenlohten.

»Weeeeggg!«, brüllte Suko, doch seine Warnung kam zu spät. Wie vom Blitz getroffen, brach der Türke zusammen und fiel bäuchlings über einen großen Stein.

Belisana lachte. Sie hatte den Mund weit aufgerissen. Ihr Lachen schallte aus der Feuersbrunst. In den Augen leuchtete es rot, als sie den Kopf schüttelte und auf den leblosen Körper deutete. »Nimm ihn hoch, Chinese, und folge mir.«

»Ist er tot?«

»Nein, noch nicht. Es war nur als Warnung gedacht.«

»Ich habe verstanden.«

»Hoffentlich.«

Suko ging hin und wuchtete Yakup über seine Schulter. Der Puls des Kämpfers schlug schwach. Yakup musste in eine tiefe Ohnmacht gefallen sein, und Suko sah allmählich ein, dass seine Chancen immer tiefer sanken. Er spürte die Nähe des Feuers, und als er sich umschaute, musste er zu seinem Entsetzen feststellen, dass ihn die Flammen fast erreicht hatten. Von drei Seiten war er umzingelt worden. Es gab nur einen »Ausgang«. Der führte dorthin, wo die Flammenfrau wartete.

»Du wirst mir folgen!«, befahl sie. »Denn du sollst meine Pläne erleben und erfahren, was der Feuerkult bedeutet, aber auch, dass ich die Wahrheit gesprochen habe.«

Bevor Suko sich in Bewegung setzte, sah er sich kurz um. Selbst zum Wasser hin standen die Flammen wie eine lodernde Mauer. Sie leuchteten rot, gelb, manchmal auch blau, je nachdem, wie sie durch den von See kommenden Wind bewegt wurden.

Belisana drehte Suko den Rücken zu. Feuerspuren zeichneten ihren Weg. Sie umringelten und umtanzten ihre nackten Füße, als sie über die Steine hinwegsprang, die Richtung änderte und sich dorthin begab, wo die hohe Felswand den Strand von der normalen Autostraße trennte.

Der Weg wurde beschwerlich. Für Suko war es doppelt anstrengend, da er seinen Freund über der Schulter liegen hatte. Er spürte den Schweiß auf der Stirn und dachte daran, dass er sich dieses Abenteuer nicht hatte träumen lassen, als er in London ins Flugzeug gestiegen war.

Die Flammen folgten ihnen wie Schatten. Sie hellten die düsteren Stellen ebenso auf wie der fast weiße Sand den dunklen Felsen.

Suko rechnete damit, dass ihr Ziel irgendeine Höhle war. Er hatte sich getäuscht. Schon bald änderte Belisana die Richtung, wandte sich nach links, lief aber nicht mehr parallel zum Meer, sondern drang tiefer in flachere Regionen der Steinlandschaft ein, bis sie eine Stelle erreichten, die an eine Mulde erinnerte und von Geröll fast ganz befreit worden war.

An der rechten Seite grenzte die Mulde an die hohe Felswand. Sie wirkte zerklüftet, eingerissen, wie mit dem Hammer bearbeitet. Es gab Spalten und Risse, in und über die der tanzende Feuerschein zuckte und etwas von der geheimnisvollen Tiefe dieser Spalten ahnen ließ.

Mit dem Rücken zur Wand blieb Belisana stehen. Auch Suko verhielt seinen Schritt.

Keiner der beiden sprach ein Wort. Trotzdem war es nicht ruhig. Hinter Suko bewegte sich fauchend die Wand aus Flammen. Sie war nie still, sie wehte und tanzte, sodass sie immer neue Figuren annehmen konnte, im Prinzip jedoch gleich blieb.

Der Inspektor wusste genau, dass bald etwas geschehen würde. Er spürte die Spannung, das Kribbeln auf der Haut.

Irgendetwas lauerte.

Auch die Frau sagte nichts. Noch hielt sie sich zurück. Suko unterbrach das Schweigen.

»Kann ich meinen Freund zu Boden legen?«

»Ja.«

Der Chinese bückte sich und ließ den bewusstlosen Yakup von der Schulter gleiten. Sehr vorsichtig legte er ihn auf den Boden, richtete sich wieder auf und trat einen kleinen Schritt zur Seite.

Belisana ließ ihn nie aus den Augen. Allmählich erloschen bei ihr die Flammen. Sie konnte sie kontrollieren, und Suko kam nicht umhin, bewundernd diesem Vorgang zuzuschauen.

Die Feuerzungen glitten über den Körper, vereinigten sich dann und züngelten auf die offene Mundhöhle zu, wo sie von Belisana kurzerhand verschluckt wurden.

Normal stand sie vor dem Inspektor!

Mit einem kräftigen Schwung warf sie ihre Haare zur Seite, bewegte geschmeidig ihre Rechte und deutete auf die dunkle Felswand, die Suko wie ein geheimnisvoller und rätselhafter Schatten vorkam. »Ich hatte dir vorhin von unserem Feuerkult berichtet und auch davon, was er leisten kann. Nichts soll Theorie bleiben. Du wirst erleben, wozu er in der Lage ist. Komm, mein Bruder, komm hervor!«

Vergeblich versuchte Suko, die Felswand zu durchdringen, aber er schaffte es einfach nicht, einen Ausgang zu erkennen.

Zu düster und dunkel war alles. Auch das Gegenlicht der Flammen produzierte mehr Schatten als Helligkeit. Es gaukelte dem Betrachter Bewegungen vor, wo keine vorhanden waren, aber die echten konnte man sehr leicht übersehen.

So wurde Suko überrascht, als er plötzlich die düstere Gestalt sah, die sich längst aus dem Schatten oder Inneren der Felswand gelöst hatte und auf ihn mit sehr bedächtig wirkenden Schritten zutrat.

Es war ein kleiner, gedrungener Mann. Das Haar trug er nach hinten gekämmt. Man konnte die Farbe als grauschwarz bezeichnen. Von dem Gesicht war nicht viel zu erkennen, aber Suko wusste trotzdem, wen er hier vor sich hatte.

Akim Samaran!

Der Dämonendiener und jetzige Konzernchef ging noch drei Schritte, bevor er stehen blieb.

Die beiden so unterschiedlichen Männer sahen sich fest an, bis ein dünnes Grinsen über Akim Samarans Lippen zuckte. »So sieht man sich wieder, Chinese!«

»In der Tat, Samaran. Aber ich habe mir sagen lassen, dass sich der Würfel noch immer nicht in deinem Besitz befindet. Hast du aufgegeben, oder vertraut dir der Spuk nicht mehr?«

»Keine Sorge, ich lasse mein großes Ziel schon nicht aus

den Augen. Und ich werde auch das Geheimnis des Dunklen Grals ergründen und einen Mann namens Hector de Valois finden. Aber das hat Zeit, ich habe eingesehen, dass ich nichts überstürzen darf und mir erst hier auf der Welt eine Macht aufbauen muss.«

»Acron, nicht?«

»Ja, Acron. Es ist gefährlich, es ist wunderbar. Was die Sterne uns geschickt haben, dürfen wir nicht übersehen. Acron ist etwas Großes gewesen, und ich werde es noch größer machen. Wer die Medien kontrolliert, besitzt Macht. Habe ich sie einmal, wird es für mich ein Kinderspiel sein, den Weg zum Dunklen Gral und zum Würfel zu finden. Aber das wirst du nicht mehr erleben, Chinese.«

»Möglich, nur vermisse ich deinen Schatten.«

»Kamikaze?« Er lachte. »Auf ihn bin ich nicht mehr angewiesen. Und er auch nicht auf mich. Ich habe ihn seine eigenen Wege gehen lassen, die ihn zu einem bestimmten Ziel führen. Er wird meine Interessen in London vertreten, denn *Lord Acron* muss die Kinderzimmer erobern. Wenn sie mir gehorchen, kann mir nichts mehr passieren. Denke darüber nach.«

»Da gebe ich dir Recht.«

Samaran deutete auf Belisana. »Sie steht jetzt an meiner Seite. Auch das konnte nur sein, weil ich meinen alten Büchern traute und Acrons Erbe gefunden habe. Hier greift ein Rad in das andere, und ich werde der sein, der alles in Bewegung hält.« Er schaute Suko scharf an. »Du wirst noch erleben, wie unschlagbar ich werde. Der Feuerkult steht auf meiner Seite. Sei also Zeuge, wie ich zu einem Mächtigen heranwachse und dich dann wahrscheinlich zu einem Kampf herausfordern werde.«

Nach diesen Worten drehte er sich um und wandte sich der Flammenfrau zu. »Bist du bereit, Belisana?«

»Ja.«

»Darf er zuschauen?«

»Er soll es sogar.«

»Dann nimm mich!«

Suko startete einen Versuch. Er wollte es endlich wissen und bewegte seine Hand auf die Dämonenpeitsche zu.

Im nächsten Augenblick zuckte er zusammen. Ein anderer hätte vielleicht geschrien, nicht Suko, der über große Selbstbeherrschung verfügte. Über seinen Nacken waren die brennend heißen Zungen gezuckt, und Suko wusste nun, dass es sich bei ihnen nicht nur um ein Feuer handelte, sie waren gleichzeitig Belisanas Hüter und Wächter.

Das alles interessierte Akim Samaran nicht. Er schritt auf die Frau zu, um die Weihe des Feuerkults in Empfang zu nehmen. Dabei lächelte er, und dies war ein seltenes Bild, denn Typen wie Samaran grinsten höchstens kalt.

Belisana hielt die Arme ausgestreckt. Nicht eine Flamme umtanzte mehr ihren Körper. Sie wirkte in diesem Moment wie eine Frau, die ihren Geliebten erwartet.

Vier Hände berührten sich.

Samaran blieb für einen Moment stehen. Er begab sich in die Arme der anderen, deren Mund sich dem seinen näherte.

Samaran wusste, was er zu tun hatte.

Er öffnete den Mund.

Wie auch Belisana. Und aus ihrem Mund drang die heiße Flammenspur und fand ihren Weg in Akim Samarans Rachen …

ENDE

Baals Opferdolch

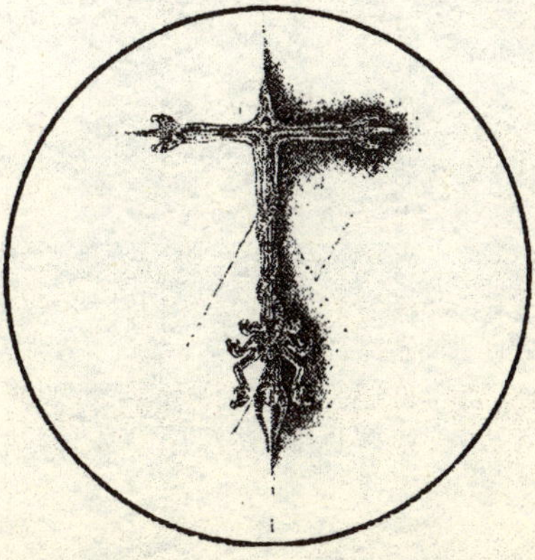

Es waren keine Messer und auch keine Lanzen – viel schlimmer! Vor uns schimmerten im bleichen Licht meiner Taschenlampe die beiden Eisenzinken des Gabelstaplers. Gesteuert wurde dieses Fahrzeug von dem brandgefährlichen Killer Kamikaze! Ich hatte bereits vor kurzem gegen ihn gekämpft, und er war dabei in einen Fahrstuhlschacht gefallen. Anscheinend war ihm kaum etwas passiert, denn sonst hätte er nicht auf dem Stapler sitzen und ihn lenken können.

Die Metallzinken waren zwar breit, dafür aber messerscharf. Ich hatte schon Menschen gesehen, die durch sie ums Leben gekommen waren. Damit uns kein ähnliches Schicksal drohte, mussten wir weg. Jede Sekunde des Zögerns brachte uns einem fürchterlichen Tod näher.

Wir hörten den Stapler. Er fuhr mit einer hohen Geschwindigkeit auf uns zu. Was sich ihm in den Weg stellte, würde er zur Seite räumen, auch mich. Ich stand vor Bill und sah dieses Ungetüm aus Stahl.

Noch ging ich das Risiko ein und ließ mir etwas Zeit. Die Lichtlanze glitt dorthin, wo sich der Körper des Fahrers befinden musste, doch Kamikaze hatte es verdammt raffiniert angestellt. Er zeigte sich nicht, hatte sich geduckt, sodass man den Eindruck hatte, als würde der stählerne Koloss von allein fahren.

Da er mir kein Ziel bot, hatte es wenig Sinn, auf irgendetwas zu feuern. Es wäre nur Munitionsverschwendung gewesen. Wir mussten uns etwas anderes einfallen lassen.

Kamikaze würde durchdrehen. Es blieb ihm nichts anderes übrig, als uns aus dem Weg zu räumen, wenn er seine Pläne durchführen wollte. Und das würde dieses alte Lager im Schlosskeller sicherlich nicht überstehen. Was dabei zu Bruch ging, war ihm egal, uns ebenfalls. Wir wollten nur, dass dieses Monstrum nicht zum Zug kam.

Bevor ich die Lampe löschte, sah ich ein letztes Mal das helle Blinken der überdimensionalen Zinken, dann hechtete ich zur Seite und fiel genau in den Stapel der aufgereihten Spiele hinein, um die sich alles drehte.

Spiele sind nicht schwer. Zudem hatten Bill und ich die Verschnürung gelöst, und so schlug ich mit meinem Hechtsprung eine Bresche in den Stapel.

In dem schabenden und auseinander rutschenden Kartondurcheinander fiel ich tiefer.

Nach einer mir endlos erscheinenden Zeitspanne spürte ich den Steinboden unter den Fingern, stützte mich mit den Handflächen ab, gab mir Schwung und schaffte es somit, durch eine Rolle vorwärts Distanz zu dem verdammten Stapler zu gewinnen.

Kamikaze war keine Katze, er konnte im Dunkeln ebensowenig sehen wie wir. Also musste er quasi Amok fahren und auf einen Zufallstreffer hoffen, wenn er uns erwischen wollte.

Aber auch wir sahen ihn nicht. Wir hörten ihn nur. Und in der Dunkelheit die Richtung von Geräuschen genau zu bestimmen ist verdammt schwer. Wenn wir nicht Acht gaben, gerieten wir im wahrsten Sinne des Wortes unter die Räder.

Ich befreite mich von den mich umgebenden Kartons, begleitet von einem Knirschen und Schaben. Geräusche, die entstanden, als der Stapler die Spiele zerquetschte und zermalmte.

Mir rann es eiskalt den Rücken hinab. Ich dachte an meine Knochen, denen es ebenso ergehen konnte, wenn ich nicht aufpasste, schnellte hoch, lief einige Schritte, wobei ich die flachen Kartons vor mir herschob, und erreichte die Wand, an der ich mit der Schulter entlangfuhr.

Ich blieb stehen.

Die kleine Lampe hielt ich noch fest. Sie klebte in meiner schweißnassen Hand. Nass waren auch die Haare, die ich mir aus der Stirn wischte.

Von Bill hörte ich nichts.

Dafür von diesem verdammten Stapler. Aber das singende Geräusch der Gummireifen entfernte sich von mir. Es zerknackte auch nichts mehr unter den Rädern. Ein Zeichen, dass Kamikaze ihn zurückgesetzt hatte, um erneut »Anlauf« zu nehmen.

Das plötzliche Knirschen ließ mich zusammenzucken. Etwas polterte hart auf den Boden. Wahrscheinlich hatte Kamikaze mit dem Gabelstapler beim Rückwärtsfahren das mir gegenüberliegende Hochregal gerammt.

Ein flüchtiges Grinsen huschte dabei über meine Lippen. Auch dieser Killer war nicht unfehlbar. Er hatte mit den gleichen Schwierigkeiten zu kämpfen wie Bill und ich.

Ich vernahm plötzlich die flüsternde Stimme meines Freundes. »John, bist du okay?«

»Ja.«

»Ich komme.«

Bevor ich etwas erwidern konnte, hörte ich schon die schleichenden Schritte des Reporters. Dann stand er neben mir und fasste mich an. »Der hätte mich fast gehabt, du. Ich habe sogar den Luftzug gespürt, als er vorbeiraste.«

Bills Stimme klang kratzig. Noch im Nachhinein erschauerte er. »Wie lange, meinst du, können wir das hier noch durchhalten?«

»So lange wir müssen.«

»Und der Killer?«

»Den kriegen wir.«

»Ohne Licht?«

»Meine kleine Lampe muss reichen.«

Bill wollte etwas hinzufügen. Ich bat ihn, still zu sein.

So lauerten wir.

Ich hatte mich nicht geirrt.

Der Stapler kam wieder. Das »Singen« der Gummireifen begleitete seine Fahrt. Für uns als Warnung gedacht, dass wir uns wieder trennen mussten. Er sollte uns nicht beide gleichzeitig erwischen.

»Wenn wir ihn in die Zange nehmen könnten, wäre alles klar«, sagte der Reporter zum Schluss. Dann war er verschwunden. Aber er stolperte über irgendwelche Gegenstände, die im Weg lagen oder standen. Ich hörte seinen

Fluch, und den musste auch Kamikaze vernommen haben. Wenn er geschickt war, änderte er seine Fahrtrichtung, um meinen Freund aufzuspießen. Da ich ihm dies zutraute, schaltete ich die Lampe ein. Dieses Risiko musste ich einfach auf mich nehmen.

Ich hatte mich nicht getäuscht.

Kamikaze fuhr nicht direkt auf mich zu. Er hatte die Richtung geändert und nahm Kurs auf die Stelle, wo Bill verschwunden war. Als der Schein der Bleistiftleuchte über die Front des Staplers hinwegglitt, sah ich, dass sich Kamikaze aufgerichtet hatte und einen Halbbogen fuhr. Er würde parallel zur Wand rollen und mit den breiten Zinken alles aus dem Wege räumen, was sich ihm dabei in den Weg stellte.

Für Bill wurde es kritisch. Er konnte nicht weg, denn aufgestapelte Kartons mit Waren versperrten ihm den Weg. Wenn er jetzt nicht stoppte und abdrehte, blieb ihm nichts anderes übrig, als über die Kartons hinwegzuklettern. Doch die Zeit dafür reichte nicht aus, weil der Stapler immer schneller wurde.

Es war eine verdammt bittere Situation, in der wir steckten. Ich warnte meinen Freund und rief den Namen sehr laut. Auch Kamikaze hatte mich gehört.

Der grauhaarige Killer mit dem Pferdeschwanz drehte sich auf seinem Sitz. Das sah ich gerade noch, und diesmal musste ich es tun. Ziehen, zielen, schießen – das war praktisch eine Bewegung, und ich hatte sie verdammt oft geübt.

Fahl schimmerte das Mündungslicht vor der Waffe. Aber Kamikaze hatte den Instinkt eines wilden Tieres. Bevor ihn die Kugel erwischen konnte, war er weggetaucht und hatte das Steuer des Staplers mit einer ruckartigen Bewegung herumgerissen.

Ein Gabelstapler ist kein Auto. Er ist für Verfolgungsfahrten nicht geeignet, aber für mich war er immer noch viel zu schnell.

Kamikaze wusste genau, was Sache war. Er hatte sich geduckt und lenkte diesen verfluchten Koloss mit einer Hand.

Schräg fuhr er auf mich zu.

In seinem Weg lagen zahlreiche Kartons. Was nicht zerquetscht wurde, flog zur Seite.

Ich ließ die Leuchte brennen.

Bewusst ging ich dieses Risiko ein und sah dem stählernen Tod entgegen. Die beiden Zinken schienen zu höhnisch grinsenden Schwertern zu werden, als würden sie sich darauf freuen, mich gegen die Wand nageln zu können. In diesem Fall benötigte man tatsächlich Nerven aus Stahl, aber ich sah einfach keine andere Chance, den Kampf zu gewinnen.

So kam er.

Wie ferngesteuert, denn von Kamikaze sah ich nichts. Er blieb geduckt. Aber ich sah von der linken Seite her eine Gestalt auf den Stapler zulaufen.

Es war Bill.

Mein Gott, der musste vom Wahnsinn befallen sein! Wie es aussah, hatte er vor, den Koloss zu entern und sich auf einen Kampf mit dem Killer einzulassen.

Ich warnte ihn.

Plötzlich wurden die Sekunden lang, um anschließend zu explodieren. Da lief die Zeit in einem Raffer ab, und Bill hatte den Stapler erreicht, bevor mich die Zinken auch nur streifen konnten.

Er sprang.

Es fiel mir verdammt schwer, so stehen zu bleiben. Im Lichtstrahl meiner Lampe sah ich Bills Körper durch die Luft und in den Führerstand des Staplers hineinfliegen, und auf der anderen Seite jagte er wieder heraus.

Diesmal mit Kamikaze, dem Killer. Der Reporter hatte sich an ihm festgeklammert. Beide krachten sie zwischen die Kartons. Ich konnte mich um sie nicht kümmern, denn der Stapler rollte steuerlos in meine Richtung weiter. Die Zinken wurden zu gewaltigen Mordinstrumenten aus Metall, und ich warf mich zur Seite. Dabei stieß ich einen gellenden Schrei aus. Ich musste mir einfach Luft verschaffen.

Hart prallte ich gegen die Wand, auch gegen Kartons, die unter meinem Gewicht zerkrachten. Von den Spielen blieb da nicht mehr viel übrig, aber das war mir egal.

Der Stapler erwischte mich nicht.

Stattdessen rammte er mit den Spitzen beider Zinken die Wand.

Ich hatte das Gefühl, ein Inferno zu erleben. Dass die Zinken die Wand nicht durchschlugen, war ein Wunder. Aber früher hatte man eben besser gebaut als heute. Ich blieb auf dem Rücken für einen Moment liegen. Bevor ich wieder auf den Beinen war, sah ich, wie der Stapler durchgeschüttelt wurde, als wäre er von zwei Riesenfäusten gepackt worden. Mörtel staubte mir entgegen. Die Wand hatte plötzlich dicke Einkerbungen, und die Aufprallwucht schleuderte den Stapler nach rechts, sodass er mit seiner Breitseite gegen das alte Kellergemäuer krachte.

Dann stand er still.

Im Gegensatz zu mir. Ich hatte gesehen, wie Bill und Kamikaze, ineinander verkrallt, vom Führerstand geflogen waren, und ich kannte auch die Kräfte des Killers.

Gegen sie hatte der Reporter nicht den Hauch einer Chance. Selbst Suko hatte ihn nicht geschafft. Da musste ich ihm schon zu Hilfe eilen.

Die beiden waren irgendwo im Mittelgang zwischen den Waren gelandet. Das war mein Ziel.

Schweres Keuchen hallte mir entgegen. Es kam von rechts. Ich drehte mich, mein Arm wurde lang, der dünne Lampenstrahl zitterte – und erfasste auf einmal das Ziel.

Es war furchtbar.

Kamikaze hatte es geschafft. Bill lag auf dem Rücken, der Killer hockte auf ihm. Kamikazes Arme waren gespannt und hart durchgedrückt.

Das hatte seinen Grund, denn er umklammerte mit

seinen tödlichen Pranken die Kehle meines leblos liegenden Freundes!

In der folgenden Sekunde empfand ich eine furchtbare Angst um Bill Conolly.

Vielleicht hätten andere sofort geschossen und Kamikaze eine Kugel in den breiten Rücken gejagt, ich tat es nicht. Mein Mechanismus war dafür nicht geschaffen, und so warf ich mich vor und ließ die rechte Hand nach unten rasen.

Zwischen den Fingern hielt ich die Beretta.

Der Lauf wuchtete in Kamikazes Nacken. Diesmal hatte sein Instinkt versagt, denn er musste den Schlag voll nehmen. Ich leuchtete ihn an, sah, dass er zitterte und schwankte, aber dieses verfluchte menschliche Monstrum fiel noch immer nicht.

Ich schlug wieder zu.

Auf dieselbe Stelle.

Diesmal schaffte ich es. Kamikaze stieß ein paar urige Laute aus. Sein Körper wurde schwer wie Blei. Er löste seine Hände vom Hals meines Freundes und verlor langsam die Balance. Ein unsichtbares Band schien ihn nach rechts zu ziehen. Er kippte weg und schlug schwer auf.

Ob er endgültig bewusstlos war oder nicht, war mir egal. Ich kümmerte mich um meinen Freund und schleifte Bill aus der unmittelbaren Reichweite des Mörders Kamikaze.

Lebte der Reporter noch?

Ich leuchtete ihn an. Der Schein fuhr über sein Gesicht, das ebenso bleich war wie das Licht. Ich sah den offenen Mund, als wollte Bill noch einmal Atem holen, und als ich in seine Augen leuchtete, sah ich, wie sich die Pupillen verengten.

Er war nicht tot!

Aber am Hals malten sich dunkel die Abdrücke der Killerpranken ab. Dieser Hundesohn hatte verdammt hart zugegriffen, und das sollte er mir büßen.

Für Bill konnte ich im Moment nichts tun, so drehte ich mich zu Kamikaze um, der hinter mir kniete.

Ich sah, dass ihn meine Schläge paralysiert hatten.

Aufgestützt hockte er da. Sein Kopf war nach vorn gesunken. In dicken Tropfen rann Speichel aus seinem Mund.

Zum ersten Mal erlebte ich Kamikaze so hilflos. Ich hatte ihn geschafft. Seltsamerweise empfand ich keinen Triumph dabei. Vielleicht deshalb nicht, weil ich dabei zu viel Gewalt hatte anwenden müssen.

Er hörte mich.

Jeden Schritt nahm er wahr, und bei diesen Geräuschen zuckte er auch zusammen. Über seine nächste Reaktion konnte ich mich nur wundern, denn er schaffte es tatsächlich, seinen Kopf zu drehen und mich anzusehen.

Wir starrten uns gegenseitig an.

Sein Grinsen war kalt und starr. Wahrscheinlich nicht von ihm kontrollierbar. Es musste ein Zucken seiner Gesichtsmuskeln sein, das ihn so aussehen ließ.

Als ich neben ihm stand, brach er zusammen. Die mächtigen Arme konnten sein Gewicht nicht mehr halten. Er fiel aufs Gesicht und blieb auf dem Bauch liegen.

Ich stand daneben, schaute auf seinen Rücken und dachte daran, dass ich von einer solchen Szene schon des Öfteren geträumt hatte. Kamikaze am Boden, ich aufrecht neben ihm, das war kaum zu fassen. Für mich war ein Traum in Erfüllung gegangen.

Lieber hätte ich noch einen anderen hier liegen sehen. Akim Samaran, seinen Boss.

Ihm hatte ich diesen Fall zu verdanken, denn er war es gewesen, der sich an die Spitze des Elektronikkonzerns Acron hatte setzen wollen, um ein gewaltiges Machtinstrument zu besitzen. Beschützt wurde er zudem durch den Spuk, seinen mächtigen Mentor.

Samaran war ein Mensch, der nie aufgab, der sich die Zeit nahm zu forschen und zu tüfteln, der alles genau durchdachte, in ferne Länder reiste und Dingen nachging, über die er gelesen hatte. Er wusste sich immer zu helfen. Was andere mit einem Lächeln einfach abtaten, darüber dachte er nach, forschte weiter, und es war ihm auf diese Art und Weise gelungen, das Erbe eines vor langer Zeit auf der Erde weilenden Sternenvampirs namens Acron zu finden.

Der Vampir und der Konzern trugen denselben Namen. Für Samaran ideal, denn dieser Vampir hatte etwas Schreckliches hinterlassen. Einen Sternenstaub, der Menschen zu Vampiren verändern konnte. Samaran, nicht nur äußerst brutal, sondern dazu noch intelligent und geschickt, setzte diesen Fund für seine Interessen ein. Sehr raffiniert und gewissermaßen als Test. So gelang es ihm, einen Prototyp des Spiels in ein Internat zu schmuggeln. Die Schüler beschäftigten sich damit, und sie wurden zu Vampiren. Der Sternenstaub hatte seine Wirkung tatsächlich nicht verloren. Buchstäblich im letzten Augenblick hatten Bill Conolly und ich eingreifen und noch alles zum Guten hin wenden können, aber damit war nur die erste Phase des Falls erledigt. Das Spiel Lord Acron sollte in die Massenproduktion gehen. Was das bedeutete, darüber brauchte man nicht lange nachzudenken. Da wäre das Land durch die Vampire überschwemmt worden. Bill und ich hatten nun versucht, den Platz zu finden, wo die Spiele gelagert wurden. Wir hatten ihn und auch Kamikaze gefunden. Nach der ersten Untersuchung einiger Spiele hatten wir festgestellt, dass der Sternenstaub den Spielen noch nicht beigelegt worden war. Diese Aufgabe hatte wahrscheinlich Kamikaze übernehmen sollen. Bisher war er nicht dazu gekommen.

Gelagert wurden die Spiele in einem schlossähnlichen Gebäude zwischen London und Windsor. Dieses Haus gehörte ebenfalls dem Konzern, dessen Filialen in der gesamten Welt verteilt waren.

Ich schaute auf den reglosen Killer. Auch als ich ihn anstieß, rührte er sich nicht. Kamikaze war tatsächlich abgetreten. Wenn er die Aufgabe gehabt hatte, die Spiele zu füllen, musste er das Material irgendwo bei sich tragen!

Ich kniete mich also neben ihn. Als ich ihn abtastete, fühlte ich durch ein Hosenbein ein Messer.

Als ich es hervorholte, erschrak ich über die beidseitig geschliffene Klinge. Ich warf es weit weg. Irgendwo im Dunkeln blieb es liegen. Danach »untersuchte« ich Kamikaze weiter. Er lag auf dem Bauch, ich tastete über seinen Rücken. Nichts. Dann entdeckte ich um seinen Hals ein schmales Lederband.

Ich glaubte einfach nicht daran, dass Kamikaze einen Geldbeutel um den Hals trug. Doch ich wollte es genau wissen und schnitt den Riemen mit meinem Taschenmesser durch. Kurz darauf hatte ich den handgroßen Beutel in meiner Rechten.

Meine Lippen zuckten. Es war ein Gefühl des Triumphs, da ich fest daran glaubte, den Sternenstaub gefunden zu haben.

Meine Finger zitterten leicht, als ich den Beutel öffnete. Ein schmales Band war durch seinen oberen Saum gezogen worden. Mit zwei gespreizten Fingern vergrößerte ich die Öffnung und leuchtete hinein.

Im Innern des Beutels glitzerte und schimmerte es, als hätte jemand festes Glas pulverisiert. Aber es war kein Glas, auch wenn es so aussah. Was ich gefunden hatte, war der von mir so lang gesuchte Sternenstaub, mit dem die Spielchips gefüllt werden sollten.

Wenn ich die Masse der Spiele mit der Menge des Beutelinhalts verglich, blieb für jeden Chip nicht mehr viel übrig. Das brauchte auch nicht zu sein, weil jeder Krümel die gleiche magische Energie enthielt wie der gesamte Sternenstaub.

Ich riss mich zusammen. Dieser Fund hatte verdammt gut getan. Wenn ich mir vorstellte, was alles mit diesem Sternenstaub hätte geschehen können, war es schon eine gute Sache, dass ich dieses Zeug in die Finger bekommen hatte.

Jemand lenkte mich ab. Es war Bill, der heftig und keuchend atmete. Ich drehte mich um, leuchtete ihn an und sah sein Gesicht aus dem Dunkel ragen.

Der Reporter hatte sich noch immer nicht erholt. Das Sprechen fiel ihm schwer. Nach jedem Wort musste er Luft holen.

»Du, du hast ihn geschafft, John!«

»Ja, er ist bewusstlos.«

Bill nickte und hielt dabei seinen Hals. »Er war stärker als ich. Viel stärker.«

»Halt dich ruhig, Bill. Wir haben auf jeden Fall den verdammten Sternenstaub.«

»Wie denn?« Bill breitete die Arme aus.

»Kamikaze trug ihn bei sich.« Ich hob den Beutel an und hielt ihn ins Licht, sodass der Reporter ihn erkennen konnte. Bills Augen wurden größer. Über seine Lippen huschte ein Lächeln. »Dann hat es sich also doch gelohnt«, flüsterte er.

»Das glaube ich auch.«

Mein Freund rutschte näher. »Und was hast du jetzt mit diesem Zeug vor, John?«

»Ich werde es zerstören.«

Bills Augen verengten sich. »Mit dem Kreuz, nicht wahr?«

»Ja, oder willst du mir eine andere Möglichkeit nennen? Ich muss das Kreuz nehmen.«

»Es ist wirklich schade, einfach zu schade. Man hätte den Sternenstaub behalten können.«

»Und wozu?«

»Für eine Untersuchung.« Bill fasste mich an. »John, wir könnten doch einiges damit machen. Das wäre vielleicht eine Chance für uns, in unbekannte Regionen vorzustoßen.«

Ich lächelte und gab meinem Freund im Prinzip Recht. Nur bezeichnete ich diesen geheimnisvollen Sternenstaub als eine Zeitbombe. Eine Art Vampirbombe aus der Vergangenheit. Wir hatten uns verdammt viele Probleme an den Hals geladen, da wollte ich nicht noch eines hinzuaddieren. Deshalb schüttelte ich den Kopf.

»Also nicht?«, fragte Bill.

»So ist es.«

Der Reporter hob die Schultern. »Du bist der Oberinspektor,

du hast es zu verantworten. Aber auch meine goldene Pistole ist gefährlich, und sie habe ich behalten.«

»Aber ihr Inhalt zerstört. Dieses Zeug hier baut auf. Es macht Vampire. Das darfst du nicht vergessen.«

»Klar, wenn du das so siehst.«

Am Tonfall der Antwort erkannte ich, dass sich mein Freund mit meiner Absicht abgefunden hatte. Ich zog deshalb die Kette hervor. Dabei wollte ich in wenigen Sekunden aufs Ganze gehen und den Talisman aktivieren, damit er die Kraft hatte, den Sternenstaub mit einem Schlag zu vernichten.

Bill war zu meiner Rechten vorgerutscht und befand sich jetzt zwischen Kamikaze und mir. Deshalb bemerkte er als Erster dessen Bewegungen. »Da tut sich was, John.«

Auch ich hatte es festgestellt. Der Killer erwachte aus seiner starren Haltung. Er war ja nicht bewusstlos gewesen und hatte vielleicht einige Fetzen unseres Dialogs aufgeschnappt. Er wälzte sich schwerfällig herum. Mein Freund Bill ging auf Nummer sicher und zog seine Beretta. Er stützte sie mit beiden Händen ab und richtete die Mündung auf den Killer.

Der hatte noch nicht bemerkt, dass auf ihn gezielt wurde. Zu sehr war er mit sich selbst beschäftigt, gab ein paar grunzende Laute von sich und drehte den Kopf in unsere Richtung. Den Beutel und mein Kreuz musste er sehen.

Ob er begriff, was ich vorhatte, wusste ich nicht. Jedenfalls zuckte sein Mund, der Atem drang pfeifend über die Lippen, und dann schüttelte er den Kopf.

»Was ist los?«, fragte ich ihn.

»Du hast es gefunden«, ächzte er.

»Ja.«

»Und ihr wollt den Staub zerstören?«

»Auch das.«

Er lachte rau, wollte aufstehen, doch Bill hatte aufgepasst. »Keine falsche Bewegung, Killer!«, warnte er. »Wenn du verrückt spielst, drücke ich ab und jage dir eine Kugel in den Balg!«

Kamikaze schaute Bill an. Der Reporter starrte über die Waffe hinweg. Beide Gesichter waren gespannt. Ein kurzer Nervenkrieg begann, den Kamikaze durch seine Worte unterbrach. »Es ist ein Fehler, wenn ihr alles zerstört. Akim Samaran ist wesentlich stärker als ihr. Glaubt mir. Er wird zurückschlagen, das schwöre ich euch. Er wird euch keine Chance geben.«

»Samaran ist sowieso unser Gegner«, gab ich kalt zurück. »Also gibt es da keine Probleme. Und ich werde den Staub auch deshalb vernichten, damit er nicht mehr in der Lage ...«

»Hör auf!«, ächzte Kamikaze. »Du weißt ja nicht, was du damit in Gang setzt.«

»Dann erkläre es mir!«

»Samaran wird alles daransetzen, um euch zu killen.«

Ich winkte ab. »Das hat er schon mehrmals versucht. Er wollte vieles, auch den zweiten Würfel. Bekommen hat er ihn nicht. Wir waren immer besser, daran solltest du denken.«

»Diesmal ...«

»Mach es, John!«

Ich nickte.

»Aber das hier ist ein magisches Gelände!« Kamikaze versuchte es noch einmal. »Ich spüre etwas.« Er hörte auf zu sprechen, und sein Gesicht begann zu zucken.

Bill und ich schauten uns an. Keiner von uns beiden wusste, ob Kamikaze nicht schauspielerte. Ihm trauten wir alles zu. Jeder Trick war ihm recht, damit er den Spieß noch umdrehen konnte. Zudem tastete er sein Bein ab. Ich bemerkte die Bewegung und sagte nur: »Falls du deine Waffe suchst, die habe ich dir abgenommen, wie auch den Sternenstaub.«

»Was willst du?«

»Halt ihn in Schach, Bill!«

Mein Freund nickte, aber Kamikaze hatte noch einen Einwand. Diesmal ächzte er nicht, er schrie plötzlich los. »Ich habe es gewusst, er wird es holen. Ja, ich habe es gewusst. Er holt es.«

Kamikaze, vorhin noch schwer angeschlagen, war plötzlich wie von Sinnen. Er wälzte sich herum, wir rechneten schon mit einem Angriff, aber Kamikaze setzte sich nur hin. Durch seinen massigen Körper rann ein heftiges Zucken. Die Augen in seinem brutalen Gesicht glichen hellen Kugeln, als er uns anstierte. Sein Mund öffnete sich langsam.

»Was holt er?«, rief ich.

»Das, das Drachenmesser!«, keuchte er uns entgegen. »Samaran hat das Drachenmesser.«

Und plötzlich begann er gellend zu lachen!

Wenn Suko, der Inspektor, zur Seite blickte, sah er nicht nur die von Belisana beherrschten, tanzenden Flammen, deren Widerschein über den bewusstlosen Yakup Yalcinkaya zuckte, er konnte auch Akim Samaran und Belisana erkennen.

Beide bildeten ein Team, sie gaben sich gegenseitig Kraft, und das sollte auch der Chinese zu spüren bekommen.

Es war trotz des erlebten Grauens und der Feuermagie ein spannender Augenblick für den Inspektor. Das Rauschen der nahen Wellen, die gegen die Felsen am Strand klatschten, nahm er ebensowenig wahr wie das leise Säuseln des Windes, der von den Bergen im Osten kam, in die Täler fuhr und mit gierigen Händen in die langen Meereswogen griff. Wichtig waren für Suko die beiden Personen.

Sehr unterschiedlich waren sie, aber sie waren fest entschlossen, einen gemeinsamen Weg zu gehen.

Es war Belisana, die handelte. Weit hielt sie ihren Mund offen. Aus dessen Höhle drang, verbunden mit einem fauchenden Geräusch, eine heiße Flammenspur hervor. Sie zielte haargenau in Akim Samarans Mund.

Und dieser Mensch schluckte das Feuer!

Suko war Zeuge. Er hatte eine Hand geballt, beherrschte sich nur mühsam und rechnete jeden Augenblick damit, dass Samaran zusammenbrach.

Er tat es nicht. Im Gegenteil. Etwas befand sich in seinem Innern, das ihm einen Kraftstrom gab, unter dem er zu wachsen schien.

Als hätte er etwas Scharfes getrunken, so schüttelte er sich zunächst. Anschließend richtete er sich auf und stellte sich auf die Zehenspitzen. Dabei trat Belisana, die Dämonin, die zu Ehren des Götzen Baal erschaffen worden war, einen Schritt zurück, sodass Samaran Platz hatte. Suko sah, wie die Dämonin auch ihn anschaute, und er erkannte die kleinen Feuerzungen, die auf Belisanas Haut tanzten. Im Nu hatten sie wieder einen »Mantel« gebildet. Er hüllte das rothaarige Weib von den Fußspitzen bis zu den Haaren schützend ein. Wer sich ihr jetzt ohne magische Waffe näherte, würde verbrennen.

Samaran jedoch nicht, denn er hatte Belisanas Feuer »getrunken«.

Er blühte auf. Die Flamme aus dem Körper der Rothaarigen hatte ihn stark gemacht. Vielleicht war es genau das, was ihm bisher noch gefehlt hatte, jedenfalls sah Suko, wie er sich veränderte. Das ihn einkreisende Feuer gab genügend Licht ab, sodass er verfolgen konnte, wie der andere sich benahm, wie er herumwirbelte, wie er sich bückte, die Hände gegen seinen Leib presste, wieder hochschnellte, wie eine Feuerzunge aus seinem Mund und gegen den nachtdunklen Himmel leckte.

Akim Samaran erlebte eine Verwandlung. Nach Sukos Ansicht musste er von innen her verbrennen, denn Feuer war einfach dazu erschaffen worden, um etwas zu vernichten.

Auch bei Samaran?

Suko wollte es nicht glauben. Seiner Ansicht nach hätte dieser Mensch schon längst aus einer toten Hülle bestehen müssen, vielleicht aus grauer Asche, stattdessen glühte er von innen her auf, als hätte er einen strahlenden Gegenstand geschluckt, dessen Ausläufer von den Fußspitzen bis zum Haaransatz zuckten.

Ebenso gespannt wie Suko beobachtete Belisana den

Vorgang, und sie kommentierte ihn. »Dieser Mensch, der in der Rangfolge über mir steht und trotzdem schwächer war als ich, erhält die magische Weihe. Er hat das Feuer geschluckt, er hat mein Feuer getrunken, das ihn für alle Zeiten widerstandsfähig macht. Du, Chinese, wirst ihm nichts mehr anhaben können. Auch andere nicht. Er soll stark werden, er wird stark werden, das haben wir so gewollt.«

»Und wer ist wir?«, fragte Suko leise.

»Baal und ich!«

Da hatte sie diesen verdammten Namen wieder gesagt. Baal, dieser verfluchte Götze, der durch das Altertum gegeistert war und sogar schon im Alten Testament erwähnt worden war.

Baal, der Mächtige, der John Sinclair schon so viel Ärger und Schwierigkeiten bereitet hatte und sogar dessen Dolch besaß, würde wieder indirekt in das Geschehen eingreifen.

Konnte sich Samaran einen besseren Helfer vorstellen? Er wusste zwar, dass der Spuk auf seiner Seite stand, aber es war Samaran trotzdem nicht gelungen, den zweiten Würfel an sich zu bringen. Den ersten besaß der Spuk, der zweite sollte ebenfalls in seinen Besitz gelangen, aber da war jemand schneller gewesen.

John Sinclair, der Geisterjäger.

Und Samaran kämpfte weiter. Ja, er focht tatsächlich einen inneren Kampf aus, denn so einfach war es nicht, sein Wesen zu verändern. Hart fiel er auf die Knie. Er prallte dabei auf den schroffen Fels, ohne einen Laut von sich zu geben. Sein Kopf sank nach unten. Er nahm dabei vor Belisana eine demütige Haltung ein, als wollte er sie anbeten. Durch seine Gestalt lief ein Beben. Er sprach plötzlich dunkle, düstere Worte in einer Sprache, die Suko unbekannt war, von Belisana jedoch verstanden wurde, denn sie beugte ihren Kopf gespannt vor, um besser hören zu können. Dann nickte sie plötzlich und drehte sich scharf herum.

»Was ist?«, fragte der Inspektor.

»Er hat es geschafft!«

»Und?« Suko verengte seine Augen. »Du siehst trotzdem nicht fröhlich aus.«

»Nein.«

»Weshalb?«

»Es hängt mit der Person zusammen, die ihm dient. Eigentlich hätte sie längst etwas erreichen müssen, aber Akim Samaran spürt, dass jemand gestört hat.«

»Sprichst du von Kamikaze?«

»So ist es.«

»Ja«, gab Suko zu. »Ich vermisse ihn auch. Er hält sich doch sonst immer in der Nähe seines Herrn auf. Wo steckt er denn jetzt?«

»Sehr weit entfernt, aber die beiden haben Verbindung aufgenommen. Er schafft es nicht. Er hatte den Sternenstaub.« Sie sprach nicht mehr weiter, ging auf den Mann zu und legte ihre Hände auf dessen Schulter. Belisana brannte noch immer. Das Feuer tanzte auch über Samarans Gestalt, ohne ihr allerdings etwas antun zu können. Er war jetzt resistent, aber sein Gesicht zeigte einen gequälten Ausdruck.

Die beiden waren miteinander beschäftigt, und Suko riskierte einen Blick auf den Türken Yakup, der sich bisher nicht gerührt hatte. Das aber änderte sich. Plötzlich zuckte sein linkes Augenlid. Suko wusste Bescheid. Yakup war wieder erwacht und hatte dem Chinesen ein Zeichen gegeben. Kampflos wollten sich die beiden nicht umbringen lassen, sie mussten nur eine günstige Möglichkeit abwarten.

Suko wusste schon, wie er es anfangen würde, doch noch war der Zeitpunkt nicht günstig.

Belisana und Samaran flüsterten miteinander in der fremden Sprache. Er kniete. Seine Arme hatte er um die Beine der Flammenfrau geklammert, klagte ihr sein Leid, und Belisana warf hin und wieder einen Blick auf den reglos dastehenden Suko, dessen Körper sich vor der Flammenwand deutlich abmalte.

Irgendetwas hatten die beiden vor.

Noch aber blieben sie für sich, bis Samaran schrie, aufsprang und sich herumdrehte.

Er starrte Suko an.

Der Inspektor wich keinen Schritt zur Seite, auch dann nicht, als er den Hass auf den Zügen des Mannes erkannte. Samaran hatte seine Feuertaufe erhalten. Dies bewies er in den nächsten Augenblicken, denn von innen her begann er zu glühen. Die Flammen mussten seine Eingeweide zerstört haben, nach diesem Feuer konnte ein Mensch einfach nicht weiterleben. Dass Samaran es trotzdem schaffte, ließ darauf schließen, dass er mit den Zombies auf eine Stufe gestellt werden konnte.

Das Glühen begann tief unter der Haut, weit im Körper versteckt, aber es drang allmählich nach vorn, sodass auch die Haut erfasst wurde und einen rötlichen Schein annahm, der auch vor den Augen des Mannes nicht Halt machte und in ihnen ein Abbild der Flammen zeigte.

Ein glühender Mensch war aus Samaran geworden. Er bewegte seine Hände, denn das Glühen hatte auch seine Finger erfasst.

Ein innerlich brennender und glühender Mensch stand vor dem Inspektor, ein Veränderter, der trotzdem lebte und auch so reagierte wie ein Mensch. Das alles verstand Suko, nur begriff er nicht, weshalb sich dieser Akim Samaran plötzlich so hasserfüllt zeigte. Er hatte sich von Belisana abgewandt, für ihn war nur noch der Inspektor vorhanden, denn von ihm wollte er etwas.

»Du!«, keuchte er. »Du gehörst zu ihm, und er hat es geschafft. Er hat es tatsächlich geschafft!«

»Von wem sprichst du?«

»Sinclair!«

Da lächelte Suko. »John Sinclair befindet sich in London. Ich habe mit ihm nichts zu tun.«

»Aber Kamikaze.«

»Sind die beiden aufeinander getroffen?«

»Das weißt du so gut wie ich. Kamikaze besaß den Sternenstaub. Er wollte ihn in die Spiele bringen, um meinen großen Plan in die Tat umzusetzen. Acron und Baal stehen auf meiner Seite. Das wird sich auch nicht ändern, da könnt ihr versuchen, was ihr wollt.«

»Okay, okay«, sagte Suko schnell, der bemerkt hatte, wie sehr sich die Lage zuspitzte. »Kannst du mir erzählen, Samaran, was das eigentlich alles zu bedeuten hat?«

Der innerlich glühende und deshalb so Furcht einflößend aussehende Mensch schüttelte den Kopf. »Ich werde dir nichts erzählen. Es hat keinen Sinn mehr. Ich werde nur noch eines tun. Dich umarmen und mitnehmen in meine Flammenhölle. Ich verbrannte innerlich durch Belisanas Feuer, aber ich wurde zu einem anderen, zu einem Stärkeren, weil ich auf ihrer Seite stehe. Du aber wirst dieses Feuer so empfinden wie alle anderen Menschen auch. Feuer vernichtet, Flammen verbrennen. Ob Häuser, ob Wälder oder Menschen, das ist egal. Einiges hat sich verändert, doch ich will, dass du diese Veränderungen nicht mehr auskosten kannst. Andere Zeiten werden anbrechen, ich sorge dafür, und ich …«

Suko wusste, dass er den gefährlichen Mann nicht mehr allzu lange reden lassen durfte. Noch war Samaran abgelenkt, das würde nicht immer so bleiben.

Und deshalb war Suko schneller.

Zum Glück konnte Samaran keine Gedanken lesen, und so wurde er von Sukos Reaktion überrascht, als dieser mit einem Satz zurücksprang, dabei das Risiko einging, in die Flammenwand zu fallen, und er hörte bereits Samarans Lachen, als dieses Geräusch von einem sehr lauten Ruf unterbrochen wurde.

»Topar!«

Wir hörten Kamikazes Lachen, das durch die Kellerhalle schwang, und wir sahen, wie er den Mund aufriss und den Kopf weit nach hinten legte.

Er schien sich gut erholt zu haben, denn sein gewaltiger Körper spannte sich, und es sah so aus, als wollte er sich auf uns stürzen.

»Bleib liegen!« Bill hatte ihn angeschrien. Er hielt seine Waffe auf den Killer gerichtet, der tatsächlich gehorchte und sich sogar auf den Rücken legte.

»Okay, okay, Mann.« Bills Stimme zitterte. »Und jetzt wollen wir etwas von dir wissen.« Er warf mir einen fragenden Blick zu, und ich nickte.

»Das Drachenmesser!«, sagte ich. »Du hast das Drachenmesser erwähnt. Was ist damit?«

»Er wird es haben!«

»Wer? Samaran?«

»Ja. Er musste es sich holen. Nur mit ihm ist er stark. Es liegt an einem bestimmten Platz, den er aufgesucht hat. Er wird sich das Messer holen und damit töten. Samaran erstarkt!«

Viel hatten wir nicht begriffen. Wir wussten nur, dass es um dieses verdammte Messer ging, von dem ich bisher noch nichts gehört hatte. Deshalb wollte ich mehr wissen. »Was ist das für ein Messer, Kamikaze? Wo kommt es her? Rede!«

»Es ist alt, uralt«, begann er mit leiser Stimme. »Und es ist gefährlich.«

»Das glaube ich dir gern. Wie gefährlich?«

»Da musst du andere fragen.«

»Samaran, wie?«

»Auch.«

»Und wen noch?«

»Ich weiß nicht viel. Belisana vielleicht. Die Feuerfrau. Sie weiß darüber Bescheid. Damals schon, als die Kelten noch den Götzen Baal anbeteten und ihm zu Ehren Belisana geschaffen hatten, war das Drachenmesser ein heiliger Opferdolch. Wer auf Baals Altar gelegt wurde, den tötete er mit dem Drachenmesser. Es ist ein Mythos. Um dieses Messer ranken sich viele Geschichten. Wer Baals Opfermesser findet, in den fährt die Kraft des Götzen, und Belisana weiß genau, wo das Messer liegt. Sie hat dafür gesorgt, dass Akim Samaran größer und mächtiger wird. Er kann Baals Nachfolge antreten, denn das Messer befindet sich in seinem Besitz. Ich spüre es, ich kann seine Gedanken lesen.«

Kamikaze verstummte. Der brutale Killer hatte sich während seiner Rede ziemlich verausgabt. Jedenfalls atmete er schwer, und sein breiter Brustkasten hob und senkte sich.

Konnte ich ihm glauben?

Bill plagten ähnliche Zweifel wie mich. Mein Freund fragte: »Was hältst du von dieser Geschichte?«

»Ich weiß nicht.«

Plötzlich kicherte Kamikaze wie ein kleines Kind. »Es ist wahr«, erklärte er danach. »Aber zweifelt ihr nur. Das macht nichts. Alles ist so gelaufen, wie wir es wollten. Samaran ist am Ziel. Belisana hat ihm einen allerletzten Dienst erwiesen, bevor sie nicht mehr sein wird. So ist es gesagt worden, so wird es auch eintreffen. Und jetzt sage ich nichts mehr.«

Die letzten Worte hatten uns gereicht. Bill zog ein bedenkliches Gesicht. Kamikaze lag noch auf dem Rücken. Er schielte zu uns hoch. Sein Mund war verzerrt. In seinen Augen leuchtete es, als hätte er Fieber, aber es war der Triumph, der sich darin abzeichnete, obwohl er eine persönliche Niederlage hatte hinnehmen müssen.

»Und was machen wir mit ihm?«, fragte Bill.

»Das, was wir schon längst hätten tun sollen«, erklärte ich und dachte dabei an meine Handschellen, die ich bei mir trug. Ich hatte es bisher versäumt, ihm die Kunststoff-Acht anzulegen. Das musste nachgeholt werden.

»Dreh dich um!«, befahl ich.

»Wieso?«

»Auf den Bauch mit dir!«

Er sah mich nicht an, sondern Bill, der in gebührender Entfernung kniete und auf ihn zielte. Die Mündung der Waffe war auf Kamikazes Kopf gerichtet, und Bill würde schießen, wenn wir uns durch den Killer bedroht fühlten.

Das wusste Kamikaze. Wiederum sah es schwerfällig aus,

wie er sich zur Seite bewegte. Er zögerte es bewusst länger hinaus, vielleicht suchte er nach einer Chance, aber wir beide waren sehr aufmerksam. Endlich lag er auf dem Bauch.

Ich fingerte bereits nach den Handschellen, während Bill den nächsten Befehl gab. »Die Arme auf den Rücken, Killer. Los, mach schon!«, forderte er den anderen auf.

Kamikaze gehorchte. Irgendwie glaubte ich nicht mehr daran, dass er Widerstand leisten würde. Kamikaze hatte sein Ziel nicht erreicht, aber er schien sich dennoch als Sieger zu fühlen. Durch Akim Samaran, seinen Herrn und Meister.

Bill hatte seinen Standort gewechselt, damit ich bei meiner Arbeit nicht in seine Schusslinie geriet. Er kniete jetzt seitlich neben Kamikaze, die Waffenmündung zielte nach wie vor auf den Kopf des Killers.

Es war nicht einfach, die Kunststoff-Acht um die Gelenke zu schließen. Kamikazes wütendes Keuchen irritierte mich außerdem.

Wenn er jetzt gekonnt hätte, dann wäre er zu einem wilden Tier geworden, so aber blieb er liegen, behindert durch die straff gespannte Fessel.

Ich zog mich wieder zurück. Im Schein der Lampe sah ich den erleichterten Ausdruck auf dem Gesicht meines Freundes Bill Conolly. Jetzt war es endgültig klar, dass wir über den Killer gesiegt hatten.

Samarans Leibwächter hatte, obwohl er auf dem Bauch lag, den Kopf so gedreht, dass er in unsere Richtung blicken konnte. Er kannte uns lange genug und wusste deshalb, dass wir die Versprechen, die wir einmal gegeben hatten, auch einhielten.

Noch musste der Sternenstaub zerstört werden. Zwei Fliegen hatte Samaran mit einer Klappe schlagen wollen. Vielleicht war ihm eine Hälfte seines Plans gelungen, die zweite jedoch sollte er nicht schaffen, dafür würde ich durch mein Kreuz sorgen.

Bill hatte die gleichen Gedanken wie ich. »Zerstöre den Staub, John, dann können wir verschwinden!«

Ich nickte.

Kamikaze sagte nichts mehr. Er hatte eingesehen, dass es sinnlos war, uns zu belehren.

Ich hatte den Beutel vorhin auf den Boden gestellt. Dort stand er noch. Ich nahm mein Kreuz und steckte es mit dem langen Ende in den mit Sternenstaub gefüllten Beutel. Hesekiel, der Erschaffer des Kreuzes, hatte an vieles gedacht. Er musste auch etwas von Acron gehört haben, als dieser Sternenvampir in alttestamentarischer Zeit die Erde besucht und Baal beeinflusst hatte. Aus diesem Grunde stemmte sich die Kraft des Kreuzes sofort gegen den unheilvollen Einfluss dieser gläsernen Masse.

Es begann bereits jetzt zu flimmern und zu leuchten. Wie ein glitzernder Schleier rann es über das Kreuz hinweg und berührte die Insignien der Erzengel an seinen Enden. An diesen Stellen blinkte es stärker auf. Ich warf einen Blick in den Beutel, während ich gleichzeitig hineinleuchtete.

Dabei hatte ich das Gefühl, als wäre das Material dort zusammengeklumpt. Es war in Bewegung geraten, bildete eine fast schon feste Masse aus grün-weißem Glas.

Ich konnte nicht anders und musste hinschauen, denn es war etwas Unwahrscheinliches, wenn man näher darüber nachdachte.

Sternenstaub!

Mein Gott, was hätten unsere Wissenschaftler alles damit anfangen können! Ich aber war gezwungen, ihn zu zerstören, da in diesem Falle die Magie den Vorrang vor der Forschung hatte.

»John, bitte!«, drängte Bill Conolly.

»Okay.« Dann sprach ich sehr langsam und leise die Formel, die es schaffte, mein Kreuz zu aktivieren.

»Terra pestem teneto – Salus hic maneto!«

Und dann passierte es!

Für mich glich es stets einem neuen Abenteuer, wenn ich die Formel aussprach. Die Reaktion meines Kreuzes war zwar im Prinzip gleich, trotzdem aber immer wieder anders.

Wie auch hier.

Plötzlich sah ich mich eingehüllt von einer hellen, silberfarbenen Aura, die auch meinen Freund Bill nicht verschonte und ihn bleich aussehen ließ.

Er glich einer Statue oder einem gespenstischen Geistwesen, und ich sah nicht anders aus. Aber ich fühlte mehr, denn ich war der Sohn des Lichts, der Erbe dieses Kreuzes, das mir nun die gefährliche Arbeit abnahm. Dafür musste ich Hesekiel dankbar sein.

Nichts tat ich. Ich saß nur da und starrte in das bleiche Licht, das plötzlich von einem wahren Strom durchzogen wurde, der aus dem kleinen Beutel hervorschoss und in einem Halbkreis in das helle Licht hineindrang, wo dieser Strom verglühte wie zahlreiche Sterne im All.

Aber nicht alle Partikel verschwanden so schnell. Viele von ihnen kämpften gegen die Macht des Lichts an, sie formierten sich, und aus der Kontur hervor schälte sich ein Gesicht. Sehr schwach, kaum zu erkennen. Es wirkte wie eine silberne Maske.

War das der geheimnisvolle Sternenvampir?

So musste es einfach sein. Eine andere Möglichkeit gab es nicht, denn seine Kraft war in jedem Krümel enthalten und zeichnete sein Gesicht für mich sichtbar nach.

Es stand nicht lange. Zwei, drei Sekunden, falls Zeit hier überhaupt eine Rolle spielte.

Dann war es verschwunden!

Aber auch zerstört? Ich wusste es nicht und wollte auch nicht so recht daran glauben. Jedenfalls sah ich es nicht mehr, und auch das Blitzen und Glitzern hörten auf.

Wir befanden uns wieder in einer völlig normalen Umgebung. Tief atmete ich durch, den Blick auf den noch offenen kleinen Beutel gerichtet, aus dem mein Kreuz hervorschaute.

Ich drehte den Kopf und blickte zu meinem Freund Bill hinüber. Als er sich vorbeugte, geriet sein Gesicht ins Licht der Taschenlampe.

»Und?« Seine gespannte Frage erreichte mich.

»Geschafft, Bill. Ich habe es tatsächlich geschafft.« Bei diesen Worten zog ich das Kreuz aus dem Beutel. Kein einziger Krümel des Sternenstaubs fiel dabei heraus. Es würde keine Spiele mehr geben, die in der Lage waren, Kinder in Vampire zu verwandeln. Das hatten wir endgültig geschafft.

Ich musste einfach darüber nachdenken, denn es war manchmal kaum fassbar, mit welchen Dingen wir uns herumzuschlagen hatten. Nicht allein normale Vampire waren es, gegen die wir hin und wieder kämpften, sondern Wesen, die in anderen Welten und Zeiten lebten. Diesmal hatten wir den Sternenvampir noch zurückschlagen können. Getötet worden war er sicherlich nicht. Bestimmt würden wir irgendwann wieder etwas von ihm hören.

Ich hängte mein Kreuz wieder um und sah Bills Nicken. »Kommen wir zum Praktischen.« Er deutete auf Kamikaze. »Was machen wir mit ihm?«

»London wartet.«

»Und eine Zelle«, ergänzte Bill, wobei er sich ein schadenfrohes Lachen nicht verkneifen konnte.

Ich hatte mir immer gewünscht, dass es einmal so kommen würde. Kamikaze vor Gericht, das war ein Traum gewesen, der auch leicht zu einem Albtraum werden konnte, da ich nicht daran glaubte, dass Samaran es zulassen würde, dass sein Leibwächter in einer Gefängniszelle sein Dasein fristete.

»Steh auf!«, fuhr ich ihn an.

Kamikaze rührte sich nicht. Erst als Bill Conolly ihn in die Seite stieß, zuckte er zusammen und erhob sich. Trotz seiner gefesselten Hände schaffte er dies ohne sichtbare Anstrengung. Ein Zeichen dafür, wie geschmeidig und austrainiert sein Körper war. Er überragte uns, als er sich breitbeinig vor uns aufbaute, die gefesselten Hände auf dem Rücken.

»Du kennst den Weg!«, sagte ich. »Geh vor und denk immer daran, dass wir eine Waffe auf dich richten!«

Er nickte, drehte sich um und setzte sich in Bewegung.

Für uns wurde es Zeit, dass wir die Dunkelheit des großen Kellerraumes verließen, denn die Batterie in meiner Lampe hielt nicht ewig. Schon jetzt war der Lichtfinger merklich schwächer geworden, ich musste näher an den Killer heran. Ich hatte meine Beretta gezogen, so waren zwei Mündungen auf den Rücken des Mannes gerichtet. Auch als Gefesselter durften wir Kamikaze nicht unterschätzen. Seine Beine, lang, stark und schnell, konnten ebenfalls zu gefährlichen Mordwerkzeugen werden.

Er tat nichts und schien sich in sein Schicksal ergeben zu haben. Wir verließen den unterirdischen Raum, bewegten uns durch den Gang in Richtung Treppe und ließen ihn vorgehen. Dabei hielten wir einen gebührenden Abstand ein.

Ich hatte mit den Schüssen den Sicherungskasten zerstört. Ob die gesamte Energieversorgung im Haus ausgefallen war, wussten wir leider nicht. Jedenfalls gab es in dem Areal, in dem wir uns bewegten, kein Licht.

Dass die Treppe trotzdem in ihrer oberen Hälfte von einem matten Schein erfasst wurde, lag daran, dass es einen Mann namens Ziggy gab, der als Hausmeister fungierte. Er hatte zahlreiche Kerzen aufgestellt.

Kamikaze betrat die Treppe als Erster. Wir hörten den Ruf des Hausmeisters. Wahrscheinlich hatte er uns noch nicht gesehen, da uns Kamikaze mit seinem breiten Rücken deckte. Deshalb rief ich ihm beruhigende Worte zu.

»Keine Sorge, Ziggy, wir haben alles im Griff!«

»Gut, gut.«

Hinter Kamikaze betraten wir die Halle, die im Schein zahlreicher Kerzen lag. Das Licht ließ selbst die Umrisse der Computer und Maschinen verschwimmen.

Ziggy stand der Tür gegenüber. Er lehnte an einem Schreibtisch. In seinen großen Pupillen spiegelte sich das Licht der Kerzen. Er hatte einen Stock gefunden, auf den er sich stützte, denn bei seinem Fall in den Aufzugschacht hatte er sich ein Bein verletzt.

»Der ist ja gefesselt«, sagte er staunend und wollte näher an Kamikaze herangehen.

»Nein, bleiben Sie da. Wir schaffen ihn jetzt weg.«

Ziggy hob die Schultern. »Hätte nicht gedacht, dass ihr das schaffen würdet. Gratuliere.«

»Es war auch schwer genug«, meinte Bill.

»Was habt ihr jetzt mit ihm vor?«

»Wir schaffen ihn zum Yard. Dort ist er gut aufgehoben.«

»Und was mache ich inzwischen? Hier gibt es kein Licht. Ich habe nicht das Werkzeug, um den Kram zu reparieren. Wenn am Montag die Angestellten kommen ...«

Ich winkte ab. »Lassen Sie es gut sein, Ziggy! Vielleicht können wir Ihnen ein paar Leute vorbeischicken, die wieder Ordnung in das Chaos bringen.«

»Das wäre prima.«

Wir verabschiedeten uns von dem alten Hausmeister, der sich so tapfer geschlagen hatte.

Auch wenn es so aussah, war der Fall für uns noch nicht beendet. Ich musste oft über das von Kamikaze erwähnte geheimnisvolle Drachenmesser nachdenken.

Die Bedeutung war mir ungefähr bekannt. Wenn es tatsächlich Baals Opfermesser gewesen war, besaß es, und da war ich mir ganz sicher, auch magische Kräfte.

Ich hatte weder von ihm gehört, noch von ihm etwas gesehen. Deshalb wusste ich auch nicht, wie es aussah.

Kalte Luft wehte uns entgegen. Die Nächte konnte man fast schon als winterlich bezeichnen. Es hatte bereits den ersten Bodenfrost gegeben, wenn auch noch die meisten der bunt gefärbten Blätter an den Bäumen hingen. Aber mit dem ersten Sturm würden sie abgerissen werden.

Bill und ich hatten Kamikaze in die Mitte genommen. So gingen wir zu unserem Bentley, begleitet von den Blicken des Hausmeisters, der, gestützt auf seinen Stock, in der offenen Tür stand.

Ich hatte die Wagenschlüssel. Kamikaze musste sich an der Beifahrerseite aufbauen, einen Schritt vom Bentley entfernt.

»So ist es gut!«, lobte Bill ihn, der hinter dem Mann stand.

Kamikaze rührte sich nicht. Ich hatte schon den Schlüssel hervorgeholt und öffnete die Fahrertür.

Im selben Moment hörte ich das Geräusch eines Motors. Auch blendeten plötzlich Scheinwerfer auf. Ein Liebespaar musste von uns aufgeschreckt worden sein, und der Fahrer war so durcheinander, dass er das Fernlicht eingeschaltet hatte.

Das blendete uns.

Ich hörte Bill schimpfen – und dann fluchen.

Sofort hob ich den Kopf, blickte über das Wagendach hinweg und sah noch diese schattenhafte Bewegung. Ein Bein schwang herum.

Von Bill sah ich nichts mehr, trotzdem glaubte ich, Bescheid zu wissen. Mein Freund war einfach zu sorglos gewesen, zudem hatte ihn das Licht geblendet, und eine solche Chance, wenn sie auch nur minimal war, nutzte dieser Killer sofort aus.

Er war schon auf dem Weg.

Ich sah ihn rennen. Durch die gefesselten Hände wirkte sein Lauf etwas grotesk. Mir jedenfalls schien es so, als hätte er etwas Känguruhaftes an sich.

Und Kamikaze rannte auf den Wagen zu, dessen Fernlicht ausgeschaltet wurde. Nur noch das Abblendlicht brannte. Ich hatte mich an die Verfolgung gemacht, aber Kamikaze war trotz der Behinderung verflucht schnell. Und er lief genau auf den Wagen zu.

»Fahrt weg!«, brüllte ich, ohne eine Chance zu haben, dass mich der Fahrer hörte.

Jedenfalls würgte er vor Schreck den Motor ab, als er Kamikaze auf sich zurennen sah.

Ich holte auf, sah, dass sich der Killer kurz umdrehte und fast gestolpert wäre. Doch er riss seinen Körper wieder in die

Höhe und jagte mit gewaltigen und raumgreifenden Schritten weiter.

Da flog die linke Wagentür auf. Es war ein junges Mädchen, das den japanischen Mittelklassewagen verließ und in panischer Flucht auf den Waldrand zurannte.

Der Fahrer rief seiner Partnerin noch ein paar Worte nach, die ich jedoch nicht verstand.

Für Kamikaze konnte es gar nicht besser kommen. Er tauchte geschickt in den Wagen und saß schon auf dem Beifahrersitz.

Ich hätte vorher schießen sollen, okay, aber, verflixt noch mal, er hatte mir immer den Rücken zugewandt.

Und der Junge fuhr.

Das heißt, er versuchte es, war aber zu aufgeregt und bekam den Motor nicht an.

Deshalb wuchsen meine Chancen.

Kamikaze brüllte ihn an, der Fahrer versuchte alles. Ich befand mich nur noch wenige Schritte von dem Honda entfernt, als sich Kamikaze herumschwang.

Er hatte wohl eingesehen, dass er so nicht wegkam, deshalb versuchte er es auf eine andere Art.

Mit den Beinen voran schleuderte er sich aus dem Gefährt und wollte mir die Füße in den Leib rammen.

Im letzten Moment drehte ich ab. Die Füße verfehlten mich, Kamikaze glitt an mir vorbei und musste abermals einen Schlag mit der Beretta voll nehmen. In das Geräusch hinein erklang das Durchdrehen der Reifen, als der Fahrer es endlich geschafft hatte, seinen Wagen zu starten. Der Honda machte einen Satz nach vorn, und diesmal würgte der Mann den Motor nicht mehr ab. Sekunden später hörte ich die lauten Rufe des Mädchens, als es dem Auto entgegenlief.

Das war noch gut ausgegangen. Ich kümmerte mich um Kamikaze. Er hatte meinen Hieb voll nehmen müssen, lag am Boden, und ich sah über den Augen die Platzwunde, aus der ein dünner Blutfaden sickerte.

Kamikaze war bewusstlos geworden.

Bill kam. Er ging wie einer, der zu tief ins Glas geschaut hatte. Die linke Halsseite hielt er sich. Dort musste ihn der harte Tritt des Killers erwischt haben.

»Mann, o Mann!«, stöhnte Bill. »Dieser verdammte Killer ist auch noch als Toter gefährlich.«

Ich widersprach nicht und fragte stattdessen: »Kannst du mir helfen, ihn in den Bentley zu wuchten?«

»Mit Vergnügen, ich bringe den Wagen.«

Eine halbe Minute später stoppte er neben mir und dem bewusstlosen Kamikaze.

Gemeinsam hievten wir den schweren Körper in den Fond des Silbergrauen.

Dort fesselten wir ihm mit einem zweiten Paar Handschellen die Beine.

»Das müsste reichen«, meinte Bill, der die Acht aus dem Handschuhfach genommen hatte.

»Ich hoffe es.«

Dann starteten wir, und keiner von uns wusste bisher, wie es unserem Freund Suko in den Staaten ergangen war.

Wenn Suko das Wort *Topar* rief, konnte er die Zeit für fünf Sekunden anhalten. Niemand der sich in Rufweite befindlichen Personen war dann in der Lage, sich zu bewegen. Alle waren wie eingefroren. Suko musste seinen von Buddha hergestellten und geweihten Stab in die Hand nehmen, wenn er das Wort aussprach.

Das hatte er getan, und es war alles so eingetreten, wie er es sich erhofft hatte.

Suko durfte innerhalb dieser Zeitspanne alles tun, nur eines nicht: jemanden töten. Wenn er dieses Gesetz durchbrach, verlor der Stab seine Wirkung, denn Buddha war ein friedlicher Mensch, der Gewalt hasste. Und so musste sich Suko immer wieder etwas anderes einfallen lassen, um seine Gegner außer Gefecht zu setzen.

Hier waren es zwei. Akim Samaran und Belisana. Er

konnte sich aussuchen, wer der Gefährlichere von beiden war, und er entschied sich für den Mann.

Mit einem Satz hatte Suko ihn erreicht. Und er stand kaum auf dem Boden, als er den Glühenden an den Hüften packte und hochwuchtete, noch zwei Schritte lief, bis er fast das auslaufende Wasser erreicht hatte, ausholte und Samaran mit aller ihm zur Verfügung stehenden Kraft in das dunkle Meer schleuderte.

Vielleicht löschte das Wasser das Feuer, obwohl Suko daran nicht so recht glauben wollte. Er sah Samaran noch fliegen, aber nicht in die Wellen eintauchen, denn da hatte sich der Inspektor bereits gedreht und hetzte auf die Flammenfrau zu.

Er wusste nicht, wie viel Zeit vergangen war. Fünf Sekunden können oft lang werden, für Suko jedoch waren sie meist zu kurz. Auch hier hatte er das Gefühl, zu spät zu kommen.

Während er auf die rothaarige Frau zuhetzte und dabei gegen die Feuerwand sah, konnte er sie genau beobachten.

Belisana war von dem Bann hart getroffen worden. Sie rührte sich ebensowenig wie die Flammen, die aus den Poren ihrer Haut gedrungen waren. Der Zauber des Stabs hatte auch vor ihnen nicht Halt gemacht.

Suko wusste, dass er Belisana nicht mit bloßen Händen angreifen konnte. Deshalb zog er die Peitsche.

Er hatte sie kaum aus dem Gürtel geholt und noch keinen Kreis geschlagen, als die Zeit vorbei war.

Für Suko ging es jetzt um Bruchteile von Sekunden, wollte er nicht als Verlierer dastehen.

Die Riemen fielen heraus.

Im selben Moment jagte Yakup Yalcinkaya vom Boden hoch. Er war sehr schnell. Aus seinem Mund drang ein Kampfschrei, als er einen Pfeil aus dem Köcher holte.

Blitzschnell spannte er den Bogen, zielte und schoss.

Suko vernahm das Sirren der zurückschnellenden Sehne, noch bevor er hatte zuschlagen können.

Der Pfeil traf genau.

Er blieb in der Körpermitte der Frau stecken, und Yakup hatte gedankenschnell einen zweiten aufgelegt und abgeschossen.

Wieder ein Treffer.

Ob Belisana durch sie getötet werden konnte, wusste keiner so recht. Jedenfalls wankte sie zurück, und sie ging nicht mehr so geschmeidig wie sonst. Yakups Pfeile hatten sie anscheinend geschwächt.

Einen dritten Schuss verhinderte Suko. »Mach sie nicht zum Igel!«, rief er, da er selbst angreifen wollte und sich auch schon vorwarf. Dass die hinter ihm lodernden Flammen zu einer tödlichen Bedrohung werden konnten, wusste er auch. Ihm war jedoch bekannt, dass Belisana sie leiten musste, und das wollte Suko ausnutzen. Sie war noch zu sehr abgelenkt, um sich um ihren eigentlichen Helfer, das Feuer, zu kümmern, deshalb beeilte sich Suko mit seiner Attacke auch so sehr.

Er schnellte auf die Feindin zu und schlug noch im Sprung mit der Peitsche zu.

Volltreffer!

Die drei Riemen waren auf ihrer Reise zum Ziel wunderbar gefächert. Belisana hatte es noch nicht geschafft, einen dichteren Flammenvorhang um ihre Gestalt zu legen, und so fanden die drei Riemen den Weg zu ihrem Körper.

Drei Treffer, dreimal Schmerzen!

Suko hörte sie schreien, während sie gleichzeitig Flammen und Rauch ausspie. Das Feuer, das sie umgab, flackerte noch einmal, als Suko mit voller Wucht hineinschlug. Dieser Hieb schleuderte die Flammenfrau so weit zurück, dass sie ins Leere trat und abstürzte. Wie ein brennendes Bündel flog sie durch die Luft.

Suko blieb am Rand der hohen Klippe stehen, blickte in die Tiefe und sah, dass Belisana im Wasser lag.

Ständig wurden neue Wellen auf den Strand getrieben. Sie kamen mit schaumigen Streifen, rannen wie schnelle Finger über die Felsen, verliefen sich.

Obwohl Belisana für Suko sehr wichtig war, schaute er kurz über seine Schulter zurück.

Die Flammenwand, die Baals Dienerin errichtet hatte, war zusammengesunken. Der Inspektor sah nur noch die hoch aufgerichtete Gestalt seines Freundes Yakup auf dem Fels stehen. Der Ninja hatte seinen Bogen wieder über die Schulter gehängt. Stattdessen hielt er sein Schwert in der rechten Hand.

Suko blickte wieder zu Belisana hinab. Er hatte sie zweimal getroffen. Andere Dämonen wären schon längst vergangen, aber auch sie würde nicht mehr lange leben. Belisana wurde von gurgelndem Wasser fortgetragen.

Nicht die Kraft des Wassers hatte sie zerrissen, die Kraft der Dämonenpeitsche hatte es geschafft.

Der Kopf schwamm wie ein Ball auf der Oberfläche. Suko konnte das Gesicht erkennen.

Es waren noch immer die gleichen Züge. Nur zeigten sie sich jetzt fast bis zur Unkenntlichkeit verzerrt. Da bewegte sich noch einmal der Mund, als kein Wasser über die Lippen schwappte. Wie es möglich sein konnte, dass Belisana noch sprach, wusste Suko nicht. Und sie redete so laut, dass der Inspektor ihre Worte verstehen konnte.

»Ich werde eingehen in das Reich ohne Grenzen. Ich habe lange warten müssen, um meine Aufgabe zu erfüllen, die im Buch des Schicksals geschrieben steht. Nun ist es so weit. Ich habe sie erledigt. Ich werde nicht mehr sein, aber ein anderer ist dafür entstanden, den ich mit meiner Kraft ausgerüstet habe. Sie ist auf Akim Samaran übergegangen. Er wird deshalb die Unterstützung eines Baals, eines Acrons und des Schattenherrschers Spuk erhalten und zu einem ganz Mächtigen heranreifen, um die Aufgaben erfüllen zu können, die noch vor ihm liegen. Er wird das Geheimnis um den Dunklen Gral lüften, das verspreche ich dir.«

Sie sprach nicht mehr weiter, denn wieder rollte eine Welle heran. Sie überspülte nicht nur ihre übrigen Körperteile, sondern auch den Kopf und damit ihr Gesicht.

Als sich die Welle nach einer Weile zurückzog, trug sie das mit sich fort, was von der rothaarigen Belisana übrig geblieben war.

Kleine Knochen, Asche, staubähnliche Partikel ...

Suko drehte sich um.

Yakup kam ihm entgegen. Im Gesicht des Türken regte sich nichts. Nur seine Augen funkelten, als er mit einer Bewegung seines rechten Arms in die Runde zeigte und das Schwert diese Drehung mitmachte. »Wir haben sie geschafft.«

»Ja, das sagte sie mir noch.«

»Und Samaran?«

Suko legte seine Stirn in Falten, bevor er auf das Meer deutete. »Ich weiß nicht, ob ich es richtig gemacht habe. Vielleicht hätte ich mich zuerst um Belisana kümmern sollen, aber ich habe ihn genommen und ins Wasser geschleudert.«

»Tatsächlich?«

»Ja, ich sah einfach auf die Schnelle keine andere Möglichkeit. Damit werde ich ihn sicherlich nicht ausgeschaltet haben, aber ich möchte doch nachsehen, ob und wie er es geschafft hat.«

»Natürlich.«

Die beiden Männer hatten es bis zum Ufer nicht weit. Sie mussten über die aus dem flachen Wasser ragenden Steine springen. Der feine Sandstrand lag links von ihnen. Er schimmerte wie eine bleiche, lange Zunge, die parallel zum Wasser lief.

Da war nichts zu erkennen. Leer lag der Strand im blassen Licht der Gestirne.

Sie wandten ihre Blicke wieder ab. Die felsige Region war für sie interessanter, aber auch da entdeckten sie nichts, sah man von der sich allmählich auflösenden Göttin Belisana ab, die von den schmalen Wogen ins offene Meer getragen wurde.

Yakup zeigte auf einen kreisenden Strudel, der um einen Felsen wirbelte. Dort ragten zwei Pfeilschäfte aus dem Wasser, die noch immer im Teil eines Körpers steckten. Er war erst jetzt dabei, sich aufzulösen. Kurze Zeit später trieben die Pfeile auch auf der Wasserfläche und wurden mit auf das offene Meer gezogen.

»Ich habe ihn ins Wasser geworfen«, wiederholte der Inspektor, sein Gesicht gegen den Wind haltend und den typischen Meeresgeruch aufnehmend. »Vielleicht ist er tatsächlich ertrunken?«

Yakup ließ einige Zeit vergehen, bevor er eine Frage stellte, die gleichzeitig als Antwort diente. »Glaubst du tatsächlich daran?«

»Man weiß es nicht.«

»Ich bin anderer Ansicht. Wir haben zu lange gezögert. Belisanas Kraft ist auf Akim Samaran übergegangen. Er wird es jetzt einfacher haben, gegen uns zu kämpfen, und ich glaube nicht, dass ihm die Wellen etwas ausmachen.«

»Dann dürfte er kein Mensch mehr sein«, sinnierte Suko weiter.

»Vielleicht ist er das auch nicht«, sagte Yakup. »Vergiss das Feuer nicht. Es hat ihn erfasst und von innen her ausgeglüht oder mit neuer Kraft erfüllt. Was wissen wir schon?«

»Stimmt. Trotzdem möchte ich noch hier warten.«

»Dagegen habe ich nichts, Partner«, sagte Yakup.

Sie schwiegen, weil jeder von ihnen seinen eigenen Gedanken nachhing. Sie hatten hart gekämpft, hatten viel dabei erreicht und doch nicht genug.

Der Fall lag nach wie vor im Anfangsstadium, und Samarans Drohung schwebte wie ein gefährliches Schwert über ihren Köpfen. Nur wussten sie nicht, wann es auftauchte.

Die Zeit verrann.

Allmählich gewöhnten sie sich an die typischen Geräusche, das Rollen und Klatschen der Wellen. Je weiter ihr Blick über das Wasser glitt und sich von der Küste entfernte, umso dunkler wurde die Oberfläche. Die breiten Schaumstreifen gab es nur an der Küste.

Weiter draußen entdeckten sie hin und wieder die bunten

Girlanden eines festlich beleuchteten Schiffes. Es gab zahlreiche dieser Tanz- und Spielschiffe vor der kalifornischen Küste. Einige von ihnen waren sogar in schwimmende Bordelle umgebaut worden.

»Wenn er nicht schwimmen kann und auch nicht magisch beeinflusst wurde, müsste er eigentlich ertrunken sein. Möglicherweise ist es ihm auch gelungen, von uns ungesehen an einer anderen Stelle an Land zu gehen«, unterbrach Suko das Schweigen mit diesem Satz.

Yakup wusste es besser. »Er ist noch da!«

»Was? Wo?«

»Schau genau hin. Dort, jenseits der hellen Streifen schimmert etwas schwarz und gleichzeitig rötlich.«

Suko wunderte sich. Als er genauer hinsah, erkannte er, dass sich der Ninja-Kämpfer nicht geirrt hatte.

Tatsächlich entdeckte er den dunkleren, gleichzeitig auch rötlich leuchtenden Gegenstand dicht unter der Wasseroberfläche, der sich im Spiel der Wellen wiegte und von dem heranrollenden Wasser gegen den Strand getragen wurde.

»Das kann er sein!«

Yakup ließ während seiner Antwort den Bogen von der Schulter gleiten und legte einen Pfeil auf. »Das muss er nicht nur sein, das ist er sogar.«

»Dann schwemmen ihn die Wellen an Land.«

»Wir werden sehen.«

Suko warf ihm einen raschen Blick zu. »Und du willst schießen, Yakup?«

»Bleibt mir etwas anderes übrig?« Der Ninja lachte. »Ich will ihn auf die Probe stellen.« Er spannte die Sehne. »Wenn er ein Mensch ist, wird er den Treffer kaum verkraften können.«

»Du willst ihn töten?«

»Suko.« Yakups Wort klang schon belehrend. »Ein Ninja tötet nicht ohne Grund. Ich werde ihn nur verletzen, verstehst du?«

»Natürlich, entschuldige.«

Mit einem lautlosen Schritt bewegte sich Yakup zur Seite. Er brauchte eine bessere Zielposition, um einen Erfolg erringen zu können. Es war gar nicht einfach, das Ziel genau zu treffen, da es durch das Kräuseln der anrollenden Wellen doch sehr verzerrt wurde.

Der Türke zog die Sehne bis zum Anschlag durch. Auf seinem Gesicht lag ein lauernder und gespannter Ausdruck. Straff war die Haut über den Knochen gespannt. Nicht ein Muskel zuckte, so sehr hatte sich der Ninja in der Gewalt. Um eine Daumenbreite senkte er den Bogen. Dabei hielt er den Schaft des Pfeils mit nur zwei Fingern, ein Beweis für die Kraft dieses Mannes.

Der Schuss.

Die Sehne schnellte mit einem surrenden Geräusch vor. Der Pfeil jagte im spitzen Winkel Richtung Wasseroberfläche. Er »küsste« die Wellenkämme.

Suko sah, dass neben ihm ein Meister seines Fachs stand. Auf die Schulter hatte Yakup gezielt, und aus der Schulter ragte der Pfeil.

Was geschah?

Yakup ließ den Bogen sinken. Beim Schuss hatte er die Luft angehalten. Jetzt stieß er sie langsam aus.

Suko und Yakup starrten plötzlich in Akims Gesicht.

Ja, es war Samaran, auch wenn er unter seiner dünnen Gesichtshaut rötlich leuchtete. Dieses Leuchten hatte auch die Augen erfasst. Hinter den Pupillen lag es, aber das alles interessierte die beiden Freunde nicht. Ihr Blick saugte sich an Akims Mund und an den gefletschten Zähnen fest!

Zwischen ihnen steckte ein giftgrünes Messer.

Baals Opferdolch!

Von unterwegs hatte ich beim Yard angerufen und erklärt, welche Beute ich mitbrachte. Sir James, der gewartet hatte, versprach mir, alles Notwendige in die Wege zu leiten.

Das hatte er tatsächlich getan.

Wir waren auf den kleinen Hof gefahren, wo es die wenigen Parkplätze gab. Schon dort stand eine Eskorte von schwerbewaffneten Beamten bereit. Sie ließen uns nicht mehr aus den Augen.

Kamikaze war mittlerweile aus seiner Bewusstlosigkeit erwacht. Zwar noch taumelig auf den Füßen, konnte er trotzdem gehen, und sein Blick flog hin und wieder nach rechts oder links. Im Wagen schon hatte ich ihm die Fußfessel abgenommen.

Er wurde angestarrt wie ein seltenes Raubtier, das aus einem fernen Land zu uns geschafft worden war. Manchmal fiel sein Blick auf das schimmernde Metall der Maschinenpistolen, aber er sagte nichts und tat auch nichts.

Mit unbewegtem Gesicht ging er seinen Weg. Nur der von der Stirn rinnende und eingetrocknete Blutfaden erinnerte daran, dass sich diese Gestalt nicht kampflos ergeben hatte.

Wenn das Suko hätte sehen können! Kamikaze stand auf der Liste des Inspektors ganz oben, weil er Freunden von ihm zu viel angetan hatte.

Wir hätten mit dem Lift fahren können. Darauf verzichteten wir. Durch das hellerleuchtete Treppenhaus schritten wir den Kellerregionen entgegen.

Zwei schwerbewaffnete Kollegen in Uniform begleiteten uns. Es waren ausgebildete Einzelkämpfer, deren Finger an den Abzügen der Waffen lagen. Ich kannte mich hier unten aus. Die entsprechenden Türen waren geöffnet worden, und wir begaben uns in den Bereich, wo auch die Einzelzellen lagen.

Es gab sie noch nicht lange. Als die Welle des Terrorismus heranschwappte, hatte man beim Yard diese ausbruchsicheren Einzelzellen geschaffen.

Insgesamt fünf davon. Ziemlich klein, irgendwie auch muffig, aber was konnten Killer, denen ein Menschenleben nichts bedeutete, schon anderes erwarten?

Es gibt Menschen, die gruseln sich nur, wenn sie über alte Friedhöfe schreiten und dabei nebelumflorte Grabsteine sehen, die hin und wieder vom fahlen Licht des Mondes angestrahlt werden.

Okay, das ist geisterhaft und gruselig, kann auch manchmal einen regelrechten Horror bedeuten, aber mich überfällt immer ein solch kaltes Gefühl, wenn ich den unterirdischen Zellentrakt des Yard Building betrete.

Für mich ist dies eine Region ohne Gefühl. Kalte, kahle Wände, dazu das glanzlose Licht der Leuchtstoffröhren und hin und wieder das Klappern schwerer Schlüssel oder das Zurückschnacken der Eisenriegel an den Zellentüren.

Bei dieser Geräuschkulisse jedenfalls kann ich mich nicht wohl fühlen, und einem Gefangenen muss es ebenso ergehen. Ob Kamikaze so dachte, wusste ich nicht. Von seinem Gesicht jedenfalls war nichts abzulesen. Es blieb starr und regungslos.

Unsere beiden Führer wussten Bescheid. Die letzte Zelle in der Reihe gehörte jetzt Kamikaze. Ein Wächter stand neben der offenen Gittertür und hielt sie fest. Der Mann spannte sich etwas, als Kamikaze auf ihn zuging, rechts abdrehte und in die Zelle schritt, wo er sich sofort auf einen Stuhl setzte, der dicht neben der Toilettenschüssel stand.

Mit einer knappen Handbewegung gab ich dem Beamten einen Wink, die Tür zu schließen. In der oberen Hälfte bestand sie aus einem Gitter.

»Sollen wir ihm die Handschellen abnehmen?«, wurde ich gefragt.

Ich dachte daran, wie gefährlich dieser Killer war, und verneinte. »Vorerst lassen wir ihn so.«

»Okay, Sir. Sie werden übrigens erwartet.«

»Von wem?«

»Sir James möchte Sie unbedingt sprechen. Er hat mir Order gegeben, es Ihnen aufzutragen.«

Sicher war der Superintendent gespannt darauf, was ich zu berichten hatte. Am Autotelefon hatte ich mich nur kurz äußern können. Einen letzten Blick warf ich durch das Gitterfenster auf den Killer Kamikaze.

Er saß ruhig auf seinem Stuhl. Trotzdem kam er mir nicht vor wie ein Verlierer. Er zeigte überhaupt keine Reaktion. Er war kalt, lauernd, hasserfüllt, und ich wollte nicht daran glauben, dass Kamikaze aufgegeben hatte.

Nur kurz bewegte er die Lippen. Ein gefährliches, wissendes Grinsen zuckte über den Mund.

Ich nickte ihm zu, ohne etwas zu sagen, und hörte Bills Stimme. »Nimmst du mich mit, John?«

»Wohin?«

Der Reporter lachte. »Was ist los mit dir? Bist du durcheinander?«

»Das glaube ich allmählich auch. Ich kann Kamikaze nicht vergessen. Der hat noch nicht aufgegeben.«

»Wie dem auch sei, ich wollte mit zum Alten.«

»Klar, das kannst du.«

Wir nahmen den Lift und ließen uns nach oben schießen. Beide schwiegen wir und hingen unseren Gedanken nach. Auf dem Flur atmete ich zunächst einmal tief durch. Die Luft konnte man zwar auch hier vergessen, aber sie kam mir besser vor als die in den unterirdischen Räumen des Yard Building.

Sir James erwartete uns. Er hockte hinter seinem Schreibtisch und nippte an seinem Mineralwasser. Er hatte es mal wieder am Magen, sein säuerlicher Gesichtsausdruck ließ zumindest darauf schließen.

»Setzen Sie sich. Sie haben ihn also geschafft.«

»Ja, Sir.«

Er schaute mich an. »Ich hoffe nur, dass Suko in Frisco den gleichen Erfolg erringen wird.« Dann berichtete unser Chef. Er ging besonders auf die Mordfälle der beiden Arcon-Manager ein und zog dann die Verbindung zu Sukos Einsatz im Flugzeug in die Staaten, wo er ein Auge auf den dritten Manager hatte werfen sollen. Der Mann war gestorben. Während des Fluges hatte man ihn umgebracht, und daran hatte auch der Inspektor nichts ändern können.

Sir James redete noch ungefähr fünf Minuten, in denen wir

nur zuhörten, und als er seinen Bericht beendet hatte, hoben Bill und ich fast gleichzeitig die Schultern und sahen uns an.

»Was soll das bedeuten?«, fragte Sir James.

Ich lächelte schief. »Ganz einfach, Sir. Wir sitzen hier falsch. Suko hat sich diesmal den Speck aus dem Eintopf gefischt. Er ist in Frisco.«

»Daran könnte er sich auch den Magen verderben«, gab Bill zu bedenken. »Die Hauptverwaltung oder der Hauptsitz des Acron-Konzerns jedenfalls befindet sich in Frisco – oder?«

»Da haben Sie Recht, Mr Conolly.«

Bill nickte mir zu. »Eigentlich sollten wir auch rüber, John.«

»Und Kamikaze?«, fragte Sir James.

»Sitzt!«

»John, dieser Mann ist gefährlich. Haben Sie mir nicht selbst am Telefon berichtet, dass er auf irgendeine Art und Weise mit seinem Boss Samaran in Verbindung steht?«

»Ja, er sprach von einem Drachenmesser. Aber das werden wir wohl nicht hier finden können.«

»Kennen Sie denn den genauen Ort?«

»Nein.«

»Wen wollen Sie denn finden?«

Ich zuckte mit den Schultern und dachte daran, dass Suko in San Francisco vielleicht schon eine Spur aufgenommen hatte, um Samaran aufzuspüren.

»Wie ist es eigentlich, Sir? Hat Suko in den Staaten Unterstützung von den örtlichen Behörden erhalten?«

»Sie denken an das FBI?«

»Auch. Aber ich meine ebenfalls Yakup Yalcinkaya. Er wohnt schließlich in der Nähe.«

»Ich sprach mit Suko. Er wollte zu Yakup.«

»Und zu Jane!«, fügte Bill leise hinzu.

Ich schaute ihn an. »Was meinst du damit?«

»Sie ist keine Hexe mehr, John. Vielleicht mischt sie mit. Außerdem haben wir sie lange Zeit nicht gesehen, da kann sich einiges geändert haben.«

Ich war plötzlich ruhig geworden. Nicht allein Jane lebte bei Yakup im Kloster, auch Ali, der Junge aus Marokko. Jane und Yakup versuchten, bei ihm die Stelle der Eltern zu übernehmen.

»Finden Sie nicht, John, dass Jane Collins jetzt keine Rolle spielt?«, fragte Sir James. »Wir sollten uns auf die wichtigen Dinge konzentrieren. Seien Sie froh. Sie haben diesen Sternenstaub vernichtet, der großes Unheil hätte bringen können.«

»Das stimmt schon. Nur ist ein neues Problem aufgetaucht.«

»Und das wäre?«

»Das Drachenmesser.«

»Gehen Sie zu Kamikaze. Bringen Sie ihn zum Reden. Er wird Ihnen mehr sagen können.«

Da hatte Sir James nicht Unrecht, obwohl ich zweifelte, dass Kamikaze uns etwas verraten würde.

Das Telefon summte. Mein Chef hob ab, hörte zu und nickte sehr langsam. »Ja, er ist praktisch schon auf dem Weg und wird so schnell wie möglich bei Ihnen sein.«

»Was war denn?«, fragte ich.

»Fahren Sie so schnell wie möglich zu den Zellen. Kamikaze scheint durchzudrehen.«

»Was macht er denn?«

»Ich weiß es auch nicht, aber es scheint mit diesem geheimnisvollen Drachenmesser zusammenzuhängen.«

Yakup hatte den Gegner getroffen. Er sah den Schaft des Pfeils aus der Schulter ragen, aber das kümmerte ihn nicht. Sein Blick galt einzig und allein der dunkelgrünen Messerklinge, die quer zwischen Akim Samarans Zähnen steckte.

Dieser Mensch sah aus, als bestünde er nur noch aus einem Kopf, der auf den Wellen tanzte, in gewissen Intervallen von ihnen überspült wurde und dann wieder freilag, sodass beide Baals Opferklinge deutlich erkennen konnten.

Es war eigentlich ein normales Messer, wie man es in jedem Fleischerladen fand. Es hatte eine gebogene Klinge, die an ein verkürztes Sensenblatt erinnerte. Der Griff zeigte ebenfalls diesen Schwung, und wo dieser ansetzte, war die Klinge am breitesten. Zum Ende hin lief sie schmaler zu und bildete eine gefährliche Spitze.

Die Farben waren deshalb genau zu erkennen, weil sich hin und wieder das Licht des Mondes auf der Wasserfläche brach und den Schädel mit dem Messer beleuchtete.

»Er lebt also«, stellte Yakup fest, »der Treffer hat ihm nichts ausgemacht.«

»Dann kann man ihn nicht mehr als normalen Menschen bezeichnen, fürchte ich. Die Kraft der Belisana hat voll zugeschlagen. Verdammt, dass sie sich für ihn opferte, ist schon allerhand. Da soll mir mal jemand sagen, Schwarzblüter hätten keine Disziplin.«

»Hast du einen Plan?«, fragte der Türke.

»Wie ist das Wasser?«

»Nicht sehr warm.«

»Wir sollten ihn uns trotzdem vornehmen«, sagte der Inspektor. »Oder willst du an Land bleiben?«

»Nein.«

»Welche Waffen besitzt du?«

»Schwert, Bogen, Wurfsterne«, zählte der Ninja-Kämpfer auf.

»Fangen wir an!«

Während der Unterhaltung hatten die beiden Freunde Akim Samarans Kopf nicht aus den Augen gelassen.

Samaran hatte sich nicht von der Stelle gerührt. Er zeigte keine Angst, als sich die Männer bewegten. Yakup Yalcinkaya setzte als Erster mit einem gewaltigen Sprung nach vorn, verließ die trockene Stelle und erreichte das Wasser. Als er sich noch in der Luft befunden hatte, war auch Suko gestartet. Der Inspektor lief mit raumgreifenden Schritten gegen die anrollenden Wellen und spürte schon bald das kalte Wasser, das seine Beine umgurgelte.

Yakup wollte sich, falls es zu einer direkten Auseinandersetzung mit Samaran kam, auf sein Schwert verlassen, das er bereits gezogen hatte. Die Klinge bestand aus einem dunkel schimmernden Stahl, der sich kaum von der Farbe des Wassers abhob.

Samaran zog mit einem Ruck den Pfeil aus der Wunde und schleuderte ihn weg. Für die Freunde war es ein Zeichen, dass sich dieser Mensch auf einen Kampf einstellte.

Noch befand sich der Opferdolch zwischen den Lippen des Mannes. Er wirkte wie ein grausiges Zeichen, gleichzeitig ein Symbol der Stärke und der Macht. Akim Samaran schaffte es sogar, trotz der zwischen seinen Zähnen steckenden Klinge zu sprechen, und er fragte höhnisch. »Was wollt ihr von mir?«

»Ihnen das Handwerk legen, Samaran!«

Der amüsierte sich über Sukos Antwort köstlich. »Mir das Handwerk legen? Jetzt?« Er lachte weiter. »Da hättet ihr früher aufstehen müssen. Dazu ist es jetzt zu spät.«

Suko befürchtete dies auch, nur kleidete er seine Gedanken nicht in Worte. Er behielt sie für sich. Samaran hatte sich durch Belisanas Tod verstärkt. Doch weder Yakup noch Suko dachten daran, den eingeschlagenen Weg zu verlassen. Hier mussten Nägel mit Köpfen gemacht werden.

Und das versuchte Yakup.

Von Suko und auch wohl von Samaran unbeobachtet, war es ihm gelungen, einen seiner Wurfsterne unter der Kleidung hervorzuholen. Und mit diesen Waffen konnte der Ninja hervorragend umgehen. Der holte damit sogar eine Fliege von der Wand.

Er warf!

Sein Arm schnellte dabei hoch, etwas löste sich blitzend aus seiner Hand und raste schräg auf Akim Samarans Schädel zu. So schnell, dass dieser kaum ausweichen konnte.

Doch Samaran tauchte weg. Ob aus Angst vor einem Treffer oder aus einem Reflex, das wusste niemand. Jedenfalls sahen die beiden ihn und das Messer nicht mehr.

Den Wurfstern konnte Yakup ebenfalls abschreiben. Er drehte sich zu Suko um. »Gib Acht, dieser Mann ist gefährlicher, als ich gedacht habe.«

»Das glaube ich auch.«

Samaran konnte die Vorteile für sich buchen. Die Dunkelheit, das Wasser, die Weite des Meeres. Wenn er hinausschwamm oder sich treiben ließ, war für Suko und Yakup kaum etwas zu holen.

Die beiden blickten auf die schwarze Fläche, auf der sich nur ab und zu die Wellen überschlugen und helle Schaumkämme bildeten. Der Wind fuhr ihnen scharf gegen die Oberkörper, Gischt und Sprüh hüllten sie ein wie eine dünne Kleidung. Allmählich kroch die Kälte durch ihre Knochen.

Noch wussten sie nicht, wo sie suchen sollten. Sie waren jedoch davon überzeugt, dass Akim Samaran nicht aufgeben würde. Der hatte sich verstärkt und würde dies auch ausspielen.

Wenn er nahe genug an ihn herankam, wollte Suko es mit der Dämonenpeitsche versuchen.

Sosehr die beiden das Meer absuchten, von Samaran war nichts zu entdecken. Er musste schon sehr tief getaucht sein, denn auch seine glühenden Augen waren nicht mehr zu sehen.

Und der grüne Dolch gab ebenfalls keinen Widerschein ab.

Eine halbe Minute war vergangen, ohne dass sich etwas getan hätte. Sie warteten und lauerten. Der Ninja ging weiter ins Wasser hinein. Er bewegte sich mit kleinen Schritten. Wassertropfen lagen auf seinem starr wirkenden Gesicht. Die sonst pumpig aufgebauschte Kampfkleidung klebte jetzt nass auf seiner Haut. Das Schwert lag praktisch auf den Wellen. Yakup war bereit, sofort zu reagieren, wenn sich Akim Samaran in seiner unmittelbaren Nähe zeigte.

Auch Suko stand unter Spannung. Er wusste genau, dass er und Yakup eine gewisse Kampfkraft darstellten. Sie beide wogen mehrere Männer auf, waren aber auch hilflos gegen die heimtückischen Attacken eines Akim Samaran.

Im gleichmäßigen Rhythmus rollten die Wellen heran. Sie

schwappten gegen die Männer, beide hatten Schwierigkeiten mit dem Gleichgewicht. Es stellte sich automatisch die Frage, wer in tieferen Gewässern der Überlegenere war. Samaran oder sie.

Und dann sahen sie ihn.

Es sah unheimlich aus, wie sich an einer Stelle, etwa zwanzig Yards von ihnen entfernt, das grüne Leuchten dicht unterhalb der Oberfläche verteilte, bevor es intensiver wurde und die Wellen durchschnitt.

Es war das Messer!

Wie die Flosse eines Hais, so erschien der gefährliche Opferdolch an der Wasserfläche.

Samarans Hand war nicht zu sehen, nur das gefährliche Opfermesser, und es zerschnitt die Wasserfläche in einer Linie, die genau zwischen die beiden Männer führte.

Samaran befand sich unter Wasser. Dass er dies überhaupt so lange aushielt, ließ darauf schließen, dass es sich bei ihm um keinen normalen Menschen mehr handelte, sondern um einen Zombie, der durch die Kraft der Belisana lebte.

Suko beobachtete den Lauf des Opfermessers sehr genau, auch Yakup. Aber dieser schaute nicht nur zu, sondern unternahm etwas. Wieder bewegte er sich sehr schnell, diesmal klemmte er die Schwertklinge sogar zwischen seine Zähne, um die Hände für Pfeil und Bogen freizuhaben. Er legte den Pfeil auf die Sehne, bog den Oberkörper zurück und zog die Sehne bis zum Anschlag.

Einen Augenblick später sirrte sie wieder nach vorn, und der Pfeil befand sich auf der Reise.

Er huschte auf das Messer zu und jagte tatsächlich gegen die Klinge, ohne ihr jedoch etwas anhaben zu können. Sie zitterte nur ein wenig, dann setzte sie ihren Weg fort.

»Ran!«, brüllte Yakup, der sah, dass die Entfernung zu ihnen günstig geworden war.

Auch Suko zögerte nicht mehr. Sie wollten eine Entscheidung und nicht mehr lange in den anrollenden Wellen am Strand bleiben.

Aus zwei verschiedenen Richtungen näherten sie sich der aus dem Wasser ragenden grünen Klinge, die ihren Weg unbeirrbar fortsetzte. Yakup hatte Pfeil und Bogen wieder mit dem Schwert vertauscht. Er wollte, wenn es keine andere Möglichkeit mehr gab, Akim Samarans Hand kurzerhand abhacken.

Dazu sollte es nicht kommen.

Plötzlich schnellte die Gestalt aus dem Wasser, in unmittelbarer Nähe der beiden Männer. Aber ihr Auftauchen überraschte selbst Suko und Yakup, obwohl die beiden damit gerechnet hatten, denn Samaran hatte keinerlei Skrupel, den mörderischen Opferdolch des Götzen Baal gegen sie einzusetzen.

Samaran schnellte hoch, holte weit mit dem Arm aus, als wollte er mit einem Streich gleich beide Männer erwischen.

Beide Freunde sahen das mörderische Flammenfeuer in einem Halbkreis auf sich zufauchen, und sie hörten das Lachen des dämonischen Killers.

Bill und ich waren so rasch wie möglich wieder in die unterirdischen Räume gefahren. Wir konnten uns nicht vorstellen, was Kamikaze da unten anstellte. Vielleicht spielte er auch Herkules und versuchte, mit seinen gewaltigen Kräften die Gitterstäbe der Zellentür zu verbiegen.

Bei Kamikaze musste man mit allem rechnen.

Die Fahrt nach unten dauerte mir viel zu lange. Auch Bill war nervös. Wir hatten beide Kamikaze kennen gelernt und wussten, zu was er fähig war. Dieser Mann glich einem Tiger, denn auch diese Tiere ließen sich nicht einsperren.

»Wenn wir uns da nicht mal eine Laus in den Pelz gesetzt haben«, meinte der Reporter.

Ich nickte, denn daran hatte ich ebenfalls schon gedacht.

Der Betongang nahm uns auf. Er zweigte hier ab, wir konnten zu den verschiedenen Trakten gehen und nahmen den zu den Einzelzellen. Schon auf dem Gang sahen wir hier unten Dienst tuende Beamte. Sie blickten uns stumm an. Ihre Gesichter waren bleich.

»Was ist mit ihm?«

»Keine Ahnung. Er dreht durch.«

»Sie müssen doch wissen, was er da getan hat.«

»Er wollte wohl die Mauer eindrücken und brüllte wie ein Stier. Dann warf er sich gegen das Gitter.«

Ich winkte ab. »Okay, wir sehen es uns an.«

Sehr weit brauchten wir nicht zu laufen. Wir hörten Kamikaze bereits. Er schrie nicht, er tobte nicht, er sprach leise mit sich selbst. Als wir vor seiner Zellentür standen und durch das Gitterfenster sahen, da kniete er auf dem Boden und schüttelte den Kopf.

Ich sprach ihn an. »Kamikaze!«

Seine Bewegung stoppte. Für einen Moment blieb er so hocken, bevor er sich aufrichtete. Dabei behielt er die Hände oben und presste die Finger gegen den Kopf.

»Was ist?«

»Der Opferdolch. Baals Opferdolch«, flüsterte er, und seine Augen glänzten dabei. »Er hat ihn.«

»Samaran?«, fragte Bill.

»Ja, Samaran«, wiederholte Kamikaze gedehnt. »Nur Akim Samaran. Kein anderer darf ihn besitzen.«

»Und was macht er damit?«

»Er tötet!«

»Wen?«

Kamikaze lachte plötzlich. Es hörte sich an wie das Lachen eines Geisteskranken. »Wen will er wohl töten? Ich sehe alles genau vor mir«, flüsterte er und ging einige Schritte zurück, bis er die Wand in seinem Rücken spürte. »Ja, ich sehe alles genau vor mir. Das Meer, das Ufer, die Felsen, die Männer.«

»Welche Männer?«

»Deine Freunde. Suko und Yakup. So heißen sie doch – oder?«

»Richtig.«

»Sie sind auch im Wasser. Sie suchen ihn, aber sie werden

keine Chance haben. Samaran ist stärker. Er verfügt jetzt über die Kraft der Göttin Belisana, die sich für ihn geopfert hat, und er hat den Dolch, Baals Erbe. Endlich ist er stark.«

Ich hatte mir die Worte angehört, und ich nahm sie dem Killer auch ab. Nicht allein das, ich glaubte ferner daran, dass er den Blick oder das dritte Auge hatte, sodass er sehen konnte, was uns verborgen blieb und sich im fernen Frisco an der Küste des Pazifiks abspielte.

Deshalb fragte ich ihn und schob Bill zur Seite, der ebenfalls eine Frage stellen wollte. »Du stehst mit Samaran in Kontakt?«

»Ja!«

»Dann sag mir, was du siehst!«

Er war an der Wand stehen geblieben. Das Licht der verkleideten Zellenleuchte fiel auf sein Gesicht, in dem die Augen seltsam hell leuchteten. »Ich sehe das Meer!«, flüsterte er. »Einen Strand, an dem zwei Männer stehen, die …«

»Das hast du uns schon einmal gesagt!«

Kamikaze war irritiert.

Ich redete weiter. »Wenn du es schaffst, mit deinem Herrn und Meister in Kontakt zu treten, kannst du ihm ja eine Botschaft von uns ausrichten, nicht wahr?«

»Welche?!«, schrie er.

Ich hatte mir meine nächste Handlung genau überlegt. Keiner von uns wusste, wie gefährlich Baals Opfermesser tatsächlich war. Aus diesem Grunde konnten meine Freunde durchaus in Lebensgefahr schweben. Und da wollte ich sie rausholen.

Deshalb zog ich meine Beretta. Die Hand mit der Waffe steckte ich zur Hälfte durch den Raum zwischen zwei Stäbe. Dabei zielte die Mündung auf Kamikazes Kopf.

Ich sah den unsteten Blick in seinen Augen. Er wusste nicht, was ich mit ihm vorhatte.

Das erfuhr er rasch. »Jetzt hör mir mal genau zu, Killer. Wenn du tatsächlich mit deinem Herrn und Meister in Kontakt stehst, dann sorge dafür, dass er meine beiden Freunde in Ruhe lässt. Wenn nicht, werde ich dich auf der Stelle erschießen.«

Erst wollte er lachen oder schreien. Ich wusste es nicht. Jedenfalls öffnete er den Mund. Vielleicht glaubte er auch, dass ich bluffte, doch das war nicht der Fall. Nicht in dieser Lage. Ich setzte hier alles auf eine Karte, was auch Bill wunderte.

»John«, hauchte er, »das ist verflucht hart.«

»Ja, und so muss es sein!« Ich wandte mich wieder an den Killer. »Hast du mich verstanden?«

»Ja!«

»Nimm meinetwegen telepathischen Kontakt mit Samaran auf und sorge dafür, dass er sich zurückzieht.«

Bill ließ sich nicht beruhigen. »John, woher willst du wissen, dass er es tatsächlich tut?«

»Er wird sich hüten, sich zu weigern.« Ich hatte den Satz voller Überzeugung gesprochen, obwohl ich selbst wusste, wie sehr meine Forderung auf tönernen Füßen stand.

Dann schoss ich.

Ich hatte genau gezielt, und es war mir gelungen, die Kugel fingerdicht neben den Kopf des Mannes zu platzieren. Sie hieb in die Mauer und hinterließ dort eine Kerbe.

»Die nächste sitzt zwischen den Augen!«, drohte ich ihm.

Natürlich war der Schuss gehört worden. Aus dem Hintergrund des Ganges hörte ich die Stimmen der Beamten. Ich gab Bill Bescheid, sich um die Leute zu kümmern. Der Reporter sollte sie zurückhalten.

Er verschwand.

Kamikaze und ich waren allein.

»Mach es!«, zischte ich ihm entgegen. »Es steht hier einfach zu viel auf dem Spiel!«

Er drehte den Kopf. Schweiß bedeckte sein Gesicht. Ich hatte das Gefühl, dass er sich vom Fleck lösen wollte. Deshalb befahl ich ihm, sich nicht zu rühren. Er gehorchte.

Dabei zuckte ein Lächeln über sein Gesicht. Er musste etwas sehen, das ich nicht erkennen konnte. Und noch einmal fuhr ich ihn hart an. »Sorge dafür, dass er sie in Ruhe lässt!«

Da nickte er, drehte den Kopf und starrte auf die Wand zur Nachbarzelle, auf der sich plötzlich etwas abzeichnete.

Es war ein roter Kreis, in dessen Innern ein grünes Licht schimmerte, das allmählich Konturen annahm.

Ich aber fühlte die fremde, unheimliche Magie, die sich in den Gang und die Zelle geschlichen hatte.

Es war wie im Kino!

Plötzlich schoss etwas aus den Fluten, nur war dieses Etwas kein Monster, sondern ein Mensch, der einen gefährlichen grünen Opferdolch schwang. Die Klinge wurde plötzlich zu einer langen, grünen Feuerspur, die wie eine puffende Detonation über den Köpfen der beiden Männer schwang und sie zu verzweifelten Reaktionen zwang.

Beide hatten zum Glück eine sehr kurze Schrecksekunde, und so gelang es ihnen, sich in verschiedene Richtungen zu schleudern. Sie stießen sich dabei, so gut es halt ging, vom weichen Sandboden ab, warfen sich in die anrollenden Wellen und tauchten unter.

Suko hatte den Mund geschlossen, die Augen aber hielt er offen. Als die Wellen über ihm zusammenschlugen, sah er dicht über sich das grünliche Flimmern, das wie ein Teppich auf der Oberfläche des Wassers lag.

Eine anrollende Welle packte den Chinesen, wollte ihn wieder hochschwemmen, aber Suko wusste, dass es für ihn lebensgefährlich sein konnte, wenn er jetzt auftauchte, und so blieb er unter Wasser.

In der rechten Hand hielt er noch die ausgefahrene Dämonenpeitsche, die ihm jetzt mehr hinderlich als nützlich war. Wenn er entkommen wollte, um sich dann erneut zu stellen, gab es für ihn nur eine Möglichkeit. Er musste unter

Wasser bis an den Strand kriechen und erst dort das Meer verlassen.

Das tat er.

Es war nicht einfach, denn es wurde flacher. Zudem wurde ihm die Luft knapp, aber der Inspektor riss sich zusammen, weil er nur an diese Aufgabe dachte.

Samaran folgte ihm.

Er wollte ihn töten. Suko sah dies, als er kriechend einen Blick zurückwarf. Da waren zwei Schatten zu erkennen, die sich so bewegten wie laufende Beine.

Und sie gehörten Samaran!

Eine wahnsinnige Idee durchzuckte den Kopf des Chinesen. Samaran sollte nicht glauben, dass er völlig wehrlos war, deshalb drehte er sich unter Wasser um.

Er wollte die Beine des Mannes packen!

Samaran schien nichts bemerkt zu haben. Nach wie vor ging er weiter und wurde begleitet von dem über der Oberfläche schwebenden Schein des Dolches.

Da griff Suko zu.

Er hatte den Griff der Peitsche in den Hosenbund gesteckt, um die nötige Bewegungsfreiheit zu haben. Mit beiden Händen umklammerte er die Fußgelenke des Mannes und zog ihn zu sich. Er sah, wie Akim Samaran fiel. Plötzlich schlug auch über ihm das Wasser zusammen.

Wo war der Schein?

Im nächsten Augenblick spürte Suko ihn. Und es war sein Glück, dass er sich in einem flachen Gewässer befand, denn er hatte das Gefühl, von einer gewaltigen Feuersbrunst bedroht zu werden.

In einer von ihm nicht kontrollierbaren Bewegung wuchtete er seinen Körper in die Höhe, und diesmal durchbrach er die Oberfläche des Wassers, wobei er hoffte, nicht von diesem verdammten Schein erfasst zu werden.

Er hatte Glück.

Suko sah verschwommen den Strand vor sich. Um ihn zu erreichen, brauchte er nur wenige Schritte zu laufen. Es war ein Taumeln der Beine, ein Umsichschlagen der Arme. Wasser spritzte auf, und Suko hatte das Gefühl, in Säure gebadet zu werden.

Er warf einen Blick nach rechts und sah seinen Freund Yakup. Auch der Ninja war erwischt worden. Es gelang ihm nicht mehr, sich auf den Beinen zu halten. Manchmal wirkte er so, als wäre sein Körper grün angestrichen worden. Nur mühsam kämpfte er sich durch die flachen Wellen, und seine schleifenden Füße wirbelten den Sand am Boden wolkenartig in die Höhe.

Suko hätte ihm gern geholfen, aber er war einfach zu matt, konnte sich nicht mehr halten und fiel in den Sand. Er spürte ihn im Gesicht, auch auf den Lippen und drehte sich mühsam nach rechts, weil er dorthin schauen wollte, wo sich Yakup befand.

Der Ninja hatte es geschafft. Er stand auf dem Trockenen, konnte sich aber nicht mehr halten und fiel auf die Knie. So blieb er hocken. Fertig, ausgepumpt, und auch Suko fühlte sich ungemein schwach. Er wusste dafür keine Erklärung. Es musste einfach mit diesem verdammten Opferdolch zusammenhängen.

Schwer holte er Luft. Sein Brustkorb hob und senkte sich. Manchmal flimmerte es vor seinen Augen. Er schmeckte das Salzwasser, der feine Sand knirschte zwischen seinen Zähnen, und immer wieder musste er husten, wobei er das Gefühl hatte, sich übergeben zu müssen.

Wieso war er so schwach? Welche Kräfte barg dieser verfluchte Dolch außerdem noch? Er konnte nicht nur töten, sondern die Menschen auch auf eine andere Art und Weise erledigen, wie Suko und Yakup erlebt hatten.

Etwas Energie kehrte in den Inspektor zurück, als er das Lachen vernahm, das vom Wasser her zu ihnen schallte und selbst das Rauschen der Wellen übertönte.

Zuerst wollte sich Suko nicht herumdrehen. Dann sah er, wie es auch Yakup versuchte. Der Ninja sammelte seine Kräfte, gelangte auf die Knie und wandte sich mühsam um.

Jetzt blickte Suko auf das Wasser.

Und dort kam er.

Aus den Fluten stieg er wie Poseidon persönlich. Obwohl das Licht nicht optimal war, glaubte Suko dennoch, das kalte Grinsen auf Akim Samarans Lippen sehen zu können. Triumphierend hielt er den Opferdolch in der Rechten. Hinter seiner Haut sahen die beiden Freunde das geheimnisvolle Glühen. Samaran wirkte so, als würde er jeden Augenblick in Flammen aufgehen, wie sonst Belisana.

Er ließ sich Zeit, denn er wusste, dass ihm die Opfer sicher waren. Schritt für Schritt ging er auf den Strand zu. Hatten ihm das Wasser und die anrollenden Wellen Sekunden zuvor noch bis zu den Knien gereicht, so wurden nach weiteren drei Schritten nur noch die Waden umspült.

Akim Samaran stand bald auf dem Trockenen und drückte seine Füße in den feuchten Sand.

Er ging nicht weiter, da er es genießen wollte, beide Feinde vor sich am Boden zu sehen. Den Opferdolch hielt er hoch und küsste ihn.

Suko und Yakup sahen dieser Demonstration zu, ohne etwas dagegen unternehmen zu können. Sie mussten zugeben, dass Samaran stärker gewesen war als sie und dass er mit ihnen anstellen konnte, was er wollte.

Das grüne Feuer blieb innerhalb der Waffe. Es war dort so stark konzentriert, dass es sogar durch die den Griff umfassende Hand des Mannes leuchtete. Die Finger sahen aus, als lägen sie unter einem Röntgenschirm. Eine gespenstische Klaue leuchtete fahl vor dem Dunkel der Kleidung.

Hinter Samaran rauschte das Meer seine eintönige Melodie. Es schleuderte ohne Pause die Wellen gegen den Strand. Die Felsen standen stumm im Seewind. Düstere Zeugen eines magischen Vorgangs, der über beide Männer kommen sollte.

»Du weißt, Chinese, dass du und dieser Sinclair mir verflucht viel Ärger bereitet habt. Das ist jetzt vorbei. Ich werde dich vernichten. Mit dir mache ich den Anfang, und ich werde zusehen, wie die Kraft meines Dolches dich zerstört. Er kann nicht nur töten, er kann dich auch verbrennen und dir die Seele aus dem Körper saugen. Ihr werdet euer Sterben hautnah erleben, und die Todesangst wird euch diesmal überschwemmen, das verspreche ich euch. Mit dir, Chinese, fange ich an.«

Suko erwiderte nichts. Er wartete ab, er konnte sich kaum rühren und hatte schon Mühe, sich mit beiden Händen im weichen Sand abzustützen.

Noch lag der Dolch ruhig in der Hand des Zombies. Nichts flimmerte dort, seine Umrisse schauten klar und gestochen scharf aus Akims Faust.

Und plötzlich bewegte er seine Rechte. Der Dolch machte diese Bewegung mit. Vor Sukos Augen schien er zu explodieren. Der Chinese schrie unwillkürlich, er dachte an den Tod, der so dicht vor ihm stand, und er spürte dieses Brennen, das über sein Gesicht glitt, es aber nicht zerstörte.

Er starrte auf den grünen Lichtteppich, den der Dolch verbreitete und der sich so schnell, wie er entstanden war, wieder zurückzog.

»Eine kleine Warnung, ein Zeichen!«, flüsterte Samaran. »Ich werde erst zuschauen, wie euch die Kraft des Opferdolchs die Seele aus dem Körper reißt.«

Suko hörte nicht mehr hin. Er versuchte, seine Kräfte zu sammeln und die Schlappheit der Glieder zu überwinden. Das Gleiche probierte auch Yakup Yalcinkaya, aber ihn hatte es ebenso hart erwischt wie den Inspektor. Beide waren sie nicht in der Lage, etwas gegen dieses verfluchte Grauen zu unternehmen.

Und Samaran ging weiter vor.

Grinsend wie ein Teufel. Siegessicher. Ihm konnte keiner den großen Triumph mehr nehmen. Suko hatte das Gefühl, als suchte er bereits eine Stelle in seinem Körper, wo er die gefährliche Klinge versenken konnte.

Akim Samaran hob die Hand.

Konzentration.

Samarans Züge blieben starr, in den Augen lag ein rötliches Glimmen, das sich ebenfalls unter der dünnen Gesichtshaut abzeichnete.

Suko gelangte immer mehr zu der Überzeugung, es hier nicht mehr mit einem Menschen zu tun zu haben. Nein, das war schon ein verdammter Dämon.

Und er wollte den absoluten Sieg.

Deshalb hob er den rechten Arm an, drehte die Hand so, dass die Klingenspitze auf Suko zeigte, wollte noch etwas sagen, vielleicht ein Todesurteil sprechen, als er plötzlich zurückging.

Den ersten Schritt, den zweiten. Erst dann blieb er stehen, drehte den Kopf und schaute gegen den dunklen Himmel, als könnte er aus dem Funkeln der Sterne etwas ablesen.

Dann öffnete er den Mund. Der Arm raste nach unten. Aus dem Dolch schoss grünes Feuer, das in den Sand stieß, diesen sogar schmolz und eine gläserne Masse hinterließ.

Eine Geste der Wut, des Zorns und vielleicht des Hasses war dies gewesen.

So jedenfalls interpretierte es Suko. Aber er wurde in der folgenden Sekunde noch einmal überrascht, denn Samaran brüllte einen auch Suko bekannten Namen.

»Kamikaze!«

Dieser mörderische Ruf hallte über den Strand und das Wasser, bevor er irgendwo in der Ferne verklang oder vom Rauschen der Wellen geschluckt wurde.

Und noch einmal drang der Name des Leibwächters über die Lippen Akim Samarans.

»Kamikaze! Was hast du getan? Was tut man dir an? Ich spüre dich. Ich spüre deine Angst. Ich …«

Suko hatte sein eigenes Schicksal vergessen. Ihn interessierte jetzt nur noch die Reaktion des vor ihm stehenden Akim Samaran, die sich von einer Sekunde zur anderen so radikal verändert hatte. Aus ihm war ein ganz anderer

Mensch geworden, er hatte sich um hundertachtzig Grad gedreht, und Suko, dessen Gedächtnis bei der Attacke nicht gelitten hatte, glaubte plötzlich daran, dass sich das Schicksal zu seinen Gunsten ändern konnte. Irgendwo war etwas eingetreten, von dem sie zwar nur unmittelbar betroffen waren, das sich aber auf sie auswirkte.

Der Hoffnungsfunke wurde allmählich zu einer kleinen Flamme, die sich weiter vergrößerte, als Suko Akim Samarans Reaktion beobachtete.

Er ging mal nach rechts, dann die Distanz zurück, schüttelte den Kopf und kümmerte sich einen Dreck um die beiden Männer, die er noch vor wenigen Sekunden hatte töten wollen.

Er war mit sich selbst beschäftigt, führte Selbstgespräche, manchmal schrie er auch oder stöhnte, dann schüttelte er wieder den Kopf, und Suko glaubte außer dem Namen Kamikaze noch einen anderen aus dem Gemurmel herauszuhören.

John Sinclair!

Ja, er hatte sich nicht getäuscht, denn Samaran wiederholte diesen Namen.

»John Sinclair!«, keifte er plötzlich. »Hundesohn, verfluchter. Ich kriege dich. Ich werde …« Er verschluckte sich an seinen eigenen Worten. »Ja, ich werde dich vernichten. Ich tue dir jetzt den Gefallen. Kamikaze muss leben, aber ich werde euch alle holen. Alleeee!«, brüllte er und fuhr zu Suko herum.

Der erschrak.

Samarans Gesicht glich einer glühenden Ofenplatte. Die Augen funkelten rot. Giftgrün leuchtete die Klinge des Opferdolchs, die Zähne hatte er gefletscht wie ein Wolf, und er stand auch so sprungbereit da wie ein Raubtier.

Aber er stieß sich nicht ab, sondern streckte seine freie Hand vor und deutete mit der Spitze des Zeigefingers auf Suko. »Glück, verdammter Chink! Du hast Glück gehabt, weil ich ihn nicht verlieren will. Aber das wird nicht immer der Fall sein. Ich hole ihn raus. Ich hole ihn von diesem Hundesohn Sinclair weg, und ich werde den Geisterjäger zerreißen oder vierteilen lassen!«

Er überschlug sich in seinen Hasstiraden, die schwächer wurden und nicht mehr zu hören waren, weil Samaran mit gewaltigen Sätzen über den Strand hetzte und in Richtung der hochragenden, dunklen Felsen lief, wo er schließlich verschwand.

Zurück ließ er Suko und Yakup!

Die beiden konnten es nicht fassen. Sie waren zunächst einmal nicht in der Lage, auch nur ein Wort zu sprechen. Jeder beschäftigte sich mit den eigenen Gedanken.

Und so verging die Zeit. Von Samaran sahen sie nichts, aber sie spürten, dass die Magie des Opferdolchs nachließ und ihre Kräfte allmählich zurückkehrten.

Suko konnte sich hinstellen. Er musste zuvor ein Schwindelgefühl überwinden. Er wandte sich sofort seinem Freund Yakup zu, der sich ebenfalls hochquälte.

Beide standen sie im Ufersand, blickten sich gegenseitig an und wirkten wie zwei Betrunkene.

Der Seewind wehte gegen ihre Körper. Er presste die nasse Kleidung auf die Haut, aber keiner von ihnen spürte die Kühle oder wollte es wenigstens zugeben.

Dann gingen sie aufeinander zu. Yakup streckte als Erster die Arme aus. Suko tat es ihm nach. Sie sahen sich gegenseitig an, lasen in den Augen, bis Yakup nickte und mit leiser, trotzdem verständlicher Stimme sagte: »Du hast mir das Leben gerettet, Freund Suko. Ich stehe tief in deiner Schuld.«

Der Inspektor kannte genau die Mentalität des Türken, und er wollte nicht das annehmen, was ihm nicht gebührte. »Nein, Yakup, ich habe dir dein Leben nicht gerettet. Ich nicht.«

»Weshalb hat er uns nicht getötet?«

»Da war etwas anderes.«

»Und was?«

Suko löste seine Hände von Yakups Armen, drehte sich und schaute sinnend auf das Meer. »Wenn ich das wüsste, mein Lieber. Wenn ich das nur alles wüsste.«

Der Ninja stand schräg hinter ihm. Seine Gestalt warf einen langen Schatten. »Ich glaube, den Namen Kamikaze verstanden zu haben. Oder sollte ich mich da verhört haben?«

»Nein, das hast du nicht.«

»Auch John Sinclair habe ich vernommen.«

»Das stimmt ebenfalls.«

Yakup fuhr fort. »John und Kamikaze haben uns das Leben gerettet.«

»So könnte man es sehen.«

»Glaubst du daran, Suko?«

»Jetzt ja.« Der Inspektor wandte sich wieder um. Seine Schuhe drehten durch den weichen Sand. »Allerdings frage ich mich, wie so etwas, wenn es überhaupt stimmt, möglich sein kann. Da müssen Kräfte im Spiel sein, die wir nicht kennen.«

»Samaran stand mit Kamikaze in Verbindung. Er muss seine Qualen gespürt haben.«

»Richtig. Und dafür war unter Umständen John Sinclair verantwortlich. Wenn das stimmt, Yakup, muss es unserem Freund gelungen sein, Kamikaze in seine Gewalt zu bringen. Eine Wahnsinnsidee, von der wir oft geträumt haben. Das hat Samaran gewusst, wie auch immer. Wahrscheinlich stand er mit Kamikaze in Kontakt. Die beiden arbeiten eng zusammen, sie verlassen sich aufeinander. Der eine würde für den anderen durchs Feuer gehen. Im übertragenen Sinne haben wir das erlebt, als Samaran seinen Plan, uns zu töten, aufgab.«

»Du wirst nach London wollen?«

»Worauf du dich verlassen kannst, Yakup. Ich muss einfach fliegen, aber zuvor telefonieren.« Suko sah sich um und zog ein etwas verzweifeltes Gesicht. »Wenn wir Glück haben, finden wir eine Ansiedlung, eine Raststätte oder eine Tankstelle.« Suko deutete ins Landesinnere.

Der Türke wies schräg zum Himmel. »Sieh mal, ein Hubschrauber.«

Bald waren die für einen Hubschrauber typischen Geräusche zu hören.

»Das könnte Clive Monterrey sein«, sagte Suko.

»Bestimmt.«

Die Maschine änderte ihre Flugrichtung, flog zur Küste. Sehr bald schon setzte sie zur Landung an.

Die Rotorblätter wirbelten gewaltige Wolken von Sand in die Höhe. Der Ausstieg flog auf. Zwei Männer sprangen aus der Maschine. Der Pilot, der die beiden Männer schon hergeflogen hatte, und Clive Monterrey, der G-man. Mit großen Schritten lief Monterrey auf Suko und Yakup zu. »Ich will verdammt sein, aber ihr lebt!«

»Ja, wieso nicht?«

Clive schüttelte den Kopf. »Was mir erzählt worden ist und bis ich den Mann dazu gebracht hatte, die Strecke wieder zurückzufliegen, das hat schon Nerven gekostet.«

Suko winkte ab. »Halb so schlimm. Vielleicht hat Ihr Pilot auch nur geträumt. Für mich ist jetzt ein Telefon wichtig und ein Gespräch nach London.«

»Beides können Sie kriegen. Steigen Sie ein.«

Erst als Suko die Maschine schon erreicht hatte, fiel ihm auf, dass Yakup sich nicht an seiner Seite befand.

Suko drehte sich verwundert um, während der Pilot schon im Cockpit hockte.

»Willst du nicht mitfliegen?«

Yakup hob die Hand und schüttelte den Kopf. »Nein, ich gehöre woanders hin.«

Suko wollte zunächst protestieren, bis ihm einfiel, dass der Türke vielleicht Recht hatte. Seine Welt war das Kloster in den Bergen. Auch Suko wäre gern noch eine Weile dort geblieben, doch das war nicht zu realisieren.

»Klar, Junge, du hast Recht.«

»Grüße mir John.«

»Mach ich. Und wenn er mich nach Jane Collins fragt?«

»Dann bestelle ihm, dass sie sich wohl fühlt und es ihr gut geht. Bestimmt lässt sie ihn auch grüßen.«

Suko wurde nachdenklich. Schließlich nickte er. »Bestimmt, Yakup, ich werde es ihm sagen. Dann auf bald.«

Er stieg in den Hubschrauber, der schnell in die Höhe gezogen wurde. Unter ihm blieb der Strand zurück und auch ein Freund namens Yakup Yalcinkaya.

Ich hielt meine Waffe noch immer fest. Sie wurde von Sekunde zu Sekunde schwerer, aber es war nichts vorhanden, an dem ich mich hätte abstützen können.

Dabei wurde ich einfach das Gefühl nicht los, dass Kamikaze etwas von meiner Schwäche bemerken musste. Doch in seinem Gesicht regte sich nichts. Es blieb ausdruckslos, wobei sich nur in seinen Augen etwas von dem inneren Dialog oder dem Kampf widerspiegelte, der in ihm tobte. Ich hatte ihm eine verdammt harte Aufgabe gestellt und wartete auf das Ergebnis.

Ich durfte inzwischen nicht aufgeben. Wenn ich es dennoch tat, war für mich das Spiel verloren und aller Wahrscheinlichkeit nach auch für Suko.

Also machte ich weiter.

Ich gab mir einen innerlichen Ansporn und versuchte, nicht an das zu denken, was vor mir lag. Über den Rand der Waffe schaute ich hinweg, auf meiner Stirn lag der Schweiß, und ich atmete durch den halb geöffneten Mund. Sicherlich hatte Kamikaze längst bemerkt, wie es um mich stand, aber auch er reagierte nicht mehr normal. Er focht ebenfalls einen Kampf aus, denn es war für ihn nicht einfach, die geistige Verbindung zu seinem Herrn und Meister aufrechtzuerhalten.

Kamikaze stand mit dem Rücken an die Zellenwand gepresst. Manchmal drang ein schluchzendes Geräusch aus seinem Mund, wenn er Luft holte, dann atmete er wieder nur durch die Nase.

Und er sprach auch. Leise, gepresst klingende Worte, die sich nicht mit mir beschäftigten, sondern sich um jemanden drehten, den wir beide nicht sahen.

Akim Samaran.

Er redete flüsternd mit ihm. Über Tausende von Meilen hinweg formierte er seine Gedanken, und ich hörte sogar ein Flehen aus seiner Stimme. Auch Kamikaze hatte Angst vor dem Tod. »Ja, ja«, sagte er plötzlich. »Danke, Akim, danke.«

Im nächsten Moment erlitt dieses Monstrum von Mensch einen Schwächeanfall. Das Zittern sorgte dafür, dass sein Mund zuklappte und die Zähne klapperten. Dann konnte er sich nicht mehr auf den Füßen halten. Die Knie wurden weich, die Farbe wich aus seinem Gesicht, und er streckte den linken Arm aus, um sich an der Platte des Tisches abzustützen. Sein Arm war nicht lang genug, Kamikaze griff daneben, fiel, prallte auf den Tisch und riss ihn um.

Er schlug schwer zu Boden, wo er für einen Moment auf der Seite liegen blieb und sich danach schwerfällig auf den Rücken wälzte. Er wurde nicht ohnmächtig, sondern blieb nur liegen. Sein Mund stand dabei offen, und der Atem ging schwer und keuchend.

Mir erging es kaum besser. Mein langgestreckter rechter Arm fiel herab, als hätte jemand auf ihn geschlagen. Ich sank dabei in die Knie, und die Mündung der Beretta wies zu Boden. Fast wäre mir die Waffe noch aus der Hand gefallen.

Wo das Gitter endete und die normale Türfüllung begann, konnte ich den Arm auflegen und abstützen. Er zitterte vor Überanstrengung. Ich ließ ihn sinken, taumelte zurück und lehnte mich gegen die Gangwand.

Bill Conolly und auch die hier unten arbeitenden Kollegen waren zwar zurückgeblieben, sie hatten mich allerdings beobachtet und liefen jetzt auf mich zu.

Allen voran der Reporter, der neben mir blieb, während die anderen einen Blick in die Zelle warfen und sich überrascht zeigten, dass Kamikaze am Boden lag.

»Er lebt noch«, sagte ich.

»Das sehen wir.«

Bill tätschelte meine Wange, sah mein verloren wirkendes Lächeln und fragte: »Was ist los gewesen?«

»Weißt du, Alter, ich glaube, dass ich soeben jemandem das Leben gerettet habe, der einige tausend Meilen von hier entfernt an der gleichen Sache dran war wie wir, ohne allerdings etwas darüber zu wissen.«

»Bist du dir sicher?«

»Nein, dazu werden wir aber Kamikaze fragen, nachdem ich einen Schluck getrunken habe.«

»Was soll ich dir holen?«

»Wasser.«

»Keinen Whisky?«

»Um Himmels willen, nein!«

»Okay, ich bin gleich zurück.«

Ich wurde gefragt, ob man einen Arzt holen sollte. »Nein, Kollegen, das nicht. Dieser Kerl erholt sich wieder. Der hält mehr aus als wir alle zusammen.«

Sie bestaunten mich, und ich kam endlich dazu, meine Silberkugel-Beretta wegzustecken.

Bill hatte eine kleine Flasche Mineralwasser besorgt und sie auch schon geöffnet. Ich nahm einen Schluck. Die Flasche musste ich mit der linken Hand halten, die rechte zitterte noch zu sehr.

Das Wasser tat gut, erfrischte, und aus meiner Kehle verschwand allmählich das raue Kratzen.

Als die Flasche zur Hälfte leer war, suchte ich einen Waschraum auf. Hier konnte ich mich erfrischen. Mit dem Papierhandtuch trocknete ich mein Gesicht ab, betrachtete es dann im Spiegel und musste zugeben, dass ich in diesen Momenten älter als normal aussah. Dieser Stress war nicht spurlos an mir vorübergegangen. Ich warf das Papiertuch weg, kämmte mich und ging wieder zurück zu den anderen. Auch weiterhin spürte ich eine gewisse Taubheit im Arm.

»Er hat sich wieder erholt!«, meldete Bill. »Komm, schau dir das an.«

Abermals trat ich dicht an die Zelle und blickte durch das Gitter. Tatsächlich lag Kamikaze nicht mehr am Boden. Er hatte es geschafft, sich auf den Stuhl zu setzen, hielt den Kopf gesenkt und starrte auf seine Knie.

Noch nie hatte ich diesen Killer so fertig gesehen. Da konnten wir uns beide die Hand reichen.

Die anderen waren ruhig. Sie spürten, dass die Sache nur Kamikaze und mich etwas anging. Ich sprach ihn an. »Kamikaze, hör zu!«

Er blieb nach wie vor so steif sitzen und schwieg. Sein Blick war starr nach unten gerichtet.

»Sollen wir ihm Beine machen?«, fragte ein Uniformierter.

»Nein!«, erwiderte ich barsch. »Es ist am besten, wenn Sie sich zurückziehen.«

Der Mann schaute mich wütend an, wandte sich dann aber ab und nahm die anderen mit.

So gefiel mir die Sache schon besser. Bill konnte bleiben, gegen ihn hatte ich nichts. Zudem wollte ich einen Zeugen in der Nähe wissen. Abermals redete ich Kamikaze mit seinem Namen an.

Diesmal reagierte er.

»Wer sagts denn?«, flüsterte Bill.

Sehr langsam nur hob der Killer den Kopf. Sein Gesicht war nach wie vor von der fast übermenschlichen Anstrengung gezeichnet. Als er schräg in die Höhe schaute, um mich sehen zu können, erkannte ich, dass seine Augen fast aus den Höhlen gequollen waren. Dieser Mann musste leiden, aber ich hatte kein Mitleid mit ihm.

»Wie ging es aus?«, fragte ich.

Er verzog den Mund. »Du hast es geschafft, Hundesohn.«

»Wie soll ich das verstehen?«

»Deine Freunde leben. Der Chinese und auch der andere. Akim Samaran zog sich zurück. Er hat durch mich gespürt, dass es dir ernst gewesen ist und du abgedrückt hättest.«

»Ja, das hätte ich.«

»Was willst du mehr?«

»Samaran und seinen Dolch, dieses Drachenmesser.«

Kamikaze ließ sich Zeit mit der Antwort. Es sah nicht so aus, als wollte er auf meine letzte Bemerkung eingehen, denn er sagte: »Ja, er wird sich stellen. Akim Samaran hat es mir versprochen. Er wird hier erscheinen, verlass dich darauf, und du wirst mich freilassen müssen.«

Ich lachte. »Wenn das so einfach wäre.«

»Dann bekommst du nichts.«

Mein Blick glitt gegen die Wand. Dort waren der Dolch und der Kreis verschwunden. Diese geistig geschaffene Projektion hatte sich nicht mehr halten können. Kamikaze interpretierte den Blick anders. »Du wirst nicht anders können, falls du nicht dein Gesicht verlieren willst, Sinclair.«

»Rede deutlicher.«

»Samaran kommt, das hat er versprochen. Er möchte sich mit dir duellieren. Hast du gehört? Er und du! Einer von euch beiden wird zurückbleiben. Er gibt dir also eine Chance!«

»Und ich ihm ebenfalls.«

»So soll es sein.«

»Trotzdem, Kamikaze. Bisher habe ich nicht den Beweis dafür, dass meine Freunde Suko und Yakup tatsächlich leben. Solange ich diese Gewissheit nicht habe, lasse ich mich auf nichts ein. Das kannst du ihm bestellen, wenn du mal wieder geistigen Kontakt zu deinem Herrn und Meister aufnehmen willst.«

»Er vertraut dir.«

Ich lächelte spöttisch. »Das kann er auch. Sollte alles so zutreffen, wie ich es mir vorgestellt habe, steht einem Duell zwischen uns beiden nichts im Weg.«

»Ich garantiere dafür!«

»Dann bin ich fast zufrieden.« Ich schaute auf meine Uhr. Es war als demonstrative Geste gedacht. »Wie lange muss ich auf ihn warten?«

»Er wird dir Bescheid geben.«

»Hoffentlich bald.«

»Mr Sinclair! Mr Sinclair!« Ich hörte eine Stimme durch den Gang hallen und drehte mich um.

Jemand winkte mir zu. »Telefon für Sie. Aus den Staaten, Sir! Schnell, kommen Sie!«

Und wie ich kam. Ich flog fast zum Apparat. Sie hatten mir das Gespräch durchgestellt. Als ich den Hörer nahm, blieben auf dem Kunststoff die Schweißflecken meiner Finger zurück. Hastig sagte ich meinen Namen.

»Du schon wieder.«

Ich lachte befreiend auf, und nur Bill konnte sich den Grund vorstellen. Es war Suko, der mich da so lässig begrüßt hatte und fragte: »Kann ich dich als Lebensretter in Erinnerung behalten, John?«

»Fast.«

»Hör auf, du hast es geschafft! Yakup und mir ging es verdammt dreckig.«

»Okay, wo bist du jetzt?«

»Noch in Frisco. Aber ich nehme die nächste Maschine nach New York. Von dort aus geht es weiter nach London. Wir müssen die Sache in London schaukeln, John.«

»Machen wir. Und wie geht es Yakup?«

»Jetzt wieder gut. Alles andere mündlich. Denke daran, dass ich auf dem Weg bin. Lass mir noch etwas übrig!«

»Sicher doch.«

Den Wunsch nach einer guten Reise schenkte ich mir. Als ich mich umdrehte und in Bills lächelndes Gesicht schaute, spürte ich, wie sich mein Körper entspannte. Die erste große Gefahr hatten wir durchgestanden. Eine zweite, vielleicht noch größere, würde auf uns zukommen, denn weder Bill noch ich wussten, über welche Waffen Akim Samaran verfügte und welche Tricks er dabei auf Lager hatte.

Ich wandte mich an die Kollegen. »Der Killer Kamikaze bleibt auf jeden Fall in der Zelle. Klar?«

»Sicher, Sir.« Jemand räusperte sich. Dann fragte der Sprecher: »Und wo können wir Sie erreichen, falls doch noch etwas eintreten sollte?«

»Bei Sir James Powell oder bei mir zu Hause.«

»Okay, Sir.«

Bill und ich hatten im Keller nichts mehr verloren. Trotzdem ging ich noch einmal zu Kamikazes Zelle, sah hinein und nickte ihm zu. »Du hast Recht gehabt, Kamikaze, mein Freund lebt.«

»Hast du daran gezweifelt?«

»Ja.«

Er lachte krächzend, bevor er mir lauernd die nächsten Worte sagte: »Wir werden sicherlich noch voneinander hören, Sinclair, das kann ich dir versichern.«

»Ich habe davor keine Angst.«

Er stand auf. Einen Schritt kam er nur vor. »Der Kampf hat soeben erst begonnen!« Mehr sagte er nicht. Dafür drehte er sich abrupt herum und wandte mir den Rücken zu.

Auch ich ging. Zusammen mit Bill fuhren wir wieder zu meinem Chef, Sir James, der diesmal gelöster wirkte als bei unserem ersten Besuch. »Man hatte den Anruf zu mir hochgestellt. Dann hat Suko es also tatsächlich geschafft?«

»So sieht es aus, Sir.«

»Und Sie, John, waren daran nicht ganz unbeteiligt, wie mir scheint.«

Ich hob die Schultern und sah, dass sich Sir James von seinem Platz hinter dem Schreibtisch erhob.

Er legte mir eine Hand auf die Schulter. »Nur keine falsche Bescheidenheit. Sie haben kräftig mitgemischt. Das finde ich gut. Das ist Einsatz, so möchte ich meine Männer haben.«

Der trug ja wieder dick auf. Mir wurde es ganz flau im Magen, aber ich sagte nichts und ließ ihn gewähren. Natürlich wollte er wissen, ob sich noch etwas ergeben hätte, und ich berichtete ihm von der Sache mit dem Duell.

»Sie gegen Samaran?«

»Ja.«

»Das kann Samaran gar nicht gewinnen«, mischte sich Bill ein.

Sir James schüttelte den Kopf. »Ich würde da an Ihrer Stelle nicht so vorschnell urteilen, Mr Conolly. Wenn dieser Akim Samaran etwas in die Hand nimmt, wenn er einen Plan gefasst hat, dann hat er ihn auch abgesichert, das schwöre ich Ihnen. Der unternimmt nichts, ohne sich genau abgesichert zu haben. Ich möchte meinen, dass in den nächsten beiden Tagen noch etwas auf uns zukommt. Vielleicht schnappen sie Samaran, wenn Suko mit dem FBI zusammenarbeitet und die Grenzen überwacht werden. Das wäre natürlich am besten.«

Diesmal hatte ich Bedenken. »Oder auch nicht, Sir.«

»Wie meinen Sie das?«

»Samaran ist gefährlich, und er besitzt mit dem Opferdolch eine gefährliche Waffe. Wenn der sich in die Enge getrieben fühlt, dreht er durch.«

»Meinen Sie?«

»Ja.«

Sir James war nachdenklich geworden. »Da kann ich nur hoffen, dass auch Suko so denkt.« Er wechselte das Thema. »Und was haben Sie jetzt vor, John?«

»Spielt es eine Rolle, wo ich warte, Sir?«

»Im Prinzip nicht.«

»Dann könnte ich auch in meine Wohnung fahren und dort zunächst einmal bleiben.«

»Ich habe nichts dagegen.«

Die Idee war mir ziemlich plötzlich gekommen. Je länger ich darüber nachdachte, umso besser gefiel sie mir. Mit einem Nicken verabschiedete ich mich von Sir James.

Bill blieb bei mir. Im Flur fragte er: »Soll ich nicht lieber mit dir fahren?«

»Für dich habe ich eine andere Aufgabe.«

»Und die wäre?«

Ich tippte ihm gegen die Brust. »Wahrscheinlich weiß Shao noch gar nicht, was ihr Partner inzwischen hinter sich hat. Du findest sie sicher bei deiner Frau.«

»Das kann tatsächlich sein.«

»Also fahr hin. Ich gondele nach Hause. Klar?«

Bill murrte zwar, sah aber ein, dass er als Familienvater gewisse Pflichten hatte. »Ich könnte mich ja noch um Acron kümmern und versuchen, noch einige Hintergrundinformationen über diesen Konzern zu besorgen.«

»Das wäre nicht schlecht.«

Mit diesem Vorsatz verabschiedete sich Bill von mir. Ich fuhr runter in die fast leere Kantine. Nur drei Kollegen von der Nachtschicht hingen müde an den Tischen und spielten Karten. Sie gehörten ausgerechnet der Abteilung an, die sich um verbotenes Glücksspiel zu kümmern hatte.

Ich nippte noch schnell an einer Kaffeebrühe, kippte aber die Hälfte des Getränks wieder weg.

Dann ging ich endgültig. Ich fuhr langsam durch Londons Straßen. Plötzlich hatte ich es nicht mehr eilig. Ich wusste, dass Samaran auf dem Weg zu mir war und mich nicht so schnell würde erreichen können.

Zeit hatte ich plötzlich, viel Zeit.

In der Tiefgarage stellte ich den Wagen ab, plauderte noch mit dem Hausmeister und ließ mich sogar von ihm zu einer Flasche Bier überreden. Als ich sie ausgetrunken hatte, war ich hundemüde, freute mich auf mein Bett und fiel wie ein Toter hinein.

Eigentlich kommt es selten vor, dass ich verschlafe, am folgenden Morgen aber war die Sonne schon aufgegangen und schien in mein Zimmer, als ich blinzelnd die Augen öffnete.

Kinder, hatte ich gepennt!

Wie ein Toter. Oder wie jemand, der ein gutes Gewissen hat. Mit dem guten Gewissen ist das so eine Sache, aber ich fühlte mich innerlich zufrieden, weil alles so gut gelaufen war, und das allein zählte.

Wir hatten den ersten Teil dieses mächtigen Falles ohne Blessuren überstanden.

Ich setzte mich auf die Bettkante und fühlte mich noch

immer nicht so richtig frisch, schüttelte den Kopf, raffte mich endlich auf und lief ins Bad.

Kaum hatten mich die ersten Wasserstrahlen der Dusche berührt, spürte ich die Energie, die mich durchtoste. Ich war an diesem Morgen so richtig fit. Die Wechselbäder trugen dazu bei, mir die letzte Müdigkeit aus den Knochen zu waschen.

Die Folge dieses Wachseins war ein großer Hunger. Ich war es gewohnt, mir das Frühstück selbst zuzubereiten, und das tat ich auch an diesem Tag.

Ich deckte sogar den Tisch, kochte mir Kaffee, der natürlich längst nicht so gut wie der meiner Sekretärin Glenda war.

Schinken, Toast und Eier füllten allmählich meinen Magen. Dabei las ich die Zeitung.

Es war wieder einiges in der Welt passiert. Zum Glück hatte es keine Krawalle wegen irgendwelcher Rassendiskriminierungen gegeben. London und andere große Städte hatten eine ruhige Nacht verlebt. Dafür glimmte in Südafrika die Lunte weiter.

In Ruhe durchlesen konnte ich die Zeitung nicht, da sich wieder einmal der moderne Quälgeist Nummer eins meldete. Das Telefon.

Da der Apparat in Reichweite stand, brauchte ich nur den Arm auszustrecken, um abzuheben. Ich rechnete mit einem Anruf aus dem Büro und meldete mich nicht mit Namen, sondern mit dem Satz: »Ich komme gleich!«

»Auch nach New York?«, hörte ich eine scharfe, dennoch höhnisch klingende Stimme, die nur Akim Samaran gehören konnte.

Steif setzte ich mich hin. »Samaran?«

»Ja, Sinclair. Überrascht?«

»Eigentlich nicht so sehr.«

»Du hast meine Botschaft verstanden?«

»Sicher.«

»Wunderbar. Dann kannst du dich darauf einrichten, dass ich dich noch am heutigen Tage besuchen werde.«

»Ich freue mich schon.«

»Kamikaze wird dir ja von unserem kleinen Duell berichtet haben.«

»Das hat er.«

»Wie gefällt es dir?«

»Ich bin immer für einen Männerspaß zu haben, Samaran.«

Er lachte. »Wirklich, Sinclair, du bist gut. Ja, auch für mich wird es ein Spaß werden. Ich habe dir einen Gefallen getan und deine Freunde nicht umgebracht.«

»Dafür ließ ich Kamikaze leben.«

»Das weiß ich. Nur hat deine Rechnung einen kleinen Fehler. Ich habe zweien deiner Freunde das Leben gelassen, doch du konntest dich nur mit einem revanchieren. Deshalb steht bei mir noch etwas offen, verstehst du?«

»Nein.« Ich wollte ihn hinhalten, obwohl ich wusste, auf was dieser Mann hinauswollte.

»Es ist ganz einfach. Das Leben meines Leibwächters Kamikaze gegen deine zwei Freunde. Ungleich würde ich das Verhältnis nennen, und deshalb drehe ich auch das Duell um. Du wirst nicht allein erscheinen, sondern noch jemanden mitbringen. Kamikaze. Und dort wirst du ihn mir übergeben. Haben wir uns verstanden?«

»Du hast laut genug gesprochen. Aber glaub nicht, dass ich darauf eingehe.«

»Das hatte ich mir gedacht«, kam die prompte Antwort. »Ich weiß nicht, was du alles gehört hast. Aber dieser Chinese hat dir sicherlich von seinen letzten Flugerfahrungen berichtet, als es einer Person namens Belisana gelang, einen Passagier in Brand zu stecken. Belisana lebt nicht mehr, doch ihre Kräfte sind auf mich übergegangen. Ich beherrsche jetzt unter anderem das Feuer. Was glaubst du, was geschehen wird, wenn plötzlich Passagiere anfangen zu brennen?«

»Ich habe verstanden.«

»Wunderbar. Dann bringst du Kamikaze mit?«

»Wohin? Wo können oder sollen wir uns treffen?«

»Das werde ich dir noch sagen. Warte meinen Anruf ab. Am besten, bei dir zu Hause.«

»Ich muss ins Büro.«

»Du bleibst im Haus. Bis später!« Samaran lachte und unterbrach die Verbindung. Mein wütend gezischtes »Fahr zur Hölle!« hatte er nicht mehr gehört.

Wie weggeblasen war meine relativ gute Laune. Der graue Alltag hatte mich wieder, obwohl London einen herrlich goldenen Oktobertag erlebte. Die Sonne hatte den Morgennebel schon weggedampft. Viele Menschen würden Wanderungen durch die Parks unternehmen, und ich sollte in der Wohnung bleiben und Samarans Anruf abwarten.

Nein, das hatte ich nicht vor. Er brauchte seine Zeit, um von New York nach London zu kommen. Wenn ich ein paar Stunden später wieder zurückkehrte, würde das ausreichen.

Aus diesem Grunde entschloss ich mich, ins Büro zu fahren!

Insgeheim hatte ich damit gerechnet, dass Suko vor Akim Samaran in London eintreffen würde. Dieser Wunsch erfüllte sich leider nicht. Suko rief zwar bei uns an, führte das Gespräch aber von New York aus, wo seine Maschine zwischengelandet war.

Ich weihte ihn ein.

Natürlich ärgerte sich Suko darüber, dass er die Zeit verpassen würde. Jedenfalls wollte er, wenn er in London landete, alles daransetzen, um mir zur Seite zu stehen.

Sehr nachdenklich und auch ein wenig traurig nahm ich hinter meinem Schreibtisch Platz, wo ich zunächst mal einige Akten zur Seite schob, die mich störten.

Glenda erschien in einem blau-schwarzen, dreiviertellangen Pullover und einer modischen Keilhose. Auf dem Busen funkelte Strassschmuck.

»Frierst du?«, fragte ich und deutete auf ihren Pullover.

»Nein, jetzt nicht mehr. Als ich zum Büro fuhr, war es kalt. Suko hat angerufen, nicht wahr?«

»Ja.«

»Und?«

Ich hob die Schultern. »Er befindet sich auf dem Flug nach London. Leider kommt er etwas spät.«

»Willst du dich Samaran tatsächlich allein stellen?«

»Bleibt mir etwas anderes übrig?«

»Das stimmt allerdings.« Glenda bewegte nervös ihre Hände. Ich wusste, dass sie noch etwas auf dem Herzen hatte. Sie sprach es auch an. »Suko war doch in Frisco.«

»Sicher.«

»Hat er etwas von Jane erzählt?«

Ich lächelte Glenda zu. »Nein, über sie haben wir nicht gesprochen. Ich glaube auch, dass er kaum Zeit gehabt haben wird, um mit ihr zu reden. Sie hat mir damals gesagt, dass sie Zeit braucht. Die sollte man ihr geben. Außerdem bin ich der Überzeugung, dass Jane Collins noch immer unter ihrer Vergangenheit als Hexe zu leiden hat. Die andere Seite wird ihr nie Ruhe geben.«

»Und du findest den Platz im Kloster für sie gut?«

»In der Tat. Sie steht dort unter Schutz. Yakup und seine Schüler haben sehr wachsame Augen. Außerdem kann sie sich dort um den kleinen Ali kümmern.«

»Das finde ich auch.« Glenda senkte den Kopf und hob ihn ruckartig an. »Ich habe frischen Kaffee gekocht. Möchtest du eine Tasse?«

»Das wäre nett.«

Sie verschwand. Ich strich mir durch das Haar. Glenda hatte meine Gedanken wieder auf Jane Collins gebracht. Das war nicht gut, ich musste mich um die eigentlichen Probleme kümmern, und die lagen greifbar vor mir.

Sir James betrat mein Büro und nahm auf Sukos Stuhl Platz. Er sprach erst, nachdem Glenda den Kaffee gebracht und sich wieder zurückgezogen hatte. »Nun, haben Sie sich schon eine Lösung einfallen lassen?«

»Nein, Sir.«

»Können Sie das begründen?«

»Auch das ist möglich. Bisher hat Samaran alle Vorteile auf seiner Seite. Denken Sie mal nach. Ich weiß nicht, was er vorhat, wo er hinwill. Uns ist nur bekannt, dass ich Kamikaze mitbringen soll.«

»Was schwierig sein wird.«

»Sie denken da an die Transportfrage?«

Sir James nickte. »Er wird Ihnen schweren Ärger bereiten, auch wenn er gefesselt ist.«

Daran hatte ich auch gedacht. Kamikaze war der Klotz am Bein, aber ohne ihn würde Samaran nicht kommen. »Es hilft alles nichts, Sir, ich muss den Anruf abwarten.«

»Der Sie hier erreichen wird, falls Sie nicht in Ihre Wohnung wollen, um dort zu warten.«

»Ich bleibe hier.«

Sir James lächelte. »Sie haben dies mit einer so großen Bestimmtheit gesagt, dass ich Sie fragen möchte, welchen Grund Sie dafür haben.«

Ich beugte mich vor. »Samaran soll erkennen, dass er mit mir nicht alles machen kann. Ich tanze nicht nach seiner Pfeife. Irgendwo ist die Grenze.«

»Und Sie riskieren nicht zu viel?«

»Abwarten.«

Es war tatsächlich das Einzige, was wir tun konnten. Mit Akim Samaran würde ich mich duellieren. Er hatte verlangt, dass Kamikaze dabei sein sollte. Aber er hatte nicht davon gesprochen, in welch einem Zustand ich ihn hinschaffte. Darüber sprach ich mit Sir James. Auch er war dafür, ihn ins Reich der Träume zu schicken.

»Das kann unser Arzt durch eine spezielle Spritze erledigen.«

»Ich überlege immer, wo Samaran sich wohl mit mir treffen könnte. Haben Sie eine Vorstellung, Sir?«

»Nein.«

»Hier in London hat er zwar gelebt, aber in dem Haus, wo

ich mir selbst damals als lebende Wachsfigur begegnete, werde ich ihn wohl kaum antreffen.«

Das Telefon schrillte. Ich nahm noch einen letzten Schluck Kaffee, und dann hob ich ab.

Meinen Namen brauchte ich nicht erst zu sagen, Samaran meldete sich sofort. »Ich habe dir doch gesagt, verfluchter Hundesohn, dass du in deiner Wohnung warten sollst.«

»Dort war es mir zu langweilig. Sie sind in London?«

»Sicher, und ich will mich mit dir zum Duell treffen.«

»Wo?«

Er rückte mit dem genauen Ort noch nicht heraus, sondern erkundigte sich nach Kamikaze.

»Er lebt.«

»Das wollte ich dir auch geraten haben. Du hast unsere Abmachung nicht vergessen?«

»Ich bringe ihn mit.«

Samaran lachte kalt. »Sehr richtig. Und jetzt werde ich dir den stilechten Ort nennen, an dem wir uns treffen. Hör genau zu, Sinclair. Du kennst das stillgelegte Krematorium zwischen Hydepark und Themse?«

»Das ist mir bekannt.«

»Dort werde ich dich erwarten. Aber beeile dich, ich warte nicht länger als eine halbe Stunde. Komm zusammen mit Kamikaze. Bis später dann.« Er legte auf.

Ich hörte noch sein Lachen, dann hatte auch ich den Hörer auf den Apparat gedrückt.

Sir James hatte das Gespräch über einen zweiten Anschluss mitgehört. »Damit konnte natürlich keiner rechnen. In einer Leichenverbrennungsanstalt will er Sie treffen.«

»Zum Glück ist sie stillgelegt worden«, bemerkte ich sarkastisch. »Aber wie kriege ich Kamikaze dorthin?«

»Auch stilecht«, erwiderte Sir James zu meiner Überraschung.

Ich starrte ihn an. »Wie meinen Sie das?«

»Ich würde vorschlagen, John, dass Sie sich einen Sarg besorgen und ihn darin hinschaffen.«

»Wäre nicht schlecht, Sir. Nur hätte ich dann noch mehr zu tragen. Geben wir ihm lieber eine Spritze, dann können wir ihn in meinen Silbergrauen schaffen und wegfahren.«

Sir James nickte, stand auf und sagte: »Ich regle das für Sie. Halten Sie sich am Wagen nur bereit. Und viel Glück! – Welche Waffen haben Sie eingesteckt?«

»Unter anderem meinen Bumerang.«

Die Nachmittagssonne stand sehr tief, wurde allmählich rot und blendete mich, als ich den Bentley vor der gewaltigen Halle des alten Krematoriums ausrollen ließ. Es war ein Kuppelbau, der noch stand, weil Denkmalschützer sich durchgesetzt hatten. Was damit letztendlich gemacht werden sollte, stand noch in den Sternen. Man sprach von einem Museum.

Für mich war wichtig, dass der Bau stand und der ihn früher umgebende Friedhof eingeebnet worden war. Ich hatte neben einer Hecke einen Parkplatz gefunden, war ausgestiegen und zerrte Kamikaze aus dem Wagen. Der Killer war verdammt schwer, und es gelang mir nur mühsam, ihn über die Schulter zu wuchten.

Bis zum Eingang des Krematoriums waren es nur ein paar Schritte. Ich musste eine dreistufige Treppe hochsteigen und stand vor der Tür, die verschlossen war.

Das entsprechende Werkzeug trug ich bei mir. So dauerte es nicht lange, bis die Tür quietschend nach innen schwang, als ich gegen sie drückte. Ich wusste nicht, ob Samaran schon irgendwo lauerte und mich beobachtete. Jedenfalls hatte ich seine Bedingungen erfüllt und Kamikaze mitgeschleppt.

Er lag wie ein schwerer Sack über meiner Schulter, und ich ging, als hätte ich zehn Whisky schnell hintereinander getrunken. Von der Helligkeit ins Dunkel schritt ich und hatte das Gefühl, eine völlig andere Welt zu betreten.

Dass nur der Aschengeruch verbrannter Körper in der Luft hing, war sicherlich eine Einbildung von mir. Ich schnupperte, spürte die Kühle, schmeckte den Staub und musste mich räuspern. Hinter mir schwang die Tür von allein wieder zu.

Der Arzt hatte mir versichert, dass die Wirkung der Spritze ungefähr zwei Stunden anhalten würde. Wenigstens bei einem normalen Menschen, aber was war bei Kamikaze schon normal? Der klaute dem Teufel ein Ohr, wenn es darauf ankam.

Ich ließ ihn zu Boden gleiten. Als er ihn berührte, durchbrach das schleifende Geräusch die Stille. Ich selbst spürte eine Gänsehaut auf dem Rücken. Die Umgebung war nicht jedermanns Sache, auch ich fühlte mich hier in der Leichenhalle nicht besonders wohl.

Es war keine Zeit geblieben, sich den Grundriss des Gebäudes zu besorgen, aber die Anlage war als runder Kuppelbau errichtet worden. Das Dach darauf wirkte wie eine Haube.

Sehr vorsichtig setzte ich mich in Bewegung. Ich hatte vor, Kamikaze hier am Eingang liegen zu lassen und erst einmal nach meinem eigentlichen Gegner Ausschau zu halten.

Diesmal brauchte ich mich nicht auf meine Bleistiftleuchte zu verlassen, ich hatte eine lichtstarke Taschenlampe mitgenommen, die ich vom Gürtel haken wollte, aber mitten in der Bewegung innehielt, denn eine hohl und hallend klingende Stimme schwang mir durch das Dunkel entgegen und bewies mir, dass Samaran schon auf mich wartete.

»Willkommen zum Duell, Sinclair. Du hast doch meinen Leibwächter mitgebracht?«

»Wenn du mich gesehen hast, wirst du auch ihn gesehen haben. Spar dir deine Fragen.«

»Du bist sehr aggressiv. Ja, ich habe ihn gesehen.«

»Dann ist es ja gut.«

»Nicht ganz, Sinclair. Leider weiß ich nicht, was mit ihm geschehen ist oder was du mit ihm angestellt hast. Hast du ihn als Toten hergeschleppt? Er liegt auf dem Boden wie eine Leiche. Sinclair, ich hatte dich gewarnt.«

»Er ist nicht tot!«

Samaran schwieg. Er fragte nach einer Weile. »Was hast du dann mit ihm angestellt?«

»Ich musste ihn schlafen legen. Er hätte mir sonst zu viel Ärger bereitet. Das ist doch verständlich.«

»Aus deiner Sicht ja, nicht aus meiner.«

Ich hatte bei jeder seiner Antworten auf den Klang der Stimme geachtet. Leider war es unmöglich, festzustellen, aus welcher Richtung er zu mir gesprochen hatte. Es kam mir vor, als würde sein Organ aus vier verschiedenen Lautsprechern gleichzeitig dringen.

Ob Samaran im Dunkeln sehen konnte, war mir auch nicht bekannt. Ich ging aber davon aus.

»Okay, Samaran, die Fronten haben wir abgesteckt. Kommen wir zum eigentlichen Grund unseres Besuchs, dem Duell. Wo soll es stattfinden? Wie hast du dir die Modalitäten gedacht?«

»Es findet hier statt.«

Ich lachte ihm entgegen. »Im Dunkeln?«

»Warum nicht, Sinclair? Oder hast du Angst vor der Dunkelheit? Er begann zu kichern. »Die Dunkelheit ist etwas Herrliches. Sie verbirgt vieles, das nicht ans Tageslicht kommen soll. Sie ist wie ein großer Schatten, eine Wand, die dich umgibt, und sie steht dem zur Seite, der sie mag. Aber sie vernichtet denjenigen, der sie hasst.«

Ich hatte keine Lust, mir irgendwelche Belehrungen über die Finsternis anzuhören. Während der Typ redete, zog ich die Kette über den Kopf, an der mein Kreuz hing. Es war besser, wenn ich es griffbereit hatte, ebenso wie die Beretta und auch den Bumerang.

»Es ist gut, Sinclair. Wenn dir die Finsternis nicht gefällt, ich kann sie auch erhellen. Hast du schon mal etwas von Belisana gehört? Wenn nicht, bitte.«

Das Feuer fauchte ohne Vorwarnung heran. Es kam aus der Höhe, jagte schräg in die Tiefe genau auf mich zu, und ich sprang mit einem mächtigen Satz zur Seite, damit mich der Gluthauch nicht erreichte. Er kam mir vor wie eine lange

Keule, und ich hatte das Gefühl, als würden meine Haare anfangen zu knistern.

So rasch, wie sie aufgeflammt war, verschwand die Säule auch wieder. Als hätte jemand tief die Luft eingesaugt und das Feuer gleich mit. Erkennen hatte ich nichts können, nur schattenhaft die leeren Wände des ehemaligen Krematoriums.

Ich hörte ihn wieder lachen, während ich meinen Platz wechselte und in die Höhe schaute.

Wie konnte er an der Decke lauern?

Wenn er dort oben tatsächlich steckte, musste es eine Konstruktion geben, die ihm den Halt ermöglichte. Der Feuerangriff hatte mich nachdenklich gemacht. Sukos Bericht war nicht übertrieben gewesen. Er hatte unter anderem von dieser Belisana berichtet, die sich für Samaran opferte, damit ihre Kraft auf ihn übergehen konnte.

Diesmal hakte ich die Lampe ab, schaltete sie ein und leuchtete die Decke ab.

Ein langer, bleicher Arm, der sich verbreiterte, je mehr er sich von der Lampe entfernte und tatsächlich eine Holzkonstruktion dicht unterhalb der Decke traf, in der Samaran seinen Platz gefunden hatte. Ich sah ihn nicht sehr deutlich. Er hatte sich geduckt und wurde zudem von den mächtigen Balken gedeckt. Hinter einem schaute er hervor, und ich sah sein Gesicht leuchten.

In der linken Hand hielt ich die Lampe, mit der rechten holte ich meine Beretta hervor. Den Bumerang wollte ich als meinen letzten Trumpf behalten.

Samaran rührte sich nicht. Er blieb in seiner relativ schlechten Deckung, als hätte er dort seinen idealen Platz gefunden. Ich kannte ihn ja, und als ich ihn sah, stellte ich fest, dass sich die Haut im Gesicht verändert hatte.

Sie sah zwar bleich aus, aber dahinter schimmerte sie leicht rötlich, als würde in seinem Körper ein unheimliches Feuer glühen, das auch die Augen nicht verschonte.

»Okay, Samaran, ich bin da. Wir können beginnen. Du

wolltest doch das Duell. Oder soll ich dich mit einer Kugel aus dem Gebälk holen?«

Er bewegte nur den Kopf, als er anfing zu lachen. »Ja, das Duell hat schon begonnen. Es ist wie ein Abtasten der Gegner, doch von der einen Taktik bestimmt. Ich habe dir gezeigt, mit welchen Waffen ich zu kämpfen verstehe. Und vergiss deine Silberkugeln! Mit ihnen reißt du nichts mehr, mein Lieber.« Er verhöhnte mich, aber ich wollte Nägel mit Köpfen machen und fragte nach dem Opferdolch.

»Du hast ein Erbe Baals, wie ich hörte?«

»Ja.«

»Anscheinend gehörst du zu den Leuten, die schmarotzen und sich nur auf gewisse Erbteile verlassen. Erst war es Acron, jetzt ist es der Götze Baal. Ich frage mich nur, was es als Nächstes sein wird.«

»Vielleicht der Dunkle Gral?«

Diesmal lachte ich. »Dessen Geheimnis wirst du nicht lüften können. Ich weiß, dass dir viel daran liegt, damit du die Macht über Aibon bekommst, das eng mit dem Dunklen Gral verknüpft ist.«

»Ich will nicht die Macht über Aibon haben.«

»Über was dann?«

»Es sind die Templer, die mich reizen, Sinclair. Erinnere dich genau: Die Templer sind das Bindeglied zum Dunklen Gral und auch eine Zwischenstation auf dem Weg, den dein verfluchtes Kreuz genommen hat. Dies alles aufzudecken ist mein Fernziel.«

»Dabei bin ich dir im Weg.«

»Ja. Zudem weiß ich selbst, dass es nicht einfach sein wird, nicht mal für einen Mann wie mich. Aus diesem Grunde muss ich Vorbereitungen treffen, und ich habe mich hineingekniet. Ich las viel, ich musste unabhängig sein, vieles in Angriff nehmen, deshalb werde ich auch bald den Konzern Acron leiten. Die Sache mit den Vampiren und dem Sternenstaub war gewissermaßen ein Abfallprodukt. Du hast da zunächst einen Riegel vorgeschoben, aber sehr bald schon,

Sinclair, wird es ans Eingemachte gehen, darauf kannst du dich verlassen. Da kommen wir richtig zur Sache. Ich rate dir jetzt schon, dich verdammt warm anzuziehen, denn als Toter friert man leicht, habe ich mir sagen lassen.«

»Rede kein Blech, Samaran! Bisher bist du mir die Beweise schuldig geblieben. Okay, du hast die Kraft dieser Feuerfrau übernommen, aber das ist auch alles!«

»Vergiss den Dolch nicht!«

»Wo ist er?«

Ich hörte ihn wieder lachen, bevor er seinen Arm bewegte. Wo er hingriff, konnte ich nicht sehen, da ein Balken seine Schulter verdeckte, aber als er seine Hand wieder nach vorn schob, hielt er etwas zwischen seinen Fingern.

Zunächst erkannte ich es nicht. Ich sah nur das dunkelgrüne Leuchten, das allmählich Konturen annahm, als er seinen Arm vorschob. Und da erkannte ich den Dolch, das Opfermesser.

Die Klinge war relativ lang und erinnerte mich in der unteren Form an eine Sense, denn halbrund wie diese lief auch der Dolch zu.

Der Griff verschwand in Akim Samarans Faust. Mich irritierte das grüne Leuchten. Alles, was grün leuchtete, deutete irgendwie – diese Erfahrung hatte ich gemacht – auf Aibon hin, trotzdem konnte ich mir nicht vorstellen, dass Baals Opfermesser in irgendeinem Zusammenhang mit dem geheimnisvollen Land der Druiden stand.

Ich drückte die Lampe ein wenig zur Seite, sodass der Lichtstrahl voll auf das Opfermesser fallen konnte. Dabei schien es mir, als würde die Klinge das Licht meiner Lampe regelrecht aufsaugen, da das Messer überhaupt nicht reflektierte.

»Siehst du ihn?«, höhnte mir Samaran entgegen.

»In der Tat. Und dieses Messer hat einmal Baal gehört?«

»So wahr ich hier sitze. Es ist ein Erbe des großen Götzen.«

»Dann hat er irgendwann einmal zwei besessen«, bemerkte ich.

»Wieso?«

»Meinen Dolch hat er ebenfalls. Und ich werde ihn mir zurückholen, darauf kannst du dich verlassen.«

Er begann zu lachen. »Du willst von Baal etwas haben? Von einem Götzen, den die Menschen im Altertum schon anbeteten und dem sie große Opfer darbrachten? Sinclair, da kann ich nur lachen. Aber ich will dir sagen, dass ich dich deshalb zu diesem Duell geholt habe, damit Baals Opferdolch es schafft, dich zu töten.«

»Ich warte.«

Er nahm die Klinge wieder weg. Einiges hatte ich erfahren. Im Prinzip aber zu wenig. Dennoch glaubte ich ihm, da ich für ihn keinen Grund sah, mich anzulügen. Es gab im Reich der schwarzen Magie Verbindungen, über die man nur den Kopf schütteln konnte. Was oft aussah wie zwei verschiedene Paar Schuhe, traf irgendwann plötzlich zusammen, und man war als Betroffener stets überrascht.

»Du hast alles gesehen, Sinclair. Ich will das Duell nicht noch weiter hinausschieben. Du willst es, ich will es. Sei also bereit!«

Bevor ich irgendetwas unternehmen und ihn prüfen konnte, ob er gegen geweihte Silberkugeln tatsächlich resistent war, verschwand er hinter der Balkenkonstruktion.

Nur für einen Moment.

Dann griff er an.

Und es war, wie ich befürchtet hatte, die Hölle!

Samaran schickte das Feuer!

Diesmal nicht als kleine Flamme, sondern als gewaltige Brunst, die aus seinem offenen Mund jagte. Meine Chance, den Flammen zu entgehen, wurde verdammt knapp, ich warf mich zwar zurück, prallte auch auf den harten Steinboden, sah aber über mir die Flammenwand wie ein gewaltiges loderndes Zeltdach, in dem es grün, rot und gelb leuchtete.

Sie kamen mir verändert vor. Das waren keine normalen Flammen. Irgendwie wirkten sie fester, waren dabei wie Wasser, das sich träge ausbreitete. Bevor der Feuerteppich mich erfassen konnte, reagierte mein Kreuz sehr stark und direkt.

Ich hatte es nicht zu aktivieren brauchen, denn praktisch von allein breitete es seinen Schutzmantel aus und stemmte ihn den Flammen entgegen.

Das war schon gewaltig, wie die große Lichtglocke als Strahlenkranz gegen die Wand aus Flammen jagte, in sie hineindrang und mit ihren Kräften versuchte, die fremde Magie zu zerstören.

Licht gegen Feuer!

Ein großer Fight, den das Licht gewann, denn mein Kreuz war sehr, sehr stark, und Hesekiel hatte genau gewusst, was er da herstellte.

Die Flammenwand wurde, bevor sie mich erreichen und verbrennen konnte, von der Kraft des Lichts zurückgedrängt und gleichzeitig kleiner. Sie fuhr als zuckendes Bündel in die Höhe, genau dorthin, wo sie hergekommen war.

In das Gebälk hinein.

Und das fing Feuer.

Da gab es nichts, was die Flammen halten konnte, denn Akim Samaran hatte seinen Platz verlassen und war verschwunden. Er hatte sich irgendwohin zurückgezogen, während das trockene Holz des Stützgebälks aufloderte, zerknackte, zersprühte, und den Flammen immer neue Nahrung gab, sodass sie das Holz in lodernde Arme veränderten, die zerbrachen und zu Boden fielen.

Sie kamen wie glühende Raketen. Ich befand mich wieder in Gefahr. Es war gar nicht einfach, den Dingern auszuweichen, die auf den Stein knallten, mal hochkant, mal in der Breite, wieder hochgewirbelt wurden, zurückfielen und eine wahre Glut hinterließen, die wie brennende, rote Feuerwerkskörper in die Höhe geschleudert wurden.

Ein schnelles Spiel aus Licht und Schatten hüllte mich ein,

als ich quer durch die Halle hetzte und im Widerschein des Lichts Kamikaze am Boden liegen sah.

Er lag so weit entfernt, dass er nicht getroffen wurde. Sein Glück, aber er musste den grauen Qualm einatmen, der die Flammen begleitete.

Ich erreichte die andere Wand und sah, dass noch Reste brennend nach unten fielen. Auf dem Boden brannten sie aus und blieben als heiße Asche liegen.

Jetzt erst erkannte ich die raffiniert gebaute Anlage diese Krematoriums.

Nicht nur ein Gang, durch den ich schleichen konnte, stand mir zur Verfügung, ich zählte drei, die wie die Strahlen der Sterne in die Tiefe schnitten.

Düster und unheimlich wirkten sie auf mich. Wie die Augen von Tunnels, in die hin und wieder der Lichtschein drang, wenn ein Stück Holz noch einmal aufflackerte.

Ohne es genau gesehen zu haben, ging ich davon aus, dass Samaran in einem der Gänge verschwunden war. Fragte sich nur, in welchem. Wenn er von seinem luftigen Platz direkt auf den Boden gesprungen war, konnte er von dieser Stelle aus alle drei Gänge gleichzeitig erreichen. Ich entschied mich für den mittleren.

Krematorien sind nicht eben Orte, an denen ich mich gern aufhalte, obwohl ich diese Verbrennungsstätten gut kenne, denn ich hatte, zusammen mit Sarah Goldwyn, schon einmal ein schreckliches Abenteuer in einer solchen Verbrennungskammer erlebt, als man mich unbedingt hatte rösten wollen. Wir waren rausgekommen. Hier konnte ich davon ausgehen, dass die Verbrennungsanlage nicht funktionierte, dafür lauerten andere Gefahren.

Ein wenig unwohl war mir schon, als ich meine ersten Schritte in den dunklen Tunnel setzte. Der Gang war ziemlich breit. Früher mussten hier die Trauergäste durchgegangen sein, und ich erkannte sogar Schienen, auf denen der Sarg dann aus der hinter mir liegenden Trauerhalle in die entsprechenden Kammern gerollt worden war.

Den Schienen folgte ich.

Hinter mir wurde der Widerschein des Feuers schwächer. Hatte er mich die ersten Schritte noch begleitet, sodass ich auf meine Lampe verzichten konnte, so wurde er sehr schnell schwächer, und mich umgab allmählich die Dunkelheit.

Ich blickte noch einmal zurück.

Der Eingang lag frei vor mir. Samaran war nicht zu sehen. Mir kam der viereckige Ausschnitt des vom schwächer werdenden Feuerschein erfüllten Eingangs vor wie ein geometrisches Auge.

Die Gestalt meines Gegners zeichnete sich dort nicht ab.

So ging ich weiter. Sehr langsam und vorsichtig. Immer darauf gefasst, plötzlich angegriffen zu werden. Die Wände bestanden aus einem feuerfesten Material. Träge zog der Qualm von der Halle her in den Tunnel und biss in meinem Rachen, als ich ihn einatmete.

Ich hörte nur meine Schritte. Samaran hielt sich zurück. Da er mit seinem schnellen Feuerangriff keinen Erfolg erzielt hatte, würde er es – da war ich mir sicher – auf eine andere Art und Weise versuchen. Ich kannte die Kräfte nicht, die in seinem Opferdolch steckten. Wenn er jedoch dem Götzen Baal gehört hatte, durfte ich ihn auf keinen Fall unterschätzen. Dass es sich bei ihm um kein normales Messer handelte, bekam ich sehr bald zu spüren.

Ich merkte es zunächst an der Wärme, die nicht von dem in der Halle flackernden Restfeuer stammen konnte. Sie war einfach zu nah und auch zu intensiv.

Sofort drehte ich mich nach rechts. Von dieser Stelle war die Hitze ausgegangen.

Die Wand bewegte sich.

War sie vorhin noch dunkel gewesen, so glühte sie in ihrem Innern plötzlich auf. Das Gestein schmolz an einem bestimmten Punkt weg, und der Ausschnitt war ungefähr so groß wie der Würfel des Unheils, den der Spuk besaß und dessen Duplikat sich in den Panzerschränken des Yard befand. Ich hatte bewusst darauf verzichtet, ihn mitzunehmen, weil ich nicht sicher gewesen war, den Kampf zu gewinnen. Dann nämlich hätte Samaran zu allem Überfluss eines seiner großen Ziele erreicht und den zweiten Würfel in seinen Besitz gebracht.

Das Gestein hielt der magischen Kraft nicht mehr stand. In die Wand hinein wurde das Loch regelrecht gebrannt, und was da schmolz, tropfte vor meinen Füßen zu Boden, wo es sich langsam ausbreitete.

Die Ränder des Lochs glühten weiter, doch durch die Mitte konnte ich schauen – und sah das Gesicht.

Akim Samaran grinste mir teuflisch entgegen. Das Loch befand sich in Höhe seines Kopfes. Ich konnte sehr deutlich sein verzerrtes, leicht glühendes Gesicht erkennen und auch den Dolch davor, der sich in Höhe seiner schmalen Lippen befand.

»Ich bin noch da, Sinclair!«, flüsterte er. »Wenn du gedacht hast, mich vernichten zu können, hast du dich getäuscht. Das Duell geht weiter. Bis zu deinem bitteren Ende!«

Er war noch immer sehr siegessicher. Ich ging vorsichtshalber einen Schritt zurück, weil ich von der schmelzenden, glühenden Steinmasse nicht getroffen werden wollte.

Allmählich begann mich dieser Dolch zu interessieren. Er barg Kräfte, die man nicht unterschätzen durfte, und ihn zu besitzen, wäre nicht schlecht.

»Komm doch her!«, lockte mich Samaran. »Dann werde ich dir beweisen, wie stark ich bin.«

»Du oder Baals Erbe?«

»Spielt das eine Rolle für dich?« Er lachte noch einmal, bevor er sich zurückzog.

Es blieb das schmelzende Gestein und bei mir das Wissen, dass die Mauer zwischen den einzelnen Gängen doch nicht so dick war, wie es den Anschein gehabt hatte.

Es wäre natürlich ideal gewesen, hätte es zwischen den einzelnen Gängen eine Verbindung gegeben, so aber musste ich weiter geradeaus und konnte nur hoffen, dass es ein lohnendes Ziel war, das ich erreichen würde.

Wo würde der Gang münden?

Ich nahm meine Lampe, schaltete sie ein und verfolgte ihren Strahl, der das Ende des Gangs erreichte und damit auch das Ende der mich noch immer begleitenden Schienen.

Da ich vor mir keine Gefahrenquelle entdeckte, legte ich den Rest der Strecke schnell zurück und landete in dem Teil des alten Krematoriums, wo es am unheimlichsten war.

Im Verbrennungstrakt. Dort, wo die angerosteten Schienen endeten, befand sich ein großer Rost, auf dem der Sarg schließlich stehen blieb.

Darunter war eine Grube, in die ich hineinleuchtete. Sie war leer.

Nach jeder Verbrennung hatte sie ausgeräumt werden müssen. Ich leuchtete die Winkel aus und fand den Boden so glatt, als wäre er gefegt worden.

Nachdem ich sicher war, dass mir aus der Grube keine Gefahr drohte, leuchtete ich meine nähere Umgebung ab.

Obwohl das Krematorium längst stillgelegt worden war, strahlte es immer noch etwas Unheimliches aus. Ich hatte das Gefühl, als wären die Wände nicht mehr die stummen Zeugen einer schrecklichen Zeit. Jeder dicke Stein schien hier seinen Atem auszustoßen und mir den Hauch von Tod und Schrecken entgegenzuwehen.

Ein kaltes Gefühl erfasste mich. Wer hier einmal landete, der hatte es hinter sich.

Alle drei Gänge mündeten hier.

Was die beiden anderen im Einzelnen für eine Funktion hatten, war mir nicht bekannt, aber in einem der Gänge hatte ich Samaran gesehen, und ich wollte nachschauen, ob er sich noch darin befand.

Sehr leise und im toten Winkel bewegte ich mich auf die Mündung zu. Dabei hütete ich mich, den Rost zu betreten, denn er sah mir so verlockend aus, dass ich ihn schon als Falle einstufte. Vielleicht rechnete Samaran damit, dass ich ihn berührte und möglicherweise in die verdammte Grube fiel.

Ich brauchte nur wenige Schritte, um die Einmündung des mittleren Gangs zu erreichen.

In ihm hatte Samaran gesteckt.

Ich leuchtete weit hinein und sah auch noch an der rechten Wandseite das Nachglühen des aufgeweichten Gesteins, aber von Samaran entdeckte ich nichts. Das gefiel mir gar nicht. Hatte es dieser Lumpenhund tatsächlich verstanden, sich zu verbergen, oder musste ich mit einem neuen Trick rechnen?

Ich hörte nur meinen eigenen Atem. Die natürliche Kälte dieser Kammer umgab mich ebenso wie die Kälte des Todes. Hier atmete jede Pore das Grauen aus, hier hatte sich etwas manifestiert, als würden die Seelen der Verbrannten den Raum überhaupt nicht verlassen haben.

Nur meinen eigenen Atem hörte ich.

Und plötzlich Schritte!

Ich wirbelte herum und gleichzeitig zur Seite.

Ein Schatten walzte verdammt schnell auf mich zu. Es war nicht Akim Samaran, sondern sein Leibwächter Kamikaze.

Ich dachte daran, dass sich der Arzt geirrt hatte, was die Dauer der Bewusstlosigkeit anbetraf. Jetzt jedenfalls war es zu spät, sich irgendwelche Vorwürfe zu machen, denn der Killer wollte es wissen. Trotz seiner gefesselten Hände war es ihm gelungen, einen der noch glühenden Holzbalken zu fassen, und mit dem ging er auf mich los…

Hätte ich die Beretta in der Hand gehalten, wäre alles klar gewesen, denn auch Kamikaze war nicht kugelfest. Doch mit seinem Eingreifen hatte ich nicht gerechnet, und so hatte Akim Samaran durch ihn einen verdammten Vorteil.

Kamikaze hatte Bärenkräfte. Raffiniert war er auch noch. Er schlug nicht einfach von oben nach unten, sondern setzte diesen verdammten Hieb schräg an.

Und das wurde gefährlich.

Zwar duckte ich mich, aber dem Treffer konnte ich nicht mehr entgehen. Mein Reflex war einfach nicht schnell genug gewesen. So krachte denn der angebrannte und schon fast verkohlte, aber noch immer rötlich schimmernde Balken auf meine Schulter, traf dabei noch den Hals und verschonte meine linke Kopfseite ebenfalls nicht, sodass ich das Gefühl hatte, ein glühendes Stück Eisen wäre durch meine Haare gerast und über mein Ohr geschrammt.

Ich sackte in die Knie und hörte den triumphierenden Schrei des großen Killers.

Klar, der freute sich, mich am Boden zu sehen, aber neben mir landete auch die eine Hälfte des glimmenden Balkens. Er war schon zu angefressen gewesen, um den Hieb überstehen zu können. Funken sprühten noch hoch, tanzten über meinen Handrücken und bissen in die Haut wie böse Insekten.

Kamikaze schleuderte die zweite Hälfte des Balkens weg. Es hatte ihm nichts ausgemacht, dass er sich die Innenflächen seiner Hände verbrannte, für ihn zählte nur der Sieg über mich, seinen Feind, und den wollte er durch einen Tritt erringen.

Ich sah den Fuß kommen und wurde diesmal an der anderen Schulter erwischt.

Um ihm die Wucht zu nehmen, hatte ich mich im letzten Moment zurückfallen lassen. Dieser Schwung und die Härte des Treffers schleuderten mich aber noch weiter nach hinten, als ich es eigentlich gewollt hatte, und plötzlich war ich dem verfluchten Rost verdächtig nahe.

Meine Kleidung hatte angefangen zu qualmen. Die Funken klebten an ihr wie mit Geierkrallen, und sie wollten sich durchbeißen, um an meine Haut zu gelangen.

Kamikaze fiel auf mich zu.

Ja, er ließ sich einfach fallen, als wäre er ein Stück Holz. Ich zog zwar noch die Beine an, drückte sie auch vor, aber es gelang mir nicht, diesen Killer so weit zurückzustoßen, wie ich es wollte.

Er war einfach zu schwer.

Dann lag er auf mir, wollte mir die gefesselten Hände ins Gesicht stoßen. Ich drehte den Kopf zur Seite, der Hieb fehlte. Die Lampe lag irgendwo in der Nähe. Ihr Schein wies an uns vorbei, sodass ich das verzerrte Gesichts des Mörders nur noch als Schatten sah.

Kraftvoll drückte ich seinen Kopf zurück und riss gleichzeitig an seinen Haaren.

Er schrie vor Wut oder Schmerz, rollte sich von mir herunter und gab mir dadurch mehr Bewegungsfreiheit.

Ich kam leider nicht mehr dazu, sie voll auszukosten, denn seine gefesselten Pranken drückten in meine Hüfte und schoben mich zur Seite, wobei sich das einstellte, was ich, um Himmels willen, vermeiden wollte.

Ich landete auf dem Rost.

Und der gab nach.

Also doch eine Falle. Ich hörte noch das hässliche Knirschen, griff um mich, um Halt zu finden, und ich bekam auch etwas zwischen die Finger. Leider waren es nur die Gitterstäbe des Rosts, sodass ich ihn mit nach unten in die Grube zog und er schräg gekippt auf meinem Körper etwa in Gürtelhöhe landete und festklemmte.

Ich war auf den Rücken gefallen und spürte dort den ziehenden Schmerz. Um ihn aber konnte ich mich nicht kümmern. Meine erste Aufgabe bestand darin, das hinderliche Gitter wegzustoßen, aber das hatte auch Kamikaze geahnt.

Er stand am Rand, knickte im linken Bein ein, um das rechte vorstrecken zu können.

Eiskalt setzte er seinen Fuß auf die schräg laufenden Gitter des Rostes. Dabei lachte er grunzend und freute sich über meine vergeblichen Bemühungen.

Sein Lachen putschte mich auf. Noch war ich nicht gefangen. Ich konnte mich wehren und tastete nach meiner Beretta. Seltsamerweise tat der Killer nichts, um mich daran zu hindern. Er musste sich sehr sicher fühlen. Kamikaze wartete so lange, bis ich die Waffe hervorgezogen hatte und sie auf ihn richtete. Dabei musste ich den Arm schräg in die Höhe strecken.

Es war, so glaube ich, der dritte Tritt, der mich erwischte. Diesmal am Handgelenk, so gemein, so hart und wuchtig, dass ich nicht mehr in der Lage war, die Beretta zu halten. Sie wurde mir aus den Fingern gewirbelt und blieb irgendwo in der Kammer liegen.

Für Kamikaze war dies so etwas wie die halbe Miete. Ihn hielt nichts mehr an seinem Platz. Er ging um die verdammte Grube herum, von mir mit Blicken verfolgt.

Genau dort, wo ungefähr die Waffe liegen musste, bückte er sich. Das konnte ich nicht mehr sehen, ich hörte nur sein Lachen, das in das Tappen der Schritte hineinklang, und sah ihn wieder an der anderen Seite der Grube erscheinen.

Mit meiner Beretta in den gefesselten Händen.

Plötzlich hatte ich einen Eisklumpen im Magen, der alles zusammenzog. Ich spürte mein Herz schneller klopfen und hatte das Gefühl, als würden Tränen in meine Augen steigen.

War das das Ende meines Weges!

Einfach getötet von einem brutalen Killer, der mich ganz oben auf seine Liste gesetzt hatte, oder gab es noch eine Chance für mich?

Es sah böse aus, aber ich dachte in diesen Augenblicken an Akim Samaran. Würde er seinen Leibwächter tatsächlich das Feld überlassen und auf seine persönliche Rache verzichten?

Woher ich die Kraft nahm, den Killer anzusprechen, wusste ich selbst nicht. Doch bei den Worten erkannte ich meine eigene Stimme kaum wieder. »Du wirst es nicht wagen, mich umzubringen. Nein, Kamikaze, das kannst du nicht, glaub mir.«

»Was sollte mich daran hindern?«

»Samaran will mich selbst töten! Wenn du ihm diese Aufgabe abnimmst, wird er dich bestrafen.«

»Bist du dir da so sicher?«, hörte ich die Stimme Akim Samarans und sah ihn einen Augenblick später am Rand der Grube erscheinen. Auf seinen Lippen lag ein tödliches Lächeln, und den Griff des Opferdolches hielt er mit beiden Händen umklammert.

Die Spitze des Messers aber wies genau auf meine Brust.

Sheila Conolly hatte alles versucht, aber es war ihr auch mit Shaos Unterstützung nicht gelungen, ihren Mann Bill zurückzuhalten. Er musste einfach weg, und so blieb den beiden Frauen nichts anderes übrig, als dem Porsche nachzuschauen, als er durch die Kehren des Vorgartens in Richtung Tor fuhr.

Sheila ballte die Hände. »Der wagt es immer wieder, anstatt an seine Familie zu denken. Der vergangene Tag und die Nacht hätten ihm Warnung genug sein müssen.«

»Du kannst einen Mann nicht halten, Sheila, wenn er etwas tun muss. Das geht nicht.«

Sheila nickte. »Okay, ich gebe dir Recht, aber du hast es da besser als Asiatin. Du bis anders erzogen worden, ihr habt zu dienen gelernt, ihr kennt Traditionen, ihr ...«

»Oft erkennt man erst viel später, welche Werte einem in der Kindheit und Jugend mitgegeben worden sind.«

»Vielleicht hast du Recht. Komm ins Haus.« Sheila warf noch einen letzten Blick in den jetzt leeren Vorgarten, ehe sie sich zurückzog.

Ihr Mann aber war unterwegs zu einem bestimmten Ziel. Er wollte zum Yard. Kurz zuvor hatte er noch angerufen und erfahren, dass John Sinclair nicht mehr im Büro, sondern Akim Samarans Befehl nachgekommen war. Das Ziel hatte man Bill nicht verraten.

Er gehörte zu den Menschen, die in manchen Situationen sehr penetrant sein konnten, und er wusste auch, dass John allein stand, denn Suko war aus den Staaten noch nicht eingetroffen.

Da fühlte er sich einfach verpflichtet, etwas zu unternehmen.

Der Porsche war zwar schnell, aber auch Bill musste sich den Verkehrsregeln beugen, was ihm schwer fiel. Bei jeder

Ampel und bei jedem Kreisverkehr wurde er nervös. Zudem standen die meisten auf Rot, was einen Zeitverlust bedeutete.

Als Bill sein Ziel, das Yard Building, endlich erreichte, war er in Schweiß gebadet. Man kannte den Reporter, deshalb wurde er ohne weiteres durchgelassen. Er fuhr hoch, stürmte den Gang entlang.

Als Bill wie ein wilder Büffel in das Vorzimmer stürmte, zuckte Glenda zusammen, wurde bleich und drehte sich auf ihrem Stuhl, der vor der Schreibmaschine stand.

»Du, Bill?«

»Ja, ich.« Der Reporter hämmerte die Tür zu und ließ sich auf dem Schreibtisch nieder. »Ich muss mit dir reden, Mädchen.«

»Worüber?«

»Kannst du dir das nicht denken?«

Glendas Gesicht verschloss sich. Sie schüttelte den Kopf und nickte gleichzeitig. »Ich weiß schon Bescheid, Bill, aber ich darf es dir nicht sagen.«

»Mädchen«, sagte Bill, »tu dir, mir und uns allen einen Gefallen. Mach uns bitte nicht unglücklich. John ist allein gegangen.«

»Nein.«

»Wieso?«

»Er hat Kamikaze mitgeschleppt.«

Bill verdrehte die Augen. »Auch das noch. Da potenziert sich die Gefahr doch. Kannst du das verstehen?«

»Ich fürchte ja. Aber ich habe auch meine Anweisungen. Samaran dreht durch, wenn John mit einer Rückendeckung in diesem verdammten Krematorium ...« Sie schlug sich gegen den Mund. In ihrer Hektik hatte sie einfach zu viel gesagt, und Bill hatte verflixt gute Ohren.

»Was hast du gesagt? Krematorium?«

Glenda wurde bleich. »Vergiss es, bitte.«

»Das kann ich nicht.« Bill rutschte vom Schreibtisch und legte seine Hände auf Glendas Schultern. »Okay, Mädchen, du hast schon einiges gesagt, jetzt rück auch mit dem Rest heraus. John und Samaran haben sich also in einem Krematorium getroffen, nicht wahr?«

Sie nickte.

»In welchem?«

Glenda wand sich. »Bill, bitte, versteh doch! Ich darf dir das nicht sagen. Du setzt einfach zu viel aufs Spiel.«

»Und du das Leben des Mannes, der dir viel bedeutet«, erklärte der Reporter.

Glenda zögerte. Sie wollte dem Reporter nicht mehr in die Augen schauen und drehte den Kopf zur Seite.

»Glenda, bitte, weich mir nicht aus. Du kannst jetzt keinen Rückzieher mehr machen. Du weißt auch, dass es um Johns Leben gehen kann.«

Das »Ja« drang gequält aus ihrem Mund.

»Dann rede doch endlich!«, drängte Bill.

Sie nickte und schluchzte dabei auf. »Ich sage es dir, Bill. John ist zu diesem Krematorium gefahren, das nicht weit vom Hydepark liegt und schon seit langem stillgelegt ist.«

»Klar, ich weiß Bescheid, du brauchst nichts mehr zu sagen.« Bill beugte sich vor und drückte der überraschten Glenda einen Kuss auf die Lippen, bevor er wie ein Wiesel herumfuhr und mit zwei schnellen Schritten das Büro verlassen hatte.

Glenda konnte ihm nur fassungslos nachschauen und leise sprechen: »Wenn das nur gut geht.«

Mir ging es in diesen Augenblicken nicht gut, denn Kamikaze und auch Akim Samaran hatten mich eingerahmt. Der Leibwächter stand zu meiner rechten, Samaran zu meiner linken Seite, und beide schauten in die Grube, in der ich lag und mich nicht wehren konnte. Nach wie vor klemmte mich der verflixte Rost ein. Mit seiner Schmalseite drückte er gegen meinen Magen. Die Beretta befand sich im Besitz des Killers, mir blieben das Kreuz und der Bumerang, wobei ich an letzteren nicht herankommen konnte.

Samaran hatte die Taschenlampe so gelegt, dass sie gegen die Grube leuchtete und ich die beiden Gegner erkennen konnte. Ich sah in ihren Gesichtern das Versprechen, mich zu töten, aber Samaran wollte es selbst übernehmen.

»Er«, sagte er und wies dabei auf Kamikaze, »ist nur meine Rückendeckung, falls irgendetwas schief gehen sollte. Aber daran glaube ich nicht, Sinclair. Baals Opferdolch wird auch in dieser Welt sein Ziel finden und mir den Weg ebnen. Das Feuer hast du durch dein Kreuz abwehren können, dem Dolchstoß wirst du nicht entgehen.«

Hart gesprochene Worte. Ich überwand meine eigene Furcht und dachte daran, wie er es wohl anstellen würde.

Er konnte die Waffe an meine Brust schleudern, er konnte aber auch über den Rost schräg in die Grube klettern und die grüne Klinge mit einem kräftigen Stoß in meine Brust senken.

Samaran befand sich in einer regelrechten Euphorie. »Und wenn ich dich erledigt habe, werde ich mich um den Würfel kümmern. Dann kann ich dem Spuk endlich beweisen, dass ich besser bin, als er denkt, da er mir nicht so viel zutraut.« Der Mann spitzte die Lippen. Hinter seiner Haut sah ich das schwache Glühen. Dann sagte er: »Ich komme, Sinclair. Ich werde zu dir kommen und dich killen.«

In der folgenden Sekunde setzte er seinen rechten Fuß auf den schräg stehenden Rost …

ENDE

Karten des Unheils

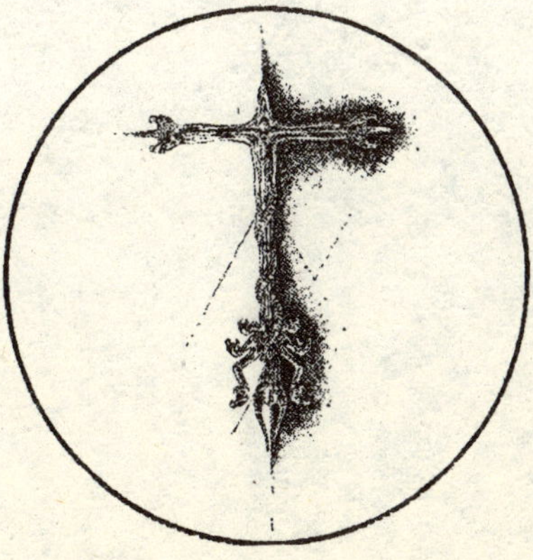

Da die Tür des alten Krematoriums offen stand, hatte Bill Conolly den Beweis, dass er sich auf der richtigen Spur befand.

Der Zahn der Zeit hatte an der Tür genagt. Sie quietschte erbärmlich in den Angeln, als der Reporter sie weiter aufschob.

Er betrat die große Eingangshalle des Krematoriums und spürte sofort den typischen Brandgeruch, der ihm kalt und ätzend entgegenwehte. Hier hatte ein Feuer gewütet.

Noch immer glommen einige Holzreste nach, die Bill an unheimliche, glühende Augen erinnerten. Feine Asche war durch den Windzug der sich öffnenden Tür aufgewirbelt worden. Sie wehte dem Reporter entgegen. Die Partikel legten sich klebrig auf seine Gesichtshaut. Was hier gebrannt hatte, war Holz gewesen, die Verkleidung eines Dachstuhls. Einige schwarze Holzfragmente waren übrig geblieben. Sie wirkten wie verkohlte Totenarme, die jeden Augenblick nach unten zu fallen drohten und jeden Besucher erschlagen hätten.

Auch Bill Conolly konnte das beklemmende Gefühl nicht mehr unterdrücken, das ihn seit Betreten des Krematoriums erfasst hatte. Nur allmählich beruhigte sich sein Herzschlag. Die letzten dreißig Minuten waren eine einzige Hetze gewesen. Der Reporter hatte ständig Angst gehabt, zu spät zu kommen.

Hatte John es geschafft? Er wusste es nicht, als er in die Halle hineinging, unter seinen Füßen die rutschige Asche spürte und das Zerknacken kleinerer Holzstücke vernahm.

Keine Spur von seinem Freund John Sinclair! Um ihn ging es letztendlich, aber auch um die beiden Männer, die sich nichts mehr wünschten, als den Geisterjäger tot vor ihren Füßen zu sehen.

Akim Samaran und Kamikaze, der Killer!

Sie beide und John Sinclair mussten sich in den Räumen des Krematoriums befinden. Aber der Bau war groß, da konnte man lange suchen, ohne etwas zu entdecken. Bis auf einen Spalt schloss Bill die Tür. Der Reporter musste niesen. Danach blieb er stehen und lauschte in die Dunkelheit.

Er hörte ab und zu das Knacken der Holzbalken, in denen es noch arbeitete.

Direkt über Bill knirschte laut ein Balken. Funken sprühten in alle Richtungen. Bill musste sich in Sicherheit bringen! Mit einem Sprung setzte er nach links. Das war gut so, denn im selben Augenblick löste sich der verkohlte Balken und raste wie ein Schwert in die Tiefe.

Bill hörte, wie der Balken aufschlug, und atmete kräftig durch.

Glück gehört eben auch dazu, dachte er und holte sein Feuerzeug aus der Tasche. Er ging davon aus, dass ihm im Augenblick keine unmittelbare Gefahr drohte.

Die drei Gänge, deren Öffnungen im flackernden Schein der Flamme wie Höhlen aussahen, deren Ränder sich ständig veränderten, musste er erforschen. Als er auf den mittleren Gang zumarschierte, ließ er das verbrannte Chaos hinter sich zurück. Er traute sich auch nicht mehr, sein Feuerzeug brennen zu lassen, da er keine Zielscheibe abgeben wollte. Vorsichtig betrat er den Gang, und diese Vorsicht behielt er bei, als er tiefer in den düsteren Tunnel hineinschritt.

Seine Augen hatten sich an diese Düsternis gewöhnt. Er starrte nach vorn und glaubte, weiter entfernt einen hellen Streifen zu sehen, der nur eine Lichtquelle sein konnte. Die musste er untersuchen.

Bill tastete sich an der Stollenwand vor. Nach einigen Schritten nahm er einen ungewöhnlichen Geruch wahr. Wenig später fand er die Quelle. In der linken Stollenwand war ein viereckiges Loch. Eine Erklärung dafür hatte der Reporter nicht.

Schon wenige Schritte weiter hörte er Stimmen.

Mehrere Personen sprachen miteinander. Eine Stimme trat besonders deutlich hervor, und Bill Conolly wusste, dass es kein Geringerer als Akim Samaran war, der Mann, den der Reporter Bill Conolly dringend suchte.

Bill wurde noch vorsichtiger, er achtete darauf, nicht mit seiner Kleidung an der Wand entlangzuschaben und die Pistole möglichst ohne Geräusche zu ziehen.

Es war eine besondere Waffe, die der Reporter wirklich nur in speziellen Notfällen mitnahm.

Die goldene Pistole!

Sie stammte vom Planeten der Magier und war mit einer Flüssigkeit geladen, die dem Stoff gleichkam, aus denen die Ghouls, die Leichenfresser, bestanden.

Wer von dieser Flüssigkeit erwischt wurde, hatte keine Chance. Er löste sich auf.

Seiner Frau hatte Bill nichts davon mitgeteilt. Sie hätte ihm abgeraten, die Waffe einzusetzen, aber der Reporter wusste genau, auf was er sich einließ, denn er kannte seine Gegner.

Sie waren brutal, gnadenlos. Nahmen auf Menschen keinerlei Rücksicht. Killten, verletzten, erpressten und zogen alle Register ihres schrecklichen Könnens, um an ihr Ziel zu gelangen.

Mit dieser Waffe konnte Bill Conolly ihnen einen Riegel vorsetzen. Das hoffte er jedenfalls.

Und so näherte er sich der Gruppe. So leise wie möglich, angespannt und dabei immer sicherer werdend. Bald sah er die Personen, die er gesucht hatte.

Die hochgewachsene Gestalt des Killers Kamikaze war einfach unverkennbar. Akim Samarans Leibwächter, der wie ein Indianer wirkte, hatte sein langes, graublondes Haar wie immer im Nacken zu einem Pferdeschwanz gebunden, und Bill erkannte, dass die Waffe in seiner rechten Hand ein Ziel anvisierte.

»Bills« Gang endete in der alten Verbrennungskammer des Krematoriums.

Und dann sah der Reporter Samaran!

Der manchmal unscheinbar wirkende Mann stand an der Verbrennungsgrube und sprach zu einer Person, die darin liegen musste. Bill konnte sie nicht sehen, aber er wusste, um wen es sich dabei nur handeln konnte.

Um seinen Freund John Sinclair!

Weshalb der Geisterjäger in der Grube lag und wie er dort hineingeraten war, darüber dachte Bill nicht nach. Er wusste nur, dass John noch lebte, sonst hätte Samaran wohl nicht zu ihm gesprochen.

Er redete leise, deshalb konnte Bill auch nicht jedes Wort hören. So verstand er nur Fragmente.

Sie sagten ihm genug.

Samaran wollte endlich einen Schlussstrich unter das Kapitel John Sinclair ziehen. Langsam kletterte er in die Grube hinab. Den grünen Dolch, mit dem er John töten wollte, schwang er in der Rechten.

Bill durfte nicht mehr zögern!

Er ging den letzten Schritt vor, erreichte die Verbrennungskammer und schob die goldene Pistole vor. Die anderen standen günstig im Licht der Lampe. Bill hielt sich im Schatten auf, und seine Worte rissen Samaran sowie dessen Leibwächter aus ihren Mordträumen.

»Keine Bewegung mehr!«

Als der Fahrer am linken Straßenrand seinen Wagen stoppte, drehte er sich noch einmal zu seinem Fahrgast um. »Ist die Gegend nicht zu gefährlich, in die Sie sich wieder einmal allein wagen, Mrs Goldwyn?«

Lady Sarah winkte nur ab. »Ach, mein Lieber, einer alten Frau wie mir tut schon niemand etwas.«

»Das würde ich nicht sagen.«

Sarah Goldwyn suchte einen Schein aus der Geldbörse, die sie aufklappen konnte. »Und wenn mir jemand mein Geld stiehlt, soll er es ruhig. Ich werde schon nicht verhungern. Vielleicht wird der Dieb mit meinem Geld auch nicht glücklich. Immerhin hat jeder Mensch so etwas wie ein Gewissen.«

Der Driver lachte. »Und daran glauben Sie?«

»Jawohl, junger Mann, daran glaube ich. Merken Sie sich

eines. Das Gewissen ist so alt wie die Menschheit selbst, aber es wird nie unmodern werden.«

Der Mann nickte beeindruckt. »Einen tollen Spruch haben Sie da aufgetan. Ist der von Ihnen?«

»Ja. Wenn man so alt ist wie ich, hat man Zeit genug, über die Dinge des Lebens nachzudenken und sie wieder ein wenig ins rechte Lot zu rücken. Die Menschheit ist nicht so schlecht. Sie wird nur immer so schlecht gemacht. Das ist der Unterschied.«

»Sollte man sich merken.«

»Ich würde es mir wünschen.«

Der Fahrer erwiderte nichts mehr, weil er seinen Platz am Lenkrad verließ und Lady Sarah galant die Tür öffnete, damit die alte Dame aussteigen konnte. »Zu warten brauche ich nicht, oder?«

»Nein, ich komme schon zurecht.«

Der Blick des noch jungen Mannes glitt über die grauen Häuserfronten, die für diese Gegend so typisch waren. Wer hier wohnte, der hatte es im Leben zu nichts gebracht. Alle paar Minuten rauschte hinter den Häusern ein Eisenbahnzug vorbei. Wenn es Güterwagen waren, vibrierte die Umgebung mit.

Sarah Goldwyn lächelte dem Fahrer noch einmal zu und wandte sich ab. Sie schritt über den schmutzigen Gehsteig ihrem Ziel entgegen, ohne sich um die verwunderten Blicke der Bewohner zu kümmern. Das strahlend-schöne Herbstwetter hatte zahlreiche Menschen aus den Häusern auf die Straße gelockt, wo man sich aufhielt, miteinander redete oder die Karten kreisen ließ. Bei einigen kreiste auch die Ginflasche, andere wiederum taten nichts. Sie hockten auf den Treppenstufen und starrten vor sich hin.

Sarah Goldwyn, die alte Lady um die siebzig, war in der Tat eine erstaunliche Person. Sie hatte drei Männer überlebt, und jeder war wohlhabend gewesen, sodass Mrs Goldwyn allein von den Zinsen ihres Vermögens leben konnte. Sie besaß auch sonst noch Werte. Dazu zählte sie einige

Wohnhäuser, die längst bezahlt waren. Lady Sarah konnte sich den Mietzins nach ihrem Gusto einteilen.

Dass er sehr tief lag und dass sie Familien mit Kindern die Wohnungen gab, verstand sich von selbst. Nur redete sie mit niemandem darüber, auch nicht mit ihren Freunden. Sie arbeitete lieber im Stillen und schob auch ihrer ins Leben gerufenen Stiftung so manchen Betrag am Monatsersten zu.

Dies allein hob sie schon von der Masse der Menschen ab. Ungewöhnlich war aber auch ihr Hobby.

Das hieß Horror!

Lady Sarah Goldwyn, wegen ihres Hobbys auch Horror-Oma genannt, sammelte alles, was es auf diesem Gebiet gab. Alte Bücher, Neuerscheinungen, esoterische Zeitschriften. Unter dem Dach ihres Hauses hatte sie sich ein Videostudio eingerichtet, wo sie sich die neuesten Horror- und Actionfilme anschaute. Natürlich ging sie auch ins Kino und war von den jungen Leuten, die meist den Zuschauersaal ihres Stammkinos bevölkerten, anerkannt.

Dabei beschränkte sich Lady Sarah nicht allein auf die Theorie. Wenn es eben möglich war, begab sie sich selbst auf Geister- oder Dämonenjagd und hatte, zusammen mit ihrem Freund John Sinclair, schon so manches heiße Abenteuer erlebt, was dem Geisterjäger allerdings nicht recht gewesen war, da sich Lady Sarah auch nicht scheute, sich hin und wieder in Lebensgefahr zu begeben.

Wo sie etwas »roch«, griff sie zu.

Wer sie zum ersten Mal sah, konnte sie für eine verschrobene alte Lady halten, doch man sollte ihr einen zweiten Blick gönnen und ihr dabei in die Augen schauen. Die wirkten überhaupt nicht alt oder verschroben, sie waren hellwach, denn Lady Sarah passte in diese Welt und wusste genau, wie der Hase lief.

Sie war zwar noch rüstig und gut auf den Beinen, aber wenn sie längere Strecken lief, verließ sie sich doch lieber auf ihren Stock.

Bei jedem Schritt, den sie machte, klimperten die um ihren

Hals hängenden Ketten. Sie konnte man als ein weiteres Markenzeichen der Horror-Oma bezeichnen, wie auch die Hüte, die sie gern trug. Ohne eine Kopfbedeckung ging sie nie aus. Auch an diesem herrlichen Herbsttag trug sie einen Hut. Ein Gebilde aus Stroh, dunkelblau eingefärbt, mit einigen Herbstblumen hinter dem Band.

Über ihr Kleid hatte sie einen beigefarbenen Staubmantel gestreift, ihn aber nicht geschlossen, sodass er bei jedem Schritt im kühlen Wind flatterte.

Die Horror-Oma hatte sich natürlich nicht ohne Grund in diese Gegend fahren lassen. Sie wollte einer ganz bestimmten Person einen Besuch abstatten. Persönlich gegenübergestanden hatte sie dieser Frau noch nie. Nur der Name war ihr bekannt.

Ludmilla Prokowa!

Das hörte sich russisch an. Konnte auch ein Pseudonym sein, was kein Wunder gewesen wäre, denn die Frau hatte als Beruf Kartenlegerin angegeben und einen Artikel für eine bestimmte Zeitschrift geschrieben. Darin hatte sie über ihre Erfahrungen berichtet, die sie in letzter Zeit gemacht hatte.

Da Ludmilla und Lady Sarah in London wohnten, hatte sich die Horror-Oma entschlossen, diese Frau kennen zu lernen. Sie wollte mehr über den Artikel und die Autorin in Erfahrung bringen.

Lady Sarah war gespannt.

Im Haus Nummer 28 sollte die Frau wohnen. Nur wenige Schilder waren vorhanden. Unbekannte hatten sie einfach abmontiert.

Natürlich hörte sie auch die Bemerkungen, die man ihr hinterherrief.

»He, Oma, hast du dich verlaufen?«

»Komm mal rein, Oma, hier wartet ein Opa mit Nullbock.«

Es waren derbe Scherze und Worte, aber eben üblich. Für Lady Sarah sprach, dass sie nicht errötete und auch nicht schneller ging. Sie stand mit beiden Beinen im Leben.

Ein junges Mädchen stellte sich ihr in den Weg. Die Kleine

trug eine billige Lederjacke und nichts darunter. Als Beinkleidung reichte eine violette Strumpfhose. Das strähnige Haar war ebenso gefärbt wie die Lippen, wo die Farbe allerdings schon verlaufen war. Das Mädchen hielt Lady Sarah eine halbgefüllte Flasche mit billigem Gin hin. »Hier, Alte, nimm einen Schluck auf dieses Scheißleben.«

Lady Sarah streckte tatsächlich den Arm aus, aber nicht, um die Flasche zu nehmen, sie fasste mit zwei Fingern den Nippel des Reißverschlusses an und zog ihn hoch. »Der Herbst hat kühle Tage, Mädchen. Und du willst dir doch nicht den Busen erkälten!«

So etwas war dem Girl auch noch nicht widerfahren. Die Kleine starrte Lady Sarah an, ohne ein Wort zu sagen. Dafür redete die Horror-Oma. »Ich an deiner Stelle würde auch nicht weitertrinken. Noch ist es Zeit, überlege es dir genau.«

»Wie?«

»Schon gut, Kind. Und jetzt sag mir bitte noch, wo ich Ludmilla Prokowa finde.«

Die Kleine gab keine akustische Antwort. Sie deutete mit dem Daumen auf eine Einfahrt zwischen zwei Häusern.

»Danke.« Lady Sarah ging, während das Mädchen regelrecht davonschlich. Vielleicht dachte sie sogar über die Worte der älteren Frau nach, und das hätte Lady Sarah schon als einen Erfolg verbuchen können.

Die Einfahrt war schmal. Zwischen den Wänden stank es nach Abfall. Kinder spielten auf dem lückenhaften Pflaster, während auf dem Hof jemand den Motor seiner Maschine ausprobierte. Der Lärm vereinigte sich mit dem Kreischen eines Vogels. Das Tier steckte in einem viel zu kleinen Käfig. Dafür hing dieser im Freien, direkt neben dem Fenster einer Küche.

Die Horror-Oma blieb auf dem Hof stehen. Sie wurde aus den Fenstern beobachtet und auch von den drei jungen Männern, die an der aufgebockten Maschine bastelten.

Niemand sprach sie an. Man schwieg und schielte misstrauisch, denn die Leute spürten, dass Lady Sarah nicht zu ihnen gehörte. Lady Sarah fragte eine dicke Frau, die einen Korb mit nasser Wäsche schleppte und über eine außen angebrachte Kellertreppe hochkam, nach dem Weg.

»Da musst du einfach da runter, wo ich hochgekommen bin.«

»Lande ich da nicht in der Waschküche?«

»Unter anderem, aber auch bei der Spinnerin.«

»Wieso das?«

Die dicke Frau stellte den Korb ab und holte eine zerknautschte Packung Zigaretten aus der Kitteltasche. »Mann, sag bloß, du nimmst dieses Gequatsche für bare Münze.«

»Ich habe noch nicht mit Ludmilla gesprochen.«

»Die redet nur Mist. Vom Weltuntergang und so. Dabei soll sie aufpassen, dass *sie* nicht untergeht.« Mit diesen Worten war für die Frau das Gespräch beendet. Sie ließ den Glimmstängel zwischen ihren Lippen, schnappte sich den Korb und ging weiter.

Lady Sarah ging die ausgetretenen Steinstufen hinab, auf denen man leicht stolpern konnte. Sarah war froh, ihren Stock mitgenommen zu haben, der sich neben dem rostigen Geländer als zweite Stütze erwies.

Die alte Tür am Ende der Treppe sah sehr mitgenommen aus. Im oberen Drittel hatte sie mal eine Glasscheibe gehabt. Jetzt klebte Pappe im Rechteck, mit Heftzwecken festgeklemmt. Kein Hinweis auf Ludmilla Prokowa. Lady Sarah wunderte sich darüber. Wer sich mit Kartenlegen beschäftigte, sollte zumindest ein wenig Reklame für sich machen.

Die Tür klemmte, als Lady Sarah sie aufdrückte. Vor ihr lag die Waschküche.

Ein Feuchtraum, in dem die Luft nach Seifenlauge roch. Da stand keine elektrische Waschmaschine. Wer hier seine Wäsche wusch, verließ sich noch auf Waschbrett und seine Hände. Zwei große Spülbecken sah Lady Sarah ebenfalls. Zudem musste sie über Schläuche klettern und sah schließlich die zweite Tür vor sich, die von der Waschküche aus in den Keller führte.

Sie gehörte ebenfalls nicht mehr zu den neuesten. Auch hier musste Lady Sarah kräftig ziehen, um den Kellergang zu erreichen. Auf den Wänden lag ein feuchter Film. An der Decke brannten einige Birnen. Ihr Licht war ziemlich matt. Deshalb waren die Löcher in und die Schmierereien an den Wänden erst beim zweiten Blick zu erkennen. Aber am Ende des Flurs, wo er sich teilte, blinkte ein Schild.

Lady Sarah ging rasch hin und sah auf dem Metall in dunklen Lettern den Namen Ludmilla Prokowa. Darunter stand in kleinerer Schrift der Beruf: Kartenlegerin.

Die Horror-Oma schüttelte den Kopf. Wer sein Geschäft so betrieb und sich in einem Keller versteckte, durfte sich nicht wundern, wenn kaum Kunden zu ihm kamen.

Mrs Goldwyn ging nach links und schaute auf eine Tür, die anders aussah als die übrigen. Sie war relativ neu und glänzte noch. Das musste der Eingang zu Ludmillas Wohnung sein.

Lady Sarah klopfte.

»Kommen Sie zu mir!«, rief jemand. »Ich warte hier auf Sie.«

Mrs Goldwyn schüttelte den Kopf. So etwas hatte sie auch noch nicht erlebt! Da musste sie tatsächlich durch den Keller gehen, um eine Wohnung im Erdgeschoss zu erreichen, das war schon mehr als merkwürdig. Sarah stieg die glatten Holzstufen hoch und gelangte in die Wohnung oder das Arbeitszimmer der Kartenlegerin. Eine andere Welt nahm sie auf. Sie wirkte irgendwie geheimnisvoll, fremdartig, denn Lady Sarah sah keine Wände, nur Stoffbahnen, die den großen Raum abtrennten und auch einteilten. Das Licht fiel aus runden Öffnungen unter der mit Holz verkleideten Decke. Es war nicht sehr hell, aber ausreichend. Hinter dem Schreibtisch hockte die Frau mit dem russischen Namen. Interessiert blickte sie ihre Kundin an.

»Bitte, treten Sie doch näher.« Ludmilla hob den rechten Arm und deutete auf einen gepolsterten Stuhl vor dem Schreibtisch, sodass sich die beiden Frauen gegenübersaßen.

Ob der Dialekt gespielt oder echt war, konnte Lady Sarah

nicht feststellen. Jedenfalls sprach diese Frau mit einem harten Tonfall, und Lady Sarah hatte Zeit, sich die Person genau anzusehen.

Das Alter der Prokowa war schlecht zu schätzen. Sie war ungefähr fünfzig. Ihr kurzes Haar war grau; ein violetter Schimmer schien hineingefärbt worden zu sein. Am Gesicht der Kartenlegerin fiel eigentlich kaum etwas auf. Es war nichtssagend und blass. Die Wangen und die Lippen waren schmal, die Nase stach spitz hervor. Ein Durchschnittstyp eben, eine Frau, die man auf der Straße leicht übersah, wenn sie einem entgegenkam.

Ihr Lächeln war abwartend, geschäftsmäßig, freundlich und auch interessiert. Als Kunde konnte man Vertrauen zu dieser Frau haben, und darauf kam es ihr wohl an. »Ich freue mich, dass Sie den Weg zu mir gefunden haben, Mrs …«

»Goldwyn, Sarah Goldwyn.«

»Ja, Mrs Goldwyn. Wie gesagt, ich freue mich darüber. Nicht jeder schafft es.«

»Sie liegen ein wenig versteckt.«

»Ich will auch deshalb ausziehen. Irgendwann. Aber ich habe mich an die Gegend gewöhnt. Doch das sind nicht Ihre Probleme. Sie werden andere haben. Ich will Ihnen meine Preise nennen. Das normale Legen der Karten kostet …«

Lady Sarah unterbrach die Frau mit einer Handbewegung. »Bevor Sie sich falsche Hoffnungen machen, Mrs Prokowa.«

»Sagen Sie Ludmilla.«

»Natürlich gern. Ich bin nicht zu Ihnen gekommen, um mir von Ihnen die Karten legen zu lassen.«

»So?« Jetzt keimte schon Misstrauen in der Frage. Die Kartenlegerin lehnte sich zurück. Ihre Hände strichen dabei über zwei noch verschlossene Kartenpakete, bevor sie die Ärmel ihres blassroten Pullovers nach unten zog, den sie über ihr Wollkleid gestreift hatte. »Was hat Sie dann zu mir geführt? Wollen Sie schnüffeln oder …?«

»Nichts dergleichen, Ludmilla. Ich möchte Ihnen nur ein paar Fragen stellen.«

»Sie sind doch nicht von der Polizei?«, fragte die Russin mit spöttischer Stimme.

»Nein, das nicht.«

»Dann kostet es Geld.«

»Sie sollen entlohnt werden, das verspreche ich Ihnen, und ich werde Sie auch sicherlich nicht lange aufhalten, aber es geht da um eine Sache, die mich interessiert und die ich gefunden habe. Einen Augenblick noch, Ludmilla.« Lady Sarah öffnete ihre Handtasche. Sie hatte den Zeitungsausschnitt zusammengefaltet und musste ihn erst suchen. »Ah, da ist er«, sagte sie und lachte leise. Sie faltete ihn auseinander. »Er stammt aus einer esoterischen Schrift, die ich abonniert habe.«

»Welcher Artikel ist es denn, Mrs Goldwyn? Ich habe für diese Zeitschrift schon mehrere geschrieben.«

Lady Sarah holte die Brille hervor und setzte sie umständlich auf. Dabei lächelte sie und nickte. Die Kartenlegerin konnte ihre Spannung nicht verbergen. Sie saß irgendwie lauernder auf ihrem Platz als noch Minuten zuvor.

»Wenn Sie die Überschrift des Artikels vorlesen, wird das reichen«, sagte die Frau.

»Das hatte ich auch vor. Hören Sie: *Das Erbe des Götzen Baal befindet sich unter uns.*«

Ich erlebte die Momente im Leben eines Menschen, wo er sich fragt, ob jetzt alles vorbei ist. Zwei bewaffnete, zu allem entschlossene Gegner waren einfach zu viel für mich. Außerdem lag ich in einer ehemaligen Verbrennungsgrube und war so gut wie wehrlos.

Ein schwerer Eisenrost klemmte mich ein. Mit seiner Schmalseite drückte er gegen meinen Leib. Er stand schräg und wurde von der Grubenmauer gehalten.

Den ersten Schrecken und einen Kampf mit Kamikaze hatte ich bereits hinter mir. Dem Killer war es trotz seiner gefesselten Hände gelungen, einen Balken zu packen und mir dieses noch glühende Teil auf die Schulter zu schlagen. Auch mein Kopf war dabei nicht verschont geblieben.

Okay, den Treffer hatte ich wegstecken können, war aber in die Grube gefallen, und es sah verdammt nicht danach aus, dass ich es schaffen konnte, aus eigener Kraft zu entkommen.

Licht war jedenfalls vorhanden. Ich hatte eine starke Taschenlampe mitgebracht. Sie lag auf dem Boden, brannte dort weiter, und ihr Strahl stach wie eine lange, helle Lanze in die Finsternis der ehemaligen Verbrennungskammer.

Er berührte die beiden Männer nicht, ließ sie aber auch nicht im Schatten, sodass ich ihre Umrisse erkennen konnte, wenn ich entweder nach rechts oder nach links schaute.

Rechts von mir stand Akim Samaran, links hielt sich Kamikaze auf, der jetzt seinem Herrn und Meister das Feld überlassen hatte.

Noch deutlich irrten die letzten Worte Akim Samarans durch meine Erinnerung. »Das Feuer hast du durch dein Kreuz abwehren können, dem Dolchstoß wirst du nicht entgehen!«

Es sah verdammt so aus, als sollte er Recht behalten, denn Samaran bereitete sich genüsslich auf den Mord vor. Die Hände hatte er bereits erhoben. Er umklammerte mit allen zehn Fingern den Dolchgriff. Mit großer Wucht wollte er ihn mir in die Brust stoßen.

Und schon ging er den ersten Schritt. Um mich zu erreichen, brauchte er nicht zu springen. Er musste nur vorgehen und das schräge Gitter betreten. So würde er leicht an mich herankommen.

Sein Gesicht lag im Schatten. Ich glaubte aber, sein kaltes Grinsen erkennen zu können.

Das war seine große Stunde! Darauf hatte er lange gewartet. Mir blieben kaum Chancen. Die Beretta besaß jetzt Kamikaze, mir war das Kreuz geblieben, und ich musste es einfach aktivieren, sonst war alles vorbei.

Ich spürte den Druck, den Akim Samarans Gewicht auf das Gitter ausübte. Noch tiefer drang es in meinen Leib. Es bereitete mir Mühe, überhaupt zu atmen, und ich kam auch nicht an den Bumerang heran.

Das Kreuz trug ich vor meiner Brust. Wenn ich die Formel sprach, würden die Silben nur mehr als Keuchen zu hören sein.

»Keine Bewegung mehr!«, schrie plötzlich jemand.

Diese drei Worte kamen mir vor wie die berühmten Trompeten von Jericho. Nicht allein ich zuckte zusammen, auch Akim Samaran, der wohl nicht fassen konnte, dass da jemand erschienen war, um seinen Plan zu zerstören. Plötzlich interessierte er sich nicht mehr für mich, sondern für den, der gesprochen hatte.

Akim drehte sich auf dem Gitter um.

Natürlich hatte ich längst erkannt, dass Bill Conolly gekommen war, um mich zu unterstützen. Ich hatte noch einmal meine Kräfte sammeln können und drückte meinen Oberkörper vor. Dabei umklammerte ich mit beiden Händen das Gitter, denn nur so konnte ich Samaran überraschen.

Ich wuchtete es hoch.

Samaran schrie, er kippte, aber auch sein Leibwächter Kamikaze bewegte sich, wie ich aus dem Augenwinkel wahrnahm.

Und er schoss sofort.

Plötzlich war die Hölle los!

Nach Lady Sarahs Eröffnung war es zunächst einmal still. Beide Frauen schwiegen. Sarah Goldwyn wollte die Entwicklung der Dinge zunächst abwarten, sie hatte das Ihre getan, und Ludmilla Prokowa musste nun reagieren.

Aber sie hielt sich zurück. Ob bewusst oder unbewusst, das konnte die Horror-Oma nicht sagen, jedenfalls wartete sie vergeblich auf eine Antwort der Kartenlegerin.

»Soll ich den Artikel vorlesen?«, fragte die Horror-Oma.

»Nein, das brauchen Sie nicht. Ich habe ihn ja selbst geschrieben.«

Sarah nickte. »Klar. Nur möchte ich gern mehr darüber wissen. Vor allen Dingen interessiert es mich, wie Sie überhaupt darauf gekommen sind, sich mit Baal zu beschäftigen.«

»Kennen Sie ihn?«, fragte Ludmilla zurück.

»Das kann man sagen. Ich habe zumindest einiges von ihm gehört. Und nicht nur Gutes.«

»Das gebe ich gern zu.«

Sarah schaute wieder auf den Artikel. »Mich wundert es, mit welch einer Bestimmtheit Sie über Baal geschrieben haben. Woher konnten Sie das wissen?«

Ludmilla lächelte fein. »Durch die Karten.«

»Soll ich Ihnen das glauben?«

Die Prokowa beugte sich vor. »Müssen Sie das nicht, Mrs Goldwyn?«

»Um das herauszufinden, bin ich zu Ihnen gekommen. Mich interessieren eben Dinge, die sich mit übersinnlichen Phänomenen beschäftigen, wenn Sie verstehen. Ich bin eine alte Frau, dazu dreifache Witwe, habe viel Zeit und muss meinen Tag irgendwie ausfüllen. Da habe ich mich entschlossen, mich mit diesem Thema zu befassen.«

»Mit anderen Mächten und dem Jenseits?«

»Wenn Sie es so ausdrücken wollen, habe ich nichts dagegen, Ludmilla.«

Die Russin senkte ihre Stimme. »Sie wissen, dass dies gefährlich ist, nicht wahr?«

»Das weiß ich.«

»Deshalb forschen Sie niemals weiter. Ich habe mich schon zu weit vorgewagt. Meine Karten haben es mir gezeigt. Ich habe aus ihnen gelesen, dass eine große Gefahr in dieser Stadt lauert. Man muss sich ihr stellen, ob man will oder nicht. Wenigstens die Personen, die unmittelbar damit zu tun haben, und dazu gehöre ich.«

»Wieso?«

Ludmilla lächelte etwas mokant. »Ich bitte Sie, Mrs Goldwyn. Ich lese in den Karten. Sie berichten mir eine Geschichte. Sie erzählen von Dingen, die zwischen den Welten liegen. Sie besitzen die magischen Sensoren, um in die Zukunft schauen zu können oder eine Gefahr zu erkennen, die bereits in der Gegenwart lauert.« Die Russin hatte ihre Stimme verändert und sie zu einem Flüstern gesenkt. Deshalb musste sie jedes einzelne Wort überdeutlich aussprechen, und es hörte sich an wie eine schaurige Warnung. Hinzu kam dieser harte Dialekt, der ihrer Stimme einen seltsamen Klang gab, und Lady Sarah konnte ein gewisses Unbehagen nicht unterdrücken.

Noch immer sah Ludmillas Gesicht bleich aus. Auf der Haut lag ein bläulicher Schimmer, die Lippen waren kaum zu sehen. Manchmal erschien die Zungenspitze zwischen ihnen, aber sie verzogen sich nie zu einem Lächeln. »Die Karten sind das Schicksal der Menschheit. Man hat sie einmal des Teufels Gebetbuch genannt, Mrs Goldwyn. Ich habe im Laufe meines Lebens erkannt, dass das stimmt.«

»Bitte, reden Sie weiter!«

»Nein, das war genug. Auch wenn Sie sich für übernatürliche Dinge interessieren, sollten Sie jetzt meine Wohnung verlassen. Wer sich in Gefahr begibt, kommt darin um.«

Die Horror-Oma lachte leise. »Bisher lebe ich ganz gut, Ludmilla. Ich habe mich schon des Öfteren in Gefahr begeben, aber umgekommen bin ich nicht. Also wollen wir doch vernünftig sein. Außerdem kann ich mir schlecht vorstellen, dass Ihre Karten tatsächlich diese fernen Blicke in die Zukunft oder in die Gegenwart gestatten. Was ist schon ein normales Kartenspiel?«

Ludmilla Prokowa lehnte sich zurück. »Normales Kartenspiel, sagen Sie, meine Liebe?« Sie schüttelte den Kopf. Trotz der heftigen Bewegung geriet keines der grauen Haare aus seiner ursprünglichen Lage. »Das ist kein normales Kartenspiel.«

Lady Sarah deutete auf den Tisch. »Ich sehe hier zwei Spiele. Und beide sehen völlig normal aus.«

Ludmilla nickte und legte ihre Hände auf die beiden Spiele. »Im Prinzip, Lady Sarah, haben Sie Recht. Das hier sind zwei normale Kartenspiele. Aber ich will Ihnen eines sagen. Den Blick in die gefährliche Zukunft haben mir nicht die beiden normalen Kartenspiele erlaubt, ihn habe ich durch ein anderes bekommen.«

»Das nicht normal ist?«

»Wenn Sie so wollen, ja.«

Sarah Goldwyn hatte sich von dieser Frau inzwischen ein Bild machen können, und sie ging davon aus, es hier mit keiner Spinnerin zu tun zu haben. Ludmilla Prokowa musste tatsächlich etwas gesehen haben, was anderen verborgen geblieben war. Es war verständlich, dass sie sich nicht so leicht aus der Reserve locken lassen wollte, schon gar nicht von einer fremden Person, die sie erst wenige Minuten kannte.

Die beiden Frauen blickten sich lange in die Augen. Die Kartenlegerin überlegte scharf, ob sie ihrer Besucherin trauen konnte, und Lady Sarah hatte sich entschlossen, ihr eine Brücke zu bauen.

»Bitte, Ludmilla, ich möchte Ihnen sagen, dass Sie mir vertrauen können. Ich gehöre nicht zu den Menschen, die Sie lächerlich machen wollen.«

»Man kann nie wissen.«

»Versuchen Sie es.«

Da lächelte die andere. »Jedenfalls haben Sie nicht so recht an die Karten geglaubt.«

»Das möchte ich einschränken. Nicht an die normalen Karten, die vor Ihnen auf dem Tisch liegen. Sagten Sie nicht selbst, dass Sie Ihr Wissen aus anderen haben?«

»Das stimmt.«

»Dann möchte ich Sie bitten, mir diese zu zeigen.«

»Das habe ich noch nie getan!«, antwortete sie spontan. »Das ist einfach nicht drin. Unmöglich. Nein, Mrs Goldwyn, so kommen wir auf keinen Fall weiter.«

»Und wenn ich Ihnen helfen will?«

Plötzlich zeigte das glatt wirkende Gesicht einen misstrauischen Ausdruck. »Sie wollen mir helfen?«

»Ja, das hatte ich vor.«

»Aber können Sie das?«

Lady Sarah wiegte den Kopf. »Lassen Sie es doch einmal darauf ankommen. Wir sind hier unter uns. Beide haben wir Zeit. Oder haben Sie einen Termin?«

Die Frau starrte auf das schwarze Telefon, das auf dem Schreibtisch wie ein Fremdkörper wirkte. »Nein, bisher nicht. Wer zu mir kommt, der ruft an oder bestellt mich in seine Wohnung. Heute habe ich keinen Termin. Außerdem laufen die Geschäfte nicht gut. Meine Konkurrenz ist zu groß, ich bin zu wenig bekannt, obwohl mir dabei ein Durchbruch gelungen ist, wie ich Ihnen ja sagte.«

»Dann holen Sie endlich die Karten hervor.«

Ludmilla lächelte. »Sie geben wohl nie auf, wie?«

»Nur selten.«

»Vielleicht ist das der Grund, weshalb ich Ihnen traue.« Die Prokowa stand auf. »Ich stamme aus Russland und lebe seit ungefähr fünfzehn Jahren hier in London. In meiner Heimat ist es für mich nicht einfach gewesen. Mein Beruf passte einfach nicht in deren Ideologie. Ich wurde verfolgt, verhöhnt und verspottet, sodass ich fliehen musste. Hier habe ich meinen Platz gefunden, aber ich kann das Erbe meiner Heimat nicht vergessen. Sie werden bald den Grund sehen.«

Während ihrer Worte war die Prokowa um den Schreibtisch herumgegangen und vor einem der Vorhänge stehen geblieben. Der Spalt war für Lady Sarah nicht zu sehen, Ludmilla aber wusste genau, wo sie hinzugreifen hatte. Zielsicher fanden ihre Finger die Stofffalte und zogen sie zur Seite.

Die Horror-Oma hatte sich gedreht. Das Licht fiel nicht mehr auf den Stoff, sondern auf eine graue Wand, in der sich ein grünliches Rechteck abmalte. Es war die Tür eines Safes, das ein Drehschloss hatte und natürlich einen Zahlencode.

Ludmilla stand so, dass sie die Tür des Safes mit ihrem Körper abdeckte und Lady Sarah nicht sehen konnte, welche Zahlenreihe sie eingab. Das wollte die Besucherin auch nicht.

Was für sie zählte, war der Erfolg, und der hing eng mit diesem geheimnisvollen Kartenspiel zusammen, das Ludmilla aus dem Safe holte.

Sie hielt es zwischen den Handflächen, sodass es von der Horror-Oma nicht gesehen werden konnte. Erst als Ludmilla saß, legte sie es auf den Tisch.

»Da ist es!«, flüsterte sie.

Mrs Goldwyn sah sich das Spiel an. Sie war ehrlich genug, um sich einzugestehen, dass sie auf den ersten Blick nichts Besonderes an ihm entdecken konnte. Vielleicht war es älter. Ja, denn Ludmilla hatte es vor fünfzehn Jahren mit aus ihrer Heimat gebracht.

Es war nicht mal verpackt, und Ludmilla strich mit den Fingerkuppen über den kleinen Kartenstapel, als wollte sie die Haut eines ihr nahe stehenden Menschen streicheln.

»Das ist es«, wiederholte sie.

»Und?«

Ludmilla legte die Stirn in Falten und drehte die Karten um. Sie zeigte Lady Sarah die unterste, sodass sich die Horror-Oma wunderte, denn die Karten waren sehr dunkel. Das Motiv des Königs war dort zu sehen. Ein gefährlich aussehender Typ mit schwarzem Bart, der sein Kinn umwucherte.

»Wer ist das?«, fragte Lady Sarah.

»Ein König.«

»Mehr nicht?«

Ludmilla lächelte nur und begann mit ihrer Arbeit. Sie breitete jede Karte auf der Platte des Schreibtisches aus, sodass Lady Sarah sie erkennen konnte.

Nein, das war kein normales Kartenspiel. Alte russische Karten hatte sie hier vor sich, bestimmt eine Rarität, und von ihnen strömte ein ungewöhnlicher Geruch aus.

Sie rochen tatsächlich staubig und alt, als wären sie schon durch zahlreiche Hände gegangen.

Sarah Goldwyn blickte über den Tisch hinweg der Russin ins Gesicht, das sehr angespannt wirkte. »Sagen Sie,

Ludmilla, sind die Karten tatsächlich alt, oder kommen sie mir nur so vor?«

»Sie sind alt.«

»Können Sie ungefähr das Jahr nennen?«

Ludmilla legte soeben die letzte Karte weg. Sie fiel mit einem klatschenden Geräusch auf die Tischplatte. »Ich kann Ihnen kein genaues Jahr nennen«, erwiderte sie. »Aber das Alter dieses Spiels liegt bei über hundert Jahren. Die Karten sind deshalb etwas Besonderes.«

»Das sehe ich nicht so. Es gibt mit Sicherheit viele Kartenspiele, die so alt sind wie das Ihre, Ludmilla. Noch finde ich keine Verbindung zu einer gewissen Magie, die dieses Spiel ja Ihren Worten nach beinhalten soll.«

»Schauen Sie sich ruhig jede einzelne Karte an.«

Lady Sarah beugte sich vor. Abermals musste sie ihre Brille aufsetzen. Ihr Blick glitt über die vor ihr ausgebreiteten Karten. Bis auf die gezeichneten Motive konnte sie nichts Außergewöhnliches feststellen. Die Figuren und Symbole kamen ihr fremd vor, außerdem schien über den Karten ein düsterer Schatten zu liegen, aber das konnte auch Einbildung sein.

Sie hob die Schultern. »Tut mir Leid, Ludmilla. Ich habe einiges über Kartenmagie gelesen, aber hier ist für mich nichts Außergewöhnliches festzustellen.«

»Und doch geben sie mir Auskunft über schlimme Dinge«, erklärte die Russin.

Sarah Goldwyn nahm ihre Brille ab. Es war ein dünnes Gestell, das kaum auffiel. »Aber wieso können Ihnen diese Karten so viel sagen?«

»Das ist sehr einfach, liebe Frau. Weil sie einen bestimmten Besitzer hatten.«

»Okay, das nehme ich noch hin. Aber wie hieß dieser Besitzer?«

»Sie werden seinen Namen kennen«, erklärte die Russin, wandte sich ab und schaute ins Leere.

»Sagen Sie ihn mir.«

Ludmilla ließ sich nicht aus der Ruhe bringen. »Wenn Sie den Namen hören, Mrs Goldwyn, werden Sie vor Angst oder Ehrfurcht erschauern. Sie haben mich dazu überredet, die Karten aus dem Safe zu holen. Jetzt will ich Ihnen auch nicht den Rest verschweigen. – Diese Karten sind ein gewaltiges Erbe. Sie haben einem Mann gehört, der Geschichte geschrieben hat. Die Geschichte meines Heimatlandes. Es war …« Sie sprang auf und rief laut »Rasputin!«

Bill Conolly hatte die entscheidenden Worte gesprochen, und er wunderte sich selbst darüber, wie kaltblütig er in diesen Sekunden reagierte. Seine Arme hatte er nach vorn gedrückt, er war leicht in den Knien eingeknickt und hielt die goldene Pistole mit beiden Händen fest umklammert. Deren Mündung wies auf den Rücken des Killers Kamikaze.

Zunächst geschah nichts.

Auch Kamikaze und Akim Samaran mussten ihre Überraschung erst verdauen. Samaran war schon auf dem Weg zu dem in der Grube liegenden John Sinclair gewesen. Sein Fuß drückte bereits auf den Rost, und es war plötzlich John Sinclair, der zur selben Zeit wie Kamikaze reagierte. Nur zeigten diese beiden Reaktionen gewaltige Unterschiede.

John wollte aus der Grube, Kamikaze aber wirbelte trotz der Warnung herum, und er tat das, was er immer getan hatte und eigentlich genau zu ihm passte.

Er schoss.

Dabei war es ihm egal, ob er ein Ziel sah oder nicht. Die erste Kugel jagte an Bill vorbei, da sich der andere noch in der Bewegung befand.

Die zweite würde schon besser sitzen, aber dazu wollte Bill den Killer nicht kommen lassen.

Der Reporter hatte sich nach reiflicher Überlegung entschlossen, die goldene Pistole einzusetzen. Er wusste, dass es bei einem Treffer für den Getroffenen bis auf wenige Ausnahmen kein Zurück mehr gab. Die Ladung der Waffe war endgültig. Sie verletzte auch nicht, sie war einfach nur grausam und schlimm.

Bill drückte ab.

Er spürte kaum einen Rückstoß, vielleicht ein leichtes Zittern, aber er konnte zuschauen, was dort aus der Mündung quoll. Es war ein handgroßer Schleimtropfen, der sich auf die Reise machte, ein wenig taumelig durch die Luft wischte, im Dunkeln verschwand und von Kamikaze erst wahrgenommen wurde, als er dicht vor seiner Brust erschien.

Der Killer schoss nicht mehr. Er war sicherlich zu überrascht. Bill glaubte auch nicht daran, dass er je etwas von der goldenen Pistole und deren gefährlicher Ladung gehört hatte, denn er machte keine Anstalten, dem schleimig aussehenden Tropfen auszuweichen.

Mit einem klatschenden Laut traf er die Brust des Killers.

Dann begann das Grauen.

Kamikaze musste es gespürt haben. Auch ein Mensch wie er hatte Ängste. Sie schlummerten vielleicht im Verborgenen, so bedurfte es nur eines Anstoßes, um sie wieder in die Höhe steigen zu lassen. Und es waren die gefährlichen Urängste, die den Killer packten. Vielleicht auch der Instinkt, der ihn warnte und ihm gleichzeitig sagte, dass er einen schweren Fehler begangen hatte, der nicht mehr zu reparieren war.

Er ging zwei kleine Schritte zurück, als wollte er sich in Sicherheit bringen.

Der Schleim aber reagierte wie ein Automat. Er hatte sein Ziel gefunden und breitete sich blitzschnell aus. In vier Richtungen gleichzeitig. Kamikaze ließ die Beretta fallen. Er wusste nicht, wo er zuerst hinfassen sollte. Nach oben, unten, nach rechts und links. Überall fanden seine Finger nur die weichen Schleimspuren, die sich schon über sein Gesicht gelegt hatten, als er die Fingerkuppen kurz dagegendrückte, die Hände dann wegzog und erkennen musste, dass der Schleim wie ein zäher Leim an seinen Fingerkuppen und an der Gesichtshaut klebte.

Das Grauen nahm seinen Lauf. Die Ladung aus der Waffe war einfach nicht zu stoppen. Den Körper hielt sie bedeckt, aber nun folgte das Besondere, das zum Tode der getroffenen Person führte.

Der Schleim dehnte sich aus, bildete plötzlich eine Hülle, die den Körper des Killers wie ein großes Oval umgab. Diese Hülle bekam kleine, dünne Beine, die aus der Schleimmasse hervorwuchsen. So konnte sich die Hülle mitsamt Inhalt fortbewegen.

Kamikaze hatte alles versucht, aber es war ihm nicht gelungen, dem Schleim zu entgehen.

Sehr dünn sah er aus, doch kein Boxer der Welt hätte diese Haut mit einem Schlag zerstören können. Sie war zäh und gleichzeitig sehr widerstandsfähig.

Das bekam auch Kamikaze grausam zu spüren, als er trotz allem versuchte, sich zu befreien.

Wie ein Wahnsinniger schlug er um sich. Seine mächtigen Mörderfäuste trommelten gegen die Innenflächen der Schleimhülle. Er wollte sie zerschlagen, auch zerreißen, aber seine Fingernägel schafften es ebenfalls nicht, die Haut zu zerfetzen. Immer wieder wurde der Killer zurückgestoßen, als wäre er gegen eine Gummiwand gelaufen.

Er musste brüllen, schreien, er tobte, aber die Schleimhülle war zudem schalldicht. Nicht ein Geräusch drang dem Reporter entgegen. Bill erlebte einen stummen, verzweifelten Kampf einer Kreatur, die ein Mensch war, doch in ihrem Leben wie eine Mordmaschine reagiert hatte. Kamikaze hatte getötet. Immer wieder nur Menschenleben zerstört. Nun erhielt er auf grausame Art und Weise die Quittung.

Die Kugel hatte einen ovalen Boden. Aus diesem Grunde fiel es dem Killer schwer, überhaupt das Gleichgewicht zu halten. Er kippte von einer Seite auf die andere, prallte gegen die Wand, wurde wieder vorgeschleudert, und das grausame Spiel begann von vorn.

Dann fiel er hin. Seine Hände schlugen unkontrolliert, gerieten durch einen Zufall in die langen, grauen Haare, rissen daran, und so löste sich der Knoten in seinem Nacken. Das aschige Haar fiel lang auf die Schulter und auch in das Gesicht des Killers, wo sich die Strähnen bereits mit dem Schweiß verklebten.

Bill blickte zur Seite.

Er hatte Kampfgeräusche vernommen und sah, dass John Sinclair und Akim Samaran fighteten und sich dabei nichts schenkten. Der Reporter wusste Samaran bei dem Geisterjäger gut aufgehoben, er musste sich auf Kamikaze konzentrieren, obwohl er das nicht gern tat, doch es blieb ihm nichts anderes übrig, denn die verdammte Schleimhülle hatte die fatale Eigenschaft, sich weitere Opfer zu suchen. Und zerstört werden konnte sie nur mit Johns Kreuz.

Kamikaze gab nicht auf. Seine Kräfte schienen überhaupt nicht zu erlahmen. Er hatte sich hingehockt, wartete noch einen Moment und schoss dann in die Höhe.

Es war ein verzweifelter Sprung. Er streckte seine Arme aus und rammte jetzt beide Handkanten gegen die Innenhaut der Killerblase. Auch das nutzte nichts.

Er hätte auch ein Messer oder eine Pistole nehmen können. Beides wäre vergebens gewesen. Diese Haut ließ sich einfach nicht zerstören. Sie war stärker als die Kräfte eines Menschen.

Wieder sank Kamikaze zusammen. Er fiel dabei nach vorn. Sein Gesicht berührte die Innenhaut und wurde hart dagegen gepresst. Für Bill Conolly bedeutete es Stress, zuschauen zu müssen, wie der Mann allmählich starb, aber Bill durfte nicht anders handeln, denn die tödliche Blase blieb nie auf einer Stelle stehen. Sie wanderte, schaukelte dabei, änderte stets die Richtung, sackte ein, kam wieder hoch, ging weiter, kippte und wirkte auf den dünnen Füßen mehr als ungelenk.

Die starke Taschenlampe schickte noch immer ihren Strahl in die Düsternis, wo sie einen breiten Streifen erhellte. Und in diesen Streifen hinein wälzte sich auf den dünnen Beinen die mit einem Menschen gefüllte Schleimhülle.

Bevor sie sich weiterbewegte, sah Bill Conolly das Gesicht des Killers, wie es von diesem Strahl getroffen und aus der Finsternis gerissen wurde.

Es waren fast bis zur Unkenntlichkeit verzerrte Züge, in die er schaute.

Er erinnerte sich daran, wie sehr ein Killer wie Kamikaze gewütet hatte. Menschenleben bedeuteten ihm nichts. Er hatte getötet, er war ein Monstrum gewesen, doch als Bill die Qualen dieses Mannes in seinem Gesicht geschrieben sah, da überkam ihn doch so etwas wie Mitleid. Das Schicksal gönnte er keinem, selbst Kamikaze nicht, der im Rhythmus der Gehbewegungen mitschwang und sich weiter von der Lichtlanze entfernte, sodass Bill die Gestalt nicht mehr erkennen konnte.

Der Reporter blieb auf der Stelle stehen. Er war innerlich fix und fertig. Dick lag der Schweiß auf seiner Haut. Die Kleidung klebte daran. Sein Herz hämmerte wild, er fühlte sich matt, weich in den Knien und zerschlagen.

Mit weit geöffnetem Mund saugte er den Atem ein, sah nicht mehr zu Kamikaze hin, weil er sich auf die keuchenden Geräusche konzentrierte, die vor ihm aus dem Dunkel drangen.

Noch immer kämpften John Sinclair und Akim Samaran. Bill sah hin und wieder ihre Schatten, die wie einer wirkten, weil die beiden sich ineinander verkrallt hatten. Der Reporter hatte Akim Samaran diese Kräfte überhaupt nicht zugetraut. Wahrscheinlich war es die Angst, die ihn so handeln ließ und diese gewaltigen Reserven freimachte.

Bill hatte vor, den Namen seines Freundes zu rufen. Er ließ es bleiben und lief stattdessen in die Richtung, in die der Killer in seiner Blase verschwunden war.

Kein Laut war zu hören. Ab und zu vernahm der Reporter mal das Tappen der Füße auf dem Steinboden, und dann sah er den Umriss dieser mordenden Kugel wieder.

Sie kam zurück und geriet zwangsläufig in den Schein der Taschenlampe. Dabei näherte sie sich auch der Verbrennungsgrube. Wenn sie so weiterlief, würde sie bald hineinfallen.

Mit Schrecken erkannte der Reporter den gesamten Umfang dieses fürchterlichen Mordvorgangs. Kamikaze hockte auf dem ovalen Boden. Er hatte seinen Körper zusammengekrümmt. Der Kopf war nach vorn gesunken und musste das über sich ergehen lassen, was für ihn das endgültige Todesurteil bedeutete.

Es war der Todesschleim.

Er hatte sich nicht nur im unteren Oval gesammelt, er tropfte auch aus der Höhe herab. Diese Schleimbeutel erinnerten selbst an verkleinerte Gebilde dieser Kugel, als sie sich lösten, in die Tiefe fielen und zielsicher den Körper des Mannes trafen.

Jede Berührung glich einem Schlag, dessen gesamte Summe schließlich zum Tode des Menschen führte.

Kamikaze löste sich auf.

Seine dunkle Kleidung war bereits hin. Jetzt konnten die gefährlichen Tropfen seine Haut erreichen, klatschten dort auf, zerliefen und sonderten ihre Säure breit und flächig ab.

Bill konnte nicht mehr hinsehen. Er drehte sich um, denn er kannte das schaurige Ergebnis.

Und er trug daran die Schuld!

Die Kugel wankte weiter. Sie hatte sich nach links bewegt. Ausgerechnet dort befand sich die Grube. Noch ein Schritt, und es war vorbei.

Sie fiel in die Grube hinein.

Bill sah sie noch verschwinden, denn sie hatte freie Bahn, weil es John Sinclair gelungen war, das schwere Gitter aus der Grube herauszustemmen. Es lag jetzt irgendwo abseits. Der schlimme Rest des Vorgangs würde sich in der Grube abspielen.

Bill merkte auch, dass seine Knie zitterten. Am liebsten hätte er sich hingesetzt und über alles nachgedacht. Hatte er tatsächlich so handeln müssen?

Er wusste es nicht. Jedenfalls hätte sein Gegner kein

Erbarmen gekannt. Das Wissen um diese Tatsache befreite Bill Conolly von einem Teil seiner Schuldkomplexe.

Aber es war nicht zu Ende.

Bill wollte seinem Freund John zu Hilfe eilen. Er und Samaran befanden sich im Hintergrund der Verbrennungshalle. Der Reporter vernahm das heftige Keuchen, hörte das dumpfe Klatschen der Schläge und sah hin und wieder etwas aufglühen.

Entweder waren es die Augen Akim Samarans oder dessen Körper. Dies bewies dem Reporter, dass sich der Perser verändert hatte.

Er nahm die Lampe an sich. Bill hatte sie schwenken wollen, als er sah, dass sich in der Grube etwas tat.

Die Schleimhülle kletterte heraus.

Hastig sprang Bill zurück, hielt die brennende Lampe aber auf die Stelle gerichtet, wo das Schleimwesen seiner Meinung nach erscheinen musste.

Und sie kam.

Für sie schien es kein Hindernis zu geben. Der Lichtarm erfasste zunächst ihren oberen Teil, drang zwar nicht hindurch wie bei einem dünnen Glas, aber Bill erkannte dennoch die Schleimtropfen, die sich auch weiterhin lösten und nach unten fielen.

Sie trafen immer wieder ihr Ziel.

Nur war es kein Mensch mehr. Es gab Kamikaze nicht mehr. In dem unteren Oval hatte sich der Schleim gesammelt. In ihm schwammen die Reste des Killers Kamikaze.

Es waren Knochen, vermischt mit langen, grauen Haaren, die sich noch nicht aufgelöst hatten.

Bill schloss für einen Moment die Augen. Er sah nicht mehr, wie die Kugel aus der Grube kletterte und die Knochen an ihrem Boden durcheinander gewirbelt wurden. Er dachte nur an die Qualen, die hinter dem Killer lagen und die er vor seinem Tode durchgemacht hatte.

Dann hörte er den gellenden Schrei.

»Tooootttt! Man hat ihn getötet. Er ist tot!« Samaran hatte

geschrien. Irgendwie hatte er trotz des Kampfes das Ende seines Leibwächters mitbekommen. Und das ließ ihn so reagieren.

Bill drehte seinen Arm und leuchtete in Samarans Richtung. Der Strahl erfasste einen Mann, der mit beiden Armen um sich schlug und dem bewusst war, wer die Schuld am Tod des Killers trug.

»Du!«, schrie er. »Du bist es gewesen, verfluchter Hund! Aber du hast kein Kreuz! Deshalb verbrenne! Verbrenne in Baals Feuer!«

Ich hatte nicht damit gerechnet, Samaran noch während seiner Überraschung packen zu können. Das Gitter hatte sein Gewicht, dennoch hatte ich es so weit nach vorn drücken können, dass Akim Samaran getroffen wurde. Er verschwand aus meinem Blickfeld, während noch das Echo des einen Schusses durch den unheimlichen Raum schwang.

Das Gitter sah ich wie einen Schatten, der zwar noch hochkant stand, sich dann aber allmählich senkte, um mich wieder niederzudrücken. Ich streckte meinen Arm aus, legte meine Handfläche gegen zwei Stäbe und schaffte es, das Gitter zu halten.

Kraftvoll drückte ich es zurück, sprang in die Höhe, stemmte die angewinkelten Arme auf den Grubenrand und hoffte nur, dass Samaran nicht ausgerechnet jetzt angriff, wo ich mich in einer wehrlosen Lage befand. Er tat es nicht, denn etwas anderes hatte ihn in seinen Bann gezogen.

Wie auch ich, so musste er Bill Conolly sehen, der gezielt und getroffen hatte. Aber nicht mit einer normalen Waffe, sondern mit der goldenen Pistole.

Was das bedeutete, wusste ich nur zu gut. Selbst ein menschliches Monstrum wie Kamikaze hatte da nicht die Spur einer Chance. Der Schleim würde ihn vernichten.

Ich aber wollte Akim Samaran. Mit einem letzten Ruck brachte ich meinen Oberkörper so weit hoch, dass ich das rechte Bein anwinkeln und über den Rand der Grube strecken konnte. Den so gefundenen Halt nutzte ich aus, um aus der Tiefe zu klettern.

Es war auch Zeit gewesen, denn in diesem Moment griff Samaran an.

Durch Feuer konnte er mich nicht töten! Mein Kreuz stand dagegen. Mit dem Dolch hatte er es noch nicht probiert, aber auch ihn nahm er nicht, als er mich attackierte.

Dafür trat er zu.

Sein Tritt hätte mich im Gesicht erwischt, aber ich war diesmal noch schneller als Samaran. Auf dem schmalen Platz vor der Grubenkante drehte ich mich um und zog dabei den Kopf ein, sodass mich dieser Tritt verfehlte. Dafür hämmerte die Fußspitze dicht neben meinem Gesicht gegen den Steinboden, und das Schuhleder streifte mein Ohr.

Dann hatte ich den Fuß.

Mit beiden Händen umklammerte ich den Knöchel. Ich hörte Samaran fluchen.

Der Perser und Dämonendiener tanzte über mir. Sein Gesicht war zu einer bleichen Maske geworden. Er hatte den Mund weit geöffnet. Speichel rann daraus hervor und klatschte gegen meine Stirn. Der Dolch leuchtete wie ein grünes Dreieck in der Finsternis. Er begann wild zu tanzen, als ich an dem rechten Bein des Mannes riss.

Niemand hätte das Gleichgewicht halten können. Auch Akim Samaran gelang das nicht. Plötzlich landete er auf dem Boden, überschlug sich dabei, denn ich hatte sein Bein losgelassen und ging auf den Perser los.

Ich wollte den Opferdolch des Götzen Baal.

Wie ein Tiger sprang ich Samaran in den Rücken, presste ihn für einen Moment hart auf den Boden, lockerte danach den Griff und erhielt prompt die Quittung.

Samaran bockte wie ein Maulesel. Er krümmte den Rücken dabei so stark, dass es mir unmöglich war, auf seinem Körper zu bleiben. So fiel ich seitwärts zu Boden und sah noch, wie Samaran weglief.

Er rannte nicht dorthin, wo die Schleimkugel auf ihren teleskopartigen Beinen durch den Raum schaukelte, sondern setzte mit einem geschmeidigen Sprung, den ich ihm nicht zugetraut hätte, über die Grube hinweg. Sein Haar flatterte dabei, es lag längst nicht mehr so glatt und gescheitelt wie sonst.

Auf der Stelle drehte er sich herum, damit er mich anstarren konnte. »Komm doch!«, keuchte er. »Los, komm, du verfluchter Hund! Ich werde dich aufschlitzen!« Er bewegte seinen rechten Arm mit dem Dolch zuckend hin und her, während auf den Lippen der Speichel sprühte.

Und ich tat ihm den Gefallen.

Mein Satz war ebenfalls schon zirkusreif, mit dem ich Samaran entgegensprang. Bevor er ausweichen konnte, traf ihn mein nach vorn geschleudertes Bein.

Fast hätte er einen Salto rückwärts gemacht, so hart war dieser Tritt gewesen. Aber er hielt sich auf den Füßen, nur verschwand er jetzt völlig aus dem Schein der Lampe und tauchte ein in die Finsternis der Verbrennungskammer.

Für mich war er nur noch als rasch verschwindender Schatten zu sehen, den ich sofort verfolgte und ich war schneller als Samaran. Ich sah ihn plötzlich wieder. Wobei ich feststellte, dass er sich nicht mehr weit von mir entfernt befand.

Auch er wusste es, blieb stehen, wirbelte herum und stieß seinen rechten Arm vor.

Mit ihm zusammen huschte die dreieckige, grüne Dolchklinge auf mich zu. Ich drehte mich im Lauf zur Seite, und deshalb wischte die Klinge an meiner Hüfte vorbei. Doch dem Kerl gelang es, mir ein Bein zu stellen. Ich tauchte unter, und er warf sich auf mich.

Auf dem Boden hatte ich mich sofort gedreht, da ich Samaran auf keinen Fall meinen Rücken zuwenden wollte. Jetzt lag ich rücklings, sah den Arm, sah das Messer und konnte auch die verdammte Schnelligkeit abschätzen, mit der die grüne Klinge auf mich zujagte.

Meine beiden Arme wischten gleichzeitig in die Höhe. Ich wollte das Gelenk des Mannes umklammern, und es gelang mir auch. Eisern hielt ich fest.

Der mit Wut und Wucht geführte Stoß wurde auf halber Strecke gebremst. Samaran, der auf die Knie gefallen war, stieß einen wütenden Schrei aus, der in ein Keuchen mündete, das abgehackt und schwer aus seinem Mund hervordrang.

Es stand unentschieden. Samaran drückte von oben, ich von unten.

Keiner schenkte dem anderen etwas. Ich wunderte mich über die Kräfte dieses Mannes, die nicht nachließen. Beinahe glaubte ich sogar daran, dass sie zunahmen, und wieder fragte ich mich, ob ich es hier noch mit einem Menschen zu tun hatte oder schon mit einem dämonisch Veränderten, von dem nur noch die menschliche Hülle übrig geblieben war.

Er wollte seine Waffe in meinem Körper versenken, ich aber drückte seinen Arm zurück.

Keiner von uns gab nach.

Nur unser Keuchen war zu hören. Samaran ächzte manchmal, er formulierte Worte, die ich kaum verstand, die jedoch viel mit meiner Vernichtung zu tun hatten.

Mein Angriff kam völlig überraschend für ihn. Ich schwang das rechte Bein herum, nachdem ich es vom Boden abgehoben hatte, und mein Fußtritt traf Samarans Nacken.

Voll wurde er erwischt. Samaran kippte zur Seite weg, landete auf dem Rücken. Ich warf mich auf ihn, streckte meinen Arm aus und nagelte seine Messerhand am Boden fest.

Hatte ich ihn jetzt?

Der Perser kämpfte mit allen Tricks. Er versuchte, mir seine Stirn ins Gesicht zu stoßen. Ich brachte meinen Arm dazwischen und blockte ab.

Samaran fluchte.

Wieder versuchte er es, während ich ihm den Dolch aus seinen Fingern winden wollte.

Das war nicht einfach, da sich Samaran zur Seite drehte, sodass ich seiner Bewegung folgen musste.

Ineinander verkrallt rollten wir über den Boden. Fast wie nebenbei bemerkte ich, dass sich unsere Umgebung verändert hatte. Für einen Moment huschte der Lampenschein über unsere Körper. Ich dachte nicht weiter darüber nach und wurde abermals von Akim Samarans Reaktion überrascht.

Sein furchtbarer Schrei war so laut, dass ich erschrak und meinen Griff lockerte. Samaran merkte dies, und er war nicht mehr von mir zu halten.

Er sprang plötzlich hoch, nachdem er sich mit einem heftigen Ruck befreit hatte.

»Tot! Man hat ihn getötet! Er ist tot!«, brüllte er und rannte weg, bevor ich ihn packen konnte.

Bill hatte die Schreie ebenfalls vernommen. Während ich noch am Boden hockte, drehte er seine Lampe. Der Strahl huschte durch die Finsternis und erfasste Akim Samaran, der sich wild bewegte, dann aber innehielt und mit dem rechten Arm genau in den Lichtschein deutete.

»Du!«, schrie er. »Du bist es gewesen, verfluchter Hund! Aber du hast kein Kreuz! Deshalb verbrenne! Verbrenne in Baals Feuer!«

Ludmilla Prokowa hatte den Namen ausgesprochen und ließ sich auf den Stuhl fallen.

»Rasputin«, flüsterte sie.

Lady Sarah schluckte. Sie wollte es nicht offen zugeben, aber mit dieser Eröffnung hatte sie nicht gerechnet. Natürlich hätte sie nachfragen können, aber sie riss sich zusammen und wartete, was die Frau vor ihr unternehmen würde.

Ihr Körper sank nach vorn. Dabei breitete sie die Arme aus und legte sie zusammen mit den Händen auf den Tisch. Sie bedeckte die Karten und murmelte etwas über den russischen Großfürsten, das Lady Sarah nicht verstand. Die Horror-Oma ließ Ludmilla in Ruhe. In der kleinen Wohnung, die man nur durch den Keller erreichen konnte, war es still. Aber von draußen her drang Lärm herein.

Auf der Straße schrie jemand, im Hinterhof wurde ebenfalls ein Spektakel veranstaltet, und der Motor des Feuerstuhls dröhnte noch immer. Die typische Kulisse für diese Wohngegend.

Endlich hob Ludmilla den Kopf. Sie blickte in Lady Sarahs Gesicht und keuchte. »Rasputin, du kennst ihn?«

»Ja.«

»Bist du dir sicher?«

»Natürlich bin ich mir sicher.«

Da lachte die Russin und warf ihren Kopf zurück. Sie fiel wieder in den förmlichen Tonfall. »Nein, Sie können sich nicht sicher sein. Niemand kann sich rühmen, Rasputin genau zu kennen.«

»Sie denn?«, fragte Sarah Goldwyn.

»Vielleicht.«

»Dann müssten Sie Kontakt zu ihm gehabt haben, Ludmilla.«

Die Russin lächelte hintergründig. »Wäre das denn so ungewöhnlich?«, hakte sie nach. »Wäre das wirklich so ungewöhnich? Oder ist es nicht schon als normal anzusehen, dass wir Lebenden den Kontakt mit den Toten aufnehmen können?«

»Das würde ich nicht als normal bezeichnen. Ich gebe aber zu, dass mir so etwas nicht fremd ist.«

Ludmillas dunkle Augen wurden groß. »Dann geben Sie zu, dass Sie zu uns gehören?«

»Wer ist *uns?*«

»Das sind die Menschen, die einen Blick hinter die Dinge des Lebens werfen können. Die mehr sehen als andere. Die immer bereit sind, auf Gefahren und auf Veränderungen zu reagieren und sich einzustellen. Es sind nur wenige, die diese Gabe besitzen, aber ich gehöre zu ihnen. Hast du verstanden?«

»Durch Rasputin?«

»Nicht allein durch ihn, Schwester. Auch durch seine Karten, die mir den Blick weit öffnen.« Ludmillas Gesicht nahm einen nachdenklichen Ausdruck an. »Was, meine Liebe, wissen Sie überhaupt von Rasputin?«

»Was man so weiß.«

Ludmilla lachte. »Das genügt mir nicht. Sie sollen es mir sagen. Jeder hat etwas von ihm gehört. Da Sie sich für Magie interessieren und über ungewöhnliche Dinge nachdenken, muss und kann Ihnen der Weg zu Rasputin nicht versperrt gewesen sein. Also reden Sie!«

»Bitte.« Lady Sarah hob die Schultern. »Rasputin war ein russischer Mönch und Abenteurer. Er wurde in Sibirien geboren. Das muss im letzten Drittel des vorherigen Jahrhunderts gewesen sein. Er starb 1916, das weiß ich genau. Er war der Sohn eines einfachen Bauern, hat es aber verstanden, durch seine mystischen Heilungen die Zarin auf sich aufmerksam zu machen, sodass sie Rasputin sogar an ihren Hof holte. Auf den Zaren übte er ebenfalls einen starken Einfluss aus. St. Petersburg lag ihm zu Füßen. Aber er war auch von einer unwahrscheinlichen Machtgier besessen. Für viele war er ein Dämon. Er erschlich sich durch seine Intelligenz und Skrupellosigkeit überall Vorteile, besonders beim Zaren und der Zarin. Das gefiel der Gesellschaft von St. Petersburg nicht. Sie sah die sowieso schon am Boden liegende Moral noch mehr verkommen. Außerdem war das Ende der Monarchie in Sicht, und so kam es dann, wie es kommen musste. Rasputin, der schon mehrere Mordanschläge überstanden hatte, wurde schließlich von den Angehörigen der Hofgesellschaft umgebracht.«

Da Sarah Goldwyn nichts mehr hinzufügte, war auch der Russin klar, dass die Horror-Oma ihr Gespräch für beendet hielt. Wenigstens was das Thema Rasputin anbetraf.

»Das alles haben Sie gewusst?«, fragte Ludmilla.

»Ja. Hat es gereicht?«

»Ich wundere mich darüber. Normalerweise weiß kaum jemand so viel über diesen Menschen.«

Mrs Goldwyn hob die Schultern. »Ich sagte Ihnen schon, dass ich sehr viel Zeit habe und mich mit vielen Dingen beschäftigen kann. An Rasputin kann man nicht vorbei.«

»Das stimmt«, erwiderte Ludmilla voller Überzeugung. In ihre Augen trat ein Glänzen. »Ah, ich liebe diesen Mann. Er ist für mich der Größte.«

Lady Sarah teilte diese Meinung nicht, deshalb brachte sie sehr vorsichtig das Gespräch auf das Thema, um das es hier eigentlich ging. »Aber er ist tot«, erklärte Lady Sarah.

Ludmilla nickte betrübt. »Leider. Aber ich habe dieses Kartenspiel retten können. Eine alte Frau, die ich sehr gut kannte, gab es mir als Erinnerung an meine alte Heimat. Sie wäre gern aus Russland geflohen, aber alte Bäume verpflanzt man eben nicht. So oblag es mir, der Heimat den Rücken zu kehren.«

»Und diese Karten, die einstmals Rasputin gehört haben, sprachen in gewisser Weise zu Ihnen?«

»Ja, das taten sie.« Die Russin lächelte. »Wenn ich überlege, dass seine schlanken Finger diese Blätter schon gestreichelt haben, wird mir ganz anders. Ich halte das in den Händen, was ihm gehört hat. Des Nachts erscheint er mir in meinen Träumen. Ja, ich träume von ihm, und da rede ich mit ihm. Er ist viel besser gewesen, als ihn die Geschichte hingestellt hat. Die meisten Menschen haben ihn nur nicht verstanden, das ist es.«

»Aber er wusste viel.«

»Ja, ja«, erwiderte Ludmilla gedehnt. »Er wusste sogar sehr viel. Über das Leben danach, über Mythologien …«

»Über Baal …«

Ludmilla stockte, als sie die Bemerkung der Horror-Oma hörte. »Baal?«, dehnte sie.

»Der Götze!«, präzisierte Sarah Goldwyn. »Sie haben in Ihrem Artikel über ihn geschrieben, und Sie stellten den Bericht so dar, als hätte es Baal gegeben.«

»Das stimmt auch.«

»Dann hat es ihn also gegeben?«

»Natürlich. Rasputin hat aus dem Jenseits durch die Karten zu mir gesprochen. Auch er versuchte zu Lebzeiten, Kontakt mit anderen Göttern und Götzen aufzunehmen. Er tat es durch die Magie und die Kraft der Karten, und das teilte er mir mit.«

»Wo gab es Baal denn?«

»Im Orient, aber seine Machtfülle blieb nicht auf dieses Gebiet beschränkt. Sie breitete sich aus. Sie erfasste die gesamte bekannte Welt. Sie wurde von den Kelten ebenso bewusst aufgenommen wie von anderen Völkern. Und Baal hat etwas hinterlassen, das Rasputin gern gefunden hätte, doch sein Tod war schneller gewesen.«

»Dafür hat es jetzt ein anderer?«

»So ist es.«

»Was genau ist dieser Gegenstand?«, wollte die Horror-Oma wissen.

»Baals Opfermesser! Die Klinge, mit der seine Diener die Opfer töteten, die sie ihm auf den Blutaltar legten. Rasputin verging, das Messer nicht. Es befindet sich sogar in der Nähe. Nicht weit von hier muss es sein. Ich werde es finden. Und wenn ich es nicht schaffe, dann andere, die ebenso denken wie ich. Deshalb schrieb ich den Artikel. Ich wollte andere zum Nachdenken anregen. Rasputin hat mehr Ehre verdient. Die Menschen sollen sich wieder seiner erinnern. Es ist eine Schande, wie dieser große Geist starb. Noch jetzt sollte sich die Menschheit deswegen schämen. Für mich aber ist er unsterblich.«

Sarah Goldwyn hatte die Frau ausreden lassen, um anschließend ihre Frage zu stellen. »Wenn Ihnen Rasputin so stark helfen kann, ist es vielleicht auch möglich, dass er uns beiden den Weg zu Baals Opferdolch zeigt? Bisher haben wir nur gewusst, dass dieses Messer existiert. Doch ich glaube, dass wir es gern in die Hand nehmen würden.«

Ludmilla schlug mit der flachen Hand auf den Schreibtisch. »Kann ich Ihnen trauen?«

»Sicher.«

»Und Sie würden mich nicht hintergehen?«

»Wäre ich sonst zu Ihnen gekommen?«

Sarah Goldwyn erntete von ihrem Gegenüber einen langen, prüfenden Blick. »Es ist für mich schwer, Ihnen zu glauben. Im Prinzip bin ich einfach zu misstrauisch, weil mich die Menschen oftmals enttäuscht haben.«

»Sind wir nicht gleichgesinnt?«

»Das schon.«

»Und einen finanziellen Vorteil suche ich nicht«, erklärte Lady Sarah. »Ich habe wirklich genügend Geld, glauben Sie mir. Es geht mir allein um die Sache.«

»Also Baals Dolch.«

Das Misstrauen der Russin war noch nicht vorbei. »Was ist, wenn wir den Dolch haben? Oder wenn der große Rasputin uns die Spur zeigt? Was haben Sie dann mit ihm vor?«

»Das wird schon die Lage ergeben.«

»Nein, nein!« Ludmilla regte sich plötzlich auf. »So kann ich nicht zustimmen. Wie sind Sie überhaupt auf Baal gekommen? Woher kennen Sie ihn?«

Sarah Goldwyn hob die Schultern. »Vielleicht hatte ich sogar schon mit ihm zu tun oder stand mit ihm in Kontakt.«

»Wirklich?«

»Ich kenne ihn!«, behauptete Lady Sarah. »Ich möchte das Messer sehen.« Sie dachte dabei an einen Fall, von dem ihr John Sinclair berichtet hatte. Dem Geisterjäger war es gelungen, Baal zu sehen, als er als Torkan der Barbar eine Reise in die Vergangenheit unternommen hatte. Und in dieser Zeit war John auch seinen silbernen Dolch losgeworden. Baal hatte dem Geisterjäger die Waffe abgenommen. Noch heute trauerte John Sinclair ihm nach. Sarah Goldwyn aber ging davon aus, dass es zwischen Baals Opfermesser und John Sinclairs Dolch eine Verbindung gab.

Ludmilla änderte ihre Meinung wieder. »Möglicherweise ist es sogar gut, wenn Sie bei mir sind. Die Beschwörungen und das Anrufen Rasputins als helfenden Geist kosten mich viel Kraft. Jedenfalls sollten Sie sehr aufpassen.«

»Das werde ich auch!«, erklärte Lady Sarah und wunderte sich darüber, dass ihr Gegenüber die Karten wieder einsammelte und sie zu einem kleinen Haufen zusammenlegte. »Brauchen Sie die nicht?«

»Nur einen Teil. Genau fünf.«

»Spielt es da eine Rolle, welche Karte Sie nehmen?«

»Ja, sicher. Und ich werde Ihnen zeigen, dass dieses Spiel wie das Leben ist. Es hat nämlich zwei Seiten. Sie haben bisher die Vorderseite gesehen.«

»Die Rückseite war nicht interessant.«

Da wurden die Augen der Russin groß. »Nicht interessant, sagten Sie, Mrs Goldwyn?«

»Sie sind grau, wirken staubig, riechen auch so.«

»Denken Sie nach, Sarah. Denken Sie genau nach.« Ludmilla hob den Zeigefinger der rechten Hand. Mit der anderen fasste sie den Kartenstapel an.

»Tarock«, sagte Sarah leise.

»Genau!« Ludmilla holte tief Luft, bevor sie lachte. »Ich sehe aber auch, dass Sie keine Magierin sind.«

»Weshalb nicht?«

»Dann nämlich hätten Sie Tarot gesagt. Aus Tarock machen die Magier Tarot. Doch wir wollen uns nicht mit Einzelheiten aufhalten. Ich nehme fünf Karten aus diesem Stapel. Fünf sehr wichtige Karten. Für uns jedenfalls. Und diese fünf werden uns erst den Weg zu Rasputin zeigen und dann den Pfad zu Baals Dolch.«

Ludmilla Prokowa befand sich in ihrem Element, das sah Lady Sarah ihr an. In den Augen der Frau glühte ein Feuer, wie es nur die Leidenschaft für ein bestimmtes Gebiet entfachen konnte. Sie behielt die Karten zwischen ihren Fingern.

Lady Sarah konnte eine gewisse Erregung nicht vermeiden. Möglicherweise trug auch die Nähe der Russin dazu bei. Von ihr strömte etwas aus, das Sarah Goldwyn nicht in Worte fassen konnte. Nicht unheimlich, sondern irgendwie fremd, und sie beobachtete die grauhaarige Frau weiter.

An Ludmillas Händen war zu sehen, wie gut sie mit den

Karten umgehen konnte. Sie waren geschmeidig, und als die Russin mischte, glitten die Karten so schnell durch die Hände, dass Sarah Goldwyn kaum folgen konnte.

Es war ein wirbelndes Bündel von Karten, das von einer Handfläche gegen die andere geschoben wurde, einen Moment später auseinander fächerte, wieder zusammenkam, noch einmal durchgemischt und Lady Sarah präsentiert wurde.

»Haben Sie es gesehen?«

»Ja.«

Ludmilla Prokowa lächelte schmal. »Ich habe Sie nicht getäuscht. Die Karten sind gut gemischt worden.«

»Wer weiß. Folgen konnte ich kaum mit meinen Blicken.«

Die Russin fühlte sich geschmeichelt und hob die Schultern. »Dabei brauche ich nur fünf Karten für unser Spiel. Mehr nicht.«

»Und welche?«

»Lassen Sie sich überraschen, meine Teure. Sie kennen das Tarock-Spiel und wissen von der Bedeutung der einzelnen Karten und Symbole?«

»Ein wenig.«

»Es ist jetzt nicht die Zeit, Ihnen jedes Symbol zu erklären. Ich werde es gleich versuchen. Geben Sie Acht, Sarah Goldwyn.« Die Hände der Frau zuckten vor, und plötzlich lösten sich aus dem Stapel genau die fünf Karten, die sie haben wollte.

Der Reihe nach landeten sie mit leisen, klatschenden Geräuschen auf dem Tisch zwischen den beiden Frauen. Noch sah Lady Sarah nur ihre Rückseite, aber sie glaubte der Russin und konnte sich vorstellen, dass sich auch die Rückseite veränderte.

»Eins, zwei, drei, vier, fünf!«, zählte Ludmilla auf. »Schauen Sie genau hin. Fünf Karten. Es ist die Anzahl, die ich benötige, um Rasputins Geist zu locken.«

Bei den letzten Worten hatte sie ihre Stimme gesenkt, die letztendlich zu einem Flüstern geworden war. Im Halbkreis lagen die Karten auf dem Tisch. Lady Sarah spürte etwas von dem geheimnisvollen Zauber des Augenblicks. Auch sie, die sie zunächst gezweifelt hatte, war auf einmal fasziniert.

»Alt und grau«, sprach Ludmilla leise und betonte besonders das R. »Alt und grau sehen sie aus, aber in ihnen steckt die Kraft einer starken Magie, die auch schon den großen Rasputin fasziniert hat und im Laufe der langen Jahre nichts von ihrem Zauber verlor.« Während ihrer Worte hatte sie die Hände so weit ausgestreckt, wie es eben möglich war. Dann legte Ludmilla die Rechte auf die erste Karte und schloss die Augen.

Die Horror-Oma hatte das Gefühl, als wäre mit dieser Gestik auch die Umgebung eine andere geworden. Sie hatte das Gefühl, nicht mehr im selben Raum zu sitzen und allmählich irgendwohin zu schweben. Zwar hielt sie die Augen weiterhin offen, doch sie träumte dabei und merkte, dass etwas zwischen ihnen stand, für das Lady Sarah keine Erklärung hatte.

Und dann erkannte sie das Strahlen.

Es drang aus der Karte, erfasste Ludmillas Hand und ließ sie bleich und weiß erscheinen wie die einer Toten. Auch die Russin hatte etwas von dieser Veränderung bemerkt, denn die Haut rechts und links des Mundes spannte sich.

»Rasputin?«, hauchte sie.

Eine akustische Antwort erhielt sie nicht, denn Lady Sarah hörte kein Wort. Dennoch schien die Frau vor ihr zufrieden zu sein, das deutete ihr leichtes Nicken an.

Im nächsten Augenblick nahm die Russin ihre Hand zurück.

Lady Sarah beugte sich vor. Bisher hatte sie an den Zauber nicht so recht glauben wollen.

Nun wurde sie eines Besseren belehrt.

Die Rückseite der Karte, die jetzt wieder frei vor ihr lag, zeigte ein Motiv aus dem Tarock.

Es war der von einem Ast baumelnde Gehenkte!

Ich hatte Akim Samarans Worte verdammt gut verstanden, und ich wusste auch, dass Bill Conolly keine Chance hatte, sich gegen das Feuer zu wehren. Wenn ihn die Lohe einmal erfasste, würde er verbrennen, was in diese Kammer makaber und stilecht hineinpasste.

Mein Freund war von den Worten überrascht worden. Jedenfalls erkannte ich, dass er nicht reagierte. Wie angewachsen blieb er auf der Stelle stehen, und ich war es, der aufsprang. Vielleicht hätte ich Samaran jetzt mit dem Bumerang erledigen können, aber die Zeit blieb mir nicht mehr, so musste ich es mit bloßen Händen versuchen.

Ich rammte beide Fäuste in seinen Rücken.

Wie vom Katapult geschleudert, flog er nach vorn, während ich Bill zuschrie, wegzulaufen und gleichzeitig erkennen musste, dass Samaran seine neu erworbenen Kräfte voll einsetzte, denn aus seinem aufgerissenen Mund fauchte eine lange Flammenspur.

Zum Glück hatte ich ihn erwischt, und das Feuer wischte wie ein dünnes Tuch über den Boden, wobei es zuckte und fauchte, aber den Reporter nicht erwischte, der sich vor den Flammen scharf konturiert abzeichnete und mit einem Sprung zur Seite zunächst mal in Sicherheit brachte.

Samaran war gefallen. Er schrie wütend auf. Sein Körper glühte, als würde er von innen brennen. Dieser Mann hatte Belisanas Erbe voll und ganz übernommen.

Aber ich hatte mein Kreuz, das diesem Feuer widerstand. Das wusste auch Samaran. Er wollte sich auf keinen langen Kampf mehr einlassen, warf sich herum, bewegte seinen Arm, und da sah ich plötzlich meine Chance, ihn zu packen.

Das rechte Gelenk befand sich in Griffweite, während sich die Flammen zurückzogen und zuckend in seinem Mund verschwanden. Darauf hatte er sich wohl konzentriert, so gelang es mir mit einer harten Hebelbewegung, sein Gelenk herumzudrehen.

Und das reichte.

Plötzlich rutschte ihm der Opferdolch aus der Hand.

Es war ein Reflex von mir, dass ich sofort zugriff. Ich nahm den Dolch an mich und kümmerte mich nicht mehr um Samaran. Der aber handelte. Er rammte mir das Knie in den Unterleib.

Mir wurde es plötzlich übel. Ich verdrehte die Augen, schnappte nach Luft und sah noch, wie Samaran aufsprang. Er wirkte wie ein Gummimännchen, drehte sich einmal um die Achse, blickte sich um und rannte plötzlich weg, wie von Furien gehetzt. Nichts hielt ihn mehr auf. Er schrie dabei und hatte sich als Ziel den mittleren Gang ausgesucht.

Auch Bill erschien wieder aus dem Dunkel. Er hatte mich am Boden liegen sehen, wollte mich unterstützen, indem er die Verfolgung Samarans aufnahm und die goldene Pistole anhob. »Ich tu es, John!«, schrie er. »Ich muss es.«

Da hatte Akim Samaran den Gang erreicht und tauchte hinein. Ein blitzschnell davonwirbelnder Schatten, der nicht mehr zu fassen war, auch nicht von Bills Waffe, die nicht unbegrenzt weit schießen konnte. Akim Samaran entkam.

Und er schickte einen letzten Gruß.

Ich hatte mich wieder etwas erholt. Vor mir lag der Eingang, in dem es plötzlich gefährlich aufglühte. Im nächsten Augenblick war der Tunnel von einem gewaltigen Feuer erfüllt, und das Feuer zuckte über die Wände, die Decke sowie den Boden. Ein heißer, mörderischer Flammengruß jagte bis an die Öffnung und auch noch daraus hervor. Bill war zum Glück rechtzeitig genug zur Seite gesprungen. Er drehte sich dabei wie ein Tänzer, ich sah noch sein vom Widerschein des Feuers erfasstes Gesicht mit dem starren Ausdruck darin, dann zogen sich auch schon die Feuerzungen aus dem Tunneleingang zurück.

»Wir sehen uns wieder!« Samarans Stimme dröhnte aus dem Dunkel des Ganges. Ein finsteres Versprechen, das ich ihm ohne weiteres abnahm. Und ich hatte vor, ihn zu verfolgen, bis mich Bill Conolly anstieß.

»John, gib Acht!«

Ich sprang zur Seite.

Leider war es sehr dunkel, so konnte ich das Gebilde nur undeutlich erkennen, aber ich wusste genau, um wen oder was es sich dabei handelte. Es war die auf zwei Beinen gehende Killerblase, die sich uns näherte.

Fast gegen alles resistent, nur nicht gegen mein Kreuz. Bill Conolly huschte sicherheitshalber zur Seite. Er holte die Lampe, kam zurück und leuchtete die Blase an.

Dabei blieb er in sicherer Entfernung stehen. Bill konnte durch seine goldene Pistole diese Mordinstrumente zwar produzieren, sie aber nicht mehr vernichten. Das glich schon der Geschichte des Zauberlehrlings, der die Geister, die er gerufen hatte, nicht mehr loswurde.

Ich war in diesem Fall der Meister.

Aber ich nahm nicht mein Kreuz. Diesmal wollte ich etwas anderes probieren, während Bill sich schon an Samarans Verfolgung machen wollte und ich abwehrte.

»Lass es sein, das hat keinen Sinn mehr!« Inzwischen hatte ich die silberne Banane gezogen. Das Ziel brauchte ich nicht lange zu suchen. Es malte sich als großes Oval vor meinen Augen ab, und ich schleuderte die Waffe einfach darauf zu.

Ja, der Bumerang packte es. Er riss die so resistente äußere Haut in Fetzen, die nach allen Seiten wegflogen, irgendwo zu Boden klatschten und sich auflösten, wobei sie einen weißlichen Rauch absonderten, der wie dünne zittrige Finger gegen die Decke der Verbrennungskammer stieg.

Wir sahen keinen Schleim und keine Haut mehr. Dafür etwas anderes. Knochenstücke eines Menschen, ein paar Fetzen, dazwischen noch einige Haare, die auf der milchigen Flüssigkeit schwammen.

»Das ist er!«, hauchte Bill und leuchtete die Reste an.

»Was meinst du damit?«

»Der Rest von Kamikaze!«

Vier Worte hatte Bill geantwortet, und ich stand daneben und sagte nichts. Durch meinen Kopf schossen zahlreiche Gedanken. Ich dachte an Suko, der Kamikaze ganz oben auf seine Liste gesetzt hatte. Und ich dachte an Akim Samaran, dessen Hass auf uns sich noch steigern würde, denn wir hatten ihm schon einmal einen Helfer genommen.

Homunkulus, das Menschlein mit den ungewöhnlichen Kräften. Und jetzt Kamikaze.

Was hatte er sich auf den Killer verlassen! Dieser Mann war ihm hörig gewesen, hatte alles für ihn getan und war dann regelrecht verendet. Auf eine Art und Weise, wie sie schrecklicher nicht sein konnte. Die Säure von dem Planeten der Magier hatte diesen Menschen gnadenlos zerstört und einfach aufgelöst.

»Du sagst nichts, John«, vernahm ich Bills leise Stimme. »Habe ich einen Fehler gemacht?«

Ich lachte leise. »Nein, das hast du nicht. Du hast genau richtig gehandelt.«

»Damit rettete ich dein Leben.«

»Ich weiß, Bill, ich weiß.«

Der Reporter wurde noch immer von Gewissensbissen geplagt, das hörte ich aus seinen nächsten Worten heraus. »Das Schlimme an der Sache ist ja diese verdammte Endgültigkeit. Wir hätten ihn verhören können und vielleicht mehr über Samarans Pläne erfahren, aber so …«

»Ich glaube kaum, dass Kamikaze geredet hätte. Nein, der nicht, darauf kannst du dich verlassen. Der hätte nie etwas gesagt, das schwöre ich dir.«

»Und jetzt wird Samaran sich einen neuen suchen müssen.« Der Reporter lachte plötzlich. »Dieser verdammte Fall ist für ihn zu einem Bumerang geworden. John, das ist verrückt. Die Kraft einer Dämonin ist auf ihn übergegangen. Er hat geglaubt, unbesiegbar zu sein, und musste Kamikazes Tod hinnehmen.«

»Und noch mehr«, erklärte ich.

»Wieso?«

Ich drehte mich so um, dass Bill Conolly meine linke Hand sehen konnte. In ihr hielt ich den Dolch. »Da ist es: Baals Opfermesser. Ich habe es ihm abnehmen können.«

Die Augen des Reporters wurden groß. Er veränderte die

Richtung des Lampenstrahls und leuchtete meine Linke an. »Tatsächlich, du hast ihn!«, flüsterte er. »Verdammt, John, das ist eine große Stunde für uns. Denk mal nach. Baals Opferdolch.«

»Ja, es stimmt. Jetzt habe ich wenigstens auch etwas von ihm.«

»Wie meinst du das?«

»Erinnere dich an den Okastra-Fall. Damals ist es Baal gelungen, mir meinen Dolch abzunehmen.«

»Das ist wahr.« Bill knetete sein Kinn. »Und du meinst, dass du jetzt einen Trumpf gegen Baal in der Hand hältst?«

»Sicher. Er hat meinen Silberdolch, ich besitze sein Opfermesser. Ich habe mich bisher gehütet, es mit dem Kreuz zu berühren, aber ich werde in der Zukunft wohl weniger Rücksicht darauf nehmen, denn ich möchte, dass Baal aus seiner magischen Reserve gelockt wird.«

»Du willst Kontakt zu ihm?«

»Klar.«

»Und als was?«

Ich schaute Bill an und schüttelte verwundert den Kopf. »Wie meinst du das?«

»Denk mal an deine zweite Existenz, Torkan!« So sprach er zu mir, und ich wusste jetzt, was er gemeint hatte. Ich dachte an die zweimalige Seelenwanderung, die hinter mir lag. Einmal war ich als Torkan der Barbar in die Vergangenheit abberufen worden, wo ich Baal gegenüberstand. Beim zweiten Mal hatte ich diese Verwandlung in der Gegenwart erlebt und war sogar als Barbar durch London gefahren.

Sollte sich das eventuell wiederholen?

Bill schlug mir auf die Schulter. »Komm, Alter, lass den Kopf nicht hängen. Auch mir gefällt es hier nicht besonders. In Verbrennungskammern bekomme ich immer Magenschmerzen.«

Auch ich wollte die ungastliche Stätte so rasch wie möglich verlassen. Während wir durch den Tunnel schritten und dabei sehr vorsichtig waren, denn Samaran war für jeden

Hinterhalt gut, dachte ich darüber nach, welche Pläne er wohl in naher Zukunft verfolgen könnte. Ich konnte mir schwer vorstellen, dass Samaran trotz des Todes seines Leibwächters aufgegeben hatte.

Dieser Mann besaß, das musste ich ihm ehrlich zugestehen, gewisse Perspektiven. Er hatte seinem Leben einen ihm entsprechenden Sinn gegeben, und der gefiel mir überhaupt nicht. Samaran ging über Leichen, um sein großes Endziel erreichen zu können.

Das hieß der Dunkle Gral!

Von ihm erhoffte sich dieser Mensch eine nie gekannte Macht. Wer den Dunklen Gral besaß, der konnte durch ihn Verbindungen zwischen Aibon, den Templern und sogar meinem Kreuz erkennen. Natürlich hatten wir das gleiche Ziel, aber bisher waren wir auf der Strecke geblieben, genauso wie Akim Samaran.

Vielleicht hatte ich einen geringen Vorsprung, denn mir war es gelungen, durch eine Zeitreise Kontakt mit einem gewissen Hector de Valois aufzunehmen, von dem ich zwar nichts hatte erfahren können, aber ich wusste immerhin, dass er einer der großen und bekannten Templer-Ritter gewesen war. Und die geheimnisvollen Templer waren das Bindeglied zwischen dem Kreuz und Aibon. Etwas von ihrem Wissen zu erlangen gehörte zu meinen Träumen.

Wir hatten inzwischen die Vorhalle erreicht, wo der Brand gewütet hatte.

»Ist das auch Samaran gewesen?«, fragte Bill.

»Ja, seine Spielerei mit dem Feuer«, erwiderte ich. »Das war verdammt hart gewesen.«

Bill nickte. »Da habe ich ja noch einmal Glück gehabt – oder?«

»Das kannst du wohl sagen.«

Wir leuchteten auch diese Halle aus, entdeckten von Samaran aber nichts. Nur seine Spuren sahen wir. Sie zeichneten sich auf der Asche am Boden ab und führten zur Tür hin.

»Der ist längst über alle Berge«, bemerkte Bill. Ich widersprach nicht.

Draußen empfing uns eine herrliche Luft. Der Oktober meinte es wirklich gut. Sehr tief stand die Sonne und blendete. Ich setzte meine dunkle Brille auf, als mir einfiel, was ich Bill schon die ganze Zeit über hatte fragen wollen. »Sag mal, Alter, wie hast du mich eigentlich gefunden? Es sollte doch niemand wissen, wo ich war.«

Der Reporter grinste. »Glenda.«

»Und die hast du rumgekriegt?«, staunte ich.

»Immer. Du kennst doch meinen Charme.«

»Angeber.«

Wir standen am Bentley. Ich schloss auf, blickte in das Auto und sah nichts Verdächtiges. Noch immer hielt ich den Dolch fest und betrachtete ihn aus der Nähe.

Es war eine fantastische Arbeit. Obwohl er in meiner Handfläche lag, konnte ich unmöglich sagen, aus welch einem Material er bestand. Er war leicht und trotzdem schwer. Dazu von einer intensiven grünen Farbe, die mich an Aibon erinnerte, aber damit hatte Baals Opfermesser wohl kaum etwas zu tun.

Ich schnickte mit den Fingern. »Was ist?«, fragte Bill.

»Ganz einfach. Wir werden diesen Dolch mitnehmen und ihn mit dem Kreuz konfrontieren. Falls dem Götzen Baal so viel an der Waffe liegt, wird er sich irgendwie melden.«

»Meinst du?«

Ich hämmerte den Wagenschlag zu. »Dessen bin ich mir sicher. Der gibt so ohne weiteres nichts aus der Hand.«

»Okay. Und Samaran?«

Ich drehte den Zündschlüssel. »Das ist der große Unbekannte. Ich kann mir schlecht vorstellen, dass er in der Ecke sitzt und schmollt. Obwohl«, ich hob die Schultern, »so ganz falsch wäre es nicht. Wir haben seine Pläne durchkreuzt. Er hat es mit dem Spiel *Lord Acron* nicht geschafft, er hat das Opfermesser verloren, Kamikaze ebenfalls, und es ist fraglich, ob er noch den Manager bei Acron spielen kann, nach allem, was vorgefallen ist. Ich glaube eher, dass er sich zunächst einmal in die Versenkung zurückzieht.«

»Das wäre natürlich stark.« Bill legte seine Hand auf meinen Arm. »Erreiche ich dich im Büro?«

»Vorerst ja.«

»Gut, dann bis später.« Er schlug die Tür zu und ging zu seinem Porsche.

Ich fuhr mit dem Bentley an. Der Dolch lag als Beute auf dem Beifahrersitz. Ich war gespannt, welche Überraschungen uns der Besitz dieser Waffe noch brachte.

Lady Sarah war fasziniert, geschockt und erschreckt zugleich, als sie die erste Karte sah, die jetzt frei vor ihr lag, denn Ludmilla hatte die Hand zurückgezogen.

Auf der sonst leeren Rückseite der Karte zeigte sich tatsächlich das Bild des Gehenkten. Ein magisches Symbol aus dem Tarock oder dem Tarot. Es kam darauf an, wie man das Spiel sah.

Die Figur war am linken Fuß aufgehängt worden, trug rotschwarze Kleidung und war blass im Gesicht.

Sarah Goldwyn hatte sich wieder einigermaßen gefangen. »Was hat das zu bedeuten?«, fragte sie leise.

»Warten Sie es ab. Ich werde es Ihnen später erklären. Lassen Sie mich erst die anderen Karten aufdecken.«

»Bitte.«

Die Russin ging der Reihe nach vor. Wieder legte sie ihre Handfläche auf die Rückseite der Karte, konzentrierte sich, das helle Leuchten entstand für einen Moment, und als sie die Hand zurückzog, sah Lady Sarah die zweite Karte und deren Symbol.

Es war eine Frau!

Zu fragen brauchte die Horror-Oma nicht, denn die Erklärung wurde ihr sehr schnell gegeben. »Es ist die Kaiserin«, sagte Ludmilla. »In diesem Falle möchte ich sie als Zarin bezeichnen. Sie wissen, das ist die Verbindung zu

Rasputin, der von der Zarin einst sehr geehrt und auch geliebt wurde. Alles klar?«

»Machen Sie weiter«, flüsterte Mrs Goldwyn.

Ludmilla griff nach der dritten Karte. Ruckartig drehte sie die Hand, die Rückseite lag offen – und zeigte ein weiteres Motiv.

»Was ist das?«, fragte Sarah.

»Der Magier oder der Gaukler. Auch eine sehr wichtige Karte in unserem Spiel. Erinnern Sie sich wieder an Rasputin. Ist er nicht auch als Magier und Gaukler bezeichnet worden?«

»Ja, das stimmt.«

»Die Karten geben den Beweis«, erwiderte Ludmilla und griff nach der vierten. Auf ihr verweilte die Hand ein wenig länger. Dabei verzog sich ihr Gesicht, und ein ängstlicher Ausdruck trat in ihre Augen. Sarah Goldwyn hätte gern nachgefragt, doch sie traute sich nicht so recht, da sie fühlte, dass sich ihr Gegenüber in einem inneren Zwiespalt befand und einen Kampf ausfocht.

»Ich habe Angst«, flüsterte Ludmilla plötzlich. »Richtige Angst davor, die Karte umzudrehen.«

»Ist sie schlimm?«

Ludmilla nickte. Schweißperlen lagen auf ihrer Stirn. Sie war längst nicht mehr so ruhig. »Wenn ich die Hand jetzt drehe, kann ich vieles ändern.« Die Frau schüttelte sich, als hätte jemand Wasser über sie gegossen.

Sarah Goldwyn gab keinen Kommentar. Sie schaute starr auf die Hand der Russin, die noch immer auf der Karte lag. Dabei wartete sie auf das helle Leuchten, aber das wollte einfach nicht eintreten.

»Dann lassen Sie es doch, Ludmilla.«

»Nein, nein!«, flüsterte die Frau rau. »Auf keinen Fall. Ich muss es tun, glauben Sie mir. Wenn ich zu feige bin und die Karte aus dem Spiel lasse, hat alles keinen Sinn. Wir müssen uns den Tatsachen stellen. Es kann sein ...«, sie atmete schwerer als vorhin, »dass eine von uns den Raum als Tote verlässt. Können Sie sich darauf einrichten, Mrs Goldwyn?«

»Soll ich das wirklich?«

Ludmilla nickte. »Ja, ich habe Sie gewarnt. Was wir hier treiben, ist kein Spiel. Dahinter steckt mehr. Viel mehr, als wir beide jemals annehmen können.« Mit der freien Hand deutete sie auf Sarah. »Ich gebe Ihnen noch eine Chance. Wenn Sie jetzt aufstehen und das Zimmer verlassen, kommen Sie bestimmt mit dem Leben davon. Ansonsten stehen die Chancen 50:50.« Sie hob ihre Stimme. »Eine von uns, Lady Sarah, wird auf der Strecke bleiben, das spüre ich. Wir haben mit dem Feuer gespielt, jetzt kann es uns fressen!«

Hart klangen die Worte. Die Emotionen waren herauszuhören.

Sarah Goldwyn saß starr auf ihrem Platz. Sie fühlte sich von einer unheimlichen Aura umgeben, die sie nicht steuern konnte.

Da war die andere Kraft, die sie durch ihren Besuch herausgefordert hatte, und das war für sie der springende Punkt. Nein, sie konnte nicht kneifen. Nicht jetzt, nicht bei diesem Punkt. 50:50 standen die Chancen. Sarah Goldwyn hatte in ihrem Leben schon zu viel durchgemacht, um jetzt feige zu sein.

»Drehen Sie die Karte um!«, verlangte sie.

»Wirklich?«

»Ja!«

Ludmilla Prokowa nickte. Noch einmal atmete sie tief durch, wie jemand, der vor der alles entscheidenden Aufgabe stand. Und sie drehte die Karte nicht herum, wie Lady Sarah verlangt hatte, sondern zog ihre Hand ruckartig weg.

Die Horror-Oma starrte auf das Motiv.

Es war – der Tod!

Sekundenlang geschah nichts. Dann ließ sich Ludmilla auf ihrem Stuhl zurückfallen, öffnete den Mund, und ein schreckliches Stöhnen drang über ihre Lippen. »Ich, ich habe es gewusst«, ächzte sie. »Verdammt, ich habe es gewusst und auch gespürt. Es ist der Tod gewesen. Er hat sich zwischen uns geschlichen. Er wird eine von uns holen.« Sie redete noch weiter, doch die Horror-Oma achtete nicht auf ihre Worte, sondern sah sich die Karte genauer an.

Auf ihr war ein schwarzes Skelett abgebildet. Der Sensenmann in all seiner Scheußlichkeit. Das Bild zeigte ihn so, wie sich die Menschen des Mittelalters den Tod vorgestellt hatten. So schrecklich und grauenhaft, ohne eine Spur von Gnade. Dieses Bild erinnerte Lady Sarah an den Schwarzen Tod, der einmal zu den gefährlichsten Feinden ihres Freundes John Sinclair gehört hatte.

Es dauerte eine Weile, bis sich Ludmilla wieder erholt hatte. »Ich konnte nicht anders. Ich brauchte fünf Karten. Diese fünf bestimmen unser Schicksal, und sie haben auch das des großen Rasputin bestimmt.«

»Ist die Karte denn so schlimm?«, erkundigte sich Sarah.

»Schlimm?« Es sollte ein Lachen werden, das die Russin ausstieß, aber es glich mehr einem Weinen. »Schlimmer geht es nicht mehr. Der Tod ist die grausamste Karte, weil er so endgültig ist. Niemand kommt an ihm vorbei. Ob Mensch, ob Magier – der Sensenmann holt sie alle. Auch uns wird er holen.«

»Beide?«

Ludmilla hob die Schultern. »Nein, eigentlich nicht. Das heißt, ich bin mir nicht sicher.«

»Wieso nicht?«

»Weil ich zunächst noch die letzte Karte herumdrehen muss. Auf sie kommt es an, denn sie ist beim Tarot die wichtigste von allen.«

»Dann bitte.« Lady Sarah hatte nicht nach dem Motiv der Karte gefragt, sie wollte sie sehen und schaute zu, wie sich die Hand der Russin darauf legte.

Diesmal war es wieder so wie bei den ersten drei Karten. Von innen heraus begann die Hand der Frau zu strahlen, und diese weiße Aura breitete sich aus.

Sarah war gespannt, aber ihr Gegenüber ließ sich Zeit, bis sie plötzlich die Hand wegnahm.

Ein Bild war entstanden, eine Figur. Bunt angezogen, ein

wenig verwachsen wirkend mit einem sehr großen Kopf, der von einer Schellenkappe bedeckt wurde.

»Das ist der Narr«, erklärte Ludmilla, als sie den fragenden Blick ihrer Besucherin auf sich gerichtet sah. »Der Narr, der in diesem Spiel ebenfalls zu den wichtigsten Karten gehört.«

Mrs Goldwyn schüttelte den Kopf. »Das begreife ich nicht.«

»Warum nicht?« Die Frage klang aggressiv. Urplötzlich stand die Frau wieder unter einem großen Druck.

»Wenn die stärkste Karte der Tod ist, wie kann dann ein Narr etwas ausrichten?«

»Die Überlegung ist richtig, aber auch das Endgültige kann gemildert werden.«

»Tut mir Leid. Das ist mir zu hoch.«

Die Russin winkte mit beiden Händen ab. »Moment, Moment, lassen Sie mich es Ihnen erklären. Das Tarot ist nicht so einfach zu begreifen. Man muss die Hintergründe erkennen können. Ich habe von der Endgültigkeit des Todes gesprochen, und damit liege ich auch nicht falsch. Einer von uns beiden wird sterben. Hätte ich die letzte Karte nicht aufgedeckt, wären wir beide nicht mehr lebend aus diesem Zimmer herausgekommen. So aber können wir uns noch Hoffnungen machen. Der Narr hat zahlenmäßig keine Bedeutung, aber er ist nicht nur der Narr, sondern gleichzeitig der Joker in diesem Spiel. Man kann gut sein und alles beherrschen, was es an Kartenspielen gibt, aber man sollte eines nicht vergessen. Den Joker. Und hier liegt er vor uns. Der Joker ist wichtig.«

»Wieso kann er einen von uns retten?«

Da lächelte die Russin. Ihre nächsten Worte flüsterte sie Lady Sarah über den Tisch zu. »Der Joker kann auch den Tod angreifen. Er ist zwar nicht in der Lage, ihn zu stoppen, aber er macht es möglich, dass sich der Tod mit der Hälfte seines Plans zufrieden gibt. Wäre der Joker nicht erschienen, hätten wir, wie ich schon sagte, beide den Raum nicht mehr lebend verlassen. Da wir ihn aber sehen, hat er dem Tod die Hälfte seines Planes abgenommen.« Sie atmete schwer. »Ich habe die Karten gelegt, aber für andere. Hin und wieder hat sich der Tod darunter befunden, und ich musste diesen bedauernswerten Menschen ihr Schicksal leider mitteilen. Aber nie bin ich selbst davon betroffen worden. Das ist heute zum ersten Mal der Fall. Ich habe immer gewusst, dass mich der Sensenmann holen wird, denn ihn zu überlisten, das schafft kein Mensch. Dass es allerdings so schnell geschehen würde, hätte ich nicht für möglich gehalten. Ihr Besuch, Sarah, trägt daran die Schuld. Und sonst nichts. Haben Sie kapiert?«

»Mittlerweile ja. Nur einen Einwand möchte ich hinzufügen.«

»Bitte.«

»Ich bin eigentlich nicht gekommen, um zu sterben. Mein Grund war es, mehr über Baal zu erfahren, den Sie in Ihrem Artikel erwähnt haben, Ludmilla. Das dürfen Sie nicht vergessen.«

»Ich weiß es, Sarah. Auch ich habe immer daran gedacht. Doch um etwas über Baal zu erfahren, mussten wir diesen Weg gehen. Vor uns liegen die fünf Karten des Tarot.«

»An die Sie glauben?«

»Natürlich. Es ist eine Ehrensache, denn das Spiel ist uralt. Wissen Sie das?«

»Nein.«

»Der Legende nach wurde es in der alttestamentarischen Zeit entwickelt. Daher stammen die Urmotive, wenn sie auch später verändert wurden. Doch ein Mann hat sich damit auseinander gesetzt, von dem auch noch in der heutigen Zeit manchmal die Rede ist, denn er wurde nie vergessen.«

»Wer ist es?«, fragte Lady Sarah.

Und dann erhielt sie die Antwort, die sie fast vom Stuhl riss.

»Hesekiel!«

Es war mein Freund Suko, der mich mit einem strahlenden Lächeln empfing, als ich unser gemeinsames Büro betrat. »John, du alter Haudegen, fast wäre es vorbei gewesen.«

»Wieso?«

Er schlug mir auf beide Schultern. Ich schaute auf Glenda, die an der Tür stand und uns anlächelte.

»Frisco war die Hölle«, erklärte mein Freund.

Ich nickte. »Kann ich mir vorstellen.« Dann nahmen wir wieder unsere alten Plätze ein. Glenda Perkins versprach, uns so rasch wie möglich frischen Kaffee und Tee zu bringen.

Suko, den ich immer als einen abgeklärten und genau abwägenden Menschen kannte, konnte es kaum aushalten, er musste einfach berichten und erzählte natürlich auch von Yakup Yalcinkaya.

»Es geht ihm also gut?«, fragte ich.

»Jetzt ja. Er bedankt sich auch für seine ferne Lebensrettung durch dich.«

»Das war Glück.«

»In gewisser Hinsicht ja. Aber du hast dich schon gut eingesetzt, John. Das war klasse. Diese Belisana war so stark, dass Yakup und ich nicht gegen sie ankamen.«

»Sonst hat euch niemand zur Seite gestanden?« Ich zielte auf ein bestimmtes Thema hin, und Suko hatte mich auch verstanden.

»Du denkst an Jane Collins?«

»Ja.«

Das Gesicht meines Freundes zeigte einen verschlossenen Ausdruck. »Es tut mir Leid, John, aber ich habe sie nicht gesehen.«

»Gab es einen Grund?«, fragte ich zurück.

»Nein, oder doch. Sie war jedenfalls nicht im Kloster. Ebensowenig wie Ali. Vielleicht wollten die beiden auch keinen Kontakt, nach allem, was vorgefallen ist.«

»Bei Ali kann ich mir das schlecht denken.«

»Stimmt auch wieder.«

»Und wie kommt Jane mit Yakup zurecht?«

»Gut, wie mir scheint.«

»Sehr gut?«, fragte ich und merkte, dass mein Herz schneller klopfte.

»Möglich, John. Vielleicht solltest du dich nicht zu sehr an sie erinnern. Ich glaube, dass sich Yakup und Jane gut verstehen.«

Ich blickte aus dem Fenster und merkte, dass ich blass wurde. Was Suko mir da angedeutet hatte, konnte man unter Umständen als eine logische Folge bezeichnen. Mein Freund merkte, wie es in mir arbeitete, und er schwächte ab. »Wie gesagt, John, ich habe nicht mit ihr gesprochen. Das sind alles nur Vermutungen.«

»Ich habe es auch als nichts anderes angesehen«, entgegnete ich wider meine Überzeugung.

»Du wirst sie bestimmt irgendwann einmal selbst befragen können.«

»Ja, das glaube ich auch.« Ich bewegte den Kopf, als wollte ich eine alte Erinnerung abschütteln. »Gut, anderes Thema. Du wirst es noch nicht wissen, Suko, aber Kamikaze ist tot!«

Jetzt wurde mein Kollege blass. »Was?«, ächzte er. »Kamikaze ist tot?«

»Ja.«

»Aber ich verstehe nicht. Hast du ihn erschossen?«

»Nicht ich, Suko. Es war Bill.«

»Verdammt, John, das glaube ich einfach nicht.«

»Es ist aber so.«

Suko schluckte. Bevor er weitersprechen konnte, kam Glenda und brachte die Getränke. Den Tee stellte sie zu Suko, den Kaffee erhielt ich. Glenda merkte, dass sie irgendwie fehl am Platze war, und verließ das Büro sehr schnell. Leise schloss sie die Tür hinter sich.

»Also Bill?«, fragte der Inspektor.

Ich konnte erst nur nicken, weil ich den Mund voll Kaffee hatte. »Ja, er hat es geschafft.«

»Und wie? Ich kann es mir nicht vorstellen. Nichts gegen Bill, aber hat er die Kraft, Kamikaze zu töten?«

»Moment, Suko. Ihm blieb keine andere Wahl, denn dadurch hat er mein Leben gerettet. Bill schoss mit der goldenen Pistole auf ihn.«

Sukos Augen wurden groß. »Mit der Pistole also?« Er nickte sich selbst zu. »Das ist etwas anderes. Da hat auch ein Typ, wie Kamikaze es einer war, keine Chance mehr. Genau. Wenn man es so sieht.« Er lächelte plötzlich. »Dabei hatte ich ihn ganz oben auf meine Liste gesetzt. Ich wollte ihn für das bestrafen, was er uns angetan hat. Und jetzt so etwas. Das ist kaum zu fassen, das ist ...« Suko schüttelte den Kopf. Er lächelte dabei, aber dieses Gefühl war nicht echt.

»Es läuft im Leben nun mal nicht alles so, wie man es gern selbst am liebsten sähe«, erklärte ich meinem Partner. »Weshalb viel darüber nachdenken? Nimm es hin und sage dir, dass wir, das Team, einen Gegner weniger haben.«

»Und Samaran?«

»Ist entkommen.«

»Wieder einmal.«

»Leider. Du wirst es am besten wissen, Suko. Er hat sich in Frisco verstärkt, und ich weiß nicht mal, ob ich ihn noch als einen Menschen ansehen soll.«

»Sprichst du von dem Feuer?«

»Ja. Es brennt in seinem Innern und zeigt sich auch hin und wieder in den Augen.«

»Das habe ich erlebt. Er besitzt die Feuerkraft der Belisana, die man zu Ehren des Götzen Baal erschaffen hat. Samaran hat zwar seinen Leibwächter Kamikaze verloren, aber er ist trotzdem stärker geworden, wie mir scheint.«

»Das meine ich auch. Und trotzdem haben wir noch einen Sieg erringen können.«

»Welchen?«

Ich konfrontierte ihn mit meiner dritten Überraschung und holte den Opferdolch hervor, den ich bisher verborgen gehalten hatte. Suko starrte auf die Waffe, die ich auf den Schreibtisch zwischen uns legte.

»Du hast ihn?«

»Wie du siehst.«

»Verdammt, das ist Baals Opferdolch. Ich habe erlebt, wie er ihn holte. Samaran tauchte plötzlich aus dem Wasser auf, den Dolch zwischen den Zähnen. Er war furchtbar.«

»Das kann ich mir denken.«

»Wie hast du ihn bekommen?«

»Freiwillig gab er ihn nicht her. Es hat mich schon ein Stück Arbeit gekostet, Samaran den Dolch abzunehmen.«

»Das kann ich mir denken.« Suko nahm den Dolch an sich, sah ihn genau an, drehte ihn und schüttelte den Kopf. »Kannst du mir sagen, aus welch einem Material er besteht?«

»Nein, das habe ich bisher noch nicht herausgefunden.«

»Was hast du jetzt vor?«, fragte Suko. »Wie ich dich kenne, liegt doch schon ein Plan vor.«

»Ja, ich werde ihn mit meinem Kreuz in Verbindung bringen.«

»Und dann?«

»Warten wir ab.«

Suko legte die Stirn in Falten. »Das ist im Prinzip nicht schlecht. Ich würde auch so denken. Zudem erinnert es mich daran, dass wir schon einmal einen Dolch mit deinem Kreuz konfrontiert haben. Es waren Mandra Korabs Waffen. Aber hast du auch an deinen Dolch gedacht, John?«

»Den Baal hat?«

»Ja.«

Ich nickte. »Und wie ich daran gedacht habe!« Ich deutete auf die Waffe zwischen uns. »Mir ist nicht bekannt, wie viel Baal dieser Opferdolch wert ist. Ich hoffe aber, dass ich ihn irgendwie beschwören kann, um ihn zu einem Tausch zu bewegen.«

»Du meinst deinen gegen seinen Dolch.«

»So ist es.«

Suko lehnte sich zurück. »Das ist allerhand und ein verdammt hohes Risiko.«

»Ich muss es eingehen.«

Ich hatte während unseres Gesprächs bereits das Kreuz in

die Hand genommen. Eine Reaktion entdeckte ich nicht. Auch nicht, als ich das Kreuz näher an den Dolch heranbrachte.

Bis ich ihn berührte.

Suko saß mir gegenüber. Ich konnte ihn genau ansehen, doch plötzlich, ohne dass ich etwas dazu getan hätte, schob sich etwas zwischen uns. Zuerst war es nur ein Schatten, der sich verdichtete und die Form eines Gesichts annahm.

Das war nicht Suko, sondern ein anderer. Ein düster blickender Geselle mit langen, pechschwarzen Haaren und von Lust und Laster gezeichneten Zügen.

Das Gesicht hatte ich noch nie gesehen und spürte wieder, wie ich leichenblass wurde.

»Wer bist du?«, ächzte ich.

Nicht nur der andere hatte die Worte verstanden, auch mein Freund Suko. Und der fragte: »John, was hast du? Mit wem redest du?«

Ich kümmerte mich nicht um den Inspektor, denn ich kam mir vor wie in einer anderen Welt, von meinem Partner räumlich weit getrennt. Noch einmal fragte ich. »Wer bist du? Nenn mir deinen Namen. Bist du die Reinkarnation des Baal?«

Die Antwort konnte ich von den Lippen ablesen: »Rasputin!«

Lady Sarah war wie vor den Kopf geschlagen. Ohne es bewusst zu wollen, floss die Antwort über ihre Lippen. »Das ist der Mann, der das Kreuz geschaffen hat.«

Ludmilla zeigte sich überrascht. »Was sagen Sie da? Das Kreuz? Von welchem Kreuz redest du?«

Sarah Goldwyns Antwort klang leise, war aber sehr bestimmt. »Das Kreuz für John Sinclair, den Sohn des Lichts.« Sie wirkte in den folgenden Sekunden geistesabwesend. Die Augen nahmen einen fremdartigen Blick an. Sie schienen etwas zu sehen, was der Kartenlegerin verborgen blieb. Man merkte der Horror-Oma an, dass sie mit ihren Gedanken sehr weit weg war und sich auf die Dinge, die sie umgaben, nicht mehr konzentrierte. In der Tat dachte sie über das Gehörte nach. Hesekiel, die Tarock-Karten, dann die schillernde Figur des Rasputin. Wie passte das alles zusammen? Und gab es überhaupt einen gemeinsamen Nenner?

Ludmilla wusste nicht, was sie von Lady Sarahs Reaktion halten sollte, und fragte: »Weshalb hat Sie der Name Hesekiel eigentlich so erschreckt? Was ist mit ihm gewesen? Wenn Sie das Alte Testament kennen, werden Sie wissen, dass er zu den geheimnisvollen Propheten zählt und vieles vorhergesagt hat. Er hatte den Blick für Dinge, die uns verborgen geblieben sind. Man hat ihn sogar entführt. Er war bei den Babyloniern gefangen, und dort soll er die Regeln für das Tarock-Spiel entwickelt haben.«

»Ist das sicher?«, wollte Lady Sarah wissen.

»Ich weiß es nicht. Man spricht darüber. Mehr kann ich auch nicht sagen. Wo gibt es schon Beweise für diese Dinge?«

»Ja«, murmelte Sarah Goldwyn. »Wo gibt es die schon? Entweder glaubt man es oder nicht.«

»Glauben Sie es?«, fragte Ludmilla.

Die Antwort kam spontan. »Ja, ich glaube es nicht nur, ich weiß es sogar, weil ich das Kreuz kenne, von dem ich vorhin gesprochen habe.«

»Hat es dieser John Sinclair?«, fragte die Russin.

»Ja.«

»Wer ist der Mann?«

»Ein …« Sarah Goldwyn lächelte. »Ein Geisterjäger und ein fantastischer Mann. So sehe ich ihn. Man kann sich auf ihn verlassen. Er ist keine Filmschönheit, hat auch Fehler, aber wenn er etwas verspricht, hält er es auch ein.«

»Ich kenne ihn nicht.«

»Das kann ich mir denken. Er ist in gewisser Hinsicht sehr scheu und hält sich gern zurück, vor allen Dingen der Presse gegenüber, denn Öffentlichkeit ist für seinen Job nicht gut.«

»Ja, das kann ich mir vorstellen.« Ludmilla schaute nachdenklich auf die Karten. Sie schob ihre Unterlippe vor und wirkte wie jemand, der in Gedanken war. »Ich weiß es ja nicht, aber ich könnte mir vorstellen, dass es möglicherweise auch eine Verbindung von John Sinclair zu Baal gibt«, sinnierte sie.

»Ja, die existiert.«

»Und?«

»Baal, dieser Götze, besitzt eine Waffe des Geisterjägers. Er nahm sie ihm ab, als John Sinclair in die tiefe Vergangenheit reiste und auf Baal traf. Es war ein silberner Dolch, den John Sinclair sehr vermisst. Bisher ist es ihm nicht gelungen, ihn sich zurückzuholen. Vielleicht könnte dies einmal passieren, wenn man mit Baal Kontakt aufnimmt.«

»Damit meinen Sie mich.«

»Ja, und Ihre Karten.«

Ludmilla Prokowa schüttelte den Kopf. »Der Fall wird immer komplizierter«, sagte sie. »Ich weiß nicht, ob ich das gewollt habe. Allmählich werden mir die Dimensionen, die er annimmt, unheimlich.«

»Wir sollten es versuchen!«

»Durch die Karten?«

»Ja.«

»Aber eine von uns wird dabei sterben!«, hauchte die Russin.

»Wird er das nicht sowieso?«, fragte die Horror-Oma zurück. »Wenn ich Ihren Worten folge, dann ist es doch eine beschlossene Sache, dass eine von uns sterben wird.«

»Schon …«

»Oder trauen Sie Ihren eigenen Karten nicht?« Die Frage klang etwas provozierend. Und das sollte sie auch.

Ludmilla ließ sich nicht aus der Ruhe bringen. »Es ist gut, Sarah Goldwyn. Wir haben einmal in den sauren Apfel gebissen … Darf ich Ihnen die Funktion der fünf Karten noch einmal erklären?«

»Ja.«

Ludmilla begann mit dem Magier oder Gaukler. »Er ist nicht richtig zu fassen, eine zwiespältige Persönlichkeit. Er kann sich sowohl der einen als auch der anderen Seite zuwenden. Wie Sie sicherlich wissen, gibt es zwei Arten von Magie. Eine positive und eine negative.« Anschließend kam sie zur Kaiserin. »Das Symbol der fraulichen Macht. Das Weib kann herrschen, und es hat auch geherrscht. Deshalb war die Karte für Rasputin so wichtig. Denn die Zarin kann man mit einer Kaiserin gleichsetzen, und sie hat Rasputin schließlich an den Hof geholt.«

»Diente er tatsächlich finsteren Götzen?«, fragte Lady Sarah dazwischen.

»Ja, das tat er.«

»Danke. Erklären Sie weiter.« Lady Sarah ging davon aus, dass Rasputin Kontakt mit Baal gehabt haben konnte.

Als Nächster war der Gehenkte an der Reihe. »Dies ist ebenfalls eine besondere Karte. Sie ist das Symbol für den Fall des Menschen, der sich aber noch immer in einer Schlinge befindet und nicht ganz verloren ist. So interpretiere ich es. Außerdem sehe ich es im Zusammenhang mit Rasputin. Auch er war jemand, der verfolgt wurde, der sich wehren musste und dabei immer stärker gehasst wurde. Schließlich hat auch er sich in der Schlinge seiner Mörder gefangen.«

Die Russin holte tief Luft, hüstelte, wurde bleich und deutete auf die vierte Karte. Ihre Stimme senkte sich ab zu einem Flüstern. »Ich wusste, dass der Tod dabei sein würde. Es führte einfach kein Weg an ihm vorbei, denn selbst Rasputin hat sterben müssen, obwohl er stets versuchte, den Tod zu überlisten.« Sie hob bedauernd die Schultern. »Er schaffte es leider nicht, doch sein Geist wird in fernen Reichen umherirren und vielleicht durch die Karten zu uns sprechen.« Sie schüttelte sich. »Das schwarze Skelett ist furchtbar. Es kennt kein Erbarmen und holt sich jeden, der es aufdeckt. Diese Karte steht mit dem Jenseits in enger Verbindung und ist nicht zu reparieren.«

»Aber es gibt eine fünfte«, sagte Lady Sarah schnell, bevor sich Ludmilla noch weiter in Äußerungen verlor.

Die Russin löste ihren Blick von der Todeskarte, bevor sie sich der letzten zuwandte. »Ja, es gibt diese fünfte, eine sehr wichtige Karte sogar. Sie ist der Joker, und sie kann alles ändern und dem Spiel eine andere Richtung geben.«

»Auch dem Tod?«

»Das ist die Ausnahme«, gab Ludmilla flüsternd zurück. »Der Tod wird zuschlagen, so oder so. Nur kann der Narr ihm etwas von seiner Kraft nehmen, wenn wir ihn richtig einsetzen.«

»Und was bedeutet das?«

»Ich habe es vorhin schon erwähnt. Es wird nicht uns beide erwischen, sondern nur einen von uns. Die Chancen stehen deshalb 50:50, und ich habe mich da keinesfalls geirrt.«

Lady Sarah sah es etwas kälter. »Ich würde mich auf mein Glück verlassen.«

»Glück?«, hauchte die Russin. »Glauben Sie denn, dass dieses hier als Glück zu bezeichnen ist?« Sie bewegte den Kopf von links nach rechts. »Nein, wir haben uns da auf etwas Schlimmes eingelassen, kann ich Ihnen versichern. Auf etwas wirklich Schlimmes. Sie sind zu mir gekommen. Sie hätten es nicht tun dürfen.«

»Ich werde aber hier bleiben!«

»Ja, davon gehe ich aus.« Ludmilla bewegte ihre Finger und sagte: »Sie wollen etwas über Baal wissen, nicht wahr?«

»Da warte ich sehr lange.«

»Nur die Geduld kann es bringen. Nur die Geduld. Ich werde über Rasputin an Baals Erbe herankommen, denn der große Magier hat ihn stets verehrt. Baal gehörte zu seinen Vorbildern, und ich weiß, dass in diesen Karten Rasputins Geist lebt. Ich bin seine Dienerin, mir wird er die Augen öffnen.«

»Dann bitte.«

Die Russin ließ sich von Lady Sarah nicht drängen. Sie griff zunächst nach den Karten und verteilte sie sehr sorgfältig.

Nebeneinander hatten sie bisher gelegen, das behielt sie auch bei, nur vergrößerte sie die Zwischenräume.

Ihre Hände arbeiteten geschickt. Sie berührte die Karten immer nur mit den Fingerspitzen, wenn sie die Blätter zur Seite drückte und allmählich einen Halbkreis formierte. Dabei lächelte sie und nickte, als wollte sie sich selbst belohnen.

Schließlich lagen die Karten so, wie sie es sich gewünscht hatte. Den übrigen Stapel schob sie zur Seite, lehnte sich zurück, streckte aber die Arme aus und legte die Handflächen flach auf den Tisch vor die fünf wichtigen Karten.

Sekunden später hatte sie sich so weit konzentriert, dass sie mit ihrer Beschwörung beginnen konnte.

Die ersten Worte flossen über ihre Lippen. Und es war nur immer ein Name, den sie aussprach. »Rasputin, Rasputin …« Erst leise, dann schon flüsternd, schließlich normal.

Und bei jedem Wort veränderte sie sich. Ihre Haltung wurde steifer. Schweiß sickerte aus den Poren und blieb auf ihrem Gesicht als eine Schicht zurück. Manchmal fuhr die Zungenspitze nervös zwischen den Lippen hin und her.

Es tat sich eigentlich nichts innerhalb des Zimmers. Trotzdem hatte Lady Sarah das Gefühl, nicht mehr mit der anderen allein zu sein. Jemand befand sich in ihrer Nähe, schwebte unsichtbar im Raum.

Ein Wesen, ein Geist, möglicherweise nur eine Stimmung. Nicht zu fassen und zu greifen, auch nicht erklärbar, nur einfach vorhanden, wobei er die Kontrolle über die Karten zu übernehmen schien.

Das fiel der Horror-Oma auf.

Noch immer rief die Russin nach ihrem unheimlichen Landsmann. Sie forderte ihn heraus, wollte seine Kraft für sich gewinnen und lockte ihn durch seine Karten.

Und er zeigte sich indirekt.

Wieder entstand dieser weiße Schleier auf den Karten, den Sarah Goldwyn schon kannte, aber diesmal war es anders, denn der Schleier blieb auf den fünf Karten liegen.

Von dem geheimnisumwitterten Mönch sah Lady Sarah nichts. Sein Geist wollte oder konnte die fremden Dimensionen nicht verlassen, als Versuch oder äußeres Zeichen blieb nur der weiße Schleier über den Karten, der vier Motive verwischt, eines aber deutlich hervortreten ließ, als wären seine Umrisse genau nachgezeichnet worden.

Es war das schwarze Skelett – der Tod!

Wie glänzender Lack leuchtete die schwarze Gestalt durch das Weiß und überstrahlte alles. Es war wie ein Symbol. Hier herrschte die Finsternis über das Licht oder der Tod über das Leben.

Auch Ludmilla Prokowa hatte dieses unheimliche Zeichen gesehen und erschrak heftig. Aus großen Augen blickte sie über die Karten hinweg und ihrer Besucherin in das Gesicht. »Er kommt nicht durch!«, hauchte sie. »Himmel, er kommt nicht durch.«

»Und weshalb nicht?«, fragte Lady Sarah.

»Etwas stört ihn.«

»Dann soll er es wegwischen!«

»Nein, nein.« Ludmilla schüttelte den Kopf. »Das ist unmöglich. Das geht nicht. Das andere ist einfach zu stark. Er kann keinen Kontakt mit Baal aufnehmen.«

»Und was genau ist das andere?«

Die Russin krümmte sich, als hätte sie Schmerzen. »Es ist zu schwer für mich. Selbst die Karten können mir keine Auskunft geben, aber es muss ungewöhnlich stark sein, und es lauert in Baals Nähe. Nein, in der Nähe seines Erbes.«

Für Lady Sarah war die letzte Bemerkung ungemein interessant. Was konnte sich dort befinden? Sie dachte nach. Wenn Baal, der tatsächlich nicht zu den schwächsten Dämonen zählte, schon mit seinem Erbe, das sicherlich ebenfalls stark war, scheiterte, musste die andere Magie ungeheuer mächtig sein.

Und davon gab es nicht viele.

»Wo lauert sie?«, fragte die Horror-Oma.« In dieser Dimension vielleicht?«

Die Russin hatte die Frage nicht gehört oder wollte sie nicht gehört haben. Jedenfalls erhielt Sarah keine Antwort. Sie sah stattdessen den Schweißausbruch bei der anderen und wiederholte ihre Frage. Hier durfte nicht mehr lange herumgeredet werden, jetzt musste jemand handeln.

»Ja, in dieser Dimension«, drang es flüsternd über die Lippen der Kartenlegerin. Sie berichtigte sich einen Moment später. »Nein, nicht in dieser, sondern auf halber Strecke zwischen den Welten. Es ist bereit, zuzuschlagen ...«

Sarah hörte nicht mehr zu. Sie kombinierte und stellte fest, dass einiges vorhanden sein musste, das auch sie kannte. Hesekiel, Rasputin, auch das Kreuz.

Und gerade das zuletzt erwähnte Wort brachte die Horror-Oma auf den Gedanken.

Es musste einfach das Kreuz sein, das eine so starke Gegenmagie aufgebaut hatte. Und Besitzer des Kreuzes war kein Geringerer als John Sinclair, der Sohn des Lichts.

Für Lady Sarah gab es keine andere Möglichkeit. John Sinclair! Genau das war der Mann, der Baals und Rasputins Magie störte. Er war der mächtige Weißmagier in London, er besaß die entsprechenden Waffen, er konnte sie einsetzen, und sie waren gleichzeitig für ihn auch so etwas wie Indikatoren. Sie zeigten ihm an, wenn sich eine feindliche Magie näherte.

Lady Sarah konnte nicht mehr weiter spekulieren. Auch sie stand unter Stress. Ihr Herzschlag hatte sich beschleunigt, sie spürte den Schweiß auf ihren Handflächen, und die Fingerkuppen rutschten über die Ballen.

»Ist es das Kreuz?«, fragte sie laut und deutlich. »Sehen Sie es, Ludmilla? Ist es tatsächlich das Kreuz, das die andere Magie hindert? Sie müssen mir antworten!«

»Ich weiß es doch nicht!«

»Bitte!«

Ludmilla Prokowa wechselte das Thema. Sie kam wieder auf den Tod zu sprechen. »Die Karte!«, hauchte sie. »Am stärksten tritt sie hervor. Ich kann es genau fühlen. Der Tod kommt, er schwebt bereits näher. Ja!«, brüllte sie plötzlich, sodass Sarah Goldwyn heftig erschrak. »Er ist da!« Ihr Kopf fiel nach vorn. Es hatte den Anschein, als wollte die Stirn den Tisch berühren, aber das geschah nicht. Dicht oberhalb der ausgebreiteten Karten stoppte die Bewegung, und Lady Sarah sah auch den Grund.

Die Motive auf den Karten waren verschwunden. Stattdessen zeigten sie jeweils eine spiegelnde Fläche.

Rasputin!

Ich war mir sicher, dass die Gestalt nicht gelogen hatte und dass es mir gelungen war, den lautlos »gesprochenen« Namen von den Lippen der Erscheinung abzulesen.

Dabei hatte ich einen Kontakt zu Baal haben wollen, um eine Spur von meinem Dolch zu finden. Wen sah ich stattdessen? Eine völlig neue Figur! Eben diesen russischen Mönch und Magier, auch Rasputin genannt, der bis in unser Jahrhundert hinein gelebt und einen sehr großen Schatten geworfen hatte.

Mein Blick saugte sich an dem Gesicht fest. Obwohl es nur eine Erscheinung war, konnte ich es deutlich erkennen. Die einzelnen Falten, die sich wie Gräben tief in die Haut gegraben hatten, und auch die dunklen Augen, deren Pupillen keinen müden, sondern einen sehr harten, kämpferischen Ausdruck zeigten.

Aber was hatte er mit Baal zu tun?

Ich war fasziniert. Dass Suko zu mir sprach, überhörte ich. Mein Interesse galt einzig und allein dem zwischen uns stehenden und von einer Aura umgebenen Gesicht.

Er hatte geredet, es war mir gelungen, das Wort von seinen Lippen abzulesen, aber konnte ich mich mit ihm auch unterhalten?

Den Versuch musste ich wagen. Bevor ich es tat, schielte ich noch auf den Dolch.

Seine grüne Farbe hatte sich nicht verändert. Nahezu

harmlos lag er auf dem Tisch, dafür glänzte mein Kreuz, das ich anhob, um es Rasputin zu zeigen. Vielleicht wurde er dadurch gebannt, denn es hatte eine Zeit in seinem Leben gegeben, in der er dem Kreuz gedient hatte.

»Schau es dir an!«, sagte ich mit leiser Stimme. »Schau dir dieses Kreuz an, Gestalt aus dem Reich der Geister. Du wirst in seinem Namen, der auch dir einmal den Mut zum Leben gegeben hat, die Wahrheit sagen und nichts als die Wahrheit. Hast du mich verstanden?«

Er gab mir keine direkte Antwort. In seinem Gesicht zuckte es nur hin und wieder. Die Lippen kräuselten sich, und plötzlich öffnete er den Mund, um mir eine Antwort zu geben.

In meinem Kopf schallte es. Und gleich der erste Satz bewies mir, dass er mit mir nicht viel am Hut hatte. »Ich habe einmal dem Kreuz gedient, aber das ist längst vorbei. Es ist mir gelungen, in andere Dimensionen vorzustoßen. Ich habe gelernt, dass es mächtigere Dinge gibt als die, an die ich einmal glaubte.«

Davon war ich nicht überzeugt. Das behielt ich aber für mich. Ich wollte ihn nicht provozieren. Deshalb ging ich auch auf ihn ein. »Meinst du vielleicht Baal?«

»So ist es!«

Bei diesen Unterhaltungen ist es immer wieder interessant, dass es keine Sprachschwierigkeiten gibt. Geister durchbrechen alle Sprachbarrieren.

»Dann kennst du Baal?«

»Ich hatte ihm gedient, aber ich diente vielen Menschen und Dämonen. Zuerst war es der Pope im Kloster, dann diente ich dem Zaren und seiner Frau, bis ich anfing, die Welt der Dämonen zu erforschen. Ich lernte viele von ihnen kennen, doch Baal war für mich die wichtigste Figur. Er stand für Macht und Einfluss. Er hat es damals geschafft, seinen Lebenskreis über die bekannte Welt hinaus auszudehnen. Nicht nur im Orient diente man ihm, auch die Kelten kannten seine Macht und Kraft, und so sah ich mich auf dem richtigen Weg. Als ich starb, nahm mich Baal in seine Arme. Ich ging nicht den Weg der Popen, sondern den, den *er* wollte, und ich wusste, dass Menschen irgendwann einmal Verbindung mit mir aufnehmen würden.«

»Ist das jetzt geschehen?«, fragte ich.

»Ja.«

»Durch wen?« Ich zeigte auf den Opferdolch. »Vor mir liegt Baals Messer. Hat es diese Waffe geschafft, dass du dich mir zeigen konntest, Rasputin?«

»Sie nicht allein. Es gibt noch etwas für mich Wichtigeres, das sich ebenfalls in dieser Welt befindet.«

»Und was ist es?«, fragte ich.

»Ein Spiel, mein Lieber. Ein Kartenspiel, wenn du verstehst.«

»Nein.«

Das Gesicht vor mir deutete so etwas wie ein Lächeln an. »Wie kann ich auch verlangen, dass ihr Menschen die Karten versteht? Meine Karten, die mich ein Leben lang begleitet haben und die ich nicht habe mitnehmen können. Meine Karten.«

»Wo finde ich sie?«

»Nicht weit entfernt. Die Motive sind aufgedeckt worden. Und ein besonderes ist dabei.«

»Welches?«

»Der Tod! Aber auch der Gehenkte und die Kaiserin oder der Magier. Wichtig für mich ist der Tod, denn jeder, der diese Karte sieht, kann ihm nicht mehr entrinnen, auch wenn er versucht, den Narr oder den Joker ins Spiel zu bringen.«

»Und der ist dabei?«, fragte ich.

»Ja, er ist dabei. Aber der Tod ist stärker. Selbst ich konnte ihn nicht überwinden. Und diese Karten, die von einer anderen Person aufgedeckt wurden, zeigten mir den Weg zu Baal. Sie sind ungemein wichtig. Nur Baal zählt für mich, denn er hält seinen schützenden Schatten über mich.«

»Wo finde ich die Karten?«, wollte ich wissen. »Sie müssen doch in der Nähe sein.«

»Das sind sie.«

»Nenn mir den Ort!«

Das Gesicht verzog sich zu einem Lachen. Ich hörte Worte, doch ich war sicher, dass nicht er, sondern Suko sie gesprochen hatte, und gleichzeitig wurde ich das Gefühl nicht los, beobachtet zu werden. Da musste sich noch ein anderer in der Nähe befinden. Ich hob den Kopf und sah nach vorn. Es war nichts zu erkennen. Nur das Gesicht, aber dessen Augen zeigten sich verändert.

Sie waren nach wie vor rund. Nur sah ich keine dunklen Pupillen mehr, dafür hell glänzende, die einen Vergleich mit zwei Spiegeln durchaus aushielten.

Spiegel, durch die ich blicken konnte. Und ich sah fünf Karten.

Nur für einen Moment hatte ich das Bild wahrgenommen, dann war es verschwunden, und ich erkannte, wie sich das Gesicht vor mir allmählich auflöste.

»Wo?«, rief ich laut und deutlich. »Wo finde ich deine Karten? Gib mir einen Hinweis!«

»Ludmilla Prokowa. Ludmilla Prokowa.« Die Worte klangen bereits verwehend. »Sie hat an mich geglaubt. Sie war früher auf meiner Seite und ist es noch immer. Aber sie hat Baals Magie geweckt, der Tod hat sich gezeigt. Sie wird sterben.«

Das waren seine letzten Worte, denn einen Lidschlag später war das Gesicht Rasputins verschwunden, und ich hatte wieder einen klaren Blick über meinen Schreibtisch.

Suko starrte mich an. Das Gesicht meines Freundes war unbewegt. Was er mitgekriegt hatte, wusste ich nicht. Jedenfalls sprach er mich noch nicht an.

Erst als meine Hand mit dem Kreuz allmählich nach unten sank, formulierte er die ersten Worte. »John, du hast etwas gesehen, nicht wahr?«

»Ja.«

»Was war es?«

Ich antwortete nicht direkt, sondern stellte eine Gegenfrage. »Hast du nichts gesehen?«

»Doch, einen Schatten. Er sah aus wie ein Hinterkopf.«

Ich nickte. »Es war Rasputin!«

Sukos Augen wurden noch größer. Sein Gesichtsausdruck zeigte plötzlich Unglauben. Ich hätte ähnlich reagiert wie er. Auch wenn mir jemand berichtet hätte, mit Rasputin gesprochen zu haben, nein, das hätte ich auf keinen Fall geglaubt.

»Der Mönch, John?«

»So ist es.«

»Aber er ist tot.«

»Sicher, Suko. Nur war er nicht immer ein Mönch, obwohl ihn manche als einen Heiligen ansahen. Er war auch ein großer Sünder und vom Laster gezeichnet. Rasputin begab sich auf eine sehr hohe Ebene. Er wollte Kontakt zu Dämonen.«

»Hat er ihn bekommen?«

»Er geriet in das Netz des Götzen Baal, aus dem er sich nicht mehr befreien konnte. Wir besitzen den Opferdolch, er liegt vor uns. Und er ist mächtig, wie ich inzwischen weiß.«

»Hat er die Verbindung zu Rasputin hergestellt?«, wollte der Chinese wissen.

Ich schüttelte den Kopf. »Er nicht, Suko, es war jemand anderer oder etwas anderes. Ein Kartenspiel, das ihm zu Lebzeiten gehört hatte und von einer Person jetzt in London …«

Plötzlich sprang ich auf und schlug mir gegen die Stirn.

Suko wunderte sich. »Was hast du?«

»Verdammt, das Kartenspiel. Ludmilla Prokowa!«

»Wer bitte?«

Ich wiederholte den Namen und fügte gleichzeitig eine Erklärung hinzu. »Ludmilla Prokowa ist die Person, die Rasputins Kartenspiel besitzen muss.«

»Da bist du dir sicher?«

»Ja. Sie lebt in London.«

Wenn der eine denkt, dann handelt oft der andere. So jedenfalls ist es bei uns. Kaum hatte ich den Namen erwähnt, als Suko bereits zum Telefonbuch griff.

Den Namen Prokowa gab es nur dreimal. Und nur eine hieß Ludmilla!

Suko las die Adresse vor. »Eine nicht sehr vornehme Gegend«, fügte er hinzu und gab mir die Nummer an.

Ich tippte die Zahlen ein.

Es folgten die Sekunden der Spannung. Der Ruf ging durch, das hörte ich, aber es hob niemand ab. Ludmilla Prokowa meldete sich nicht oder wollte sich nicht melden.

Schließlich gab ich es auf. »Nichts zu machen!« Ich überlegte einen Moment.

»Hin, John!«, sagte Suko.

»Ja, das meine ich auch.« Ich drehte mich, wollte den Dolch an mich nehmen, und meine Augen wurden groß.

Baals Opferdolch war auf magische Art und Weise verschwunden!

Karten, die zu Spiegeln wurden!

Lady Sarah sah darin die Gesichter. Und sie spürte es kalt ihren Rücken hinablaufen, denn die verspiegelten Karten zeigten ihr plötzlich Bilder.

Es waren Motive aus einer fremden Dimension, aber sie befanden sich in der normalen, realen Welt.

Und Lady Sarah Goldwyn sah Dinge, die sie persönlich sehr gut kannte. Eine selbst für sie vertraute Umgebung, ein Zimmer, ein Büro, ein vertrautes Gesicht, das einem Mann mit dunkelblonden Haaren gehörte, ein Kreuz und ein grünes Schimmern, das sich zwischen dem Gesicht und dem Kreuz aufgebaut hatte.

Aber sie sah noch mehr.

Das Gesicht des Mannes, der Ludmilla so ungemein viel bedeutete. Rasputin persönlich zeigte sich in einer Spiegelfläche. Sie war dort entstanden, wo Sarah einmal das Motiv des Magiers gesehen hatte. Nun hatte Rasputins wüstes Gesicht dieses Gesicht abgelöst. Es sah schlimmer und schauriger aus als das des Magiers.

In der Kartenreihe war die fremde Magie vorhanden. Endlich war es ihr gelungen, die Grenzen zu überwinden, aber Baal, dieser mächtige Götze, zeigte sich nicht. Er hielt sich im Hintergrund und ließ nur seine Magie walten.

Die Horror-Oma saß auf ihrem Platz wie festgewachsen. Sie traute sich nicht, ihre Hand auszustrecken und die Spiegelflächen zu berühren, sosehr sie auch den Wunsch danach verspürte. Hart riss sie sich zusammen.

Wie lange sie die Spiegel hatte sehen können, wusste sie nicht. Jedenfalls verschwand die spiegelnde Fläche ebenso rasch, wie sie entstanden war, und die normalen Motive lagen wieder vor ihr.

Auch das Gefühl, von einem Dritten belauert zu werden, verschwand bei Sarah Goldwyn. Sie hörte stattdessen die Russin scharf atmen. Auch sie musste die fremde Magie bemerkt haben, und die folgenden Worte drangen stöhnend über ihre Lippen, wobei sie den Kopf schüttelte.

»Was haben Sie?«, fragte Sarah Goldwyn.

Ludmilla schluckte. »Er hat sich gezeigt!«, hauchte sie. »Verdammt, er hat sich gezeigt. Er ist da, er ist vorhanden. Denk mal nach, er ist es gewesen. Rasputin!« Sie schrie das letzte Wort, warf den Kopf zurück, und ihre Augen glänzten. Die Russin befand sich in einem Zustand der Euphorie, der rasch wieder verschwand, denn sie sank plötzlich zusammen und schüttelte den Kopf. Dabei sprach sie flüsternde Worte aus. »Und ich muss sterben. Ich muss sterben. Ich habe den Tod gesehen. Er hat sich mir überdeutlich gezeigt. Das schwarze Skelett ist da.« Plötzlich blickte sie Sarah Goldwyn an, und wieder hatte sich ihr Zustand dabei verändert. »Aber vielleicht kommst du auch an die Reihe!«, zischte sie. »Der Joker ist im Spiel, er kann den Tod reduzieren, ihm die Hälfte seiner Kraft nehmen. Meine Hoffnung ist ebenso groß oder klein wie die deine.«

Die Horror-Oma hatte zwar nicht gerade Angst vor der Russin, schüttelte sich aber, da sie diese überraschenden Sprünge einfach nicht nachvollziehen konnte.

»Und wenn ich jetzt gehe?«, fragte sie.

»Ich lasse Sie nicht raus!«, erklärte Ludmilla mit einem drohenden Unterton in der Stimme. »Nichts da. Sie werden bleiben, denn meine Chance will ich mir nicht nehmen lassen. Haben Sie verstanden?«

»Natürlich.«

Da klingelte das Telefon. Es klang beinahe wie Glockengeläut. Beide Frauen zuckten zusammen, und Lady Sarah rückte auf ihrem Stuhl ein wenig zur Seite, sodass es aussah, als wollte sie abnehmen.

Da schoss die Hand der anderen vor und legte sich wie eine zupackende Kralle auf den Hörer. »Nein!«, knirschte Ludmilla. »Nein, so nicht. Du nimmst nicht ab, verstanden? Ich will nicht gestört werden. Nicht heute, wo es um Sein oder Nichtsein geht. Das hast du doch auch begriffen?«

»Sicher.«

Und so warteten die beiden Frauen, bis das Läuten verstummte. Der Anrufer war sehr hartnäckig gewesen. Er hatte lange durchläuten lassen.

Über die Lippen der Russin zuckte ein Lächeln, bevor sie nickte. »So ist es gut«, sagte sie leise. »Ja, so wollte ich es haben. Es ist ausgezeichnet, wir werden …«

»Allein sein!«, erklärte Sarah.

»Natürlich. Weshalb nicht?«

»Vielleicht war es jemand, der uns hatte helfen wollen.«

Ludmilla ließ ein schrilles Lachen hören. »Uns helfen?« Sie lachte noch einmal. »Wer sollte das schon versuchen? Höchstens Rasputin, aber er wird wohl kaum telefonieren können.«

»Ich sehe das anders, denn ich habe mir die Karten sehr genau angesehen, als sie sich zu den ungewöhnlichen Spiegeln veränderten. Diese Spiegel, das werden Sie auch festgestellt haben, zeigten nicht unsere Gesichter, als wir hineinblickten, nein, sie bewiesen uns, dass auch andere dabei sind, die Macht des abtrünnigen Mönches zu brechen. Verstehst du?«

»An wen denkst du denn?«

»An meinen Freund. Er heißt John Sinclair, wie ich schon erwähnte, und er besitzt das Kreuz.«

Ludmilla lachte schrill. »Und der sollte uns helfen wollen?«

»Ja. Weil er mit den Kräften des Lichts in Verbindung steht und ihr Erbe ist. Er kann die schwarze Magie vernichten. Begreifst du das nicht?«

Ludmilla Prokowa sprang auf. »Ich will aber nicht!«, keifte sie. »Ich will nicht, verdammt noch mal! Hör endlich auf mit dem verdammten Gerede! Alles, nur kein Kreuz!«

»Weshalb nicht?«, fragte Lady Sarah mit ruhiger Stimme, die großes Vertrauen in Johns geweihten Talisman setzte.

Die Russin beugte sich vor und stützte ihre Hände auf die Tischplatte. »Weil ich es hasse. Jawohl, ich hasse dieses Kreuz, von dem du immer sprichst. Ich will es einfach nicht sehen, hast du verstanden? Ich will das Kreuz nicht haben! Ich will nichts davon hören!«

»Sie sollten Ihre Meinung ändern«, sagte die Horror-Oma förmlich.

»Wieso denn?«

»Weil es besser für Sie ist. Weil es besser für uns Menschen ist, Ludmilla.«

Die Kartenlegerin ließ sich wieder zurückfallen. »Das muss ich allein wissen. Außerdem glaube ich nur das, was ich sehe. Und dazu gehört die Magie der Karten. Dazu gehören der Tod, der Magier, die Kaiserin …«

»Nicht der Dolch, den Sie gesehen haben?«, hakte Sarah nach.

Da starrte die andere sie an. »Was meinen Sie damit?«

»Es ist Baals Erbe, von dem Sie auch geschrieben haben. Und ich bin sicher, dass wir damit noch etwas zu tun bekommen, Ludmilla. Seien Sie nur vorsichtig, sehr vorsichtig!«

Da lachte die Russin. »Nein, nicht mich wird er töten wollen, sondern Sie. Ja, Baals Dolch wird Sie vernichten. Wir haben die Karten aufgedeckt. Der Tod ist anwesend. Ich spüre, ja …« Sie verzog das Gesicht, als wollte sie intensiv nachdenken. »Ja, ich spüre ihn. Es ist so weit, Sarah. Es ist so weit.«

Ludmilla hatte sich von einer Sekunde zur anderen verändert. Sie machte den Eindruck einer Person, die viel wusste, aber noch nichts sagen wollte. Hinter ihrem Schreibtisch hielt sie nichts mehr. Etwas zögernd drückte sie sich hoch, schritt an der Längsseite des Schreibtisches vorbei und blieb für einen Moment stehen.

Sie lauschte.

Auch Lady Sarah sagte nichts. Sie hielt ebenso den Atem an wie die Russin.

Die drehte sich zu ihrer Besucherin um und zeigte ihr die rechte Hand. »Da, schau genau hin! Sieh auf meine Hand, da ist die zweite Haut. Es ist das Gefühl, es zu spüren, es in der Nähe zu wissen«, und sie sah zur Tür. Ihr Blick hatte dabei einen lauernden Ausdruck angenommen.

Auch Lady Sarah drehte den Kopf, aber sie blieb sitzen und fragte mit leiser Stimme: »Befindet es sich dort?«

»Nein, nein, ich weiß nicht!« Wieder drehte sich die Frau. »Es ist woanders.« Sie breitete den rechten Arm aus. Diesmal blickte sie über den Schreibtisch hinweg, und der ausgestreckte Zeigefinger wies auf den Vorhang, hinter dem etwas lag, das Sarah Goldwyn noch nicht kannte. Dort konnte sich ebenso eine Wand befinden wie auch ein normaler Raum. Ludmilla erklärte es auch nicht, sondern ging auf den Vorhang zu.

Jetzt hielt Lady Sarah nichts mehr auf ihrem Platz. Sie warf einen letzten Blick auf die Karten, die völlig normal vor ihr lagen. Für die Horror-Oma waren es die Karten des Unheils. Sie konnte ihnen nichts Positives mehr abgewinnen, nur noch das Grauen.

Die Russin ging staksig weiter. Sarah Goldwyn dachte an die Warnung, die sie durch den Mund der anderen erfahren hatte. Der Tod lauerte, und vielleicht wusste die Russin, wo dies geschah. Hinter dem Vorhang, hinter dieser Wand aus Stoff, die unbeweglich stand. Kein Luftzug berührte die einzelnen bis auf den Boden hängenden Falten.

»Lassen Sie es lieber sein!«, warnte Sarah.

»Nein. Ich muss nachsehen. Ich bin Rasputin verpflichtet. Ich kann ihm vertrauen. Ich allein!« Nach diesen Worten griff sie zu. Die fünf Finger der Hand fassten in eine der Falten, krallten sich regelrecht darin fest, und es wirkte so, als wollte die Russin den Vorhang mit einem einzigen Ruck öffnen.

Das geschah nicht.

Als sie zog, tat sie es sehr langsam, fast im Zeitlupentempo. Unter der Decke erklang ein leises Geräusch, als die Rollen über die Befestigungsschiene glitten.

Lady Sarah sah einen Spalt, der sich geöffnet hatte, und sie hörte den erstickten Laut der Russin.

Sarah Goldwyn starrte auf Ludmillas Rücken. Sie sah, wie die Russin zitterte, als würde sie Schläge von unsichtbaren Stöcken erhalten.

Das Zittern pflanzte sich fort, wurde zu einem Beben, das an den Füßen begann und erst an ihrem Kopf endete.

Was hinter dem Vorhang lag, hatte Sarah Goldwyn nicht erkennen können. Die Dunkelheit war zu dicht, aber sie entdeckte plötzlich das grüne Leuchten in Schulterhöhe der Frau.

War das der Erfolg?

»Was ist denn?«, flüsterte die Horror-Oma.

Die Russin gab keine Antwort. Sie drehte sich nur sehr, sehr langsam um.

Sarah Goldwyn konnte das Motiv dieses grünen Flecks in Schulterhöhe nicht erkennen. Zwar hatte sie einen Verdacht, aber den wollte sie sich bestätigen lassen, und sie bekam ihn bestätigt, als sich Ludmilla Prokowa ganz umdrehte.

In ihrer rechten Schulter steckte Baals Opferdolch!

Lady Sarah hatte das Gefühl, einen Treffer in den Magen erhalten zu haben. Sie war einfach nicht mehr in der Lage, etwas zu sagen, aber sie wusste, dass all die Dinge, über die sie bisher nur theoretisiert hatten, nun zu Tatsachen geworden waren.

Baal, der Götze, griff ein!

Nein, er hatte schon eingegriffen, denn sein Opferdolch, von ihm und Rasputin geleitet, steckte bis zum Heft in Ludmillas Schulter.

Sie ging trotzdem weiter, auch wenn ihr Gesicht vom Schmerz verzerrt war. Den Mund hielt sie halb offen.

Die Angst lag wie ein Kloß im Magen der Horror-Oma.

Diese eine Szene hatte ihr bewiesen, dass die andere Kraft Macht über sie gewonnen hatte.

Und auf dem Tisch lag die Karte des Todes! War dies vielleicht der Anfang vom Ende?

Ludmilla ging so weit vor, bis sie die Kante des Tisches erreicht hatte. Ihr Gesicht zeigte sich verändert. Es hatte einen harten Ausdruck angenommen, als müsste sie mit Gewalt etwas unterdrücken.

Wieder stützte sie sich auf. Den Kopf und damit auch den Blick hielt sie gesenkt. Die Russin starrte auf die Karten, aber Lady Sarah kam es vor, als hätte sie nur den Blick für eine einzige.

Für den Tod!

»Ludmilla!«, flüsterte Lady Sarah. »Bitte, Ludmilla, was ist mit Ihnen? Hat die Rache des Todes Sie getroffen? Werden Sie jetzt sterben? Oder schaffen Sie es noch?«

Die Russin hob den Kopf. Vor ihren Lippen zerplatzten feine Speichelbläschen. »Einer von uns wird sterben!«, ächzte sie. »Einer von uns beiden.«

»Das werden Sie sein!«

»Nein!« Das Wort drang so siegessicher und endgültig über ihre Lippen, dass sich Lady Sarah erschreckte. Sie wollte es einfach nicht glauben, sie hatte voll auf ihre Magie gesetzt und sah kein Motiv darin, dass sich der Tod ausgerechnet sie ausgesucht hatte.

»Nicht mich!«, sagte Ludmilla stockend. »Nein, nicht mich.«

»Aber Sie sind getroffen worden!«

»Ich lebe!«

Dagegen konnte Lady Sarah nichts sagen. Ludmilla lebte tatsächlich noch, aber würde sie auch überleben?

Die Kartenlegerin begann zu kämpfen. Nie hätte die Horror-Oma der Russin diese physische und psychische Kraft zugetraut, als sie den rechten Arm hob und nach dem Dolchgriff suchte.

Die Hand zitterte dabei. Es war nicht so einfach für sie, das Ziel zu finden, aber die Hand umklammerte schließlich den Griff, und Sarah wusste genau, was sie vorhatte. »Rasputin, du großer Geist. Hilf mir! Die Karte des Todes liegt auf dem Tisch. Du hast den Sensenmann nicht überwinden können. So gib deiner Bewunderin und Dienerin die Kraft, dass sie es schafft.«

Ihre Worte waren eine Vorbereitung oder Einladung zu dem gewesen, was anschließend folgte. Denn sie gab sich noch einmal einen innerlichen Ruck und riss den Dolch aus dem Fleisch.

Dabei schrie sie auf, kippte nach vorn, fiel aber nicht auf die Karten, weil sie sich soeben noch abstützen konnte. Den Dolch aber hielt sie in der Hand und drehte ihn so, dass die Klingenspitze auf die Horror-Oma wies.

Dann lachte sie.

Es war zwar ein leises, dennoch geiferndes und böses Lachen, während ihre Augen glänzten, als hätte sich ein Fieberfilm über die Pupillen gelegt.

»Ich sehe den Tod als eine Karte vor mir, aber ich weiß, dass er noch nicht zugeschlagen hat. Ich lebe. Auch du lebst noch, doch das wird sich ändern. Der Tod wartet, Rasputin lauert im Hintergrund. Ich spüre seine Nähe. Er hat mich endlich erhört und verstanden, denn er will nicht, dass ich sterbe. Diesmal soll der Tod nicht stärker sein. Rasputin hat ihn nicht überwinden können, aber ich werde es schaffen, denn du wirst für mich den Weg ins Jenseits antreten. Hast du gehört? Du bist es!«

Und sie hatte plötzlich Kräfte, denn sie schleuderte mit einem Ruck Lady Sarah den Schreibtisch entgegen.

Zum Glück reagierte die Horror-Oma schnell genug. Sie ging hastig einen Schritt zurück. Der Tisch traf sie nicht. Dafür prallte er dicht vor ihren Fußspitzen zu Boden.

Die Karten und das Telefon lagen auf dem Boden, aber der Tod leuchtete nach wie vor in seinem lackierten Schwarz wie eine grauenhafte Drohung aus dem Jenseits.

Aus der Wunde an Ludmillas Schulter sickerte Blut. Da die getroffene Stelle noch grünlich nachleuchtete, hatte der Lebenssaft eine fahle Farbe angenommen.

Und die Russin bewegte sich!

Sie war jetzt eine andere geworden. Nicht mehr freundlich, auch nicht ängstlich, weder zweifelnd noch zögernd. Sie wollte morden, und das stand in ihrem Gesicht zu lesen.

Fast philosophisch anmutende Worte sprach sie, als sie näher kam. »Dein letzter Tanz, dein letzter Traum vom Leben, alte Frau. Diesmal habe ich gewonnen.«

Die Horror-Oma gab keine Antwort. Gleichzeitig gestand sie sich ein, dass sie es wohl kaum schaffen konnte, gegen die andere einen Sieg zu erringen.

Die Russin war bewaffnet, sie besaß Baals Dolch, und dessen Spitze wies auf Sarah Goldwyn.

Manchmal zitterte die Klinge, wenn Ludmilla die Hand bewegte.

Lady Sarah suchte nach einer Waffe, mit der sie sich verteidigen konnte. Ein Messer oder eine Pistole standen ihr nicht zur Verfügung. Wenn sie sich verteidigte, dann mit ihren bloßen Händen. Gleichzeitig sah sie ein, dass es wohl unmöglich für sie war, gegen ein menschliches Hasspaket zu bestehen.

Noch einmal fiel ihr Blick auf den Boden.

Da sah sie ihren Stock.

Der umgekippte Schreibtisch hatte ihn eingeklemmt, aber der Griff wies auf sie.

Und Lady Sarah bückte sich. Sie war nicht mehr flink wie eine Zwanzigjährige, aber sie fand zielsicher den Stockgriff, zerrte und zog an ihm, sodass sie ihn schon beim ersten

Versuch unter dem umgekippten Schreibtisch hervorreißen konnte.

Schlagbereit hielt sie ihn in der rechten Hand und nahm, als die andere wieder einen Schritt vorging, die linke als Unterstützung hinzu. So ausgerüstet, fühlte sie sich etwas sicherer.

Ludmilla besaß den Dolch, die Horror-Oma nur ihren Stock. Und die Russin lächelte kalt und schüttelte dabei den Kopf. »Mit dieser Krücke willst du mich aufhalten, Alte? Mit dieser Krücke?« Sie lachte wieder.

In dieses Lachen hinein folgte der erste Angriff.

Sarah Goldwyn hatte sehr genau aufgepasst. Als der Dolch vorzuckte und dabei einen grünen Schweif hinter sich herzog, sprang sie zur Seite und schlug mit dem Stock zu.

Er war ziemlich schwer, Lady Sarah hatte sich jedoch an ihn gewöhnt und konnte damit umgehen.

Sie traf die Klinge. Der Arm der Russin fuhr nach unten. Sie schien große Mühe zu haben, den Dolch überhaupt zu halten, und ließ ein böses Knurren hören.

Für Lady Sarah ging es ums Überleben. Deshalb griff sie ein, hob den Stock und schlug zu.

Ludmilla konterte und zielte auf den Stock. Das grüne Opfermesser jagte dem Holz entgegen. Mit seiner geschärften Seite traf es das harte Holz und hackte hinein, als bestünde der Stock aus Pappe.

Dazu lachte sie.

Und sie hatte allen Grund, denn Lady Sarah wurde bewiesen, dass Baals Opferdolch stärker war als ein Messer.

Der Dolch zerschnitt das Holz nicht, er zerschmolz es zu einer dickflüssigen Masse, die träge und in langen Tropfen zu Boden klatschte.

»Ich bin stärker. Rasputin gibt mir die Kraft!«, jauchzte die Russin. Lady Sarah konnte dem nichts entgegenhalten. Sie musste ihren Stock loslassen und sah zu, wie ihr treuer Begleiter allmählich verging. Er löste sich auf. Die Masse bedeckte den Fußboden, sie wurde schwarz und stank.

Ludmilla Prokowa aber freute sich. »Glaubst du immer noch an deine Chance?«, fragte sie. »Glaubst du tatsächlich daran? Jetzt, wo du waffenlos bist?«

Sie war plötzlich schnell, und Lady Sarah musste zurückweichen. Dabei wurde sie von Ludmilla von der Wendeltreppe weggedrängt, sodass ihr dieser Fluchtweg versperrt war.

Die Horror-Oma erreichte die Wand und lehnte sich dagegen.

Vor ihr stand Ludmilla.

Sie war zu allem entschlossen. Ihre Pupillen bewegten sich, und die Blicke tasteten den Körper der Horror-Oma ab, als suchten sie eine bestimmte Stelle, wo sie zustechen konnte.

»Verflucht sollst du sein!«, rief Sarah Goldwyn. »Verflucht im Namen des Lichts und für alle Zeiten. Ich hasse dich! Du sollst das Grauen erleben, du sollst nie mehr eine ruhige Minute in deinem dem Bösen geweihten Leben haben.«

»Was glaubst du, was mich das interessiert?«, höhnte die Russin. »Ich spüre genau, dass das andere, was ich so lange herbeigesehnt habe, mir Kraft gibt. Endlich, kann ich sagen. Endlich habe ich es geschafft. Und die Karten haben nicht gelogen. Der Tod ist für dich bestimmt, nicht für den, der an Rasputin und seine große Magie glaubt. Deshalb stirb, Verdammte!«

Der Kerl hing in meinem Griff, während Suko auf die aufgebockte Maschine zuging und den Motor abstellte. Die anderen beiden Typen trauten sich nicht näher. Das Auge des einen schwoll allmählich an, wo ihn Sukos trockener Hieb erwischt hatte.

Diese drei Kerle auf dem Hinterhof hatten uns fertig machen wollen, als wir ihnen eine Frage stellten. Jetzt merkten sie, dass sie an die falsche Adresse geraten waren.

»Also, Junge, ich will nur von dir wissen, wo wir diese Ludmilla finden können!«

»Wollt ihr sie killen?«, ächzte er.

»Nein, mit ihr reden!«

»In diesem Gebiet herrscht Mickey Lane. Er ist der Boss. Ihn könnt ihr fragen, wenn ihr aus einem fremden Revier gekommen seid. Wer hat euch überhaupt geschickt?«

Er wurde wieder frecher. Vielleicht deshalb, weil er gesehen hatte, dass sich im Hintergrund des Hofes einige Typen zusammenfanden, die zu den Hausbewohnern zählten und sich uns gegenüber nicht freundlich verhalten würden.

»Der Staat hat uns geschickt«, antwortete ich und zeigte ihm meinen Ausweis. »Hoffentlich kannst du lesen!«

Er konnte, und er schluckte. »Scheiße!«, rief er so laut, dass es über den Hof schallte. »Bullen!«

»Genau.« Die anderen Männer waren stehen geblieben. Mit der Polizei wollte keiner etwas zu tun haben. »Und jetzt will ich eine vernünftige Antwort von dir. Wo finden wir Ludmilla Prokowa?«

»Ihr könnt von außen hier über die Treppe gehen. Dann erreicht ihr den Keller.«

»Danke.«

Ich tippte ihm noch an die Schulter und deutete auf die Maschine. »Lasst den Motor nicht unnötig laufen! Das verschmutzt die Umwelt.«

Sie erwiderten nichts mehr, sondern ließen Suko und mich ziehen. Die nach unten führende Außentreppe war schnell gefunden. Es gab nur die eine.

Wir hielten uns am Geländer fest. Links von uns befand sich die graue Hauswand, in der wir kein Fenster entdeckten. Dafür sahen wir die nicht verschlossene Tür und gelangten in eine Waschküche, in der es nach feuchter Wäsche roch.

Auch die durchquerten wir.

Der anschließende Kellergang zeigte nur eine trübe Beleuchtung, aber wir erkannten das Schild, auf dem der Name der Russin stand. Suko nickte. »Da scheinen wir genau richtig zu sein. Und wie geht es jetzt weiter?«

»Die Tür sieht neu aus.«

Suko probierte schon die Klinke, konnte sie nach unten drücken und die Tür öffnen. »Wer sagts denn?« Er schob sich als Erster durch den Spalt. Wir befanden uns in einem kleinen Flur, sahen eine in die Höhe führende Wendeltreppe und hörten den Klang einer herrischen, harten Stimme, die kein Erbarmen kannte.

Für einen Moment lauschten wir den Worten. Wenn sich Ludmilla tatsächlich dort befand, wo die Wendeltreppe in irgendeinen Raum mündete, dann war sie dabei, jemanden zu töten.

Wir wurden sehr schnell. Auf Geräusche konnten wir keinerlei Rücksicht mehr nehmen, und ich war der Erste, der das Ende der Treppe erreichte, einen freien Blick hatte und Ludmilla sah.

Doch nicht nur sie. Auch Lady Sarah erkannte ich, hatte keine Zeit, darüber nachzudenken, denn Ludmilla Prokowa wollte die mit uns befreundete Horror-Oma töten.

Ich sprang!

In meinen Sprung hinein erklang Lady Sarahs Stimme. »Ich habe es gewusst. Ich habe euch gesehen.«

Sie redete noch weiter. Der Schock hatte sich bei ihr gelöst, aber ich konnte auf ihre Worte nicht achten, denn für mich wurde es gefährlich. Auch Ludmilla hatte mich gesehen und sich gedreht. Nicht Lady Sarah war mehr ihr Feind, sondern ich.

Und sie stieß zu.

Fast hätte mich der Dolch mitten im Gesicht getroffen, doch meine ausgestreckte Hand war noch um eine Idee schneller. Ich konnte den Arm mit der Waffe zur Seite schlagen, der Dolch wischte noch durch einen Teil meiner Haare, und ich spürte ein Brennen auf der Kopfhaut.

Ich bekam Ludmilla zu packen und warf sie um. Dabei fiel ich auf sie, winkelte ein Bein an und drückte ihr das Kinn in den Leib. Sie schlug mit dem Hinterkopf auf, ächzte und stieß einen Schrei aus.

Ich packte ihre Kehle.

Sie aber bewegte den Kopf so heftig, dass meine Hand abrutschte. Gleichzeitig landete sie mit dem rechten Knie einen Tiefschlag.

Ich schrie auf.

Der Treffer war gemein. Unter Aufbietung aller Kräfte rollte ich mich auf die Seite.

Sie hielt immer noch den Opferdolch in der Faust. Den Arm hatte sie schon erhoben, als ich plötzlich Sarah Goldwyns lauten Ruf vernahm.

»Der Tod!«, brüllte sie. »Da, der Tod!«

Ludmilla drehte den Kopf, ich ebenfalls.

Und beide sahen wir die Karte mit dem schwarzen Skelett darauf. Es hatte sich aufgerichtet, wurde von einer flimmernden Aura umgeben, und über den Skelettschädel hatte sich Rasputins Gesicht geschoben.

Wie ein lebender Schild stand der Chinese Suko vor Lady Sarah und deckte sie mit seinem Körper. Dabei hatte Suko die Beretta gezogen und zielte auf Ludmilla und mich. Aber er fand kein Ziel. Die beiden bewegten sich einfach zu schnell, und das Risiko, den Falschen zu treffen, war zu groß.

Dann kassierte John den heimtückischen Tritt, fiel zur Seite, und Ludmilla hob den rechten Arm.

Baals Opferdolch ragte giftgrün aus ihrer Faust.

In diesem Moment schrie Lady Sarah die Worte, die alles ändern sollten. Auch Suko wurde abgelenkt. Er schaute auf die Karten mit dem schwarzen Skelett.

Und er sah Rasputins Gesicht.

Suko zögerte keinen Augenblick. Er drückte die Horror-Oma zur Seite, dann schoss er.

Die Silberkugel fand ihr Ziel. Sie hieb machtvoll in die Kartenmitte, zerriss das Blatt und damit auch das Skelett.

In zahlreichen Fetzen flog die Karte davon, die in der Luft sofort in Flammen aufgingen und wie kleine Kometen davontaumelten.

Bevor sie den Boden erreichten, waren sie schon zu grauer Asche verbrannt.

Jeder hatte es gesehen. Lady Sarah, Suko, ich und auch Ludmilla Prokowa.

Sie besonders intensiv, denn dass ausgerechnet die Karte aus dem Spiel zerstört worden war, an die sie so geglaubt hatte, konnte sie einfach nicht fassen.

»Man kann ihn nicht überwinden!«, brüllte sie, schüttelte sich und tat etwas, mit dem keiner von uns gerechnet hatte. Auch ich nicht, und vielleicht hätte ich noch eingreifen können, weil ich nahe bei ihr lag, aber sie war einfach zu schnell.

Wuchtig stieß sie den Dolch nach unten. Er wischte auf ihren Körper zu und jagte dicht unter dem Halsansatz in die Brust der Frau.

Sie kippte, als ich mich gerade aufrappelte. Weit aufgerissen waren ihre Augen. Offen war ihr Mund, aus dem, wie auch aus der Wunde, Blut schoss. Die Kartenlegerin fiel schwer auf die Seite. Ihre Finger krümmten sich, als suchten sie Halt.

Weiß war die Haut. Leichenblass mit einem bläulichen Schimmer darauf.

Ich schüttelte mich, als ich endlich stand. Suko und Sarah Goldwyn blickten mir entgegen. Auch ihre Gesichter waren blass. Die Horror-Oma fing sich als Erste. Sie wusste auch mehr als wir, hob einen Stuhl auf, ließ sich darauf nieder und schüttelte den Kopf, als könnte sie noch immer nicht begreifen, was hier vorgefallen war.

Auch ich war mehr als überrascht, unsere alte Freundin Sarah Goldwyn bei dieser Frau zu finden. Hinzu kam, dass die beiden sich als Feinde gegenüberstanden. Aber es war nicht die richtige Zeit, die entsprechenden Fragen zu stellen. Das würden wir später noch können.

Als ich mich auf der Kante des umgestürzten Schreibtisches niederließ, sah mich Lady Sarah an. »John, mein Junge«, flüsterte sie und lächelte unter Tränen. »Verdammt, da bringst du eine alte Frau noch zum Heulen.« Sie holte zitternd ein Tuch hervor und schneuzte sich.

Suko ging zu ihr und nahm sie in den Arm. »Okay, Sarah, wir haben es geschafft. Du bist außer Lebensgefahr!«

Sie steckte das Taschentuch wieder weg. »Ich hatte es geahnt, dass ihr kommen würdet. Ich habe es sogar gehofft. Die Karten waren plötzlich ein Spiegel.«

»Sie auch?«, fragte ich.

»Natürlich. Durch sie konnte ich alles sehen. Ich erkannte das Kreuz, den Dolch, auch Rasputin, denn es waren seine Karten. Sie gehörten ihm. Sie haben die Verbindung hergestellt. Es sind die magischen Karten des Tarock, und Rasputin hat mit ihnen gespielt, denn sie haben den Kontakt zu Baal hergestellt.«

»Und wie kommst du hierher?«, fragte Suko.

»In einer Zeitschrift las ich einen Artikel von Ludmilla Prokowa. In diesem Bericht wurde der Begriff Baal erwähnt. Da bin ich stutzig geworden. Ich wusste ja von euch, dass Baal noch existiert oder zumindest Diener von ihm. Ich stattete der Frau einen Besuch ab, und dann passierte es eben.« Sie berichtete, was ihr widerfahren war – und dass sie von einer großen Gegenmagie gehört hatte, die irgendwo in der Nähe lauern sollte. »War es dein Kreuz, John?«

»Wahrscheinlich«, erwiderte ich.

»Dann kann es stärker sein als der Dolch«, erklärte sie voller Hoffnung.

»Möglicherweise.«

»Aber der Tod«, sprach Lady Sarah weiter, »der Tod hat es trotz allem geschafft. Als diese Karte aufgedeckt wurde, stand für Ludmilla fest, dass eine von uns sterben musste. Hätte der Joker nicht das Grauen abgeschwächt, hätte keine von uns beiden überlebt. Deshalb hatte ich Glück, Ludmilla aber Pech.« Lady Sarah hob die Schultern. »Sie tut mir Leid.

Ludmilla war keine schlechte Person, sie hat nur nie an das Richtige geglaubt, sondern dem Götzen gedient, und das kann auf die Dauer schlimme Folgen haben – wie bei ihr.«

»Haben die Karten tatsächlich Rasputin gehört?«, erkundigte ich mich.

»Ludmilla war davon überzeugt, und ich glaubte ihr. Rasputin hat gelebt, er wurde ermordet. Er war ein abtrünniger Mönch, der dem Laster und der Magie frönte. Was, so frage ich dich, sollte mich davon abhalten, ihr nicht zu glauben? Und da ich sein Gesicht sah, kann ich sagen, dass Rasputin so schrecklich aussah, wie man ihn gemalt hat. Das habe ich euch sagen wollen.«

Ich nickte ihr zu. »Danke. Sarah, dass du durchgehalten hast. Ich finde es toll.«

Sie winkte ab. »Was bedeutet das schon? Ich bin eine alte Frau, ich bin irgendwie nicht mehr so dabei, und wenn ich in Gefahr gerate, habe ich immer das Gefühl, darin umzukommen, wenn ihr versteht, was ich meine. Aber ich kann nicht über meinen eigenen Schatten springen. Vielleicht habe ich jetzt noch einmal eine Chance erhalten, die ich auch nutzen werde.«

»Welche?«, fragte Suko.

»Das Kartenspiel. Ich werde es an mich nehmen. Der Tod ist zerstört worden, eigentlich könnte man es jetzt nur noch positiv nutzen, oder was meint ihr?«

»Das ist möglich«, gab ich zu, »obwohl ich mich nicht zu sehr darauf verlassen würde, denn Rasputin war, wenn man den Geschichten Glauben schenken darf, die über ihn geschrieben wurden, ein sehr gefährlicher Mann, der keine Rücksicht kannte. Er ging über Leichen und huldigte dem Bösen. Man hat ihn nicht umsonst des Öfteren mit dem Teufel verglichen.«

Sarah nickte. »Rasputin ist verdammt schlimm, auch wenn ich ihn nicht persönlich gekannt habe, bin ich davon überzeugt. Aber möglicherweise gelingt es mir, seine Karten für meine Zwecke auszunutzen. Wenn sie ihm gehört haben, hat er vielleicht sein Wissen darin gespeichert. Und davon könnten wir alle profitieren.«

So wie Lady Sarah dies sagte, hatte sie mich praktisch überzeugt. Da Suko nickte, dachte er ähnlich.

»Ein Problem gibt es noch«, bemerkte ich und deutete dabei auf die Tote. »Es ist der Opferdolch, den ich an mich nehmen will.«

»Glaubst du, dass er dir zu Diensten sein wird?«, fragte die Horror-Oma skeptisch.

»Das nicht gerade, aber ich denke da an etwas anderes. Er gehört Baal. Zwar weiß ich nicht, wie wichtig er für ihn ist, doch er besitzt etwas von mir, das ich gern zurückhaben will. Wir könnten unter Umständen tauschen.«

»Deinen Silber- gegen seinen Opferdolch«, formulierte Sarah.

»So ist es.«

»Nicht schlecht. Was meinst du, Suko?«

Der Inspektor nickte. »Ich bin ebenfalls davon überzeugt, dass es klappen kann, aber nicht muss!«, schob er sofort hinterher. »Wir kennen Baal einfach zu wenig und wissen auch nichts über seine gefährlichen Tricks, die er auf Lager hat. Außerdem, John, wie willst du es schaffen, mit ihm in Kontakt zu treten?«

»Da fällt mir schon etwas ein.«

»Baal weiß bestimmt Bescheid«, stand Lady Sarah mir bei. »Er wird seinen Opferdolch nicht aus den Augen lassen und immer hinter ihm her sein. Ich sehe da große Chancen.«

»Und ich auch.« Damit schloss ich dieses Thema ab und drückte mich von der Schreibtischkante hoch. Mir tat mein Hinterteil schon weh. Ich hatte natürlich vor, den Dolch an mich zu nehmen, aber nicht, ohne eine Sicherheit in der Nähe zu wissen.

Das war mein Kreuz!

Baal konnte es nicht zerstören. Hesekiel hatte genau gewusst, was er damals tat, und als ich an ihn dachte, sprach mich auch Lady Sarah wieder an:

»John, mir fällt noch etwas zu den Karten ein. Man sagt, dass Hesekiel die Grundregeln des Tarocks erfunden hat. Wusstest du das?«

»Nein!«

»Dann kann dein Kreuz dir bestimmt helfen.«

Ich sah sie überrascht an. »Wer hat es dir denn gesagt? Oder hast du das gelesen?«

»Ich weiß es von Ludmilla, und sie wird sich wohl kaum geirrt haben, wie ich meine.«

»Darauf kannst du wetten.« Ich war sehr nachdenklich. Sollten sich hier tatsächlich weitere Möglichkeiten für uns eröffnen, die unseren Blick für gewisse magische Dinge noch mehr schärften?

Suko nickte mir zu. »Hesekiel war ein sehr weiser Mann. Ich habe das Gefühl, als würde er uns in der Zukunft noch mit weiteren Dingen überraschen.«

»Aber nicht mehr mit dem Dolch.« Der hatte mir schon zu große Schwierigkeiten bereitet und auch zu viel Ärger. Wenn ich ihn einmal hatte, würde ich ihn schon entsprechend einsetzen.

Über den Kopf streifte ich die Kette. Das Kreuz fiel auf meine leicht gekrümmte Handfläche. Ich blickte darauf, um eine Reaktion feststellen zu können, die aber trat dort nicht ein. Dafür vernahm ich Sukos leisen Warnruf.

»Gib Acht, der Dolch, John!«

Niemand fasste ihn, niemand berührte ihn, aber er musste einen Befehl erhalten haben, denn plötzlich machte er sich selbstständig. Bevor wir es verhindern konnten, zitterte er einmal und schnellte plötzlich aus dem Körper.

So rasch, so geschmeidig, dass ich ihm nur noch nachsehen konnte, wie er über mir und dicht unter der Decke einen Kreis drehte. Seine grüne Klinge hatte sich farblich etwas verändert. Sie zeigte einen roten Schleier, von dem es in Richtung Erde tropfte.

Wenn wir ihn behalten wollten, mussten wir schnell handeln. Auch Suko war aufgesprungen, hatte seine Dämonenpeitsche gezogen und einmal einen Kreis über den Boden geschlagen.

Die Riemen rutschten aus der Öffnung. Sie sahen aus wie graue Schlangen. Wenn Suko schlug und dabei sprang, würde er mit den Riemen den Opferdolch erwischen können.

Den Gefallen, am selben Fleck zu bleiben, tat er uns nicht. Bevor ich mein Kreuz durch die magische Aktivierung einsetzen konnte, war der Dolch bereits verschwunden.

Abermals so schnell, dass er einen grünen Schweif hinter sich herzog. Leider blieb er nicht im Raum. Er kippte plötzlich weg und fiel genau in die Öffnung neben der Wendeltreppe.

Und da verschwand er, ohne dass einer von uns ihn hätte aufhalten können.

Neckham war schon seit drei Monaten arbeitslos. Er lebte von dem, was seine Frau in mühevoller Putzarbeit verdiente. Er unternahm nichts, um dies zu ändern, er hatte sich mit seinem Schicksal abgefunden.

Drei Kinder hatte Neckham in die Welt gesetzt. Das waren mindestens zwei zu viel, doch darum kümmerte er sich nicht. Er vertrat noch immer diesen schrecklichen Standpunkt, dass die Erziehung der Kinder Sache der Frau war und der Mann, auch wenn er nicht arbeitete, sein Vergnügen haben sollte.

Vergnügen hieß bei Neckham Alkohol!

Auch jetzt wollte er wieder in die Kneipe. Im Schlafzimmer hatte er seine schäbige Jacke aus Kunstleder übergezogen, öffnete die Tür zur Küche – die Neckhams bewohnten nur zwei Räume, die Toilette lag ein Stockwerk tiefer – und sah seiner Frau zu, die Kartoffeln schälte.

Sie sah nicht auf, da sie wusste, wer im Türrahmen stand.
»Gibt es wieder Kartoffeln, Elly?«

»Ja.«

»Mist.«

»Du kannst ja etwas anderes holen.«

»Ich?« Er lachte. »Wozu haben wir die Kinder? Schick Sie zum Markt, da liegt genug Zeug herum!«

Elly drehte den Kopf. Sie sah schlecht aus. Die Spuren harter Nachtarbeit zeichneten sich in ihrem Gesicht ab. Jetzt aber blitzten die Augen spöttisch und voller Widerstand. »Und du willst das alles bezahlen, großer Meister?«

»Das habe ich nicht gesagt.«

Elly wischte ihre Hände an der Schürze ab. »Dann sollen die Kinder also stehlen?«

»Warum nicht? Die Typen, die das Zeug verkaufen, haben es im Überfluss. Was die nicht loswerden, werfen sie sowieso weg.«

Elly atmete tief ein, und eine leichte Röte überzog ihr Gesicht. »Du versündigst dich, Gerry. Wirklich, du versündigst dich. Du kannst den Kindern doch so etwas nicht sagen!«

Gerry Neckham lachte. »Wieso das nicht? Die Kinder werden schon sehen, dass man mit meinen Ratschlägen besser durchs Leben kommt. Außerdem ist Bill alt genug. Der könnte mit seinen acht Jahren schon auf den Markt gehen.«

»Gerry, ich bitte dich! Das ist Wahnsinn! So etwas kannst du nicht sagen!«

Der Mann lachte rau. »Ich weiß ja, dass du bald einen Heiligenschein bekommst, Elly. Und da man als Heilige einem armen Sünder keinen Wunsch abschlagen soll, möchte ich dich hier um etwas bitten.«

Die Frau hatte verstanden. »Du willst Geld!«

»Genau.«

»Das habe ich nicht!«

»Ach!«

Elly schüttelte den Kopf. »Nein, nein!«, flüsterte sie. »Ich habe kein Geld für *dich!*«

Er kam langsam näher. »Für wen dann?«

»Ich habe etwas gespart. Der Winter steht vor der Tür. Da

brauchen die Kinder Schuhe. Gerry, ich kann dir nichts geben. Tut mir Leid. Unsere Kinder haben Vorrang.«

Gerry zog die Nase hoch. Er trank stets viel. Das sah man seiner roten Haut an. »Gibst du mir endlich Geld!?«

»Nein!«

Er schlug zu. Nicht zum ersten Mal reagierte er so seinen Frust an der Frau ab, und Elly, die mit einer so schnellen und brutalen Reaktion nicht gerechnet hatte, wurde voll am Kopf getroffen. Sie flog auf den Küchentisch. Eine Schüssel fiel scheppernd zu Boden. Für Gerry war der Weg frei. Mit zwei Schritten war er an dem primitiven Schrank, riss die mittlere Schublade auf, schleuderte Papiere, Nähnadeln, eine Schere und lose Blätter zur Seite, bis er den weißen Briefumschlag gefunden hatte. Mit zitternden Fingern riss er ihn auf.

Dreckig klang seine Lache. »Da sind ja die Flöhe!« Er nahm fünf Pfund, ließ sie zwischen seinen Fingern knistern und steckte sie dann ein. »So, das brauche ich.« Er drehte sich um und sah Ellys Blick auf sich gerichtet. Die Augen der Frau schwammen in Tränen. Sie hielt die Lippen fest zusammengepresst, sprechen konnte sie vor Wut und Enttäuschung nicht.

»Du brauchst nicht zu heulen. Den Schlag hast du dir selbst zuzuschreiben. Hättest du mir den Zaster freiwillig gegeben, dann ...«

»Nein!«, brüllte die schmächtige Frau, und ihr Mund zog sich in die Breite. »Nein und abermals nein, verdammt! Nicht für dich! Die Kinder sind wichtiger! Nur die Kinder, hast du verstanden? Die Kinder sind wichtiger. Hau doch ab, du Schwein! Bleib für immer in diesem verdammten Dreckloch von Kneipe.« Sie bückte sich und hob die Metallschüssel auf und warf sie nach ihrem Mann.

Der lachte dreckig. »Koch doch deine Mistkartoffeln! Ich will den Fraß nicht!«

Scharf schaute ihn Elly an. »Du versündigst dich, Gerry. Verdammt, du versündigst dich. Gott wird dich strafen, das spüre ich. Du kannst nicht so leben und alles kaputtmachen.

Du versündigst dich gegen deine Familie, die du gegründet hast!«

»Das ist mir alles egal!« Gerry war schon an der Tür und riss sie heftig auf.

Ebenso heftig schmetterte er sie hinter sich wieder zu und ließ seine Frau allein und weinend zurück.

Elly wusste nicht mehr ein noch aus. Sie stammte selbst aus schlimmsten Verhältnissen und hatte, als sie siebzehn gewesen war, die Heirat praktisch als Flucht betrachtet. Doch schon sehr bald hatte sie einsehen müssen, dass sie vom Regen in die Traufe geraten war. Diese Ehe war die reinste Hölle, und manchmal wünschte sie ihren Mann regelrecht zum Teufel. Nur wegen der Kinder war sie bisher bei ihm und in diesem verfluchten Mietshaus geblieben, wo nur gescheiterte Existenzen wohnten.

Es war wieder ruhig in der Küche geworden. Deshalb hörte Elly auch den Schlag, der die Tür von außen getroffen hatte. Sofort stand sie bewegungslos, starrte auf das Holz mit der abgeblätterten Farbe und rechnete damit, dass ihr Mann noch einmal zurückkommen würde.

Und die Türklinke bewegte sich auch, aber so langsam, dass die Frau Angst bekam und leichte Schauer über ihren Rücken liefen. Das konnte nicht Gerry sein! Als die Klinke ganz unten war, wurde die Tür mit einem heftigen Ruck aufgestoßen.

Gerry kam!

Er taumelte, sie sah nur seinen Rücken. Verzweifelt suchte seine rechte Hand nach einem Halt, den er an der Türkante fand, sich aber nicht festklammern konnte, sondern abrutschte und schwer auf den Boden schlug.

Auf dem Rücken blieb er liegen.

Elly aber sah aus seinem Hals den grünen Dolchgriff ragen. Für einen Moment wollte sie nichts begreifen, dann aber schrie sie los, als hätte jemand eine Sirene eingeschaltet.

Wir sahen genau, welchen Weg der Dolch genommen hatte, denn für ihn gab es so gut wie keine Hindernisse. Er hatte sich durch die Holztür gefräst. Ebenso wie in dem alten Krematorium, wo er sogar das harte Gestein geschafft hatte.

Auch hier war das Holz regelrecht geschmolzen, und Suko sagte etwas sehr Treffendes. »Den hält niemand auf!« Er zog uns die Tür entgegen, und wir verließen die ungewöhnliche Wohnung. Im Kellergang fanden wir uns wieder, wo wir uns auch berieten.

»Wer kann den Dolch haben?«, fragte Lady Sarah.

Ich hob die Schultern. »Vielleicht hat Baal ihn wieder in seine Dimension zurückgeholt.«

»Bestimmt nicht«, widersprach Suko. »Ich glaube vielmehr, dass er ihn noch einsetzen will.«

»Und gegen wen?«

»Gegen uns, John.«

»Hoffentlich.«

Suko wunderte sich. »Du hast das mit einem seltsamen Unterton in der Stimme gesagt. An was denkst du?«

»An die Menschen, die in diesem Haus wohnen. In welcher Gefahr sie sind.«

Sarah Goldwyn hatte zu meinen Worten genickt. »Ich denke ebenso wie John«, erklärte sie.

»Das heißt«, sagte Suko, »wir müssen den verdammten Dolch hier im Haus suchen.«

»Zumindest sollten wir einen Blick durch die Etagen werfen«, schränkte ich ein.

Auch unsere Freundin war dafür. Ein Dolch ist lautlos, schnell und kann präzise töten. Das alles wussten wir und verhielten uns dementsprechend vorsichtig.

Suko und ich hatten unsere Waffen gezogen. Zusätzlich hielt Suko die Dämonenpeitsche bereit. Ich ahnte, dass der Fall noch nicht beendet war, und schaute mich deshalb in diesem ungewöhnlichen Wohnkeller sehr vorsichtig um.

Aber hier lauerte die Waffe nicht auf uns. An den

schmutzigen, manchmal mit Spinnweben bedeckten Wänden strichen wir vorbei, atmeten den Staub ein, schmeckten ihn und erreichten eine zweite Treppe. Sie führte in das Haus und endete im Flur. Suko stieß die Kellertür auf, die angehalten wurde. Zwei Kinder spielten mit Autos. Staunend starrten sie uns an, als wir an ihnen vorbeigingen. Lady Sarah strich den beiden noch über die Haare.

Da erreichte uns der Schrei!

Schrill und markerschütternd hallte er durch den Flur. Ausgestoßen worden war er über uns. Ob in der ersten oder zweiten Etage, wussten wir nicht, aber uns war klar, dass jemand den Dolch entdeckt hatte, und wir starteten wie der Blitz.

Nicht allein uns hatte der Schrei alarmiert, auch andere Hausbewohner. Sie hatten sich auf dem Flur in der ersten Etage versammelt und starrten die Frau an, die ihre Wohnung verlassen hatte und noch immer gellend schrie.

»Er ist tot! Er ist tot!« Diese Worte konnten wir verstehen, bevor wir uns an den Gaffern vorbeidrängten und einige sogar hart zur Seite stoßen mussten.

Ich gab mich als Polizist zu erkennen und konnte mich zu der Frau vorarbeiten. Sie sah verhärmt aus und weinte. Ab und zu wurde sie von Krämpfen geschüttelt. Das Schreien war leiser geworden.

»Er ist tot!«, röchelte sie.

»Wo liegt er?«

»In der Wohnung!«

Ich nickte Suko zu und ließ die Frau los. »Kümmere du dich um sie.«

»Und du?«

»Ich gehe rein!«

Suko sah so aus, als wollte er widersprechen, nickte aber und meinte nur: »Ich decke dir den Rücken!«

»Okay.«

Kaum hatte ich einen Schritt über die Schwelle getan, als ich den Toten sah.

Er lag auf dem Rücken. Aus der Wunde am Hals sickerte nur noch wenig Blut. Ich nahm das Kreuz in die rechte Hand. Mir war klar, dass ich es hier brauchen würde, streifte deshalb die Kette über den Kopf und nahm es in die rechte Hand.

Kreuz gegen Dolch!

Wer würde gewinnen?

Noch steckte die Waffe im Körper des Toten. Was würde geschehen, wenn ich sie herauszog? Im Büro hatten sich die beiden gegenüber gelegen, da war nichts geschehen, aber dort hatte ich das Kreuz auch nicht aktiviert. Hier aber musste ich aufs Ganze gehen, auch wenn ich dabei Gefahr lief, Baals Opferdolch zu zerstören.

Ich behielt ihn im Auge, als ich mich bückte. Starr steckte er im Hals des Toten. Sein Griff zitterte nicht, er wirkte harmlos, aber ich hütete mich, ihn zu unterschätzen, als ich mich bückte und den rechten Arm ausstreckte.

Vom Flur her hörte ich leise Stimmen.

Dann wurde ich schnell.

Das Kreuz fiel plötzlich nach unten. Es klirrte gegen den Dolch, ohne irgendeine Reaktion zu zeigen.

Sollte die Magie verschwunden sein?

Ich fasste nach dem Griff.

Unangefochten konnte ich meine Finger um ihn legen und zog den Dolch mit einem Ruck aus der Wunde.

Nichts geschah.

Hatte mein Kreuz es tatsächlich geschafft, Baals Opferdolch zu neutralisieren?

Ich wollte es kaum glauben, aber als beide Gegenstände auf meiner Hand lagen, musste ich es.

Ich merkte selbst, wie meine Hände zitterten. Mit den Fingern der Rechten umfasste ich den Griff. Es war eine gewisse Wärme in ihm, und das grüne Leuchten legte sich sogar über meine Hand.

So etwas war mir noch nie passiert. Zwei unterschiedliche

Waffen, die eine dem Licht, die andere der Finsternis geweiht, taten sich nichts. Wie war das möglich?

Ich ging zurück, öffnete die Tür und betrat den Flur. Zahlreiche Gesichter starrten mich an.

Das Schweigen stand da wie eine Mauer. Und ein jeder starrte auf das, was in meinen Händen lag.

Auch Suko und Lady Sarah. Die Horror-Oma fand sehr schnell die Sprache wieder. »John, weshalb tun sich die beiden nichts? Die müssten sich doch gegenseitig zerstören.«

»Ich weiß es nicht.« Mein Lächeln fiel krampfhaft aus. »Ich weiß mir keinen Rat.«

Suko war sehr misstrauisch. »Es muss einen Grund geben«, murmelte er. »Ja, das muss es.«

»Sicher.«

Er trat näher. Die anderen Zuschauer wichen zurück. Nur die junge Frau, die ihren Mann verloren hatte, lehnte noch an der Wand und weinte leise vor sich hin.

Sarah Goldwyn versuchte, sie zu trösten. Ich wünschte ihr, dass sie damit Erfolg hatte. Suko aber kümmerte sich nicht um uns. Sein Blick fraß sich an dem Kreuz fest.

»John«, sagte er leise. »Du wolltest doch wissen, weshalb sich die beiden nichts tun.«

»Ja, das will ich.«

»Eine genaue Erklärung kann ich dir auch nicht geben, aber sieh dir das Kreuz an und die Stelle, die von Lilith beeinflusst worden ist.«

Suko half mir sogar und leuchtete mit der Lampe.

Ich stierte förmlich das Silber an und sah plötzlich die Veränderung. Nicht die vor mir noch nicht enträtselten Zeichen, die ursprünglich an diese Stelle gehörten, sah ich, sondern Rasputins Gesicht, das mir schon im Büro aufgefallen war.

Ihm, dem abtrünnigen Mönch, war es gelungen, von meinem Kreuz Besitz zu ergreifen!

Ich hob den Blick und schaute in Sukos Gesicht.

Es war kalkweiß, und ich las auch die Frage von seinen Lippen ab.

»Was wir tun sollen, Suko? Ich weiß es nicht, tut mir Leid, aber ich habe das Gefühl, vor dem Duell mit meinem Freund Baal zu stehen. Alles kann er mir madig machen, nur das Kreuz nicht. Bisher hat er die Initiative gehabt, aber jetzt werde ich zurückschlagen, darauf kannst du dich verlassen.«

ENDE

Mit Blut geschrieben

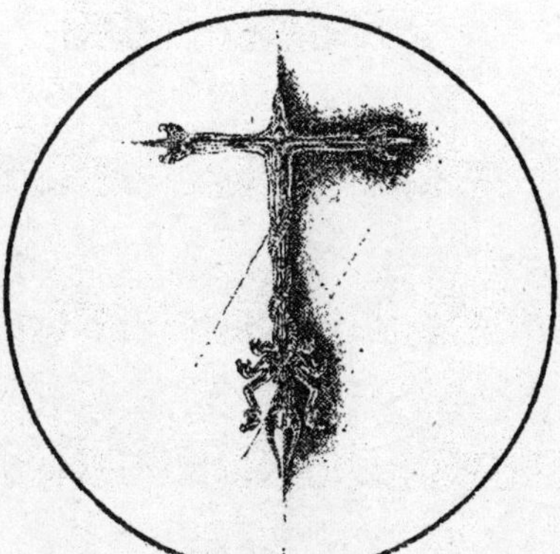

Der Unheimliche kam aus dem Nebel wie ein Gespenst. Er wusste genau, dass er diesen Weg zum letzten Mal in seinem Leben gehen würde. Trotzdem schreckte er nicht davor zurück, denn das Schicksal hatte die Weichen gestellt, und ihm konnte selbst eine Person wie er nicht entkommen.

Es war eine der nasskalten Novembernächte, in denen die Temperatur um den Gefrierpunkt lag und die Feuchtigkeit sich zu Nebelschleiern verdichtete. Der Mann hatte die Kutsche am Rand des Hohlweges abgestellt, das Pferd durch eine wärmende Decke geschützt und sich etwas übergezogen.

Bei jedem Schritt klaffte der Umhang auf, sodass ein Betrachter den Eindruck gewinnen konnte, dass dieser Mann Flügel hatte.

Er war zwar etwas Besonderes, doch fliegen konnte er nicht. Zielstrebig schritt er dahin. Der Hohlweg nahm die Gestalt auf. Ein Gespenst in einer Nacht, die sehr düster war und gleichzeitig auch wolkenverhangen.

Der Mond war über den kahlen Zweigen der Bäume nur manchmal als bleicher Fleck zu sehen.

In dieser einsamen Gegend stand nichts. Kein Haus, es gab nicht mal einen alten Schuppen oder ein Gehöft. Die Gegend erinnerte an die Einsamkeit Sibiriens, dabei lag dieser Wald nicht einmal weit von der glanzvollen Stadt Petersburg entfernt.

Vor den Lippen des Mannes dampfte der Atem. Er floss über den Rand des Schals hinweg, den sich die einsame Gestalt um den Hals geschlungen hatte.

Seine Füße steckten in warmen Stiefeln. Das Gesicht war kaum zu erkennen. Licht gab es nicht. Aber der Mann fand zielsicher seinen Weg. Nicht einmal kam er von ihm ab, auch dann nicht, als ihn der Weg in eine Kurve führte, die in eine kleine Mulde auslief, wo das blattlose Gebüsch wie ein Sperrwall der Natur wuchs.

Der Mann durchbrach es mit schweren Tritten. Er nahm den kürzesten Weg zu seinem Ziel. Als sich der Mantel zwischen den Zweigen verfing, zog und zerrte er so lange, bis der Stoff wieder frei war und als dunkle Fahne hinter ihm herflatterte.

Kalt war die Nacht, dampfend und feucht. Mit dem Sinken der Sonne war auch der Frost gekommen, er hatte die Natur erstarren lassen. Auf den Zweigen glänzte die helle Schicht; das Laub war hart und sperrig geworden. Es gab splitternde Geräusche von sich, wenn die dunklen Schuhe des Mannes es zertraten.

Und so wanderte er weiter.

Eine halbe Stunde war vergangen. Der Blick des Unheimlichen war streng nach vorn gerichtet. Er wusste, dass bald die Mauern auftauchen mussten. Ein düsteres Haus, unheimlich in seiner Ausstrahlung, seine Wirkungsstätte, als er noch jung gewesen war und sich entschlossen hatte, Mönch zu werden.

Jetzt war das Kloster leer. Die übrigen Mönche hatten es fluchtartig verlassen. Ihrer Ansicht nach war es entweiht worden, weil die Mauern einen Bruder geborgen hatten, der ihrer nicht würdig gewesen war.

Der Weg wurde breiter. Zwei Kutschen konnten sich hier begegnen, ohne dass sie zusammenstießen. Der Mann ging auf der Wegmitte. Schattengleich tauchte er in die einzelnen Nebelfelder ein und drang ebenso lautlos wieder aus ihnen hervor.

In seinen Augen loderte es. Es war ein düsterer und zugleich wissender Blick, der sich änderte, als er aus der Finsternis die hohen Mauern des Klosters ragen sah.

Nichts hatte sich verändert. Nach wie vor stand es mit seiner vollen Breite in der Landschaft. Wuchtig und trutzig, sich den Gefahren entgegenstemmend. Vor Jahren hatte es dem Zaren einmal als Fluchtburg gedient, weil er die Einsamkeit liebte.

Jetzt verfiel es.

Der Unheimliche sah die hohen Mauern wie Schatten in den Nebel ragen. Der graue Dunst reduzierte die Umrisse der Landschaft und nahen Umgebung jeweils auf ein Minimum. Das Kloster wirkte kleiner, als es tatsächlich war.

Auf dem Dach des Haupthauses hockten einige Raben. Sie mussten gespürt haben, dass sich jemand näherte, denn sie flogen davon und stießen krächzende Schreie aus.

Der Mann ging weiter. Gebeugt und geduckt, als würde er sich vor irgendetwas fürchten. Als er den Eingang erreichte und durch das offene Tor den Hof betrat, wandte er sich sofort nach links, wo die alte Außenlaterne an einer Tür hing, vom leichten Wind bewegt wurde und knarrend schaukelte. Der Mann reckte sich. Er hob die Laterne aus der Halterung, schraubte den Deckel ab und suchte in den Taschen seines Mantels nach Zündhölzern. Er fand sie auch, riss eines an, schützte die flackernde Flamme mit der Hand, bevor er den Docht der Laterne in Brand setzte und ihn höherschraubte.

Es war nicht viel Licht, das die Lampe abgab. Es riss nur eine kleine Schneise in die Finsternis und produzierte mehr Schatten als Helligkeit. Die düsteren Schatten bewegten sich reflexhaft und lautlos über das Mauerwerk, in dessen feuchten Spalten ebenfalls der Frost steckte und das Wasser dort hatte gefrieren lassen.

Die Laterne schaukelte in der Hand des Mannes, als sich dieser in Bewegung setzte und auf einen schmalen Eingang zuschritt, der in einem Seitenflügel des Klosters lag.

Er kannte sich aus, ging über das aufgerissene Pflaster und umschritt die Löcher im Boden. Sein Ziel war die schmale Tür an der Seite, durch die er früher immer die düsteren Räume des Klosters betreten hatte.

Jetzt erschienen sie ihm noch dunkler und feuchter. Seit Jahren lebte offiziell niemand mehr hinter diesen Mauern. Das Schweigen der Ewigkeit regierte dort.

Die Tür sperrte, obwohl sie nicht verschlossen war. Mit einem Tritt schaffte sich der Unheimliche freie Bahn und trat über die Schwelle. Seinen rechten Arm mit der Lampe hielt er ausgestreckt. Das kleine Licht tanzte über die dicken Steinwände, berührte Spinnweben und Risse in der Decke.

Es geisterte auch über die Türen der einzelnen Klosterzellen. Hinter einer von ihr hatte der Unheimliche seine Kammer gehabt. Am Ende des langen Flures, der so verlassen wirkte wie eine Kirche am Alltag, lag die Kammer des Ankömmlings. Der schwache Laternenschein begleitete ihn. Seine Finger steckten in dunklen Handschuhen und umfassten den Griff der Laterne, die bei jedem Schritt schwankte und ständig andere Schattenbilder an die Wände warf.

Die meisten Türen standen offen. Niemand hielt sich mehr in den Zellen auf.

Gläubige hatten die Mönche vertrieben und sie verfolgt. Einer von ihnen aber war zurückgekehrt, um die letzte Aufgabe seines Lebens zu erfüllen. Er wusste, dass der Tod nahe war. Vor einigen Wochen schon hatte er das Streicheln seiner Knochenhand gespürt, als jemand versuchte, ihn mit Zyankali zu vergiften.

Der andere hatte es nicht geschafft, und seitdem rankten sich noch mehr Legenden um die Person des Unheimlichen, der seine alte Zelle endlich erreicht hatte und die Tür nicht verschlossen fand.

Er ging hinein.

Kalt war es. An den Wänden glitzerte feucht das Eis. Der Tisch war noch da, das Bett ebenfalls. Der Strohhaufen darauf war längst verfault und stank. In dem Haufen raschelte es. Mäuse hatten dort ihren Wohnplatz gefunden.

Er fand auch noch den Stuhl. Mit der Lehne berührte er die leergeräumten Regale, in denen sonst die Bücher gestanden hatten, um die der Mann so beneidet worden war.

Seine Mitbrüder neideten ihm sein Wissen, seine Erfahrung, seinen geistigen Horizont.

Er stellte die Laterne auf den Tisch und zog den Stuhl so heran, dass er vor dem Tisch auf der harten Sitzfläche Platz nehmen konnte. Das Licht reichte aus, um nicht nur die Tischplatte mit ihrer dicken Staubschicht zu erhellen, es fiel auch auf das Gesicht des Mannes, der seinen Schal auszog und zu Boden schleuderte. Seine dunklen Augenbrauen hatten die gleiche Farbe wie die Pupillen. Immer waren es zuerst die Augen gewesen, vor denen sich die Menschen am meisten gefürchtet hatten.

Den bösen Blick sollte der Mönch gehabt haben.

Tatsächlich hatte der Blick etwas Zwingendes, Hypnotisches, der andere Menschen beeinflussen konnte. Die Wangen mit der dünn wirkenden Haut und den auslaufenden Schatten des langen Schwarzbartes zuckten des Öfteren, wenn der Unheimliche den schmallippigen Mund bewegte. Er hatte eine Aufgabe vor sich liegen, und er packte sie an.

Der Mann rieb seine Hände. Sie waren kalt geworden. Lange, blasse Finger hatte er. Sie erinnerten an die eines Klavierspielers oder an die eines Henkers, der mit großem Geschick die Schlinge knüpfte. Manchmal knackten die Knochen, wenn er an den Händen zog, und er ballte die Hände des Öfteren zur Faust, streckte sie dann, zog wieder an den Fingern, wobei er erst jetzt zufrieden war.

Vor sich unter der Tischplatte befand sich die Schublade. Er wusste genau, dass die Sachen noch in ihr liegen würden, die er vor seinem Weggang hineingestopft hatte. Niemand hätte sich getraut, sie an sich zu nehmen. Seine Zelle war tabu für die anderen gewesen, denn den Besitzer der Zelle umgab stets das Flair des Geheimnisvollen und Unheimlichen.

Die Lade klemmte, als er sie aufzog, und der Mann musste schon Kraft einsetzen. Als sie zur Hälfte offen stand, griff er hinein und holte das hervor, dessentwegen er sich in der Nacht überhaupt auf den Weg gemacht hatte: eine verstaubte Kladde, ein altes Tintenfass und einen Federhalter. Das Tintenfass war fest verschlossen. Die Flüssigkeit hatte sich die Jahre über gehalten. Er schüttelte sie und nickte zufrieden. Dann drehte er das kleine Fass auf. Der Verschluss klemmte ein wenig, ließ sich aber bewegen.

Er stellte es neben die Laterne, schaute auf die Vorderseite der Kladde und das Stück Papier, das auf den harten Umschlag geklebt worden war. Dort sollte der Titel des Buches hin.

Er tunkte die Feder des Halters in die Tinte. Seine Hände waren geschmeidig genug geworden, sodass er anfangen konnte zu schreiben. Er beugte sich vor, setzte an und schrieb die ersten beiden Worte mit seiner steilen, kantig wirkenden Schrift.

RASPUTINS TESTAMENT

Kein Geringerer als Rasputin, der unheimliche Mönch, Magier und Wunderheiler war der einsam in seiner Zelle sitzende Mann. Er, der das Kloster verlassen hatte, war wieder zu ihm zurückgekehrt, um dort sein Testament zu hinterlassen.

Ein Einsamer, ein Mensch, der wusste, dass er sterben musste, und der dem Tod doch so gelassen ins Auge schaute und ihm sogar entgegentrat, hatte sich niedergesetzt, um seine letzten Worte zu Papier zu bringen. Das Testament war brisant, er wusste es, und ein Lächeln kerbte seine Lippen. Wer es in die Finger bekam, würde viel wissen, über Magie, Okkultismus und über Praktiken, die ihren Ursprung in der Vergangenheit hatten und als Götzenmagie bezeichnet werden konnten.

Wer es irgendwann einmal fand, würde mehr über ihn und sein Leben erfahren, das stand fest.

So schrieb er.

Und er vergaß die Zeit. Minuten und Stunden interessierten ihn nicht. Rasputin saß da, schrieb Seite für Seite und ließ sein Leben noch einmal vor seinem geistigen Auge ablaufen. Nur sein Atem und das Kratzen des Federkiels auf dem Papier waren zu hören, ansonsten herrschte um ihn herum fast die Stille des Todes.

Seite für Seite klappte er um. Längst war die Tageswende überschritten. Die Temperaturen waren weiter gefallen, und die Kälte drang auch in die Zellen des alten Klosters, doch Rasputin spürte sie nicht. Er schrieb weiter.

Seine Finger sahen starr aus. Sie wirkten wie eingefroren.

Hin und wieder musste er sie bewegen. Er konnte einfach nicht ohne Pause schreiben, und in einer dieser Pausen, als er sich auf dem Stuhl zurücklehnte, vernahm er das Geräusch.

Bisher war es still um ihn herum gewesen. Nun erklang aus dem Gang hinter ihm das Schleifen. Rasputin hatte die Tür nicht verschlossen gehabt, deshalb waren die Geräusche so deutlich zu vernehmen gewesen.

Er drehte sich auf seinem Stuhl sitzend um. Sein Gesicht geriet dabei aus dem Schatten der Laterne und verschwand im Schatten des Raumes. Nur die Augen lebten darin. Sie zeigten den unheimlichen, düsteren Blick, der sich jetzt auf die Tür richtete.

Es war also noch jemand im Kloster.

Aber wer besaß die Frechheit, zwischen diesen Mauern zu leben? Fürst Rasputin, wie ihn der Zar und die Zarin einmal genannt hatten, würde es bald wissen.

Er wartete und hörte, wie sich die Schritte seiner offenstehenden Zellentür näherten und plötzlich stoppten, als hätte der andere Angst, noch einen Schritt weiter zu gehen.

Rasputin lächelte kalt, bevor er sprach: »Komm ruhig zu mir. Wer immer du auch sein magst.«

Und der andere kam. Er ging den Rest der Strecke, erreichte die Tür und füllte deren Spalt mit seinem Umriss aus.

Noch zögerte er.

»Nun komm schon.«

»Ja, ich komme.«

Die Antwort war bereits in das Schlurfen der Schritte hineingeklungen. Rasputin lauschte dem Klang nach. Er überlegte, wo er die Stimme schon einmal gehört hatte. Auf sein Gedächtnis konnte er sich verlassen, und der Klang dieser Stimme war ihm nicht unbekannt gewesen. Jemand musste das Kloster die langen Jahre über besetzt gehalten haben, aber es war kein Mönch, das konnte er schwören.

Der andere betrat das Zimmer.

Eine ebenfalls düstere Gestalt, die gebückt ging, als hätte

sie Angst davor, mit dem Kopf gegen den Türbalken zu stoßen. Das brauchte sie nicht zu haben, der Mann war kleiner als Rasputin. Auch vor seinen Lippen dampfte der Atem. Er hatte eine Strickmütze über den Kopf gezogen. Nur das Gesicht blieb frei. Ein blasser Fleck unter dem Oval der Mütze. Erst beim Näherkommen schälten sich die Züge genauer hervor, und da erst erkannte der ehemalige Mönch den Ankömmling.

Es war Boris!

Ja, die lange Zeit seiner Abwesenheit vom Kloster hatte Boris nichts getan. Noch immer sah er so aus wie früher. Noch immer hatte er diese faltige Haut und den hellgrauen Bart, der wie Gaze sein Kinn und den Mund umflatterte.

Boris blieb stehen. Er zwinkerte mit den Lidern, weil er in den Lampenschein geschaut hatte. Dann verzog er die Lippen zu einem Lächeln, das nicht so gemeint war, denn Rasputin erkannte genau den ängstlichen Ausdruck und die Überraschung auf den Zügen.

»Du bist noch hier?«, fragte der ehemalige Mönch.

»Ja, ich konnte das Kloster nicht verlassen.«

»Komm her zu mir!«

Boris schüttelte den Kopf. »Nein, nein, ich werde nicht kommen. Du bist gegangen, du bist …«

»Komm!«

Das letzte Wort war so hart ausgesprochen worden, dass Boris, der einmal Kalfaktor im Kloster gewesen war, zusammenzuckte, als hätte er einen Peitschenhieb erhalten.

Diesen Ton kannte er von früher. Da hatte er auch immer gehorcht. Rasputin ließ den Halter sinken, legte ihn hin und streckte seinen rechten Arm aus. Aus der Ärmelöffnung ragte seine schmale, dennoch kräftige Hand wie eine Geisterkralle hervor.

Er winkte mit dem gekrümmten Finger. »Willst du nicht?«, fragte er heiser flüsternd. »Du weißt genau, dass ich stärker bin. Ich bin es immer gewesen.«

Boris nickte. Es war besser, wenn man Rasputin gehorchte.

Dessen Wutausbrüche kannte er noch aus früheren Zeiten, und so setzte er sich langsam in Bewegung, bis er neben dem Unheimlichen im langen Mantel stehen blieb.

»Ja, so habe ich es haben wollen!«, flüsterte der ehemalige Mönch. »So ist es richtig.« Er schaute dem anderen ins Gesicht. »Weshalb bist du noch im Kloster?«

Boris bewegte den Mund, ohne etwas zu sagen. Er hob die Schultern und suchte nach Worten. »Weshalb?«, murmelte er. »Ja, weshalb bin ich hier? Ich wusste nicht mehr, wo ich hingehen sollte, verstehst du? Ich hatte keine Heimat. Das Kloster ist für mich die Heimat. Ich habe hier immer gelebt und werde hier auch weiterleben. Das wollte ich dir sagen.«

»Ich verstehe dich.«

Boris lächelte. »Es ist lange her, dass du uns verlassen hast, Mönch Rasputin.«

»Stimmt.«

»Man hat viel über dich gehört. Du bist berühmt geworden. Die Leute erzählen sich einiges von dir. Es gibt bereits Geschichten und Legenden.«

»Was erzählt man sich denn?«

»Dass du am Hofe des Zaren ein berühmter Mann geworden bist. Man spricht von dir mit Angst und Ehrfurcht. Du sollst derjenige gewesen sein, der die Zarin …« Boris stockte.

»Sprich weiter.«

»Warst du nicht in ihren privaten Gemächern?«

Rasputin lachte krächzend. »Ja, das stimmt, die Leute haben nicht gelogen.«

»Ich hörte es. Aber jetzt bist du zurückgekommen«, murmelte Boris. »Darf ich nach dem Grund fragen?«

»Du darfst. Ich bin zurückgekehrt, weil ich mein Testament schreiben werde.«

Rasputin hatte mit flüsternder Stimme gesprochen. Boris trat hastig einen Schritt zurück und bekreuzigte sich.

»Lass das!«, fuhr ihm der ehemalige Mönch in die Parade. »Lass dieses Zeichen!«

»Ja, ja, schon gut.« Es dauerte, bis sich Boris gefangen hatte. Er schielte zur Tür. Auf einmal fühlte er sich nicht mehr gut. In seinem Magen spürte er den Druck. Die Angst hielt ihn in ihren Krallen. Er bewegte seine Hände und schaffte es nicht, dem Blick der Augen auszuweichen.

Diese düsteren Augen kannte er von früher her. Wie hatte er sie gehasst! Wie hatte er diese Augen gehasst, die einen Menschen so in ihren Bann zwingen konnten.

»Willst du noch etwas wissen?«, fragte Rasputin.

»Ja, ja. Ich frage mich, ob du noch lange hier im Kloster bleiben willst.«

»Bis mein Testament geschrieben ist.«

»Und dann?«

»Gehe ich fort. Ich lasse die Zeilen hier. Irgendwann einmal findet sie jemand, aber du wirst es nicht sein, das versichere ich dir.«

Boris verengte die Augen. »Wieso nicht?«

Rasputin lächelte. »Muss ich noch deutlicher werden?« Er machte Fingergymnastik, ließ die Knochen knacken. »Muss ich wirklich noch deutlicher werden?«

Boris' Gesicht verzog sich zu einer Grimasse. »Nein, nein, das brauchst du nicht.«

Rasputin nickte. »Mein Testament hatte ich ungestört schreiben wollen. Dein Pech, dass du im Kloster geblieben bist. So wird es dann zu deinem Grab werden, und du hast keine Chance, mir zu entkommen.«

»Ich habe dir nichts getan, Rasputin. We-weshalb willst du mich töten?« Boris stotterte vor Angst.

»Das habe ich dir doch gesagt. Niemand darf mich stören. Du würdest das Kloster verlassen und in die Welt gehen, um von meinem Testament zu berichten. Das genau will ich nicht. Niemand soll etwas wissen, bevor die Zeit reif ist. Niemand!«

Boris nickte. Ihm kam die Geste so vor, als hätte er damit sein eigenes Todesurteil unterschrieben. Es war kalt in der Zelle. Boris schwitzte trotzdem.

Einen Schritt ging er zurück.

Rasputin ließ ihn. Der ehemalige Mönch hatte sich auf seinem Stuhl gedreht und sah zur Tür hin. Sein Gesicht zeigte einen verkniffenen Ausdruck, auch wenn der Mund so verzogen war, als würde er ständig lächeln.

Der Lampenschein fiel nur auf seine rechte Gesichtshälfte, die andere blieb im Dunkeln. So sah das Gesicht des Mönchs und Magiers aus wie ein Sinnbild seines Lebens.

Einmal dunkel, einmal hell.

Wobei die dunkle Zone überwog, denn Rasputin hatte sich den Mächten der Finsternis verschworen.

Boris schluckte. »Ich werde nichts sagen. Mein Mund bleibt verschlossen. Du kannst mir glauben. Wer weiß schon von mir, frage ich dich? Wer denn?«

»Ich!«, erwiderte Rasputin hart. »Ich weiß von dir, Boris. Und das reicht mir!«

»Aber nicht doch. Wir waren früher immer zusammen. Du kannst dich auf mich verlassen.«

»Ich kenne dich Schwätzer genau. Du hast oft genug wie ein Waschweib herumgetratscht. Hast dem Abt von manchen Dingen berichtet, die er nicht hören sollte. Ich hätte dich an der Glocke aufhängen sollen«, sprach Rasputin voller Hass. »Das wäre besser gewesen.«

Boris' Augen wurden groß. Seine Hand fuhr hoch zur Kehle und umfasste die dünne Haut. Seine Augen waren noch größer geworden, der Mund zitterte. Gleichzeitig schielte Boris zur Tür. Sie befand sich nicht weit von ihm entfernt, lag aber in der Dunkelheit. Dort konnte er sich verstecken. Wenn er schnell genug war, würde Rasputin ihm kaum folgen können. Außerdem war der ehemalige Mönch nicht jünger geworden. Es war wirklich Boris' einzige Chance zur Flucht.

»Ich will aber nicht sterben!«, flüsterte er. »Der Sensenmann kann mir gestohlen bleiben. Meine Zeit ist noch nicht reif, verstehst du das, Rasputin? Du schreibst dein Testament, und ich wünsche dir, dass du im ewigen Feuer der Hölle schmorst!«

»Du bist ein Narr!« Kalt hatte der ehemalige Mönch die

Worte gesprochen. »Ein großer Narr bist du! Ich habe deinen Tod beschlossen, und mir entkommt niemand!«

»Nein!«

Das letzte Wort drang als Schrei aus Boris' Mund, der in den Gang hineinhallte. Boris drehte sich, wollte zur Tür springen.

Rasputin blieb auf seinem Stuhl sitzen. Er bewegte nur seinen rechten Arm.

Blitzschnell streckte er ihn aus. Die Hand bekam die schwere Lampe auf dem Tisch zu fassen, nahm sie hoch und holte zum Wurf aus.

Boris hatte die Tür schon erreicht und sie weiter aufgezogen. Was ihn da verfolgte, sah er nicht.

Die aus Gusseisen bestehende Laterne schaukelte durch die Luft. Das Spiel aus Licht und Schatten wurde noch bizarrer, bis der schwere Gegenstand voll traf.

Er knallte gegen den Hinterkopf des Flüchtlings, wuchtete durch die grauen, dichten verfilzten Haare, nachdem er zuvor ein Loch in die Mütze gerissen hatte.

Boris sank zusammen. Dabei fiel er gegen die Tür und drückte sie nach vorn. Sie fiel nicht ganz zu, weil sie mit dem Unterteil über den Boden schrammte. So blieb sie spaltbreit offen.

Die Laterne lag neben Boris. Das Glas war zersplittert. Öl rann nach draußen und begann zu brennen. Rasputin kümmerte sich nicht um die flammende Lache. Er stand auf, nahm die Lampe an sich und stellte sie zur Seite. Es war nicht das gesamte Petroleum ausgelaufen, auch wenn die Glasfassung zersplittert war.

Auf dem Boden zuckte das Feuer. Rote und schwarze Schatten geisterten durch die Zelle. Sie tanzten an den Wänden und malten dort wunderliche Figuren.

Boris lag stöhnend am Boden. Neben ihm zuckten die Flammen. Fast wurde sein Rücken von ihnen berührt. Rasputin sah es und stand auf. Er wollte nicht, dass der andere verbrannte. Für ihn hatte er sich einen anderen Tod ausgedacht.

Deshalb ging er zu ihm und zog ihn in die Höhe. Schwer lag der Verletzte in seinen Armen. Rasputins Blick fiel auf den Kopf des Mannes, wo die Mütze zerstört worden war. Dort quoll Blut aus der Wunde und vermischte sich mit den grauen Haaren, bevor es versickerte.

Boris hatte die Augen geöffnet. Sein Blick traf das Gesicht des ehemaligen Mönchs.

Wie ein düsterer Todesschatten mussten ihm die bleichen, von dunklen Haaren umrahmten Züge vorkommen. Ein Versprechen, das den Tod beinhaltete. Boris bewegte seine Lippen. Er litt unter furchtbaren Schmerzen, die seinen Kopf zu sprengen drohten. In seinen Augen lag die Bitte, sein Leben zu schonen, aber Rasputin, der dies genau gesehen und erkannt hatte, schüttelte nur den Kopf.

Er zog den anderen an den Tisch heran, an dem er sein Testament geschrieben hatte.

Dort lehnte er Boris gegen die Kante und hielt ihn mit der linken Hand fest. Auf dem Steinboden der Zelle brannte noch immer die Petroleumlache. Schwarze Dämpfe, die widerlich stanken, zogen träge in Richtung der beiden Männer.

Boris hatte das Gefühl, als würde sein Leben allmählich unter der zupackenden Hand des Mönchs und Magiers Rasputin versickern.

Eine Hand hatte der Mönch noch frei. Und sie verschwand kriechend unter seiner Kutte. Dabei verzog er das Gesicht zu einem so hässlichen Grinsen, dass dieser Ausdruck sogar dem Verletzten auffiel und dieser seine Schmerzen vergaß.

Rasputin holte etwas aus seinem langen Mantel hervor.

Es war ein breites Messer.

Boris wusste genau, was diese Klinge zu bedeuten hatte. Als Rasputin seine rechte Hand anhob, fiel der Widerschein des Feuers über die Klinge und ließ sie rötlich schimmern. Rot wie das Blut.

Rasputin hob seine Hand noch höher. Er sah die Angst auf

dem bleichen Gesicht des Verletzten, stieß ein schauriges Lachen aus, das den harten Stich begleitete.

Der Mönch und Magier brauchte nur einmal zuzustechen. Boris erstarrte in seinen Armen, wäre fast herausgerutscht. Rasputin griff nach und hievte ihn herum. Es war Rasputins Pech, dass sich das Blut auf dem Tisch verteilte und auch die aufgeschlagenen Seiten des Buchs nicht verschonte.

Rasputin verzog den Mund. Das hatte er nicht gewollt. Er wuchtete den Toten herum und ließ ihn neben dem Tisch liegen. Das Petroleum brannte weiter. Letzte Reste flackerten noch auf, und dort, wo das Feuer geflackert hatte, befand sich als zurückgebliebener Rest ein schmieriger Film auf dem Boden.

Rasputin aber nahm wieder auf seinem Stuhl Platz. Er schrieb sein Testament weiter, als wäre nichts geschehen. Noch nie hatte er sich um Tote gekümmert, auch dann nicht, wenn sie von ihm selbst umgebracht worden waren.

Vier Tarock-Karten, ein Dolch und mein Kreuz!

Das waren genau die drei Dinge, die miteinander in Verbindung standen, wobei ich nicht wusste, wie sich dies im Einzelnen verhielt, denn neue Fragen waren aufgetaucht.

Begonnen hatte es mit Akim Samaran, der aus dem Dunkeln wie ein Zombie aus dem Grab erschienen war. Zum alleinigen Manager des Konzerns Acron hatte er sich aufschwingen wollen und die Erbmasse eines Sternenvampirs dazu benutzt.

Es war ihm nicht gelungen. Meine Freunde, Bill Conolly und Suko, hatten ihm zusammen mit mir ein Bein gestellt. Die Spur hatte nach San Francisco geführt, wo Suko und Yakup Yalcinkaya auf die Feuer-Lady Belisana getroffen waren, die ihre Kraft auf Samaran übertragen hatte. Dort hatte er auch den Opferdolch des starken Götzen Baal gefunden, und mir war es in einem gewaltigen Kampf gelungen, ihm den Dolch zu entreißen, wobei Bill Conolly noch Kamikaze, Samarans Leibwächter, mit der Pistole getötet hatte.

Ich besaß nun den grünen Opferdolch, aber eine weitere Spur tat sich nicht auf. Plötzlich mussten wir feststellen, dass dieser Opferdolch mit dem russischen Mönch und Magier Rasputin in Verbindung stand. Aufgedeckt worden war dieses Phänomen von der Russin Ludmilla Prokowa, die es durch die fünf Tarock-Karten herausgefunden hatte, von denen eine, der Tod, inzwischen vernichtet war.

Sie lebte nicht mehr, aber Rasputins Geist war nach wie vor vorhanden, sogar sichtbar. Das Gesicht dieses gefährlichen Mannes zeichnete sich auf meinem Kreuz ab, und zwar dort, wo Lilith, die weibliche Kraft an Luzifers Seite, die von mir noch nicht enträtselten Zeichen des Kreuzes hatte verschwinden lassen.

Ich besaß also den Dolch und mein manipuliertes Kreuz. Weiter waren wir noch nicht gekommen, gingen aber davon aus, dass die Spur nur über Rasputin führen konnte.

Diese Meinung vertrat auch Lady Sarah Goldwyn, die überhaupt den letzten Fall erst ins Rollen gebracht hatte. Sie hatte einen Artikel der Prokowa in einer esoterischen Zeitschrift gelesen. Darin war von einem Götzen namens Baal die Rede gewesen, und bei so etwas reagierte die Horror-Oma, wie sie scherzhaft genannt wurde, allergisch. Denn nicht nur sie wusste, dass der Götze Baal meinen geweihten Silberdolch an sich genommen und ihn somit außer Gefecht gesetzt hatte.

Natürlich hatte sich Lady Sarah wieder in Lebensgefahr begeben. So etwas blieb bei ihr zumeist nicht aus, aber die alte Dame sah es gelassener als wir.

Nach dem letzten Fall waren zwei Tage vergangen. Noch immer hatte sich nichts verändert. Nach wie vor war mein Kreuz durch Rasputin gezeichnet, und auch der Opferdolch des Götzen Baal befand sich in meinem Besitz. Es stand gewissermaßen unentschieden.

So etwas ist auf die Dauer kein Zustand. Ich wollte

ihn ändern und ging davon aus, dass der Götze Baal sicherlich Interesse daran zeigte, sein Opfermesser zurückzubekommen.

Er besaß meinen Dolch, und vielleicht konnte ich beide Waffen tauschen.

Das wäre das Höchste gewesen. Leider war es noch nicht so weit, und es ließ sich auch keine weitere Spur erkennen, obwohl wir hin und her diskutiert hatten.

Auch eine Aktivierung meines Kreuzes hatte nicht geholfen. Nach dem Rufen der Formel war Rasputins Gesicht verschwunden gewesen. Als die Wirkung allerdings nachließ, kam es wieder zurück, und ich konnte mich mit dem normalen Zustand vertraut machen.

An diesem Abend waren Suko und ich einer Einladung der Horror-Oma gefolgt. Wir hockten im Wohnzimmer beieinander um den runden Tisch aus dem Jugendstil-Zeitalter und tranken Tee.

Den Grund hatte uns Sarah Goldwyn nicht verraten, und auch jetzt hielt sie sich noch zurück.

Sie saß uns gegenüber, behängt mit Ketten über einem violetten Kleid, dessen Saum bis an die Waden reichte.

Ich nahm einen Schluck, lauschte dem Ticken einer Wanduhr und stöhnte vernehmlich auf.

»Was hast du, John?«, fragte die Horror-Oma.

»Willst du uns nicht endlich reinen Wein einschenken? Ich sitze gern bei dir, das weißt du. Suko wird es ähnlich ergehen, aber was war das Motiv deiner Einladung?« Ich deutete auf den Tisch, wo die vier Tarock-Karten, der Dolch und mein Kreuz lagen. »Um diese Dinge wird es sich doch drehen, oder?«

»Im Prinzip, ja.«

»Und was noch?«

»Ich erwarte noch Besuch.«

Jetzt ließ Lady Sarah die Katze endlich aus dem Sack. Staunend und mit gerunzelter Stirn schaute ich sie an. »Wer kommt denn?«

»Das ist meine Überraschung.«

»Jetzt nicht mehr«, meldete sich Suko. »Du kannst also in die Details gehen.«

»Ihr seid wie die kleinen Kinder«, sagte Lady Sarah. »Wie die kleinen Kinder. Aber ich werde euch gern den Gefallen tun.« Sie warf einen Blick auf die vier Karten. Wie gesagt, es waren mal fünf gewesen, aber die fünfte, die schlimmste des Tarock-Spiels, war durch eine von Suko abgeschossene Silberkugel zerstört worden. Diese Karte hatte den Tod als schwarzes Skelett gezeigt, das auch einmal Rasputins Züge angenommen hatte. Die restlichen vier Karten zeigten folgende Motive: die Kaiserin, den Gaukler, den Gehenkten und den Narr, gleichzeitig der Joker, der selbst die schlimmste Karte, die des Tods, verändern konnte. Wäre er nicht gewesen, hätten wir Sarah Goldwyn wahrscheinlich beerdigen können. So hatte es nur die Russin Ludmilla Prokowa erwischt, und Sarah Goldwyn lebte noch.

»Sprich doch weiter!«, forderte ich sie auf.

»Also, ihr neugierigen Männer. Ich will euch nicht länger auf die Folter spannen.« Sie hob den rechten Arm und strich über ihren Haarknoten am Hinterkopf. »Da eure Diskussionen und Versuche doch nichts gebracht haben, entschloss ich mich, den Fall in die Hand zu nehmen. Und ich habe noch einmal gründlich nachgedacht, wobei ich zum Ausgangspunkt zurückgekehrt bin. Alles begann mit diesem ungewöhnlichen Artikel in der Zeitschrift *Esoterik Tales*. Die Prokowa hat dort veröffentlicht, und wer bei diesem Blatt als Redakteur arbeitet, muss sich auf dem Gebiet auskennen. Deshalb habe ich die Chefredakteurin angerufen und sie um einen Besuch gebeten.«

»Sie wird kommen?«, fragte ich.

»Ja, sie hat zugesagt.«

»Wie heißt denn die Dame?«, wollte Suko wissen.

»Rose Bancroft.«

»Nie gehört, den Namen.« Suko schaute mich an. »Du vielleicht, John?«

Auch ich schüttelte den Kopf. »Sorry, aber damit kann ich nichts anfangen.«

»Ich kenne sie auch nur vom Telefon«, gab Lady Sarah zu. »Aber im Gespräch zeigte sie sich sehr zugänglich.«

Ich leerte meine Tasse. »Meinst du wirklich, dass sie uns weiterhelfen kann?«

»Ich habe es eben auf einen Versuch ankommen lassen. Mehr als reinfallen können wir ja nicht.«

»Das stimmt.«

»Und bevor wir überhaupt nichts tun und uns in Selbstzweifeln ergehen, dachte ich mir, nimm du mal die Sache in die Hand und zeig den jungen Spunden, wo es langgeht.«

Das Läuten der Türglocke unterbrach den Redeschwall der Horror-Oma. Wenn sie einmal in Fahrt kam, war Lady Sarah nicht mehr zu bremsen. Das kannten wir.

»Soll ich öffnen?«, fragte ich.

»Nein, nein, John. Ich habe den Gast eingeladen und werde ihn auch empfangen.« Sie stemmte sich von der halbrunden Couch in die Höhe, drückte ihren Rücken durch und ging zur Tür.

Was Lady Sarah in ihrem Alter noch leistete, konnte man schon als phänomenal bezeichnen. Dabei zählte sie schon einige Jahrzehnte, aber ihr genaues Alter hatte sie weder Suko noch mir verraten. Wir wussten nur, dass sie dreifache Witwe und vermögend war. Ihr Geld legte sie in wohltätigen Stiftungen an, wobei eine davon sogar ihren Namen trug.

»Das ist wieder typisch für unsere Horror-Oma«, meinte Suko. »Auf diese Idee hätten auch wir kommen können.«

»Das stimmt.«

Von der Tür her hörten wir die Frauenstimmen, konnten aber einzelne Worte nicht verstehen.

Im Wohnraum brannten zwei Lampen. Eine nahe der Eingangstür, die andere über der Sitzecke.

»So, dann kommen Sie mal rein!«, hörten wir Lady Sarah sagen und erhoben uns von den Plätzen.

Die Horror-Oma führte ihre Besucherin über die Schwelle

und auf unseren Tisch zu, sodass wir Zeit hatten, uns die Dame genauer zu betrachten.

Rose Brancroft war ungefähr vierzig, hatte braunes, halblanges, lockiges Haar und trug eine dunkle Brille mit getönten Gläsern. Das graue Winterkostüm machte sie etwas fad. Dem wirkte sie durch den pinkfarbenen Pullover entgegen, den dunkelblauen Strümpfen und den ebenfalls pinkfarbenen Schuhen.

Ich half ihr aus der Jacke. Erst dann stellten wir uns gegenseitig vor. Zuerst begrüßte sie Suko, da ihr mein Freund am nächsten stand. Ihr Händedruck war kräftig. Er sollte wohl dokumentieren, dass Rose Bancroft mit beiden Beinen mitten im Leben stand. Sie nickte mir zu. »Ihren Namen habe ich schon einmal gehört, Mr Sinclair.«

»Möglich.«

»Nicht so bescheiden. Sie sind eine gewisse Berühmtheit. Wie auch Ihr Kollege Suko. Wir von *Esoterik Tales* haben, wenn es eben möglich war, Ihre Aktivitäten verfolgt. Als mir Mrs Goldwyn sagte, wer mich noch erwartete, habe ich sofort zugesagt. Ich hoffe, dass es ein interessanter Abend wird und Sie mir unter Umständen auch ein Interview geben können.« Sie deutete auf ihre große Umhängetasche. »Technisch bin ich dafür gerüstet.«

Ich blieb weiterhin freundlich, obwohl es mir schwer fiel. Wenn ich etwas hasste, war es der Gang in die Öffentlichkeit. Ich wollte keine Leser oder Zuseher haben. Unsere Arbeit war deshalb so erfolgreich, weil sie nicht öffentlich war.

Suko wollte einen Sessel herbeischieben, doch Lady Sarah war dagegen. Sie bat ihre Besucherin, auf der Couch und neben ihr Platz zu nehmen. Bevor sich Rose Brancroft setzte, starrte sie die auf dem Tisch liegenden Gegenstände an.

»Oh, das ist interessant. Die Tarock-Karten in Verbindung mit einem Kreuz und einem Dolch.«

»Wir werden es Ihnen erklären«, sagte Lady Sarah. »Möchten Sie etwas Tee trinken?«

»Ja, gern.«

»Und für mich einen Whisky«, sagte ich.

»Hol ihn dir aus dem Schrank, John.«

Ich fand die Flasche und ein Glas. Es gefiel mir noch immer nicht, dass Lady Sarah diese Frau eingeladen hatte. Da ich auch nur zu Besuch war, ließ ich mir nichts anmerken.

Ich goss mir einen Doppelten ein. Während ich trank, erklärte Lady Sarah der Besucherin, worum es eigentlich ging, und Rose hörte aufmerksam zu.

Zum Glück beschränkte sich die Horror-Oma mehr auf den erschienenen Artikel und sprach dann natürlich das Thema Rasputin an, wobei sie den Götzen Baal nicht vergaß.

»Darum geht es im Prinzip, Rose. Was wissen Sie über Baal und Rasputin?«

Die Chefredakteurin nahm einen Schluck Tee und schaute nachdenklich auf die Karten. Zunächst gab sie eine ausweichende Antwort. »Wir beschäftigen uns ja mit vielen Dingen, wie Sie wissen. Da sind diese Gebiete natürlich auch dabei. Baal …« Sie ließ das Wort fast auf der Zunge zergehen und verdrehte die Augen. »Das ist eine Faszination für sich. Im Alten Testament erwähnt, von den Abtrünnigen angebetet, der Tanz um das Goldene Kalb, Magie und Hexerei, Totenkult und Opferung, das ist Baal. Von den Kelten übernommen, zur Religion gemacht und zahlreichen Göttinnen oder Göttern geweiht.«

Ich wollte keine Abhandlung über den Götzen hören, die hätte ich mir selbst geben können, mir ging es um etwas anderes. »Hören Sie, Mrs Bancroft, das hier ist kein Spiel. Auch ich weiß über Baal Bescheid. Was da auf dem Tisch liegt und grün leuchtet, hat einen bestimmten Namen. Es ist Baals Opfermesser.«

Sie schaute mich an. »Stimmt das?« Hinter den dunklen Gläsern der Brille konnte ich ihre Augen nicht erkennen.

»Ja.«

»Und das Kreuz? Was ist damit?«

»Es gehört mir.«

»Nicht Rasputin?«

»Nein!«, erwiderte ich. »Ihm auf keinen Fall. Er hat es nur manipuliert. Deshalb sehen Sie den Abdruck seines Gesichts dort. Rasputin stand mit Baal in Verbindung, das haben wir herausgefunden. Und ich will praktisch über ihn an den Götzen heran.«

Rose Bancroft lehnte sich zurück. Sie nahm die Brille ab und putzte die Gläser. Jetzt konnte ich ihre Augen erkennen. Die Pupillen waren von einer unnatürlichen Helligkeit, grau bis farblos. Sie wollten so gar nicht zu dem dunklen Haar passen. Rasch setzte sie die Brille wieder auf, als würde sie sich wegen ihrer Augen schämen.

»Sie wissen, wie mächtig Baal ist, Mr Sinclair?«

»Das ist uns bekannt.«

»Gut.« Sie nickte. »Und was wissen Sie über Rasputin?«

»Zu wenig«, sagte Suko. »Viel zu wenig.«

Sie bestätigte seine Worte durch ein abermaliges Nicken. »Das kann ich mir vorstellen. Rasputin ist eine geheimnisvolle, schillernde Persönlichkeit. Er hat im vorigen Jahrhundert zunächst als Mönch gelebt und sich dann der schwarzen Magie verschrieben. Ludmilla Prokowa hat mehr über ihn gewusst.«

»Aber sie ist tot«, warf Suko ein.

»Ich hörte davon.«

»Können Sie uns jemanden nennen, der mehr über Rasputin und seine Verbindung zu Baal weiß?«

Rose verzog das Gesicht. »Das ist sehr schwer. Das heutige Russland können Sie nicht mehr mit dem in der Zarenzeit vergleichen. Die haben ihre Grenzen dichtgemacht. Sicherlich wird es noch Spuren geben, die zu Rasputin führen, und eine ist besonders heiß.«

»Welche?«, fragte ich.

»Er hat ein Testament geschrieben.«

Mit dieser Eröffnung hatten wir nicht gerechnet und blieben zunächst einmal stumm. Selbst Sarah Goldwyn sagte nichts. Sie saß da und schluckte mehrmals.

»Ein Testament?«, wiederholte ich.

»Ja. Rasputins Testament«, erklärte die Chefredakteurin. »So ist es überliefert.«

»Und das existiert noch?«, wollte die Horror-Oma wissen.

»Man spricht davon.«

»Wo?«

Nach meiner Frage schaute sie mich beinahe mitleidig an. »Mr Sinclair. Ich hatte Ihnen doch vorhin von Russland erzählt. Dort müssten Sie suchen. Das käme dem berühmten Sandkorn in der Wüste gleich, das Sie finden wollen.«

»Meinen Sie wirklich?«

»Ja.«

»Ein Sandkorn in der Wüste hinterlässt keine Spuren, Mrs Bancroft. Ein Mensch wie Rasputin jedoch. Man müsste seinen Lebensweg verfolgen. Er hat in Petersburg gelebt.«

»Dem heutigen Leningrad«, verbesserte sie mich.

»Gut, das sind Kleinigkeiten. Dann müsste er auch in dieser Stadt sein Testament geschrieben haben. Ich weiß, dass die Russen ihre Kultur und Geschichte nicht vergessen haben. Die großen Schlösser der Zaren und die prächtigen Landsitze sind noch erhalten.«

»Aber Rasputin ist ein Schandfleck in der Geschichte. Man wird ihn von offizieller Seite ausradiert haben. Ich weiß es, denn ich habe einmal versucht, Kontakt mit den Russen aufzunehmen. Auch ich wollte mehr über ihn wissen. Er war ein Meister der Karten. Er liebte und beherrschte das Tarock-Spiel. Besonders die Karten, die hier aufgedeckt liegen. Das waren seine Lieblingsfiguren. Der Gehenkte, die Kaiserin oder Zarin, der Magier und besonders der Joker oder Narr. Ihn hat er oft genug ins Spiel gebracht, da er gern sein Leben einsetzte.«

Ich deutete auf die Blätter. »Leider reagieren sie nicht. Irgendwie ist die Brücke gebrochen, und wir müssen den Weg finden. Rasputins Geist ist in meinem Kreuz gebannt. Ich will nicht, dass es so bleibt. Er soll und muss wieder verschwinden.«

»Wie wollen Sie das schaffen?«

»Indem wir sein Testament finden«, erklärte Lady Sarah trocken und hatte dabei den Nagel auf den Kopf getroffen.

Die Chefredakteurin sah sie an. »Glauben Sie das, was Sie da gesagt haben?«

»Natürlich.«

Sie zog ein nachdenkliches Gesicht. Ich hatte das Gefühl, dass sie uns irgendetwas verschweigen wollte, ließ sie aber in Ruhe. »Hat einer von Ihnen eine Zigarette?«, fragte sie.

Ich gab ihr eine und auch Feuer. Nachdem das Stäbchen brannte und sie den Rauch ausgestoßen hatte, begann sie mit ihrer Formulierung. »Wie ich inzwischen bemerkt habe, sind Sie von Ihrem Plan nicht abzubringen. Ich traue Ihnen auch zu, dass Sie in die Sowjetunion hineinkommen und sich auf die Suche nach dem Testament machen. Zudem freue ich mich darüber, dass Sie mich zu Rate gezogen haben. Deshalb sollte ich Ihnen vielleicht einen Gefallen tun.«

»Und der wäre?«, fragte Lady Sarah.

Da lachte Rose auf. »Ob es ein Gefallen ist, kann ich nicht sagen, aber es existiert da eine alte Legende, die besagt, dass Rasputin sein Testament dort geschrieben hat, wo er einmal lebte, bevor es ihn an den Hof des Zaren zog.«

»Das war doch im Kloster«, sagte Suko.

»So ist es.«

Ich lächelte. »Sie meinen tatsächlich, dass dieses Kloster für uns nicht zu finden wäre?«

»Wenn Sie einmal im Land sind, wäre es nicht schwer.«

»Wo liegt es denn?«

»Östlich von Leningrad, dem früheren St. Petersburg. Es ist in gewisser Hinsicht ein Denkmal. Deshalb kann ich mir vorstellen, dass dieses Kloster noch nicht zerstört worden ist, wenn Sie verstehen.«

»Sicher.«

»Hat es einen Namen?«, fragte Suko.

»Nein oder ja. Wenigstens weiß ich es nicht. Vielleicht Rasputin-Kloster.« Sie lächelte. »Jedenfalls ist es die einzige

Spur oder der einzige Hinweis, den ich Ihnen geben kann. Ansonsten bin ich überfragt.«

»Auch was das Verhältnis Rasputin/Baal betrifft?«, horchte ich nach.

»Da weiß ich auch nichts. Oder fast nichts. Es hat eine Verbindung zwischen den beiden gegeben, doch die ist im Dunkel der Geschichte und im Dämmer der Russischen Revolution verschwunden. Mehr Hilfen kann ich Ihnen nicht geben.«

»Es war schon viel«, sagte ich. »Das Testament, falls es tatsächlich noch existiert, könnte uns da weiterhelfen.«

»Es weiß angeblich niemand etwas Genaues darüber«, sagte Rose. »Vielleicht will man es auch nicht wissen. So etwas passt nicht in die politische Landschaft. Rasputin, das Zarenreich, die Gräueltaten, die damals begangen wurden, wer in Russland möchte daran noch erinnert werden? Doch nur die wenigsten.«

»Dann auf nach Petersburg«, sagte Lady Sarah und rieb sich schon die Hände. Diese Gestik bewies mir, dass sie daran dachte, Suko und mich nicht allein fliegen zu lassen. Auch ich hatte Blut geleckt, und ich wusste auch schon, wie wir es unter Umständen schaffen konnten, tief hinter den Eisernen Vorhang zu gelangen.

Es gab in Russland einen Mann, den ich gut kannte. Er gehörte zwar zur anderen Feldpostnummer, sprich KGB, aber in den beiden Fällen, die wir zusammen erlebt hatten, hatte er sich als Kumpel und Partner erwiesen, auf den man sich verlassen konnte.

Dieser Mann hieß Wladimir Golenkow. Mit ihm zusammen hatten Suko und ich in Sibirien Zombies gejagt, und er hatte auch an meiner Seite gekämpft, als ich in Prag das Rätsel der schwebenden Leichen und des Höllenfriedhofs zu lösen versuchte und damals dem unheimlichen Schnitter begegnet war. Wladimir und ich waren so etwas wie Freunde geworden, und er hatte mir eine Telefonnummer hinterlassen, unter der ich ihn erreichen konnte.

»John, mein Junge, ich sehe dir an, dass da etwas im Busch ist«, erklärte Lady Sarah. »Deine Gedanken zeichnen sich förmlich auf der Stirn ab.«

Ich lächelte. »Und an was denke ich?«

»Du weißt bestimmt schon einen Weg, wie du nach Russland hineinkommst. Habe ich Recht?«

Ich lachte, sah Sukos Blick und auch, dass er mir zuzwinkerte. Wahrscheinlich beschäftigte er sich mit den gleichen Gedanken wie ich.

»Richtig, Sarah. Dazu müsste ich nur telefonieren.«

»Der Apparat steht dir zur Verfügung.«

»Es würde aber ein Ferngespräch in die Sowjetunion werden. Das mal vorweg.«

»Wenn es um die Sache geht, ist mir kein Opfer zu hoch.«

Ich lächelte ihr zu, als ich mich aus dem Sessel in die Höhe drückte. Ich hatte diese Nummer noch nie gewählt und wusste auch nicht, ob ich Wladimir überhaupt in Moskau erreichte. Er gehörte zu den Leuten, die oft unterwegs sind. Da waren wir uns gleich.

Auf gewissen Gebieten gibt es zwischen den Ländern unterschiedlicher Gesellschaftsordnung so genannte heiße oder direkte Leitungen. Die zwölfstellige Nummer musste eine solche Leitung sein. Neben der Anrichte stehend, auf der das Telefon seinen Platz gefunden hatte, tippte ich die zwölf Zahlen ein.

Die Spannung lag auf unseren Gesichtern. Nachdem ich die Nummer getippt hatte, wartete ich ab; wenig später stand die Verbindung.

Jemand hatte abgehoben. Ein russisches Wort wurde in die Leitung gesprochen. Ich wusste nicht, was es bedeutete, und war mir ebenfalls nicht sicher, ob Wladimir Golenkow gesprochen hatte.

Deshalb fragte ich. »Wladimir?«

Der »Gesprächspartner« schien den Hörer weiterzureichen. »Ja, hier ist Golenkow«, meldete er sich endlich.

Noch einmal sagte ich meinen Namen.

»John Sinclair, Towarischtsch, du bist es! Na, das ist aber fein, dass ich dich höre. Wie geht es dir?«

»Ich lebe noch.«

»Ja, ich auch, wie du hörst. Und was kann ich für dich tun?«

»Du könntest mir helfen.«

»Gern, wenn ich …«

Ich lachte. »Klar, ich weiß schon. Es geht um Folgendes: Suko, eine Freundin von uns und ich wollen dein Land besuchen. Und zwar so rasch wie möglich.«

»Oh.«

Ich lachte leise. »Ich wusste, dass du so reagieren würdest, aber es kommt noch schlimmer.«

»Lass mal hören.«

»Der Aufhänger ist Rasputin. Euer berühmtester Mönch und Magier. Nur ist etwas passiert, das uns vor große Rätsel stellt. Du könntest uns wahrscheinlich dabei helfen, sie zu lösen. Und es wäre bestimmt auch in eurem Sinne.« Ich berichtete, welch einem Verdacht wir nachgingen, und der Russe hörte mir aufmerksam zu. »So sieht es aus, Gospodin«, sagte ich zum Schluss. »Jetzt bist du an der Reihe.«

Ich hatte ein »Njet« erwartet, doch es kam überhaupt keine Antwort. Das ließ mich etwas hoffen.

»Bist du noch dran?«

»Ja, John.«

»Und?«

»Muss ich mich sofort entscheiden?«

»Es wäre gut.«

»Dann warte noch einen Moment.«

»Okay.«

»Was hat er denn gesagt?«, fragte mich die Horror-Oma.

Ich hielt die Sprechmuschel während meiner Antwort zu. »Er muss sich erst rückversichern.«

»Das ist nicht gut, wenn zu viele Leute mitmischen.«

»Weiß ich auch, aber ich kann es nicht ändern.«

»Du hast doch auch dieses Kloster erwähnt. Ist er darauf eingegangen?«

»Nein.«

Lady Sarah winkte ab. »Das ist nicht gut. Überhaupt nicht gut, wie ich meine.«

Ich konnte mich nicht mehr um sie kümmern, denn der Russe meldete sich wieder. »Du bist noch da, John?«

»Klar.«

»Es ist zwar unmöglich, was du verlangt hast, aber in unserer Republik wird Unmögliches eben auch in die Tat umgesetzt. Ihr drei könnt kommen. Nehmt die nächste Maschine nach Leningrad. Ich erwarte euch dort am Flughafen.«

»Tatsächlich?«, fragte ich staunend.

»Ich lüge nicht.«

Mein Lachen klang etwas zu laut. »Damit habe ich wirklich nicht gerechnet. Ich danke dir.«

»Warte erst mal ab«, sagte er mit einer Stimme, die mich verwunderte, um einen Moment später wieder den Tonfall zu wechseln. »Einen Rat möchte ich euch noch geben. Zieht euch warm an, sonst friert ihr euch einen ab. Hier ist es lausig kalt.«

»In London auch«, gab ich lachend zurück und legte nach einem schnellen Dankeschön auf. Als ich mich zu den anderen umdrehte, spürte ich den Schweiß auf meinem Körper. Der Anruf war mir doch an die Nieren gegangen.

»Alles klar?«, fragte Suko.

»Es sieht so aus.«

Lady Sarah schüttelte den Kopf. Sie machte kein freudiges Gesicht, das Gegenteil war der Fall.

»Was hast du?«, fragte ich sie.

»Weißt du, John. Dein Gespräch war toll, lieb und nett. Alles Adjektive, die sehr passend sind, aber ich traue den Burschen nicht. Nein, ich traue ihnen nicht.« Sie schlug dabei mit der flachen Hand auf den Tisch, um die Worte zu unterstreichen.

»Und weshalb nicht?«

»Weil die Russen mit Einladungen so schnell nicht bei der Hand sind.«

»Vermutest du eine Falle dahinter?«, fragte Suko.

»So ist es.«

Ich widersprach. »Moment mal, Freunde. Zwar kenne ich Wladimir Golenkow noch nicht so lange wie euch, ich würde ihm auch nicht restlos vertrauen, aber eines ist sicher: Man kann sich auf ihn verlassen, das habe ich bei den beiden Fällen, in denen wir zusammenarbeiteten, festgestellt. Er weiß doch genau, dass ich nicht ohne Grund anrufe. Zudem kennt er Suko. Wir drei haben in Sibirien Zombies gejagt, das schweißt zusammen.«

»Wenn du das so siehst, ist es in Ordnung«, erwiderte Mrs Goldwyn.

Rose Brancroft hatte sich in den letzten Minuten sehr zurückgehalten. Jetzt stand sie auf. »Ich möchte mich verabschieden, es war sehr interessant. Doch auf eine Sache will ich Sie noch aufmerksam machen.«

»Und die wäre?«, fragte ich.

»Denken Sie daran, dass Ludmilla Prokowa ebenfalls eine Russin gewesen ist. Möglicherweise hat sie noch Verwandte in Moskau oder Leningrad, die auch über Rasputin Bescheid wissen. Das muss nicht so sein. Ich habe es nur als einen Hinweis angesehen.«

»Danke, das war gut.«

»Dann darf ich mich jetzt verabschieden.« Sie reichte Lady Sarah zuerst die Hand. Danach kam Suko an die Reihe, bei mir hielt sie sich etwas länger auf. »Ich freue mich, Sie kennen gelernt zu haben, John. Falls der Fall gut ausgeht, was ich sehr hoffen will, könnte ich dann mit einem Interview rechnen?«

»Mal sehen.«

»Sie brauchen keine Geheimnisse auszuplaudern. Aber Sie wissen ja. Eine Hand wäscht die andere.«

»Klar.«

Nach dieser Antwort ging sie und wurde von Lady Sarah zur Tür gebracht. Zurück blieben Suko und ich. »Na, Partner, was sagst du?«, fragte mich mein Freund.

»Nichts.«
»Und dein Gefühl meldet sich nicht?«
»Du meinst eine Falle.«
»Genau.«
Ich winkte ab. »Daran glaube ich nicht. Außerdem würde Wladimir Golenkow so etwas wohl kaum tun.«
»Ja, ja, das würde er bestimmt nicht«, erwiderte Suko in einem Tonfall, der seine Antwort als glattes Gegenteil hinstellte.

Auch Wladimir Golenkow hatte aufgelegt, und er schwitzte noch mehr als ich im fernen London. Es lag nicht an der bulligen und trockenen Heizungsluft, sondern an etwas anderem. Er brauchte nur den Kopf zu drehen und in das bläulich grau schimmernde Mongolengesicht des Uniformierten zu blicken, um zu wissen, dass er John Sinclair und seine Freunde verraten hatte. Er hätte sie warnen sollen, aber war in diesen Augenblicken nicht so mutig gewesen, und das wurmte ihn.
Der Mongole rieb seine Stummelfinger. Er hatte die Mütze abgenommen. Dadurch wirkte sein Kopf noch flacher. Er sah aus wie ein Ei, bei dem man die obere Spitze ein wenig platt geklopft hatte. »Hervorragend gemacht, Genosse Golenkow, hervorragend.«
»Ich weiß, Oberst.«
»Das wird Ihnen Pluspunkte in der Akte geben und so manchen Minuspunkt wieder wettmachen.«
»Minuspunkt?«
»Ja, Sie haben sich manchmal zu westlich benommen.«
»Wie unsere hohen Funktionäre auf ihren Landsitzen – oder?«
»Darum haben Sie sich nicht zu kümmern, Genosse Golenkow.«
»Es fiel mir nur eben ein.«
»Und ich habe es vergessen.«

Ist mir doch egal, du Scheißkerl, dachte Golenkow und ärgerte sich darüber, dass ausgerechnet bei diesem Gespräch einer der hohen Ausbildungsoffiziere des KGB anwesend war. Dieser Oberst Tschigin stammte noch aus der Breschnew-Ära und hatte die große Säuberungsaktion des jetzigen Vorsitzenden Gorbatschow seltsamerweise überstanden. Wahrscheinlich durch Beziehungen. Wladimir brauchte nur das Wodkaverbot zu nehmen, das der große Vorsitzende ausgesprochen hatte. Was hatte Tschigin früher gesoffen! Heute wollte er davon nichts mehr wissen, gab sich edel, rein und tat so, als würde er den Wodka verabscheuen.

Und wie er grinste. So breit und satt. Dabei rieb er noch immer die Hände. »Sie werden alles so machen, wie wir beide es besprochen haben, Genosse. Sie holen die drei am Flughafen ab und fahren mit ihnen zum Kloster. Verstanden?«

»Sicher.«

»Das andere überlassen Sie uns.«

»Und was wäre das?«, fragte Wladimir.

Der Oberst, dessen Uniformstoff hinter den vielen Orden kaum zu erkennen war, schüttelte den Kopf. »Man darf nie etwas zu früh verraten, Genosse. Das wissen Sie doch.«

»Ja.«

»Dann sehen wir uns am Kloster.« Tschigin blickte seinen Untergebenen noch kurz an, machte kehrt und verließ mit zackigen Schritten das Büro. Wladimir Golenkow aber fühlte sich schlecht, mies und kam sich vor wie ein Verräter. Am liebsten hätte er mit London telefoniert und John Sinclair gewarnt, aber die Gespräche wurden abgehört, und so musste er es darauf ankommen lassen.

Es war der reine Zufall gewesen, dass er sich überhaupt in Moskau befand. Eigentlich hätte er schon zum Schwarzen Meer starten sollen, um dort einen Wissenschaftler zu überwachen, aber er hatte den letzten Bericht noch schreiben müssen und war dadurch aufgehalten worden.

Das rächte sich nun.

Keine Sekunde länger hielt es ihn in diesem Bau. Er wollte und musste raus, auch wenn es verdammt kalt geworden war. Den Flugplan hatte er im Kopf. Er würde in der Nacht noch nach Leningrad starten, aber zuvor brauchte er frische Luft.

Die Wachen grüßten ihn. Am Ausgang musste er sich legitimieren, dann hatte er freie Bahn.

Er wollte zu Fuß gehen und sich anschließend ein Taxi nehmen. Das klappte in der Nacht besser als tagsüber.

Bevor er ging, warf er noch einen langen Blick an der Fassade des wuchtigen Hauses hoch, wo der KGB seinen Sitz hatte. Es waren noch zahlreiche Fenster erleuchtet. Besonders hell kam ihm das Licht hinter einer Scheibe im dritten Stock vor. Dort hatte Oberst Tschigin sein Büro. Er stand am Fenster und schaute hinaus.

»Du kotzt mich an, du Fossil!«, keuchte Wladimir und ballte seine rechte Hand zur Faust. Fast fluchtartig lief er weiter. Sein Ziel lag ungefähr einen Kilometer entfernt. Es war eine Kneipe. Niemand wusste dort, welchem Job er tatsächlich nachging. Er hatte den Stammgästen und dem Wirt erklärt, dass er als Ingenieur für eine Stahlfirma arbeitete und oft auf Montage geschickt wurde.

Das Lokal lag in einem Keller. Um den Eingang zu erreichen, musste der Gast eine geschwungene Treppe hinter sich lassen.

Gesang, Musik und Stimmenwirrwarr empfingen den Agenten. Wenn jemand eine russische Seele zitierte, so konnte er sie in dieser Kellerkneipe erleben, wo die Gäste an einfachen Tischen saßen oder auf Holzbänken an der Wand. Eine vorsintflutliche Musikbox spielte, und viele Gäste sangen mit.

Wladimir wurde als Stammgast begrüßt. Durch Schulterklopfen, Händeschütteln oder Winken. Bis zum Schanktisch kämpfte er sich durch, sah den schnauzbärtigen Wirt, dessen Wiege irgendwo am Schwarzen Meer gestanden hatte, und bekam sofort ein Glas mit Wodka zugeschoben.

Es war zwar offiziell nicht erlaubt, aber wer hier regelmäßig verkehrte, der erhielt, was er wollte.

»Lange nicht gesehen, Gospodin«, sagte der Wirt. »Du warst bestimmt zwei Wochen weg.«

»Ja.«

»Und wo hat dich Brüderchen Wind hingetrieben?«

Wladimir nahm einen Schluck Wodka aus dem Wasserglas. Dabei ließ er sich eine Ausrede einfallen. »In den Westen!«

»Was?«, schrie der Wirt und bekam glänzende Augen.

»Nicht so, wie du denkst. Polen.«

Der Schnauzbart winkte ab. »Dort ist es ja noch schlimmer als in Sibirien. Nein, nach Polen will ich nicht.«

Andere Gäste hatten ebenfalls von dem Dialog einiges mitbekommen. Sie begannen, über Polen zu erzählen und darüber zu kritisieren. Wladimir hörte zwar zu, er schaltete jedoch auf Durchzug und starrte in den halbblinden Spiegel, wo er einen knochig wirkenden, hochgewachsenen Mann mit blonden, gescheitelten Haaren sah. Er hatte die blauen Augen der Nordländer. Seine schmale Nase hatte einen leichten Höcker und war ein wenig gekrümmt.

Erst als er die Mädchenstimme hörte, drehte er sich nach rechts. Eine neue Kellnerin wirbelte heran. Sie war ziemlich klein, aber proper. Dazu schwarzhaarig und mit der tiefen Bräune des Südens versehen. So sahen auch die Mädchen aus dem Orient aus. Sie sprach Russisch wie eine Fremdsprache.

»Neu hier?«, fragte Wladimir.

»Seit einer Woche.«

»Willkommen. Wie heißt du?«

»Saskia.«

»Ich bin Wladimir. Trinkst du ein Glas mit mir?«

»Nein, keinen Schnaps. Ich kann ihn nicht vertragen. Aber ich habe Wein mitgebracht. Er ist vorzüglich. Willst du ein Glas probieren?«

»Sicher. Wir nehmen eine Flasche.« Wladimir leerte sein Glas und fluchte innerlich.

Er befand sich in einer Leck-mich-Stimmung. Am liebsten hätte er alles hingeworfen. Er kam sich vor wie jemand mit dem Kainsmal des Verräters auf der Stirn. Auch diesen Leuten hier musste er etwas vorspielen. Hätten die seinen wahren Job gekannt, er hätte sich nicht mehr blicken lassen dürfen. Wenn Menschen andere Menschen mit Verachtung strafen, tut das sehr weh.

So aber hatte der Wirt den Wein geholt, und Wladimir trank das erste Glas des herben Roten.

Saskia hielt mit. Sie teilten sich die Flasche, tranken Brüderschaft, und Wladimir hatte glänzende Augen, als er das Lokal verließ und in die Kälte des späten Abends hinaustrat.

In der Kälte überkam ihn wieder das heulende Elend. Am liebsten wäre er mit dem Kopf gegen die Mauer gerannt, so sauer war er. Er, Wladimir Golenkow, hatte einen Freund verraten.

Der Russe hätte schreien können. Er stand auf dem Gehsteig, hatte die Hände geballt, seine Augen glänzten, dann sank sein Kopf nach vorn. Fahrig strich er über die Stirn.

Ein anderer hätte es sicherlich nicht als Verrat angesehen. Aber das Kloster, um das es John Sinclair ging, stand zwar noch, war aber im Laufe der Jahre umfunktioniert worden.

Jetzt befand sich darin eine Schule.

Allerdings eine besondere. Dort wurde der Agentennachwuchs des KGB ausgebildet.

Den Wald hatte man abgeholzt, weil die Planer es vorgezogen hatten, das Kloster in ein deckungsfreies Gelände zu stellen, um mögliche Saboteure sofort erkennen zu können.

Wo früher die Mönche in den Zellen gebetet hatten, befanden sich heute die Räume der auszubildenden Agenten. Bei den Mönchen war das Leben wenigstens nach außen hin spartanisch gewesen. Davon hatte der KGB viel übernommen.

Auch die jungen Männer, die das Handwerk eines Agenten erlernten, hatten es nicht leicht. Zwar war die Technik die modernste, die die UdSSR zu bieten hatte, das musste von der Ausbildung her einfach sein, aber Zucht und Ordnung in dem »Kloster« bestanden aus hartem Drill.

Das hieß: Wecken in aller Früh, danach Sport, anschließend das erste Essen. Der Unterricht, der sich bis zum Mittag hinzog, folgte. Am Nachmittag kamen die Knochenbrecher an die Reihe. Das waren die Ausbilder, die den Männern beibrachten, wie man tötete oder gegnerische Angriffe erfolgreich abwehrte. Wer diese Schule durchgemacht und verlassen hatte, konnte sich mit gutem Gewissen als Spezialist bezeichnen.

Auch am Abend gab es so gut wie keine Freizeit. Meistens wurden politische Vorträge angehört oder Diskussionsrunden veranstaltet, die jedoch sehr einschienig verliefen. Hin und wieder zeigte man einen Film, gedreht von Leuten des KGB im Einsatz. In dieser Filmstunde schloss so mancher Schüler ein oder zwei Augen, um ein Nickerchen zu machen.

An Frauen war während der Ausbildungszeit überhaupt nicht zu denken. Keiner der Schüler konnte das Kloster allein verlassen. Wenn frei war, ging man in der Gruppe und stand ständig unter Aufsicht. Alkohol war sowieso verpönt. Wer mit einer Fahne erwischt wurde, flog.

Auch Kehmet Ascharow gehörte zu den Schülern. Und sogar zu den eifrigsten, denn er hatte die Hänseleien wegen seiner Person erlebt. Die anderen erkannten ihn, den Mann aus dem Süden, nie so recht an und nannten ihn, wenn kein Vorgesetzter in der Nähe war, nur den Orientalen. Das ärgerte ihn. Bei der Kampfausbildung hatte Kehmet Ascharow es manchem schon so hart zurückgezahlt, dass ein Ausbilder dazwischengehen musste, sonst hätte es womöglich noch Verletzte gegeben.

Der Schulleiter war ein hochdekorierter Offizier namens Oberst Tschigin. Er durfte sich keinen Fehler erlauben, wollte er nicht die Versetzung in die Taiga riskieren. Dementsprechend streng war sein Regime. Das hatte auf die Lehrer und Ausbilder abgefärbt, sodass sich die Schüler manchmal vorkamen wie Marionetten.

Ascharow machte das nichts aus. Er war einer der Eifrigsten und wollte in allen Fächern nur Bestnoten erringen. Auch an diesem Abend, als ein Film über die Freiheitskämpfer in Afghanistan lief, schaute er zu, während andere schon eingenickt waren.

Natürlich wurde der Film mit den entsprechenden Kommentaren unterlegt. Die hier Versammelten glaubten alles, denn einige von ihnen würden dorthin versetzt werden, um das harte Leben am eigenen Leibe kennen zu lernen. Da musste man, völlig auf sich allein gestellt, hinter der Front arbeiten. Kehmet Ascharow, der Fünfundzwanzigjährige, der es beim Militär bis zum Leutnant gebracht hatte, hatte sich schon freiwillig für diesen Einsatz gemeldet, denn ihm nahm man wegen seines Aussehens den Afghanen ab.

Der Raum war kaum geheizt. Hitze erzeugt Müdigkeit, und müde sollte keiner der Schüler werden. Das eintönige Summen des Projektors überlagerte manche Atemgeräusche der Männer, wenn aus den beiden Boxen mal kein Ton in den Raum drang.

Mit einem markigen Kommentar endete der Film. Wie immer wurde der Westen beschimpft, und auch die müdesten Schüler erwachten, als plötzlich das kalte Licht unter der Decke aufflammte.

Die Leute hatten sich so in der Gewalt, dass man ihnen das Nickerchen nicht ansah. Kerzengerade saßen sie auf ihren Stühlen.

Es war genau 21.30 Uhr. In einer halben Stunde hatten alle in ihren Betten zu liegen. Wer wollte, konnte zuvor noch duschen. Kehmet Ascharow wollte unter die kalten Wasserstrahlen. Er härtete sich ab, denn er wusste, was später auf ihn zukommen würde. Als einer der Ersten verließ er den Saal. Die Schüler eilten entweder zu ihren Zellen oder in die große Duschanlage. Auch hier war Kehmet einer der Ersten.

Er schlüpfte aus seiner grün-grauen Uniform und stellte das Wasser auf kalt. Heiß wurde es sowieso nie. Auch eine Schikane der Ausbilder, die ihre Duschen woanders hatten, wahrscheinlich mit warmem Wasser. Zwei »Schulkameraden« stellten sich zu ihm. Sie rahmten Kehmet ein. Und sie sprachen ihn an. Einer aus ihrer Gruppe war vor wenigen Tagen geflogen. Sie hatten Kehmet in Verdacht, den Kameraden denunziert zu haben.

»Du Schwein warst es.«

Ascharow hatte die Worte gehört, aber genau in dem Augenblick die Augen geschlossen gehabt. So traf ihn der Tritt zwischen die Beine völlig unvorbereitet. Er fiel auf die Fliesen, krümmte sich und fluchte wild.

Der Zweite trat noch einmal zu. Diesmal in den Rücken. »Du verdammter Verräter!«, zischte er dabei und ging.

Auch der Erste verschwand. Sie ließen Ascharow zurück, auf dessen Körper die kalten Wasserstrahlen prasselten. Die Haut wurde allmählich blau.

Der Russe war zäh. Er blieb nicht liegen und schrie um Hilfe. So etwas tat man in dieser Schule nicht. Zudem hatte er eine harte, militärische Ausbildung hinter sich, und da war er auch nicht mit Samthandschuhen angefasst worden.

Er kroch erst mal aus dem Umkreis der kalten Wasserstrahlen. Auf die Wand bewegte er sich zu, stützte sich dort ab und zog sich in die Höhe. An einem Handtuchhalter hielt er sich fest. Mit einem olivfarbenen Lappen trocknete er sich leidlich ab, griff nach seiner Hose und stieg hinein.

Besonders stark hatte ihn der erste Tritt getroffen. Bei jeder Bewegung brannte sein Leib. Über Ascharows Lippen drang kein Laut. Er hatte es gelernt, Schmerzen nicht zu zeigen und sie zu unterdrücken. Keiner der Vorgesetzten würde eine Beschwerde hören, aber Ascharow hatte sich die beiden Kerle genau gemerkt. Irgendwann würde er mit ihnen abrechnen. Das konnte schon am nächsten Tag sein, aber auch einige Wochen dauern.

Er bewegte sich auf seine Zelle zu. Dabei ging er langsam

und breitbeinig. Jeder Schritt trieb den Schmerz wieder hoch. Er musste den Gang bis zum Ende durchlaufen, um in seine Kammer zu gelangen. Noch brannte das Licht. In wenigen Minuten würden die kalten Lampen verlöschen, dann war Zapfenstreich.

Das geschah, als er die Zelle erreichte. Abgeschlossen wurde nie. Er stieß die Tür auf und trat ins Dunkel. Auf der Schwelle blieb er wie ein witterndes Tier stehen. Es war schon vorgekommen, dass irgendwelche Leute in der Zelle lauerten, um jemandem die entsprechende Abreibung zu geben, bei Ascharow war das diesmal nicht der Fall. Die Hiebe unter der Dusche waren den Kerlen wohl genug gewesen.

Die Zelle hatte nur ein schmales Fenster. Es hielt dem Vergleich mit einer Schießscharte durchaus stand. An dem Raum war nichts verändert worden. Der KGB hatte ihn so gelassen, nur eben Strom gelegt. Ansonsten waren die Zellen kahl wie zu den Zeiten der Zarenherrschaft.

Kehmet Ascharow bewohnte eine besondere Zelle. Irgendjemand hatte ihm mal erklärt, dass genau in diesem Raum ein berühmter Magier und Mönch gelebt hatte.

Rasputin!

Er war der Star des Klosters gewesen, doch den großen Ruhm hatte er erst errungen, nachdem er das Kloster verlassen hatte. Er war zu einem Magier und einem Günstling des Zaren geworden

Ascharow kannte den Namen Rasputin zwar, er hatte sich jedoch nicht sonderlich um die Figur gekümmert. Sie hatte zwar Geschichte geschrieben, aber keine, die dem Sozialismus förderlich gewesen wäre. Sie hatte genau in die Dekadenz des untergehenden Zarenreiches hineingepasst. Aber das Kloster, in dem er und seine Brüder gelebt hatten, war ideal für die Zwecke des KGB gewesen.

Ascharow sah das kleine Fenster nur als einen helleren Ausschnitt in der Wand. Darunter stand das Bett des Schülers. Er ging gekrümmt hin und ließ sich auf das harte

Lager fallen. Die Unterlage bestand aus Stroh und Decken. Beides war sehr hart, doch der Schüler war seit seiner Kindheit nichts anderes gewöhnt.

Er legte sich auf den Rücken. Auf der Seite war es einfach nicht auszuhalten gewesen. Mit brennenden Augen starrte er gegen die Decke. Sein Unterleib schmerzte, die Hüften ebenfalls. Er dachte an das morgige harte Training im Gelände. Da musste es einfach auffallen, wenn er weniger leistete. Natürlich würde man nach den Gründen fragen, aber Ascharow würde nichts sagen und die Zähne zusammenbeißen.

Doch die beiden, die ihm das angetan hatten, bekamen es zurück, das hatte er sich geschworen.

Es war ruhig im Zellentrakt. Die Schüler ruhten, Stimmen hörte Ascharow trotzdem. Die Ausbilder waren noch wach und unterhielten sich lautstark.

Sie sprachen von heißen Weibern, die sie besuchen wollten, und Ascharow hörte auch das typische Geräusch, das entsteht, wenn man mit Gläsern anstößt.

Da wurde getrunken. Sicherlich auch Alkohol, obwohl es verboten war. Die Schüler mussten sich daran halten, die Ausbilder taten es weniger. Das ärgerte Ascharow. Warum setzten sich die anderen einfach über die Regeln hinweg?

Die Schmerzen ließen ihn nicht einschlafen. Er dachte über die Dinge nach, seine Blicke glitten durch die Zelle und hoch zum Fenster an der Wand. Dort sah er ein Stück Himmel. Nur einen kleinen Ausschnitt. Ein paar Sterne, die hellgelb funkelten. Es würde wieder eine klare und kalte Nacht werden.

Und plötzlich geschah es!

Kehmet zuckte zusammen, als hätte ihn jemand geschlagen, denn er vernahm Stimmen.

Es war ein leises Raunen. Vergleichbar mit einer Ankündigung des Bösen, und dieses Raunen fuhr windstoßgleich durch den Raum, verdichtete sich, sodass der Russe plötzlich auch Wörter verstehen konnte, die gesprochen wurden.

»Wir sind zurückgekehrt. Wir haben gehört, dass er kommen wird. Ja, er wird uns helfen. Das muss er ...«

Ascharow richtete sich auf. Jetzt ärgerte er sich darüber, dass er kein Licht einschalten konnte. Er hörte Stimmen.

Wer sprach dort?

Standen draußen an der Mauer vielleicht irgendwelche Ausbilder vor dem Fenster, die sich unterhielten und dabei von einem Besucher sprachen? Kehmet konnte sich das kaum vorstellen. Bei dieser Kälte musste, wer draußen stand, etwas zu verbergen haben.

Vielleicht waren es Saboteure, die den Weg zum Kloster gefunden hatten und sich jetzt unterhielten. Das wäre am schlimmsten gewesen. Dabei hatten sie alles so gut abgesichert, damit keine Spione das Kloster betreten konnten.

Und doch waren sie da.

Kehmet stöhnte. Er schwang sich vom Bett und stellte seine nackten Füße auf den Boden. Wenigstens aus dem Fenster wollte er schauen. Möglicherweise konnte er etwas erkennen und später Alarm geben.

Wieder vernahm er das Flüstern. Diesmal deutlicher als zuvor. »Sie werden kommen und es holen. Es darf nicht in die Hände der anderen fallen. Es muss hier irgendwo sein. Ja, in seiner Zelle.«

Ascharow wunderte sich noch mehr. Er hatte sich stark auf die Stimmen konzentriert gehabt und musste nun feststellen, dass die Leute, die dort redeten, ihm unbekannt waren.

Also Saboteure!

»Wir gehen hinein.«

»Nein, wir sind schon da!«

Ascharow zuckte zusammen. Er hatte plötzlich das Gefühl, nicht mehr allein zu sein. Die verdammten Stimmen befanden sich in seiner unmittelbaren Nähe.

Genau um ihn herum.

Sie waren in der Zelle!

Als er daran dachte, bekam er Magenschmerzen. Unsichtbare in der Zelle? Er glaubte nur an das, was er sah, so konnte er sich kaum vorstellen, dass jemand den Raum betreten hatte, der ihm als Heim diente. Auch in der Dunkelheit hätte er das Öffnen der Tür gesehen. Es hätte ihm einfach auffallen müssen.

Er hockte auf seinem Lager und spürte nicht die Kälte des Steinbodens unter seinen nackten Füßen. Auch die Schmerzen waren nicht mehr vorrangig. Ihm ging es allein um die Stimmen.

Sie waren lauter geworden, obwohl sie das Flüstern beibehalten hatten. Unsichtbar mussten die Gestalten um den Schüler herumtanzen. Manchmal hatte er das Gefühl, als würde ein Windstoß durch die Zelle wehen und seine Haare bewegen.

»Wir werden es finden. Es muss hier sein.«

»Wo hat er denn gesessen?«

»An seinem Tisch!«

»Der hier steht?«

»Nein, das war ein anderer.«

»Dann ist es auch weg.«

»Er hat es im Kloster geschrieben und zwischen den Mauern versteckt. Lange Jahre war Ruhe, jetzt ist die Verbindung zwischen Baal und ihm entstanden. Andere wollen das Testament. Sie dürfen es nicht bekommen. Es muss ein Geheimnis bleiben.«

»Dann fang doch an.«

»Ja, ich suche ...«

Kehmet Ascharow verstand die Welt nicht mehr. Da hatten sich welche ganz in seiner Nähe unterhalten, aber er hatte keine dieser Personen gesehen.

Und es waren nicht nur zwei gewesen, nein, mehr. Vielleicht vier. Er stand auf. Sie suchten etwas, das stand fest. Und zwar musste ein Tisch dabei eine Hauptrolle spielen.

Ja, es gab einen Tisch, an dem er saß. Aber das war ein völlig normales Möbelstück und mit keinem Geheimnis belastet. Trotzdem wollte er nachschauen.

Dazu kam er nicht mehr.

Plötzlich sah er die Gestalt.

Sie war an der ihm gegenüberliegenden Wand entstanden. Eine Frau in prächtiger Kleidung mit einer Krone auf dem Kopf, die sie als Herrscherin auswies. So hätte früher die Zarin aussehen können oder eine Kaiserin. Er ballte die Hände, sah sich die Figur an und stellte fest, dass sie sich in der Wand aufhielt.

Ascharow begann zu grinsen. Es war einfach ein Ausdruck seiner Gefühle, er hätte ebensogut heulen können, beugte sich vor und ging geduckt und mit ausgestrecktem Arm auf die Gestalt zu.

In der Wand stand sie.

Ein Geist.

»Wer bist du?«, sprach er sie an. »Verdammt, wer bist du? Und wo kommst du her?«

Die Frau in der Wand zeigte sich irritiert. Sie gab keine Antwort. Vielleicht war sie es nicht gewohnt, von einem Menschen angesprochen zu werden. In ihrem bleichen Gesicht regte sich nichts. Kein Gefühl zeigte sich dort.

Sie blieb starr.

Und Kehmet wollte es wissen. Er hatte nie an Geister geglaubt, obwohl in seiner Heimat der Aberglaube weit verbreitet war. Doch er konnte nur darüber lachen. Auch hier glaubte er an einen Scherz, den er aus seiner Zelle vertreiben wollte.

Etwas schwerfällig setzte er die Beine voreinander und warf sich plötzlich gegen das Gestein, wo sich die Gestalt abzeichnete. Er prallte gegen die harte Wand, hatte aber das Gefühl, sie dort noch kälter zu erleben, als sie es tatsächlich schon war.

Eine unnatürliche Eiseskälte kroch durch die Finger, sodass er sich gezwungen sah, seine Hände so rasch wie möglich zurückzuziehen.

Ein Spuk!

Dieser Begriff kam ihm in den Sinn, aber dann war wieder die flüsternde Stimme, die ihm entgegenschwang. »Willst du uns daran hindern, unsere Pflicht zu tun?«

Ascharow stand gebückt und starr. In seinem Kopf rotierte es, denn er hatte die Stimme zwar gehört, aber ihm war auch bewusst geworden, dass nicht die prächtig ausstaffierte Geisterfrau gesprochen hatte, sondern eine andere Person.

Aber wer und wo?

Ascharow drehte sich um.

Er tat es sehr langsam und spürte auf seinem Rücken den Schauer der Gänsehaut.

Und er sah den Gehenkten!

In der jetzt vor ihm liegenden Wandfläche zeichnete sich die Gestalt des Unheimlichen ab. Er hing am Galgen. Die Schlinge war um seinen linken Knöchel geschnürt worden. Er hing mit dem Kopf nach unten, seine Arme pendelten hin und her. Dabei öffneten und schlossen sich die Hände. Dieses Spiel beobachtete Ascharow fasziniert, bis zu dem Augenblick, wo die Pranken zugriffen.

Es war ein blitzschneller und harter Griff, dem er nicht entkommen konnte. Er spürte noch die Kälte an seinem Hals, dann griffen die Finger zu und ließen nicht mehr los.

Sie kamen dem Russen vor wie kaltes Eisen, er konnte sie nicht wegbiegen.

Kehmet röchelte. Es war mehr ein letztes Aufbäumen, bevor ihn die Schwärze des Todes umfing.

Eine alte Rache hatte ihr erstes Opfer gefunden.

In Leningrad war es viel kälter als in London. Als wir aus der Maschine stiegen, hatte ich das Gefühl, der Atem würde vor meinen Lippen gefrieren. Auch Lady Sarah Goldwyn stöhnte unter der strengen Witterung.

»Wärst du mal zu Hause am warmen Ofen geblieben.« Diese Bemerkung konnte ich mir nicht verkneifen, doch Lady Sarah schüttelte den Kopf.

»Das stimmt nicht. Ich fühle mich hier ebenso wohl. Ich muss mich nur an die Kälte gewöhnen.«

»Und wie lange dauert das?«, fragte Suko.

»Keine Sorge, so schnell kriegt man mich nicht klein.«

Das nahm ich der Horror-Oma ohne weiteres ab. Sie war schon immer etwas Besonderes gewesen. Ich stellte den Kragen meines Burberry hoch. In den Mantel hatte ich das Winterfell geknöpft, so drang der kalte Wind wenigstens nicht bis auf meine Haut.

Wir waren avisiert worden. Wie ich Wladimir Golenkow kannte, würde er uns am Flughafen erwarten, und dem war auch so. Zwei Uniformierte rahmten uns nach der Gangway ein und baten uns zu einer Limousine.

Wir fügten uns.

Der Wagen stand in der Nähe. In seinem Innern war es bullig warm. Das Fahrzeug rollte an. Es fuhr in einem großen Bogen weiter und näherte sich einem Seitentrakt des Flughafengebäudes.

Über uns lag ein grauer Himmel. Die Wolken sahen aus wie ein düsteres Meer. Es hatte schon geschneit.

Die Fahrt dauerte nicht lange. Schon bald stoppten wir vor einer breiten Glastür. Dahinter befand sich ein Flur, von dem einige Büros abzweigten. Schon die erste Tür war unser Ziel. Einer der Soldaten klopfte, und ich vernahm eine mir bekannte Stimme.

Wir durften eintreten.

Wladimir Golenkow erwartete uns. Er strahlte, er lächelte, dennoch kam mir alles vor wie eine Maske, als hätte man ihn zu diesem Gefühlsausbruch gezwungen.

»John, ich freue mich, dich zu sehen.« Er umarmte mich, dann war Suko an der Reihe, und schließlich auch Lady Sarah, die wir ihm vorgestellt hatten.

Der Russe hatte sich nicht verändert. Noch immer zeigte sein gescheiteltes Haar die flachsblonde Farbe, das Gesicht wirkte nach wie vor knochig, aber unter seinen Augen lagen dicke Ringe, die ich bei ihm noch nicht gesehen hatte.

»Du siehst schlecht aus, Wladimir«, sagte ich. »Hast du Ärger gehabt?«

Er hob die Schultern. »Es geht, hält sich in Grenzen. Ich war in der letzten Zeit eben viel unterwegs. – Wollen wir fahren?«

»Sicher. Zum Kloster?«

»Ja. Da warten sie bereits auf uns.«

Ich wurde misstrauisch. »Das verstehe ich nicht. Ist das Kloster denn bewohnt?«

»Eigentlich ja.« Er nickte und knetete seine Hände.

»Aber bestimmt nicht von Mönchen«, sagte Lady Sarah dazwischen.

»Nein, es ist eine Schule darin.«

»Das Vampir-Internat lässt grüßen«, meinte Suko.

»Wie?«, fragte der Russe.

Ich schlug ihm auf die Schulter. »Nichts, mein Lieber. Gar nichts. Lass uns fahren.«

»Ja.« Er drehte sich um und sah nicht, dass mir Suko einen nachdenklichen Blick zuwarf. Auch meinem Freund schien der Russe nicht geheuer zu sein.

So machten wir uns auf den Weg. Lady Sarah hatten wir in die Mitte genommen. Golenkow ging vor. Ich kannte ihn als einen Action-Mann. Er war immer jemand gewesen, der es nicht erwarten konnte, in den Kampf zu gehen.

Heute wirkte er müde. Sein Gang war gebeugt. Er schaute nicht nach vorn, sondern mehr zu Boden, und das kam mir ungewöhnlich vor. Diesen Mann bedrückte etwas.

Wir traten wieder in die Kälte. Über uns befand sich ein Dach. Deshalb stand auch der große, schwarze Wagen etwas geschützter. Seine Scheiben waren eisfrei.

Wladimir schloss die Türen des Volvo auf. Es war ein großes Modell der 700er Reihe. Suko und Lady Sarah stiegen freiwillig in den bequemen Fond, ich nahm auf dem Beifahrersitz Platz.

Bevor Wladimir startete, lächelte er mir noch kurz zu. Und auch dieses Lächeln sah gequält aus. Ich wollte ihn während der Fahrt zu unserem Ziel auf seine Sorgen ansprechen, falls er nicht von selbst damit anfing.

Der Volvo rollte über eine landebahnähnliche Piste und danach auf einen Seiteneingang zu.

Aus den grauen Wolken schob sich ein silbriges Etwas. Eine Maschine, die zur Landung ansetzte. Vor einem großen Tor mussten wir anhalten. Es erfolgte eine Kontrolle, Wachtposten musterten uns scharf, aber wir konnten passieren.

»Die sehen aus, als würden sie uns am liebsten fressen«, meinte Lady Sarah und drehte sich noch einmal um.

»Auch sie ärgern sich, dass sie in der Kälte stehen und Dienst schieben müssen«, kommentierte Golenkow.

»Und wie geht es dir?«, fragte ich.

Der Russe legte die Stirn in Falten. »Nicht besonders«, gab er zu. »Wirklich nicht besonders.«

»Du hast Ärger?«

»Nicht direkt. Im Gegenteil. Ich habe alles getan, was man von mir verlangte.«

Das verstand ich nicht, fragte aber zunächst nicht weiter.

Die Straße führte schnurgerade in eine flache Landschaft hinein und weg von der großen Stadt Leningrad. Ich hatte das Gefühl, als würde sich vor meinen Augen die Weite des russischen Kontinents öffnen.

Es war einfach toll, aber man konnte sich auch verloren vorkommen.

»Jetzt mal raus mit der Sprache, Towarischtsch!«, sagte ich. »Was bedrückt dich? Du bist so anders als sonst?«

»Das sieht man mir an?«

»Ja.«

Wladimir lachte. »Ich habe Freunde verraten.«

»Oh. Denunziert?«

»Nicht direkt. Aber diese Freunde seid ihr.«

Das war ein Schlag unter die Gürtellinie. »Wieso?«, hörte ich die Stimme der Horror-Oma aus dem Fond.

»Es ist ganz einfach, wenn man es weiß. Du hast in meinem Büro angerufen. Ich konnte nicht unkontrolliert telefonieren. So hat man dann gehört, was wir beide sprachen, John.«

Das war doch nicht schlimm.«

Der Russe lachte auf und strich über sein glattes Haar. »Nicht schlimm. Der Kerl, der zugehört hat, war mein direkter Chef, ein unheimlich scharfer Hund, der sich keinen Fehler leisten darf, weil er sonst in die Taiga versetzt wird. Oberst Tschigin.«

»Kenne ich nicht.«

»Kann ich mir vorstellen, John. Du bist auch nicht bei eurem Geheimdienst angestellt. Wenn du den Namen bei den entsprechenden Leuten erwähnst, werden sie hellhörig.«

»Was ist das denn für ein großer Meister?«, wollte Lady Sarah wissen.

»Er ist KGB-Mann wie ich. Und gleichzeitig Agenten-Ausbilder. Zudem Leiter einer Schule.«

»Na und?«

Wladimir lachte. »Ihr begreift nicht, weil ihr nicht begreifen könnt.«

»Dann kläre uns auf«, verlangte ich.

Golenkow steuerte nur mit einer Hand. »Es ist nicht einfach«, begann er. »Wir sind da in eine Sache hineingeraten, die an den Grundfesten des Sozialismus rüttelt, wenn ich Tschigin zitiere. Wie gesagt, das ist nicht meine Ansicht.«

»Und weshalb rütteln wir daran?«

»Weil ihr in das alte Kloster wollt.«

»Das ist doch nichts Schlimmes.«

»Doch, verdammt!«, rief Golenkow. »Es ist schlimm. Dieses Kloster steht noch. Es wird auch benutzt. Aber nicht mehr von Mönchen wie früher, sondern von Leuten des KGB. Ich will es noch genauer sagen. Das Kloster ist eine KGB-Schule, die unter der Leitung des von mir erwähnten Oberst Tschigin steht.«

Nach diesen Worten war es zunächst einmal still. Bis sich Lady Sarah wieder meldete. »Ach, du Scheibe«, sagte sie. »Auch das noch. Ein Kloster als KGB-Brutstätte. Das darf doch nicht wahr sein.«

»Es ist aber wahr.«

»Du kannst ruhig weitersprechen, Wladimir.«

»Ich fühle mich als Verräter euch gegenüber.«

»Rede doch keinen Unsinn«, sagte Suko.

»Wenn es nach mir ginge, würde ich euch in die nächste Maschine setzen und nach London zurückfliegen lassen. Das aber ist nicht möglich, ich muss euch zum Kloster schaffen und damit unter die Kontrolle des Oberst Tschigin. Er hat unser Telefongespräch mitgehört, John. Du glaubst kaum, was das für ihn alles bedeutet hat. Er freute sich fast ein Bein ab. Dass ihr in das Kloster wolltet, ist für ihn nur eine Bestätigung. Ihr seid nicht auf Geisterjagd, sondern für ihn nichts anderes als miese, dreckige Spione und Saboteure.«

»Was geschieht denn mit denen?«, fragte Sarah Goldwyn.

»Sibirien ist groß.«

»Das weiß ich«, erwiderte ich trocken. »Ich habe dort mal Werwölfe gejagt.«

»Dann kannst du dir dein Schicksal ja ausmalen.«

Ich drehte mich um und blickte in die Gesichter der beiden hinten Sitzenden. »Wie siehst du die Sache, Suko?«

»Wir fahren hin.«

»Es bleibt uns auch nichts anderes übrig«, erwiderte Wladimir. »Was meint ihr, was geschieht, wenn wir jetzt einen Rückzieher machen. Die würden uns jagen wie Hasen.«

»Das kann ich mir vorstellen«, sagte ich.

»Auch auf mich würden sie keine Rücksicht nehmen«, erklärte Wladimir. »Ich bin austauschbar. Wenn Tschigin euch hat, heften sie ihm noch einen Orden an die feiste Brust.«

»Wir werden der Sache gelassen ins Auge sehen.«

»Da ist noch etwas, das du wissen solltest, John«, fuhr der Russe fort. »Im Morgengrauen erhielt ich einen Anruf aus dem ›Kloster‹. Dort ist in der Nacht etwas passiert. Es hat einen Toten gegeben.«

»Wie?«

»Jemand starb. Einer der Schüler. Er wurde erwürgt.«

»Von wem?«

»Das ist die Frage. Es gibt keine Spuren, es gibt kein Motiv, keine Hinweise. Man fand ihn tot in seiner Zelle. Die Leute dort stehen vor einem Rätsel. Natürlich drang nichts nach außen. Nur ich habe davon erfahren und muss den Mund halten. Das Kloster steht gewissermaßen unter Quarantäne. Und dort ausgerechnet fahren wir hin. Könnt ihr euch jetzt meine Begeisterung vorstellen?«

Das konnten wir, aber wir beschäftigten uns auch gedanklich mit dem Tod des Schülers.

Suko sprach das aus, was ich dachte. »Wenn sich keine Spuren finden lassen, könnte es doch sein, dass dieser Mann durch eine Person umgekommen ist, die man als Dämon oder Geist bezeichnen kann.«

»Sag das mal Tschigin.«

»Aber es kann sein. Das Kloster birgt ein Geheimnis. Es hat jahrelang geruht. Wir haben daran gerüttelt. Es kann durchaus sein, dass Kräfte frei geworden sind, die sich gegen die Menschen stellen und eiskalt zuschlagen.«

»Ja, das ist möglich. Ich glaube es ja, aber Tschigin …« Er hob die Schultern und fügte einige Worte hinzu, die uns noch nachdenklicher werden ließen. »Dieser Mann, der erwürgt worden ist, er heißt übrigens Kehmet Ascharow, hat in der Zelle gewohnt, die einmal dem großen Magier gehörte, Rasputin.«

»Sieh mal an!«, sagte Sarah Goldwyn. »Sollte sich da ein gewisser Kreis schließen?

»Möglicherweise ist Rasputin sogar der Mörder«, vermutete Suko.

»Aber er ist tot!«, hielt Wladimir dagegen.

»Im Prinzip, ja. Nur existiert sein Geist noch. Der beste Beweis dafür ist John Sinclairs Kreuz, das von Rasputin manipuliert wurde. Daran sollten wir denken.«

Golenkow nickte und schüttelte gleichzeitig den Kopf. »Ich begreife das alles nicht. Wie schon bei den Zombies vom Roten Platz oder bei den schwebenden Leichen von Prag.«

»Wird schon werden«, sagte ich grinsend.

»Verdammt, John, du nimmst das zu leicht. Du kennst diesen Tschigin nicht. Das ist ein Schwein.«

»Wenn schon. Sollten in dem Kloster tatsächlich Dinge vorgehen, die tief in der Vergangenheit ihren Ursprung haben, wird auch einem Oberst Tschigin Hören und Sehen vergehen, das kannst du mir glauben. Wir lassen es darauf ankommen.«

»Klar. Es bleibt uns nichts anderes übrig. Ich will es mal so sagen, obwohl ich es nicht darf. Wenn wir das Kloster erreicht haben, werdet ihr in getrennten Räumen untergebracht und einzeln zu den Verhören geholt. Da macht euch auf etwas gefasst.«

»Gewalt?«, fragte die Horror-Oma.

»Glaube ich nicht. Es gibt subtilere Methoden. Man wird euch sogar die Waffen lassen, aber trotzdem seid ihr Gefangene des Klosters. Chancen, dort rauszukommen, gibt es nicht. Die Überwachung ist perfekt. Außerdem hat sich Tschigin etwas Besonderes einfallen lassen.«

»Was ist es denn?«

»Lasst euch überraschen.«

Wir fragten nach dem Weg und nach der noch vor uns liegenden Fahrstrecke.

»Unser Ziel werden wir noch im Hellen erreichen. In einer Stunde sind wir da.«

Wir rollten durch eine Tiefebene. Der Schnee lag wie ein weißes Tuch auf den Wiesen. Ich hatte das Gefühl, als hätte die Natur ihr Totenhemd angezogen.

Ich bot Wladimir eine Zigarette an. Er nahm sie, und ich sah, dass seine Hände zitterten. Dieser Verrat uns gegenüber hatte ihn innerlich aufgewühlt. Ein Mensch war zwischen Freundschaft und Pflicht hin- und hergerissen worden.

Er wollte noch Details über den Fall wissen. Ich berichtete ihm das, was ich verantworten konnte.

»Immer wieder Rasputin«, sagte Golenkow. »Dieser Name liegt wie ein Fluch über uns. Ich dachte, wir hätten nach seinem Ableben vor ihm Ruhe.«

»Leider nicht.«

»Und jetzt greift er sogar dein Kreuz an.«

»Ja, durch einen Helfer, den Götzen Baal, mit dem er in Verbindung stand. Das ist auch mir neu gewesen, aber ich besitze von Baal ebenfalls ein Pfand, den Opferdolch. Mal sehen, ob ich ihn zu unseren Gunsten einsetzen kann.«

Nach dieser Erklärung versickerte das Gespräch. Auch der Fahrer musste sich konzentrieren. Der Weg war schmaler geworden und wich einem kleinen Hügel aus. Wladimir erklärte uns, dass wir die Umgebung des Klosters schon fast erreicht hatten.

Es dauerte nicht lange, da sahen wir den Bau. Obwohl wir noch relativ weit entfernt waren, konnten wir ihn gut erkennen. Das lag an den äußeren Bedingungen.

Hinter den Mauern stand ein brandroter Sonnenball. Kraft besaßen die Strahlen der Sonne nicht mehr, aber die Umrisse des Klosters zeichneten sich trotzdem deutlich ab.

Es war ein regelrechter Koloss. Sehr breit und wuchtig. Nicht sehr prachtvoll angelegt, mehr zweckmäßig und im Rechteck gebaut. Wahrscheinlich befand sich hinter den dicken Mauern ein großer Innenhof. Ich konnte mir vorstellen, dass sich dieses Gebäude sehr leicht als KGB-Schule hatte umfunktionieren lassen.

So etwas wie einen Turm gab es auch. Und zwar an der Westseite ragte ein viereckiger Klotz über das Mauerwerk hinweg, auf dessen Dach helle Antennen blitzten.

»Wenn die einzelnen Zellen noch so primitiv wie früher sind«, erklärte Wladimir, »an Elektronik ist einiges eingebaut worden. Zudem gibt es eine vom normalen Stromnetz unabhängige Energieversorgung.«

»Man kann dort also leben.«

»Ja, John, man kann.« Er lachte leise.

Große Schrifttafeln, deren Text ich nur erraten konnte, wiesen darauf hin, dass wir uns einem militärischen Sperrgelände näherten.

Das Gelände vor dem Kloster wirkte so, als wäre es rasiert

worden. Braune Erde, die an einigen Stellen noch Schneeflecken zeigte. Auf den Spitzen der Mauern sah ich jetzt kleine Postenhäuschen, aus denen wir beobachtet wurden.

»Die hatten uns schon lange im Visier«, erklärte Wladimir.

»Wenn mans nicht weiß, ist es nicht tragisch.« Wir fuhren die letzten Meter und stoppten.

Das Tor war nachträglich eingebaut worden. Es bestand aus armdicken Gitterstäben. Dahinter lag ein großer Hof, über den Kommandos schallten. Ich sah zwei Wachhäuschen dicht hinter dem Tor, das sich plötzlich aufschob, als würde es von Geisterhänden bewegt.

Wir hatten freie Fahrt.

Ein Uniformierter, der mit einer Maschinenpistole bewaffnet war, winkte uns nach links.

Ich verspürte leichtes Magendrücken. Egal ob Soldaten oder Grenzbeamte, Uniformen mochte ich nicht besonders. Sie konnten einen Menschen völlig verändern.

Wir fuhren einen Bogen und stoppten neben einer Treppe, die sehr breit und wuchtig aussah. Sie endete an einer Bogentür. Über ihr standen ebenfalls Schriftzeichen im Mauerwerk.

»Dann wollen wir mal aussteigen«, sagte Wladimir und sah mich noch einmal an. »Ich halte zu euch, trotz allem. Klar?«

»Sicher.«

Wir verließen den Volvo. Ich hinter unserem Fahrer. Suko war Lady Sarah behilflich, die sich über ihre Knochen beschwerte, die während der Fahrt steif geworden waren.

Mein Blick glitt über den großen Innenhof. Er war sehr trist. Ein richtiger Exerzierplatz. Eine Gruppe Schüler stand am anderen Ende und hörte auf die bellenden Kommandos eines Ausbilders, der wie ein kleiner König vor ihnen stand.

Es führten auch Fenster zum Innenhof hin. Hinter einigen brannte Licht. Die Umrisse eines Menschen zeichneten sich jedoch an keinem der Rechtecke ab.

Uns war nicht entgangen, dass man uns mittlerweile eingekesselt hatte. Vier Soldaten mit angeschlagenen

Maschinenpistolen umstanden uns in einiger Entfernung. Sie trugen lange Mäntel und auf den Köpfen Pelzkappen. Der Sowjetstern blinkte an der Vorderseite der Kappen wie ein Fanal.

»Die sehen aus wie frierende Zombies«, meinte Lady Sarah, als sie sich die Soldaten anschaute. »Widerlich.« Sie zog die Nase hoch. »Eigentlich wollte ich ja in die Wärme. Die Russen sollen doch so gastfreundlich sein. Davon habe ich hier noch nichts bemerkt.«

»Wird schon noch kommen!«, tröstete Suko sie.

Lange brauchten wir nicht zu warten. Die Bogentür am Ende der Treppe öffnete sich. Wladimir Golenkow erschien dort. Er winkte uns nur knapp zu.

Wir hatten das Zeichen verstanden und schritten die Stufen hoch.

Als wir den KGB-Mann passierten, sah ich, dass er blasser geworden war. »Tschigin ist in Hochform«, flüsterte er. »Der Kerl hat noch immer keine Spur des Mörders gefunden.«

»Das wird ihm auch kaum gelingen«, gab ich ebenso leise zurück, bevor ich den düsteren Gang betrat, in dem es nach Bohnerwachs und Büro roch. Hier musste die Leitung der KGB-Schule untergebracht sein.

An den Wänden hingen die Bilder der führenden Sowjetpolitiker, natürlich auch ein übergroßes Foto von Lenin.

Lady Sarah hatte sich bei mir eingehakt. Suko ging hinter uns. An einem Heizkörper gingen wir vorbei und betraten danach das Büro des Schulleiters Oberst Tschigin.

Man hatte ihn mir zuvor nicht beschrieben, aber so ungefähr hatte ich mir den Knaben vorgestellt. Nicht sehr groß, eher klein. Ein Mongole, mit einem breiten Gesicht und einer blaugrau schimmernden Haut, die sogar einen Stich ins Violette hatte, was aber an der Deckenleuchte liegen konnte, die ihr Licht fächerförmig verteilte.

Er grinste uns an. Ja, ein Lächeln war es nicht, nur ein kaltes Grinsen, das die Freude über seinen tollen Fang nicht verbergen konnte. Wladimir schloss die Tür.

Ich drehte den Kopf und sah, dass er sich von innen dagegen gelehnt hatte.

Tschigin stand hinter seinem Schreibtisch. Es gab nur einen Besucherstuhl. Lady Sarah wollte dem Offizier den Schneid abkaufen und sagte spitz: »In zivilisierten Ländern ist es üblich, dass man Damen einen Sitzplatz anbietet.«

Tschigin grinste nicht mehr. »Sie werden bald lange genug sitzen können, Mrs Goldwyn«, erwiderte er in einem leidlich guten Englisch. »Jetzt aber rede ich.«

»Bitte.«

Er beugte sich vor und stemmte seine Hände gespreizt auf den peinlich aufgeräumten Schreibtisch. »Sie haben es sich zu einfach gemacht«, erklärte er, »viel zu einfach. Sie sind in unser Land gekommen, um zu spionieren. Ausgerechnet dieses Kloster, das eine der besten Schulen beherbergt, wollten Sie auskundschaften.«

Ich konnte nicht mehr an mich halten. »Reden Sie doch keinen Unsinn, Tschigin! Sie wissen genau, dass es nicht stimmt. Wie kann man nur so verbohrt oder in seiner Ideologie verstrickt sein? Was Sie uns da erzählt haben, glauben doch nur Idioten!«

Tschigin wurde bleich. Ich hatte das Gefühl, als würde es ihn vor Wut jeden Augenblick zerreißen. Dann drosch er mit seiner flachen Rechten auf den Tisch, dass es knallte. »Was Sie da gesagt haben, Sinclair, reicht für eine Haftverschärfung.«

»Und weswegen klagen Sie uns an?«

»Spionage, Sabotage, Infiltration.«

»Nicht Mord?«, fragte ich beinahe sanft.

Der Mund des Offiziers klappte zu. »Was meinen Sie denn damit?« erkundigte er sich lauernd.

»Haben Sie nicht einen Mordfall im Kloster gehabt?«

»Das wissen Sie?«

»Ja.«

Er grinste wieder. »Dann kennen Sie wahrscheinlich auch den Täter.«

»Den können Sie suchen. Ich kann Ihnen sogar einen Hinweis geben. Denken Sie mal an Rasputin. Wenn Sie mit ihm Kontakt aufnehmen, wird er …«

»Halten Sie den Mund!«, schrie Tschigin und schaute Golenkow böse an. »Was haben Sie ihm erzählt?«

»Nicht viel, Oberst. Vielleicht kann er wirklich den Mord aufklären. Denken Sie mal nach.«

»Wollen Sie in die Verbannung?«

»Bestimmt erst nach Ihnen, Oberst«, sagte Lady Sarah trocken und brachte damit das Fass zum Überlaufen. Tschigin klingelte nach seiner Wache. Sekunden später sahen wir uns von finsteren Typen umringt, die schwer bewaffnet waren.

»Abführen. In Einzelzellen! Diesen blonden Kerl schafft in die Todeszelle!«

Mit mir und Suko ging man nicht gerade sanft um. Dass sie Lady Sarah ähnlich behandelten, passte mir überhaupt nicht. Aber die Horror-Oma wusste sich selbst zu wehren. Sie riss einem der Kerle die Mütze ab und gab dem völlig Überraschten eine Ohrfeige. Der Knabe schaute so dumm aus der Wäsche, dass selbst Tschigin lachen musste. Er stellte einen anderen zur Bewachung der Horror-Oma ab.

Wladimir Golenkow erhielt die Aufgabe, Suko und mich zu entwaffnen. Das war gut so, er nahm uns nur die Berettas ab, die anderen Dinge konnten wir behalten.

Bevor wir abgeführt wurden, rief Tschigin uns noch etwas nach. »Die Zellen sind nicht geheizt. Hoffentlich frieren Ihre Gedanken nicht ein. Außerdem werden Sie, Sinclair, das Vergnügen haben, in der Todeszelle zu sitzen. Wenn es ein Geist war, wie Sie ja immer glauben, kann es sein, dass wir bald auch Ihre Leiche finden.«

Ich ersparte mir eine Antwort. Von zwei Soldaten wurden wir abgeführt. Wladimir blieb zurück. Wir gelangten auf Umwegen und durch düster wirkende Flure in einen Teil des Klosters, wo die Schüler untergebracht waren.

Zuerst erreichten wir meine Zelle. Ich musste die Tür aufreißen und wurde über die Schwelle gedrückt. Man rammte sie so schnell und hart hinter mir zu, dass sie mir fast ins Kreuz gedonnert wäre. An einem Tisch hielt ich mich fest.

Es war düster. Durch das schmale Fenster fiel nur schwach das Tageslicht. Eine so karge Zelleneinrichtung hatte ich selten gesehen. Da lebten unsere Gefangenen in den Zuchthäusern und Gefängnissen noch komfortabel.

Ich fand keinen Stuhl. Wahrscheinlich hatte man ihn entfernt. So musste ich mich auf die Kante des muffig riechenden Lagers setzen, das verdammt hart war.

Ich lauschte zur Tür hin. Noch hörte ich Schritte, das Schlagen von Türen, dann wurde es still.

Meine Situation war zwar mehr als bescheiden, aber ein trockenes Lachen konnte ich mir trotzdem nicht verkneifen. Wenn mir am gestrigen Tag jemand gesagt hätte, dass ich vierundzwanzig Stunden später in der Zelle einer russischen KGB-Schule sitzen würde, den hätte ich ausgelacht. Es war nun mal so, und ich konnte nichts daran ändern.

Wie würde es weitergehen?

Auf diese Frage konnte ich mir selbst eine Antwort suchen. Ich jedenfalls war der Gefangene. Umgeben von vier Wänden und einem schmalen Fenster, durch das höchstens ein Zwerg gepasst hätte. Die Mauern waren dick, nicht zu durchbrechen. Ein wenig fühlte ich mich wie der Graf von Monte Christo, den man auch in einen Kerker geworfen hatte, damit er dort verschimmelte.

Ich würde nicht so lange bleiben, denn Tschigin, dieser Widerling, wollte sicherlich etwas wissen.

Verhör nannte er das. Wenn er da Erfolge hatte, konnte er sich einen Orden an die Brust heften.

Meine Zigaretten hatte man mir gelassen. So zündete ich mir zunächst einmal ein Stäbchen an. Den Rauch blies ich in Richtung Fenster, wo sich die grauen Wolken verteilten. Ich dachte über den Mordfall nach, der sich hier ereignet hatte.

Einen der Schüler hatte es also erwischt. Aber aus welchem Grund? Wer kam als Killer in Frage?

Tatsächlich ein Außenstehender, ein Geist oder Dämon, für den dicke Mauern kein Hindernis darstellten?

Rechnen musste ich damit. Ich glaubte nicht daran, dass die eigenen Kollegen jemanden aus ihrer Mitte umbrachten. So dumm war keiner von ihnen. Die Asche fiel ab, ich nahm noch einen Zug und trat die Zigarette auf dem Steinboden aus.

Als ich mich erheben wollte, um die Zelle zu durchsuchen, spürte ich das scharfe Brennen auf der Brust.

Mein Kreuz!

Ich zog es hervor, legte es auf meine Handfläche und sah dorthin, wo sich die vier Balken trafen. Mein Blick wurde von dieser Stelle magisch angezogen.

Noch immer zeichnete sich das Gesicht des Fürsten Rasputin dort ab. Seine Züge waren genau zu erkennen, das lange Haar, das wie Fetzen wirkte, die seinen Kopf umrahmten.

Und ich sah das Grinsen auf seinem Gesicht, wobei sich gleichzeitig die Lippen bewegten.

»Willkommen in meinem Kloster, John Sinclair!«

Er, Rasputin, hatte die Worte gesprochen. Sie waren leise, flüsternd und gleichzeitig so laut, dass ich das Gefühl hatte, als würden sie aus Boxen dringen, die überall im Raum verteilt standen. Ein Partner aus dem Reich der Geister hatte mit mir gesprochen, wobei ich mich fragte, ob diese Person tatsächlich zu meinem Partner werden konnte.

Ich antwortete zunächst nichts, aber ich erkannte, dass sich die Konturen des Gesichts schärfer hervorhoben, als hätten sie vorgehabt, das Kreuz zu verlassen.

Es gab nur ihn und mich. Um uns herum war es still geworden. Auch von außen her drangen keine Geräusche in die Zelle. Er wollte etwas von mir, und so wartete ich ab, bis er sich wieder meldete.

Das dauerte nicht einmal lange. »Mit Blut geschrieben!«, hauchte die Stimme wieder. »Mein Testament ist mit Blut geschrieben worden. Du bist gekommen, um es zu finden. Du hast den richtigen Ort erwählt. Mein Testament befindet sich in diesem Kloster. Ich habe es hier geschrieben und das zu Papier gebracht, was mein Leben ausmacht. Viele meiner zahlreichen Geheimnisse decke ich darin auf. Ich weiß, welche Kräfte das Leben leiten. Ich bin eingegangen ins Jenseits, aber ich bin nicht ausgeschaltet.«

»Wo befindet sich dein Testament?«

Ich hatte die Frage gestellt und hörte sein Lachen. »So einfach ist es nicht, John Sinclair. Nicht jeder kann hingehen und es an sich nehmen. Man muss Bedingungen erfüllen.«

»Welche?«

»Hast du die Karten?«

Verdammt, die hatte ich nicht, sondern Lady Sarah. »Leider trage ich sie nicht bei mir.«

»Das ist schlecht, denn Hesekiels Karten weisen dir den Weg zu meinem Testament. Nur die Karten, Sinclair, die Magie des Tarocks. Hesekiel und der Götze Baal waren Feinde, aber die Karten hatten die Verbindung zwischen ihnen hergestellt. Hast du den Dolch bei dir?«

»Ja.«

»Das ist gut. Dann wirst du dich auch befreien können.«

»Ich werde bewacht.«

»Vergiss die Menschen, Sinclair. Denk an Baals Opferdolch. Kann er nicht den Fels zerschneiden, die Wände verglühen lassen? Hast du das nicht schon einmal mit eigenen Augen gesehen?«

Ich erinnerte mich an das Krematorium und nickte. »Ja, es wurde mir bewiesen.«

»Deshalb musst du auch hier an seine Kraft glauben, die dir die Befreiung gibt.«

Ich konnte nichts dagegen sagen. Mich wunderte nur, dass dieser Geist dies alles für mich tun wollte, und danach fragte ich ihn. »Weshalb willst du mir helfen?«

»Ich habe lange genug im Zwischenreich dahinvegetiert. Während ich noch lebte, habe ich geforscht. In diesem

Kloster saß ich, um über den Sinn des Lebens und des Todes nachzudenken. Ich wollte den Tod überlisten und fand Kontakt zu Baal. Nur er kann mich befreien. Deshalb will ich, dass er zu mir kommt.«

»In dieses Kloster?«

»So ist es!«

Ich musste schlucken. Was Rasputin da sagte, klang zwar wie der helle Wahnsinn, war aber bei längerem Nachdenken nicht so ohne weiteres von der Hand zu weisen. Er hatte zu seinen Lebzeiten den Kontakt zu Baal gesucht. Jetzt war er abgebrochen. Nun wollte Rasputin oder sein Geist die Brücke finden, die ihn wieder zu diesem Götzen hinführte.

Das war nun mal der grüne Opferdolch.

Um den Kontakt herstellen zu können, brauchte er mich gewissermaßen als Helfer.

Allmählich durchschaute ich den Plan und war noch im Nachhinein froh, dass es mir gelungen war, Akim Samaran den Opferdolch abzunehmen. »Ich bin einverstanden und verlasse mich auf dich!«, erklärte ich.

»Gut, dann werden wir beginnen!«, drang die flüsternde Stimme aus meinem Kreuz, und das genau brachte mich auf einen Gedanken, den ich in eine Frage kleidete.

»Du bist ein Abtrünniger des Glaubens, Rasputin. Wie ist es dann möglich gewesen, dass du dich auf dem von Hesekiel geschaffenen Kreuz gezeigt hast? Das Kreuz dient dem Guten. Die vier Haupterzengel haben es nicht nur geweiht, sondern auch ihre Zeichen hinterlassen. Gib mir jetzt und hier die Antwort.«

Da lachte er. Und dieses Lachen trieb mir einen kalten Schauer über den Rücken, weil es so siegessicher klang. »Deine Gedanken drehten sich nur in eine Richtung, und das genau ist dein Fehler. Du solltest anders denken. Wie du weißt, liegen Gut und Böse dicht beieinander. Manchmal ist die Grenze fließend. Dein Kreuz ist dem geweiht worden, zu dem ich anfangs auch stand, aber ich will dir etwas mitteilen, das du längst weißt. Es gibt eine Stelle auf deinem Kreuz, die wurde von einer anderen Kraft angegriffen, und dieser Angriff war sehr erfolgreich. Da hat die Hölle zugeschlagen und das weggenommen, was einmal dort gestanden hat. Diese Zeichen sind etwas Besonderes gewesen, ich weiß das. Nun sind sie verschwunden, und für gewisse Kräfte ist diese Stelle frei geworden. Deshalb konnte ich die Spur aufnehmen und mich dort zeigen. Dagegen können selbst deine großen Beschützer nichts tun. Du musst dich damit abfinden, dass dein Kreuz einen Schwachpunkt hat.«

Es waren harte, gleichzeitig auch erklärende und irgendwie beruhigende Worte. Ich hatte zu lange darüber nachgedacht, wie es Rasputin gelungen sein konnte, an mein Kreuz zu gelangen.

Jetzt wusste ich es.

»Zufrieden?«, fragte er mich.

»Ja.«

»Dann hol den Opferdolch hervor. Nimm ihn, ich weiß, dass du ihn hast. Und du wirst seine Kräfte erkennen, die dir den Weg zu meinem Testament bahnen.«

Mich wunderte es, dass er so freigiebig mit seinen Informationen war, deshalb fragte ich ihn nach dem Grund.

»Es ist mein Spiel, das ich hier durchführe.«

»Willst du denn, dass dein Testament in meine Hände gerät?«

»Vielleicht.«

»Weshalb?«

»Ich will vor allen Dingen das Kloster zurückhaben. Es soll wieder eine Hochburg schwarzmagischer Forschung werden, und ich habe es bisher nicht schaffen können, die anderen zu vertreiben. Das hat sein Ende gefunden. Jetzt seid ihr mit den entsprechenden Waffen da.«

»Gut, und wo finde ich das Testament?«

»Leider nicht hier. Ich habe es in der Zelle versteckt, in der ich es geschrieben habe. Dort musst du hin. Die Tür wird dir kein Hindernis mehr sein. Setze den Dolch ein. Er wird das Holz vor deinen Augen verbrennen.«

»Man würde es merken und auf mich schießen.«

»Vertraust du deinen Kräften so wenig?«

»Ja, ich bin nicht kugelfest.«

»Dann wird es dir nie gelingen, mein Testament zu finden. Man hält das Kloster für sicher. Die Menschen haben es in eine Festung verwandelt, die niemand stürmen kann. Aber sie haben vergessen, dass es noch andere Kräfte gibt, die sich darum nicht scheren. Niemand steht vor deiner Tür und hält Wache. Niemand kann dich stören. Die Schüler sitzen in ihren Zellen. Sie haben einen strikten Befehl und werden sie nicht verlassen. Ist dir das klar?«

»Sicher.« Ich lachte leise. »Wenn ich dir dabei vertrauen kann.«

»Das kannst du, das musst du!«

Ich sah, bevor ich mir die Kette wieder über den Hals streifte, noch einmal auf das Kreuz.

Rasputin starrte mich an. Nase, Mund und Augen waren deutlich zu erkennen. Gerade in die Augen blickte ich hinein, um dort nach einer Spur von Falschheit zu suchen.

Ich entdeckte nichts, was mich gestört hätte, sah ich mal von der schwarzmagischen Manipulation des Kreuzes ab. Ich streifte die Kette über den Kopf und ließ das Kreuz frei vor meiner Brust baumeln.

»Nimm den Dolch!«

Er steckte unter meinem Mantel, den ich noch immer trug. Die beiden obersten Knöpfe öffnete ich, den Gürtel ließ ich verknotet. Ein sicherer Griff an der Beretta vorbei, und die Finger meiner Rechten fanden zielsicher den Opferdolch.

Langsam zog ich ihn hervor.

Der dunkle Griff verschwand in meiner Faust. Hervor ragte nur die Klinge, die eine ungewöhnliche Form aufwies, an der Oberseite schmal war und darunter einen Halbkreis bildete, der Ähnlichkeit mit dem einer kleinen Sense aufwies.

Ich mochte die Waffe nicht. Mein Silberdolch wäre mir lieber gewesen. Vielleicht erhielt ich noch einmal die Chance, die beiden Waffen gegeneinander zu tauschen.

Die giftgrüne Farbe der Stichwaffe wies auf das Druidenland Aibon hin. Aber das hatte mit diesem Opfermesser nichts zu tun. Jedenfalls hatte ich bisher keine Hinweise darauf erhalten. Ganz sicher sein konnte man da nie.

Ich hielt es in der rechten Hand und zog dabei ein Gesicht, als wollte ich es wegwerfen. Es kostete mich Überwindung, mit dem Messer eines Götzen die Freiheit zu suchen. Wenn ich daran dachte, dass Blut zahlreicher Opfer an der Klinge klebte, hätte ich den Dolch am liebsten aus dem schmalen Fenster geschleudert.

Andererseits musste ich realistisch sein. Ich saß zwar nicht gerade in einer Todesfalle, aber doch hinter dicken Klostermauern gefangen, und da musste ich jede Chance nutzen, um zu entwischen.

Rasputin führte mich. Er sprach die Worte wieder flüsternd und wies abermals auf den Opferdolch hin.

»Du musst ihn nur richtig einsetzen, John Sinclair, das ist alles. Sieh zu, dass er seine Kraft entfaltet. Ich helfe dir, so gut es geht.«

»Schon gut.«

Nur zwei Schritte benötigte ich, um die Tür zu erreichen. Noch hielt ich das Messer fest, die Spitze wies ins Leere, doch Sekunden später hatte sie Kontakt mit dem Holz, und zwar in Höhe des Schlosses an der rechten Seite.

Nichts geschah.

Ich wurde unruhig. Sollte ich das verdammte Messer vielleicht noch aktivieren wie auch mein Kreuz? Oder sollte ich Baal darum bitten, dass es reagierte? Das hätte ich nicht fertig gebracht.

Das Messer musste einen Anstoß erhalten, um seine Kraft entfalten zu können. Dafür sorgte nicht ich, sondern mein unfreiwilliger Partner Rasputin. Sein Flüstern war diesmal nicht an mich gerichtet, meinte einzig und allein den Opferdolch oder auch Baal.

Er sprach Worte, die ich nicht verstand. Wahrscheinlich war es Althebräisch. Es hörte sich rau und kehlig an.

Und der Dolch reagierte tatsächlich.

Die Klinge glühte auf. Es war ein inneres grünes Feuer, das ihn unter Kontrolle hielt, und ich erlebte zum ersten Mal die Kraft dieser Klinge am eigenen Leibe.

Sie drang durch die Tür.

Das Holz war verflucht hart. Auch Sukos Karatefäuste hätten es bestimmt nicht zertrümmert, aber die magische Wunderkraft des Dolches sorgte dafür, dass der Raum um das Schloss regelrecht aufgeschält wurde. Ich brauchte meine Hand kaum zu bewegen. Der Dolch schien sich selbstständig gemacht zu haben. Ein leichter Druck reichte schon aus, um das Holz zu vernichten. Es schmolz. Aus ihm wurden glühende Tropfen, die vor meinen Fußspitzen zu Boden klatschten, erkalteten und als eine Art von Schmier liegen blieben.

Ein Phänomen, dessen Kraft ich für mich in Anspruch nehmen konnte, denn die Tür war offen.

Ich vernahm Rasputins leises Lachen. »Willst du die Zelle nicht verlassen und dich auf die Suche nach dem Testament machen?«

»Nein.«

»Weshalb nicht?«

»Weil jemand kommt.«

Es war kein Bluff gewesen, ich hatte tatsächlich Schritte gehört, die durch den Gang hallten und sich meiner Zellentür näherten. Dem Klang nach zu urteilen, mussten es zwei Personen sein, die mich besuchen wollten, und ich ging zurück.

Auch mein nicht willkommener Partner hatte bemerkt, dass sich eine Gefahr näherte. Aber er lachte, und ich hörte sein Wispern. »Sie werden sich wundern, du wirst dich wundern.«

Zunächst verstummten die Schritte vor der Tür. Den Bewachern musste aufgefallen sein, dass etwas mit dem Schloss geschehen war, denn sie sprachen erregt miteinander.

Dann stießen sie die Tür auf. Sie hatten mit den Füßen dagegen getreten, trieben die Tür nach innen, standen plötzlich frei vor mir, und ich sah in die beiden dunklen Mündungen der auf mich gerichteten Maschinenpistolen.

Oberst Tschigin starrte seinen Untergebenen an wie eine Schlange, die vor dem Kaninchen saß und überlegte, ob es das Tier gleich oder erst später fressen sollte.

»Was haben Sie sich dabei gedacht, Genosse?«

»Wobei?«

Tschigin sprang auf. »Bei Ihrem Verrat.« Er streckte den Arm so heftig aus, dass seine Orden auf der Brust anfingen zu klirren. »Sie haben den verfluchten Spionen von einem Mord in unserer Schule berichtet. Das darf doch nicht wahr sein. Wissen Sie eigentlich, was Sie da getan haben, Golenkow?«

»Ich habe so gehandelt, wie ich handeln musste!«

Tschigins Augen wurden noch schmaler. »Diese Antwort zeigt mir, wie uneinsichtig Sie sind. Aber eines will ich Ihnen sagen. Sie haben in der Vergangenheit Glück gehabt und einiges geleistet. Das ist vorbei. Ich persönlich werde dafür sorgen, dass man Sie nach Sibirien versetzt. Sie bekommen dort einen wundervollen Außenposten. Drei Monate im Jahr eisfrei. Darauf können Sie sich dann immer freuen. Ansonsten bleiben Sie dort wie lebendig begraben.«

»Das traue ich Ihnen zu.«

»Können Sie auch, Golenkow.«

»Aber nur, wenn Sie überleben, Oberst.«

Tschigin hob seine dünnen Augenbrauen, die in dem Gesicht kaum auffielen. »Wollen Sie das bitte näher erklären?«

»Noch mal?«

»Ja. Sie haben mich neugierig gemacht. Ich will erleben, wenn sich jemand um seinen Kopf redet.«

»Sie können sich vorstellen, dass ich meine englischen Bekannten nicht umsonst ins Land geholt habe. Wenn uns jemand helfen kann, dann sind sie es. Sie kennen sich aus, ich habe John Sinclair und auch Suko bei Einsätzen begleitet. Wir haben Zombies in Sibirien gejagt, die ein Atomkraftwerk besetzt hielten. Ich habe in Prag den Golem erlebt und auch die schwebenden Leichen.«

»Das interessiert mich nicht!«, unterbrach der Oberst ihn. »Ich will wissen, was Sie hier vorhaben!«

»Vielleicht will ich das Kloster retten.«

Tschigin lachte. »Mit den beiden?«

»Ja.«

»Das glauben Sie doch wohl selbst nicht. Wen können diese Spione schon retten?«

»Uns.«

Tschigin schüttelte den Kopf dabei. »Uns, sagen Sie. Das gibt es doch nicht. Sie werden alles verraten, wenn sie zurückgehen. Aber das wird nicht geschehen. Dafür sorge ich.«

»Und der Mörder des Genossen Ascharow?«, fragte Wladimir.

»Was ist mit ihm?«

»Haben Sie sich über ihn noch keine Gedanken gemacht, Genosse Oberst?«

»Selbstverständlich habe ich das«, erwiderte der Offizier im ärgerlichen Tonfall.

»Dann müssen Sie auch meine Ansicht akzeptieren, falls Sie nicht davon ausgehen, dass Ascharow von einem seiner Kameraden ermordet worden ist.«

»Kommen Sie mir nicht wieder mit diesem Geist!«

»Doch, damit komme ich Ihnen. Damit muss ich Ihnen kommen. Es gibt keine andere Möglichkeit. Dieser Geist ist der des Magiers Rasputin. Er kam aus einem Zwischenreich zurück und …«

»Hören Sie auf!«, brüllte der Oberst. »Wer glaubt denn einen solchen Mist, verdammt!«

Golenkow streckte seinen Arm aus. Der Zeigefinger zeigte wie eine Speerspitze auf den kleineren Oberst. »Sie müssen das glauben. Sie ganz allein. Haben Sie verstanden?«

»Vielleicht.«

»Nicht nur vielleicht, sondern …«

Eigentlich hätte die sanfte Art des Vorgesetzten Wladimir warnen müssen, aber er achtete nicht darauf und sprach so lange weiter, bis der Oberst eine seiner Beutewaffen zog und die Mündung auf den KGB-Agenten richtete. »Es reicht!«

Wladimir verstummte. Sein Gesicht hatte eine rote Farbe angenommen. »Wollen Sie mich jetzt mit einer geweihten Silberkugel erschießen? Damit ist diese Waffe nämlich geladen.«

Tschigin hob die Schultern. »Wenn Sie mir keine andere Wahl lassen, werde ich abdrücken!«, drohte er. »Was Sie mir an den Kopf geworfen haben, reicht für den Kerker. Und da kommen Sie rein. Sie werden mit Ihren Westfreunden zusammen abgeurteilt und …«

»Darf ich noch eines sagen, Oberst?«

»Ungern.«

»Falls es Ihnen wirklich gelingt, mich vor ein Gericht zu stellen, werde ich natürlich auspacken müssen.«

»Tun Sie das ruhig.«

»Ich kenne da ein Mädchen. Die meisten sagen Natascha zu ihr, denn sie hat mehrere Freunde. Mir hat mal jemand berichtet, dass sie noch schärfer wäre, als es Katharina die Große damals gewesen ist. Und dieser Jemand kannte Natascha gut. Er wusste auch, dass unter anderen ein gewisser Oberst Tschigin bei ihr verkehrt hat. Natascha soll ihn weich bekommen haben. In ihren Armen und unter ihren streichelnden Händen wurde dieser Oberst zu Wachs.«

Tschigin war blass geworden. Sein rechter Arm sank nach unten. Die Mündung der Waffe wies auf die Schreibtischplatte, und Wladimir war noch nicht am Ende.

»Ich tue es nicht gern, Oberst. Aber Sie lassen mir keine andere Wahl. Es wäre doch nicht gut, dass man diese Natascha vor ein Gericht zerrt. Gerade wo unser Vorsitzender mit seiner Aktion saubere Sowjetunion beginnt. Käme Ihnen das tatsächlich alles so gelegen, Oberst? Wahrscheinlich würden wir beide uns dann in Sibirien wiedertreffen. Drei Monate im Jahr eisfrei. Herrlich, nicht?«

»Hören Sie auf, verdammt!« Auf Tschigins breitem Gesicht waren Schweißperlen erschienen. Er holte tief Luft. »Was, zum Henker, wollen Sie, Golenkow?«

»In Ruhe arbeiten.«

»Das können Sie.«

»Nicht, wenn Sie sich einmischen, Genosse Oberst. Dieser Fall ist anders als die übrigen, das will ich Ihnen sagen. Sie müssen die Existenz geheimnisvoller Kräfte schon in Kauf nehmen. Auch der Tod eines der Schüler geht auf das Konto eines Dämons.«

»Rasputin, wie?«

»Ich nehme es an.«

Tschigin lag eine scharfe Erwiderung auf der Zunge, unterdrückte sie aber, als er an Natascha dachte. Er steckte die Waffe wieder ein. »Und Sie wissen eine Möglichkeit, wie man diesem Dämon an den Kragen gehen kann?«

»Nicht genau, aber es gibt da den Engländer, den Sie als Spion verdächtigen.«

»Was soll ich?«

»Lassen Sie die drei frei, Genosse Oberst. Wenn es jemand schaffen kann, dann diese Leute. Man nennt ihn nicht umsonst den Geisterjäger. Er versteht sein Geschäft. Wie oft soll ich das noch wiederholen? Dieser Mann und sein Kollege Suko.«

»Still!« Tschigin hatte laut gesprochen und huschte um seinen Schreibtisch herum. Er wollte die Tür öffnen, denn er hatte auf dem Gang die lauten Rufe vernommen.

Die Tür schwang nach innen.

Nicht von Tschigin geöffnet, sondern von einem Soldaten, der seinen Chef hatte besuchen wollen. Der Mann war kalkweiß im Gesicht, das Grauen stand in seinen Augen.

Tschigin schüttelte ihn durch. »Was, verdammt noch mal, ist mit Ihnen los?«

»Genosse Oberst. Der Engländer ist frei. Und mein Freund, mit dem ich Wache hatte, ist ...«

Wladimir Golenkow konnte sich vorstellen, dass Schreckliches passiert war. An den beiden Männern huschte er vorbei durch die offene Tür, erreichte den Gang und rannte dorthin, wo die Zellen der ehemaligen Mönche lagen.

Die Wachtposten waren darauf getrimmt, sofort zu schießen, das wusste ich, und ich sah ihre Finger, die an den Abzügen lagen. Ein leichter Druck nur reichte aus, und ich würde von zahlreichen Kugeln durchlöchert werden.

Deshalb blieb ich starr stehen und zwinkerte nicht mal. Sekunden vergingen. Die noch jungen Gesichter unter den Fellmützen zeigten einen harten, entschlossenen Ausdruck. Mir kamen die Blicke düster vor, vielleicht mussten Soldaten auch so schauen, da glichen sich alle Armeen der Welt.

Diese beiden hier waren durcheinander. Sie flüsterten miteinander, und ich verstand nichts. Einer von ihnen deutete auf das Schloss. Dann wurde sein Blick starr, denn er hatte den grün glühenden Dolch in meiner Hand entdeckt und auch das offen vor meiner Brust hängende Kreuz. Wahrscheinlich schaute er auch in das Gesicht in dessen Mitte und wusste nicht, was er damit anfangen sollte.

Dafür aber Rasputin. Zuerst hörte ich sein leises Lachen, dann die flüsternde Stimme: »Sie sind verloren, Sinclair. Sie haben etwas gesehen, das sie nicht sehen durften. Gib genau Acht.«

Ich gab Acht und konnte das Kommende doch nicht verhindern. Der Dolch in meiner rechten Hand schien plötzlich zu brennen. Ich wollte ihn packen, festhalten, aber da war die Kraft, die nicht allein meinen Arm nach vorn riss, auch den Dolch aus den Fingern schleuderte, sodass er über die MPi hinweg in die Brust des Soldaten stieß.

Er rammte durch den dicken Mantelstoff. Der zweite Soldat schrie irgendetwas, er schoss zum Glück nicht und starrte auf seinen Kameraden, der rückwärts ging und nur zwei kleine Schritte schaffte, denn plötzlich leuchtete er von innen her auf und brach zusammen. Er hatte keinen Halt mehr. Unter seiner Mütze verging das Gesicht, wurde zu einer dunkelgrauen fließenden Masse, als würde Lavastaub aus einem Loch nach unten fließen. Dann schlug er auf.

Der zweite Mann schaute mir ins Gesicht. Seine Augen weiteten sich. Von Panik erfüllt, rannte er davon.

Ich stand da wie vom Donner gerührt und blickte auf den Toten, der zu Asche geworden war. Der Mantelstoff lag eingedrückt und in einer krummen Linie vor mir. Aus ihm ragte noch der Dolchgriff.

Ich hatte den jungen Soldaten getötet!

Der Vorwurf traf mich wie ein Hammerschlag und trieb mir das Blut in den Kopf. Ich fühlte mich schuldig, aber war ich das wirklich? Hatte ich nicht zu retten versucht, was noch zu retten war?

Natürlich, aber die andere Macht, die des Götzen Baal, war stärker gewesen. Sie hatte Gewalt über mich bekommen, und das Wissen darum trug dazu bei, dass ich so überreagierte.

Durch die Nase holte ich Luft. Auf meiner Stirn lag noch immer der Schweiß, und ich hörte im Kloster laute Stimmen. Wahrscheinlich würde in wenigen Minuten hier die Hölle los sein. Noch war es ruhig, deshalb konnte ich Rasputin so gut verstehen, als er durch mein Kreuz sprach.

»Nimm den Dolch wieder an dich. Du solltest ihn nicht aus der Hand geben, Sinclair!«

»Ich will ihn nicht mehr.«

»Das wäre dumm von dir.«

»Ich werde versuchen, die Kräfte des Kreuzes zu wecken, die tief in ihm schlummern. Du weißt, dass es die Formel gibt.«

»Die dir aber nicht hilft, Sinclair.« Er lachte leise. »Du musst es allein durchstehen. Ein Kreuz ist ebenso wenig allmächtig, wie du es bist. Geh mal davon aus.«

Er hatte so verdammt Recht. Je älter ich wurde, je tiefer ich in die magische Materie eindrang, umso stärker erlebte ich, dass mein Kreuz tatsächlich nicht allmächtig war.

Möglicherweise war es besser, wenn ich den Dolch nahm. Da hatte ich ihn wenigstens auf eine gewisse Art und Weise unter Kontrolle. Als ich neben dem Toten kniete und meine Finger bereits um den Griff gelegt hatte, hörte ich wieder die Stimme des ehemaligen Mönchs. »Ist es nicht außergewöhnlich, dass der Opferdolch des Götzen Baal dich beschützt? Mit ihm als Rückendeckung kannst du dich auf die Suche nach dem Testament begeben. Du wirst es finden, das kann ich dir schwören. Du bist dazu ausersehen, Rasputins Testament zu finden.«

Ich hörte überhaupt nicht hin, denn ich fühlte mich in meiner Haut nicht wohl. Den Dolch nahm ich an mich. Es war ein Leichtes, ihn aus dem Mantelstoff zu ziehen.

Aus meiner gebückten Haltung beobachtete ich den Flur. Komischerweise waren die übrigen Zellentüren verschlossen geblieben. Wahrscheinlich herrschte hier eine so große Disziplin, dass die Schüler ihre Räume erst verließen, wenn sie durch einen Befehl oder ein Signal dazu aufgefordert wurden. Aber es rannte jemand den langen Flur entlang. Ich sah ihn erst, als er in das Licht einer Lampe geriet.

Es war zum Glück mein Freund Wladimir Golenkow. Als ich mich aufrichtete, blieb er neben mir stehen, blickte mich an, strich über meine Wange und starrte dann auf den leeren Mantel. Auf dem grünen Opferdolch blieb sein Blick hängen.

»War er es?«, fragte der Russe.

»Ja.«

»Und du?«

»Ich konnte ihn nicht halten. Die Magie war zu stark, Wladimir.« Die folgenden Worte sprach ich in einem beschwörenden Tonfall. »Was ich dir jetzt sage, stimmt. Du musst mir jeden Satz glauben. Wir sind nicht mehr die Herren in diesem alten Kloster. Andere Kräfte haben die Regie übernommen. Magische Mächte. Die Verbindung zwischen Rasputin und dem Götzen Baal steht wieder. Deshalb müsst ihr auf mich hören. Auch dieser Oberst Tschigin.«

»Er wird uns keine Schwierigkeiten mehr bereiten.«

»Wieso? Hast du ihn …?«

»Nein, John. Nicht, wie du denkst. Ich habe ihn anders überzeugen können. Aber weiter.«

»Gut. Ich weiß inzwischen, dass sich Rasputins Testament hier im Kloster befindet. Wir müssen es nur finden. Das können wir durch den Dolch und durch Rasputin selbst, das heißt, durch seinen Geist. Es ist tatsächlich hier verborgen.«

»Hast du eine Spur?«

»Noch nicht. Aber wenn wir eine finden, eröffnet uns das ein Wissen über eine gefährliche schwarze Magie, die auf keinen Fall zu unterschätzen ist.«

»Hat dir das Rasputin gesagt?«

»Ja.«

Der Russe starrte auf mein Kreuz. Er zog ein Gesicht, als würde er darüber nachdenken. Es war auch schwer, dies zu glauben, aber Wladimir nickte. Er hatte schon einige Male auf mich gehört und wusste, dass ich nicht bluffte.

»Kann ich mich auf dich verlassen?«, fragte ich ihn.

Mit einer typischen Geste strich er über sein Haar. »Wie meinst du das?«

»Dass man mir von der Seite des Obersten keinerlei Schwierigkeiten bereitet.«

»Natürlich.«

»Und die anderen Soldaten oder Schüler?«

Golenkow grinste grausam. »Die sind Disziplin gewohnt. Du siehst ja, sie verlassen nicht einmal ihre Zimmer. Man hat es ihnen eingebleut. Ich kenne das.«

»Du hast auch diese Schule hinter dir?«

»Und wie.« Er sah sich um, dann wieder auf mein Kreuz. »Wird dich Rasputin führen?«

»Das hoffe ich doch.«

Wir vernahmen beide das Lachen aus dem Kreuz, und Wladimir bekam eine Gänsehaut. »Ich werde euch den Weg zu meinem Testament zeigen. Viel hat sich nicht verändert. Vertraut mir.«

Abermals begann er leise zu lachen. Ich hob die Schultern

und dachte daran, dass uns tatsächlich nichts anderes übrig blieb.

Und damit begann eine Suche, die ich nie in meinem Leben vergessen würde.

Lady Sarah Goldwyn hatte die vier magischen Tarock-Karten aus London mitgenommen. Und sie war froh darüber, nicht durchsucht worden zu sein, so hatte auch niemand die Karten entdeckt.

Allmählich verschwand ihr Ärger über die Behandlung und die Primitivität der Zelle. Sie war wirklich das letzte Loch. Kärglicher konnte man nichts einrichten. Tisch und Bett sahen aus, als würden sie jeden Augenblick zusammenbrechen, und das als Unterlage dienende Stroh faulte allmählich vor sich hin.

Durch ein Fenster, das seinen Namen kaum verdiente, strömte kalte Luft. Eine Heizung hatte Lady Sarah nicht entdecken können. Die Wände waren feucht und kalt.

Der Raum selbst schien einige Zeit nicht benutzt worden zu sein. Sonst hätte der Staub nicht so hoch auf dem Boden gelegen.

Lady Sarah wanderte hin und her. Sie wollte sich warm halten, denn trotz ihrer winterlichen Kleidung würde sie, wenn sie sich hinsetzte, bald anfangen zu frieren.

Trotzdem nahm sie am Tisch Platz und blies den Staub von der Platte. Der Stuhl war schmal und hatte eine hohe Lehne, die gegen den Rücken der Horror-Oma drückte.

Sie stemmte die Ellbogen auf, legte ihre Hände gegen das Kinn und dachte über ihre missliche Lage nach.

Gut sah sie nicht aus. Dass sie als alte Frau noch einmal in einer russischen Zelle landen würde, hätte sie auch nicht gedacht. Ihr gefiel dieser Raum überhaupt nicht.

Längst war es draußen dunkel geworden.

Sarah Goldwyn trug einen Mantel, der tiefe Taschen hatte. Zunächst holte sie die vier Tarock-Karten hervor und legte sie auf den Tisch. Dann suchte sie weiter und fand ihre Zündhölzer sowie ein schmales Einwegfeuerzeug.

Fehlte nur noch die Kerze.

Sarah Goldwyn saß am Tisch, ihr fiel die Schublade auf, und sie zog sie auf. Leider war sie leer, als sie von den Fingern der Horror-Oma abgetastet wurde.

»Beim nächsten Mal stecke ich mir eine Kerze ein«, nahm sie sich vor und verteilte die Karten vor sich. Sie legte sie nebeneinander. Zuerst den Magier, eine bleiche Gestalt, die düster wirkte.

Als zweite Karte daneben lag die Kaiserin. Sehr vornehm wirkte die Frau in ihrer prächtigen Kleidung. Auch die Krone auf dem Kopf trug dazu bei.

Platz in der Reihe hatte auch der Gehenkte. Man hatte die Schlinge um seinen linken Knöchel geknüpft und ihn an einen Ast gehängt, sodass er mit dem Kopf nach unten baumelte. Die rot-schwarze Kleidung ließ sein Gesicht noch blasser erscheinen.

Als letzte Karte in der Reihe lag der Joker dort. Sie war ungemein wichtig, denn Lady Sarah wusste, dass ihr diese Karte wahrscheinlich das Leben gerettet hatte. Der Narr in seiner bunten Kleidung, auch Joker genannt, war derjenige, der den Tod als Einziger in seine Schranken weisen konnte. Denn als Ludmilla Prokowa die Karten in London aufdeckte, war auch die Todeskarte dabei gewesen. War sie nicht dabei, gab es für den Menschen keine Chance.

Aber der Joker hatte sie abgeschwächt. So hatte es nicht Lady Sarah, sondern die Russin erwischt, und Lady Sarah wünschte sich auch deshalb eine Aufklärung des Falls.

Die Karten waren hier, und man konnte sie nicht als normale Karten bezeichnen. Sie waren magisch aufgeladen, hatten einmal einem mächtigen Mönch gehört, der sich dann ein anderes Lebensziel gesetzt hatte und tief in die dunklen Gefilde der schwarzen Magie vorstieß.

Die Finger der Horror-Oma strichen über die Karten. Sie nahm nur die Kuppen, als wollte sie genau nachfühlen, ob sich die Gestalten dort auch weiterhin hielten und nicht verschwanden. Es war nichts zu ertasten, aber die Horror-Oma wusste trotzdem, dass sie da waren. Sie spürte es einfach, und sie glaubte daran, dass Rasputins Testament hinter diesen Mauern verborgen lag.

Ihr Blick wechselte und glitt zur Tür. Sie war sicher ebenso dick wie die Wände. Man hatte sie von den beiden Männern getrennt und in einen ganz anderen Trakt des Klosters geschafft.

Durch die Karten hatte sie in London Kontakt zu Rasputins Geist aufnehmen können. Sie hoffte stark, dass ihr dies auch hier in der Zelle gelingen würde, aber sie besaß leider keine Parakräfte und konnte deshalb diesen Vorgang nicht beschleunigen.

So wartete sie und hoffte.

Die Zeit verrann.

Hin und wieder blickte Lady Sarah auf die Uhr. Fast eine halbe Stunde war schon um, und es hatte sich nichts getan. Sie hörte auch kaum Geräusche. Weder aus dem Innern des Klosters noch von draußen her. Die dicken Mauern schluckten alles.

Dann aber geschah es.

Sarah Goldwyn wusste nicht, was der äußere Anlass dazu gewesen war, jedenfalls musste die Magie nicht allein von ihren Karten ausgehen, denn sie entdeckte plötzlich die hellen Flecke an den Wänden.

Vier waren es und auch vier Karten.

Eine befand sich an der Tür. Lady Sarah brauchte nur den Kopf ein wenig nach links zu drehen und erkannte dort das Abbild der Kaiserin, aber sehr vergrößert, und ihr war es gleichzeitig, als würde diese Figur in der Tür leben.

Die Horror-Oma hielt den Atem an. Vorsichtig wandte sie sich auf dem Stuhl um. Jetzt sah sie auch den an die Wand projizierten Joker, der breit grinste. Hinter Sarah hielt sich der Magier auf. Sein Gesicht wirkte noch blasser, und der Gehenkte gegenüber zeigte ein bitteres, aber scharfes Grinsen.

Die Brücke stand.

Lady Sarah wurde wieder an London erinnert. Auch bei Ludmilla Prokowa hatte sie gestanden, und da war die Magie voll zum Tragen gekommen. Lady Sarah rechnete damit, dass sie auch hier nicht verschont werden würde. Die Frage stellte sich nur, ob diese Magie positiv oder negativ gegen sie eingesetzt wurde.

Die Spannung stieg. Gern hätte sie John Sinclair oder Suko bei sich gehabt, aber diese beiden waren weit weg, sie konnten ihr nicht helfen. So blieb ihr nichts anderes übrig, als abzuwarten, was weiterhin passierte.

Äußerlich veränderte sich nichts. Trotzdem nahm jemand mit ihr über die magische Brücke Kontakt auf. Sie hörte plötzlich eine Stimme und wusste sofort, wer da mit ihr sprach.

Rasputin!

Es war ein Flüstern, das ihren Kopf erfüllte. Geheimnisvolle Worte, zischend gesagt, aber durchaus verständlich. Lady Sarah hörte, wie sie begrüßt wurde.

»Willkommen. Willkommen in meinem Kloster. Ich freue mich, dass du den Weg gefunden hast.«

Die Horror-Oma erwiderte nichts. Sie schluckte, blickte auf die Karten, aber dort hatte sich nichts verändert. Nach wie vor lagen sie unangetastet auf dem Tisch.

»Was willst du denn?«, fragte sie zurück, in der Hoffnung, dass ihre Frage gehört wurde.

»Ich will dich!«

»Und …«

Sie hörte das Lachen. »Lass mich ausreden. Ich will dich als Übermittlerin. Du wolltest mein Testament, viele wollten es, die davon gehört hatten. Aber ich habe dich ausgesucht, um dir die Zeilen, die mit Blut geschrieben sind, zu geben. Verstanden?«

»Ja.«

»Dann steh auf.«

Sarah Goldwyn hatte sich in die Höhe stemmen wollen,

überlegte es sich im letzten Augenblick anders und starrte in die Düsternis der Zelle. Sie dachte an eine Falle, und Rasputin merkte dies, ohne dass sie darüber gesprochen hätte.

»Keine Sorge, ich werde dich gut und sicher zu dem Ort führen, wo ich mein Testament verborgen habe. Schließlich will auch ich es wieder in meinen Besitz bringen. Ich will es sehen, ich will wissen, ob es noch dort vorhanden ist, wo ich es damals verborgen habe.«

»Und was soll ich tun?«, hauchte sie.

»Nur meinen Anweisungen folgen. Wichtig sind die Karten. Man sagt, dass der Prophet Hesekiel das Tarock-Spiel erfunden haben soll. Das stimmt auch. Zwar nicht in der Vollendung, wie man es heute kennt, aber über die Grundbegriffe hat er sehr wohl nachgedacht und dieses Wissen möglicherweise von einem gefährlichen Dämon namens Baal übernommen. Aber das ist nie genau herausgefunden worden. Ich jedenfalls habe mich sehr für die Magie und Faszination der Karten interessiert und deshalb auch die Brücken zwischen den beiden Polen aufbauen können. Auf der einen Seite Baal, auf der anderen Hesekiel.« Er lachte. »Sogar an das Kreuz deines Freundes Sinclair bin ich herangekommen.«

»Ich weiß.«

»Und jetzt steh auf und geh zur Tür.«

»Sie ist abgeschlossen!«

»Nein!«, lautete die Antwort. »Für dich wird es keine verschlossenen Türen mehr geben. Dieses Kloster habe ich zwar verlassen, körperlich, meine ich, aber in den Mauern ist noch mein Geist vorhanden, der es einmal beherrscht hat. Die Menschen waren arrogant und ignorant. Sie haben nicht auf das geachtet, was sich einmal zwischen den Mauern befand. Sie wollten mich vergessen. Ich war ein Relikt aus der Zarenzeit und passte nicht mehr in ihren Sozialismus. Aber die Dämonologie ist weit verzweigt. Sie nimmt auf Gesellschaftssysteme keine Rücksicht.« Rasputin wechselte von einem Moment zum anderen das Thema. »Und jetzt geh!«

Lady Sarah nickte. Ihr blieb nichts anderes übrig, als den Worten des Mannes zu vertrauen. Sie stemmte sich von ihrem Stuhl hoch, drehte sich nach links und schritt der Tür entgegen. Dort sah sie die Karte, das Holz, die Klinke, das Schloss.

Letzteres war verschlossen worden, als man sie in den Raum geworfen hatte.

Lady Sarah traute Rasputin bisher noch nicht so ganz. Das aber änderte sich, als sie die Klinke nach unten drückte und feststellte, dass die Tür nicht verschlossen war.

Es war im ersten Moment ein wunderbares Gefühl für sie, die Tür aufziehen und die Zelle verlassen zu können. Der nächste Schritt brachte sie über die Schwelle und in den Gang hinein, der sich links und rechts von ihr ausbreitete.

Sie wusste nicht, wohin sie gehen sollte und musste. Der Gang sah aus wie ein Tunnel, so düster war er, und ziemlich weit entfernt brannte eine trübe Lampe, deren Schein so schwach war, dass er nicht mal den Boden erreichte.

Sehr weit entfernt glaubte sie Stimmen zu hören. Darum brauchte sich die Horror-Oma nicht zu kümmern. Sie verließ sich einzig und allein auf ihren Geistführer, der ihr den Weg zum Ziel zeigen wollte.

So schritt sie durch den Raum zwischen der düsteren Mauer, behielt das Licht im Auge, das ihr als Orientierungshilfe diente, und spürte auch etwas von der Last der Geschichte, die hier lagerte. Sie hatte das Gefühl, von zahlreichen Gestalten umgeben zu sein, ohne jedoch eine von ihnen sehen zu können.

Aus dem Geisterreich wurde sie bewacht. Wahrscheinlich deshalb, weil Rasputins Testament so ungemein wichtig war. Welche Geheimnisse und Rätsel, die die damalige Welt beschäftigten, mochte er darin aufgeführt und vielleicht sogar erklärt haben?

Die Wände wuchsen näher zusammen. Sie verengten den

Gang, aber Lady Sarah konnte noch immer normal laufen, ohne dass sie mit den Schultern über die Mauern schabte.

Ein wenig nervös war sie schon, auch wenn sie immer sagte, dass dieses Gefühl in ihrem Alter nicht mehr existent war. Aber sie dachte daran, dass sie der Weg auch in eine Falle führen konnte. Jedenfalls sah sie keinen Grund, diesem abtrünnigen Mönch unbedingt zu vertrauen.

Als sie das Licht erreichte, musste sie stehen bleiben. So hatte es ihr Rasputin befohlen.

Es war eine primitive Lampe, die über der Tür hing, gesichert durch ein schmales Gitter. Das Kabel lag nicht unter dem Gestein. Es führte wie eine schmale schwarze Schlange an der Decke entlang.

»Öffne die Tür!«, hörte sie den Befehl.

»Und dann?«

»Wirst du weitergehen!«

Lady Sarah nickte. Plötzlich spürte sie die Angst. Sie hatte Mühe, ein Zittern ihrer Beine zu unterdrücken. Der Gaumen war trocken, im Hals saß ein Kloß. Sie wusste genau, dass sie vor einer wichtigen Entscheidung stand, die einen Erfolg bringen, aber auch in den Tod führen konnte.

Aber sie hatte A gesagt. Jetzt musste sie auch B sagen und weiterhin in den sauren Apfel beißen. Sie legte eine Hand auf die Klinke, spürte die Kälte des Metalls und bewegte den Griff nach unten.

Die Tür, obwohl sie so alt war, ließ sich sehr leicht öffnen. Lady Sarah zog sie zu sich heran. Das knarrende Schleifen störte sie nicht dabei. Einen Moment später blickte sie in eine stockfinstere Tiefe, die etwas Unheimliches und auch Gefährliches barg.

Als sie Luft holte, spürte sie die Beklemmung in ihrer Brust. Die Augen brannten. Die Furcht steckte in ihren Knochen. Mit einer fahrigen Geste strich sie ihre Haare zurück und zögerte.

Rasputin meldete sich wieder auf telepathischem Weg. »Vor dir liegen Stufen. Du musst sie nehmen. Keine Sorge, ich kenne deine Ängste. Ich weiß, was du fühlst. Du bist ein Mensch und hast Ängste auszustehen, aber die gehen vorbei. Deshalb musst du dich nur auf mich verlassen. Nur auf mich, hast du gehört?«

»Ja.«

»Da befindet sich ein Geländer. Daran kannst du dich festhalten. In der Tiefe des Kellers und an den Grundmauern des Klosters wirst du mein Testament finden, in dem das niedergelegt wurde, was die Menschen so interessiert. Geh schon!«

Gern hätte Lady Sarah mehr über die geheimnisvolle Hinterlassenschaft gewusst, aber sie wagte nicht, danach zu fragen. Andere Dinge waren jetzt wichtiger.

Und so schob sie ihr Bein vor.

Sarah Goldwyn war nicht mehr die Jüngste. Sie musste vorsichtig sein, fand das Geländer und krampfte sich daran fest. Dann erst fand sie die zweite Stufe, die dritte, die vierte. Sie spürte unter ihren Schuhsohlen die Unebenheiten des Steins. Er hatte im Laufe der Jahre Veränderungen erfahren, die zu gefährlichen Stolperfallen werden konnten, wenn man nicht Acht gab.

Aber Lady Sarah schaffte es. Sie hatte sich voll und ganz auf diesen Gang durch die Finsternis konzentriert, und die Tür blieb hinter ihr als ein schwach erleuchtetes Rechteck zurück.

Wie hoch die Decke war, sah sie nicht. Aber sie nahm den muffigen Geruch wahr, der in diesen Kellerräumen vorherrschte. Es war der Geruch nach Alter, Feuchtigkeit und Verwesung. Nach vergehenden Steinen, Staub, Dreck, der auch zwischen den Zähnen der Horror-Oma knirschte, wenn er von ihren Schuhen aufgewirbelt wurde.

Auch die längste Treppe ist mal zu Ende. Lady Sarah erreichte irgendwann die letzte Stufe. Als sie ihr Bein vorschob, ertastete sie keine weitere Kante mehr. Dafür glitt die Sohle über das raue und rissige Gestein des Bodens, sodass sie das typische Schaben hörte.

Keinen Schritt mehr ging sie weiter. Lady Sarah wartete auf ihren Führer.

Und Rasputin war da.

»Ich freue mich, dass du es bis hierher geschafft hast, meine Liebe. Ich freue mich sehr. Jetzt ist es nicht mehr weit. Dreh dich um!«

»Und dann?«

»Wirst du einfach vorgehen.«

»Nein, ich laufe gegen eine Mauer.«

»Besitzt du kein Feuerzeug oder etwas anderes, das dir helfen könnte?«

»Ja, Moment.« Lady Sarah holte das Feuerzeug aus der Tasche.

Schon bald flackerte die Flamme. Sie blendete die Horror-Oma, sodass sie die Augen zusammenkniff. Erst als sie den Arm ein wenig zur Seite bewegte, konnte sie ihre Umgebung blendfrei erkennen.

Wieder sah sie sich umgeben von einem düsteren Mauerwerk, auf dem die Feuchtigkeit einen Film hinterlassen hatte. Dieser Teil des Klosters schien tatsächlich der älteste zu sein, durch ihn wehte noch der Odem des letzten Jahrhunderts. Sie spürte ihn fast körperlich, auch die Gänsehaut auf ihrem Rücken ließ darauf schließen, und wieder erhielt sie einen Befehl.

Lady Sarah musste vorgehen. Eine Nische, wie in die Wand hineingestemmt, wurde sehr bald von dem flackernden Schein ausgefüllt. In den Winkeln waren Spinnweben. Kleine Wassertropfen hingen darin, sie sahen aus wie Perlen.

Die Nische war vielleicht so tief, dass drei Menschen darin Platz fanden, wenn sie sich hintereinander stellten, aber sie zeigte keine Tür. Sollte hier das Testament liegen?

Sarah Goldwyn kam sich plötzlich vor wie in einer Falle. Sie dachte daran, zurückzukehren, aber Rasputin hatte etwas dagegen.

»Nein, du bleibst hier. Der Widerstand ist nur äußerlich. Denk an die Kraft der Karten, denk an die Brücke, die geschlagen worden ist. Ich habe den Raum zugemauert. Damals, mit meinen eigenen Händen, und ich werde dafür sorgen, dass er sich wieder öffnet. Tritt einen Schritt zurück, sonst gerätst du in Gefahr!«

Lady Sarah wusste zwar nicht, was das bedeutete, sie folgte der Aufforderung jedoch, und das war gut so.

Aus dem Dunkel hinter ihr löste sich etwas. Das musste die Gefahr sein, von der Rasputin berichtet hatte.

Es war ein grünes Flimmern, das sich sehr schnell näherte. Es war über dem Boden entstanden, etwa in Kopfhöhe, und Lady Sarah trat einen Schritt zurück, um sich mit dem Rücken gegen die Wand zu stemmen.

Dann war es in ihrer Nähe, und sie erkannte plötzlich den Opferdolch des Götzen Baal.

Für einen kaum messbaren Moment befand er sich auf gleicher Höhe mit ihr. Dann war er vorbei und hieb in die von Rasputin nachträglich gemauerte Wand. Er prallte nicht ab, bohrte sich hinein und schuf eine Insel aus grünem Licht, bevor er mit seiner Arbeit begann und das Gestein allmählich zerstörte, sodass es flüssig wurde.

Da wusste Lady Sarah, dass sie in wenigen Minuten das große Geheimnis um Rasputins Testament erleben würde.

Wladimir Golenkow blieb so dicht an meiner Seite, dass er mich hin und wieder berührte. Sein Gesicht war angespannt. Er schielte auf das Kreuz, auf mich und auch auf den Dolch.

Rasputin hatte davon gesprochen, uns den Weg zu seinem Testament zu zeigen. Ich wusste nicht, ob er bluffte oder dies auch tatsächlich vorhatte, aber ich stellte fest, dass er »sprach«.

Zwar nicht mit mir, weil ich weder akustisch noch anders etwas verstand, doch er bewegte die Lippen, und manchmal änderte sich auch der Blick seiner Augen. Nur sein Kopf blieb starr innerhalb des Kreuzes und wirkte wie eingraviert.

Ich hatte keine Ahnung, mit wem er Kontakt aufgenommen hatte, aber ich wollte auf der Suche auch nicht allein bleiben und fragte nach meinem Freund Suko.

»Tut mir Leid, John, aber ich weiß nicht, wo man ihn untergebracht hat«, erklärte der neben mir gehende Russe. »Da musst du schon unseren Freund Oberst Tschigin fragen.«

»Er ist nicht da.«

»Wie ich den kenne, wird er sich bald zeigen.«

Golenkow sollte sich nicht getäuscht haben. Vor uns erklangen harte, schnelle Schritte. Die stammten nicht nur von einem Menschen, aber Tschigin befand sich unter ihnen. Fünf Personen waren es. Er ließ sich von vier Männern begleiten.

Es dauerte nicht lange, da hatten sie uns erreicht, und abermals wurden die Mündungen der Waffen auf uns gerichtet. Tschigin sah aus wie der Oberteufel persönlich. Sein Gesicht wirkte in der Düsternis des Ganges noch böser und kälter.

»Was ist da geschehen?«

Die Frage war an mich gerichtet gewesen, doch Wladimir Golenkow gab die Antwort. »Oberst, Sie hatten mir versprochen, vernünftig zu sein. Sie werden ...«

»Ich bin vernünftig!«

»Nein!«

Tschigin zuckte zusammen, als er diese Antwort hörte. So hatte wohl selten jemand mit ihm gesprochen. Und wenn, war es bestimmt kein Untergebener gewesen.

»Wollen Sie das wiederholen?«

»Hören Sie, Genosse Oberst. Sie haben mir versprochen, sich nicht einzumischen. Jetzt halten Sie dieses Versprechen.«

»Es hat einen Toten gegeben!«

»Das wissen wir. Deshalb halten Sie sich zurück, damit es nicht noch mehr Leichen gibt.«

Der Oberst ballte seine Hände. Er hatte kurze Finger, dementsprechend klein waren seine Fäuste. Die glatte Fläche in seinem Gesicht wirkte wie eingeschmiert, es sah so aus, als wollte er sich auf uns stürzen, und ich sagte zu ihm:

»Golenkow hat Recht. Halten Sie sich zurück, Oberst! Hier laufen andere Dinge, kann ich Ihnen sagen.«

Er verengte die Augen. »Welche?«

»Magie!« Ich deutete auf mein Kreuz und den grünen Dolch. Die Hand mit der Stichwaffe hatte ich bisher hinter meinem Rücken versteckt gehabt. Jetzt zeigte ich sie ihm und die Waffe.

Tschigin ging einen Schritt zurück und stieß mit dem Rücken gegen die Mündungen der Maschinenpistolen. Durch die flache Nase holte er Luft, dann hob er die Schultern. Anscheinend sah er ein, dass es keine andere Möglichkeit gab, und er nickte. »Aber nur unter einer Bedingung.«

»Die wäre?«, fragte ich.

»Ich gehe mit.«

Natürlich hätte ich mich wehren können, auch Wladimir war es nicht recht, wie ich ihm ansah. Aber Tschigin war der Befehlshaber in diesem Kloster oder dieser Schule, deshalb konnte ich ihn nicht abweisen, nur auf die Gefahren aufmerksam machen, die ihm unter Umständen dabei drohten.

Das sagte ich ihm auch.

»Ich werde es selbst sehen. Zudem glaube ich nicht an Magie oder an dieses Ding da, dieses Kreuz!« Er sprach es voller Verachtung aus, sodass es mir einen Stich gab.

Wir verloren Zeit, was mir wiederum überhaupt nicht passte, doch ich ließ mich nicht beirren und fragte weiter, indem ich auch meine Bedingungen stellte. »Wo befindet sich mein Partner?«

»Eingeschlossen!«

»Holen Sie ihn aus der Zelle!«

Tschigin wollte erst nicht. Als er in mein Gesicht sah, gab er klein bei. »Meinetwegen, kommen Sie mit!« Er drehte sich um. Auch seine vier Begleiter taten dies, dann gingen sie vor uns her, und die Echos ihrer harten Schritte flatterten zwischen den Steinwänden des Ganges hin und her.

»Das hat ihn Überwindung gekostet!«, flüsterte Wladimir mir zu. »Verdammt noch mal!«

»Was solls?«

Suko war gar nicht mal so weit entfernt von uns untergebracht worden. Wir passierten sechs Türen, vor der siebten blieben wir stehen, und Tschigin holte, ohne dazu aufgefordert worden zu sein, den Schlüssel hervor.

Er schloss auf, und da ich meinen Partner kannte, warnte ich ihn schon vorher.

»Wir sind es, Suko!«

»Okay.«

Es hätte durchaus sein können, dass der Erste mit einem gezielten Handkantenschlag empfangen wurde. So einfach ließ sich der Inspektor nicht aus dem Rennen werfen.

Er trat heraus. Sein Mund war zu einem knappen Lächeln verzogen. Wladimir und mir nickte er zu, Tschigin streifte er mit einem eisigen Blick. »Da wären wir fast zusammen«, sagte er, »bis auf Sarah Goldwyn. Wo befindet sie sich?«

»Wir haben Sie in einem anderen Komplex der Schule untergebracht«, erklärte der Oberst. »Weg von den Männern.«

Ich schüttelte den Kopf. Ein Kommentar fiel mir dazu nicht mehr ein. Wenn ich das der Horror-Oma erzählte, würde sie lachen. Hoffentlich kamen wir noch dazu, da ich das Gefühl nicht los wurde, das sich die Gefahr über uns verdichtete.

Wir standen dicht vor der Lösung des Falles. Uns trennte praktisch nur ein Schritt, aber um ihn zu gehen, mussten wir weitere Hindernisse hinter uns lassen.

»Die Berettas!«, verlangte Suko.

Verdammt, an die Waffen hatte ich nicht mehr gedacht. Dafür mein Freund, und Oberst Tschigin rückte die Pistolen zähneknirschend heraus. Er selbst blieb auch bewaffnet. Sein Schießeisen steckte in einer am Koppel angebrachten Pistolentasche.

Jetzt war alles klar.

Ich betrachtete mein Kreuz. Rasputin, vielmehr sein Geist, musste uns führen, aber ich hatte keinen Kontakt mehr mit ihm. Dabei tat er etwas, denn seine Lippen bewegten sich nach wie vor, und das stieß mir doch seltsam auf.

Und der Dolch?

Seine dunkelgrün leuchtende Klinge ragte aus meiner Faust hervor. Baal war ebenfalls stets gegenwärtig, bis zu dem Zeitpunkt, als ich den Ruck verspürte.

Er war so plötzlich und heftig erfolgt, dass ich völlig überrascht war. Der Dolch entglitt meiner Faust, und ich konnte auch nicht mehr nachgreifen. Selbst Suko, der noch schneller reagierte als ich, schaffte es nicht mehr.

Tschigin sprang zurück, da die Waffe ihm fast die Haut von seiner linken Wange rasiert hätte. Zwischen ihm und dem Kopf eines seiner Begleiter wischte die Waffe hindurch und verschwand in der Düsternis des Ganges so schnell wie ein Komet.

»Rasputin hat uns reingelegt!«, sagte Suko fluchend.

Er und ich nahmen sofort die Verfolgung auf. Wir wussten, dass die Waffe ein Ziel hatte.

Hoffentlich war es Rasputins Testament.

Obwohl Lady Sarah wusste, dass sie sich in Gefahr befand, gewann die Faszination doch die Oberhand. Sie sah gebannt zu, welch eine Kraft in Baals Opfermesser steckte. Sie hatte schon davon gehört, dass es Gestein schmelzen konnte.

Das Feuerzeug hatte sie wegstecken können. Der grüne Dolch strahlte eine Aura ab, die genügend Licht verbreitete. Es tauchte die Umgebung in einen fahlen Schein, der auch Lady Sarahs Gesicht leichenblass erscheinen ließ.

Sie hatte die Nische verlassen und ging einen zögernden Schritt vor. Dabei hatte sie den Oberkörper nach vorn gebeugt, die Hände zu Fäusten geballt, und ihr Körper zeigte eine Haltung, die bewies, dass Lady Sarah bereit war, sofort wieder zurückzuspringen, wenn es nötig war.

Der Dolch kämpfte sich weiter vor.

Er blieb nicht mehr in einer verhältnismäßig ruhigen Lage, sondern geriet in eine Drehbewegung, als wollte er das Gestein durch seine Kraft aufschälen.

Und dieser Vorgang verursachte kein Geräusch. Für die zuschauende Horror-Oma war es schon erschreckend, wie dieses Opfermesser aus dem Alten Testament arbeitete.

Es schälte eine Lücke, erst kopfgroß, dann immer weiter werdend, sodass ein Mensch hätte hindurchkriechen können.

Lady Sarah hielt sich zurück, der Dolch sollte erst den Zugang freigebohrt haben, und er arbeitete mit der Präzision eines Uhrwerks, dabei angetrieben von der Magie, die in ihm steckte und von Rasputins Geist geleitet wurde.

Auch nach rechts und links wich das Messer aus, sodass sich die Öffnung noch mehr verbreiterte. An den Rändern war das Gestein so stark aufgeweicht, dass es nach unten tropfte und dort zischend eine Lache bildete.

Das Messer schälte weiter. Es schien nie stumpf zu werden, schaffte in der Sekunde so viel wie ein vergleichbarer Bohrer, und Lady Sarah warf einen Blick durch die schon sehr große Öffnung in den Raum dahinter.

Es musste ein düsteres Verlies sein, auch wenn es jetzt der grüne Schimmer durchstreifte.

Sie versuchte, einen Blick auf das geheimnisvolle Testament zu erhaschen, sah aber nichts, was auch nur entfernt einem Dokument geähnelt hätte.

Dann vernahm sie wieder die Stimme ihres unsichtbaren, unheimlichen Begleiters. »Es ist geschafft, du kannst den Raum betreten, wo du mein Testament finden wirst.«

Sarah Goldwyn warf einen skeptischen Blick auf die Öffnung. Sie gefiel ihr nicht, denn an den Rändern war das Gestein noch sehr weich. Sie konnte sich auch vorstellen, dass es eine gewisse Hitze abstrahlte. Deshalb ihr Zögern.

»Geh, geh!«, drängte Rasputin. »Es ist Magie, kein Feuer. Du wirst keine Hitze spüren.«

Sie verließ sich auf die Worte. Die Haltung der Frau änderte sich. Sie musste sich noch tiefer bücken und spürte einen Stich im Rücken. Na ja, die Jüngste war sie eben nicht mehr.

Dann kroch sie in die Nische.

Fast hätte sie mit ihren Haaren den oberen Rand des Lochs gestreift. Sie nahm einen etwas strengen Geruch wahr, aber auch den von Mief und alter Feuchtigkeit, der in dem kleinen Raum lauerte, wo das von ihr so ersehnte Ziel lag.

Lady Sarah sah sich um.

Die Ränder des Lochs glühten nicht so stark wie der Dolch, der seinen Platz unter der Decke gefunden hatte und sein Licht so ausbreitete, dass auch die Innenwände erhellt wurden.

Wo befanden sich die Seiten?

Ein Testament, das sicherlich in einem Buch oder einer Kladde gebunden war, bewahrte man irgendwo in einem Schrank oder einer Schublade auf.

Davon sah Lady Sarah nichts. Der Raum war und blieb leer. Nur das feuchte Mauerwerk umgab sie und auch die zahlreichen Spinnweben, die unter der Decke hingen.

»Wo ist es?«, fragte sie mit leiser Stimme.

»Zu deinen Füßen.« Rasputin hatte bei dieser Antwort leise gelacht.

Sarah Goldwyn senkte den Blick. Sie sah nur den fahl angeleuchteten Steinboden, mehr nicht. Ihr kam der Verdacht, dass Rasputin sie hatte leimen wollen, nur konnte sie sich den Grund dafür nicht vorstellen.

»Es ist in der Erde verborgen!«, hörte sie wieder die wispernde Stimme des ehemaligen Mönchs. »In der Erde. In einem Versteck. Nicht jeder, der diesen Raum betritt, soll es sofort finden. Bücke dich und wisch den Staub weg.«

Sie kniete sich hin, und ihre Hände griffen in feuchten Schmier. Der Staub hatte sich mit der Nässe vermischt und eine klebrige Schicht gebildet.

Zwar war der Boden ziemlich uneben, aber das Hindernis, über das Lady Sarahs Handflächen plötzlich glitten, hatte mit der Formation der Steine nichts zu tun. Es war etwas anderes. Ein Griff oder ein Hebel. Sie wusste es nicht genau und befreite die Umgebung zunächst einmal von allen Unreinheiten.

Da lag es frei.

Es war tatsächlich ein alter Eisengriff, wie man ihn oft bei Falltüren fand. Lady Sarahs Herz klopfte plötzlich schneller. Sie schielte nach oben und sah den Dolch, der unter der Decke nach wie vor sein grünes Licht abstrahlte. Die nähere Umgebung und die Frau wurden in dieses grüne Licht getaucht.

Der Griff war nicht sehr groß. Er passte genau in ihre Hand. Sie umklammerte ihn sehr hart, stützte mit ihrer linken Hand auch das Gelenk ab und zog.

Steinplatten sind schwer. Da haben die meisten Männer Mühe, sie in die Höhe zu wuchten.

Nicht hier in diesem Verlies!

Die Horror-Oma wunderte sich, dass sie es schon beim ersten Versuch schaffte. Sie vernahm das Knirschen an den Rändern, und es gelang ihr, die Klappe hochkant zu stellen. Sie kippte sie dann zur Seite, wo sie mit einem satten Geräusch niederfiel.

Der Blick war frei.

Das fahlgrüne Licht fiel in die viereckige Öffnung, unter der ein kleiner Schacht begann. Er war nicht sehr tief. Wenn Sarah Goldwyn den Arm ausstreckte, konnte sie mit der Hand bequem den Boden des Schachts erreichen.

In den vergangenen Minuten war sie wieder ruhiger geworden. Nun aber kehrte die Aufregung zurück. Dies doppelt und dreifach. Sie spürte die Kälte in ihrem Nacken und hatte Mühe, Luft zu holen. Ihre Augen brannten.

Auf den Handflächen lag ein dicker Schmierfilm. Sie putzte sich die Hände am Mantel ab. Dass lange Streifen zurückblieben, störte sie nicht.

»Nimm es an dich!«

Lady Sarah nickte. Sprechen konnte sie nicht mehr, denn ihr Blick war auf das Testament gerichtet. Rasputin hatte die Kladde mit Ölpapier verpackt und mit einer Kordel gesichert.

Leider hatte sie keine Schere zur Hand, so musste sie die Knoten lösen.

Das war schwer genug. Zudem zitterten ihr die Hände, und Rasputin trieb sie durch seine flüsternde Stimme an. »Du musst dich beeilen. Andere sind unterwegs. Sie verfolgen den Dolch.«

»Es ist John Sinclair.«

»Ja, aber das Testament soll dir gehören. Du sollst es finden, Lady Sarah.«

»Ich versuche ja alles.« Sie beeilte sich wirklich, aber es war verdammt schwer. Ihre Finger zitterten, sie schaffte es kaum, den Knoten zu lockern, ein Nagel brach ab, aber Lady Sarah machte unverdrossen weiter und schaffte es tatsächlich nach einer Weile, das Band über die rechte Seite des kleinen Päckchens zu ziehen.

Der Rest war ein Kinderspiel.

Das Ölpapier knisterte zwischen ihren Fingern, als sie es zur Seite bog und das entdeckte, was es bisher verborgen gehalten hatte.

Es war das Buch! Eine dicke Kladde. Das mussten mehr als fünfzig beschriebene Seiten sein, wie die Horror-Oma beim ersten Blick feststellte. Sie rückte ein Stück zurück, drehte sich und stand auf, wobei sie die Arme vorgestreckt hielt.

Auf ihnen lag das Testament.

Sarah Goldwyn trug es wie einen kostbaren Schatz, nach dem jemand jahrelang gesucht hatte. Sie war erregt, in ihrer Kehle spürte sie eine selten erlebte Trockenheit, und sie vernahm auch wieder Rasputins Stimme.

»Dein Ziel ist erreicht.«

»Und jetzt?«

»Wirst du dieses Verlies verlassen und dorthin gehen, wo ich es will. Du wirst dich durch nichts aufhalten lassen. Weder durch Freunde noch durch Feinde, und du wirst einen Beschützer haben, Baals Opferdolch. Er zeigt dir den Weg in die Freiheit, er wird dein Begleiter sein. Kein anderer darf an das Testament heran.«

Das gefiel der Horror-Oma nicht. »Aber John Sinclair wird es haben wollen.«

»Auch er nicht. Es ist zu wichtig. Du sollst seine Geheimnisse kennen lernen.«

»Und weshalb gerade ich?«, fragte sie, wobei in ihrer Stimme ein verzweifelt klingender Unterton mitschwang.

»Weil ich dich dazu ausersehen habe, das ist es. Ich brauche jemanden in der normalen Welt, der zu mir steht. Hast du verstanden? Du und ich, wir beide werden uns in Zukunft näher miteinander beschäftigen. Du wirst von mir als Partnerin anerkannt. Ich habe lange gesucht und Ludmilla Prokowa gefunden, aber sie starb, weil der Tod sich zwischen die Karten gemischt hatte. Du aber wirst noch leben und nur auf mich hören, was immer du tust.«

»Aber da ist John Sinclair. Du hast dich in seinem Kreuz manifestiert. Dann hast du auch mit ihm Kontakt.«

»Sinclair ist ein anderes Problem. Verlasse diesen Raum jetzt. Gehe aus dem Kloster.«

»Ja, natürlich.« Lady Sarah tat, was man ihr befohlen hatte. Sie ging mit kleinen, vorsichtigen und auch zögernden Schritten. Das Buch mit seinem dunklen Einband lag weiterhin auf ihren Händen. Sie sah keinen Titel.

An der Treppe blieb sie stehen. Um den unterirdischen Bereich zu verlassen, musste sie die Stufen hochsteigen, und damit begann sie. So finster wie auf ihrem Hinweg war es nicht mehr, der grüne Schein begleitete sie auch hier. Wenn sie die Stufen hochblickte, sah sie schwach das Licht der offenen Tür. Es war für sie wie ein Hoffnungsschimmer. Diesmal konnte sie sich nicht am Geländer festhalten, so musste sie schon über die buckligen Stufen steigen und aufpassen, dass sie nicht stolperte.

Lady Sarah schaffte es. Sie hatte ihre Gedanken praktisch ausgeschaltet und trug ihren Fund weiter, ließ Stufe um Stufe zurück und schob sich durch die Tür.

Da hörte sie schnelle Schritte. Sie sah in den Gang hinein, während sie stehen blieb und die Männer entdeckte.

An der Spitze lief ein Mann mit blonden Haaren – John Sinclair!

Als die Horror-Oma ihn erkannte, rief sie mit lauter Stimme: »Keinen Schritt weiter, John!«

Ich hatte sie schon aus der Tür kommen sehen und auch bemerkt, dass sie etwas trug.

Es musste das Testament sein.

Und dann hörte ich ihre Stimme: »Keinen Schritt weiter, John!«

Ich blieb so hastig stehen, dass Suko mich fast umgerannt hätte. Hinter mir hörte ich die Schritte der beiden Russen. Auch Golenkow und Tschigin stoppten sehr schnell.

Wie Suko und ich starrten auch sie in die Höhe, wo sich der Dolch abzeichnete.

Er beleuchtete die Horror-Oma, die wie eine Statue stand und sich nicht rührte.

Ich aber hörte Rasputin sprechen, nachdem er leise gelacht hatte. »Da siehst du es, Sinclair. Mein Testament existiert. Sie hat es gefunden.«

»Daran habe ich auch nie gezweifelt!«

»John, ich stehe unter seiner Kontrolle«, erklärte Lady Sarah mit zitternder Stimme.

»Das kann ich mir vorstellen. Und was ist los? Wie geht es jetzt weiter?«

»Kann ich nicht sagen!«

Auch ich wusste nichts und schielte in die Höhe. Verdammt, mir passte es nicht, wenn der grüne Dolch meiner Kontrolle entglitt. Ich brauchte ihn noch, denn ich wollte mir durch ihn meinen Silberdolch zurückholen.

»Ich gehe jetzt!«

Lady Sarah hatte uns die Worte gesagt. Und wir hielten sie nicht auf, auch wenn Tschigin etwas dagegen hatte. »Verdammt, sie hat uns etwas gestohlen.«

»Nein!«, widersprach ich. »Nicht Ihnen, Oberst. Es gehört Rasputin.«

»Einem Toten!«

»Dessen Geist noch lebt!«, bemerkte ich, obwohl es kaum Sinn hatte, denn Tschigin würde mir niemals glauben.

Der Oberst lachte kalt, gab danach keinen Kommentar mehr. Wir warteten ab.

Aus dem Hintergrund des Ganges näherten sich die vier mit Maschinenpistolen bewaffneten Leibwächter des Offiziers.

Die nächsten Sekunden vergingen. Niemand sprach mehr. Es wurde totenstill.

Ich konnte mir vorstellen, dass Lady Sarah Zwiesprache mit Rasputin hielt. Sie hatte den Kopf angehoben, schielte gegen die Decke, als würde sie den ehemaligen Mönch dort sehen.

Plötzlich bewegte sie den Kopf nach vorn, als hätte sie endlich einen Entschluss gefasst. »Ja!«, flüsterte sie. »Ich werde deinem Ratschlag folgen.«

»Was ist es?« Diesmal fragte ich sie.

Lady Sarah drehte den Kopf. »Ich möchte einen Wagen! Ein Fluchtfahrzeug! So hat er gesagt.«

Wir alle hatten die Worte verstanden. Auch der Oberst. An ihn wandte ich mich und drehte den Kopf. »Was ist damit? Können Sie ihr einen Wagen zur Verfügung stellen?«

»Unmöglich!«

»Wieso? Haben Sie keinen, oder wollen Sie nicht?«

»Es sind Wagen vorhanden«, erklärte Wladimir.

Tschigin wurde sauer. »Halten Sie sich raus, verdammt noch mal!« Er sprach sogar Englisch.

»Sie sollten es tun«, sagte Lady Sarah warnend. »Rasputin kann die Geduld verlieren.«

Tschigin wollte nicht. Er stampfte mit dem Fuß auf, um seine heftige Erwiderung zu unterstreichen.

Das war nicht gut, denn ich sah, wie sich der Dolch gedankenschnell bewegte.

Eingreifen konnte keiner von uns. Es war zu spät. Einer von Tschigins bewaffneten Begleitern wurde getroffen. Die Klinge stieß dicht über seinem Koppel durch den Uniformstoff tief in den Leib.

Wir hörten das durch Mark und Bein gehende Röcheln, sahen den Mann in die Knie sacken. Sein Gesicht verfärbte sich. Erst wurde es grau, danach fast schwarz, und schließlich zerbröselte es. Ich musste Wladimir zur Seite stoßen, um an den Dolch zu gelangen, doch ich war nicht schnell genug. Die Waffe drehte sich aus dem Körper und verschwand vor unseren Augen.

»Beim nächsten Mal nehme ich den Stab!«, wisperte mir Suko zu. Seine Bemerkung wurde von Lady Sarahs Frage übertönt.

»Bekomme ich nun den Wagen?«

»Los, Tschigin!«, zischte ich.

Der Oberst nickte. Er sprach mit einem der drei Soldaten. Der Mann drehte sich um und lief weg.

Lady Sarah aber ging auf uns zu. Zum ersten Mal gelang es uns, einen Blick auf Rasputins geheimnisvolles Testament zu werfen. Es hatte einen dunklen Einband. Von den Seiten selbst sahen wir nichts. Dafür entdeckten wir etwas anderes. Rote Tropfen sickerten zwischen den beiden Umschlagdeckeln hervor, liefen über ihre Hände, bevor sie zu Boden klatschten und Sarah Goldwyns Weg begleiteten.

Unsere Freundin tat so, als würde sie dies nicht bemerken. Starr blieben ihr Gesichtsausdruck und der Blick. Sie musste unbedingt das Kloster verlassen.

Wir zogen uns zurück.

Tschigin war schon gegangen. Die drei Soldaten hatte er mitgenommen. Der vierte Uniformierte war durch den Dolch zerstört worden. Seine Uniform lag noch am Boden. Aus ihren Öffnungen rieselte der letzte graue Staub hervor.

Wir alle spürten den Druck, Lady Sarah wahrscheinlich am meisten. Auf ihr lastete die gesamte Verantwortung. Sie war von Rasputin ausersehen worden, sein Testament zu finden und an sich zu nehmen. Wahrscheinlich sollte sie sogar zu seinem Testamentsvollstrecker werden.

Um sie nicht zu erschrecken oder aufzuhalten, mussten wir zurück. Wir gingen wieder tiefer in den Gang und nahmen den gleichen Weg, den wir gekommen waren, jetzt begleitet vom fahlen Leuchten der über uns schwebenden Klinge, die wie ein Wächter auf Lady Sarah achtgab.

Mit jeder vergehenden Sekunde steigerte sich bei uns die Spannung. Der Druck war kaum noch auszuhalten. Lady Sarah nahm es gelassener hin als wir.

Suko, Wladimir und ich blieben ihr auf den Fersen, als sie den Gang durchschritt und sich in die Richtung wandte, wo einer der Ausgänge lag, der zum Innenhof führte.

»Das geht nie gut!«, wisperte Suko. »Verdammt, wo will sie denn hinfahren?«

»Ich weiß es nicht.«

»Hoffentlich spielt Tschigin mit!«, murmelte Golenkow.

»Reichen ihm die Warnungen nicht?«

»Der ist borniert bis in die letzte Haarspitze. Ein sturer Apparatschik und Parteigänger. Außerdem hat er Angst, Fehler zu begehen und dann versetzt zu werden.«

Das konnte ich mir lebhaft vorstellen.

Seltsamerweise blieb er ruhig. Der Oberst schien tatsächlich Vernunft angenommen zu haben, aber ganz sicher konnte man bei ihm nie sein. So mussten wir zunächst einmal abwarten, wie es weiterging.

Wir erreichten jetzt den Bereich, der direkt hinter der Eingangstür lag. In dem hallenartigen Raum fielen mir die zahlreichen Fußspuren auf dem Boden auf. Sie alle wiesen in Richtung Tür, und ich verspürte ein unangenehmes Gefühl.

Die Tür war verschlossen.

Zwei Schritte davor blieb Lady Sarah stehen. »Würdest du bitte so freundlich sein und mir die Tür öffnen, John?«, fragte sie.

»Ja, ist gut.«

Ich ging hin, legte meine Hand auf das kalte Metall der Klinke und zog die Tür auf.

»Danke!« Ihre Stimme war kaum wiederzuerkennen.

Ich trat zur Seite. Dabei warf ich einen Blick auf die Buchseite.

Noch immer quoll das Blut hervor. Ich hatte dafür keine Erklärung, nickte Lady Sarah zu und spürte, ebenso wie sie, den kalten Wind, der durch den Spalt in den Raum blies und wie mit Eishänden durch unsere Gesichter fuhr.

Die Horror-Oma ging weiter. Sie trat über die Schwelle, erreichte das Podest am Ende der Treppe, und wir sahen sie nur noch als Schatten. Um sie besser erkennen und ihren weiteren Weg verfolgen zu können, mussten wir näher heran.

Wir drei standen auf der Schwelle nebeneinander. Äußerlich unbewaffnet, Rasputin sollte keinen Verdacht schöpfen. Ich schielte auf mein Kreuz. Noch sah ich sein Gesicht, das sich dort abzeichnete. Ich hatte es noch immer nicht verwunden, dass es ihm gelungen war, mein Kreuz in seinem Sinne zu manipulieren.

Sarah Goldwyn war nicht mehr weitergegangen. Ihre Fußspitzen berührten fast die Kante der obersten Stufe.

»John, der Wagen fehlt noch!«, hörte ich ihre flach klingende Stimme. »Er war versprochen worden!«

»Ja, verdammt. Ich kann es nicht ändern!«

»Wenn er nicht kommt, wird alles vorbei sein. Rasputin hat die Kraft, sein Testament zu zerstören. Er hat sich mich als Partnerin ausgesucht. Ich soll mehr über sein Testament und über seinen Kontakt zu Baal erfahren, aber wenn die Gegebenheiten nicht stimmen, dann wird er das Testament zerstören. Das hat er mir gesagt. Die Kraft hat er.«

Ich nahm ihr die Worte ohne weiteres ab und wandte mich an Wladimir Golenkow. »Kannst du denn nichts tun?«

»Nein. Es ist allein Tschigins Sache, ob er mitspielt oder nicht. Ich weiß, dass es schlimm ist, aber ich kann daran leider nichts ändern, so gern ich es auch getan hätte.«

»Ja, ich verstehe.«

So warteten wir und warfen einen Blick auf den düsteren, weiten Innenhof des Klosters.

Aus manchen offenen Zellenfenstern fielen Lichtstreifen nach draußen und zeichneten breite, helle Balken auf den Boden.

Die Schüler standen jetzt hinter den Fenstern. Trotz geschlossener Zellentüren musste sich herumgesprochen haben, dass etwas Ungewöhnliches vorging. Man beobachtete, griff aber nicht ein.

Ich blickte auch zu den Schattenstellen hinüber, die im Innenhof überwogen. Bei einigen hatte ich das Gefühl, als würden sie sich bewegen. Es konnte sein, dass sich dort jemand versteckt hielt.

»Er wartet nicht mehr lange!« Lady Sarahs Stimme unterbrach die lastende Stille.

Genau da hörten wir das Quietschen. Wladimir Golenkow wusste die Erklärung für dieses Geräusch. »Da öffnet jemand das Tor zur großen Garage. Es geht also los.«

Wir hörten, wie ein Motor ansprang, dann erhellten lange gelb-weiße Lichtspeere den Innenhof, glitten über das Mauerwerk, und aus dem Dunkel des Hofes schob sich ein dunkles Auto hervor.

Es wurde nur im Schritttempo gefahren und hielt auf die Treppe zu, wo Lady Sarah darauf wartete, sich endlich absetzen zu können.

Vor der letzten Stufe wurde das Fahrzeug gestoppt.

Die Horror-Oma schaute noch einmal zurück, sah Sukos und mein Lächeln, dann ging sie.

Sehr vorsichtig stieg sie die Treppenstufen hinab, während beim parkenden Fahrzeug die Fahrertür aufschwang und ein Mann das Auto verließ.

Es war Oberst Tschigin. Er hatte also selbst den Wagen geholt. Neben der Tür blieb er stehen, einen Arm auf das Dach gelegt. Seine kalte Stimme hallte uns entgegen. »Es ist alles so geschehen, wie Sie es gewünscht haben. Hier steht das aufgetankte Fahrzeug. Die Frau braucht nur einzusteigen und wegzufahren.«

»Danke!«, hörten wir Lady Sarah sagen.

»O bitte. Keine Ursache. Man ist ja flexibel.« Tschigin lachte und verschwand in der Dunkelheit. Die Fahrertür ließ er offen.

Neben mir schüttelte Wladimir den Kopf.

»Was hast du?«, fragte ich ihn.

»Ich traue dem Braten nicht. Tschigin hat bestimmt einen Trick in der Hinterhand. Dem ist so etwas immer zuzutrauen.«

»Du sprichst mir aus der Seele.«

Vorerst tat sich nichts. Der Wagen stand da, die Scheinwerfer leuchteten geradeaus und warfen große, helle Kreise auf die Innenseite des Tores. Über die Klostermauern hinweg fuhr ein kalter Wind, der den Geruch von Schnee mit sich trug.

Die Schritte des Oberst Tschigin verstummten, nachdem er quer über den Hof gegangen war. Mich wunderte, dass er nicht zu uns kam.

Lady Sarah hatte die Treppe fast hinter sich gelassen. Verflucht, ich wusste nicht, ob sie fahren konnte. Deshalb fragte ich sie laut danach und erhielt die Antwort, ohne dass sie sich umdrehte. »Ich werde es schon schaffen, John.«

»Und wo sollen wir dich suchen?«

»Keine Ahnung.«

Ich hätte mir die Haare einzeln ausraufen können. Die Frau konnte einen Menschen an den Rand der Verzweiflung bringen. Wenn sie nur nicht so stur gewesen wäre!

Hier ging sie ebenfalls ihren Weg, umrundete den Kühler der schwarzen Limousine und näherte sich der offen stehenden Tür.

Bisher lief alles normal.

Auch dann noch, als Lady Sarah die Tür erreichte, die so bequem und einladend weit offen stand, sodass die Horror-Oma ohne Schwierigkeiten in den Wagen steigen konnte.

Sie wollte es tun, hatte sich schon ein wenig gebückt, als ein scharfer Befehl in russischer Sprache über den Innenhof des Klosters hallte.

Das Echo schwang noch in der Luft, als von mehreren Seiten und aus den schattigen Stellen lange Lichtspeere zielten, die nur auf eine Person fixiert waren.

Auf Lady Sarah!

Sie stand da, blinzelte, wurde so geblendet, dass sie nichts sehen konnte, und dann hörten wir einen weiteren Befehl.

Diesmal auf Englisch. »Feuer!«

Im nächsten Augenblick knatterten die Schüsse!

Ich wollte es kaum glauben, es war der reine Irrsinn, so etwas zu tun, und ich hörte trotz der Schussgeräusche, wie mein russischer Freund Wladimir schwer seufzte.

Tschigin war nicht zu halten gewesen. Das sahen wir in diesen Augenblicken, wo die Angst um Lady Sarah bei uns ins Unermessliche wuchs, denn ich sah sie schon im Geiste unter den schwerkalibrigen Geschossen blutend zusammenbrechen.

Doch da irrte ich mich. Oberst Tschigin hatte die besten Schützen ausgewählt, und die zielten auf das Testament in den Händen der Horror-Oma.

Manchmal wird das Unmögliche wahr. Die Kugeln rissen Lady Sarah die Kladde aus der Hand. Die Frau selbst wurde von keiner Kugel getroffen. Ich hörte sie trotzdem schreien, sie stand da, hatte die Arme ausgestreckt und starrte der Kladde nach, die durchlöchert durch die Luft tänzelte.

Irgendetwas riss auf. Plötzlich flogen lose Blätter hervor. Sie taumelten wie altes Laub, schwangen innerhalb der grellen Lichtlanzen, wurden von ihnen sehr deutlich gezeigt, und ich sah das Blut an ihren Rändern und auf den Seiten.

»In Deckung!«, brüllte ich Lady Sarah zu, die der Schreck gelähmt zu haben schien, denn sie rührte sich noch immer nicht von der Stelle.

Dann verstummten die Schüsse.

Das genau war unsere Chance.

Wir jagten mit großen Sprüngen die Stufen der Treppe hinab, umliefen den Wagen, und es war Suko, der Lady Sarah zuerst erreichte und sie in Deckung zog.

Ich lief woanders hin und ging dort in die Knie, wo die Reste des Testaments lagen.

Fliegende Blätter, in einem Kreis verteilt. Manche wurden vom Wind gepackt und wieder hochgeschleudert, sodass ich hinter ihnen herlaufen musste.

Wladimir half mir dabei. Wir fingen einige ein, pressten sie gegen unsere Körper, auch Suko half bei der Suche, um zu retten, was noch zu retten war.

Dann hörten wir Tschigins Stimme. »So einfach ist das!«, rief er. »So einfach. Was haben Sie für einen Aufstand wegen dieser paar Seiten gemacht? Sammeln Sie ruhig die Sachen auf. Ich bin sicher, dass sich die entsprechenden Stellen dafür interessieren werden.«

»Jetzt hat er seinen Triumph«, sagte Wladimir leise.

»Glaube ich nicht.«

»Wieso?«

Ich sammelte noch zwei weitere Blätter auf. »Rasputin wird sich das kaum gefallen lassen.« Ich erhob mich wieder.

Suko hatte inzwischen die Kladde gefunden und aufgeschlagen. Er legte sie auf das Wagendach. Wir standen noch immer im Licht und wurden von den Augen der zahlreichen Scharfschützen beobachtet.

Ich legte meine Blätter zuerst hin, Wladimir folgte, Suko wollte es auch, als er eine Warnung schrie.

»Der Dolch!«

Wir schauten nicht erst nach oben, sondern warfen uns rechts und links zur Seite. Damit auch außerhalb der Gefahrenzone.

Wie ein grüner Komet stürzte Baals Opferdolch aus dem grauen Himmel in den Hof. Er wollte nicht uns töten, sondern hatte sich ein anderes Ziel ausgesucht.

Das Buch.

Mit voller Wucht rammte er hinein!

Wir lagen nicht mehr am Boden, hatten uns abgerollt und waren wieder aufgestanden. So sahen wir, die im Düstern lauernden Soldaten sowie der Oberst mit, wie das Testament durch den Opferdolch des Götzen Baal vernichtet wurde.

Er war nicht nur mit seiner an der Unterseite gebogenen Klinge hineingejagt, er setzte auch seine dämonische Kraft ein, um das Testament zu vernichten.

Ich hörte einen leisen, klagenden Schrei, den Rasputin ausgestoßen hatte und der in meinem Hirn nachhallte. Ich sah auch Lady Sarah über den Hof taumeln, lief ihr entgegen und fing sie auf.

In meinen Armen sah sie der Vernichtung des Testaments durch den Dolch zu.

»Es war alles umsonst!«, flüsterte sie. »Das Testament ist zerstört.«

Das war es in der Tat. Auf dem Wagen verbrannte es in einem grünen Feuer. Und auch den Dolch sah ich nicht mehr. Er musste irgendwo ins Dunkel getaucht sein, aber dorthin, wo er von uns nicht entdeckt werden konnte. Vielleicht hatte Baal ihn dank seiner Magie zurückgeholt, das alles konnte man nicht mit Bestimmtheit sagen.

Eines aber stand fest.

Rasputins Testament, dessen Inhalt vielleicht an den Grundfesten der Welt gerüttelt hätte, gab es nicht mehr. Es war vor unseren Augen verbrannt.

Und das Feuer griff um sich.

Plötzlich stand auch der Wagen in Flammen. Es würde nicht mehr lange dauern, bis die Flammen den Tank erreicht hatten und das Gefährt in die Luft flog.

Das wollte ich keinem von uns zumuten, deshalb zog ich Lady Sarah rasch weg. Wir liefen in das Kloster und hatten kaum die Treppe hinter uns gelassen, als im Hof das Fahrzeug explodierte. Jetzt brannten seine Reste aus.

Wladimir Golenkow und Suko standen bei uns. Der Russe zog ein bedenkliches Gesicht, dann ein überraschtes, denn er hatte auf mein Kreuz geschaut.

»Verdammt, John, sieh mal!«

Ich hielt die Luft an. Rasputins Gesicht war verschwunden. Es glänzte wieder normal. Nur eben mit dieser leeren Stelle am Treffpunkt der beiden Balken.

War der Fall Rasputin damit beendet?

Es sah so aus, aber ich wollte daran nicht so recht glauben, und ich sollte Recht behalten.

ENDE

Finale in der Knochengrube

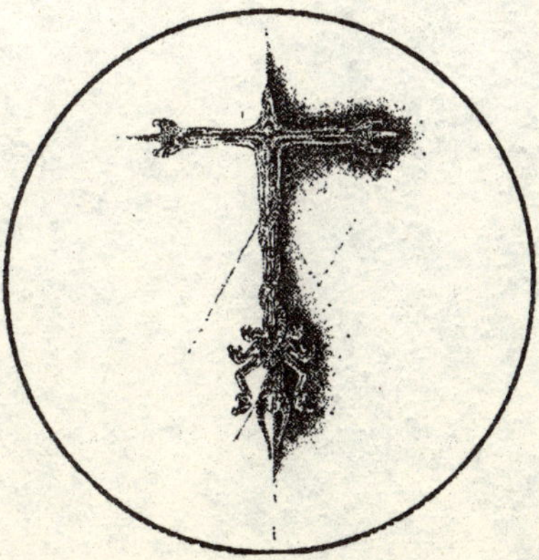

Als Tschigin unsere ernsten Gesichter sah, grinste er. Aus dem Hintergrund gesellte sich eine weitere Person zu uns. Es war unser Freund Wladimir Golenkow. Tschigin begrüßte ihn mit einem heftigen Nicken. »Sollen wir nicht hineingehen?«

»Wie Sie meinen«, sagte ich.

Der Oberst lachte freudlos. »Eigentlich sind wir nicht weiter als vorher. Es hat sich wenig verändert.«

»Bis auf die Toten«, widersprach Lady Sarah.

Tschigin hob die Schultern. »Was wollen Sie? Diese Männer waren in der Ausbildung. Man konnte ihren Status mit dem eines Soldaten vergleichen. Sie mussten immer darauf gefasst sein, für ihr Vaterland zu sterben.«

»Toll, wie sich das anhört!«, erklärte die Frau voller Spott. »Wirklich, ich könnte lachen, wenn es nicht so traurig wäre.«

Der Oberst hörte nicht hin. Er winkte lässig ab und schritt die Stufen hoch.

Bevor wir ihm folgten, hielt ich Wladimir fest. »Was haben wir zu erwarten?«

Der KGB-Mann strich über sein glattes Haar. »Was haben wir zu erwarten?«, wiederholte er. »Tschigin wird seinen Triumph auskosten. Er befindet sich in einer euphorischen Stimmung.«

»Davon habe ich nichts bemerkt«, meinte Suko.

»Ich kenne ihn. Er hat sogar gegrinst. Das tut er sonst nie. Der ist normalerweise wie ein Eisschrank.«

»Auch die kann man auftauen«, erklärte Lady Sarah voller Trotz und schüttelte sich, als hätte sie jemand mit kaltem Wasser übergossen. Ihr Gesicht nahm einen harten Zug an, sie blickte starr geradeaus auf die Treppe, die wir hinaufschritten, um in das als Agentenschule umfunktionierte Kloster zu gelangen.

Wie es weitergehen sollte, wusste ich tatsächlich nicht. Wir hingen hinter dem Eisernen Vorhang fest. Uns stand zwar Wladimir Golenkow zur Seite, der aber musste auf Tschigin, seinen Vorgesetzten, hören, und der Oberst war auf

Wladimir nicht gut zu sprechen, da sich dieser nicht auf seine, sondern auf unsere Seite geschlagen hatte.

Es lief also nicht gut.

Am meisten musste Sarah Goldwyn leiden, obwohl sie es nicht zeigte. Sie hatte Strapazen auf sich genommen, war von dem verstorbenen Rasputin als Geistführerin auserwählt worden und hatte mit ansehen müssen, wie das Testament durch den grünen Opferdolch, der dem Götzen Baal gehörte, zerstört wurde.

In der Halle war es kaum wärmer als draußen. Ich schloss die Tür.

Oberst Tschigin hatte die Tür zu dem Zimmer, in dem er mit uns reden wollte, nicht verschlossen. Wir sahen ihn hinter einem protzigen Schreibtisch sitzen und hörten seine sonore Stimme. »Treten Sie doch näher.«

»Da ist wenigstens geheizt«, sagte Wladimir. »In diesem Raum empfängt er immer die Besucher.«

»Ah so.«

»Aber bildet euch nichts darauf ein. Der Kerl ändert von einem Augenblick zum anderen seine Laune.«

Lady Sarah übte sich in schwarzem Humor. »Wenn ich den zum Mann hätte, würde ich ihn vergiften und nicht erschießen.«

»Wieso?«, fragte Suko.

»Weil der keinen Schuss Pulver wert ist.«

Wir mussten uns das Lachen verbeißen. Ich war trotzdem froh, dass die Horror-Oma ihren Humor nicht verloren hatte, nach allem, was sie hinter sich hatte.

Das Zimmer war nicht nur wesentlich größer als das Büro, in dem wir Tschigin zuerst gegenüber gesessen hatten, sondern auch wesentlich besser eingerichtet. Zwei Lenin-Bilder schmückten die Wände.

Tschigin paffte an einer Zigarre. »Aus Kuba«, sagte er, nahm sie aus dem Mund und betrachtete sie prüfend. »Ich gönne mir nur eine, wenn ich einen Sieg errungen habe.«

»Und das haben Sie jetzt?«, fragte ich.

Tschigin beugte sich vor. »Ja!«, knallte er uns seine knappe Antwort entgegen.

Suko, Lady Sarah und ich hatten uns hingesetzt. Wladimir war stehen geblieben. Ihm wurde kein Platz angeboten, dafür durfte er Wodka und Gläser für uns alle holen.

»Ich möchte mit euch anstoßen«, sagte der Oberst. «Und zwar darauf, dass ich der Stärkere geblieben bin. Den ganzen Quatsch könnt ihr vergessen, und dieser komische Dolch ist auch verschwunden. Also trinken wir, und dann sehen wir weiter.«

Suko beugte sich vor. »Wie weit?«

Tschigin paffte eine dicke Wolke und hob die Schultern. Der Sessel, in dem er hockte, war viel zu groß. »Ich bin mir noch nicht sicher, ob ihr nicht doch Spione seid. Das wird sich alles herausstellen, wenn sich die Verhörexperten einschalten.«

»Es wäre Freiheitsberaubung«, sagte ich.

»Nein, nicht hier. Unser Land muss sich schützen. Viele wollen den sozialistischen Fortschritt sabotieren. Dem muss man einen Riegel vorschieben, das ist alles.«

Wladimir reichte uns die Gläser. Einen Schluck konnten wir wirklich vertragen. Auch Sarah Goldwyn.

Der Oberst nahm die Flasche und goss sein Glas fast bis zum Rand voll.

»Hat der große Vorsitzende den Wodka nicht verboten?« Ich konnte es mir nicht verkneifen, die Frage zu stellen.

»Nein, nicht ganz. Verdiente Männer, zu denen ich mich zähle, dürfen trinken.«

»Aber nur in Maßen«, sagte ich spöttisch.

»Sei nur nicht so überschlau, Engländer. Dir wird man noch einiges bis zum Stehkragen aufreißen, das kann ich dir versprechen. Vielleicht verschwindest du auch in irgendeinem Arbeitslager.«

Ich enthielt mich diesmal eines Kommentars und schüttelte nur den Kopf. Wladimir reagierte ebenso, aber der Oberst sah es nicht, denn er schüttete den Wodka wie Wasser in seine Kehle. Als er das Glas absetzte, war es zur Hälfte leer.

»Das tat gut«, stöhnte er und fuhr sich über den Bauch, während er breit grinste.

Wir hatten nur an dem »Stoff« genippt. Brennend interessierte uns, was uns der Oberst erzählen wollte. Er wollte gerade loslegen, als ihn etwas störte.

Auch uns waren die Stimmen draußen in der Halle aufgefallen. Sie waren gut durch die dicke Holztür zu hören.

Tschigin verzog verärgert die Mundwinkel und wies Wladimir Golenkow an, nachzusehen.

Der KGB-Mann ging zur Tür. Er hatte schon die Hand ausgestreckt, als das passierte, was man in dieser Schule als eine Art Todsünde ansehen konnte. Jemand hatte sich von der anderen Seite gegen die Tür geworfen und sie aufgedrückt.

Golenkow wich zurück. Tschigin sprang wie ein Kastenteufel in die Höhe. Seine Augen sagten mehr als tausend Worte. Und seine erbarmungslosen Blicke trafen den Soldaten, der über die Schwelle getaumelt war.

Der Mann ging gebückt zwei, drei Schritte, hatte Mühe, sich auf den Beinen zu halten, und wuchtete erst dann seinen Oberkörper in die Höhe. Wir hatten uns umgedreht und sahen sein Gesicht.

Es war eine blutige Masse.

Die rechte Seite war eine einzige klaffende Wunde. Sie war durch irgendeinen Gegenstand gerissen worden, und ich dachte sofort an Baals Opferdolch.

»Verdammt, was ist?«, schrie Tschigin.

Der Mann taumelte an uns vorbei auf den Schreibtisch zu, erreichte ihn und klammerte sich an der Kante fest, während er mühsam den Kopf hob und versuchte, Meldung zu machen.

Längst hatten Suko und ich ihn gestützt. Die Worte, die er sagte, verstanden wir nicht, aber Tschigin hatte sie gehört, und sein Gesicht zeigte einen verwunderten Ausdruck.

»Was hat er gesagt?«, fuhr ich den Offizier an.

Nicht Tschigin gab die Antwort, sondern Wladimir Golenkow, der hinter uns stand. »Er hat von gewaltigen Vögeln gesprochen, die das Kloster umkreisen und ihn dann angegriffen haben.«

Wir ließen ihn los, denn er war bewusstlos geworden. Vor dem Schreibtisch legten wir ihn behutsam zu Boden.

Suko schaute mich starr an, während Tschigin den Telefonhörer abnahm. Mochte der Teufel wissen, wen er jetzt anrufen wollte.

»Vögel, John«, sagte Suko, »verstehst du das?«

»Möglich«, antwortete ich knapp, denn mir schoss plötzlich etwas durch den Kopf. Ich erinnerte mich an eine ganz bestimmte Sache, die zwar nicht so lange zurücklag, die mich jedoch tief in die Vergangenheit geführt hatte. Ich hatte im Körper eines anderen gelebt. Ich war Torkan gewesen, der Barbar!

Diese Erinnerung verglich ich mit einem kurzen Adrenalinstoß, der durch meine Adern raste. Ich wusste nicht, aus welchem Grund dieses Bild plötzlich auftauchte, es war auch schnell wieder weg, und ich hörte Sukos Frage.

»Was war denn?«

Ich winkte ab. »Nichts von Bedeutung. Komm endlich mit. Wir haben schon zu viel Zeit verloren.«

An der Tür vernahmen wir noch die Stimme von Oberst Tschigin. »Ich habe unseren Arzt alarmiert!«

Wenigstens handelte er hin und wieder menschlich. In der Halle brannte der Leuchter. Der Soldat war durch den Raum gewankt. Wir sahen Blut auf dem Boden.

Von draußen hörten wir vereinzelt Schüsse. Das Peitschen der Gewehrschüsse rollte hell und scharf zwischen den Mauern.

Jemand schrie laut Befehle. Wieder wurde geschossen, und ich hielt Lady Sarah zurück, die sich ebenfalls an der Ausgangstür drängte. »Bleib in Deckung!«

»Aber wieso?«

»Es wird geschossen, Sarah.«

»Schon gut, John.« Wenn es darauf ankam, war die Horror-Oma vernünftig, so gern sie sich auch von der Gefahr anziehen ließ. Wladimir, Suko und ich hatten die Tür erreicht. Wir hatten die Berettas gezogen. Durch den breiten Spalt pfiff uns der kalte Wind ins Gesicht. Die Temperatur war noch weiter gesunken. Ich hatte das Gefühl, als wäre der Frost über das Land gefallen, um alles erstarren zu lassen.

Die Schüsse waren verstummt. Trotzdem erlebten wir eine geisterhafte Szene. Sie kam mir vor wie ein Ausschnitt aus einem Kriegsfilm. Riesige Scheinwerfer suchten den Himmel mit ihren Lichtlanzen nach anfliegenden Bombern ab.

Der Hof war in ein Muster von Scheinwerferstrahlen getaucht. Sie kamen von verschiedenen Seiten, trafen zusammen und bildeten Inseln.

Von den Vögeln sahen wir nichts.

»Gelogen hat der Mann nicht«, hörte ich Wladimirs Stimme und drehte mich um, weil ich Schritte hörte. Mehrere Männer rannten durch die Halle. Einer von ihnen trug einen weißen Kittel. Die anderen beiden schleppten eine Trage.

Mal stachen die Lichtbahnen schräg in den nachtdunklen Himmel, dann wieder waagerecht.

Wenn es die Vögel tatsächlich gab, hatten sie sich gut versteckt oder waren wieder verschwunden. Die Helligkeit, die sich so scharf mit den dunklen Stellen abwechselte, ließ ein genaues Sehen nicht zu. Etwas trieb durch die langen Streifen. Nur waren dies keine Vögel, sondern Dunstschwaden, die vom Boden hochstiegen.

Die Männer draußen suchten weiter. Sie schwenkten die Scheinwerfer so, dass jeder Winkel des Hofes ab- und ausgeleuchtet wurde, aber ein Erfolg war nicht zu erkennen.

Kein Vogel schwang sich in die Luft.

Wir zogen uns wieder in die Halle zurück, durch die der Verletzte abtransportiert wurde.

Auch Tschigin hatte sein Büro verlassen. Sein Gesichtsausdruck wirkte noch härter. Wir hörten seine wütende Stimme.

»Es ist nichts entdeckt worden. Oder haben Sie etwas gesehen?«

»Nein, Genosse Oberst«, erklärte Wladimir. »Tut mir Leid.«

»Was hat dieser Kerl denn nur für einen Unsinn über irgendwelche Vögel geredet!«, beschwerte sich der Oberst. »Das ist doch einfach Quatsch.«

Ich dachte nicht so, hielt aber den Mund, weil Tschigin mir bestimmt nicht geglaubt hätte. Wahrscheinlich machte ihn das wütend. Außerdem wollte er eine Entscheidung herbeiführen und drückte uns zur Seite, um den Innenhof zu betreten.

Dieser Kerl konnte schreien, das hörten wir in den nächsten Sekunden, als er befahl, das Feuer einzustellen.

Jemand antwortete ihm aus irgendeiner Ecke.

Tschigin schritt über die Treppe. Er schaute auf die Stufen. Dort befand sich ebenfalls Blut.

»Was machen wir?«, fragte Suko. »Sollen wir bleiben?«

»Ja, erst mal abwarten.« Ich wollte nicht unbedingt in den Innenhof gehen und mich als Zielscheibe präsentieren.

Anders der Offizier. Er hatte die Treppe hinter sich gelassen und blieb stehen. Die Arme in die Hüften gestemmt, die Mütze in den Nacken geschoben, schielte er in die Höhe und starrte in die hellen Bahnen der Scheinwerfer, ohne auch nur einen Vogel zu sehen.

Wir hörten ihn sprechen, verstanden seine Worte jedoch nicht. Ich bat Wladimir, sie uns zu übersetzen.

Der KGB-Mann lächelte schmal. »Tschigin dreht wohl bald durch. Er versteht das alles nicht. Rechnet damit, dass er euch die Schuld in die Schuhe schiebt. Wenn er nicht mehr weiterweiß, sind alle anderen für ihn Spione und Saboteure.«

Mir war schon klar, dass die Vögel da sein mussten. Wenigstens etwas Vergleichbares, denn die Wunden im Gesicht des Soldaten konnten nur von scharfen Gegenständen stammen, zu denen ich auch die Schnäbel zählte.

Wie dem auch war, unsere Gegner hielten sich versteckt.

Tschigin drehte sich um. Wir konnten sein Gesicht deutlich

erkennen. Im blassen Licht des Scheinwerferstrahls wirkte es wie das einer lebenden Leiche. Er hatte die Augen noch mehr verengt, der Mund zeigte einen grausamen Zug.

»Zieht euch warm an. Tschigin ist in Hochform!«, erklärte Wladimir Golenkow leise.

»Wir aber auch«, gab Suko zurück.

Noch einmal sah sich der Oberst um, ohne einen Gegner entdecken zu können. Danach ging ein Ruck durch seine Gestalt, als er sich entschlossen hatte, den Hof zu verlassen.

Wütend rannte er die Treppe hoch und stand plötzlich im Scheinwerferlicht.

Wir sahen alles sehr deutlich. Jeden Knopf und jeden Orden an seiner Jacke.

Aber wir sahen auch den Schatten.

Er musste auf dem Dach gelauert haben. Jetzt allerdings ließ er sich fallen und entfaltete sich dabei zu seiner vollen Größe.

Er breitete die Schwingen aus, die wie träge, große Lappen in der Luft lagen. Wir sahen den rötlichen Kopf, den langen, spitzen Schnabel, der offen stand, und ich wusste sofort, wen ich vor mir hatte.

Baals Leichenvögel!

Ich hatte mich nicht geirrt. Die Erinnerung vorhin im Büro, als der verletzte Soldat etwas über die Vögel erzählt hatte, das alles traf wunderbar zusammen.

Nun sah ich ihn.

Aber auch Tschigin hatte ihn wahrgenommen. Was in den nächsten Sekunden folgte, alles lief sehr schnell ab, kann ich nur langsamer wiedergeben, denn ich muss der Reihe nach berichten.

Oberst Tschigin stand auf zwei Stufen. Sein rechtes Bein hatte er vorgestemmt, den Kopf in den Nacken gelegt, und auf seinem Gesicht sah ich ein solches Unverständnis, wie ich es selten bei einem Menschen erlebt hatte.

Er reagierte überhaupt nicht, starrte in die Höhe, sah den Schatten, und die Wachtposten schossen auch nicht, da Tschigin selbst den Feuerbefehl aufgehoben hatte.

Wladimir schrie etwas, das ich nicht verstand. Ich rief dazwischen und wollte, dass der Oberst verschwand, während Suko schon seine Dämonenpeitsche zog.

Dann fiel der Vogel auf ihn.

Es kam uns vor, als wäre Tschigin von einer flatternden Decke verborgen, wir jedenfalls sahen ihn nicht mehr, hörten dafür seinen irren Schrei und erkannten, wie sich der widerliche Kopf des Vogels zusammen mit dem langen Schnabel hektisch bewegte.

Konnten wir schießen?

Normalerweise hätte ich es tun müssen, aber die geweihte Silberkugel hätte auch den Mann treffen können. Dieses Risiko war mir einfach zu groß.

»Dein Spiel, Suko!«, schrie ich und hielt den Russen zurück, auf dessen Gesicht sich Unverständnis und Schrecken miteinander mischten.

Mein Freund hatte verstanden. Er hatte die Dämonenpeitsche längst gezogen und den Kreis geschlagen, damit die drei Riemen aus der Öffnung rutschten.

Er griff ein.

Plötzlich huschte ein Schatten die Treppe hinunter, und mein Freund warf sich auf den mächtigen Körper des Vogels, der größer war als ein Geier. Er schlug gleichzeitig zu, traf auch, und in das Klatschen hinein hörten wir einen irren Schrei.

Tschigin hatte ihn ausgestoßen. Er musste Schreckliches durchmachen, wenn er so reagierte.

Aber auch der Vogel hatte etwas abbekommen. Die Peitsche war eine verflixt starke Waffe. Die drei aus der Haut des Dämons Nyrana gefertigten Riemen hatten sich tief in das schwarzmagische Gefieder des Leichenvogels versenkt.

Abermals hörten wir einen Schrei, während sich der Kopf

des Vogels aufbäumte und sein dünner Hals dabei wie das Teilstück eines Schlangenkörpers wirkte.

Aus dem Körper stieg ein ätzender Qualm auf, der uns entgegenwehte. Der lange Schnabel stand weit offen. Die Schreie klangen fast menschlich, und Suko, der mit seiner freien Hand den Hals umklammert hielt, schlug noch einmal zu.

Diesmal erwischte er den Leichenvogel dicht unter dem Schnabel. Die drei Riemen wickelten sich darum, entfalteten ihre Kraft, und als Suko seine Peitsche zurückriss, wurde der Kopf abgerissen. Mein Freund schleuderte ihn zur Seite. Er flog quer über den Hof und klatschte irgendwo außer unserer Sichtweite zu Boden.

Der Körper aber löste sich auf. Suko sprang hoch. Er trat gegen das Gefieder, befreite somit Oberst Tschigin von dieser Last und kümmerte sich um den Mann.

Uns hielt nichts mehr an der Treppe. Gemeinsam mit Wladimir Golenkow sprang ich die Stufen hinab und sah, dass es Tschigin nicht gutging.

Er war voll erwischt worden.

Mindestens dreimal musste der Leichenvogel zugehackt haben. Bevor ich mir den Mann genauer anschauen konnte, hörten wir ein fürchterliches Geräusch. Es kam uns vor wie ein hässliches Lachen, in das sich ein gemein klingendes Krächzen mischte.

Wir schauten in die Höhe.

Auch die Männer an den Scheinwerfern hatten reagiert. Sie schwenkten die Strahlen, und sie schafften es tatsächlich, einen zweiten Vogel aus dem Dunkel zu reißen.

Er kreiste über uns.

Diesmal schossen die Wachtposten.

Wir konnten alles sehr genau beobachten. Mir jedenfalls kam es vor, als würde ich einen Film erleben, so genau und überdeutlich war die Szene zu erkennen.

Kugelgarben trafen den Körper des Leichenvogels. Er wurde von den Einschlägen regelrecht durchgeschüttelt und begann in der Luft mit einem makabren Tanz.

Noch hielt er sich, denn es waren keine magischen Waffen, die auf ihn geschossen hatten. Normale Kugeln konnten ihn nicht vernichten.

Töten war seine Aufgabe, und der kam er auch nach. Plötzlich ließ er sich fallen.

Wie ein Stein flog er auf uns zu, schwerer geworden durch das Blei, das in seinem Körper steckte.

»Weg!«

Ich hatte das Wort gebrüllt, sprang zurück, stolperte über eine Stufenkante und fiel nach hinten. Noch bevor ich auf die anderen Stufen aufschlug, brachte ich meine Beretta in die Richtung des fallenden Vogels und drückte ab.

Ich schoss mehrere Male und in rasender Folge. Die Kugeln hieben in den mächtigen Körper des Leichenvogels, der sich nicht stoppen ließ. Auch Suko feuerte, während Golenkow zurückgesprungen war.

Dann klatschte das Monstertier auf.

Es war direkt vor der Treppe gelandet, auf den Resten seines Artgenossen, und der Hals mit dem langen Schnabel bewegte sich noch schnell und nickend nach vorn, sodass wir aufpassen mussten, nicht von den Schnabelspitzen erwischt zu werden.

Dicht neben meinem linken Bein ratschte der Schnabel über die Treppenstufe. Ich sah diesen rötlichen Kopf mit den hässlichen Augen und schoss noch einmal.

Direkt in eines der beiden Augen jagte ich die Kugel. Mein Gesicht war verzerrt, der Mund an den Winkeln nach unten gebogen, als würde er Ekel zeigen.

Der Vogel konnte diese letzte Silberkugel nicht mehr verkraften. Zudem briet Suko ihm noch mit der Dämonenpeitsche eins über, sodass sein Gefieder zerrissen wurde und die drei Riemen tief in das Fleisch drangen.

So aus der Nähe betrachtet, sah ich zum ersten Mal die Wunden, die die Peitsche gerissen hatte, und ich entdeckte auch die Flüssigkeit, die aus der Wunde quoll.

Sie war dick und hatte eine helle Farbe, in die sich dunkle

Streifen mischten. Der Leichenvogel zuckte noch einmal, bevor er sich dann zur Seite drehte. Seine Bewegungen waren schwerfällig, er schlug noch einmal mit den Flügeln, doch da hatte die Kraft bereits seinen Körper verlassen.

Wir hatten es geschafft.

Mein Rücken tat weh, darum kümmerte ich mich nicht, als ich mich hochstemmte.

Ich blickte Suko an, der mit ausgefahrener Peitsche dastand, heftig atmete und nickte.

»Du weißt, was das bedeutet?«, fragte ich ihn.

»Ja, ich war zwar nicht Torkan, der Barbar, aber du hast mir genug erzählt. Das sind Baals Leichenvögel, denen wir hier eine Niederlage beigebracht haben.«

»Genau. Und dies bedeutet, dass er selbst in den Kampf eingegriffen hat.«

Unsere Unterhaltung wurde unterbrochen. Es war der Teufel los. Aus allen Richtungen rannten die Aufpasser herbei. Schwer bewaffnete Männer, die jetzt von Wladimir Golenkow zurückgehalten wurden, damit wir uns um Oberst Tschigin kümmern konnten.

Er sah aus wie ein Toter oder zumindest wie ein Mann, der tödlich verwundet war. Seine Uniform, auf die er so stolz gewesen war, bestand nur noch aus Fetzen. Die Schnabelhiebe hatten sie zerstört. Die blinkenden Orden lagen auf der gefrorenen Erde. Tschigins Gesicht zeigte so viele Wunden, dass ich sie kaum zählen konnte und es auch nicht wollte. Der Mann lebte noch. Er atmete schwach. Vor seinen Lippen zerplatzten Speichelbläschen, die sich mit dem aus den Wunden herabrinnenden Blut vermischten.

Der Arzt war plötzlich wieder da. Er stieß uns zur Seite, besah sich den Verletzten und schüttelte den Kopf.

Wladimir Golenkow fragte ihn etwas, der Arzt antwortete knapp und winkte seinen beiden Helfern, die gerade den Schwerverletzten auf eine Trage hievten.

Sie schafften ihn weg. Der Arzt lief neben der Trage her und bellte einige Anordnungen den umstehenden Soldaten zu.

»Wie sieht es aus?«

Ich hatte mich an Wladimir gewandt. Der hob nur die Schultern und sagte: »Nicht besonders.«

»Wird er sterben?«

»Die Chance, dass er durchkommt, ist hauchdünn. Da will ich ehrlich sein.«

»Wie gut ist der Doc?«

»Na ja. Ein Militärarzt. Der schient dir ein Bein und kuriert gleichzeitig eine Schildkröte.« Wladimir wurde schnell wieder ernst und deutete auf die qualmenden Reste der beiden vernichteten Leichenvögel. »Wie soll ich das verstehen?«

»Es sind die Helfer des Götzen Baal!«

»Wieso?«

»Vergiss es.« Ich klopfte ihm auf die Schulter. »Dir das zu erklären würde zu lange dauern. Jedenfalls hat sich die Lage grundlegend geändert, und mein Gefühl bestätigt sich. Dieser Fall ist mit der Vernichtung des Testaments noch nicht beendet.«

»Du rechnest damit, dass es weitergeht?«

»Ja. Jetzt wird Baal direkt eingreifen. Wir müssen diesen Götzen zu sehr gereizt haben.«

»Und? Können wir uns eine Chance ausrechnen?«

»Das hoffe ich sehr. Wahrscheinlich befindet er sich in der Nähe und lauert auf uns. Ich frage mich nur, wo er stecken könnte und was er genau von uns will.«

»Vielleicht seinen Opferdolch.«

»Kann sein, aber der ist verschwunden. Möglicherweise hat er ihn schon an sich genommen.« Ich wechselte das Thema. »Wer übernimmt denn jetzt das Kommando?«

»Normalerweise Tschigins Stellvertreter. Aber der ist nicht anwesend, wie ich hörte.«

»Gehen wir in sein Büro.«

»Willst du nicht weg?«

»Noch nicht. Außerdem – wo sollten wir hin? Dein Land ist verdammt groß. Sag mir, wo ich Baal treffen kann, und ich mache mich sofort auf den Weg.«

»Da könnte ich mir etwas Leichteres vorstellen.«

»Eben.«

Über die Treppe gingen wir wieder hoch und betraten die Schule, wo Suko und Lady Sarah warteten. Der Inspektor hatte die Frau bereits eingeweiht. Sarah Goldwyn schüttelte immer nur den Kopf. Sie konnte es einfach nicht fassen.

Baal hatte also seine Leichenvögel geschickt. Mein Kreuz war nicht mehr manipuliert. Ich sah den Gesichtsausdruck des Magiers Rasputin nicht mehr. Wahrscheinlich war er jetzt aus dem Spiel, obwohl er den Kontakt zu Baal gehalten hatte.

Wir würden ja sehen, ob er sich noch einmal zeigte. Da in der Halle zu viel Betrieb herrschte, verzogen wir uns in Tschigins Büro. Und dort sahen wir etwas, das uns bisher noch nicht aufgefallen war.

Auf dem Tisch lagen die vier Karten. Er musste sie aus der Zelle, in der Sarah Goldwyn untergebracht worden war, geholt haben. Nur hatten sich die Tarock-Karten verändert. Sie zeigten nicht mehr die vier Motive, die wir kannten, sie waren verkohlt.

Aus der Traum!

Wer immer sie zerstört haben mochte – wir rechneten mit Baal –, er hatte die Verbindung zu Rasputin unterbrochen. Das wusste auch Lady Sarah. Sie machte einen traurigen Eindruck, als sie sagte: »Die große Verliererin in diesem Spiel bin ich wohl.«

»Wieso das denn?«, fragte ich.

»Junge.« Sarah setzte sich und schüttelte den Kopf. »Denk mal daran, dass ich es gewesen bin, die Rasputins Testament gefunden hat, aber ich bin nicht in der Lage gewesen, es zu verwerten. Man hat es mir entrissen und zerstört. Es verbrannte, der Dolch war stärker. Ich werde das Gefühl nicht los, dass es eine Kraft gibt, die es nicht haben will, wenn wir uns um Rasputin kümmern, weil er uns unter Umständen zu viel aus Bereichen mitteilen kann, die mehr über ihn und sein Geheimnis erzählen. So möchte ich es mal ausdrücken.«

Suko stand ihr bei. »Da kann sie durchaus Recht haben.«

Auch ich nickte. Da ich schwieg und nach meinem Glas griff, um einen Schluck Wodka zu trinken, stellte Wladimir Golenkow eine berechtigte Frage: »Wie geht es jetzt weiter?«

Er sah Lady Sarah an, dann mich und auch Suko. Von mir erhielt er keine Antwort, von der Horror-Oma ebenfalls nicht, nur Suko meinte plötzlich, und damit überraschte er uns alle: »Ich finde, dass unsere Chancen gar nicht so schlecht stehen.«

»Ach.«

»Ja, John Sinclair.« Er grinste, als hätte er einen besonderen Trumpf in der Hinterhand.

»Sag schon was!«, forderte Lady Sarah.

Suko machte es spannend und deutete auf die leichten Sessel. »Wollen wir uns nicht setzen?«

»Eine gute Idee«, meinte Lady Sarah. »Im Sitzen verträgt man Hiobsbotschaften und Niederlagen leichter.«

Suko winkte ab. »Ob es unbedingt Niederlagen sind, möchte ich nicht bestätigen.« Er holte sich Tschigins Stuhl herbei und setzte sich zu uns, sodass wir einen Halbkreis bildeten. »Ich garantiere für nichts«, begann er und gab sich selbst damit Rückendeckung. »Aber ich bin davon überzeugt, dass wir eine berechtigte Chance haben.«

»Und um was geht es?«, fragte Wladimir Golenkow.

»Um das Testament.«

»Das ist vernichtet.«

»Nein, nicht ganz!«, widersprach der Inspektor und griff unter seine Jacke. »Erinnert euch daran, wie es gewesen ist, als das Testament zerstört wurde. Ihr habt die Blätter aufgesammelt und sie wieder zurück in die aufgeklappte Kladde gelegt. Stimmts?«

Das konnten wir bestätigen.

Suko fuhr dort. »Dann erschien der Dolch, er stach in die Kladde hinein und zerstörte sie. Ein Feuer entstand, das auch auf den Wagen übergriff. Alles korrekt bisher?«

»Sicher«, sagte ich. »Aber was hat das mit dem Thema zu tun?«

»Moment, darauf komme ich noch. Es geht weiter. Ihr habt eure aufgesammelten Blätter wieder zusammengelegt, ich aber nicht.«

Plötzlich fiel bei uns der Penny. Ich schaute meinen Freund überrascht an. Den gleichen Gesichtsausdruck trugen auch Wladimir Golenkow und Lady Sarah zur Schau.

Die Horror-Oma räusperte sich, bevor sie fragte: »Soll das heißen, dass du noch Reste des Testaments besitzt?«

»In der Tat. Ich habe sie bisher unter meiner Jacke verborgen gehabt.«

Suko zog die Hand hervor. »Hier sind sie.«

Wir sahen die mit Blut beschmierten Seiten, die von Suko tatsächlich gerettet worden waren. Er legte sie auf den Tisch und begann damit, sie vor unseren Augen zu zählen.

Es waren nur acht, aber ihr Inhalt, über den wir noch nichts wussten, konnte uns möglicherweise weiterhelfen.

Uns fielen die schwarze Tinte und die steile Schrift auf. Die Worte wirkten wie gemalt.

»Nun?«

Ich nickte. »Das ist allerhand, wie ich zugeben muss. Du hast wirklich etwas geleistet.«

»Ja, und wir werden uns die Sachen genau durchlesen.«

»In welcher Sprache ist der Text denn verfasst?«, erkundigte sich Lady Sarah.

»In Russisch.«

»Prima«, sagte Wladimir. »Ich werde euch den Text übersetzen. Einverstanden?«

Niemand hatte etwas dagegen.

Wladimir Golenkow nahm die Blätter an sich, schob eine Lampe zurecht, damit er besseres Licht hatte, und nahm sich die erste Seite vor. Dabei blickte ich auf die Seitenzahlen und erlebte eine kleine Enttäuschung. Nur drei Seiten hatten eine fortlaufende Nummerierung.

Wladimir überflog den Text und runzelte die Stirn.

»Was ist denn?«, fragte ich.

»So schreibt heute keiner mehr.« Der KGB-Mann nickte

noch einmal und übersetzte uns die wenigen Seiten aus Rasputins Testament. Und wir hörten gespannt zu.

Es gab im Kloster auch ein Krankenzimmer. Der Raum war kahl, man hatte die Wände mit einer grün-braunen Lackfarbe gestrichen. Ein großer Heizkörper sorgte für Wärme und die unter der Decke hängende Lampe für Licht. Das Fenster war aus Sicherheitsgründen vergittert. Manche Kranke hatten nach ihrer Einlieferung schon durchgedreht und zu entkommen versucht. Dem hatte man nun vorgebeugt.

Oberst Tschigin lag im Bett und stöhnte. Man hatte ihm die Uniform ausgezogen, zudem war er gewaschen worden, hatte zwei Spritzen erhalten und sah aus wie eine Mumie, als er aus den Augenschlitzen zur Decke starrte.

Er war nicht bewusstlos geworden, trotz der Schmerzen, die in ihm wühlten. Aber die Spritzen hatten für einen lethargischen Zustand gesorgt, und von seinem verletzten Gesicht spürte er überhaupt nichts mehr. Es war wie taub.

Der Arzt sah noch einmal nach ihm. »Kannst du mich verstehen, Genosse Oberst?«, fragte er.

»Ja.«

»Es sieht nicht gut aus, das will ich dir ehrlich sagen. Es kommt auf dich, deinen Körper und deine innere Kraft an, ob du es überstehst. Ich kann dich leider nicht an den Tropf hängen, aber ich werde mit Leningrad telefonieren, damit du in die Militärklinik geschafft wirst.«

»Tu das.«

Der Arzt lächelte und verließ das Zimmer. Die Chancen standen für Tschigin nicht gut. Er hatte viel Blut verloren. Aber alte Soldaten und Kämpen wie er gehörten zu einem besonderen Menschenschlag. Die schafften vieles, was andere nicht packten. Und sie sprangen sogar hin und wieder dem Tod von der Schippe.

Oberst Tschigin blieb allein zurück. Er befand sich in dem

Dämmerzustand zwischen Wachen und Träumen. Auch wenn er es gewollt hätte, es wäre ihm nicht gelungen, sich in die Höhe zu stemmen. Dazu fühlte er sich einfach zu schwach.

Sein Gesicht war stark verbunden. Er würde nie mehr so aussehen wie zuvor. Dieser verfluchte Vogelschnabel hatte ihn verunstaltet.

Zum Glück war den Augen nichts passiert. In ihrer Höhe war die Wicklung des Mulls, wie vor dem Mund, unterbrochen worden.

Das Bett stand so, dass er auf die Tür schaute. Eine graue Fläche innerhalb der grünen Wand. Er sah sie nur verschwommen, ebenso wie die Bilder, die die Tür einrahmten.

Über die aufgerissenen Lippen drang hin und wieder ein Stöhnen, denn trotz der Spritze hatten ihn die Schmerzen nicht verlassen. Er spürte sie als dumpfes Pochen, und manchmal glaubte er, dass sein Herz einen Schlag übersprang.

Tschigin dämmerte dahin.

Aber er hielt die Augen offen und starrte zur Tür. Das Licht war schwach, damit es ihn nicht blendete.

Irgendwie fühlte sich der Oberst verlassen. Dieses Gefühl war ihm neu, er hatte es nie so gekannt, denn immer war er derjenige gewesen, der Befehle erteilt hatte. Jetzt lag sein Weiterleben in der Hand eines anderen, an den er nie hatte glauben wollen.

Zeit verstrich.

Der Oberst hatte dafür kein Gefühl mehr. Er dämmerte dahin, und er fühlte, wie es ihm immer schlechter ging. Neben seiner rechten Hand lag der Schalter für den Notruf, aber den brauchte er im Augenblick nicht. Ihm war etwas aufgefallen, und zwar an der Tür.

Bisher hatte er sie nur als graues Rechteck gesehen, doch plötzlich nahm sie Farbe an.

Und zwar ziemlich genau in der Mitte.

Zunächst glaubte er an eine Täuschung, außerdem konnte

er nicht so rasch denken, aber die Tatsache blieb bestehen. In der Türmitte zeigte sich etwas Grünes, das sich nicht nur ausbreitete, sondern auch zu leuchten und zu strahlen anfing.

Etwas kam von der anderen Seite.

Er wusste nicht genau, was es war, aber tief in seinem Unterbewusstsein kristallisierten sich Erinnerungsfetzen hervor. Tschigin dachte daran, dass er dieses Leuchten schon einmal gesehen hatte.

Nur wo?

Tschigin wollte nachdenken. Das aber strengte an. Nicht nur sein Körper war geschwächt, auch sein Hirn, sodass sich die Gedanken einfach nicht formulieren ließen.

Aber das Leuchten blieb, und es hatte etwas mit ihm zu tun. Sogar etwas Gefährliches.

Genau das war es.

Urplötzlich spürte er trotz seines Zustandes den Hauch der Gefahr, die von der Tür ausging.

Dieser Hauch verdichtete sich. Er wurde zu einer Strömung, die gegen den Schwerverletzten wehte, wobei dieser das Gefühl hatte, als würde sie über seinen zerschundenen Körper streichen, ihn dabei umklammern und die Organe zusammenpressen.

Jetzt schlug sein Herz wieder schneller, dennoch unnatürlich, und es löste mit jedem Schlag einen Teil der Urangst aus, die sich zu einem Ganzen verdichtete, gegen das der Oberst nicht ankam.

Dann zeigte sich der Dolch!

Als wäre er von einer nicht sichtbaren Hand geführt worden, so näherte er sich dem Bett. Die Tür, durch die er sich dank der magischen Kräfte gebohrt hatte, lag längst hinter ihm. Das neue Ziel hatte er bereits anvisiert.

Lautlos schwebte er durch die Luft.

Tschigin vernahm kein Rauschen, kein Pfeifen, kein Heulen, er hörte überhaupt nichts, der Dolch näherte sich ihm mit einer gespenstischen Lautlosigkeit und brachte den Tod sekündlich näher an den Menschen heran.

Tschigin spürte genau, dass er nicht mehr entkommen konnte. Auch wenn er die Kraft besessen hätte, diese Waffe war ihm über.

Eine geheimnisvolle Strahlung begleitete sie. Die Waffe flog höher als das Bett, sie würde bald über seinem Körper schweben.

Tschigin starrte gegen die untere Seite der Klinge. Sie war gebogen und sah aus wie eine kleine Sense. Und sie war sicherlich genauso scharf.

Der Dolch erreichte das Bett.

Tschigin geriet ins Schwitzen. Es war der Schweiß der Angst, der aus seinen Poren trat und sich mit dem noch nicht völlig getrockneten Blut unter dem Mull vermischte.

Noch nie im Leben hatte er eine solche Todesangst verspürt, auch nicht vor einigen Jahren, als er in Afghanistan einen Einsatz geleitet hatte und mit seiner Truppe in eine Falle der Freiheitskämpfer geraten war. Nur fünf Leute hatten überlebt. Tschigin erinnerte sich noch oft daran, wie neben ihm die Körper seiner Kameraden buchstäblich von den detonierenden Granaten zerfetzt worden waren. Der Druck verstärkte sich bei ihm. Er presste ihm die Brust zusammen. Wenn er atmete, dann immer nur stöhnend. Die Klingel rutschte ihm aus der Hand und fiel auf den Boden. Jetzt war sie außer Reichweite.

Der Dolch glitt weiter. Sanft, lautlos und gefährlich. Und er strahlte einen schrecklichen Tod aus.

Plötzlich aber stand er still.

Der Oberst hatte es zuerst nicht glauben wollen, weil sich alles vor seinen Augen drehte.

In den letzten Sekunden war er sich vorgekommen wie auf einem Karussell.

Tschigin durchlitt Höllenqualen. Nie zuvor in seinem Leben hatte er so etwas verspürt. Wenn man so dicht vor dem Ende stand, konnte man an nichts mehr denken, nur noch daran, dass bald die ewige Dunkelheit kommen und ihn nie mehr loslassen würde.

Der Dolch raste nach unten.

Es war ein unheimlicher Treffer. Ein wuchtiger Stoß, der das Messer in die Tiefe trieb und dem bewegungslos im Bett liegenden Mann keine Chance ließ.

Er bäumte sich auf, der Schmerz war plötzlich da. Er starrte auf den Griff, der aus seiner Brust ragte und praktisch zum Greifen nahe war. Und dann sah er das Feuer.

Es war das letzte Bild, das er mit hinüber ins Jenseits nahm. Die kleinen, zuckenden Flämmchen, die aus der Wunde stießen und sich rasend schnell ausbreiteten.

Sie wurden gedrückt, waren wie flinke Finger, erfassten die Bettdecke und setzten sie von einem Augenblick zum anderen in Brand, sodass aus den grünen Flammen ein normales Feuer entstand, in dessen Mittelpunkt sich der Dolch befand und nicht verbrannte.

Im Gegenteil. Er sorgte dafür, dass die Flammen noch mehr Nahrung erhielten und schon bald das gesamte Zimmer erfasst hatten. Die Leiche des Offiziers verbrannte. Das Bett war längst nicht mehr vorhanden. Und das Feuer breitete sich noch weiter aus. Der dicke Qualm drang in Richtung Fenster, die Scheibe zerplatzte, und erste Feuerzungen leckten nach draußen, während die Tür plötzlich aus dem Rahmen gesprengt wurde, sodass die rote Glut endgültig freie Bahn hatte.

Wladimir Golenkow hatte sich große Mühe gegeben, uns den Text zu übersetzen, aber es war eine fatale Angelegenheit, denn Rasputin, der abtrünnige Mönch, hatte gerade bei diesem Teil seiner Hinterlassenschaft wohl einen schlechten Tag oder eine miese Stunde gehabt, denn was er da niedergeschrieben hatte, war ziemlich belanglos gewesen und beschäftigte sich einzig und allein mit Dingen, die nur ihn und die Zarin etwas angingen. Da war von geheimnisvollen Tränken und gemixten Salben die Rede, die er der Herrscherin hatte zukommen lassen.

Das alles interessierte uns nicht, auch nicht, als wir hörten, dass Rasputin versucht hatte, mit Hilfe dieser Salben und Tränke den Tod zu überwinden.

»Es reicht nicht aus«, sagte ich.

»Leider!«, fügte der Russe hinzu und blätterte weiter, wobei er noch Lady Sarahs Frage hörte.

»Steht denn da nichts über Baal und sein Verhältnis zu Rasputin?«

»Nein, bisher nicht.«

»Wie viele Seiten hast du denn noch?«

»Vier.«

»Vielleicht haben wir Glück«, meinte die Horror-Oma.

Wladimir blätterte und las. Manchmal sprach er Worte in Russisch, schüttelte den Kopf und begann wieder zu übersetzen.

»Das ist fast Hofklatsch. Er schreibt über irgendwelche Hofschranzen, die sich um die Zarin tummelten und ihr angeblich mit Rat und Tat zur Seite stehen wollten. Rasputin hat sie immer gewarnt, und das war den anderen zu Ohren gekommen. Mehrmals konnte er feigen Mordanschlägen entgehen.«

»Wie hat man ihn denn umbringen wollen?«, fragte Suko.

»Durch Gift.«

»Das ist schließlich auch gelungen«, bemerkte Lady Sarah.

Wladimir blätterte weiter.

Es waren jetzt die letzten beiden Seiten, die vor ihm lagen. Er überflog sie und zuckte plötzlich zusammen, was uns nicht verborgen blieb.

»Ist was?«, fragte ich.

»Ja, zum Teufel. Hier steht der Name Baal.« Golenkow war plötzlich aufgeregt.

»Und?«

»Lass mich erst mal lesen.«

Bei uns stieg die Spannung. Ich zündete mir eine Zigarette an. Das Gesicht des Russen hatte sich verändert. Es zeigte eine ungeheure Anspannung. Manchmal zuckten unkontrolliert seine Augendeckel, oder er ballte eine Hand zur Faust. Er flüsterte, stockte, flüsterte wieder und machte sich Notizen. Genauso arbeitete er auch das letzte Blatt durch.

Bevor er es zur Seite legte, lachte er auf, blickte uns an und nickte. »Ich glaube, Suko, wir haben unwahrscheinliches Glück gehabt. Auf den letzten Seiten, die ich gelesen habe, befinden sich tatsächlich Informationen über Rasputin und sein Verhältnis zu dem alttestamentarischen Götzen Baal.«

»Rede schon«, sagte ich nervös.

Der Russe schüttelte den Kopf. »Moment noch.« Er griff zu seinem Zettel, auf dem die Notizen standen. »Vorweg gesagt, er hat es durch das Kartenspiel geschafft, Kontakt zu Baal aufzunehmen. Das geschah einige Jahre nach seinem Weggang aus diesem Kloster hier. Wie er es genau gemacht hat, habe ich nicht herausbekommen, aber er hat in seinem Testament der Nachwelt einiges hinterlassen, z. B. eine Ortsangabe, wo er mit Baal zusammentraf.«

»Kennst du die Gegend?«, fragte ich.

Wladimir hob die Hand. »Moment, sie ist verschlüsselt. Dieser Ort wird im Testament als Knochengrube bezeichnet.« Golenkow ließ den Zettel sinken. »Das war es«, sagte er.

»Mehr nicht?«, fragte Lady Sarah.

»Doch, aber das ist jetzt nicht von Belang. Es steht auch nichts über Beschwörungen zu lesen. Nur eben diese Knochengrube wird erwähnt. Dort muss er den Kontakt zu seinem großen Mentor oder Dämon gefunden haben.«

»Gibt es keine nähere Ortsbezeichnung?«, erkundigte sich Suko.

»Nein.«

»Und du weißt auch nichts darüber?«, fragte ich.

»So ist es.«

»Immerhin haben wir eine Spur«, sagte Sarah Goldwyn. »Und sie muss sehr heiß oder gut sein.«

»Wie kommst du darauf?«

Lady Sarah schaute mich lächelnd an. »Auch wenn ich

einige Jährchen älter bin als du, John, so kann ich doch nachdenken. Wenn die Spur nicht heiß gewesen wäre, hätte der Dolch sicherlich nicht versucht, das Testament zu vernichten. Baal wollte eben nicht, dass dieser Ort oder diese Spur gefunden wurde.«

»Alle Achtung«, murmelte ich und hatte keinen Widerspruch. Auch die anderen beiden sprachen nicht dagegen. Es war zwar nur eine Theorie, aber eine einleuchtende.

»Und jetzt brauchen wir nur noch eines zu tun«, sagte Lady Sarah. »Wir müssen die Knochengrube finden.«

»Das im größten Land der Erde«, stöhnte Suko. »Wie lange willst du denn da suchen?«

»Gar nicht mal so lange«, sagte Wladimir. »Auch bei uns gibt es gewisse Mittel, die man einsetzen kann.«

»Computer?«, fragte ich.

»Ja.«

»Das ist die Idee«, erklärte die Horror-Oma. »Also wenn ihr mich fragt, mich hält hier nichts mehr. Das Kloster kann mir gestohlen bleiben.«

Der heulende Klang einer Sirene unterbrach sie. Ob in den Staaten, in England oder in der UdSSR, für einen bestimmten Vorgang werden auch bestimmte Sirenen eingesetzt.

Und ich wusste genau, was dieses Heulen zu bedeuten hatte, obwohl mir Wladimir die Antwort aus dem Mund nahm.

Er sprang auf und rief. »Das ist Feueralarm!«

Uns hielt nichts mehr auf den Stühlen. Ich blieb bei Sarah Goldwyn, Suko und Wladimir liefen zur Tür und rissen sie auf.

Jetzt hörten wir das Heulen der Sirenen noch lauter, aber wir sahen weder Qualm noch Flammen.

Nur Männer, die mit Löschgeräten durch die Halle hetzten und in einem bestimmten Trakt des Klosters verschwanden. Wladimir Golenkow wies uns an, im Raum zu bleiben. Er wollte sich erkundigen, was geschehen war.

Das kam mir sehr gelegen. Ich wollte nicht unbedingt

durch das mir fremde Gelände irren, und so warteten wir ab.

Suko kam zurück. »Ich habe das Gefühl, dass es mit unserem Fall zusammenhängt.«

»Wie kommst du darauf?«

»Gefühl, John.«

Leider kannten wir das Kloster zu wenig, um genau sagen zu können, ob das Feuer es tatsächlich schaffen konnte, diese gewaltigen Mauern zu zerstören. Normalerweise nicht. Das war Stein, da fanden die Flammen keine Nahrung, wenn sie einen normalen Ursprung hatten.

Es konnte auch ein dämonisches Feuer sein. Ich brauchte nur an den verbrannten Wagen zu denken.

Es passte Suko und mir nicht, so zu warten. Wir gehörten zu den aktiven Typen, aber Golenkow kannte sich hier aus. Wenn er das sagte, war es besser.

Ein Knall schreckte uns auf. Es hatte sich angehört wie eine Explosion. Wir liefen zur Tür. Suko hatte die Seiten des Testaments wieder eingesteckt.

Ein Mann im Trainingsanzug rannte durch die Halle. Sein Gesicht war rauchgeschwärzt. Die Augen blickten unnatürlich hell. Er schrie uns etwas zu, bevor er nach draußen rannte.

Wir hatten seine Worte nicht verstanden, aber wir rochen jetzt den ätzenden Qualm. Bald schon kam Wladimir Golenkow zurück. Er befand sich inmitten einer Gruppe von Männern, die in aller Eile ihre wichtigsten Habseligkeiten in Rucksäcke gepackt hatte.

Das sah mir alles nach Flucht aus.

Auch Golenkow richtete seine Hand in Richtung Ausgang. »Wir müssen hier weg!«, schrie er. »Das Feuer ist nicht zu stoppen!«

»Wieso nicht?«

»Es reagiert weder auf Wasser noch auf Schaum. Außerdem haben die Flammen in ihrem Innern einen grünlich schimmernden Kern. Wisst ihr nun Bescheid?«

Und ob wir das wussten. Er brauchte uns nichts mehr zu erzählen. Für uns war klar, dass Baal mit dem zweiten Teil seiner Rache begonnen hatte. Der erste waren die Vögel gewesen, der zweite Teil war sicherlich durch den Dolch in Gang gesetzt worden.

Verdammt auch.

Lady Sarah hatte ihren Stock mitgenommen. Wenn sie sich auf ihn stützte, konnte sie besser laufen. Noch bestand für uns keine Gefahr. Zwar trieben erste, dünne Wolken heran, aber Flammen sahen wir keine. Auf dem Hof hatten sich die meisten versammelt. Das große Tor in die Freiheit stand offen.

Ich lief auf den Volvo zu und öffnete Sarah Goldwyn die Tür.

»Du wartest hier!«

Sie nickte, und ich lief zurück. Jetzt sah ich das Feuer. Die Flammen mussten mit einer mörderischen Gewalt toben. Die Fenster waren zerstört, und die Feuerarme zuckten aus den Öffnungen wie gierige, lange Finger, die nach neuer Nahrung suchten, aber ins Leere griffen.

Wladimir drehte sich mir zu. »Wir haben das Kloster evakuieren müssen. Da geht alles zum Teufel. Wir bekommen die Flammen nicht unter Kontrolle.«

»Wisst ihr, wo das Zentrum ist oder war?«

»Ja, in der Krankenstation.«

»Bei Tschigin?«, fragte Suko, der die Worte gehört hatte.

»Richtig.«

»Dann ist er ein Opfer geworden.«

Wir schauten auf das zuckende Feuer und auf die durch die Flammen geschaffenen Spiele aus rotem Licht und Dunkelheit.

Es war ein faszinierendes Bild, das einem Brandstifter Freude bereitet hätte, mir jedoch weniger, und dann wurden wir von einem grellen Blitz überrascht, der im Innern des Klosters aufzuckte und die Helligkeit der Flammen noch überlagerte.

»Was war das?«

Der Russe wusste auf meine Frage eine Antwort. »Das muss in der Zentrale gewesen sein. Dort ist die gesamte Elektronik zum Teufel gegangen. Explodiert, zerstört oder durchgeschmort.« Er schüttelte den Kopf. »Das hätte ich mir auch nicht träumen lassen.« Suko dachte wieder praktisch. Zudem sah er, wie einige Wagen in aller Eile aus einem Garagenkomplex gefahren wurden. Es waren Mannschaftswagen der Armee.

Die Männer verhielten sich diszipliniert. Sie schwangen sich einer nach dem anderen auf die harten Bänke der Ladefläche. Niemand drängelte oder stieß den anderen zur Seite.

»Fahren wir da mit?«

Ich wollte auch nicht länger bleiben und nickte zum Vorschlag meines Freundes.

Wladimir hatte nichts dagegen. Der Volvo stand so, dass wir nur eine Kurve zu fahren brauchten, um in Richtung Tor zu gelangen. Also nicht erst drehen und wenden.

»Endlich seid ihr da!«, begrüßte uns Lady Sarah. Über ihr Gesicht und die Scheiben des Wagens zuckte der Widerschein des Feuers. »Ich dachte schon, ihr wolltet schmoren.«

»Nein, keine Sorge.«

Suko hatte geantwortet und warf auch als Letzter die Tür zu. Er lächelte der Horror-Oma zu, die neben ihm im Fond saß.

Der Motor sprang sofort an. Unser Fahrer kurbelte am Lenkrad und fuhr hinter einem Lkw her in Richtung Tor. Die auf der Ladefläche hockenden Soldaten waren durch eine Plane geschützt. An der Rückseite allerdings war sie offen. Einige hatten ihre Köpfe so weit vorgestreckt, dass sie aus dem Wagen und in die Flammen blicken konnten, die bereits über die Hälfte des alten Klosters erfasst hatten.

Auch ich schaute zurück.

Den Dolch entdeckte ich nicht. Dafür den grünen Kern innerhalb des Feuers, und ich dachte für einen Moment auch an Oberst Tschigin, der seinen eigenen Starrsinn mit dem

Leben hatte bezahlen müssen. Er würde uns nicht mehr in Sibirien besuchen können.

Wenig später rollten wir durch das Tor und ließen den in Flammen stehenden Komplex hinter uns. Mir tat es nicht Leid. Wie Wladimir darüber dachte, wusste ich nicht. Trotz aller Sympathie und Freundschaft gehörte er zum KGB. Er war ein Mann des Geheimdienstes und würde seinen Vorgesetzten sicherlich einiges zu erklären haben. Gerade deshalb, weil es Zeugen gab, die von seinen Differenzen mit Tschigin manches mitbekommen hatten.

Wir fuhren eine Weile hinter dem Lkw her, bis wir einen höher gelegenen Teil des Geländes erreicht hatten.

Hier drosselte Wladimir das Tempo und parkte vor dem Kloster.

»Was soll das?«, fragte ich.

»Ich möchte noch einmal einen Blick zurückwerfen.«

Das war verständlich. Auch wir sahen hinüber und hörten Sarah Goldwyns Kommentar.

»Meine Güte, ist das ein Anblick!«

Da hatte sie nicht gelogen. Es war tatsächlich ungewöhnlich, was man uns da bot. Ein gewaltiger, flammender Komplex. Brennende Trakte, lange Feuerzungen, die hoch in den Himmel stachen, als wollten sie die düsteren, grauen Schneewolken verbrennen, die durch die Finsternis trieben.

Es war eine gewaltige Faszination, die von dem Flammenfanal ausging. Wir saßen im Wagen und blieben nicht unbeeindruckt. Das war tatsächlich gewaltig, und noch immer erhielt das Feuer neue Nahrung, denn innerhalb der Mauern explodierte und detonierte ein Material, dessen Reste als regelrechte Strahlen in die Höhe schossen, sodass wir uns vorkamen wie Zuschauer bei einem Feuerwerk.

Ich atmete tief aus. Wer jetzt noch in dieser Flammenhölle steckte, war nur zu bedauern.

»Schade, der Dolch ist nicht da!«, sagte Suko.

Ich lachte bitter. »Dabei habe ich gedacht, ich hätte ihn unter Kontrolle. Von wegen.«

»Was Baal einmal besitzt, lässt er nicht so leicht los. Denk an deinen Silberdolch, John!«

Ich ballte die rechte Hand, während mein Gesicht einen wütenden Ausdruck annahm. »Den, mein lieber Suko, hole ich mir wieder. Darauf kannst du dich verlassen.«

»Ich würde es dir wünschen.«

»Sollen wir fahren?«, fragte Wladimir.

»Meinetwegen.«

Der Russe gab Gas. Unter den Reifen spritzte der Dreck weg, als Golenkow den Wagen in eine enge Kurve riss.

Unser Ziel war jetzt ein anderes.

Das ehemalige St. Petersburg, heute Leningrad genannt!

Wenn wir aus dem Fenster des schlichten Zimmers schauten, sahen wir den dunklen Ostseehafen, wo nur wenige Lichter brannten. Die Schiffsaufbauten waren schwarz wie Teer, glänzten und reflektierten die Lichter. Wie das Wasser.

Das Zimmer, das ich mir mit Suko teilte, hatte eine Verbindungstür zum Nebenraum, wo Sarah Goldwyn untergebracht und zunächst einmal in die kleine Sitzbadewanne gestiegen war.

Dank der guten Beziehungen eines Wladimir Golenkow hatten wir noch spät in der Nacht etwas zu essen bestellt und auch erhalten. Westgeld öffnet einem in der UdSSR alle Türen.

Suko aß Lachs. Ich stand am Fenster und hörte meinen Freund fragen: »Hast du keinen Appetit?«

»Schon.«

»Dann komm.«

Ich setzte mich und aß auch etwas.

Lady Sarah kam zu uns. »Jetzt fühle ich mich besser«, sagte sie und nahm in dem Sessel Platz, der ihr von Suko zurechtgerückt worden war. Dieser Sessel aus den Fünfzigern gehörte bei uns schon zu den Antiquitäten.

Lady Sarah aß ebenfalls etwas, wenn auch nicht mit

großem Appetit. »Wollt ihr euch noch hinlegen?«, fragte sie und zeigte auf das Doppelbett.

Suko nickte, während ich auf die Uhr sah. »Es sind nur wenige Stunden.«

»Trotzdem, John. Wer weiß, wann wir wieder eine Mütze voll Schlaf nehmen können.«

Wir blieben noch eine Viertelstunde beisammen, bevor sich Sarah Goldwyn gähnend verabschiedete. »Bis später dann, Freunde. Und träumt nur nicht von glühenden Dolchen.«

»Das bestimmt nicht!«, versprach ich.

Wir zogen die Schuhe aus. Die Vorhänge der beiden schmalen Fenster ließen wir offen. Suko hatte die besseren Nerven. Er war schneller eingeschlafen als ich. Schon bald hörte ich ihn leise schnarchen.

Ich starrte zur Decke, die als graue Fläche über mir stand. Meine Gedanken kreisten um die vergangenen Abenteuer, die eigentlich mit Acron und Akim Samaran begonnen hatten. Vor vier Wochen hätte ich bestimmt nicht damit gerechnet, an diesem Abend in einem Hotelzimmer der russischen Stadt Leningrad zu liegen.

Irgendwann verlangte mein Körper sein Recht. Ich schlief ein, sackte förmlich weg und blieb zum Glück von irgendwelchen Träumen verschont, sodass ich mich in Morpheus' Armen mehr als wohl fühlte. So wohl, dass ich sogar das Läuten des Telefons überhörte und erst wach wurde, als Suko mit dem Anrufer sprach.

Ich drehte mich verschlafen zur Seite und hörte, wie mein Partner sagte: »Ja, das ist gut, wirklich. Sollen wir sofort kommen, oder hat es Zeit bis später?«

»Hat Zeit. Ich komme vorbei.« Wladimir sprach so laut, dass ich seine Antwort verstehen konnte.

Ich sah auf die Uhr. Fünf Uhr morgens. Da konnte ich mich noch zweimal umdrehen, bevor unser russischer Freund bei uns war.

»Na?«, fragte ich Suko.

Er setzte sich auf. Das Licht der kleinen Nachttischleuchte

streifte sein Gesicht von der anderen Seite her, sodass die mir zugewandte im Dunkeln lag.

»Wladimir hat eine Spur gefunden.«

»Wieso?«

»Er hat sich mit seiner Dienststelle in Verbindung gesetzt, und dort setzt man ebenfalls auf Computer. Wir müssen uns aber noch eine Weile gedulden.«

Suko und ich wollten die Wartezeit schlafend überbrücken. Ich hatte ein gutes Gefühl bei der Sache. Diese Knochengruft schien eine erste echte Spur zu Baal und vielleicht auch zu meinem Dolch zu sein.

Himmel, wenn ich ihn zurückbekommen könnte, wäre vieles gewonnen. Aber ich musste davon ausgehen, dass er nicht mehr so war wie früher, denn er hatte sich vor meinen Augen verfärbt, als Baal ihn mir abnahm.

Wir würden sehen ...

Die Müdigkeit übermannte mich, und als ich zum zweiten Mal wach wurde, war Suko schon angezogen. Draußen begann die Dämmerung. Graues Licht lag über der Stadt und sickerte durch die beiden Fenster in unser Zimmer. Suko hatte eines davon geöffnet. Mit dem Licht kam der Lärm. Am Hafen hatte bereits die Frühschicht begonnen, und da ging es rund. Das Quietschen der Verladekräne drang ebenso an unsere Ohren wie das dumpfe Dröhnen der Schiffssirenen oder die lautsprecherverstärkten Stimmen irgendwelcher Chefs und Antreiber.

»Kannst du das Fenster nicht schließen?«, beschwerte ich mich.

»Weshalb?«

»Wegen des Lärms.«

»Aber dann muss ich in deinem Mief liegen.«

»Erstunken ist noch keiner, Gevatter, aber erfroren«, gab ich zu bedenken, jumpte aus dem Bett und ging ins winzige Bad, wo ich neben der Sitzwanne eine Dusche vorfand.

Ich konnte fast zwischen den Strahlen hin- und hertanzen. Die Seife war auch nicht die beste, aber ich will mich nicht immer nur beschweren, wir hätten es wesentlich schlimmer antreffen können.

Nach der Morgentoilette fand ich Lady Sarah. »Wurde auch Zeit«, sagte sie, »dass du endlich fertig bist. Mir hängt der Magen schon auf der Erde. Wann dampfen wir ab?«

Als sie meinen erstaunten Blick bemerkte, griff Suko ein. »Ich habe ihr von Wladimirs Anruf berichtet.«

»Das ist etwas anderes.« Ich schlüpfte in meine Jacke. »Natürlich müssen wir warten, bis sich unser Freund wieder gemeldet hat. Erst dann können wir weitersehen.«

»Okay, dann lass uns was essen.« Sarah klopfte mit ihrem Stock auffordernd auf den Fußboden.

Das Hotel war nicht sehr groß. Es hatte fünf Etagen, dafür nur einen Fahrstuhl, der zudem altersschwach wirkte.

Wir nahmen die Treppe. Sarah hielt Schritt mit uns. Sehr höflich wurden wir von einem dunkelhaarigen Mann empfangen, der einen unmodernen schwarzen Anzug trug. Er begleitete uns in den Frühstücksraum. Hier waren die Fenster größer, der Ausblick zum Hafen allerdings nicht besonders. Lastwagen donnerten durch die Ladestraßen.

Zum Frühstück gab es sogar schon Fisch. Ich blieb jedoch bei Brot und Konfitüre, die sehr gut schmeckte. Der Kaffee kam leider etwas zu spät, sodass ich mir nur noch den Mund damit ausspülen konnte.

Als die Verdauungszigarette brannte, hatte sich Wladimir noch immer nicht gemeldet. Das machte auch Lady Sarah nervös. »Sollten wir ihn nicht mal anrufen?«

»Würde ich gern tun«, erwiderte ich. »Wenn ich nur wüsste, wo der Bursche steckt.«

Sarah schüttelte den Kopf. »Man sollte kaum glauben, dass Wladimir für diesen Verein arbeitet. So ein sympathischer Mann.«

»Es gibt überall solche und solche. Ich habe von unseren Typen auch schon miese kennen gelernt. So wird es sich auch beim KGB verhalten, das kannst du mir glauben.«

»Ich sage ja nichts mehr.«

Der Raum war nur zur Hälfte besetzt. Wir fielen auf, man warf uns verstohlene, aber nicht unfreundliche Blicke zu. Schließlich tauchte Wladimir Golenkow im Türeingang auf. Er sah uns und kam grinsend näher. »Habt ihr gut geschlafen?«

»Wir ja«, erwiderte Suko, »aber du nicht. Das sehe ich dir an.«

»Stimmt genau.« Golenkow holte sich einen Stuhl. Wir wollten ihn zum Frühstück einladen, doch er hatte bereits gegessen und winkte ab. Nur Kaffee trank er mit.

»Dann berichte mal«, forderte ich ihn auf und spitzte die Ohren.

Der Russe trank erst einen Schluck. »Es sieht nicht allzu gut aus. Das einmal vorweg.«

»Dann weißt du nicht, wo sich diese Knochengrube befindet?«

»Schon, aber in einem verdammt unwegsamen Gelände. Ich habe überall dort nachgeforscht, was irgendwie mit Mythologie zusammenhängt und einen Bezug zu Rasputin hat. Zum Glück ist bei uns viel erhalten geblieben, auch über Rasputin haben wir einiges verwahrt, und in seinem Leben gibt es einen Abschnitt, wo er weder im Kloster gewohnt noch am Hofe des Zaren gewirkt hat. Da hat er sich gewissermaßen vor den Menschen versteckt gehalten.«

»In der Knochengrube«, sagte Lady Sarah.

»Möglicherweise. So genau weiß ich das nicht. Jedenfalls ist er in den Wolgasümpfen verschwunden gewesen. Dort muss auch die geheimnisvolle Knochengrube liegen.«

»Und wie kommt man dorthin?«

Golenkow grinste. »Ihr könnt zwischen Schiff und Flugzeug wählen.«

»Ich bin fürs Flugzeug«, sagte Lady Sarah.

Dagegen hatten wir nichts. Mir lag noch eine Frage auf der Zunge. »Hast du sonst nichts herausfinden können?«

»Nein, die Knochengrube befindet sich in den Wolgasümpfen. Wir werden die Menschen dort fragen und sicher auch Antworten erhalten.« Er lächelte. »Jedenfalls wird es eine interessante Reise, das kann ich euch versichern.«

Keiner von uns widersprach.

Selbst Sarah Goldwyn, die eigentlich immer einen Scherz auf den Lippen hatte, wenn die große Gefahr vorbei war, zitterten die Knie, als sie sich von Suko und mir aus der Maschine helfen ließ, die auf einer mit Gras bewachsenen Piste gelandet war.

Zunächst atmeten wir tief durch und sahen das Grinsen des Piloten, der seinen Kopf aus dem Fenster gesteckt hatte. Wladimir Golenkow sprach mit ihm. Wahrscheinlich bedankte er sich nicht für den Flug, der war nämlich halsbrecherisch gewesen und noch schlimmer als der erste Teil, der uns von Leningrad nach Kalinin geführt hatte. Dort waren wir dann umgestiegen und in Richtung Rybinsk geflogen, wo die Wolga einen großen Stausee speichert, wie man mir berichtet hatte.

Dort lag nicht unser Ziel. Es befand sich genau dazwischen, in den Wolgaauen, auf dem flachen Land, wo die russische Seele noch beheimatet ist und die Menschen so leben, wie es sich heute schon mancher Großstädter wieder wünscht.

In dieser Gegend also sollte die Knochengrube liegen. Vom Strom sahen wir nichts, aber wir rochen ihn. Der Wind wehte über das flache Land, er brachte den Geruch des Wassers mit. Es roch nach Holz, Laub, nach den einsamen Liedern der Wolgaschiffer und nach Teer. Über dem Land lag ein gewaltiger Himmel, wie ich ihn selten in seiner Weite gesehen habe.

Am Firmament hingen turmartige Wolkengebilde, die der Wind nach Osten schob. Es war nicht so kalt wie in Leningrad, aber auch hier stand der Winter vor der Tür.

Im Hintergrund standen ein paar Gebäude. Nicht mehr als Baracken. Ihre Dächer wirkten auf mich so, als würden sie vom nächsten Sturm davongetragen werden.

Wladimir Golenkow trat mit ausgebreiteten Armen auf uns

zu. »Das ist Väterchen Russland«, sagte er. »Willkommen in meinem Heimatland.«

»Oder am A… der Welt«, fügte ich hinzu.

Der KGB-Mann lachte. Er hatte während des Flugs sogar geschlafen. »So dürft ihr das nicht sehen, Freunde. Es gibt viel einsamere Gegenden, glaubt mir.«

»Wo wollen wir hinwandern?«, fragte die Horror-Oma ungeduldig.

»Zur nächsten Ansiedlung.«

»Wie weit ist die entfernt?«, wollte Suko wissen.

»Nicht sehr weit. Wir können einen Wagen nehmen. Kommt mit, ich habe einiges vorbereitet.«

Es stand tatsächlich ein Fahrzeug bereit. Ein Mann in Uniform begrüßte uns sehr freundlich und umarmte Lady Sarah sogar. Er war der Kommandant dieses Flugplatzes und ein Bekannter von Golenkow, wie er uns glaubhaft versicherte.

Was den alten VW-Käfer in diese Einöde verschlagen hatte, wusste wohl nur der Wagen selbst. Und den konnten wir nicht fragen.

»Einsteigen«, sagte Wladimir.

Suko und Lady Sarah quetschten sich in den Fond. Die alte Dame hatte darauf bestanden, weil ich mit meinen langen Beinen vorn Platz nehmen sollte.

Dann ging es los. Wir rollten über eine Piste, die nur aus Gras und Lehmbuckeln bestand.

Flach, bretteben war die Wiesenlandschaft. Hin und wieder sahen wir Wälder. Sie bildeten einen regelrechten Wall in der Ferne, und davor wälzte sich der breite Strom durch sein Bett.

Nach einer guten halben Stunde Fahrt entdeckten wir die ersten Dächer und den Turm einer Kirche, der stolz in den klaren Himmel ragte. »Befindet sich hier die Knochengrube?«, fragte ich den Fahrer.

Er nickte. »Nicht weit entfernt, jenseits des Dorfes, macht die Wolga eine Schleife. Zudem zweigen dort einige Nebenarme ab. Nur sehr schmal sind sie und auch nur auf Spezialkarten aufgezeichnet. Das ist ein Sumpfgebiet. Dichter Nebel erschwert häufig die Orientierung.«

»Leben dort Menschen?«

»Ja. Einige Familien haben sich dorthin zurückgezogen. Sie leben vom Torfstechen. Alles noch Handarbeit. Nebenbei flechten sie Weidenkörbe, die in den Städten sehr begehrt sind.«

Wir hatten den Ausführungen unseres russischen Begleiters interessiert zugehört und dabei gar nicht bemerkt, dass wir bereits am Dorfeingang angelangt waren.

Mir gefiel ein alter Ziehbrunnen, der auf einem Feld stand und mich an die Puszta erinnerte. Ein Stück Nostalgie im größten Land der Erde.

Die Straßen waren nicht gepflastert. Die Häuser waren nicht hoch, ihre Dächer zeigten eine Bedeckung aus Geflecht und Gras.

Nur ein Haus stach von den anderen ab. Auf seinem Dach wehte die rote Fahne mit Hammer und Sichel.

»Müssen wir uns dort anmelden?«, fragte Lady Sarah.

»Ich erledige das schon«, sagte Wladimir und stoppte den Käfer, dessen Motor knatternd auslief.

Wir verließen den Wagen, reckten uns, atmeten die frische Luft ein und verzogen wenig später die Nasen, als ein mit Jauche beladener und von einem struppigen Pferd gezogener Wagen an uns vorbeirollte. Der Bauer, der das Pferd führte, schien der Methusalem des Dorfes zu sein. In seinem Gesicht »klebte« ein pfiffiges Grinsen.

Der Parteibonze wusste bereits Bescheid. Er wirkte väterlich und trug seinen dicken Bierbauch vor sich her. Wladimir Golenkow wurde respektvoll behandelt und wir ebenfalls.

Die beiden unterhielten sich eine Weile, man bot uns einen Schluck Schnaps an, der uns Tränen in die Augen trieb. Es war ein klarer Wacholderschnaps.

»Wann geht es weiter?«, fragte ich, als ich das Glas abstellte.

»In ein paar Minuten.«

»Hat es etwas Neues gegeben?«

»Das kann man wohl sagen. Und es scheint mit unserem Fall zusammenzuhängen.«

Plötzlich waren wir ganz Ohr, und Golenkow sprach weiter. »Neulich war jemand von der Familie Karpow hier. Ihr Pflegekind Lara ist verschwunden.«

»Ein Kind?«, wiederholte Lady Sarah.

»Ja, ein junges Mädchen. So um die zwanzig. Die ist damals von der Familie aufgenommen worden, als die Mutter sie verließ. Außerdem ist sie unehelich. Im Mittelalter hätte man sie als Hexe bezeichnet.«

»Hexen gibt es auch heute noch«, bemerkte Suko. »Aber echte. Nicht zu vergleichen mit den bedauernswerten Geschöpfen, die damals hingerichtet wurden.«

Wladimir grinste. »Hier glauben die Leute noch an Hexen und an Naturgeister.«

»Und an Knochengruben«, fügte Lady Sarah hinzu. »Haben Sie den Apparatschik dort mal gefragt?«

Der Apparatschik, wie er von Sarah Goldwyn genannt worden war, stand daneben und grinste breit.

»Natürlich.«

»Und?«

»Er glaubt nicht daran.«

»Auch nicht an Rasputin?«

»Doch. Der war mal hier, das ist ja bewiesen. Aber er war auch ein Feind der Revolution und ist deshalb aus dem Gedächtnis der Menschen verbannt worden.«

»Aber nicht aller.«

»Nein, nur der Offiziellen.«

»Dann könnte es hier durchaus Leute geben, die sich noch an Rasputin erinnern«, sagte ich.

Wladimir lachte laut. »Richtig, John. Ich werde euch zu einer Frau führen, die sich noch sehr gut daran erinnert.«

»Und wann?«

»Sofort.« Er drehte sich um und verabschiedete sich von dem Offiziellen.

Wir warteten draußen auf ihn. Menschen kamen herbei und schauten uns an. Freundlich lächelnd. Besonders die Kinder. Bevor wir in irgendeinen Dialog eintreten konnten, kam Wladimir aus der Kommandantur und schloss die Türen auf.

Wenig später waren wir wieder unterwegs.

Lara folgte dem Ruf oder dem Fluch einer unseligen Vergangenheit. So genau wusste sie das noch nicht, als sie ihre Pflegeeltern verlassen und sich in den Sumpf begeben hatte. Bei Nacht und Nebel war dies geschehen, und niemand sollte merken, was sie überhaupt vorhatte. Ihr Weg führte sie in ein Gebiet, über dem ein Fluch lag und das von den meisten Menschen gemieden wurde.

Wenn die Alten davon sprachen, bekreuzigten sie sich gleichzeitig und warnten die anderen, denn dieser Sumpf hatte vor langen Jahren einen Gast beherbergt, den man am besten vergaß.

Rasputin!

Aber Lara wollte ihn nicht vergessen. Und sie hatte auch keine Furcht vor ihm, denn alles, was sie tun sollte, hatte die Mutter ihr schriftlich niedergelegt, bevor sie in den Westen geflüchtet war.

Viel später hatte Lara den Brief gelesen und auch verstanden. Ihre Mutter, Ludmilla Prokowa, war eine Bewunderin des großen Rasputin gewesen, hatte sich auf seine Fersen geheftet und hatte auch diesen Sumpf nicht vergessen, wo sie zahlreiche Geheimnisse über Rasputin erfuhr.

Diese Geheimnisse sollten auch Lara offenbart werden. Nur konnte sie ihren Pflegeeltern, den Karpows, davon nichts sagen. Sie hätten sie zwar nicht ausgelacht, aber festgehalten, und so war es besser gewesen, sich bei Nacht und Nebel davonzuschleichen.

Seit einigen Tagen schon hielt sie sich in der alten Hütte versteckt. Ihr Blut meldete sich. Es war eine innere Unruhe, die sie peinigte. Sie wusste, dass etwas passieren würde und sie ihr Schicksal selbst in die Hand nehmen musste.

Die Hütte stand dort, wo das Areal begann, das viele so stark fürchteten. Am Rande der Wolgasümpfe, wo auch Rasputin einmal gelebt hatte, wollte sie seinen Spuren nachgehen, um ihrer geflüchteten Mutter den letzten Wunsch zu erfüllen.

Lara wusste, dass die Sümpfe ein Rätsel bargen, über das sie nie gesprochen hatte. Weder mit den alten Menschen im Dorf, die Rasputin noch kannten, noch mit ihren Freundinnen. Nein, das hatte sie alles für sich behalten.

Die Hütte war aus Holz gebaut worden. Windschief schmiegte sie sich an den Rand einer kleinen Senke. Das Hochwasser hatte sie schon zweimal zerstört, aber immer wieder hatte Lara es geschafft, ihr kleines Versteck neu aufzubauen und häuslich einzurichten.

Das Dach war flach und tief angelegt, so konnte ihre Behausung nicht sofort entdeckt werden.

Es war ein für sie herrlicher Flecken Erde. Lara war gern mit ihren Gedanken allein. Und so hockte sie oft in der Hütte, schaute durch die offene Tür auf den Sumpf und lauschte dem Gesang des »Starken Mannes«, wie sie den Fluss immer nannte. Für Lara war der Fluss die Musik, die sich mit ihren Träumen und Erinnerungen vereinigte und sie fortschwemmte.

Irgendwelchen fernen Ufern zu. An Reichen gelegen, in die die Menschen keinen Blick werfen konnten, weil dies allein den Geistern vorbehalten war.

Als Pflegekind hatte sie es bei den Karpows gut gehabt, doch die Erinnerung an ihre Mutter war immer stärker in ihr aufgeflammt, obwohl sie Ludmilla kaum gekannt hatte. Aber ihre Mutter war etwas Besonderes gewesen. Sie hatte sich mit Dingen beschäftigt, die auch ihr, der Tochter, nahestanden. Je älter sie wurde, umso mehr fühlte sich Lara zu dem Unheimlichen hingezogen, der den Namen Rasputin trug.

Diese faszinierende schillernde Figur war, ohne dass sie es

gewollt hatte, immer stärker in ihr Leben getreten und hatte es beeinflusst.

Er war längst verstorben, von der offiziellen Historie wurde er auch totgeschwiegen, aber wenn man hinter die Kulissen schaute, fand man Spuren.

Viel war über ihn bekannt.

Besonders in dieser Gegend, wo er gewirkt und seine Spuren hinterlassen hatte. Es war davon gesprochen worden, dass er sich die Kraft aus den Sümpfen holte, deshalb musste hier etwas sein.

Zwar hatte sie es bisher nicht entdecken können, aber der Drang, es zu finden, war immer stärker geworden. Auch die Tatsache, dass eine Entscheidung bevorstand, konnte sie nicht leugnen.

Und so wartete sie.

Mehrere Tage schon hatte sie sich in der Hütte verkrochen. Es mangelte ihr an nichts. Sie hatte sich mit Proviant eingedeckt, konnte essen und trinken, überlegen und darauf warten, dass sich ihr die Umgebung offenbarte.

Noch hatte sich nichts getan, aber der Sprung war nicht mehr weit. Sie spürte mit jeder Faser ihres Körpers, dass sie dicht vor dem Ziel stand, und sie hatte auch die Botschaft vernommen, die ihr zugetragen wurde.

Sie kam aus den Sümpfen.

Es war ein Hauch gewesen, ein Atem, der nach Fäulnis roch, der den Tod mitbrachte und von Lara trotzdem so sehr gewünscht wurde. Sie hatte manchmal das Gefühl, als würde sie die Stimme ihrer Mutter hören, die klagend über den Sumpf strich.

Dass Ludmilla Prokowa längst tot war, wusste sie nicht. Lara glaubte sie noch immer im Westen, wo sie bestimmt ihre Forschungen fortsetzte. Aber hier in den Sümpfen konzentrierte sich alles, da lagen die echten Spuren verborgen.

Nein, es war kein totes Land, über das ihr Blick glitt. Der Sumpf lebte. Zahlreiche Tiere hatten sich ihn als Heimat ausersehen. Eine ebene, grün-braune Fläche, bewachsen mit kniehohen Gräsern, die sich, wenn der Wind über sie hinwegfuhr, verbeugten, als hätten sie Ehrfurcht vor den Kräften der Natur.

Auch gegen ihren Körper wehte der Wind. Er bauschte den langen Rock auf und wühlte in ihrem dunklen Haar. Lara ließ sich gern auf diese Art und Weise liebkosen, besonders dann, wenn die ersten Dunstschwaden sie umfingen wie hauchdünne Leichentücher. Sie ging den schmalen Weg entlang, stemmte den Kopf gegen den Wind, nahm die Gerüche der Landschaft auf und ließ sich einfach treiben.

Manchmal, wenn sie die Augen schloss, hatte sie das Gefühl, nicht mehr auf dem Boden zu stehen, sondern hinwegzusegeln in eine aus Wolken gebildete Ferne, die ein Reich begrenzten, wo die alten Märchen wahr wurden.

Dann hörte sie sich selbst sprechen und nach ihrer Mutter rufen. Ohne dass sie es wollte, floss oft genug der Name Rasputin über ihre Lippen.

Er war Dreh- und Angelpunkt!

Hier im Sumpf hatte er gelebt, möglicherweise dort, wo ihr Haus stand. Er hatte das Kloster verlassen, um sich mit Dingen zu beschäftigen, die für ihn viel interessanter waren.

Den Tod hatte er überwinden wollen.

Lara war gläubig erzogen worden. Sie konnte es sich nicht vorstellen, dass es ein Mensch schaffte, den Tod zu überwinden, aber Rasputin war ein besonderer Mensch gewesen, der immer eigene, unbekannte Wege gegangen war.

Und er musste etwas entdeckt haben. Vielleicht nicht die Überwindung des Todes, niemand konnte sich vorstellen, dass er aus dem Grab zurückkehrte. Aber einen anderen Erfolg hatte er sicherlich erreicht, sonst hätte er sich nicht so lange in dieser Gegend aufgehalten.

Lara spürte, dass da einiges nicht stimmte. Der Sumpf barg ein Geheimnis. Was sich unter seiner Oberfläche befand, konnte sie jedoch nicht sagen.

Auf entsprechende Fragen hatte sie stets ein Achselzucken geerntet oder ängstliche Blicke, die sie davor warnten, noch weitere Fragen zu stellen oder möglicherweise nachzuforschen.

Je ernster diese Blicke geworden waren, umso mehr gegenteiligen Erfolg hatten sie erreicht. Jetzt war es Lara, die ebenso fühlte wie damals Rasputin. Der Sumpf war für sie eine zweite Heimat geworden. Hier konnte sie sich zu Hause fühlen, und hier hatte sie das Gefühl, mit einem Stückchen Ewigkeit konfrontiert zu werden.

Der Sumpf wurde vom Hauch des Vergessens umweht. Auf einigen trockeneren Inseln wuchsen Bäume. Sie streckten ihre jetzt blattlosen Arme wie braune Totenfinger in alle Richtungen. Manchmal kamen sie dem Mädchen anklagend vor, als wollten sie sich über die absterbende Natur beschweren.

Es war schon eine besondere Gegend, die sie sich ausgesucht hatte. Oftmals verändert von einem Augenblick zum anderen. Dann nahm sie jeweils einen bedrohlichen Anblick an.

So auch jetzt.

Lara stand da und schaute in Richtung Strom, den sie nie sah, weil er einfach zu weit weg war.

Aber dort, wo er träge durch das breite Bett floss, bildeten sich die ersten Schleier, die als hellgraue Wand parallel zum Strom liefen und sich verteilten, wobei der Wind sie über das flache Moor drückte, als sollten sie dort das Unheil, das in der Tiefe lauerte, verbergen.

Das Moor schwieg und redete trotzdem.

Oft war es nur das Platzen einer Gasblase, das dem Mädchen das Gefühl gab, doch nicht so allein zu sein. Lara lauschte auch auf das Quaken der dicken Frösche und sah, wenn es dunkel wurde, das phosphoreszierende Flimmern über der Fläche, als wollten die Geister der unter dem Moor liegenden Toten ihre Ankunft melden.

Opfer hatte sich der Sumpf genug geholt. Viele hatten ihn und seine Gefährlichkeit unterschätzt, waren hineingegangen und nicht wieder zurückgekehrt.

Lara kannte die Stellen, die sie gehen musste, und sie erreichte sicher ihre Hütte.

Es würde nicht mehr lange dauern, dann kam die Dunkelheit. Sie war so schwarz, so absolut, denn nirgendwo in der Nähe brannten Lichter. Diese Düsternis der Nacht lag im Herbst und im Winter lange Stunden über dem Land.

Aus dem Tonkrug nahm sie einen Schluck Wasser. Es gab in der Nähe eine Quelle, dort hatte sie es sich geholt. Um etwas sehen zu können, steckte sie den Docht der alten Öllampe an, die sie mit in ihre Hütte genommen hatte.

Unter ihrer dicken Jacke hatte sie das Papier verborgen gehabt, das Erbe ihrer Mutter, die letzte Nachricht. Wieder einmal faltete sie das Blatt auseinander, hielt es so, dass Licht drauffiel, und begann zu lesen. Ihre Mutter hatte bereits unter dem Eindruck der Flucht gestanden, als sie die Zeilen schrieb, aber sie hatte immer wieder auf den Sumpf hingewiesen, wo sich in Rasputins Leben ein entscheidendes Stück Schicksal abgespielt hatte.

Die Aufforderungen, die sie las, ließen sich schon mit Warnungen vergleichen.

»Bleib da, wenn du mehr wissen willst. Lass den Sumpf nie aus den Augen, Kind. Führe das fort, was ich begonnen habe. Darum kann ich dich nur bitten.«

Sie ließ den Brief sinken. In ihren dunklen Augen glitzerte es feucht. Das Gesicht war noch blasser geworden. Es lag wie ein bleicher Schatten zwischen den dunklen Haaren. Der Mund bewegte sich ebenfalls, schwieg aber. Es waren ihre Gedanken, die in den Bewegungen der Lippen endeten.

Und noch ein wichtiges Wort hatte sie in der letzten Nachricht ihrer Mutter gelesen.

Knochengrube.

Es musste einfach ungemein wichtig sein, denn es war von ihrer Mutter zweimal unterstrichen worden.

Natürlich hatte die Knochengrube etwas mit Rasputin zu tun. Ludmilla Prokowa hatte genau gewusst, über was sie schrieb. Diese Knochengrube musste für sie das Zünglein an der Waage gewesen sein, vielleicht auch der Weg zu Rasputin.

Gefunden hatte Lara sie noch nicht.

Dabei kannte sie das Moor ziemlich gut. Sie hatte es abgesucht, auch mit dem Boot, denn viele Plätze und Stellen konnte sie nur mit dem Boot erreichen, aber es war ihr bisher noch kein einziges Mal gelungen, auch nur einen Hinweis auf die Knochengrube zu finden.

Wenn es sie tatsächlich gab, dann musste sie tief unten liegen, wo ewige Nacht herrschte und nie ein Lebender hingekommen war.

Sie hätte gern mehr über die Knochengrube gewusst. Leider war sie bei ihren diesbezüglichen Fragen stets auf taube Ohren gestoßen. Entweder wussten die Menschen nichts, oder sie wollten nichts wissen.

Nur eine alte Frau hatte ihr abgeraten, sich damit zu beschäftigen. »Lass die Götzen der grauen Vorzeit, Mädchen. Es ist besser für dich und für uns alle.«

Dieser Satz war ihr nie aus dem Kopf gegangen. Mit den Göttern der grauen Vorzeit konnte Lara nichts anfangen, ihr Bezugspunkt war der abtrünnige Mönch Rasputin, den ihre Mutter so abgöttisch verehrt hatte.

Lara wusste, dass die folgende Nacht wieder lang werden würde. Wie jede Nacht zuvor, wenn sie allein in der Hütte saß, über die Dinge nachdachte und die Einsamkeit bedrückend wurde.

Dann ärgerte es sie, dass sie nicht das Wissen besaß wie Rasputin. Sie hatte eine schlechte Ausbildung erhalten. So eben nur konnte sie lesen und schreiben.

Lara hatte sich ein Lager hergerichtet. Es bestand aus Stroh, einer Decke und aus Zweigen. Dort legte sie sich nieder, starrte gegen die dunkle Decke, wo sich der helle Kreis und der Schatten des Lampenscheins abmalte, und sie dachte weiterhin daran, dass sie vielleicht einmal von hier fortgehen würde, um später, wenn sie mehr wusste, wieder zurückzukehren.

Und so vergingen die Minuten. Sie reihten sich aneinander. Träge schlich der Nachmittag dahin, der Abend kam, mit ihm die Dämmerung und die dünnen Nebelfetzen, die sich immer ausbreiteten, wenn die Dunkelheit hereinbrach.

Sie schoben sich lautlos vor und erinnerten manchmal an leichte, wallende Gebirge, für die es kein Hindernis gab.

Der Nebel veränderte vieles. Er ließ nicht nur die Landschaft verschwinden, er veränderte auch die Geräusche, die dann ungewöhnlich dumpf klangen und oft genug von einem schaurigen Unterton begleitet wurden.

Lara hatte sich daran gewöhnt, aber das Geräusch, das plötzlich und unerwartet an ihre Ohren drang, schreckte sie doch auf.

Es passte nicht in die abendliche Kulisse.

Das Mädchen setzte sich auf. Dabei zog sie die Schultern hoch, als würde sie frieren, doch die innen mit Fell ausgelegte Jacke hielt sie warm.

Ganz sicher war sie sich nicht, deshalb wollte sie warten, bis das Geräusch abermals erklang.

Da war es wieder.

Ein hohles Klappern, als hätte jemand Knochen oder Gebeine gegeneinander geschlagen. Gleichzeitig vernahm sie ein leises Heulen, das aus einer Angst geboren wurde.

Das Heulen verstummte, aber das Klappern blieb.

Lara hob den Arm und tastete mit ihren Fingerspitzen über die Haut. Sie fühlte den Schauer auf ihrem Gesicht und spürte den Druck, der sich in ihrem Magen ausbreitete.

Etwas stimmte da nicht. Das Geräusch war nicht normal, und ihr fiel ein, dass sie vorhin etwas über die Knochengrube gelesen hatte.

Würde sie endlich, nach der langen Zeit des Wartens, Gewissheit haben? Das wäre einfach zu schön gewesen, um wahr zu sein. Sie lächelte, trotz ihrer Spannung, als sie sich von ihrem Lager in die Höhe drückte und geduckt auf den Ausgang zuschlich.

Dabei hatte sie ihre Augen zu Schlitzen verengt. Auf dem

etwas kindlich wirkenden Gesicht zeichnete sich die Spannung überdeutlich ab. Sie atmete nur durch den Mund.

Sehr vorsichtig ging sie weiter und drückte sich durch den Eingang der Hütte.

Träge zogen die Nebelschwaden ihre Bahnen. Da konnte sie weder hinein- noch hindurchschauen. Die graue Suppe hatte sich so verdichtet, dass sie alles schluckte.

Bis auf das Geräusch.

Die genaue Richtung war nicht festzustellen. Lara konzentrierte sich auf die Lautstärke und stellte fest, dass diese sich veränderte. Das Geräusch näherte sich ihrer Hütte. Mit jeder Sekunde, die verging, nahm es zu.

Lara zitterte.

Auf einmal hatte sie das Gefühl, dicht vor der Lösung des Falles zu stehen. Sie brauchte selbst nicht einmal etwas zu tun, andere Kräfte hatten die Regie übernommen, der Sumpf öffnete unter Umständen seine Pforten, um ihr zu beweisen, dass nicht alles tot war, was unter der Oberfläche lauerte.

Einige Schritte weit sah sie noch ziemlich klar, aber die verkrüppelte Weide in der Nähe zerfloss schon zu einem geisterhaften Schemen.

Und so musste sie warten.

Irgendwann würde es geschehen, dann vielleicht kam ihr die Erleuchtung, des Rätsels Lösung.

Plötzlich sah Lara das Licht.

Sie wurde davon so überrascht, dass sie den Arm hob, ihn anwinkelte und den Handballen gegen die Lippen presste, um einen Schrei zu unterdrücken. Himmel, das Licht hatte sie noch nie gesehen. Es hatte auch keine normale gelbe Farbe, sondern zeigte sich ihr in einem dunklen, gleichzeitig strahlenden Grün.

Eine ungewöhnliche Farbe, vor der Lara ein wenig Furcht bekam. Die zweite Haut breitete sich auf ihrem Körper aus, sie spürte sie jetzt auch am Rücken. In ihren Füßen breitete sich ein Kribbeln aus, ein Zeichen steigender Spannung.

Das hohl klingende Klappern blieb.

Ein gewisser Rhythmus begleitete es, und genau in diesem Takt bewegte sich das grüne Licht.

Beide gehörten zusammen.

Lara war fasziniert. Sie hielt sich an dem aus Weidengeflecht hergestellten Türrahmen fest und schaute starr in den grauen Dunst. Er bewegte sich unaufhörlich. Nebel lag hier nie ruhig, aber bewegte sich oder tanzte nicht auch etwas in seinem Innern?

War da nicht eine Gestalt, die zuckend von einer Seite auf die andere wischte, um dabei noch näher an die Hütte heranzukommen?

Das Mädchen starrte nur auf den grünen Schein, der ihr wie eine Insel war. Allerdings wie eine, die sich ständig veränderte.

Und plötzlich konnte sie etwas erkennen.

Aus dem Nebel schoss ein Gegenstand hervor, er wurde größer, nahm Gestalt an, und Lara wollte es einfach nicht glauben, was sie da mit eigenen Augen sah.

Erst als dieser Gegenstand neben ihr gegen die Wand und dann zu Boden gefallen war, bückte sie sich, um ihn aufzuheben.

Die Finger ihrer rechten Hand umschlossen dabei einen menschlichen Armknochen.

Vor uns lag die graue Flut der träge dahinfließenden Wolga. Ein breiter, oft besungener Strom.

Wir rauschten mit der Strömung dahin, umgeben vom Klatschen der Wellen, vom Gurgeln des Wassers, und ich konnte noch immer nicht recht begreifen, dass wir vom Flug ins Auto und jetzt auf das Boot umgestiegen waren.

Aber die Frau, die wir besuchen wollten, lebte auf einem Hausboot, nahe der Sümpfe. Da wir in den Sumpf wollten und uns dort auch auf ein Boot verlassen mussten, war es nur zweckmäßig gewesen, es gleich zu benutzen.

Schiffsverkehr herrschte so gut wie nicht. Nur einmal

hatten wir einen Schlepper gesehen, der hoch mit Baumstämmen beladen war. Ansonsten kam mir der Strom vor wie eine breite, graue Schlange, die sich durch die Landschaft wand.

Am Ufer standen einige Schuppen, in denen die Boote untergebracht waren.

Wladimir Golenkow saß vor uns und lächelte. Ihm gefiel die Fahrt über seinen heimatlichen Strom, aber wir mussten rudern. Suko hatte dafür gestimmt, die Knochen wieder ein wenig gelenkig zu machen.

Es tat einerseits gut, dem Rauschen des Wassers zuzuhören, andererseits wollte ich endlich Erfolge sehen. Die Zeit drängte. Die Frau, die wir besuchen wollten, hieß Kalinka. Und diese Kalinka sollte Rasputin noch gekannt haben.

Ich schätzte sie auf ungefähr neunzig. Geistig, so hatte man uns versichert, würde sie noch voll da sein.

Ich wollte schon fragen, wie lange wir uns noch abmühen mussten, als Wladimir den rechten Arm hob und zum Ufer hindeutete. »Seht ihr das alte Haus dort hinten?«

»Ja, das auf der Landzunge.«

»Genau. Dort wohnt sie.«

»Und was ist bei Hochwasser?«

»Weiß ich nicht.«

Noch immer beeindruckte mich die Weite des Landes.

Suko sprach unseren russischen Freund an. »Du hast vorhin den Nebel erwähnt. Glaubst du wirklich, dass bei dieser Luft …?«

Wladimir hob den Arm. »Darauf kannst du Gift nehmen, Suko. Der Nebel wird kommen. Kurz vor der Dämmerung verändert sich hier die Landschaft, dann müssen wir etwas erreicht haben.«

Nicht nur Hochwasser kann tückisch werden, auch das Niedrigwasser. Wir hatten Mühe, uns mit dem schwerfällig wirkenden Kahn durch die ufernahen Strudel zu kämpfen, aber wir mussten an Land, und Wladimir war es, der zuerst aus dem Boot sprang, sich von uns eine Leine zuwerfen ließ und im Wasser stehen blieb. Seine Knie wurden von den auslaufenden Wellen umspült. Mit dem Tau in der Hand lief er auf einen schief gewachsenen Baum zu, um dessen Stamm er das Seil schlang.

Auch wir gingen an Land und holten uns nasse Füße. Die Hütte war nicht mehr weit entfernt. Ich wunderte mich über die Größe. Es war ein gedrungen wirkendes Gebäude, sehr flach und mit einem Anbau versehen.

»Braucht die alte Kalinka so viel Platz?«, fragte ich.

Wladimir hob die Schultern. »Ich habe mir sagen lassen, dass sie noch ein Lager besitzt und dort verkauft.«

»Was denn?«

»Kräuter, Körbe, selbstgebrannten Schnaps und Früchte im Sommer. Sie ist noch sehr rege.«

Wir schritten über das feuchte Ufergelände. Unsere Schuhe versanken in dem weichen Moosteppich. Der Wind wehte uns den Geruch von Gras und brackigem Wasser entgegen, das große Flächen des in der Nähe liegenden Moors bedeckte.

Noch konnten wir über die flache Landschaft hinwegschauen. In einer Stunde würde es anders aussehen, davon war ich fest überzeugt. Dann kam der Nebel, und die Gefahr verdoppelte sich.

Die Haustür stand offen. Wladimir klopfte trotzdem an, erhielt keine Antwort und nickte uns zu. »Sie wird es nicht gehört haben. Lass uns hineingehen.«

Dann betraten wir ein Haus, wie ich es noch nie gesehen hatte. Meine Güte, das war eine Rumpelkammer, die gleichzeitig als Laden diente. In den Regalen standen die unterschiedlichsten Waren. In Tonschalen, in Glasbehältern, in Flaschen und Tiegeln. Zahlreiche Gerüche durchströmten den Raum.

Nach Essig und Zimt roch es ebenso wie nach roter Beete und Pfeffer. Dazwischen nahm meine Nase den Duft irgendwelcher Blüten auf, aber die Frau selbst sahen wir nicht.

»Kalinka?«

Golenkows Ruf hallte durch das Haus und in den düsteren Anbau hinein, wo sich keine Fenster mehr befanden und die Decke noch niedriger wurde, sodass wir gezwungen wurden, gebückt zu gehen.

Nur unsere Schritte waren zu hören. Die alte Kalinka meldete sich nicht. Auch im Lager, das gleichzeitig als Schlafstätte diente, sahen wir sie nicht.

»Sie muss doch da sein«, sagte der Russe.

Ich ging auf das Bett zu. Ein unangenehmes Gefühl hatte sich meiner bemächtigt. Auf meiner Haut spürte ich das Kribbeln. Ich wusste, wie gefährlich dieser Fall war. Der Götze Baal mischte mit, und ihm kam es auf ein Opfer mehr oder weniger nicht an. Wenn er uns unter Kontrolle hielt und über jeden unserer Schritte informiert war, konnte es durchaus sein, dass er eine weitere Spur zu ihm gnadenlos abgeschnitten hatte.

Ich stand noch immer neben dem Bett, drehte mich, ging einen halben Schritt vor und konnte in eine kleine Nische schauen. Meine Augen wurden groß, ich zuckte zurück, denn aus der Nische starrte mich ein Gesicht an, wie ich es noch nie gesehen hatte.

Es schien aus Rinde und Baumwurzeln zu bestehen, in die jemand mit einem Schälmesser Falten, Runzeln und Furchen hineingeschnitten hatte.

In die obere Hälfte hineingedrückt waren zwei Augen, die mich an blasse Kreise erinnerten und zum Zentrum hin ein wenig dunkler wurden. Auch die Haare sahen aus wie abgeschälte Rinde, nur die Kleidung wollte nicht dazu passen. Der lange Rock und das Oberteil bewiesen mir jedoch, dass ich es mit einem Menschen zu tun hatte und nicht mit einem lebenden Pflanzenmonster.

Eine Hand geriet in die Nähe meiner Brust. Wenig später tippten mich die knotigen Finger an und kratzten über die Kleidung, weil die gekrümmten Nägel wie kleine Messer wirkten.

Sie redete mit mir. Ich verstand kein Wort und ging einen Schritt zurück.

Durch diese Geste hatte ich das Blickfeld für Wladimir Golenkow freigemacht, und ich hörte ihn rufen: »Ah, die alte Kalinka.« Das verstand ich.

Sie löste sich aus der Nische. Breitbeinig und schwerfällig ging sie, denn diese Frau brachte trotz ihres Alters einiges an Gewicht auf die Waage.

Mit einer hellen, dennoch krächzenden Stimme sprach sie unseren russischen Begleiter an, der in einen regelrechten Antwortschwall verfiel, als er redete.

Suko und ich konnten nur zuhören, aber die alte Kalinka war voll auf der Rolle, denn während des Vortrags drehte sie hin und wieder den Kopf, um entweder Suko oder mich anzusehen.

In der unteren Gesichtshälfte bewegte sich etwas, das ein Mund sein konnte. Wir gingen davon aus, dass sie lächelte, und wir lächelten dann zurück.

In einer Sprechpause wandte ich mich an Wladimir. »Was hat sie gesagt?«, fragte ich.

»Dass wir gute Augen hätten.«

»Aha und was noch?«

»Dass wir willkommen sind.«

»Freut mich.«

Sie bat uns im Lager Sitzplätze an. Zwischen Körben machten wir es uns bequem. Über meinem Kopf baumelte auch ein Korb.

Als Sitzplätze dienten uns Baumstümpfe! Wladimir Golenkow hatte sich nahe an die alte Kalinka herangesetzt und sich zu ihr hingebeugt. Er redete dabei sehr intensiv auf sie ein.

Wir waren nur Zuhörer, aber wir hörten hin und wieder das Wort Rasputin.

Dann nickte die Frau jedesmal. Und als der Name Baal fiel, sahen wir das Erschrecken auf dem Gesicht der alten Kalinka.

»Baal.«

Es drang aus ihrem Mund wie ein finsterer Schwur. Die Stimme hatte sich verändert, sie war tiefer geworden, und mir rann ein Schauer über den Rücken. »Baal«, wiederholte sie, richtete ihr Gesicht gegen die Decke und legte die Hände mit den knotigen Fingern zusammen. Dann sagte sie etwas, das wie ein Gebet klang und es auch war, wie uns Wladimir flüsternd versicherte.

»Warum?«

»Sie hat Angst.«

»Dann kennt sie den Dämon?«, stellte Suko fest.

»Ja. Sie hat von ihm gehört, weiß aber nicht, wie er aussieht. Jedenfalls scheinen wir hier richtig zu sein.«

Die alte Kalinka senkte den Kopf und breitete die Arme aus, als wollte sie etwas umfassen. Ihre kaum zu erkennenden Lippen bewegten sich, bevor ein Ruck durch ihre Gestalt ging und sie eine Frage an Wladimir stellte.

Der gab ihr eine Antwort.

Die beiden verfielen in den nächsten Sekunden in ein flüsterndes Zwiegespräch, dem Suko und ich nur lauschen konnten. Interessant war die Gestik der alten Frau. Sie sagte viel über ihre Worte aus, und wir schauten ihr gespannt zu.

Manchmal schüttelte sie den Kopf, dann lehnte sie ihren Körper abwehrend zurück und spreizte dabei die Hände, als wollte sie ihren Gesprächspartner beschwören. Wenn sie etwas sagte, wurde sie immer leiser und zischte, bis sie abrupt den Kopf schüttelte, sich bekreuzigte und einen alten Rosenkranz aus ihrer Rocktasche hervorholte.

Auf uns wirkte es so, als wollte sie Wladimir Golenkow von dem abhalten, was wir vorhatten.

Ich fragte auch nicht nach, sondern überließ ihm weiter das Feld. Er schaffte es tatsächlich, die Frau für sich zu gewinnen.

Keuchend holte sie Luft, und sie zwinkerte mit den Augen.

Bevor sie anfing zu reden, sah sie sich vorsichtig um, als wollte sie sich vergewissern, dass kein Lauscher in der Nähe stand und uns zuhörte. Demnach mussten ihre Worte von einer ziemlichen Brisanz sein.

Sie sprach schnell, manchmal sogar hastig und holte dementsprechend Luft. Ihre Augen wurden zu starren Kugeln. Sie waren scharf auf den zuhörenden KGB-Agenten gerichtet, von dessen Gesicht ich keinerlei Reaktion ablas.

Aber so gelassen, wie er sich gab, war er nicht. Ich kannte ihn lange genug. Wahrscheinlich tobte in seinem Innern ein Feuer, das nicht so leicht zu löschen war.

Die alte Kalinka verausgabte sich regelrecht. Ihren Schmerz und ihre Angst erlebten wir hautnah mit, denn sie wischte sich zwischendurch das Tränenwasser aus den Augen. Dann faltete sie die Hände und hielt ihren Rosenkranz noch fester. Schließlich verstummte sie.

Suko und ich sahen ihr an, dass sie noch etwas sagen wollte. Deshalb hielten wir uns zurück.

Nein, sie sprach nicht. Dafür schaute sie uns an und segnete jeden von uns. Wir hüteten uns davor, auch nur zu lächeln, dafür war die Sache viel zu ernst.

Erst als sie die Hand gesenkt hatte und das Kinn fast den Hals berührte, weil sie den Kopf nach vorn beugte, atmeten wir tief durch.

»Was hat sie gesagt?«, fragte Suko.

»Sehr wenig und sehr viel.«

»Rede schon!«

Wladimir legte seine Stirn in Falten. »Ich will euch sagen, dass wir hier genau an der richtigen Adresse sind. Die Spur hat uns nicht getäuscht. Es war tatsächlich Rasputin, der sich hier in die Umgebung der Sümpfe zurückgezogen hat.«

»Und die Frau kannte ihn?«

»Ja, als junges Mädchen oder junge Frau hat sie ihn gesehen und regelrecht angehimmelt. Sie war von ihm fasziniert gewesen.«

»Wer war das nicht«, warf ich einen Einwand dazwischen. »Mir kommt es vor, als wäre er ein Nationalheld gewesen.«

»Lass das nur nicht die Parteiorgane hören.«

Ich kam wieder zum Thema. »Wie hat Rasputin sich benommen? Wusste sie etwas über seine Ziele?«

»Nein, das hat sie nicht erwähnt. Das heißt doch. Sie erinnert sich daran, dass er hergekommen war, um über den Tod nachzudenken, den er besiegen wollte.«

»Was er nicht geschafft hat.«

»So ist es.«

»Was ist mit Baal?«, fragte Suko.

»Davon hat sie auch gehört, aber sie kennt ihn nicht. Sie weiß nur, dass hier im Sumpf die Knochengrube existiert und diese etwas mit Baal zu tun hat.«

»Wieso? Hat man ihn auch hier angebetet?«

»Es sieht so aus«, gab Wladimir zurück.

»Und Spuren?«

Er hob die Schultern. »Die alte Kalinka sagt, dass der Sumpf sie begraben hätte. Damit meint sie die Knochen der Opfer, die ihm zu Ehren gebracht wurden.«

»Aber heute nicht mehr?«

»Nein.«

Suko bemerkte: »Jetzt brauchen wir nicht mehr zu tun, als die Knochengrube zu finden. Oder was meint ihr?«

Wir waren einverstanden, und ich wollte wissen, ob sich Wladimir auch nach dem Weg erkundigt hatte.

»Ja, aber erkläre mal jemandem einen Weg durch den Sumpf. Wir müssen das Boot vom Fluss zu den Sümpfen tragen und uns praktisch der Stelle vom Wasser aus nähern.«

»Das bei Nebel!«, brummte Suko.

»Wenn wir uns beeilen, können wir noch etwas sehen.«

Zunächst verabschiedeten wir uns von der alten Frau. Als sie ihre Hand in die meine legte, hatte ich das Gefühl, trockene Äste anzufassen. Sie sagte uns einige Worte, die wohl so etwas Ähnliches wie »Viel Glück« bedeuten sollten, dann waren wir entlassen.

Draußen hatte sich tatsächlich etwas verändert. Zwar war der Nebel noch nicht zu einer undurchlässigen Dichte zusammengewachsen, aber sie erhielt stets Nachschub.

»Beeilung!«, rief Wladimir. »Wir müssen es vom Wasser aus versuchen.«

»Hoffentlich hat Sarah Goldwyn mehr Glück«, sagte ich und dachte daran, dass wir uns auf ihren Wunsch hin getrennt hatten. Wohl war mir bei diesem Gedanken nicht.

Wenn es darauf ankam, hatte Lady Sarah schon immer ihren eigenen Kopf gehabt, auch in diesem Fall, als ihre Freunde das Ziel über den Strom erreichen wollten.

»Das dauert mir viel zu lange«, hatte sie gesagt. »Ich versuche es anders.«

»Und wie?«

»Durch einen Spaziergang.«

»Aber nicht in den Sumpf.«

»Mal sehen.«

Lady Sarah freute sich diebisch, dass sie wieder einmal ihren Kopf durchgesetzt hatte. Die drei waren gefahren und hatten sie im Dorf zurückgelassen, wo sie zwar eine Fremde war, sich aber nie fremd vorkam, denn die Leute waren sehr nett zu ihr.

Jemand hatte sie mal als ein kleines Genie bezeichnet, denn die Horror-Oma beschäftigte sich in ihrer Freizeit mit sehr vielen Dingen. So hatte sie vor einigen Jahren einen Russisch-Sprachkurs besucht und einiges davon noch behalten. Jetzt, wo es darauf ankam, kramte sie die Brocken wieder hervor und erkundigte sich, wo sie die Familie Karpow finden konnte.

Ein kleines Mädchen brachte sie hin. Die Karpows wohnten in einem schmalen Haus, an das eine Scheune angebaut worden war. Ein Mann stand dort und verteilte Rüben auf dem Boden. Als er Lady Sarah sah, erhob er sich aus seiner gebückten Haltung und schob die Schiebermütze in den Nacken. Aus dem Hintergrund näherte sich eine dralle Frau mit einem bunten Tuch auf dem Kopf, das ihre Haare völlig verdeckte. Wind wehte der Horror-Oma entgegen und drang durch die Kleidung.

Lady Sarah grüßte sehr freundlich und erntete dafür ein

Lächeln zurück. Dann formulierte sie ihren Wunsch. Sie wollte etwas über Lara erfahren und über ihr Verschwinden. »Ich komme von sehr weit her.«

»Wieso?«, fragte der Mann.

»Nun, das kann ich nicht genau sagen. Vertrauen Sie mir«, radebrechte sie.

Die beiden schauten sich an. »Wir sind nur die zweiten Eltern«, erklärte die Frau.

»Ich weiß. Was war mit den ersten?«

»Die Mutter ist weg.«

»Wohin?«

»Sie floh in den Westen. Nach England. Dort wollte sie sich niederlassen.«

Diese Aussage konnte Zufall sein, aber Mrs Goldwyn war nicht die Frau, die an Zufälle glaubte. Nein, dahinter musste etwas anderes stecken. Und zwar eine sehr konkrete Sache, auf die sie das Ehepaar auch ansprach. »Heißt die wahre Mutter zufällig Ludmilla Prokowa?«

»Ja.«

»Dann kenne ich sie.«

Jetzt waren die beiden perplex. Sie starrten Lady Sarah an wie einen Geist, besprachen sich, bevor der Mann auf eine kleine Bank deutete, auf der Lady Sarah gern Platz nahm.

Natürlich wollten sie wissen, wie es Ludmilla ging, und Mrs Goldwyn musste ihnen leider berichten, dass sie gestorben war.

»Tot?«, hauchte die Frau. Sie wurde blass und bekreuzigte sich.

Auch der Mann verlor alle Farbe aus dem Gesicht. Niemand fragte nach, wieso das hatte geschehen können, doch Mrs Goldwyn fühlte sich einfach verpflichtet, Einzelheiten zu erzählen. Und so sprach sie mit den beiden darüber, wie es zum Tod der Frau gekommen war. Und sie vergaß auch nicht den Namen Rasputin.

Beide nickten. »Sie hatte immer davon gesprochen. Von Rasputin, dem Mönch und Magier.«

»Er war hier?«

»Ja, im Sumpf.«

»Könnte es nicht sein, dass auch Lara etwas über ihn weiß?«

»Nein, nein, sie war noch zu klein, als ihre Mutter verschwand. Ludmilla war von Rasputin fasziniert gewesen. Sie wollte seinen Spuren nachgehen und alles von ihm wissen. Er war auch hier.«

Lady Sarah hatte sich anstrengen müssen, um die Worte verstehen zu können. Auch bei der nächsten Bemerkung tat sie sich schwer. »Ich glaube nicht, dass Lara nichts gewusst hat. Deshalb ist sie auch gegangen.«

»Aber wohin?«

»In den Sumpf.«

»Dort kann sie nicht leben.«

»Ob sie das überhaupt will? Vielleicht wollte sie nur etwas über Rasputin wissen. Möglicherweise ist er ihr erschienen. Als Geist, das geht. Ich habe es erlebt.«

Lady Sarah sah, dass sich die beiden ängstigten, kam deshalb auf ein anderes Thema zu sprechen. »Ich möchte auch in den Sumpf und suche einen Begleiter. Gehen Sie mit, Mr Karpow?« Das Mister rutschte ihr einfach so über die Lippen.

Der Mann erschrak. »Ich soll …?« Seine Frau legte ihm eine Hand auf den Arm, als wollte sie ihn zurückhalten.

»Ich bitte Sie darum.«

»Es ist gefährlich. Bald wird der Nebel aufsteigen.«

»Das kann ich mir vorstellen, aber ich bin nicht allein. Es sind noch drei Freunde von mir hier, die auch nach Lara suchen wollen. Sie kommen von der anderen Seite.«

»Wir haben schon nach ihr gesucht. Sie hat sich nicht gemeldet.«

»Vielleicht tut sie es heute.« Sarah Goldwyn schaute die beiden so treuherzig an, dass dem Mann nichts anderes übrig blieb, als zu nicken und somit seine Zustimmung zu geben.

»Das finde ich toll, wirklich.« Lady Sarah lächelte, aber das Gesicht der Frau blieb sehr besorgt. Sie redete so schnell mit ihrem Gatten, dass Sarah Goldwyn nichts verstand. Sie hoffte nur, dass Karpow bei seiner Entscheidung bleiben würde.

Schließlich stand er auf und strich seiner Frau über die Wange. Er ging weg, kam mit seiner Jacke zurück, und Lady Sarah sah, wie die Russin anfing zu weinen.

Sie wollte die Bedauernswerte trösten, aber die rannte schnell ins Haus und schlug die Tür hinter sich zu.

»Es tut mir Leid«, sagte die Horror-Oma. »Wirklich. Wenn Sie wollen, gehe ich allein.«

»Njet!« Es war hart gesprochen. »Ich habe es gesagt, ich werde es auch tun. Lara war wie unser Kind. Ich muss herausfinden, wo sie geblieben ist.« Der Russe mit dem hellhäutigen Gesicht machte einen entschlossenen Eindruck. »Ich will aber noch etwas mitnehmen«, sagte er. »Warten Sie, ich hole mein Gewehr.«

Lady Sarah runzelte die Stirn. Sie glaubte nicht daran, dass diese Waffe etwas nutzte, aber wenn sich der Mann mit ihr besser fühlte, wollte sie nicht widersprechen.

Lara, das dunkelhaarige Mädchen, hielt den Menschenknochen in der Hand, der aus dem dichten Nebel geflogen war und sie fast am Kopf getroffen hätte.

Sie starrte ihn an, ohne richtig zu begreifen, was der Fund bedeutete. *Ein Menschenknochen,* dachte sie plötzlich. Wo kam er her? Wer hatte ihn geworfen?

Plötzlich kehrte die Erinnerung zurück. Sie merkte, wo sie sich befand. Es war also kein Traum gewesen.

Da erst begann sie zu zittern. Die Angst war da und schlug über ihr zusammen. Sie schaffte es nicht mehr, die Hand zur Faust zu schließen, und so rutschte der Knochen wieder hervor und prallte zu Boden. Lara aber traute sich nicht, den Platz zu wechseln. Sie wäre liebend gern wieder zurück in die Hütte gelaufen, um sich irgendwo zu verkriechen, nur brachte sie das einfach nicht fertig. So stand sie auf dem Fleck und hielt die Augen weit geöffnet, weil sie daran glaubte, auf diese Art und Weise mehr erkennen zu können.

Das grüne Licht war geblieben. Eine verschwommene Insel inmitten des rollenden Schwadenwaldes, und auch das hohle Klappern vernahm sie.

Irgendwo vor ihr tanzten die Knochen.

Auf einmal wurde ihr bewusst, dass sie dicht vor der Lösung des Rätsels stand, nach der sie so lange gesucht hatte. Es war nur mehr ein kleiner Schritt zum Ziel, dann konnte sie endlich etwas von dem begreifen, was ihre Mutter ihr mit auf den Weg gegeben hatte.

Plötzlich wurde sie nervös. Sie blickte sich um, als wollte sie nach einem Fluchtweg Ausschau halten. Sie zuckte zusammen, weil der Nebel vor ihr in Bewegung geriet.

Ein Windstoß war es nicht gewesen. Denn der Wind verursachte nicht dieses rhythmisch klingende Rauschen, das musste schon einen anderen Grund haben.

Lara, von ihrer eigenen Angst in die Zange genommen, blieb trotzdem stehen und richtete ihren Blick nach vorn.

Da entdeckte sie die beiden Schatten!

Sie lauerten innerhalb der Nebelwolken, standen nicht still, sondern bewegten sich durch zuckende Schläge, und Lara erkannte, dass es sich dabei um Flügel handelte.

Also mussten vor ihr Vögel schweben.

Und zwar riesige Vögel. Geier vielleicht.

Es waren Baals unheilbringende Leichenvögel, die sich plötzlich aus der Nebelwand lösten und als fliegende Ungeheuer Kurs auf das Mädchen nahmen.

Lara konnte sie jetzt besser erkennen, sie wich diesem Anblick auch nicht aus, und sie sah die schrecklichen, rötlich schimmernden Köpfe mit den langen Schnäbeln, die ihr vorkamen wie zwei aufeinander gelegte Lanzenhälften.

Aus den Mäulern der Vögel drangen Laute, die sie an eine Mischung aus Krächzen und Schreien erinnerten. Jedenfalls hörten sich die Laute sehr böse an.

Lara schüttelte es durch. Mit einem einzigen Sprung

katapultierte sich das Mädchen durch den Eingang der Hütte.

Dort konnte sie ihren Schwung nicht mehr rechtzeitig genug abbremsen. Sie fiel zu Boden und blieb zunächst einmal liegen.

Sie lauschte, denn sie hatte vom Dach der Hütte ein Geräusch vernommen. Dort landete der Vogel.

Voller Schrecken erkannte das Mädchen, wie sich die Decke über ihr bewegte. Das Gewicht des Leichenvogels drückte sie nach innen. Moos- und kleine Lehmklumpen fielen bereits herab und landeten auf Laras Körper. Sie schleuderte sie weg und sprang auf.

Das Reißen und Knirschen ließ sie heftig zusammenzucken. Als sie ihren Blick abermals auf das Dach richtete, wurden ihre Augen noch größer. Da riss der Schnabel eine Lücke in das Dach der Hütte, der rötliche Kopf bewegte sich zuckend, verschaffte sich auf diese Art und Weise mehr Platz, sodass Lara in die gefährlichen Augen schauen konnte.

»Was willst du?«, brüllte sie plötzlich los und sprang zur Wand hin, wo ihr Lager stand.

Der Vogel konnte keine Antwort geben. Er wühlte weiter, zog seinen Schnabel zurück, um ihn anschließend als Messer einzusetzen, denn er begann damit, das Dach zu zerstören.

Mit einer gnadenlos anmutenden Präzision hackte er das Loch immer größer, sodass es nur eine Frage von Sekunden war, wann auch der Körper hindurchpasste und er womöglich mit dem gesamten Dachaufbau in die Tiefe stürzte. Lara konnte es nicht verhindern, aber sie wollte auch nicht das Opfer werden, duckte sich wieder tiefer und zog sich vorsichtig in Richtung Hüttentür zurück.

Den hackenden und wühlenden Leichenvogel behielt sie dabei im Auge. Er hatte Augen, aber er tat so, als würde er sein Opfer nicht sehen.

Wann war er durch?

Darauf wartete Lara nicht. Ein letzter Sprung brachte sie über die Schwelle.

Dass sie vom Regen in die Traufe geraten war, merkte sie einen Moment später. Nichts hatte sie gewarnt, aber sie hätte damit rechnen können, dass der zweite Vogel irgendwo lauern konnte.

Er hatte die Deckung des Nebels geschickt ausgenutzt, befand sich hinter Lara und hüpfte mit halb ausgebreiteten Flügeln und einer grotesk anmutenden Bewegung auf sein Opfer zu, wobei er gleichzeitig beide Schnabelhälften öffnete.

Dann biss er zu!

Er war schnell wie ein Fischreiher auf Beutezug, und Lara konnte nichts dagegen unternehmen. Auf einmal spürte sie den scharfen Druck an den Hüften, der ihre Bewegungsfreiheit drastisch einschränkte.

Hinzu kam der Schock!

Dieser gewaltige innerliche Schlag, der hoch bis zum Herzen raste.

Der Leichenvogel biss stärker zu. Aber nicht so stark, dass er die Kleidung durchtrennte und das Mädchen verletzte. Er wusste genau, wo die Grenze lag, zudem wagte Lara aus lauter Angst nicht, sich zu bewegen. Starr blieb sie stehen, dabei ungewöhnlich angespannt, und aus ihrem Mund drangen wimmernde Laute.

Der zweite Vogel flog herbei. Er hatte sich vom Dach gelöst, seine Flügelschläge wirkten träge, als hätte er überhaupt nichts mit dieser Sache zu tun, und der hässliche Schädel war so gedreht, dass die Glotzaugen auf den Boden gerichtet waren.

Über Laras Kopf rauschte er hinweg. Er stieß wie der dunkle Schatten eines Flugzeugs in die dampfende Nebelwand hinein und wurde von ihr verschluckt.

Lara aber befand sich in der Gewalt des zweiten Vogels, und sie wusste nicht, was mit ihr geschehen würde. Wollte dieser Vogel sie töten?

Eine schreckliche Vorstellung, die allerdings verschwand,

als ein Ruck durch den Körper des Leichenvogels glitt, er die Flügel ausbreitete und in die Höhe stieg.

Mit seinem menschlichen Opfer im Schnabel. Er wirkte wie ein Gigant aus einem Fantasy-Film, der sein Opfer in die Urzeit verschleppte.

Lara glaubte, verrückt zu werden. Zu Beginn hatte sie dies nicht so recht mitbekommen. Erst als Sekunden vergangen waren, wurde ihr bewusst, was mit ihr geschehen war.

Sie hing im Schnabel dieses Monstervogels!

Das war doch nicht zu glauben, aber sie brauchte sich nur auf den Druck an ihren Hüften zu konzentrieren, um zu wissen, dass diese Reise kein Albtraum war.

Ihre Arme waren nicht eingeklemmt worden. Die konnte sie bewegen, winkelte sie jetzt an, drückte die Hände nach unten und umfasste den Schnabel.

Die Finger des Mädchens rutschten ab und gerieten an die scharfen Unterkanten der Schnabelhälften. Sofort spürte sie den Riss in den Fingern, die Schmerzen waren ebenfalls da, und sie blutete.

Der Vogel tauchte mit seinem Opfer ein in die graue Nebelwand. Lara kam sich vor, als hätte eine Höhle sie verschluckt. Sie riss die Augen weit auf und erkannte den Schatten des zweiten Vogels.

Der stieß ein heiseres Krächzen aus, in das sich seine hellen Schreie mischten.

War es Triumph? War es Freude? Wahrscheinlich beides. Lara stand furchtbare Qualen durch. Ihr Herzschlag hatte sich beschleunigt, sie fürchtete sich davor, irgendwann zerbissen zu werden, denn der Schnabel war ungeheuer scharf.

Wo lag das Ziel?

Vor Angst und Grauen konnte Lara kaum denken. Ihr Gehirn war wie gelähmt, sie schwitzte trotz der kühlen Nebelnässe. Sie ahnte, dass sie sich längst weit über der Sumpffläche befinden mussten.

Sie konnte sich ihr Ende aussuchen. Entweder zerbissen zu

werden oder im Moor zu versinken, ohne dass eine Chance für sie bestand, dass man sie je fand.

Je mehr Zeit verging, umso größer wurde ihre Angst. Sie hatte das Gefühl, als würde der Vogel mit ihr immer in einem Kreis fliegen, als suchte er nach einem bestimmten Ziel, das er wegen des Nebels nur schlecht finden konnte.

Aber da war das grüne Licht. Erst jetzt, als sie sich ziemlich dicht in seiner Nähe befand, konnte sie erkennen, dass das Licht größer war, als es den Anschein hatte.

Vom Boden her stieg es in die Höhe und färbte den Nebel grün.

Plötzlich geschah es.

Lara stieß einen Schrei aus, als der Vogel mit ihr in die Tiefe sackte.

Jetzt lässt er dich fallen!, schoss es ihr durch den Kopf, aber sie irrte sich, denn der Leichenvogel glitt so sanft in die Tiefe, als wäre er eine Federwolke.

Je mehr sie sich dem Boden näherte, umso deutlicher wurde das Ziel. Es musste aus dem Sumpf hervorgestiegen sein, denn die zähe Flüssigkeit schwappte von der Platte zu Boden.

Sie schaute auf einen Altar!

Auf einen Opferaltar, der mitten im Sumpf seinen Platz gefunden hatte oder aus der Tiefe gekommen war. Auf dem Altar lagen Gebeine! Bleiche Knochen, auch Schädel.

Nicht weit entfernt ragte der kahle Ast eines Baumes wie ein Totenarm aus dem Sumpf, als wollte er seine Opfer anlocken.

Sehr dicht flog der Leichenvogel mit ihr an den Altar heran und in das grüne Licht hinein.

Dann ließ er sie fallen!

Sie schrie leise auf, bevor sie den harten Stein unter sich spürte und mit dem Hinterkopf aufschlug.

Rücklings blieb sie liegen.

Die Augen hatte sie weit geöffnet und verdreht. So starrte sie in die Höhe, sah in das grüne Licht, den Nebel und entdeckte die beiden Vögel, die den Altar in einer gewissen Höhe umkreisten und wie stumme, gefährliche Wächter wirkten.

Sie dachte daran, dass das alles nicht möglich sein konnte, denn der Ort, an dem sie lag, befand sich mitten im Sumpf und hätte normalerweise alles mit in die Tiefe reißen müssen. Niemals hatte ihr jemand etwas von einer Insel erzählt.

Allmählich beruhigte sich ihr rasender Herzschlag, und es gelang ihr, wieder ein wenig freier zu atmen. Aber die Angst blieb.

Der Nebel hüllte sie ein wie eine Armee aus tausend Armen. Er kroch lautlos und bedeckte ihren Körper, als wollte er sie vor irgendwelchen Gefahren schützen.

Der jungen Russin gelang es, wieder realistisch zu denken. Sie wusste, dass ihre letzten Erlebnisse erst das Vorspiel zum Hauptakt gewesen waren.

Der würde noch folgen und sie wahrscheinlich in eine weitaus schlimmere Gefahr bringen.

Zwischen ihren Fingern spürte sie den kalten Schweiß. Er war klebrig wie alter Leim.

Die Stille wurde unterbrochen.

Ein ferner Ruf erreichte ihre Ohren. »Laraaaa ...«

Sie horchte auf. Es war eine Frauenstimme, die nach ihr gerufen hatte, nur wusste das Mädchen nicht, wie weit die Ruferin entfernt war, denn der Nebel verzerrte die Geräusche und gaukelte dem Zuhörenden falsche Entfernungen vor.

Sie gab keine Antwort. Nicht deshalb, weil sie es nicht gekonnt hätte, nein, sie traute sich einfach nicht. Dann hörte sie wieder das Klatschen der Flügel über sich.

Als sie den Blick hob, sah sie die Schatten der Vögel, wie sie allmählich in die zunehmende Dunkelheit und den Nebel eintauchten.

Nacht, Nebel und Grauen!

Für Lara erfüllte sich ein Albtraum, der erst am Beginn stand, denn sie vernahm plötzlich ein Schmatzen und

Gurgeln. Es klang rechts und links des Steinaltars auf. Sie sah die Knochen, die, wie von Geisterhänden geworfen, in die Höhe stiegen, gegeneinander klapperten und abermals die unheimlich klingende Melodie von sich gaben.

Es war der Auftakt für den Auftritt.

Denn aus der Tiefe des Sumpfes näherte sich eine furchtbare Gestalt.

Der Götze Baal!

Wladimir Golenkow hatte glücklicherweise an eine Taschenlampe gedacht, doch sie nutzte uns nicht viel. Ihr Licht verlor sich bereits nach einer doppelten Armlänge im düsteren Grau der uns umgebenden Waschküche, sodass es unmöglich war, auch nur einen Meter weiter zu sehen.

Wären nicht die mit dem Eintauchen der Ruderblätter verbundenen klatschenden Geräusche gewesen, wären wir lautlos durch die Nebelsuppe geglitten. So aber wussten wir, dass wir nicht durch die Luft glitten, sondern über das flache Gewässer fuhren.

Oftmals tauchten Schatten auf und glitten an der Bordwand entlang. Die schabenden Geräusche untermalten unsere Fahrt. Es waren die langen Schilfrohre, die an einigen Stellen in regelrechten Feldern wuchsen. Manchmal, wenn wir in die Nähe der Sumpfinseln gerieten, sahen wir auch hohe Gräser oder verkrüppelte Bäume, die ihre kahlen Äste wie anklagend in alle vier Himmelsrichtungen streckten.

Es war eine unheimliche, geisterhafte Fahrt durch für uns unbekanntes Gelände.

Das Rauschen der Wolga war längst hinter uns zurückgeblieben, weil wir uns immer weiter von dem Fluss entfernten. Wir knieten im Boot, das schaukelte, wenn wir an flachen Inselhügeln vorbeischrammten und uns mit den Riemen abstoßen mussten.

Zu sehen war nichts weiter als die graue Nebelwand, bis auf eine Ausnahme.

Wir entdeckten das grüne Licht zur selben Zeit. Es schimmerte weit vor uns, wie ein lockendes Leuchten im grauen Nebel, das aber sehr gefährlich werden konnte.

»Baals Opfermesser!«, flüsterte Suko scharf.

Der Ansicht war ich auch. Es musste einfach das Opfermesser dieses Dämons sein, denn woher sollte die unheimlich und fahl wirkende Beleuchtung sonst stammen?

Wir zogen die Riemen ein, ließen uns treiben und starrten dem Licht entgegen, das sich nicht veränderte.

»Es konzentriert sich auf einen Punkt«, sagte Wladimir. »Allerdings weiß ich nicht, was sich dort befindet.«

»Die Knochengrube!«, behauptete ich.

»Wieso?«

»Es ist das Ziel in diesem verdammten Moor.«

Die nächsten Sekunden verrannen schweigend, bis zu dem Augenblick, als wir alle drei den leisen und noch weit entfernten Ruf vernahmen.

Eine Frau hatte ihn ausgestoßen. Allerdings veränderte der Nebel die Stimme derart, dass wir bei ihrer Identifikation nicht sicher sein konnten.

»Das kann Lady Sarah sein!«, flüsterte Suko.

Wir hörten erneut den Ruf und glaubten, das Wort Lara zu vernehmen.

Wladimir fasste nach meinem Arm. »John, da hat jemand nach Lara gerufen. Wir sind also nicht allein. Andere suchen sie auch.«

Ich war sehr konzentriert und nickte nur.

»Das war weiter vorn«, sagte Suko. »Wir brauchen nur in die Richtung zu fahren.«

Dort lag unser Ziel, diese geheimnisvolle Knochengrube und somit die Spur zu Baal.

Es war etwas Großes, das wir vorhatten. Wir wollten ein gewaltiges Rätsel lösen, gegen einen Urdämon kämpfen und wurden von so profanen Dingen wie Nebel daran gehindert.

Da konnte man sich schon die Haare einzeln ausraufen.

Die Wand aus gespenstischem Dunst wollte nicht weichen.

Wir hörten und sahen den geheimnisvollen Rufer nicht, aber das grüne Licht blieb nach wie vor.

Es stand wie eine Eins innerhalb der dichten Suppe. Ein kaltes, dennoch gefährliches Leuchten, ein Hinweis auf die Knochengrube, auf Baal, der sein Opfermesser sicherlich nicht freiwillig hergab.

Ich war fest entschlossen, mich ihm zu stellen. Er sollte und musste merken, dass ich nicht vor ihm kuschte. Er hatte mir meinen Dolch abgenommen, den würde ich mir zurückholen.

Baal war raffiniert, Baal war gnadenlos. Wir mussten auf alles gefasst sein, auch darauf, dass er zu den Wesen gehörte, die dieses Moor beherrschten. Die Knochengrube konnte sein Areal sein. Da schaltete und waltete er. Da waren die Überreste seiner Opfer vergraben und versunken. Knochen, Gebeine, vielleicht sogar magisch geladen, sodass sie andere Funktionen übernehmen konnten.

Da wir sehr still waren und die Riemen nur vorsichtig ins Wasser tauchten, konnten wir trotz des uns umgebenden Nebels Geräusche hören.

Das Flattern war vorhanden, ohne dass wir zunächst etwas erkannten. Bis zu dem Zeitpunkt, als der Nebel vor uns in quirlende Rotationen geriet. Da wusste ich Bescheid, und meine Hand zuckte automatisch zur Beretta, während ich den Riemen losließ.

Auch Suko hatte es bemerkt. Scharf flüsterte er: »John, dort, die Leichenvögel.«

Trotz des Nebels hatten wir sie erkennen können. Sie bewegten sich träge durch die graue Suppe. Die Schläge ihrer Flügel erinnerten mich an düstere Grüße, mit denen sie uns willkommen heißen wollten. Auch Wladimir hatte sie entdeckt.

Wohl war dem Russen nicht dabei, als er sagte: »Verdammt, wir sitzen hier im Boot. Wenn diese Biester es zum Kentern bringen, ist keiner da, der uns aus dem Sumpf zieht.«

»Wir dürfen es eben nicht so weit kommen lassen.«

»Was willst du tun, John?«

»Sie abschießen!«

Der Russe lachte leise. »Das ist gut!«, flüsterte er. »Groß genug sind sie ja.«

»Kümmere du dich um das Boot«, wies ich ihn an. »Das ist zunächst einmal wichtiger.«

»Wieso?«

»Es darf nicht kippen. Du musst versuchen, es im Gleichgewicht zu halten. Ich bin sicher, dass die Monster angreifen werden. Die können einfach nicht anders.«

Ich hatte am Heck meinen Platz gefunden. Suko am Bug. Beide knieten wir und drehten unsere Köpfe, um den Flug der Leichenvögel genau verfolgen zu können.

Noch kreisten sie. Da glichen sie den Geiern, die abwarteten, bis sich ein verletztes Tier nicht mehr bewegte, um dann zuzuschlagen.

Wie Schatten glitten sie durch die Nebelwolken. Mit ihren Schwingen durchwühlten sie den Dunst. Die gerissenen Löcher wuchsen schnell wieder zusammen. Neue Figuren entstanden, und Wolken drückten lautlos ihre gespenstisch anmutenden Formen gegen unser Boot.

Ich schielte in die Höhe.

Ein Vogel kreiste direkt über uns. Er gehörte tatsächlich zu Baals Leichenvögeln. Das erkannte ich an seinem langen, rötlich schimmernden Kopf, der wie ein langer Blutstreifen wirkte, aus dem zwei Kreise, die Augen, stachen.

Ich hatte meine Beretta bereits angelegt. Als ich den Biestern zum ersten Mal begegnet war, hatte ich mit einem Schwert gegen sie gekämpft und sie vernichtet.

Jetzt schoss ich.

Zwei Kugeln verließen den Lauf. Sie jagten in die kreisenden Nebelwolken hinein und trafen den Körper, der nicht zu übersehen war. Ein Klatschen vernahm ich nicht. Dafür begann der Leichenvogel heftig mit den Flügeln zu flattern. Er schlug sie auf und ab. Die Nebelwolken gerieten in tanzende Bewegungen, und aus dem Schnabel des Vogels drang ein giftiger Schrei.

Dann fiel er.

Im ersten Augenblick befürchtete ich, von dem Vogel getroffen und über Bord geschleudert zu werden. Diese Masse an Gewicht konnte das Boot sogar zerstören. Ich warnte die anderen durch einen lauten Ruf, aber das war nicht mehr nötig, denn der Körper traf nicht uns, sondern das Moor dicht neben dem Boot.

Er prallte auf die Fläche. Wasser spritzte in die Höhe, übergoss uns. Wellen entstanden, liefen gegen den Bootskörper, der ins Schaukeln geriet, aber nicht kippte. Wir hatten uns an den Seiten festgeklammert und atmeten tief durch, als die erste große Gefahr vorbei war.

»O je, das war knapp!«, hauchte Wladimir und fügte hinzu: »Jetzt ist dieser Baal gewarnt.«

»Kann sein.« Ich wischte mir das Moorwasser aus dem Gesicht und suchte den zweiten Leichenvogel.

Weshalb er nicht angriff, war mir ein Rätsel. Der Vogel hatte sich zurückgezogen, er war wie ein Geist in den Nebel eingetaucht.

Unterdessen sank der von uns erledigte Vogel in die Tiefe des Moores. Der Sumpf nahm ihn gierig auf. Dabei spielte es keine Rolle, ob es sich um lebende oder tote Materie handelte. Der Vogel hatte keine Chance. Während des Falls hatte sich sein Körper gedreht, sodass er mit dem Rücken aufgeschlagen war. So wurde er vom Moor allmählich verschlungen. Dabei hielt er seinen kurzen Hals in die Höhe gereckt.

Der Schnabel stach wie eine Lanze aus der düsteren Sumpfbrühe, die den untergehenden Kadaver verschluckte.

Dabei löste er sich auf. Mein geweihtes Silber hatte ihn, das Monster, erledigt. Es war nur ein niederes Dämonenwesen, eines, das Befehle ausführte. Ich hatte es deshalb relativ leicht erledigen können.

Mit Baal würde es mehr Ärger geben.

Suko hatte mittlerweile praktisch gedacht und schon nach

den Riemen gegriffen. Als wäre nichts geschehen, tauchte er die Blätter ein und ruderte los.

Wir glitten durch die Stille der Sumpflandschaft, voll konzentriert auf das im Nebel schwebende grüne Licht. Es kam uns vor wie ein letzter Gruß, mit der uns eine unheimliche und gefährliche Magie anlocken wollte.

Jeder gab Acht, jeder war vorsichtig. Trotzdem sahen wir den aus dem Wasser wachsenden Hügel zu spät. Mit dem Bug schrammten wir dagegen, und unser Boot wurde kräftig durchgeschüttelt. Ich klammerte mich am Rand fest, um nicht über Bord zu gehen.

Durch den Gegendruck trieben wir wieder ein Stück zurück. Keiner von uns kannte das Moor. Keiner wusste, wie groß die Insel war, gegen die wir gestoßen waren, und ob auf ihr das Ziel lag.

Wir mussten uns dem grünen Licht genähert haben, nur konnten wir das innerhalb der sich bewegenden Nebelschleier nicht so recht abschätzen.

»Wir könnten die Insel umrudern!«, schlug Suko vor.

Nicht nur ich hörte die Zweifel in seiner Stimme, auch Wladimir hatte sie vernommen. Er sprach dagegen. »Und wenn es sich bei dieser Insel um die Knochengrube handelt?«

»Fragt es sich immer noch, ob wir da nicht einsinken.«

Suko wischte meine Bedenken zur Seite. »Es geht nichts über den Versuch. Passt auf. Wenn ich absacke, holt mich raus.« Bevor einer von uns gegen seinen Vorschlag protestieren konnte, war er schon aus dem Boot geklettert und hatte seinen rechten Fuß vorsichtig an Land gesetzt. Er prüfte durch Verlagerung seines Gewichts, wie fest oder hart der Boden unter ihm war.

»Klappt es?«, fragte ich.

»Bis jetzt ja.« Suko ging den nächsten Schritt, auch den übernächsten, und eine Nebelwolke schob sich zwischen ihn und uns. Seine Gestalt verschwamm, der Chinese bekam Ähnlichkeit mit einem geisterhaften Wesen, das vorsichtig weiterging.

Wir drückten ihm die Daumen. Noch geschah nichts. Seine Stimme klang hohl, als er uns aus dem Nebel ansprach. »Es ist zwar weich unter mir, aber man kann sich voranbewegen.«

»Dann gehen wir auch!«

Ich hatte mich sehr schnell entschlossen, verließ das Boot und bat Wladimir Golenkow, mir das Tau zuzuwerfen. Erst dann kletterte auch der Russe auf den weichen Boden.

Ich behielt das Tau in der Hand und wartete, bis der Russe neben mir stand. Gemeinsam zogen wir das Boot auf die Insel.

»Alles klar?«, fragte ich.

Wladimir sah mein Grinsen und schüttelte den Kopf. »Verdammt, ich fühle mich unwohl.«

»Kann ich mir vorstellen.«

Suko wartete auf uns. Wir nahmen den Weg, den er gegangen war. In seinen Fußspuren hatte sich schon brackiges Wasser gesammelt.

Das grüne Licht kam uns vor wie eine vom Nebel umwaberte und umwallte Flamme. Manchmal dachte ich, es wäre zum Greifen nahe, dann wiederum hatte ich das Gefühl, als würde es sich von uns entfernen, wenn die langen, grauen Vorhänge ihre Richtungen veränderten und Entfernungen schmelzen ließen.

Ich war innerlich aufgeregt. Obwohl ich keinen Beweis dafür hatte, glaubte ich daran, dicht vor dem Ziel zu stehen. Ich spürte quasi die Nähe des Götzen, der nur darauf lauerte, mir gegenübertreten zu können. Meinen Bumerang hatte ich zum Glück mitgenommen. Er steckte im Gürtel und gab mir Sicherheit.

Die Zeit verging, und es passierte etwas, ohne dass wir eingegriffen hätten.

Irgendwo vor uns, wo die Nebelbrühe besonders dicht war, erklangen plötzlich Geräusche. Zuerst konnte ich sie nicht identifizieren, weil der Nebel sie verzerrte. Als ich mich stärker auf sie konzentrierte und auch meine beiden Begleiter sich damit beschäftigten, wurde uns klar, was das für Laute waren. Knochen schlugen gegeneinander, und wir waren sicher, dass wir die Knochengrube erreicht hatten.

»Die Knochengrube!«, flüsterte ich. »Verdammt, Freunde, das ist sie. Da tanzen die Gebeine.« Ich streckte den Arm aus. »Das muss dort sein, wo das Licht schimmert.«

Keiner widersprach mir. Im nächsten Moment hörten wir ein furchtbares Geräusch, das sich in mehrere Stufen unterteilte. Zunächst war es nur ein Klatschen und Schmatzen, als eine Kraft den Sumpf auseinander riss, sodass Spalten entstanden, die sich sehr bald wieder zu dem formten, was sie einmal gewesen waren.

In seiner Tiefe tat sich etwas.

Wir merkten das Vibrieren unter unseren Füßen und hörten das schreckliche Ächzen, das uns aus dem dichten Nebel entgegendrang. Das war einfach grauenhaft. Mir schien es, als wollten mehrere Leichen gemeinsam aus einem Grab steigen.

Leider konnten wir nichts erkennen, aber wir ahnten, wer sich da aus der Tiefe des Sumpfes freie Bahn verschaffte.

»Das ist er!«, flüsterte Suko. »Verdammt, es gibt keine andere Möglichkeit, John, wir werden ihn bald sehen können.«

Damit rechnete ich auch.

»Meint ihr, dass es Baal ist?«, fragte Wladimir Golenkow.

Unser Nicken war ihm Antwort genug.

Lara konnte nicht schreien. Sie spürte nicht die Kälte des Steins unter ihr, sie merkte auch nicht, wie geheimnisvolle Geisterhände und Nebelschleier über ihre Gestalt strichen und die Kälte übertrugen. Es interessierte sie auch nicht der Horror-Tanz der alten Gebeine, sie lauschte einzig und allein den schrecklichen Geräuschen, die den Altar umgaben.

Das grüne Licht tanzte über ihr. Da sich der Nebel bewegte, kam es ihr vor, als wäre er ebenfalls in einen skurrilen Tanz verfallen, der von einer schaurigen Musik begleitet wurde. Ein unheimliches Ächzen und Stöhnen drang an ihre Ohren.

Aus dem Sumpf stieg das Grauen.

Und es hatte sich manifestiert in der Gestalt des Urgötzen Baal, der seine Knochengrube nicht im Stich lassen wollte. Hier hatte man ihn verehrt, hier war es einem abtrünnigen Mönch gelungen, die Spur zu ihm aufzunehmen, und jetzt war er zurückgekehrt, um seinen Gegnern und den Zweiflern zu zeigen, dass er noch existierte.

Das Stöhnen vermischte sich mit einem Schmatzen und Gurgeln. Wasser und Schlamm flossen zusammen. Sie bildeten Blasen. Kleine Fontänen, die von aus der Tiefe hervorgerissenen Knochen begleitet wurden, schossen in die Höhe.

Die Grube leerte sich.

All die Opfer, die Baal in einer langen Zeit dargeboten worden waren, zeigten sich nun als makabre Reste und stießen gegeneinander. Das Klappern der hohlen Gebeine wurde zur Begleitmusik eines unheimlichen Vorgangs, der mit Logik nicht mehr zu erklären war.

Lara blieb ruhig liegen.

Sie hatte den Punkt erreicht, wo sie nicht mehr denken konnte und wollte. Sie lag einfach da, dachte nicht nach und war bereit, alles über sich ergehen zu lassen. Das Mädchen malte sich auch nicht den Schrecken aus, der bestimmt über sie kam, sie wartete auf den Tod.

Und wie tot fühlte sich auch ihr Körper an. So kalt, so leer und völlig anders als sonst. Das Blut schien zu Eis geworden zu sein. Es floss überhaupt nicht mehr, und diese Lethargie hatte sich auf die Psyche des Mädchens übertragen.

Sie lag mit weit aufgerissenen Augen da.

Nebelschleier stiegen in die Höhe. Lautlos krochen sie rechts und links des Opferaltars nach oben. Sie begleiteten das furchtbare Monster aus den Tiefen der Knochengrube.

Baal war erschienen.

Ein urwelthaftes Geschöpf, ein Tier, bläulich schimmernd. Sein Schädel schien aus der Kreuzung zwischen einem Tiger und einer Schlange hervorgegangen zu sein. Die Haut bestand aus dicken, eisförmigen Schuppen, und die Augen wirkten wie kalte, weiße Laternen. Zwei Ohren wie Hörner wuchsen dicht über den äußeren Winkeln der Augen in die Höhe. Der Mund nahm fast das untere Drittel des furchtbaren Gesichts ein, und Lara starrte gegen Zähne, die an das Gebiss eines Säbelzahntigers erinnerten.

Sie fragte sich gleichzeitig, ob so ein Monster überhaupt einen Körper hatte. Da war etwas, das von seinem Kopf nach unten reichte, aber mehr ein dunkelbrauner Schatten als ein mit Muskeln, Haut oder Sehnen gefüllter Körper. Aus diesem Schatten stachen rechts und links zwei Klauen hervor, die jeweils mit vier scharfen, an den Spitzen nach unten gebogenen Krallen besetzt waren.

Eine Kralle griff nach dem Gegenstand, der über dem Altar schwebte und das grüne Licht abgab.

Es war der geheimnisvolle Opferdolch!

Er schien für die Klaue wie geschaffen zu sein, denn er fügte sich nahtlos zwischen die Krallen, wo er weiterleuchtete wie ein fünfter grüner Finger.

Lara dachte nicht weiter über ihr Schicksal nach. Ihr war längst klar geworden, dass man sie hier töten würde. Den Grund kannte sie nicht, er musste in der Vergangenheit liegen und auch in der Existenz ihrer wahren Mutter, die alles im Stich gelassen hatte, um ihre Forschungen woanders weiterführen zu können.

Doch Lara hatte der Fluch eingeholt.

Sie wartete darauf, dass der Dolch nach unten raste, um sich in ihren Körper zu bohren, doch der Unheimliche ließ sich Zeit. Er tat etwas, womit Lara nicht gerechnet hatte.

Er verwandelte sich.

War noch vor Sekunden ein gewaltiges Monster aus der Tiefe gestiegen, ein Mittelding zwischen Mensch und Tier, so ging das Tierhafte zurück, und ein Mensch entstand.

Eine Verwandlung, wie man sie höchstens von Fabelbildern oder einem dieser Fantasy-Streifen her kannte. Sie begann bei den Krallen, denn aus ihnen wurden plötzlich Hände mit langen Fingern. Der dunkle Streifen im Nebel verdichtete sich zu einem Mantel, sodass er die Gestalt des Schreckens an der Rückseite schützte. Auch das Gesicht nahm eine andere Form an. Das große Maul bildete sich zu einem Mund. Gleichzeitig wuchs ein langer Bart, dessen Spitzen sich innerhalb der Nebelwolken verfingen. Er war sehr lang und reichte bis auf die Brust.

Nase und Augen erinnerten ebenfalls an die eines Menschen und gleichzeitig an die des Leichenvogels, der über dem Altar geschwebt hatte. Eine hohe, bleiche Stirn sah Lara, die Augen hatten einen ungemein starren Blick angenommen, wie ihn Lara noch nie bei einem Lebewesen gesehen hatte.

Und er hielt noch immer das Opfermesser fest, diesen giftgrünen Dolch mit der ungewöhnlichen Klinge, die an eine kleine Sense erinnerte.

Ob Baal stand, konnte Lara nicht sehen. Für sie schien er aus dem Nebel emporzuwachsen, der ihn als zweiter schützender Mantel umwallte, sodass seine Konturen zerflossen.

Die Knochen umtanzten ihn.

Abermals sah das Mädchen die Gebeine vom Grund her in die Höhe steigen, wo sie einen Reigen bildeten, aufeinander zudrängten, zusammenschlugen und die hohlen Geräusche verursachten, die ihr einen Schauer über den Rücken trieben.

Der Blick war gnadenlos. Lara hatte das Gefühl, als würde sie von ihm seziert und auseinander genommen werden. So kalt, so brutal und starr, aber mit einem Wissen beinhaltet, das weit über das der Menschen hinausging.

Baal wollte seine Rache, und er hatte sich das Mädchen als Opfer ausgesucht.

Die Knochen umtanzten ihn auch weiterhin. Doch die Geräusche, die entstanden, als sie gegeneinander hieben, wurden leiser. Manchmal war nur noch ein leises Schleifen zu hören, dann wieder ein kurzer, dumpfer Klang, mehr aber nicht.

Und sie verstummten völlig.

Jetzt stand die Entscheidung bevor!

Es war Lara gelungen, sich in den vergangenen Sekunden ein wenig zu erholen. Gefühle keimten wieder in ihr hoch, überschwemmten sie, und auch die Angst kehrte zurück.

Sie war besonders intensiv und überdeckte alles. Lara kam sich schrecklich allein vor. Die Angst drückte ihr Herz zusammen, presste es fest, und sie atmete tief durch.

Wie lange hatte sie noch zu leben?

Konnte sie ihre Existenz in Sekunden oder Minuten zählen?

Lara war so durcheinander, dass sie überhaupt nichts begriff, nur den schrecklichen Dolch sah und dahinter das furchtbare Gesicht, das Ähnlichkeit mit dem eines Vogels hatte. Baal und die Leichenvögel glichen sich.

Und er wollte es wissen. Fest entschlossen hielt er den Dolch. Und sein Blick war starr auf das Mädchen gerichtet.

Der Unheimliche sprach nichts, dennoch hatte Lara das Gefühl, als würde er mit ihr reden. Sie konnte sich einfach nicht helfen, aber sie glaubte daran, dass die Augen zu ihr sprachen und ihr Leben forderten. Sie sollte für eine andere Person büßen, und sie fühlte sich jetzt tatsächlich wie ein Opfer.

Der Name Baal war ihr ein Begriff. Sie wusste, dass er zu den Urgötzen gehörte, die im Alten Testament verehrt wurden. Sogar mit dem Popen hatte sie darüber gesprochen, doch der alte Mann hatte das Thema schnell vom Tisch gewischt.

Wer den Namen Baal aussprach, der meinte das Grauen und die Gier nach dem Mammon.

Der Dolch näherte sich ihrem Körper. Ungemein schnell schmolz die Entfernung zusammen. Längst hatte sie auch das grüne Leuchten erreicht. Durch den gefärbten Nebel hatte sie das Gefühl, als würden grüne Wolken über ihren Körper streichen, die bereits den ersten Todesschatten glichen.

Lara wusste nichts von der langen Reise, die der Opferdolch hinter sich hatte, ihr war aber klar geworden, dass der Sumpf ihre Gebeine bald schlucken würde.

Da kam die Angst.

Noch löste sich kein Schrei von ihren Lippen, aber der Körper des Mädchens krampfte sich zusammen, die Hände bildeten Fäuste, als wollten sie durch diese Gestik einen Widerstand und Kampfeswillen dokumentieren, der nicht vorhanden war.

Wie würde es sein, wenn sich die Klinge in den Körper bohrte? Wie lange würden die Schmerzen dauern? Würden sie wandern und den gesamten Körper erfassen?

Es waren verrückte Gedanken, die sie in ihrer Todesangst produzierte, bis plötzlich einiges anders wurde.

Lara hörte eine Stimme.

Sie hatte sie noch nie gehört, verstand die Worte auch nicht, bis auf das letzte.

Die Stimme war aus dem Nebel gedrungen, und ein Mann hatte gesprochen. »Ich bin hier, Baal!«

Der grüne Opferdolch senkte sich nicht weiter. Er zuckte zwar noch, dann aber drehte sich die Klaue mit ihm, sodass die Spitze in die Richtung wies, aus der die Stimme geklungen war.

Lara überwand sich selbst, als sie ihre Ellbogen gegen die harte Platte drückte und sich in die Höhe stemmte, damit sie eine sitzende Stellung erreichen konnte.

Der Nebel nahm ihr einen großen Teil der Sicht. Nur schwach konnte sie innerhalb der grauen Schwaden die Gestalt erkennen, die Baal angesprochen hatte.

Schräg hinter dieser Gestalt erblickte sie zwei Schemen, die aussahen wie erstarrte Bäume.

Aber der Sprecher stand näher. Sie wusste nicht, wer er war, denn wie hätte dieses russische Mädchen, das am Ufer der Wolga lebte, von einem Geisterjäger aus London erfahren sollen?

Sarah Goldwyn würde sich nie an den Nebel gewöhnen, der sie, Karpow und das Boot wie ein Tuch umgab.

Sie hatte gerufen und keine Antwort erhalten, aber sie wussten, dass sich vor ihnen in der Nebelbrühe etwas tat.

Schreckliches musste dort geschehen. Die Geräusche waren unheimlich.

Das hohle Klappern war für sie eine Totenmusik, und schon zweimal hatte sie einen gewaltigen Schatten über ihren Köpfen hinwegsegeln und den Nebel teilen sehen.

Ein Leichenvogel.

Lady Sarah hatte ihrem Begleiter nichts davon gesagt, rechnete aber mit einem Angriff.

Karpow ruderte. Die Taschenlampe hatte er der Horror-Oma übergeben. Lady Sarah war Realist. Der blasse Fleck brachte ihr in der minütlich zunehmenden Dunkelheit kaum Vorteile, sodass sie sich nur noch tastend voranbewegen konnten.

Karpow hatte darauf bestanden, dass sie ein Boot nahmen. Wenn überhaupt etwas einigermaßen sicher war, dann ein Boot. Ohne einen Kahn wären sie längst im Sumpf versunken.

Karpow ruderte, und er hatte sich bereits ein Ziel ausgesucht. Es war das grünliche Schimmern innerhalb der Nebelwand, nach dem sie sich orientieren konnten. Karpow hatte Lady Sarah nach dem Grund für dieses Licht gefragt und auch eine Antwort erhalten. Er hatte mit ihr nichts anfangen können, denn von Baals Opfermesser hatte er nie etwas gehört.

Da er rudern musste, hatte er sein Gewehr zur Seite gelegt. Es lag zwischen ihm und Sarah Goldwyn.

Das Licht passte irgendwie in diese Umgebung. Es schimmerte unheimlich. Hin und wieder drang ein Laut an ihre Ohren. Ein leises Klappern, als hätte jemand Bambusstöcke gegeneinander geschlagen.

Auch dieses Geräusch erklang aus der Richtung, wo sie das Licht schimmern sahen.

Karpow ruderte ruhig weiter. Der Mann strömte eine

gewisse Sicherheit aus, die Sarah Goldwyn so schätzte. Trotz der gespenstischen Szenerie fühlte sie sich bei ihm geborgen, und manchmal, wenn sich ihre Blicke trafen, zuckte um seine Lippen ein aufmunterndes Lächeln.

Sarah lächelte zurück.

Sie hatte die Taschenlampe ausgeschaltet. Die Richtung war klar, in die sie rudern mussten, nur von der Umgebung konnten sie kaum etwas erkennen. Zudem veränderte sie laufend ihr zumeist im Nebel verborgenes Gesicht. Da erschienen Büsche und Krüppelbäume, als hätte sie jemand einfach in das Wasser oder seine schwammigen Inseln hineingepflanzt. Sie waren nie gleich, erinnerten an erstarrte Totenwesen, die dem Sumpf hatten Tribut zollen müssen.

Hin und wieder geriet ihre Fahrt wegen der vielen Hindernisse ins Stocken. Aber nie blieben sie mit ihrem Boot stecken.

Karpow unterbrach die lange Schweigepause mit einfachen, aber treffenden Worten.

»Wir werden es schaffen.«

»Ich wünsche es mir.«

»Für Lara würde ich vieles tun«, erklärte er. »Sie war immer unsere Beste.«

»Und später?«

»Ich weiß nicht. Da wurde sie manchmal sehr seltsam, zog sich zurück und schwärmte von der Weite des Landes sowie den Kräften, die nicht sichtbar darin verborgen waren.«

Sarah Goldwyn hatte nicht alles verstanden, doch es reichte auch die Hälfte, um sie nicken zu lassen. Karpow hatte das Boot gedreht. Er umrundete die Insel und sah auf ihr kleine Bäume in die Höhe wachsen, die von Gegenständen bedeckt waren, die einem Menschen Schauer über den Rücken jagen konnten.

Es waren bleiche Totenschädel.

Wo sie herkamen, wussten weder Sarah Goldwyn noch ihr Begleiter. Die Schädel standen auf den Spitzen der kahlen Äste. Mal schief, mal gerade, sie schienen aus ihren leeren Augenhöhlen den Weg des Bootes genau zu verfolgen.

Der Nebel wehte ihnen entgegen und streifte sie mit seinen kalten Händen. Es waren kühle, feuchte Fetzen, die ihnen ruhig entgegentrieben und an die sie sich bereits gewöhnt hatten.

Bis zu dem Augenblick, als Lady Sarah zusammenschreckte, denn sie hatte es als Erste bemerkt.

Über ihnen lauerte etwas. Und dieses Etwas hatte die Nebelwolken so heftig durcheinander gewirbelt, dass sie vor ihren Augen zu tanzenden Schatten geworden waren.

Das war unnatürlich und schreckte die Horror-Oma auf. Karpow hatte ebenfalls etwas bemerkt. Er zog die Riemen ein, blickte schräg in den Nebel und sah den Schatten über sich.

»Der Leichenvogel!«, presste Lady Sarah hervor. Der Russe konnte mit diesem Begriff nichts anfangen, spürte aber instinktiv, dass sie sich in einer großen Gefahr befanden. Er griff zu seinem Gewehr.

Im nächsten Augenblick fiel der Leichenvogel nach unten. Er kam wie ein Stein, aus dem eine lange Spitze hervorschaute, sein brandgefährlicher Schnabel.

Sarah Goldwyn wusste, was auf sie zukam. Wenn der Leichenvogel fiel und auf das Boot krachte, würde er es in zahlreiche Trümmer zerstückeln, beide Menschen über Bord fegen, sodass sie in den schmutzigen Fluten versanken.

Lady Sarah drückte ihren Körper so weit zurück, wie sie es verantworten konnte. Sie hockte am Bug und wäre fast über die Bordwand gerollt, aber mit einer Hand klammerte sie sich fest und konnte sehen, dass auch Karpow versuchte, dem fallenden Leichenvogel auszuweichen.

Der prallte nicht auf das Boot, denn sein Fall stoppte, bevor er das Boot berührte, aber er hatte seinen Schnabel weit aufgerissen, und er wirkte wie eine Schere, die gnadenlos zupackte.

Karpow wurde von diesem Angriff so sehr überrascht, dass es ihm nicht mal mehr gelang, einen Schrei auszustoßen. Lady Sarah sah sein verzerrtes Gesicht, auf dem sich der stumme Schrei nach Hilfe abmalte, aber sie konnte nichts tun.

Der Leichenvogel war stärker und riss den Mann über Bord.

Dort aber lauerte der Sumpf.

Sarah Goldwyn hörte das Klatschen. Sie hatte plötzlich Mühe, sich zu halten, weil das Boot durch die aufgeworfenen Wellen so heftig schwankte und sich erst wieder beruhigen musste.

Das dauerte Sarah Goldwyn viel zu lange, denn sie wollte etwas tun und den Mann retten. Auf Händen und Füßen kroch sie vor. Die Ruderblätter hingen lose im Wasser, wieder schaukelte das Boot, weil es an der Seite einen Stoß bekommen hatte, und Lady Sarah wurde hart auf die linke Seite geschleudert, wo sie mit der Schulter gegen die Kante der Bordwand prallte.

Sie lag so, dass sie nicht über den Rand hinwegschauen konnte. Dafür vernahm sie die furchtbaren Geräusche. Das Klatschen des Wassers, die Schläge gegen die Bordwand, die Schreie des Mannes, die dumpf klangen und jedes Mal in einem Gurgeln erstickten, weil Wasser in seinen Mund drang.

Das Boot driftete etwas ab. Für Lady Sarah war es eine Chance. Sie kniete sich hin und packte zu. Sie hielt die Waffe fest, als würde ihr Leben davon abhängen.

Nach rechts musste sie sich drehen.

Sarah Goldwyn erkannte, dass der Leichenvogel ein Eigentor mit seiner ungestümen Attacke geschossen hatte. Gegen vieles konnte er sich wehren, aber nicht gegen die Kraft des Sumpfes; die es ihm nicht erlaubte, seine Flügel zu bewegen, denn zwischen ihnen und seinem Körper befand sich plötzlich ein zäher Schleim.

So wühlte er sich zwar hoch, streckte seinen langen Schnabel aus dem Brackwasser, und Lady Sarah sah auch die Gestalt des Russen zwischen den beiden Hälften klemmen.

Sie wusste nicht, ob der Mann noch lebte und wie schwer

er verletzt war. Karpow schrie nicht mehr, außerdem erstickte das Wasser seine Stimme. Er war mit dem Oberkörper zur Seite weggekippt und hing wie eine Puppe zwischen den beiden Schnabelhälften.

Sarah Goldwyn hatte das Gewehr angelegt. Sie zielte, denn sie wollte trotz des Nebels schießen. Dem Leichenvogel gelang es, wieder einen seiner Flügel aus dem Sumpf zu drücken und ihn zu bewegen, sodass er klatschend auf die Oberfläche schlug und einen wahren Regen über das Boot schleuderte.

Lady Sarah kam nicht zum Schuss.

Doch der Vogel wollte ihr auch nichts tun, er konnte es nicht mehr, weil der Sumpf stärker war.

Er zog ihn hinab.

Und auch den Mann.

Lady Sarah erlebte eine schreckliche Zeit, doch sie gab nicht auf. Sie musste versuchen, den anderen zu retten, und entfaltete eine fieberhafte Tätigkeit.

Einen Riemen löste sie aus der Halterung, stach ihn in die Flut und brachte den Kahn näher an die beiden Versinkenden heran. Falls Karpow noch bei Bewusstsein sein sollte, musste er einfach etwas tun und würde vielleicht reagieren, wenn Lady Sarah ihm die Ruderstange hinhielt. Sie wusste von Menschen, die so ähnlich einem mörderischen Sumpf entrissen worden waren.

Die Horror-Oma überwand sich selbst, als sie noch einmal den Riemen eintauchte und sich auf den versinkenden Leichenvogel zutreiben ließ.

Sie musste vorsichtig sein, damit sie nicht von einem heftigen Flügelschlag erwischt wurde, aber der Vogel war nicht mehr in der Lage, seine Flügel aus dem Wasser zu reißen.

Die Horror-Oma holte aus. Sie schlug gegen den Schnabel, traf aber auch den Russen, weil sie wollte, dass dieser Schlag ihn aufrüttelte. Das Ruderblatt glitt an seiner Schulter ab, streifte noch sein Kinn. Spätestens jetzt hätte er etwas merken müssen, aber sein Kopf fiel nach hinten, und Sarah Goldwyn sah das Blut, das seine Kleidung in der Körpermitte getränkt hatte.

Da wusste sie Bescheid.

Der Leichenvogel aber drehte noch einmal seinen Kopf und starrte die Frau an.

Es war ein Blick, der unter die Haut ging.

Doch dann sank der Kopf des Vogels nach vorn.

Vogel und Mensch wurden Opfer des Sumpfes. Er machte keinerlei Unterschiede zwischen Freund und Feind. Was er bekommen konnte, riss er mit in die Tiefe.

Geräusche entstanden. Zunächst ein Klatschen, als beide Körper noch einmal aufprallten. Dann schmatzte das Moor, als würde es sich über die neuen Opfer besonders freuen. Mit dem Kopf zuerst versank Karpow in dem gierigen Sumpf.

Der Vogel folgte.

Er kämpfte noch dagegen an, weil er es einfach nicht glauben wollte, dass die Natur stärker war.

Der Leichenvogel beschleunigte durch seine Reaktion den Vorgang nur noch. Blasen entstanden, blubberten, zerplatzten; ein trichterförmiger Strudel entstand. Das Moor würde seine beiden Opfer nicht wieder hergeben.

Die Stelle schloss sich. Wasser und Schlamm trafen zusammen. Sie bildeten eine Decke, über die kalt der Nebel strich. Nichts mehr wies auf den Schrecken hin, den Sarah Goldwyn in den letzten Minuten so hautnah erlebt hatte.

Es war vorbei.

Nicht für sie.

John Sinclair, Lara und die anderen hatte sie vergessen. Die Horror-Oma war keine Maschine. Der Schock ließ sie zittern. Sie hatte plötzlich das Gefühl, von einer Kältewelle eingefangen zu werden. Es war eine innere Kälte, keine, die von außen kam. Sie schoss hoch bis in ihren Kopf, beeinträchtigte das Denken und sorgte dafür, dass Lady Sarah anfing zu weinen.

Sie musste den Tränen einfach freien Lauf lassen. Da gab es

kein Zurück mehr, die Natur war stärker als der Mensch und das Monster gewesen. Natürlich machte sie sich Vorwürfe. Aus dem Nebel schien sich das weinende Gesicht der Frau Karpow zu schälen und sie anklagend anzustarren.

»Ich konnte nichts dafür!«, hauchte die alte Frau. »Ich habe alles versucht, bitte.« Ihr Kopf sank nach vorn, und sie spürte das Würgen in ihrer Kehle.

Äußerlich fiel sie zusammen, blieb wie ein Häufchen Elend im Boot hocken und dachte daran, dass ihr alles egal war.

Das war es mir nicht!

Ich hatte gespürt, dass sich vor uns etwas Entscheidendes anbahnte, und war deshalb schneller gelaufen. Das vom Opferdolch ausgehende Licht reichte aus, um das erkennen zu können, was ich sehen wollte. Den Blutaltar des Götzen Baal, das Mädchen darauf, die tanzenden Gebeine und ihn selbst.

Es war Baal!

So hatte ich ihn gesehen, als ich als Barbar Torkan gegen ihn gefightet hatte. Er zeigte sich, wenn es darauf ankam, stets in seiner wahren Urgestalt, und in diesen Momenten kam es ihm darauf an.

»Ich bin hier, Baal!«

Mit diesen Worten hatte ich mich gemeldet und hoffte darauf, dass er sich noch an mich erinnerte.

Das war in der Tat der Fall.

Seine Gestalt drehte sich mir zu und mit ihr auch die Spitze des grünen Opferdolchs, die jetzt auf mich zeigte. Ich konzentrierte mich und dachte darüber nach, ob ich so etwas wie Furcht spürte. Das war seltsamerweise nicht der Fall. Obwohl Baal ein so mächtiger Götze war, hatte ich keine Angst vor ihm.

Geschützt fühlte ich mich durch mein Kreuz, die Beretta und den Bumerang. Zudem wusste ich einen ebenfalls bewaffneten Suko als Rückendeckung hinter mir. Baal hätte schon zu sehr starken Tricks greifen müssen, um mich zu erwischen.

Bei unserer ersten Begegnung hatte er seine Leichenvögel eingesetzt. Diese waren von mir, Torkan, mit dem Schwert vernichtet worden.

Baal hatte noch immer sein widerliches Gesicht. Es schaute aus dem dunklen Schatten seines Körpers hervor, und es hatte Ähnlichkeit mit dem Kopf eines Vogels.

Ein widerlicher Anblick, ebenso widerlich wie das Fluidum, das dieser Götze ausstrahlte.

Nicht so wie bei Luzifer, dem obersten aller Dämonen, irgendwie anders, dennoch gefährlich und als menschenverachtend zu bezeichnen. Man konnte frösteln, aber ich hatte eine Begegnung mit ihm überstanden und würde vor dieser zweiten nicht zurückschrecken.

Denn ich besaß mein Kreuz.

Als Baal mich damals mit einer ungewöhnlichen Waffe, einem Zepter, hatte töten wollen, war es dem Kreuz gelungen, seine weißmagischen Kräfte zu befreien. Der andere war zurückgewichen, er hatte das Kreuz nicht bekommen, sich aber dafür den Dolch genommen, der sich unter seinen Fittichen verfärbt hatte.

Er war schwarz geworden.

Auf ihn war es Baal letztendlich angekommen. Aus welchem Grund er den Dolch hatte haben wollen, konnte ich nicht sagen, das war sein Geheimnis, aber er besaß ihn, denn auf dem Dolch befanden sich, wenn auch viel schwächer, die gleichen Zeichen wie auf meinem Kreuz.

Das Kreuz hätte Baal vernichtet, der Dolch nicht. Also musste er eine ebenfalls besondere Waffe sein, die mit dem Götzen Baal in einem ursprünglichen Zusammenhang stand.

Bisher hatte ich nichts davon herausgefunden. Mir kam es darauf an, mir die Stichwaffe zurückzuholen.

Suko und Wladimir ahnten oder wussten sogar, dass es eine Sache zwischen mir und dem Götzen Baal war. Aus diesem Grunde hielten sie sich zurück und taten nichts.

Er und ich. Zwei unversöhnliche Gegner starrten sich an. Wir maßen uns mit Blicken, ein jeder versuchte herauszufinden, wie es dem anderen wohl erging, suchte nach einer schwachen Stelle, aber er fand sie nicht. Wir waren uns ebenbürtig.

Diesmal sprach er. Ich erinnerte mich noch genau an seine widerliche, feiste Stimme. Sie hatte sich auch jetzt nicht verändert. »John Sinclair, ich wusste, dass wir uns wiedersehen würden.«

»Darauf habe ich gewartet.«

»Willst du so gern sterben?«

»Nein, ich möchte etwas zurückhaben!«

»Deinen Dolch?«

»Genau.«

Da lachte der Götze. »Du hättest eine Chance gehabt, Geisterjäger. Ich hätte deinen Dolch gegen mein Opfermesser eingetauscht, doch das ist nicht mehr nötig, denn nun besitze ich beides.« Er streckte einen Arm vor, damit ich den grünen Dolch genau sehen konnte.

Ja, es war die Waffe, die wir schon gehabt hatten und die er sich jetzt zurückgeholt hatte.

Lara richtete sich auf dem Altar auf. Diese Bewegung brachte mich auf ein anderes Thema. »Weshalb hast du sie töten wollen?«, fragte ich ihn. »Weshalb?«

»Weil ich alle Spuren löschen wollte. Sie wusste von meiner Verbindung zu Rasputin. Das sollte geheim bleiben. Ich werde dafür sorgen, dass sich daran nichts ändert. Auch die Karten habe ich vernichtet, dieses gefährliche Spiel, und somit habe ich Rasputin die letzte Möglichkeit genommen einzugreifen. Andere Dinge sind wichtiger. Größere Dinge, da müssen Wesen wie Rasputin zurückstehen.«

»Hat Hesekiel tatsächlich das Tarock-Spiel erfunden?«, fragte ich ihn, denn nur er konnte mir eine konkrete Antwort geben, weil der Götze damals schon existiert hatte.

»Es stammt von ihm. Wenigstens die Grundzüge. Und ich habe in dieser Zeit erkannt, welche Kraft darin steckt, aber jetzt brauche ich sie nicht mehr. Nur noch euren Tod.«

»Meinst du?«

»So habe ich mich entschieden.«

Um zu demonstrieren, dass ich keine Furcht vor ihm hatte, ging ich einen Schritt vor. Sehr gemächlich, fast lässig, aber ich vertraute voll und ganz auf das vor meiner Brust hängende Kreuz. Mit der Zeigefingerspitze wies ich darauf. »Schon einmal hat es dich zurückgeschlagen, Baal. Erinnerst du dich?«

»Natürlich.«

»Deshalb bin ich nicht so wehrlos, wie du denkst.«

»Es gibt Dinge, gegen die kann selbst die Magie deines Kreuzes nichts ausrichten. Sie sind so einfach und doch sicher. Es ist der Sumpf, in dem du dich befindest. Er reagiert so, wie ich es haben will. Wenn ich es möchte, kann er euch verschlingen und nie mehr wieder freigeben, höchstens als Skelette oder Knochenteile, die mir ebenfalls gehorchen, wie ihr es erlebt habt. Das hier ist meine Knochengrube, hier wurden mir Opfer gebracht, hier herrscht meine Magie. Menschen sind in diesem dämonischen Areal verloren. Auch du, Sinclair.«

Ich hütete mich, seine letzten Worte zu unterschätzen. Der Sumpf war tatsächlich menschenfeindlich. Er würde kein Erbarmen kennen und keine Rücksicht nehmen, ob er nun Menschen oder Monster vor sich hatte.

»Du wirst deinen Silberdolch nicht mehr zurückbekommen, Sinclair. Was ich einmal habe, das behalte ich auch.«

»Trägst du ihn bei dir?«

»Ja.«

»Zeige ihn mir!«, forderte ich.

Er lachte laut und geifernd. »So einfach mache ich es dir nicht. Du bekommst mein Opfermesser ebensowenig wie deinen Dolch. Ich bin der Sieger dieses gewaltigen Spiels.«

Das war er schon einmal gewesen. Ich wollte nicht, dass er hier ebenfalls siegte, und hatte vor, mein Kreuz zu aktivieren und somit alles auf eine Karte zu setzen, als Suko eingriff.

Er machte es auf seine Art und Weise. Laut hallte sein Ruf über mich hinweg und gegen die Gestalt des Götzen.

»Topar!«

Für fünf Sekunden stand die Zeit still, und jegliches Leben erstarrte. Nur einer konnte sich bewegen.

Suko, der Träger des Stabs!

Er hatte dem Dialog zwischen John Sinclair und Baal genau zugehört, und er hatte erkannt, wie gering die Chancen des Geisterjägers waren. Dieser Götze beherrschte sein Gebiet. Er war der Meister über diesen Sumpf, er konnte ihn manipulieren, und er würde dafür sorgen, dass er alles Leben, das Baal nicht passte, spurlos vernichtete.

Deshalb hatte Suko eingegriffen und sich während des Zwiegesprächs in eine günstigere Position gebracht, von der aus er näher am Ort des Geschehens stand.

Suko startete.

Fünf Sekunden sind eine verdammt kurze Zeitspanne. Leider war Sukos Standfläche ziemlich weich. Er rutschte schon beim Start mit dem rechten Fuß nach hinten weg, fing sich aber wieder und warf sich vor.

Wie ein Schatten huschte er an John Sinclair und Wladimir Golenkow vorbei. Beide waren zu den berühmten Salzsäulen erstarrt. Suko kam es darauf an, dass der Zauber und die Kraft seines Stabs auch bei Baal wirkten, obwohl dieser Götze aus dem Alten Testament so ungemein mächtig war.

Hier stand Buddhas Kraft allein gegen ihn, und Buddha hatte zu den Göttern gehört, die den Mächten des Guten dienten.

War er tatsächlich stärker?

Zwei Sekunden hatte Suko der Lauf gekostet. In der dritten Sekunde stieß er sich ab und jagte mit einem Sprung auf die Altarplatte, wo auch das Mädchen lag.

Dort blieb er stehen, drehte sich und sah den grünen Opferdolch des Götzen dicht vor sich.

Suko streckte den Arm aus. Er dachte nicht darüber nach, dass sein Vorhaben vielleicht schief gehen konnte, er wollte die Waffe haben und umklammerte die Klaue des Götzen.

Ruckartig drehte er sie zur Seite.

Der Götze brüllte nicht, er schlug nicht um sich, er tat überhaupt nichts. Dafür wirkte er wie ein Steinklumpen, aber Suko, der Baals Klauenfinger aufbog, als wären es Gitterstäbe, schaffte es tatsächlich, ihm die Waffe aus der Faust zu nehmen.

Er hatte sie.

Mit einem Sprung setzte er von der Altarplatte. Er hatte sich hart abgestoßen, um möglichst weit zu springen, und landete auf dem weichen Boden. Genau als er ihn berührte, war die Zeit vorbei.

Und Baal schrie!

Auch ich hörte sein Brüllen, das mich aus meiner Lethargie riss. Ich sah meinen Freund Suko zwischen mir und dem Götzen.

Er hatte den Dolch!

Mein Herz wollte aus dem Leib hüpfen. Jedenfalls kam mir dies bei meinem ersten Freudenschock so vor, aber ich sah auch, dass Baal plötzlich dieses starke Zepter in der Faust hielt, mit dem er mich schon einmal hatte töten wollen.

Es war gefährlich.

Der Schrei zitterte noch in der Luft, als Baal sein Zepter senkte und sich das Mädchen von der Platte rollen ließ. Wladimir zog seine Waffe, er schoss aber noch nicht.

Diese Dinge bekam ich wie nebenbei mit. Wichtig für mich war das verdammte Opfermesser.

»Her damit!«, brüllte ich Suko zu.

Mein Freund zögerte nicht einen Lidschlag lang. Er schleuderte mir den Opferdolch zu.

Ich griff hin wie ein Artist, und es gelang mir, ihn aufzufangen. Etwas zuckte durch meinen Arm wie ein rieselnder Stromstoß. Vielleicht war es auch mein Triumph, denn ich hielt das Messer hoch und präsentierte es dem Götzen.

»Da ist dein Opfermesser!«, schrie ich. »Ich habe es!«

Baals Bewegung erstarrte. Das Zepter schwebte über Suko, der die Gefahr erkannt hatte und zur Seite kroch.

In den nächsten Sekunden geschah nichts. Jede Partei sondierte die Lage. Nur hatte Suko seine Dämonenpeitsche hervorgeholt, und meine rechte Hand lag bereits auf einem Ende des silbernen Bumerangs.

Konnte ich Baal tatsächlich damit beeindrucken?

Ich wusste es nicht, ich hoffte es nur und wartete ab, wie er weiterhin reagieren würde.

»Willst du ihn zurückhaben?!«, schrie ich.

Er gab keine Antwort. Nur in seinen Augen gloste es. Dieser Dämon war nicht hilflos, dazu besaß er einfach eine zu große Macht. Sicher sinnierte er über einen Trick nach, den er anwenden konnte, aber ich brachte ihn durch meine nächsten Worte in Zeitverzug und zwang ihn praktisch dazu, zu handeln.

»Mein Dolch gegen dieses Messer!«, schrie ich. »Entscheide dich endlich, Baal!«

Er sagte nichts, aber seine freie Klaue bewegte sich, während sich die Hand mit dem Zepter wieder senkte.

Ich kannte diese magische Mordwaffe gut genug. Nur mein Kreuz hatte mich damals vor ihr bewahrt. Jetzt warnte ich ihn. »Lass das Zepter weg, Baal!«

Es war ein besonderes Stück. Seine Oberseite schimmerte plötzlich golden, und als Knauf sah ich etwas Ähnliches wie ein Gesicht. Dicke Züge, aufgeblähte Wangen, Knopfaugen.

»Den Silberdolch!«, schrie ich. »Das ist mein letztes Wort!«

Da nickte er.

Zuerst glaubte ich an eine Täuschung, aber der Nebel hatte mir keinen Streich gespielt. Baal war tatsächlich mit meinem Vorschlag einverstanden, und er versenkte seine Hand dorthin, wo ein Gewand seinen Körper umflatterte.

Er holte etwas hervor.

»Das ist dein Dolch!«, hauchte Suko.

Ich starrte ihn an. Glänzte er, war er noch immer schwarz? Wie wild trommelte mein Herz. Ich wäre gern hingelaufen, um Baal den Dolch aus der Hand zu reißen, aber irgendetwas warnte mich davor.

Die Stimme des Götzen dröhnte durch den Nebel und fuhr weit über den Sumpf. »Du hast dein Ziel erreicht, Sinclair oder Sohn des Lichts. Ich werde dir das zurückgeben, was auch für mich interessant gewesen wäre. Deinen Dolch.«

»Wieso für dich?«

»Er ist alt, sehr alt, und es gab nicht nur ein Opfermesser, wie du dir sicherlich vorstellen kannst. Als man um mich, das goldene Kalb, tanzte, das ich damals symbolisierte, existierte noch ein zweiter Dolch. Der, den du haben willst.«

»Nein, das kann nicht sein!«

»Doch es stimmt. Nur nahm man ihn weg, und es gelang den anderen, ihn dem Propheten Hesekiel in die Hände zu schmuggeln. Er versuchte, die Kraft des Dolches umzukehren, und gravierte deshalb die gleichen Zeichen ein, die sich in deinem verfluchten Kreuz befinden. Nur waren sie schwächer, und sie besaßen nie die Kraft deines Kreuzes. Der Dolch stammte eben aus einem schwarzmagischen Wirkungskreis. Er war mein Eigentum, das habe ich dir damals schon einmal gesagt. Aber jetzt will ich ihn nicht mehr. Du kannst ihn zurückhaben, Geisterjäger!«

Und damit tat er etwas, mit dem ich zwar gerechnet hatte, es aber nicht in der Form erwartet hatte, denn es war dem Götzen durch seine Rederei tatsächlich gelungen, mich ein wenig abzulenken.

Er schleuderte die Waffe auf mich zu!

Ausweichen konnte ich nicht mehr. Das gelingt höchstens einem Held auf der Leinwand. Die Distanz zwischen ihm und mir war einfach zu gering, und die hart geworfene Waffe würde mich gnadenlos durchbohren.

Selbst Suko, der noch bessere Reflexe besaß als ich, konnte nicht mehr reagieren und mich zur Seite wuchten. Er war ebenso starr vor Schreck wie Wladimir Golenkow oder die junge Lara.

Die Waffe würde in meinen Körper rasen und alles Leben

auslöschen. Ob jemand vor Schreck oder Angst geschrien hatte oder ob ich es selbst gewesen war, mir wurde es nicht bewusst, jedenfalls rechnete ich mit dem endgültigen Aus, bis zu dem Moment, als sich innerhalb einer kaum erfassbaren Zeitspanne eine Schutzzone um mich herum aufbaute.

Und diese Zone manifestierte sich.

Eine Gestalt erschien.

Hell leuchtend, lichtumflort. Sie trug ein glänzendes Schwert in der Hand und wollte damit den tödlichen Stoß abwehren.

Vielleicht sahen die anderen nur einen Schatten, ich aber erkannte die Gestalt.

Sie gehörte zu denen, die mein Kreuz gezeichnet hatten.

Es war einer der Erzengel.

Michael!

Der Kämpfer gegen die Hölle und gegen fremde Götzen. Nicht nur ich sah ihn, auch Baal konnte ihn erkennen. Die Gestalt war durchsichtig, das Licht breitete sich fächerförmig aus und erfasste die Gestalt des Götzen, der zurückwich, seine Arme hochschlug, sie vor sein hässliches Gesicht hielt und jammervoll zusammensackte.

Es löste sich zu einem grünen, sich schnell über den Boden bewegenden Schatten auf, der hineinglitt in das Moor und nicht wieder auftauchte. Dann war es vorbei.

Wir sahen den Nebel, den leeren Altarstein, hörten das Schmatzen des Moores, es war wie immer, also fast normal.

Ich starrte auf meine rechte Hand, während ich darüber nachdachte, dass es einer der Großen gewesen war, der mich diesmal vor Schaden hatte bewahren können.

Das würde nicht immer so sein, doch in diesem Fall war es um grundlegende Dinge gegangen, die sich schon im Alten Testament entwickelt hatten, und da konnte diese Macht des Guten einfach nicht zusehen. Nicht bei dieser Ausnahmesituation.

Ich bekam weiche Knie, als ich mich bückte und nach dem griff, was vor meinen Füßen lag.

Es war der Silberdolch!

Gleichzeitig geschah etwas anderes. Der andere Dolch, Baals Opfermesser, schmolz in meiner Faust. Als marmeladendicke Flüssigkeit tropfte es zu Boden, wo es kleine Lachen bildete, die der weiche Untergrund aufsaugte.

Das Gefühl, wieder den Dolch zu besitzen, war kaum zu beschreiben. Ich hätte am liebsten gejubelt, doch das blieb mir im Hals stecken, als ich die Klinge betrachtete.

Etwas war mit ihr geschehen.

Ich drehte sie von einer Seite auf die andere, um sie genau betrachten zu können. Suko trat näher, und er war es auch, der mir auf die Sprünge half.

»Verdammt, John, die Zeichen sind verschwunden!«

In der Tat hielt ich einen völlig normalen Silberdolch in meiner rechten Hand. Da war nichts mehr zu sehen, kein Allsehendes Auge, keine Signatur der Erzengel.

»Er hat einmal Baal gehört«, flüsterte Suko. »Daran solltest du immer denken.«

»Sicher.« Meine Antwort klang kratzig. Ich überlegte, ob der Dolch zu einer völlig normalen Waffe geworden war oder ob er sich noch magisch aufgeladen zeigte?

Es war egal, eine Antwort würde ich nicht finden.

Wladimir Golenkow kam herbei. »Kann mir einer von euch erklären, was das vorhin gewesen ist?«, fragte er.

Ich schaute in seine ungläubig staunenden Augen. »Das will ich dir sagen. Hast du mal etwas von einer höheren Macht gehört?«

»Ja.« Er lachte. »Aber daran glauben …«

»Solltest du jetzt, mein lieber Wladimir.«

Er nickte nur und ging zu dem Mädchen, das sich erst jetzt hinter der Altarplatte hervortraute.

Suko blieb neben mir stehen. »Es scheint, dass wir diesmal den Fall als abgeschlossen betrachten können. Meinst du nicht auch?«

»Das hoffe ich doch sehr.«

So ganz abgeschlossen war er nicht, denn als wir zu

unserem Boot zurückgingen, hörten wir eine Frauenstimme über den Sumpf und dumpf durch den Nebel hallen.

Es war Lady Sarah, die um Hilfe rief.

Wir suchten und fanden sie nach einer Weile. Die alte Dame war völlig aufgelöst. Unter Tränen berichtete sie uns von dem Tod des Russen Karpow.

Auch Lara war entsetzt. Sie weinte ebenfalls. Wir verteilten uns in die beiden Boote, ich blieb bei Lady Sarah und der jungen Russin. So hörte ich die Geschichte, die Mrs Goldwyn erlebt hatte, und ich vernahm auch ihre Selbstvorwürfe.

Obwohl ich dagegen sprach, wollte sie nichts davon wissen. »Nein, mein Junge, ich hätte nicht mit in den Sumpf fahren sollen. Ich hätte überhaupt im Dorf bleiben sollen, so habe ich die Schuld am Tode eines Menschen auf dem Gewissen.«

Sarah Goldwyn war eine Frau mit Charakter. Allein ging sie zu der Witwe, um mit ihr zu sprechen. Und sie redete sehr lange mit ihr. In der Kommandantur trafen wir uns wieder.

Forschend blickte ich unsere Freundin an. Sie machte einen etwas erlösten Eindruck. »Lara wird bei ihrer Pflegemutter bleiben. Ich habe ihr versprochen, ein wenig für sie zu sorgen und sie zu unterstützen. Sie soll eine Ausbildung erhalten.«

Einen weiteren Kommentar gab Lady Sarah nicht. Sie wollte mit den Problemen allein fertig werden.

Das respektierten wir.

Am anderen Tag traten wir die Rückreise an. So herrlich ich die russische Landschaft auch empfunden hatte, so sehr freute ich mich wieder auf London, obwohl dort sicherlich neue Fälle auf dem Tisch lagen.

Diesmal kehrte ich mit einem guten Gefühl zurück. Der mächtige Götze Baal hatte eine Niederlage erlitten, und ich besaß wieder meinen Dolch. Wie er jetzt reagierte, würde die Zukunft erweisen.

ENDE

Am Tisch des Henkers

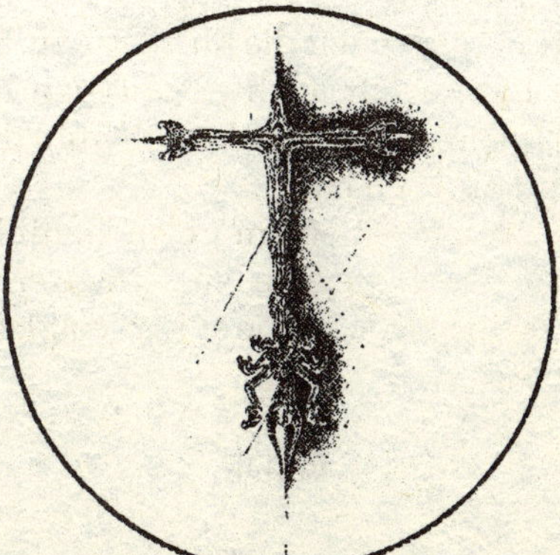

»Grandpa, ich bin happy!«, jubelte Mary Thompson und fiel ihrem Großvater um den Hals.

Der weißhaarige Mann mit dem gepflegten Oberlippenbart lächelte. In seinen Augen glitzerte es verdächtig. Die Enkelin Mary war sein ganzer Stolz.

»Nur gut, dass du nicht Opa gesagt hast«, brummte er und versuchte, seiner Stimme einen strengen Klang zu geben.

»Das bist du doch nicht.«

»Kleine Schmeichlerin, tu nicht so entrüstet.« Thompson drückte seine Enkelin zurück.

»Aber wieso?«

»Ich bin über siebzig!«

»Na und? Aber prächtig dabei.« Mary, dreiundzwanzig Jahre jung, zwinkerte ihm zu. »Ich kann mich daran erinnern, dass so manch ältere Dame dir mehr als einen Blick zugeworfen hat. Du bist schließlich ein gefragter Witwer.«

Leroy Thompson grinste ungläubig.

»Doch.« Heftig nickte das blonde Mädchen. Mary trug ein schickes Kleid mit Blumenmuster. Sie hatte es selbst genäht. Sie war tatsächlich zwischen all den eleganten Roben der übrigen und auch älteren Gäste aufgefallen. So war sie nun mal. Nur nicht mit der Masse schwimmen. Wie auch ihr Großvater, den sie als kleines Kind schon hatte um den Finger wickeln können.

Leroy Thompson blickte auf seine Uhr. »So, meine Liebe, es wird Zeit für dich.«

»Wieso?«

»Das ist deine Verlobung, falls du es vergessen haben solltest. Man wartet auf dich.«

»Meinst du Fred?«

»Unter anderem.«

Sie winkte ab. »Der ist mit seinen alten Kumpanen zusammen. Die trinken auf vergangene Zeiten.« Sie lächelte ihren Großvater an. »Von so etwas müsstest du doch auch eine Ahnung haben, oder nicht?«

»Na ja.«

Mary hauchte ihrem Großvater einen Kuss auf die Stirn. »Erzähl mir nichts und staple auch nicht tief. Ich weiß es von deiner Tochter. Du warst früher nicht eben einer, der an den Genüssen des Lebens vorbeigegangen ist. Warum auch?«

»Ja, warum auch, meine kleine Mary? Ich wünsche dir jedenfalls, dass alles, was du dir wünschst, einmal in Erfüllung geht. Wie ich hörte, wollt ihr viele Kinder?«

»Ja, mindestens drei.«

»Dann streng dich an.«

»Nach dem Studium. Außerdem hat Fred seine eigenen Pläne. Er will sich ja selbstständig machen. Die Computerbranche ist noch immer ausbaufähig.«

»Bestimmt.«

»Kommst du gleich nach?«, fragte Mary, als sie auf dem Absatz herumwirbelte.

»Ich werde sehen, was sich machen lässt.«

An der Tür blieb sie noch einmal stehen. »Bitte, komm mit, Grandpa.«

»Warte noch ein paar Minuten, ich mache mich unten im Keller nur noch eben frisch.« Der Mann wartete, bis seine Enkelin die Tür hinter sich geschlossen hatte. Das frische Lächeln auf seinem Gesicht nahm einen etwas traurigen Ausdruck an. Wenn er Mary sah, dachte er daran, wie doch die Zeit verging. Ihm blieben nicht mehr viele Jahre, die er noch genießen konnte. Aber er hatte ja ein Leben hinter sich, von dem die meisten nur träumen konnten.

Das große Haus, in dem gefeiert wurde, gehörte auch ihm. Es war inzwischen einiges wert. Langsam drehte er sich um und schob seine Hände in die Taschen der Smokinghose. Es waren nur ein paar Schritte bis zu den Toilettenräumen. Er stieß die erste Tür auf, betrat den Vorraum, schaute in das kalt wirkende Licht der Leuchtstofflampe und bemerkte die Reflexe, die auf dem Fliesenboden tanzten.

Er sah noch immer gut aus für dreiundsiebzig. Enorm in Form konnte man da sagen. Die Thompsons gehörten zu einem zähen Schlag, und sie hatten ihren eigenen Kopf. Das war bekannt. Was sie nicht wollten, das wollten sie nicht. Da gingen sie mit dem Kopf durch die Wand. Und Mary gehörte auch zu diesem Schlag.

Vor einem Waschbecken blieb er stehen. Hier war nichts von dem Lärm zu hören, der in der großen Halle tobte. Das Klingen der Gläser, die Musik, der Stimmenwirrwarr, dies alles schien sich auf einem fremden Planeten abzuspielen.

Thompson drehte den Hahn auf, ließ Wasser in seine zusammengelegten Hände laufen und schleuderte es in sein Gesicht. Mehrere Male wiederholte er dies, nur so konnte er sich richtig erfrischen. Dann griff er zum Handtuch, presste den weichen Stoff gegen seine Haut und merkte plötzlich, dass etwas nicht stimmte.

Das Licht war verloschen! Wer hatte das getan?

Leroy Thompson schüttelte den Kopf, wunderte sich und drehte sich zur Tür um.

Dort stand niemand.

Das hätte er trotz der Dunkelheit bemerkt, wenn es anders gewesen wäre, denn unter der Tür her fiel ein Streifen Licht.

Leroy Thompson runzelte die Stirn. Es kam eigentlich nur ein Kurzschluss für diesen Zustand in Frage, und der hatte genau diese Räume der Toiletten und Waschsäle erwischt.

Leroy Thompson schüttelte den Kopf. Das war unangenehm, aber kein Beinbruch. So etwas ließ sich schnell beheben. Er ging zur Tür, wollte Bescheid sagen und schaffte genau drei Schritte, als ihn die flüsternde Stimme stoppte.

»Bleib hier, Thompson!«

Leroy blieb stehen. »Meinen Sie mich?«, fragte er schlagfertig.

»Siehst du einen anderen?«

»Nein.«

Thompson runzelte die Stirn. Von ihr aus fand ein Schweißtropfen seinen Weg zum Kinn. »Darf ich mir die Frage erlauben, wer Sie sind und wo Sie sich aufhalten?«

»In deiner Nähe.«

»Okay, das weiß ich. Aber wer sind Sie?«

»Überlege mal genau. Kennst du meine Stimme nicht?«

Leroy Thompson hob die Schultern. »Momentan kann ich damit nichts anfangen.«

»Nachdenken.«

»Tut mir Leid.«

»Weiter zurück, Leroy. Noch weiter, als dir eigentlich lieb sein kann. Ich gebe dir ein Stichwort: Indien.«

Leroy Thompson hatte grinsen wollen, aber das verging ihm. Indien war ein Thema, auf das er nicht gern angesprochen werden wollte. Das lag lange zurück. Zu viele Erinnerungen hingen daran. Gute und auch verdammt böse.

»Indien ist vorbei.«

»Für mich nicht.«

Thompson holte tief Luft. »Verdammt noch mal, wer bist du denn? Ich kann dich nicht sehen.«

»Dafür hören.«

»Na und?«

»Leroy Thompson. Ich will von dir etwas. Von dir und deinen anderen beiden Freunden. Kannst du dir jetzt denken, wer ich bin?«

»Nein, noch immer nicht.« Die Antwort klang ärgerlich, denn der Mann fühlte sich auf den Arm genommen. Vielleicht hätte er die Waschräume längst verlassen, wenn der andere ihn nicht auf Indien angesprochen hätte. Denn da gab es einige Dinge, die hatte er nicht einmal seiner Tochter erzählt. Zudem hatte der Unsichtbare von seinen beiden Freunden erzählt. Da konnte er eigentlich nur Sir Reginald Clifton und Arthur Kennon Drinkfield gemeint haben.

»Fällt es dir ein?«

»Nein, ich warte noch.«

Der andere lachte. »Hat sich denn meine Stimme so stark verändert, oder bist du alt geworden?«

»Wahrscheinlich beides.«

»Ja, das wird es sein.« Wieder hörte Leroy das Lachen. »Aber es ist nichts vergessen worden. Ich habe alles behalten und in meiner Erinnerung gespeichert. Ich muss mich jetzt zeigen, man zwingt mich dazu. Du wirst auch gleich mehr spüren, Leroy. Bleib so stehen, bleib nur so stehen wie jetzt.«

Obwohl Thompson nicht zu den Befehlsempfängern zählte, tat er doch, was man ihn geheißen hatte. Er grübelte über die Stimme nach und darüber, wo er sie schon einmal gehört hatte.

Das war ein kaum zu identifizierendes Flüstern gewesen. Musste er diesen Mann tatsächlich kennen?

Er sah nichts, und er hörte auch nichts, aber etwas befand sich hinter ihm. Ob es der Mensch war, der mit ihm gesprochen hatte, konnte er nicht sagen, jedenfalls fühlte sich Leroy Thompson nicht eben wohl in seiner Haut. Das merkte er auch an dem Schauer, der über seinen Rücken rann.

»Ich bin bei dir, ganz nahe, Leroy Thompson. Deine Vergangenheit hat dich eingeholt.«

Jetzt wollte es der Mann wissen. Umdrehen und …

Er kam nicht mehr dazu.

Urplötzlich lag etwas Kaltes und auch Scharfes an seinem Nacken, und er verspürte einen kurzen, ziehenden Schmerz, als die Haut einriss und ein Blutstropfen aus der Wunde quoll. Unwillkürlich duckte er sich noch tiefer, seine Augen weiteten sich, verschwommen sah er seine Fußspitzen und vernahm wieder dieses raue, unheimliche Flüstern der anderen Gestalt.

»Was da in deinem Nacken liegt, ist ein Schwert, Leroy Thompson! Ein Schwert, verstehst du?«

»Ja!«, ächzte der Mann.

»Und jetzt denke nach. Indien, ein Schwert, der Auftrag, Leroy, den ihr drei mir gegeben habt.«

Thompson schwitzte plötzlich so stark, wie es selbst in den Tropen nicht der Fall gewesen war. Es war das schlechte Gewissen!

Mit kaum hörbarer Stimme fragte er: »Bist du der Henker?«

»Ja, der bin ich, Thompson. Und was da in deinem Nacken liegt, ist mein altes Mordschwert.«

Wieder hörte er das Pfeifen der Klinge, sah den Kopf des Verurteilten fliegen, vernahm auch das Grölen der Menge, die plötzlich schwieg, als es so weit war. Und er sah die Gesichter seiner Kameraden, die dem Schauspiel unbewegt zusahen und ihren Whisky dabei tranken. Sie hatten es getrieben, sie waren Schweine gewesen und gleichzeitig die Herren in ihrem Bezirk.

Blut war vergossen worden. Viel Blut, und oft genug das Blut unschuldiger Menschen.

Das Bild verschwand und trieb wieder zurück in die Erinnerung, wo es hergekommen war. Die Realität hatte Leroy Thompson wieder. Nach wie vor spürte er den kalten Druck des Schwertes in seinem Nacken, aber den Träger der Waffe sah er nicht.

»Erinnerst du dich nun, Leroy Thompson?« Es war dieser kalte Hohn in der Stimme, der Thompson fast bis an den Wahnsinn trieb. Dabei wusste er genau, dass der Henker nicht mehr lebte. Er war einem Unfall zum Opfer gefallen, so jedenfalls lautete die offizielle Lesart. Gerüchte hatten allerdings von einer anderen Tatsache gesprochen. Es sollte eine Rache gewesen sein. Die Verwandten der Hingerichteten hatten sich auf furchtbare Art und Weise gerächt, doch das interessierte nicht mehr. Dieser kalte Druck der Schwertklinge war viel schlimmer.

»Hast du alles verstanden?«

»Ja, aber nicht begriffen.«

»Das ist nicht schlimm.« Der Antwort folgte ein kurzes Lachen. »Du brauchst nichts zu begreifen. Du und auch nicht die beiden anderen. Ich könnte dich jetzt töten, doch ich will etwas anderes. Ich möchte eine Einladung aussprechen. An dich und an deine beiden Freunde. Ihr wart ja so unzertrennlich damals. Bestimmt erinnerst du dich daran. Wenn nicht, kannst du deine beiden Freunde fragen. Sie leben und sind noch sehr munter, wovon ich mich mit meinen eigenen Augen habe überzeugen können. Setz dich mit ihnen in Verbindung.«

»Das werde ich tun. Und dann?«

»Kommt ihr an eine bestimmte Stelle.«

»Wohin?«

Jetzt ließ der Unsichtbare ein leises Lachen hören. »Ihr kennt das Gasthaus sehr gut. Bis vor drei Jahren habt ihr euch dort regelmäßig getroffen. Es war euer Stammtisch. Das Gasthaus ist geschlossen, ihr aber sollt euch noch einmal dort treffen. Und zwar am Stammtisch des Henkers. Kommt in zwei Tagen dorthin. Um zwanzig Uhr werdet ihr euch dort versammeln. Der runde Tisch, an dem ihr immer gesessen habt, existiert noch. Ich warte dort auf euch. Und hütet euch, nicht zu erscheinen.«

»Was passiert dann?«

»Blut würde fließen. Damit du siehst, dass ich nicht bluffe, werde ich eine Spur hinterlassen, die du nie in deinem Leben vergessen wirst. Denk daran, übermorgen um zwanzig Uhr.«

Nach dem letzten Wort verschwand der kalte Druck in Thompsons Nacken. Der Mann stellte sich aufrecht hin. Er tat es langsam, weil sein Rücken vom Bücken schmerzte.

Dann drehte er sich um.

Nichts war zu sehen, kein Henker, kein Schwert, und im nächsten Augenblick flackerte auch die Lampe an der Decke. Wenig später war es so hell, dass Leroy die Augen schließen musste.

Er fühlte sich mies. Schwindel hielt ihn gepackt. Auf seinem Gesicht lag der Schweiß. Das Herz hämmerte und pochte stark. In seinen Knien hatte sich eine selten gekannte Weichheit festgesetzt, und als er sich drehte, wobei er einen Blick in den Spiegel warf, erschrak er über sich selbst. Leroy hatte das Gefühl, einen Fremden zu sehen, so sehr hatte er sich in den vergangenen Minuten verändert.

Seine Haut war grau geworden, der Blick war starr, stumpf und leer. Er zitterte. Es war deutlich zu sehen, als er eine Hand hob und damit über sein weißes Haar strich.

Sie hatten ihn voll erwischt.

Wie ein Betrunkener wankte er vor, um sich an einer Kante

des Waschbeckens abzustützen. Dort blieb er stehen, beugte seinen Oberkörper vor und starrte in den Spiegel.

Nur allmählich kehrte die Farbe in sein Gesicht zurück. Doch sie wirkte unnatürlich. So rot glühten seine Wangen, als hätte man sie angestrichen.

Er zitterte. Sogar in den Schultern spürte er die Spannung. Zu allem Überfluss rebellierte sein Magen.

Hatte er das alles nur geträumt?

Nein, das war kein Traum gewesen. Er hatte die Gestalt des Henkers zwar nicht gesehen, aber es war jemand hinter ihm gewesen, der mit ihm geredet hatte. Und zwar der Henker. Ja, diese schreckliche Gestalt, die er sehr gut aus seiner großen Zeit in Indien kannte.

Der Henker.

Er schüttelte sich, als er daran dachte. Schon damals hatte diese Person nicht gerade zu seinen Freunden gezählt, aber sie hatten sie gebraucht, um Ordnung zu halten, und die drei, die sich die Macht teilten, hatten dies genossen.

Aber Indien war vorbei, lag Jahre zurück. Das Land stand nicht mehr unter britischer Besatzung. Die Sünden der Kolonialzeit verblassten allmählich, aber sie hatten ihn eingeholt.

Das konnte er nicht fassen.

Leroy Thompson räusperte sich. Seine rechte Hand rutschte in die Tasche, wo das Etui mit den Zigaretten steckte. Er holte es hervor, klappte es auf und bemerkte, dass seine Finger zitterten, als er sich ein Stäbchen nahm.

Kaum steckte es glimmend zwischen seinen Lippen, als er Schritte hörte, zusammenzuckte und einen Augenblick später die Tür aufgestoßen wurde. Einer der Verlobungsgäste stand auf der Schwelle. Leroy Thompson kannte ihn nicht. Der junge Mann gehörte zu Marys Studentenclique, war modisch lässig gekleidet und hatte in sein dunkles Haar Gel geschmiert.

»Geht es Ihnen nicht gut, Sir?«, fragte er, als er Leroy mit einem besorgten Blick betrachtet hatte.

»Doch, alles okay.«

Er kam näher. »Was haben Sie denn?«

Der alte Mann lachte. »Fragen Sie lieber, was ich *hatte.*«

»Und was hatten Sie?«

»Lebensmut und Humor.« Er klopfte dem Frager auf die Schulter. »Ich danke Ihnen.« Dann ging er und hielt sich im Gang dicht an der Wand, wo er seinen Weg kopfschüttelnd fortsetzte, denn er hatte den schweren Schock noch immer nicht überwunden.

Sollte er die anderen informieren? Sollte er es nicht tun? War alles nur ein Bluff gewesen?

Er wusste es nicht. Da half auch kein Grübeln. Er musste alles auf sich zukommen lassen. Und er dachte dabei an die Warnungen des Henkers, die ihn tief getroffen hatten.

Gleichzeitig wunderte er sich, dass der Lärm der Feier nachgelassen hatte. Als Leroy die Tür erreichte und sie vorsichtig aufzog, entdeckte er den Grund.

Man hatte das Licht fast ganz ausgeschaltet und ging nun zum stimmungsvolleren Teil des Festes über. Leroy blickte auf seine Uhr. Es war kurz vor Mitternacht. Zur Tageswende sollte die große Schau ablaufen, so hatten es sich die jungen Leute vorgestellt.

Das Haus der Familie war sehr groß. Im Wohnraum, der schon einer Halle glich, konnte hervorragend gefeiert werden. Man hatte ihn dafür unterteilt.

Auf der einen Seite, wo sich das von den drei Musikern verlassene Podium befand, hielten sich die jüngeren Gäste auf. Ihnen gegenüber standen die älteren.

Leroy gesellte sich zu ihnen. Er sah viele Bekannte. Eine aufgetakelte Frau sprach ihn an. Sie war eine entfernte Cousine.

»Wollen die Kinder tatsächlich diese Schau veranstalten?«

»Ja.«

»Ist das denn nicht gefährlich?«

»Ich bitte dich, Eliza, doch keine Wunderkerzen!«

»Ach so.«

Es war wie ein Stichwort. Plötzlich flammten dort, wo die jüngeren Gäste standen, zahlreiche kleine Feuer auf, und wenige Augenblicke später begann es schon zu sprühen, als die Wunderkerzen Feuer gefangen hatten. Ein regelrechtes Sternengewitter legte sich über die Köpfe der jungen Gäste.

Noch wurden die Wunderkerzen nicht bewegt, und Eliza stellte sich neben ihrem Cousin auf die Zehenspitzen, um besser sehen zu können. »Das ist doch … ja, nein.«

»Was hast du denn?«

»Ich sehe deine Enkelin nicht.«

Leroy erschrak. Dann fiel ihm ein, dass Mary erst zum Höhepunkt der Aufführung erscheinen wollte, gewissermaßen als Königin. Darauf hatte sie sich am meisten gefreut. Immer mehr Wunderkerzen versprühten ihr Licht. Die jüngeren Leute überwanden die Distanz zu den älteren. Auch ihnen wurden Kerzen in die Hand gedrückt, und man bat sie, sich in einem Halbkreis aufzustellen.

Vor dem Podium standen sie nun. Dahinter befand sich ein Vorhang. Auf Marys Wunsch war er angebracht worden, damit er die nach ihrer Meinung hässliche Tür verdeckte.

Marys Mutter stand ganz außen. Sie war auch mal so hübsch wie ihre Tochter gewesen.

Der Verlobte hielt sich bei seinen Freunden auf. Er musste noch ein Glas trinken.

Dann kam sie.

Der Vorhang bewegte sich. Die ersten Zuschauer fingen an zu klatschen, als Mary das Podium betrat. Auf ihrem Kopf befand sich ein Kranz aus brennenden Wunderkerzen.

Leroy Thompson drängte sich noch weiter vor und wusste selbst nicht, weshalb er das tat. Vielleicht wollte er sich kein Detail entgehen lassen. Und das war gut so. Er gehörte zu den wenigen, denen auffiel, dass mit Mary etwas nicht stimmte.

Sie kam, aber sie ging schwankend. Dabei sah es so aus, als hätte sie Mühe, das Podium zu besteigen. Die sprühenden Lichter auf ihrem Kopf bewegten sich, kippten von einer

Seite zur anderen, rutschten, und plötzlich knickte das Mädchen ein.

Bevor irgendjemand reagieren konnte, fiel Mary. Sie hatte das Podium nicht mal richtig betreten können, kippte deshalb nach vorn und schlug hart gegen die Kante. An der Stirn wurde sie getroffen, und dieser Schlag schüttelte sie nicht nur durch, er schleuderte ihr auch gleichzeitig die ungewöhnliche Krone vom Kopf, die auf der Holzkante weiterrollte und erst am Rand liegen blieb.

»Licht, Licht! Verdammt, mach doch mal jemand Licht!« Leroy hatte es geschrien. Mit wilden Bewegungen bahnte er sich seinen Weg. Es war ihm egal, ob er seine Gäste zu Boden schleuderte, er wusste genau, dass mit Mary etwas geschehen war. Siedend heiß war ihm wieder die Warnung des Henkers in den Sinn gekommen. Er hatte versprochen, ein Zeichen zu setzen. War Mary dieser Beweis?

Leroy erreichte das Podium. Auch andere wollten helfen. Er scheuchte sie zur Seite, bis er den nötigen Platz hatte.

Thompson warf sich nach vorn. Er sah seine Enkelin auf dem Bauch liegen, und er sah das Blut, als plötzlich das Licht eingeschaltet wurde. Gnadenlos enthüllte der von der Decke hängende Kronleuchter jedes Detail, auch die schreckliche Wunde.

Leroy Thompson stützte sich mit beiden Händen auf. Sein Gesicht verlor sämtliche Farbe. Noch nie zuvor hatte er eine so starke Leere in seinem Innern gespürt. Er brauchte keinen Arzt, er wusste auch so, dass Mary nicht mehr zu helfen war.

Dann öffnete er den Mund. Sein Schrei zitterte durch den großen Raum. Ein Ruf der Urangst, ein tierisches Brüllen, das sich in einem einzigen Namen artikulierte.

»Marrrryyyy!«

Wer das Märchen Schneewittchen kennt, wird sich bestimmt auch an den gläsernen Sarg erinnern, in dem das dunkelhaarige Mädchen nach seinem »Tod« gelegen hatte.

Auch ich wurde an diese Geschichte erinnert, als mich ein Auftrag zum Londoner Flughafen Heathrow führte, denn dort sollte tatsächlich ein gläserner Sarg mit einer Toten eintreffen.

Den Tipp hatten wir von Mandra Korab aus Indien erhalten. Er hatte mich angerufen und davon berichtet. Man hatte ein Mädchen in einem gläsernen Sarg gefunden. Das Mädchen war seit über vierzig Jahren tot, aber noch nicht verwest, und irgendjemand war auf die Idee gekommen, diesen Sarg nach England zu schicken.

Wer dahintersteckte, wusste Mandra Korab nicht. Wir hatten es ebenfalls nicht herausgefunden, aber diese Fracht musste ich mir einfach ansehen.

Wenn Mandra anrief, war zumeist etwas im Busch. Das hatte ich schon bei der Geisterdämmerung erlebt, denn dieser Fall war auch von ihm ausgegangen.

Suko hatte ich nicht mitgenommen. Er war im Büro geblieben und übte den Dreiklang der Innendienstbeamten.

Blätter knicken, abheften, den Ordner wegstellen!

Das tat er sogar relativ gern, denn es herrschte ein Novemberwetter, das man am besten vergaß. Nasskalt, mal Schnee, mal Graupel, dann wieder Regen, in der Nacht Glatteis.

Ich fuhr dementsprechend vorsichtig, trotzdem hatte ich keine schlechte Laune, denn in der letzten Zeit hatten wir einen kleinen Erfolg errungen.

Der silberne Dolch befand sich wieder in meinem Besitz. In Russland, in einer Knochengrube, die dem Götzen Baal als Opferstätte gedient hatte, waren er und ich zusammengetroffen. Und ich hatte gegen ihn einen Sieg errungen.

Den Dolch trug ich wieder bei mir, allerdings hatte er sich ein wenig verändert. Die Zeichen darauf waren verschwunden. Wie sich dies auswirken würde, wusste ich nicht. Mir war jedenfalls klar geworden, dass mein Dolch vor langer Zeit einmal Baal gehört hatte, ebenso wie dessen grünes Opfermesser, das unter der Kraft einer starken weißen Magie vergangen war.

Als der Verkehrsmoloch hinter mir lag, konnte ich schneller fahren. Zwar nicht rasen, aber ich kam an diesem Dienstag zügig voran. Begleitet wurde ich von mächtigen Wolken, die das Blau des Himmels überdeckten. In der Ferne sah ich hin und wieder einen hellen Punkt aus den Wolken stoßen. Eine Maschine, die landen wollte.

Ich wurde überholt und überholte selbst. Schon bald sah ich die großen Hinweistafeln. Ich fuhr Richtung »Ankunft«, aber das war nicht mein eigentliches Ziel. Wahrscheinlich stand der gläserne Sarg bereits in einer der Frachthallen, nur kannte ich den Weg dorthin nicht.

Durch einen vorherigen Anruf hatte ich mein Eintreffen angekündigt. Ein gewisser Mr Madison erwartete mich und stand mir zur Verfügung. Er war ein Mensch vom Zoll.

Der Flughafen kam mir vor wie eine gewaltige Filmkulisse. Obwohl ich schon oft dort gewesen war, beeindruckte er mich immer wieder. Ich sah die weiten Hallen, den Tower, die landenden und startenden Maschinen sowie die Landebahnbeleuchtung, die bei diesem diesigen Wetter eingeschaltet worden war.

Ein herrliches Bild, das sich sehr bald verkleinerte, je mehr ich mich dem Gelände näherte.

Abermals folgte ich den Hinweisschildern und geriet in ein Gelände, wohin sich kein Flugpassagier verirrte. Es war der Frachtkomplex des Airports. Ihn liefen die gewaltigen Trucks an, die Fracht aus Übersee und Europa nahmen, um sie nach London zu transportieren.

Natürlich wurde ich kontrolliert. Ein gewaltiger Zaun friedete das Gelände ein. Die Wachtposten nahmen Hunde mit auf ihre Streifengänge. Ein Hund sah mich besonders böse an und zeigte mir seine Dolchzähne, während der Wachtposten meinen Ausweis kontrollierte.

»Sir, Sie wissen Bescheid?«

»Nein.«

Der Mann drehte mir seine Seite zu, ich streckte den Kopf aus dem herabgelassenen Wagenfenster und folgte mit meinen Blicken seinem ausgestreckten Arm. »Sie sehen dort drei Hallen, die parallel zueinander stehen. Dort müssen Sie hin.«

»Finde ich dort Mr Madison?«

»Ja. Sein Büro befindet sich jedenfalls dort.«

»Danke.«

Der Mann grüßte, ich konnte starten. Ich hielt mich auf der genau eingezeichneten Spur. Das war gut so, da ich nicht von entgegenkommenden Trucks unter die Reifen genommen werden wollte.

Je mehr ich mich den Hallen näherte, umso größer wirkten sie und die langen Rampen, vor denen die Wagen parkten. Es gab auch einen Abstellplatz für die großen Containerfrachten. Ihn musste ich umrunden und fand endlich zu meinem Ziel.

An der Vorderseite des Gebäudes stellte ich den silbergrauen Bentley zwischen den Fahrzeugen der hier arbeitenden Menschen ab. Eine Glastür führte zu einem kleineren Anbau, wo sich die Büros befanden. Wärme empfing mich, zudem der Geruch von Kaffee, und ich fand Mr Madisons Büro sehr schnell. Sein Name stand auf einem kleinen Schild neben der Tür.

Er arbeitete zusammen mit einem Lehrling. Die beiden teilten sich das Büro und tranken Kaffee. Der Lehrling biss in sein Sandwich und blickte auf, als ich den Raum betrat.

Mr Madison ließ seine Zeitung sinken. Er war ein schmächtiger Mann. Die wenigen Haare hatte er kunstvoll auf der Glatze ausgebreitet. Jetzt stand er auf. Sein grüngrauer Anzug ließ ihn noch blasser erscheinen, als er in Wirklichkeit war.

»Mr Sinclair?«, fragte er.

»Ja, das bin ich.«

»Mein Name ist Madison.« Über seinen schmalen Schreibtisch hinweg reichte er mir seine Hand. »Wenn Sie eine Tasse Kaffee möchten.«

»Gern.«

»Dann nehmen Sie doch Platz.« Ich ließ mich auf einen dritten Stuhl nieder. Der Lehrling hatte das Interesse an mir verloren und mampfte weiter an seinem Sandwich.

Madison persönlich brachte mir die Tasse. »Auch Zucker?«

»Ja.«

Er reichte mir die Zuckerdose, und ich nahm zwei Stücke. Der Kaffee schmeckte gut. Er rann heiß meine Kehle hinab. Madison legte seine Zeitung zur Seite und sah mich auffordernd an.

»Sie haben die Fracht bereits entladen?«, fragte ich.

»Ja.« Madison wurde etwas blasser und schluckte, obwohl er nichts im Mund hatte. »Es hat sich tatsächlich um einen gläsernen Sarg gehandelt.«

»Mit Inhalt?«

Er nickte. Danach schluckte er wieder. »Eine Inderin, ziemlich jung noch.«

»Der Empfänger ist nach wie vor unbekannt?«

»Ja.«

»War denn ein Name angegeben?«

»Natürlich. Nur haben wir dort niemand erreicht. Er existiert überhaupt nicht.«

»Verstehe.«

»Was wollen Sie denn mit dieser Leiche machen?«, fragte der Mann vom Zoll.

»Das ist ganz einfach, Mr Madison. Zunächst sehe ich sie mir einmal genau an.«

»Und dann?«

»Werde ich sie wohl abholen lassen.«

»Von Ihren Leuten?«

»Natürlich.«

Madison war erleichtert. »Das ist gut, dann sind wir nämlich den schwarzen Peter los. Ich bin über zwanzig Jahre im Dienst, aber so etwas ist mir noch nicht vorgekommen. Ich kann mir auch nicht vorstellen, dass jemand gläserne Särge mit Inhalt verschickt.«

»Normal ist es nicht.«

»Die Leiche ist kaum verwest«, gab der Lehrling seinen Senf dazu.

»Was meinen Sie denn damit?«, fragte ich.

Er schlug die Beine übereinander. »Ich habe meinen Großvater nach einigen Tagen gesehen. Mann, der hat vielleicht im Sarg ausgesehen. Seine Haut war eingefallen, der Kiefer …«

»Es reicht!«, unterbrach Madison den Stift. »Machen Sie die Arbeit, die Ihnen aufgetragen wurde.«

Der Azubi grinste seinen Vorgesetzten an. »Was sagt die Ziege, wenn sie auf der Weide steht?«

»Weiß ich doch nicht!«

»Null Bock!«

Ich musste lachen. Madison schien kaum Humor zu besitzen. Er zog ein ärgerliches Gesicht und stand auf. »Kommen Sie, Sir, gegen die heutige Jugend will ich nicht schimpfen, aber wir früher …«

»Waren doch auch nicht besser, finde ich. So schlimm ist die Jugend nicht. Ich jedenfalls freue mich, wenn ich nicht nur angepasste Duckmäuser erlebe. Ich finde es gut, wenn ein junger Mensch seine eigene Meinung hat.«

»Ho!«, meldete sich der Stift. »Ein Bulle mit Courage. Das sieht man selten.«

»Du kennst die Polizei eben nicht«, erwiderte ich und wünschte noch einen schönen Tag.

Madison stiefelte neben mir her. »Gehen wir in die Halle.«

Wenig später stemmte Madison eine schmale Tür auf. Vor uns öffnete sich eine gewaltige Lagerhalle mit riesigen Regalen. Es war genügend Platz für die Gabelstapler. Auf einer Rampe bewegten wir uns weiter, weil wir niemandem im Weg stehen wollten. Leise war es nicht. Männer schrien sich gegenseitig etwas zu. Irgendwo rumpelte immer ein großer Gegenstand. Kisten und Container wurden transportiert oder weggeschleift. Durch das große, offene Tor hörten wir die typischen Geräusche der anfahrenden Transporter.

Zur Rampe hin lagen die großen Schiebetüren. Sie waren

weit geöffnet. Kalter Wind fegte in die Halle. Ich war froh, einen Mantel übergestreift zu haben. Madison trug unter seiner Jacke einen warmen Pullover. »Wir haben den Sarg dort abgestellt, wo nicht die großen Waren umgeschlagen werden, verstehen Sie?«

»Klar.«

Wir wandten uns nach links und erreichten eine schmale Tür. Sie lief auf Rollen.

Die nächste Halle war zwar auch noch groß, trotzdem wesentlich kleiner. Hier hatte man die Fracht untergebracht, die nicht unbedingt auf die Ladefläche der großen Trucks geschoben werden musste.

»Wir haben den Sarg nach hinten gestellt. Es braucht ihn ja nicht unbedingt jeder zu sehen.«

»Das war vernünftig.«

An einer hohen Wand aus kleinen Blechcontainern schoben wir uns vorbei, erreichten einen Teil des Gewürzlagers, das von exotischen Düften durchzogen wurde, und gelangten schließlich zu unserem Ziel. Der Sarg stand ziemlich allein. Madison blieb zurück. Vielleicht fürchtete er sich vor Särgen und Toten. Ich aber trat näher heran und sah in dem Glassarg eine junge Frau liegen, die dem Märchen Schneewittchen entsprungen zu sein schien.

Auch ich musste meine Überraschung zunächst verdauen und dachte wieder daran, was mir Mandra berichtet hatte. Die Person in dem Sarg aus Glas sollte angeblich seit vierzig Jahren tot sein. Danach sah sie mir verdammt nicht aus. Im Gegenteil, sie machte eher den Eindruck eines lebenden, aber schlafenden Geschöpfs.

Ich musste den Sarg öffnen. Ein Risiko war es schon. Wenn der Sarg luftleer gewesen war, konnte es unter Umständen passieren, dass sich die Leiche an der Luft veränderte, möglicherweise sogar auflöste. Das wäre verdammt unangenehm gewesen.

Ich dachte nach und betrachtete dabei das Gesicht.

Die Haare der jungen Inderin lagen wie ein schwarzes

Vlies um den Kopf, sodass das schmale Gesicht noch blasser wirkte, als es tatsächlich war.

Madison traute sich wieder näher. »Na, habe ich Ihnen zu viel versprochen, Sir?«

»Nein, es stimmt alles.«

»Und was wollen Sie jetzt tun?«

»Am liebsten wäre es mir, wenn ich den Sarg öffnen könnte.«

Der Mann vom Zoll erschrak. »Sagen Sie bloß. Haben Sie das wirklich vor?« Er schüttelte den Kopf, als wollte er mich damit beeinflussen.

»Ja, wir müssen die Leiche untersuchen.«

»O nein.« Er verdrehte seine Hände und war plötzlich aufgeregt. »Das gefällt mir überhaupt nicht.«

»Da bin ich Ihrer Meinung. Wenn Sie einen besseren Vorschlag haben, sagen Sie ihn mir.«

»Sorry, aber da bin ich überfragt.«

Ich klopfte ihm auf die Schulter. »Nur keine Panik, Mr Madison, ich werde den Sarg nicht vor Ihren Augen öffnen. Das geschieht bei uns, bei Scotland Yard.«

»Dann schaffen Sie ihn weg.«

»So ist es.«

Ihm fiel ein Stein vom Herzen. »Da bin ich aber beruhigt. Wissen Sie, es ist schon komisch, wenn da in der Halle ein gläserner Sarg steht. Hier wird wirklich viel angeliefert, das können Sie sich kaum vorstellen, aber ein gläserner ...«

»Wo kann ich denn telefonieren?«

»Kommen Sie mit. Wir haben hier in der Halle einen Apparat mit Außenanschluss.«

Wieder ging es zurück. Ich hätte mit einem Transporter oder Leichenwagen herkommen sollen, dann hätte ich die Leiche selbst wegschaffen können. So musste ich leider die Kollegen bitten.

Der Kasten mit dem Telefon war an einem Pfeiler angebracht worden. Ich nahm den Hörer ab und drehte die Wählscheibe. Mein Gespräch dauerte nicht lange. Der Wagen würde so rasch wie möglich kommen. Ich wollte zudem keine Zeit verlieren, denn mich interessierte das Untersuchungsergebnis sehr.

»In einer Stunde sind Sie den Sarg und die Tote los«, erklärte ich Mr Madison.

Er hob die Schultern, als würde er frieren. »Da bin ich aber froh, Mr Sinclair.« Er schaute sich um. »Wollen Sie noch einmal zurück?«

»Ja, ich will mir die Tote genauer ansehen.«

»Aber den Sarg nicht öffnen?«

»Keine Sorge, Mr Madison. Sie können wieder in Ihr Büro gehen, wenn Sie wollen.«

Er winkte ab. »Nein, man hat mir da einen Azubi aufgehalst. Mit dem komme ich nicht zurecht.«

»Dann lieber den Sarg, wie?«

»Sie werden staunen. Ich sage ja.«

Dieser Knabe war wirklich zum Lachen. Jeder Mensch ist eben anders und hat seinen Tick. Ich auch.

Während unseres Gesprächs waren wir den gleichen Weg zurückgegangen. Ich hing meinen Gedanken nach und achtete nicht so sehr auf die Umgebung.

Im Gegensatz zu Mr Madison.

Den hörte ich plötzlich schreien. Gleichzeitig stieß er mich an. »Verdammt! Da, der Sarg!«

Ich blickte hin.

Zwar schrie ich nicht, trotzdem war ich wie vom Donner gerührt. Der Sarg stand zwar dort noch, nur waren zwei entscheidende Veränderungen an ihm vorgenommen worden.

Erstens lag der Deckel neben ihm, aber das war nicht tragisch. Viel schlimmer empfand ich den zweiten Teil.

Wir sahen keine Spur mehr von der Leiche!

Ich stand mit wenigen Sätzen neben dem Sarg, starrte in ihn hinein, sah das Kissen, auf dem die Leiche gelegen hatte, und konnte den Schauer nicht zurückdrängen, der über meinen Rücken kroch.

»Die hat jemand gestohlen!«, rief der Zollbeamte. »Verdammt, die ist gestohlen worden!«

Da konnte er Recht haben, doch ich wollte nicht so recht an seine Theorie glauben. Ich hatte eine andere. Wahrscheinlich hatte sich die Tote selbst aus dem Sarg befreit, und wahrscheinlich war sie auch nicht tot gewesen, sondern untot.

Ein Zombie also.

Und dieses Geschöpf konnte durchaus in der Halle umherirren und seine Gräueltaten vollbringen. Ein Zombie reichte aus, um zahlreiche Menschen in Angst und Schrecken zu versetzen. Dieser Gedanke kam mir automatisch, doch ich behielt ihn für mich. Mr Madison wollte ich mit derartigen Überlegungen nicht belasten.

Sollte die Leiche tatsächlich aus eigener Kraft den Sarg verlassen haben, dann hatte sie das nicht ohne Grund getan. Es musste irgendetwas dahinterstecken. Lebende Tote, Zombies also, taten nie etwas aus eigenem Antrieb. Sie wurden zumeist von einer Person geleitet, nur fragte ich mich, wer dafür in Frage kam.

Meinem indischen Freund Mandra Korab war ich im Nachhinein für seinen Anruf noch dankbarer, denn so hatte ich das Verschwinden der Leiche ziemlich schnell bemerkt. Wer weiß, wann es mir sonst aufgefallen wäre. Ich rechnete nach, wie lange wir den Sarg außer Acht gelassen hatten. Höchstens fünfzehn Minuten. In dieser kurzen Zeitspanne kam man nicht weit.

Madison musste mir helfen. Er kannte sich hier aus. Als ich mich ihm zuwandte, sah ich sein bedenkliches Gesicht. Es kam mir so vor, als hätte er keine Lust, mit mir zusammenzuarbeiten.

»Hören Sie, Mr Madison, wenn wir davon ausgehen, dass die Tote verschwunden ist und keine Helfer gehabt hat, wo könnte sie stecken?«

Ich hätte andere Worte wählen sollen, denn meine hatten

ihn doch erschreckt. Fast feindselig schaute er mich an und bog dabei seinen Oberkörper zurück. »Meinen Sie wirklich, dass die Leiche den Sarg aus eigener Kraft verlassen hat?«

»Vielleicht.«

»Aber das ist nicht möglich.«

»Im Regelfall nicht, aber es gibt Ausnahmen. Rechnen wir einmal damit. Entdeckt worden scheint sie von den hier arbeitenden Leuten noch nicht zu sein. Wo könnte sie sich versteckt halten?«

»Überall.«

»Das glaube ich eben nicht.«

»Wieso? Ich …«

»Mann, die klettert bestimmt nicht in ein Regal. Die sucht den direkten Weg nach draußen. Die will hier weg.«

»Das kann sie ja auch.«

Ich verzog die Mundwinkel. »Toll, wirklich.«

»Aber sie wird nicht weit kommen.« Madison machte mir wieder Mut. »Dieses Gelände kann niemand verlassen, ohne kontrolliert zu werden. Und am Tage schon gar nicht.«

»Alle Achtung, Mr Madison, daran habe ich nicht gedacht. Sie wird also auffallen.«

»Immer.«

»Können Sie Alarm geben? Ich meine, eine Durchsage und eine Warnung müssten möglich sein.«

»Das stimmt.«

»Dann tun Sie das.«

»Und Sie, Mr Sinclair?«

»Ich werde die lebende Leiche suchen.«

Der Beamte musste den Eindruck haben, als wären in meinem Kopf einige Schrauben locker. Ich entschuldigte das. Es war auch ziemlich schlimm, wenn man plötzlich mit solchen Dingen konfrontiert wurde.

»Alles klar?«

»Ja, Sir. Wollen Sie mit?«

»Nein, ich sehe mich hier um.«

Er ging wieder. Zuerst langsamer, bald schneller, und schließlich rannte er.

Ich aber machte mich auf die Suche nach der verschwundenen Leiche.

Über vierzig Jahre hatte sie den Tod erlebt!

Eine verflucht lange Zeit, ein Horror ohnegleichen, eine Zeit der völligen Leere, der anderen Welt, aber eine Zeit der Reife.

Denn Rache muss reifen.

Da gab es eine Kraft, die sie festhielt, die sich ihrer bemächtigt hatte und sie führte. Die mit ihr sprach, obwohl sie in einer Art Koma lag, und die ihr immer wieder Mut machte, doch nicht aufzugeben, sondern dem Zeitpunkt entgegenzusehen, der es ihr erlaubte, das fortzusetzen, was mit ihrem Tod begonnen hatte.

Sie sollten büßen.

Alle sollten büßen – und sterben.

Das wusste sie, denn sie hatte einen mächtigen Verbündeten, der einmal ihr Feind gewesen war und nun gezwungen wurde, sich auf ihre Seite zu stellen. Zu ihm wollte sie hin. Seinetwegen hatte sie all die Jahre gewartet, und der Weg war genau vorgezeichnet.

Seinetwegen hatte sie den Tod überwunden und mit den finsteren Göttern einen Pakt geschlossen.

Sie war tot, aber sie lebte trotzdem.

Sie konnte sich bewegen. Wenn sie ging, wirkte sie wie eine Marionette. Es war ein Leichtes gewesen, den Sarg zu verlassen. Das dünne Totenhemd schlotterte um ihren Körper. Mit den nackten Füßen trat sie auf den kalten Stein, aber sie spürte weder Hitze noch Kälte, denn sie war ein Geschöpf, das seine Kraft aus dem Jenseits holte und in das Jenseits zurückkehren würde, wenn die Rache vollendet war.

Mari hatte man sie genannt. Sie war ein gutes Mädchen gewesen, treu, pflichtbewusst. Ihren Eltern hatte sie gedient, und ihren Brüdern und Schwestern. Bis die Weißen gekommen waren und ihre Schönheit erkannten. Es war ein grausames Spiel gewesen, das sie mit ihr getrieben hatten. Die schlimmsten Demütigungen, die man sich vorstellen konnte, waren ihr widerfahren.

Und dann der Tod.

Nein, er war nicht endgültig gewesen, auch wenn es so lange Zeit gedauert hatte, denn jetzt war sie erwacht und befand sich wieder unter Menschen. Ja, sie wollte die Menschen, eine Gier überkam sie, wenn sie die Zweibeiner sah, aber sie wollte nicht unbedingt von ihnen gesehen werden, deshalb hielt sie sich im Schatten der Lagerhalle und bewegte sich dabei dicht an der Wand entlang.

Niemand achtete auf sie. Auch dann nicht, als sie die kleine Rolltür erreichte, durch die sie gehen musste.

Mari lebte nicht mehr, aber in ihrem Hirn hatte sich etwas festgebrannt. Der Vergleich mit einem Computer stimmte zwar nicht unbedingt, aber die unbekannte Kraft hatte ihren Fluchtweg genau vorgezeichnet.

Die lebende Leiche mit den langen, dunklen Haaren und dem bleichen Gesicht betrat den kleinen Anbau, in dem sich die Büroräume befanden. Hier musste sie rein, das war ihr vorgegeben worden.

Begleitet wurde sie von einem ungewöhnlichen Duft. Als wäre der Modergeruch durch süßes Parfüm aufgefrischt worden.

Vor dem Haus sprang ein Automotor an, dann fuhr ein Wagen weg, und die lebende Frauenleiche wandte sich sofort nach rechts, wo sich die Treppe befand.

Hier lag ihr erstes Ziel.

Allerdings nicht auf den Stufen oder in der nächsten Etage, sondern unterhalb der Treppe, wo der Weg in den Keller führte. Zielsicher fand sie die Tür, zog sie vorsichtig auf und zeigte sich nicht deshalb irritiert, weil das Licht brannte, sondern weil sie aus der Tiefe des Kellers Geräusche vernommen hatte, die darauf schließen ließen, dass sich dort jemand befand.

Und sie roch ihn.

Menschenfleisch …

Ja, das war ein Mensch, der nichtsahnend dort arbeitete und die Melodie des Liedes pfiff, das gerade im Radio lief.

Die Untote schritt die Treppe hinab.

Ein normaler Mensch hätte schon gewusst, wo der Weg hinführte. Typischer Aktenstaub schwebte kaum sichtbar in der Luft. Manchmal hing er wie ein Schleier nahe der Lampenstrahlen, aber das alles interessierte die Untote nicht. Sie musste diesen Kellerraum, der als Archiv diente, ganz durchqueren, um das Ziel zu erreichen.

Im Keller arbeitete Teddy, der Lehrling mit dem »Null Bock«. Ihm war die Aufgabe zugefallen, neue Aktenberge einzuräumen. Und das tat er lieber, als dauernd in Madisons mürrisches Gesicht zu schauen. Hier unten stand er nicht unter Aufsicht, er konnte auch Musik hören, was für ihn sehr wichtig war.

Man sprach zwar davon, das Archiv auf EDV umzurüsten und die Aktenberge auf Mikrofilme zu packen, das jedoch würde noch lange dauern. Dann war Teds Lehrzeit längst vorbei.

Wo war noch Platz?

Eine Regalreihe an der Wand konnte er noch vollstopfen. Sie befand sich dicht unter der Decke.

Die Beleuchtung war mies. Teddy hatte trotzdem die Hälfte bereits geschafft und war überzeugt, dass er wieder einmal zu schnell gearbeitet hatte. Bis zur Mittagspause wollte er diese Sache hier noch durchstehen und dann überlegen, wie er den Nachmittag herumbekam.

Wieder stieg er von der Leiter und trat an den Tisch, wo die Akten aufgestapelt lagen. Mit einem scharfen Teppichmesser schnitt er Pappstreifen zurecht, die er auf die Rücken der Akten presste.

Auch jetzt machte er sich wieder an die »tolle« Arbeit, hörte dabei Musik und sah nicht, wer sich nach Verlassen der Treppe in den Kellerraum geschlichen hatte.

Es war die Untote.

Sie konnte sich fast lautlos bewegen. Und sie roch den Menschen nicht nur, sie sah auch, wie er sich drei Akten schnappte.

Mit dieser »Last« ging er zur schräg stehenden Leiter und kletterte die ersten drei Stufen hoch.

Mittlerweile hatte Mari den Tisch erreicht. Sie blieb daneben stehen, sah auf das Radio und wunderte sich wohl über die Musik, die aus den beiden kleinen Lautsprechern drang. Ihre flache Hand strich über die Tischplatte, und die Finger fanden Kontakt mit dem Schneidemesser. Automatisch umschloss sie es, sah die dreieckige Spitze aus dem Griff ragen und ging weiter.

Jetzt war sie bewaffnet.

Teddy stand auf der Leiter. Er sortierte die Akten ein. Noch eine Stufe war er höher geklettert, da brauchte er sich wenigstens nicht so zu strecken.

Mit den ersten beiden Akten baute er die Reihe weiter aus. Als er den dritten Ordner hinstellen wollte und den Arm bereits erhoben hatte, fiel ihm etwas auf.

Es war der Geruch.

Wie es in diesem verdammten Keller stank, wusste er selbst. Oft genug hatte der Aktenstaub einen Niesreiz bei ihm ausgelöst, aber dieser Gestank musste einen anderen Grund haben. Es roch verdammt komisch, nach Gewürzen und Moder.

Sollte von der Halle her der Geruch bis in den Keller geweht sein?

Das wollte er einfach nicht glauben. Es musste einen anderen Grund haben. Er stellte die letzte Akte zu den anderen und kletterte wieder nach unten.

Die lebende Tote stand längst neben der Leiter, das Messer in der gehobenen Rechten. Und sie stieß damit zu.

Es war ein beißender Schmerz, der durch Teddys Körper raste, und er blieb stehen, als wollte er sich auf das heiße Glühen, das seine Wade durchschnitt, konzentrieren.

Seine Wade brannte, als würde eine Flammenzunge darüber lecken, und auch die linke wurde nicht verschont.

Noch einmal das Gleiche.

Da schrie er auf!

Es war ein Schrei des Schmerzes, der in einem Wimmern erstickte, und Teddy sprang einfach von der Leiter herab. Er katapultierte sich dabei nach hinten, landete auf den Füßen, aber der in den blutenden Waden tobende Schmerz riss ihn einfach um, sodass er auf dem staubigen Boden und zwischen zwei Regalen zusammensackte.

Er hob den Kopf an. Tränenwasser war in seine Augen geschossen, sein Mund stand offen, doch diesmal drang kein Schrei über die Lippen. Teddy war zu geschockt, als er die Gestalt vor sich stehen sah, die sein Schneidemesser in der rechten Hand trug. Das kleine, spitze Dreieck war kaum zu sehen, weil es von Blut befleckt war, aber er wusste jetzt, was ihm diese Verletzungen beigebracht hatte.

Und er sah sie fallen.

Die lebende Leiche, die nach Moder und exotischen Gewürzen roch und in deren Gesicht kein Muskel zuckte, ließ sich einfach auf den jungen Mann fallen. Den rechten Arm mit der Waffe hielt sie dabei nach unten gestreckt, so würde das Messer zuerst sein Gesicht treffen, bevor die Frau auf ihn fiel.

Eine schreckliche Furcht umklammerte ihn. Teddy wunderte sich selbst, wie er es schaffte, seine Beine anzuwinkeln, sodass die Person nicht voll auf ihn prallte, sondern von den Knien abgehalten wurde. Die Hand mit dem scharfen Messer fiel zwar nach unten, erwischte aber nicht das Gesicht, sondern strich über die Brust und fetzte dort die Kleidung auf.

Er schleuderte sie zur Seite.

Die Untote krachte auf den Rücken. Nicht ein Laut drang aus ihrem Mund. Teddy ahnte, dass er dieser Person nichts entgegenzusetzen hatte. Die Schmerzen in seinen Waden machten ihn fast verrückt, aber er musste aus diesem verdammten Keller raus, sonst war er verloren.

Der Zombie wollte den Menschen!

Mari hatte sich wieder aufgerichtet, um erneut zuzustoßen. Diesmal hatte sie Pech, denn Teddy war es gelungen, blitzschnell eine gefüllte Akte zu packen und sie als Schutz vor seine Brust zu halten. Das Messer rammte hinein. Er hörte das Ratschen, als sie nach unten gezogen wurde und eine Lücke im Deckel hinterließ.

Das war ihm alles egal. Hauptsache, die verdammte Klinge erwischte ihn nicht noch einmal. Zwei Wunden reichten.

Er zog die Akte an sich und schleuderte sie einen Moment später vor. Diesmal traf er den Kopf der Inderin, die zurückgestoßen wurde und mit sich selbst beschäftigt war.

Teddy nutzte die Zeit. Er kroch vor bis zum Tisch, streckte die Arme aus und zog sich an der Kante in die Höhe. Er hatte stehen bleiben und laufen wollen, als ihn der brutale Wadenschmerz wieder zu Boden zwang, dem er, mit einem Wehlaut auf den Lippen, entgegensank. Nein, so schaffte er das nie. Er musste auf allen vieren bleiben. In dieser Haltung kroch er auf die Treppe zu. Dabei stöhnte und weinte er, immer von dem Gedanken getrieben, dass die Frau hinter ihm wesentlich schneller war als er.

Der Lehrling drehte sich auch nicht um. Erst als er über die Schwelle der Tür gekrochen war, warf er einen Blick über die Schulter zurück. Er sah sie nicht, er hörte sie nur.

Sie hielt sich irgendwo im Hintergrund des ziemlich großen Kellerraumes auf, wo sich weitere Regalgänge befanden. Was sie dort suchte, wusste Teddy nicht. Für ihn zählte nur seine Flucht. Und er musste es einfach schaffen, dieser Frau zu entkommen.

Er kam nicht auf den Gedanken, dass es die Frau gewesen sein könnte, die in dem gläsernen Sarg gelegen hatte, denn sie war tot gewesen. Teddy rechnete mit einer Wahnsinnigen, einem Menschen, der ausgebrochen war und Amok lief.

Von seiner Brust tropfte es nach unten. Dunkle Flecken blieben auf den Treppenstufen zurück. Erst jetzt stellte er fest, dass ihn die Klinge auch an der Brust erwischt hatte.

Der Schmerz in den Waden überdeckte den an der Brust. Zudem spürte er, dass es ihm immer schwerer fiel, die Stufen zur Tür hinaufzuklettern.

Der Schrei nach Hilfe, der ihm entfuhr, glich mehr einem Ächzen und Stöhnen.

Zum Glück riss jemand die Tür auf.

Ausgerechnet Madison betrat den Bau, lief zwei Schritte, sah seinen Lehrling, entdeckte das Blut und blieb so abrupt stehen, als wäre er vor eine Mauer gerannt. Sein Gesicht war bleich, die Augen groß. »Mein Gott!«, floss als Flüstern aus seinem Mund.

»Hilf mir!«, ächzte Teddy. »Bitte!«

Madison sackte neben ihm in die Knie. Er sprang über seinen eigenen Schatten, als er Teddy auf die Beine zog und ihn in den Gang zu seinem Büro hineinschleifte.

»Wer, Teddy? Wer war es?«

»Eine Frau.«

»Welche Frau?«

»Eine schreckliche Person. Furchtbar, ein Mädchen, weiß gekleidet. Sie nahm einfach ein Messer und stach in meine Beine. Ich stand auf der Leiter.«

Madison brauchte nur zwei und zwei zu addieren, um die Lösung zu haben. »Die Tote!«, ächzte er. »Verdammt, die Tote!«

Ich ärgerte mich.

Da hatte ich schon gegen wer weiß wie mächtige Geschöpfe, Dämonen und Geister gekämpft, hatte mich dem Höllenfürsten persönlich gestellt und ihn zurückschlagen können, von Baal erst gar nicht zu reden. Und jetzt brachte mich ein normaler Zombie so in Verlegenheit.

Manchmal ist wirklich der Wurm drin, dachte die am Baum hängende Pflaume und freute sich.

Ich jedenfalls würde mich freuen, wenn es dieser lebenden Leiche nicht gelang, sich ein Opfer zu holen. Dass sie auf ihre schwarzmagische Art lebte, war mir längst klar geworden.

Nur – wo wollte sie hin? Madison hatte Recht, wenn er sagte, dass dieses Flughafengelände niemand unkontrolliert verlassen konnte. Ein Sicherheitssystem war vorhanden.

Ich gab der Untoten nicht viele Chancen. Es sei denn, dass ihr Helfer zur Verfügung standen, dann sah die Sache schon wieder anders aus. Hoffentlich wurde sie bald gefunden.

Ich hielt mich nicht mehr dort auf, wo der Sarg stand, sondern war tiefer in die Halle gegangen. Die hier arbeitenden Männer kümmerten sich nicht um mich. Sie gingen ihrer Tätigkeit nach und holten die Waren aus den gewaltigen Hochregalen. Manchmal bedachten sie mich mit wütenden Blicken, wenn sie sich durch meine Gegenwart gestört fühlten.

Jeder von ihnen konnte hervorragend mit einem Gabelstapler umgehen. Mir wollte es trotz allem nicht in den Sinn, dass die lebende Tote nicht gesehen worden war. Madison hatte bestimmt noch keinen der hier Beschäftigten gefragt. Das holte ich nach.

Ein Mann, der einen grauen Kittel trug und soeben in einem der Gänge verschwinden wollte, sah mich kommen und wartete. Er schob seinen gelben Helm zurück. »Was wollen Sie?«

»Ihnen eine Frage stellen.«

»Tut mir Leid, aber ich …«

»Es geht um eine Frau«, unterbrach ich ihn, »die durch diese Halle gelaufen sein muss. Haben Sie die Person zufälligerweise gesehen?« Ich fügte eine kurze Beschreibung hinzu.

»Nein.« Er schüttelte den Kopf. »Wie sollte auch jemand durch die Halle irren, der keine Berechtigung hat. Haben Sie eine?«

»Ja.«

»Kann ich die mal sehen?«

»Nein.« Ich hatte ein Knacken gehört, einen Augenblick

später erklang Madisons Stimme über Lautsprecher. Sie dröhnte durch die gesamte Halle, sodass ich zusammenzuckte. Aber nicht nur wegen der Lautstärke, auch die Stimmlage hatte mich irritiert. Madison schien unter Stress zu stehen.

Zudem war es nicht der zwischen uns abgesprochene Aufruf, die Meldung galt allein mir.

»Oberinspektor Sinclair, Oberinspektor Sinclair, bitte in mein Büro. Es ist dringend.«

Ich jagte schon los und kümmerte mich nicht um die erstaunten Blicke des Mannes, der mir unangenehme Fragen stellen wollte. Da war etwas passiert, und ich rechnete sogar damit, dass die lebende Tote dem Zollbeamten über den Weg gelaufen war.

Ein Gabelstapler kam mir entgegen. Ich wich ihm im letzten Augenblick aus, bevor die breiten Zinken auf mich zuschwenken konnten. Mit diesen Dingern hatte ich schon meine Erfahrungen gemacht.

Sehr schnell erreichte ich den Anbau und sah Madison vor seiner Bürotür stehen.

Auch andere Mitarbeiter hatten die Büros verlassen. Sie wollten zu Madison, der keinen außer mir in den Raum ließ, aus dem ich ein jammervolles Geräusch hörte.

Ich sah den Lehrling. Er lag schmerzverkrümmt auf dem Boden. Seine Waden bluteten, auch auf der Brust befand sich eine Wunde, und ich ballte vor Wut die Hände, als ich stehen blieb.

»Haben Sie einen Arzt gerufen?«, fragte ich zuerst.

»Ja.«

»Gut, was ist geschehen?«

»Er hat sie gesehen!«

»Die Frau aus dem Sarg?«

Madison nickte. »Sie griff ihn mit einem Schneidemesser an. Zum Glück war es nur dieses Messer. Ein anderes hätte ihn vielleicht getötet.« Madison war bleich wie eine Leinwand. »Das ist nicht zu fassen. Ich habe keine Erklärung.«

»Aber ich. Wo ist es passiert?«

»Im Keller!«

»Und die Leiche? Irrt sie noch dort herum?«

Madison verzog nach meiner Frage den Mund so sehr in die Breite, als wollte er eine Nuss zerkleinern. »Sie sind gut. Eine Leiche ...«

»Sie war es, verdammt!«, unterbrach ich ihn. »Also, wo befindet sich hier der Zugang zum Keller?«

»Ich zeige es Ihnen. Unter der Treppe.«

»Danke, das reicht.« Ich machte mich sofort auf den Weg. Noch immer war mir dieser Fall ein einziges Rätsel. Wer schickte denn von Indien aus per Luftfracht einen Zombie in einem gläsernen Sarg nach London? Und aus welchem Grund hatte dieser Unbekannte dies getan? Meine Fantasie ging mit mir durch.

Ich hatte immer noch das Bild des jammernden Jungen vor Augen, als ich mich der Treppe näherte. Ich zog meine Beretta und stieg in das Kellerarchiv hinab. Immer auf der Hut, denn es war möglich, dass ich urplötzlich attackiert wurde. Zombies sind heimtückisch, sie kennen keine Rücksicht und benutzen Dinge als Waffen, die uns Menschen nicht in den Sinn gekommen wären.

Es passierte nichts. Ich stand schließlich im Keller, sah die Regale mit den Akten und entdeckte auch das Blut auf dem Boden.

Wenn sich die lebende Leiche noch in der Nähe befand, hatte sie sich gut versteckt.

Ich ging weiter.

Dabei dachte ich daran, dass es dem Zombie einfach nichts brachte, wenn er sich im Keller versteckte. Hier würde er kaum seinen Auftrag erfüllen können.

Er musste also etwas anderes vorhaben. Regal für Regal suchte ich ab. Geräusche hörte ich kaum, nur meine eigenen Schritte, mal Stimmen von oben, das war auch alles.

In alle Ecken leuchtete ich, ohne jedoch die Gestalt zu entdecken. Aber mir fiel ein komischer Geruch auf. Es stank nach Abwässern.

Und diesem Geruch ging ich nach. Er führte mich in eine Ecke des Kellers, wo keine Regale standen.

Dort sah ich das Loch im Boden.

Es war rund, ebenso wie der Kanaldeckel, der neben dem Loch lag. Aus der Öffnung im Boden stieg dieser widerliche Gestank, und ich wusste längst Bescheid.

Der weibliche Zombie aus Indien hatte seinen Fluchtweg gefunden. Er war in den Schacht geklettert und würde seinen Weg unterirdisch fortsetzen. Damit standen ihm zahlreiche Möglichkeiten zur Verfügung. Die vielen Schächte, durch die er die Unterwelt verlassen konnte, waren auf die Schnelle nicht zu bewachen.

Wie groß konnte sein Vorsprung sein? Ich wusste es nicht, kletterte aber, ohne mich mit Mr Madison abgesprochen zu haben, in den Schacht des Abwasserkanals.

Leroy Thompson, selbst schon über siebzig, war um Jahre gealtert, als er aus dem Taxi stieg und mit gebeugtem Rücken auf den Eingang des Pubs zuschritt, wo er und seine beiden Freunde sich verabredet hatten.

Thompson trug einen dunklen Binder. Er trauerte um seine Enkelin. Dieser Mord hatte Staub aufgewirbelt wie lange keiner zuvor. Er war das Tagesgespräch der Londoner, und die Polizei setzte alle Kräfte ein, um den Killer zu finden.

Bisher erfolglos.

Natürlich hätte ihnen Leroy Thompson einiges sagen können. Das ließ er bleiben, er wollte zunächst mit seinen beiden alten Freunden aus Indien reden und dann weitersehen.

Mit zitternder Hand stieß er die Tür des Pubs auf. Es war eine gemütliche Wirtschaft mit alten Holzwänden, an denen vergilbte Bilder hingen. Sie zeigten Soldaten, die in Indien gekämpft hatten. In diesem Pub trafen sich die Veteranen, hier waren sie unter sich und konnten von ihren Heldentaten und den glorreichen Zeiten reden.

Auch der Wirt hatte zu ihnen gehört. Er betrieb mit seinen Söhnen den Pub; seine Frau war verstorben.

Viele Gäste saßen nicht an den Tischen. Mit Handschlag wurde Leroy Thompson begrüßt. Der Wirt, er trug stolz einen seiner alten Orden, kondolierte Leroy.

»Ja, danke.«

»Wie immer, Leroy?«

»Nein, diesmal nehme ich einen doppelten Whisky.«

»Ist recht.«

Gebückt ging Thompson dorthin, wo seine beiden Freunde saßen. Es war ein kleiner, runder Tisch. Er stand an einem der Fenster. In der Nähe war kein weiterer Tisch besetzt. Darauf standen nur jeweils die verkleinerten Ausgaben der Regimentsfahnen. So hatte jedes Regiment seinen eigenen Stammtisch.

Doch der Henker hatte Leroy Thompson in ihre ehemalige Stammkneipe bestellt.

Sie hatten sich erhoben, als Leroy den Raum betrat. Ihre Mienen drückten Trauer aus, auch sie trugen aus Solidarität schwarze Krawatten. Die Anzüge passten zu ihnen. Der Schnitt war konservativ.

Leroy Thompson war im Gegensatz zu Sir Reginald Clifton noch sehr rüstig. Der alte Adelige stützte sich auf eine Krücke. Sein Haar war längst ausgefallen. Clifton trug eine Brille mit dicken Gläsern, die seine Augen unnatürlich vergrößerten.

Arthur Kennon Drinkfield war der ehemalige Offizier noch immer anzusehen. Er hielt sich kerzengerade. Sein graues Haar zeigte einen Mittelscheitel, in einer Augenhöhle klemmte ein Kneifer, und der strichdünne Mund wies immer noch den gleichen arroganten Zug wie zur Kolonialzeit auf.

»Danke, dass ihr gekommen seid«, sagte Leroy Thompson und ließ sich auf einen Stuhl fallen.

»War selbstverständlich!«, schnarrte Drinkfield.

»Es geht auch euch an!«

»Wieso?«

Der Whisky wurde gebracht. Auch die beiden anderen erhielten ihre Gläser. Die Männer bedankten sich durch kurzes Kopfnicken, hoben die Gläser an, wobei Sir Reginald zitterte, dann tranken sie.

Leroy Thompson hatte ihnen etwas zu sagen, und so warteten sie, bis er das Wort übernahm. Er begann mit schwerer Stimme zu reden. »Dieses Treffen kann unter Umständen unser letztes sein!«

»So?«, fragte Sir Reginald.

Drinkfield fiel fast das Monokel herunter, er sagte aber nichts.

»Ja, denn es ist etwas Furchtbares geschehen.«

»Mit deiner Enkelin!«, fügte Drinkfield hinzu.

»Es hängt tatsächlich mit ihr zusammen.«

»Rede!«

»Die Worte fallen mir schwer, Freunde, das müsst ihr mir glauben. Sogar sehr schwer, aber ich weiß unter Umständen, wer der Mörder meiner Enkelin ist, kann es aber der Polizei nicht sagen, weil es unmittelbar mit uns zusammenhängt. Am heutigen Abend wird sich alles entscheiden.«

»Unser Schicksal?«, fragte Sir Reginald.

»Ja.«

Dann berichtete Leroy Thompson. Er zog seine Freunde ins Vertrauen und erzählte von der Begegnung mit dem Henker, der ihn an alte Sünden erinnert hatte. Mit dem Mord an seiner Enkelin beendete er den Monolog. Nur einen Satz fügte er noch hinzu. »Jetzt seid ihr an der Reihe, meine Freunde.«

Drinkfield griff nach seinem Glas. Er ließ den Whisky kreisen und sagte: »Es ist schwer zu glauben.«

»Das finde ich auch. Nur beweist der Mord an meiner Enkelin, dass der Henker es ernst meint.«

»Viel zu lange her!«, schnarrte Arthur Kennon Drinkfield. »Viel zu lange. Diese Sache mit dem Mädchen ...« Er schüttelte den Kopf. »Wie hieß die Kleine noch gleich?«

»Mari!«, meldete sich Sir Reginald mit krächzender Stimme. »Sie hieß Mari.«

»Ach ja, stimmt.«

»Und sie ist tot!«, erklärte Sir Reginald.

Drinkfield begann zu lachen. Es klang hohl, als würde es aus einem Keller kommen. »Ich bitte dich, mein lieber Leroy. Hör endlich auf. Mari ist und bleibt tot. Verstanden?«

Sir Reginald nickte, Thompson schüttelte den Kopf. »Ihr könnt nur so reden, weil ihr ihn nicht erlebt habt.«

»Und jetzt sollen wir ihn erleben?«

»Ja, Arthur, und zwar heute Abend. Er hat uns in unsere ehemalige Stammkneipe bestellt. Er will einen Stammtisch des Henkers abhalten.«

Wieder lachte Drinkfield. »Wie soll der enden?«

»Vielleicht mit unserem Tod«, erwiderte Leroy Thompson ernst. »Wir müssen auf alles gefasst sein. Wie ich den anderen verstanden habe, ist es eine alte Rache. Wir müssen eine Schuld wieder gutmachen, so sieht er die Sache.«

»Nicht mit mir!«, entschied Drinkfield.

»Dann wird er dich holen!«

»Wir lassen uns schützen!«, meldete sich Sir Reginald Clifton und streckte seinen Geierkopf vor.

»Von wem denn?«

»Polizei!«

Leroy Thompson lachte. »Dann müsste ich die Karten auf den Tisch legen.«

»Kannst du das nicht?«

»Nein, Reginald, ich geriete dabei in ein zu schlechtes Licht, wenn du verstehst.«

»Das meine ich auch!«, meldete sich Drinkfield. »So etwas wollen wir gar nicht erst einreißen lassen. Wir erledigen unsere Probleme selbst. Das haben wir immer gemacht. Auch damals in Indien.«

»Ja, da waren wir aber jünger!«, krächzte Sir Reginald. »Heute ist das Vergangenheit. Ich habe einen Vorschlag, denn ich kenne Sir James Powell von Scotland Yard sehr gut. Er leitet dort eine Abteilung, die sich mit Fällen beschäftigt, wie dir einer untergekommen ist, Leroy. Deshalb meine ich, dass du dir so etwas noch einmal überlegen solltest. Sir James ist außerdem sehr verschwiegen. Den kannst du nicht mit den normalen Polizisten vergleichen. Er wird dir aus deinen Beobachtungen schon keinen Strick drehen.«

Leroy Thompson dachte nach. Er schaute Drinkfield dabei an. »Was sagst du, Arthur?«

»Es ist deine Entscheidung.« Er rückte sein Monokel zurecht. »Ich würde es unter Umständen tun.«

»Und ich ebenfalls!«, meldete sich Sir Reginald. »Es ist nur zu deinem oder unserem Schutz. Nur ein Mann.«

»Und wen meinst du?«

»John Sinclair, den Geisterjäger. Ich sagte ja, dass ich Sir James Powell aus dem Club her kenne. Wir liegen zwar nicht unbedingt auf der gleichen Wellenlänge, weil er der Meinung ist, dass unsere damalige Kolonie Indien …«

»Komm zum Thema, Reginald!«, forderte Arthur.

»Ja, natürlich. Dieser Sinclair scheint gute Erfolge erzielt zu haben, wenn man Sir James glauben darf. Und er kennt sich mit Dingen aus, die unsereins nicht so vertraut sind. Wer von uns glaubt schon an Geister und Dämonen? Das haben wir damals nicht getan, das werden wir auch heute nicht mehr tun. Klar?«

»Natürlich.«

Leroy Thompson schüttelte den Kopf. Die anderen hatten gut reden. Sie standen gewissermaßen als Unbeteiligte daneben, aber er hatte seine Enkelin verloren, und das war verdammt hart. Er wusste, wie grausam die Gegenseite war.

Die Männer tranken ihre Gläser leer. »Hast du dich entschieden?«, erkundigte sich Sir Reginald.

»Ja.«

»Werdet ihr denn heute Abend mitkommen?«, fragte er zurück.

»Du meinst zu dem Treffen am Stammtisch?«

»Ja, Reg!«

»Natürlich.« Der glatzköpfige, alte Mann grinste hinterlistig, und Leroy verstand.

»Ihr braucht euch keine Sorgen zu machen«, sagte er. »Es geht alles klar. Ich werde mit diesem Sir James reden!«

Den beiden anderen fiel ein Stein vom Herzen. Drinkfield flüsterte: »Jetzt bin ich direkt auf diesen komischen Henker gespannt.«

Von einem Henker wusste ich nichts. Mich interessierte eine lebende Tote, die in einem Abwasserschacht verschwunden war und in der Kanalisation ihre Flucht fortsetzen wollte.

Es ist wirklich nicht jedermanns Sache, in die Unterwelt zu steigen. Ich bildete da keine Ausnahme. Mir blieb aber keine andere Möglichkeit, als mich über die rutschigen Sprossen vorsichtig in die Tiefe zu bewegen.

Heathrow hatte natürlich auch eine U-Bahn-Station, doch mit diesen Schächten würde ich wohl kaum in Berührung kommen.

Dafür landete ich im Matsch.

Bis zu den Knöcheln sank ich ein, als ich von der letzten Sprosse des Einstiegschachts sprang. In großen Abständen waren an den Wänden Lampen angebracht.

Ein widerlicher Geruch empfing mich. Da waren regelrechte Wolken, die durch den Gang trieben und mir fast die Luft abschnitten. Im Kanalbett schwappte eine ölig schimmernde Flüssigkeit.

Der Zombie war aber nicht zu sehen.

War sein Vorsprung tatsächlich so groß, dass ich ihn nicht mehr erwischen konnte?

Das wollte mir einfach nicht in den Kopf. Ich kannte die untoten Wesen so gut, als hätte ich sie studiert. Sie ließen sich selten durch irgendwelche Hindernisse von ihrem Ziel abhalten, aber ich wusste auch, dass man sie nicht gerade als Schnelläufer bezeichnen konnte. Zudem hatten sie stets Probleme mit dem Gleichgewicht, aus diesem Grunde breiteten sie zumeist die Arme aus, um beim Gehen die Balance zu halten.

Je tiefer ich in diese unterirdische Welt eindrang, umso verlorener fühlte ich mich. Es war nicht still. Außer meinen eigenen Schritten vernahm ich noch das Klatschen der Tropfen, die von der Decke auf den Boden fielen.

An der Decke klebten Spinnweben, die ein verwirrendes Muster bildeten und silbrig glänzten, weil Tropfen an ihnen hingen.

Das Rauschen des Wassers war mir schon nach den ersten Schritten aufgefallen. Es wurde lauter, weil ich mich einem Kanal näherte, der in den Hauptkanal mündete.

Ich konnte wählen. Rechts oder links, das war hier die Frage.

Ich entschied mich für die rechte Seite. Wenn mich mein Gefühl nicht täuschte, kam ich, wenn ich die linke nahm, wieder zum Flughafen.

Und so tigerte ich los. Neben mir schäumte das Schmutzwasser, das einen widerlichen Kloakengestank abgab. Ich musste Acht geben, dass ich nicht auf dem schmalen Gehweg ausrutschte.

Kanalratten tauchten auf. Dicke, fette Tiere, die sich in dem Dreck suhlten und sich dabei von den Fluten weiterspülen ließen. Manchmal ragten nur die Köpfe mit den kleinen Augen aus der braunen Brühe.

Ich tigerte weiter durch die unterirdische Welt. Ich will nicht noch länger davon berichten, jedenfalls verging die Zeit, und nach einer halben Stunde befand ich mich noch immer in diesem verdammten Gang. Es mündeten zwar hin und wieder Rinnsale in die schäumende Flut, aber die konnte man vergessen. Sie drangen aus schmalen Löchern und Einschnitten in den nassen Steinwänden.

Irgendwann fiel mir das in unregelmäßigen Abständen erfolgende Vibrieren auf. In der Nähe musste also der U-Bahn-Schacht sein.

Wo aber steckte der verdammte Zombie?

Ich war ziemlich schnell gegangen, aber gesehen hatte ich die lebende Leiche nicht. War es ihr tatsächlich gelungen, mit meiner Geschwindigkeit Schritt zu halten?

Dann wäre diese lebende Leiche in meinen Augen tatsächlich ein Phänomen gewesen.

Hin und wieder hatte ich nach oben führende Schächte gesehen, sie aber passiert, weil nichts darauf hingewiesen hatte, dass die Untote hochgeklettert war.

Ich hatte mich mittlerweile an die Umgebung und die Düsternis gewöhnt. Manchmal fielen die Lichtreflexe auf die schäumende Flüssigkeit und spiegelten sich unter der Decke wider. Auch wurde das Flussbett enger, sodass die Wassermassen rechts und links überschäumten. Dabei stieg die Geschwindigkeit. Die mich begleitenden Ratten konnten sich oft nicht dagegen anstemmen, wurden auf den Gehsteig geschleudert und gerieten in meine unmittelbare Nähe.

Hin und wieder rollten sie dicht vor meine Füße, nahmen aber sofort Reißaus, als wüssten sie genau, dass ich bereit war, mit ihnen kurzen Prozess zu machen.

Wieder einmal schaltete ich meine Lampe ein, da ich eine ziemlich düstere Strecke zu überwinden hatte. Ein Hindernis tauchte auf. Es war eins der typischen Gitter, die zumeist vor einem Gefälle standen.

Deshalb auch das Rauschen, da die Fluten in die Tiefe stürzten.

Ich schwenkte meinen Arm. Der Lichtstrahl der Lampe machte die Bewegung mit, glitt über das Wasser auf die andere Seite des Gangs und traf dort etwas Helles.

Es war das Gewand der lebenden Leiche!

Sie hatte den Abwasserkanal überquert und stand vor einer Nische.

Zuerst wusste ich nicht, was ihre heftigen Bewegungen zu bedeuten hatten, bis ich im Lichtstrahl die Ratten sah. Sie griffen die lebende Leiche an.

Aber der Zombie wehrte sich. Es war ihm gelungen, eine der Ratten zu schnappen. Er hielt sie mit beiden Händen fest, zerriss sie in der Luft und schleuderte sie fort.

Das mochten wohl die anderen nicht, denn sie sprangen auf die lebende Leiche zu.

Sie bissen sich an ihr fest. Der alte Stoff riss, plötzlich klafften da einige Lücken. Die Zähne der Nager drangen in die Haut ein, und als der Zombie sie abriss, blieben einige Hautfetzen zwischen den Zähnen der Ratten hängen, was der Untoten aber nicht viel ausmachte. Jedenfalls hatte sie ihr eigenes Ziel nicht aus den Augen verloren. Bevor ich etwas unternehmen konnte, hatte sie sich bereits umgedreht und war in der Nische verschwunden.

Einfach so.

Ich stand noch auf der anderen Seite des Kanals und musste rüber, wenn ich sie verfolgen wollte. Da lauerten die aufgeregten Ratten. Wie viele es genau waren, konnte ich nicht sagen, rechnete aber mit einem halben Dutzend.

Hin und wieder sprangen welche in die schmutzige Flut, dafür jumpten andere hervor. Ihre Zahl blieb deshalb praktisch gleich. Einen großen Anlauf konnte ich nicht nehmen. Ich musste mich schon auf meine Sprungkraft verlassen, ging zunächst leicht in die Knie, stieß mich ab und schleuderte meinen Körper über die schäumende Wasserfläche.

Leider landete ich nicht mit beiden Beinen auf der anderen Seite, sondern traf mit dem linken Fuß auf den Körper einer wie hypnotisiert dasitzenden Ratte.

Sie quiekte durchdringend, als sie den Druck meiner Sohle spürte. Ich rutschte weg, als sich das Tier bewegte. Dass es mir trotzdem gelang, mich zu fangen, glich schon einem kleinen Wunder. So landete ich nicht in der Brühe und blieb auf dem schmalen Laufsteg stehen, wobei ich mich mit dem Rücken gegen die feuchten Steine der Wand presste und mich einem ersten Angriff gegenübersah.

Der Nager wuchtete sich vom Boden hoch. Die Ratte war verdammt aggressiv, und ich erwischte sie zum Glück mit meinem ersten Tritt, der so hart war, dass sie bis an das Gitter geschleudert und durch die Stäbe gepresst wurde. Die schäumenden Wassermassen rissen sie mit.

Eine zweite und dritte Ratte beförderte ich auf die gleiche

Art und Weise zurück, die anderen schienen wohl keine Lust mehr zu haben, sich an mir festbeißen zu wollen, denn sie nahmen Reißaus oder wuchteten ihre nassen Körper wieder in den Kanal.

Aber der Zombie war verschwunden.

Und das ärgerte mich.

Ich leuchtete sicherheitshalber zunächst in die Wandnische hinein. Auch dort tropfte und glänzte es. Es gab hier unten keinen Winkel, in dem sich die Feuchtigkeit nicht eingenistet hätte. Ich sah Getier über die Steine kriechen, und diesmal erreichte eine andere Duftkomponente meine Nase.

Es stank nach Moder. Dazwischen mischte sich noch ein fremdartiger Geruch, den ich auch als exotisch bezeichnen konnte, als hätte jemand Gewürze ausgekippt.

So stank nur dieser Zombie.

Ich drückte mich in die Nische hinein, leuchtete sie aus und spürte sofort den kalten Luftzug, der von oben her meinen Nacken und den Kopf traf. Es hatte ja so kommen müssen. Ich befand mich am Grund eines Schachts, der an die Oberfläche führte. Der Untoten war es bereits gelungen, über die Sprossen an der Wand in die Höhe zu klettern. Sie hatte die runde, helle Insel der Schachtöffnung fast erreicht.

Im ersten Moment war ich versucht, meine Waffe zu ziehen und zu schießen.

Dann ließ ich diesen Vorsatz fallen, denn ich wusste nicht, wo sich das Ziel der lebenden Leiche befand.

Irgendetwas musste sie leiten, da gab es eine Triebfeder, und ich wollte unbedingt herausfinden, wer hinter allem steckte.

So kletterte ich dem Monster hinterher.

Es war nicht einfach, auf den glatten Sprossen den nötigen Halt zu finden. Zudem hatten sich einige Sprossen im Laufe der Zeit gelockert, sodass die Gefahr eines Abknickens bestand.

Zum Glück ging alles gut.

Ich erreichte den runden Schachtrand und war froh über

die kalte Winterluft. Ich atmete tief durch und nahm den Rest der Strecke in Angriff.

Es waren nur noch zwei Sprossen, die ich überwinden musste.

Aber ich blieb vorsichtig. Die lebende Leiche hatte sicherlich nicht von allein den Deckel geöffnet, wahrscheinlich hatte sie einen Helfer, und der konnte durchaus in der Nähe lauern.

Sehr behutsam schob ich den Kopf in die Höhe. Bodenwind erfasste meine Haare, ließ sie flattern und wehte sie gegen meine Augen. Mir kam dabei der Gedanke, dass es Zeit wurde, mal wieder einen Friseur aufzusuchen.

Und da sah ich den Schatten.

Nicht der Zombie warf ihn. Zudem war er verdammt schnell und fuhr von oben nach unten auf mich zu.

Ich zog den Kopf ein und ließ mich gleichzeitig fallen.

Wie ich dem Schatten entging, wusste ich auch nicht. Jedenfalls rutschte ich mit den Füßen ab, mein Kopf prallte nach vorn. Ich schlug mit dem Kinn gegen eine Sprossenkante, hatte das Gefühl, einen Uppercut kassiert zu haben, griff nach, hielt mich an einer anderen Sprosse so hart fest, als würde mein Leben davon abhängen. Gleichzeitig musste ich einen Kopftreffer einstecken.

Wer und womit dieser unbekannte Schatten geschlagen hatte, konnte ich auf die Schnelle nicht feststellen. Ich sah nur den langen Gegenstand, der nicht mehr als ein huschendes Etwas war. Vielleicht noch ein rotes Tuch und einen glänzenden Gegenstand. Eindrücke, die mein Gehirn speicherte, die ich aber nicht verarbeiten konnte. Es gelang mir auch nicht, weitere Schlüsse zu ziehen.

Mein Sinnen und Trachten stand einzig danach, nicht von den Sprossen abzurutschen und in die Tiefe zu fallen, um womöglich mit zerschmetterten Knochen im Dreck bei den Ratten zu landen.

Womit man mich am Kopf erwischt hatte, war mir im Prinzip egal. Es war nur dieser verdammte, böse Schmerz, der durch meinen Schädel zog und mich fast zum Wahnsinn trieb.

Bewusstlos war ich nicht. Und mit den Schmerzen musste ich fertig werden.

Es war mehr als schwer. Das Zeitgefühl hatte ich verloren. Wie lange ich an den Sprossen hing, wusste ich nicht. Hätte mein rechter Fuß nicht ebenfalls auf einer Sprosse den nötigen Halt gefunden, wäre ich längst in die Tiefe gefallen, so aber hing ich fest, und es gelang mir, mich allmählich zu erholen. Mein Gedankenapparat funktionierte wieder, und der Wille, es zu schaffen, war vorhanden. So überwand ich meinen inneren Schweinehund und kletterte aus dem Schacht.

Zudem half mir die Wut darüber, dass es dem Zombie oder seinem Helfer gelungen war, mich auszuschalten.

Die letzte Strecke wurde zur Tortur. Zum Greifen nahe befand sich der Ausgang vor mir, aber ich musste mich regelrecht in die Höhe quälen. Manchmal wollten mir die Muskeln nicht gehorchen. Kalter Wind wehte mir ins Gesicht. – Geschafft! Ich lag plötzlich neben der runden Schachtöffnung und keuchte wie ein Sportler nach dem Marathonlauf. Als ich aufstehen wollte, brach ich zusammen.

Es ging nicht mehr.

Flach fiel ich auf die kalte Erde und blieb dort liegen wie ein Toter.

Glenda brachte den Tee und musterte Suko, der noch immer Blätter abheftete und die fertigen Akten neben sich gestapelt hatte. »Unser Freund John lässt sich verdammt viel Zeit«, bemerkte sie spitz.

»Ja«, knurrte Suko.

»Ich habe noch einige Akten in meinem Büro. Du solltest …«

»Hör auf!«

Glenda lachte. »War nur eine Information.«

»Die hättest du dir schenken können.« Suko klappte einen

Deckel zu und schlug mit der flachen Hand darauf. »Schluss für heute!«

Glenda Perkins stellte den Tee ab. »Warum bist du eigentlich nicht mitgefahren?«

Suko blickte sie an. »Ja, verdammt, weshalb bin ich nicht mitgefahren?«

»Eben.«

»Ich weiß es nicht. Vielleicht hatte ich keine Lust, nach Heathrow zu gondeln.«

»Ein gläserner Sarg ist etwas Besonderes.«

Suko winkte ab. Er wollte etwas sagen, aber Glenda war schon wieder in ihrem Büro verschwunden. Sie kehrte bald zurück, da sie sich nur eine Tasse Kaffee geholt hatte.

Glenda trug Winterkleidung. Einen dicken Pullover aus dunkelgrüner Wolle, dazu eine grün-schwarz karierte Flanellhose. Das Haar wallte buschig um ihren Kopf, die Lippen waren blass geschminkt, und sie lächelte noch immer.

»Du hast gute Laune, wie?«

»Ja. Ärgert dich das?«

»Kaum, aber wenn du mir hilfst, vergeht die bestimmt.«

Glenda nahm dort Platz, wo sonst immer John Sinclair saß. »Lass uns erst was trinken. Dein Tee wird sonst kalt.« Glenda deutete nach draußen. »Das sieht nach Schnee aus. Solche Wolken kenne ich.«

»Im November kann ich darauf verzichten.«

»Man sagt, dass der Winter lang werden soll.«

»Mal sehen.«

Glenda merkte, dass mit Suko an diesem Tage nicht viel anzufangen war. Sie wechselte das Thema. »Sag mal, findest du nicht auch, dass John verflixt lange wegbleibt?«

»Nein.«

»Es sind schon mehrere Stunden. Er wollte sich doch nur einen Sarg ansehen. Zudem hörte ich, dass er angerufen hat, damit man die gläserne Totenkiste abholt.«

»Ist das denn geschehen?«

»Weiß ich nicht. Du könntest mal nachfragen.«

»Vielleicht.«

Das Telefon meldete sich. Suko hob ab. Glenda hörte, wie er den Namen Mr Madison sagte und gleich darauf die Frage stellte, was er für ihn tun könnte.

Er hörte zu, gab hin und wieder einen Kommentar, bis er plötzlich steif dasaß und fragte: »Was sagen Sie da? Eine lebende Leiche? Ein Zombie war die Frau?«

Glenda Perkins erbleichte, als sie die Worte vernahm. Plötzlich sah sie John Sinclairs Mission mit anderen Augen an. Da konnte der aus Indien stammende gläserne Sarg mitsamt Inhalt zu einer lebensgefährlichen Sache werden.

Suko hörte ruhig zu und fragte zum Schluss: »Ansonsten wissen Sie nichts über Mr Sinclair?«

»Nein, tut mir Leid.« Der Mann hatte so laut gesprochen, dass Glenda sogar die Worte verstand.

Als Suko auflegte, hatte sein Gesicht einen nachdenklichen Ausdruck angenommen.

»Was ist denn passiert?«

»Eine üble Sache scheint das zu sein. Der gläserne Sarg aus Indien war mit einem Zombie besetzt, und den jagt John jetzt.«

»Wo?«

»In der Unterwelt.«

»Wieso?«

»Der Zombie floh in die Abwässerkanäle. John hinterher, und dann passierte es eben. Jetzt sind beide verschwunden.«

»Mein Gott, das kann …«

Suko winkte ab. »Beruhige dich, du bekommst ihn schon wieder heil zurück. Denk doch mal nach. Was will ein Zombie gegen John ausrichten, der dem Teufel persönlich schon ins Gesicht gespuckt hat? Das ist doch einfach lächerlich. Der Untote wird gegen John kaum etwas ausrichten können, das musst auch du einsehen.«

»Möglich, aber …«

Wieder klingelte das Telefon. Diesmal nahm Glenda ab, weil Suko seine Teetasse in der Hand hielt.

»Ja, Sir James. Suko ist hier. Gut, ich sage ihm dann Bescheid, dass er zu Ihnen kommt.«

Der Inspektor war schon aufgestanden. Er hatte die Tasse geleert. »Ich weiß Bescheid, der Meister aller Klassen hat gerufen.«

»Ja.«

»Wie klang seine Stimme?«, fragte Suko, schon an der Tür stehend.

»Ziemlich normal.«

»Also scheint es nicht zu brennen.«

»Und John?«, rief Glenda noch.

Suko blieb stehen und hob die Schultern. »Kann ich auch nichts machen. Wie gesagt, nur ein Zombie, den schafft er mit links.« Der Chinese nickte der dunkelhaarigen Glenda noch einmal zu und machte sich auf den Weg zu Sir James.

Der war nicht allein. Bei ihm befand sich ein weißhaariger Mann, der einen ebenso weißen Oberlippenbart trug und insgesamt sehr gepflegt aussah. Bei genauerem Hinsehen jedoch bemerkte Suko, dass dieser Mensch wohl einige Probleme hatte, jedenfalls machte er auf den Inspektor einen nervösen Eindruck.

»Das ist Leroy Thompson«, wurde Suko der Mann von seinem Chef vorgestellt.

Schon beim Händedruck der beiden horchte der Inspektor auf. »Moment mal, Thompson?«

»Sie lesen auch die Zeitung, wie?«

Suko nickte. »Dann sind Sie also der Mann, dessen Enkelin man umgebracht hat.«

»Genau, bei ihrer Verlobung.«

»Und die Spur des Mörders verliert sich.«

»Sie ist erst gar nicht aufgenommen worden.«

Die Männer hatten sich inzwischen gesetzt. Suko merkte, dass der Besucher getrunken hatte. Eine leichte Whiskyfahne wehte vor seinen Lippen. »Bitte, Mr Thompson, berichten Sie.«

Der weißhaarige Mann nickte. »Es ist so, dass ich nicht

freiwillig gekommen bin, aber mein Freund Sir Reginald Clifton sprach davon, dass Sie die richtige Anlaufstation für mich wären, Sir James. Wie Sie sich vorstellen können, geht es um den Mord an meiner Enkelin Mary.«

Der Mann begann zu berichten, und er schüttete den beiden Zuhörern regelrecht sein Herz aus.

Suko und Sir James hörten gespannt zu und erfuhren tatsächlich eine kaum glaubliche Geschichte.

»So und nicht anders hat sich alles abgespielt. Wir drei stehen auf der Liste des Henkers und sind aufgerufen worden, uns in unserem alten Lokal am Stammtisch zu treffen.«

»Werden Sie hingehen?«, fragte Sir James.

»Nach dieser Drohung bleibt uns nichts anderes übrig. Wir möchten nicht, dass noch mehr Blut vergossen wird.«

»Aber Sie haben damals Blut vergossen«, gab Suko zu bedenken.

Er erntete einen scharfen Blick. »Das ist etwas anderes. Es waren andere Zeiten, wir waren an der Front, hielten Indien besetzt. Es war Krieg. Nun, das Mädchen war eines von vielen, wenn auch …«

»Es war ein Mensch!«

Suko hatte so hart gesprochen, dass Leroy Thompson zusammenzuckte. »Ja, das war die Kleine, aber sie hat uns allen den Kopf verdreht. Wir standen unter Stress, lebten unter extremen Bedingungen, England war weit. Viele haben sich in Indien nicht so wie im Mutterland verhalten. Man muss das verstehen, wir konnten uns zudem keinen Skandal erlauben, so ist es dann passiert.«

Sir James unterbrach ihn. »Dieses Mädchen wurde geköpft.«

»Ja.«

»Wie hieß es denn?«

»Mari.«

»Und wer hat die Tat begangen?«, wollte Suko wissen.

»Dieser Henker, dessen Geist mir im Waschraum erschien.«

»Eine alte Rache«, murmelte Suko. »So etwas erleben wir nicht zum ersten Mal.«

»Aber das ist doch Wahnsinn!«, schrie Thompson. »Dagegen muss man doch etwas tun. Sie sollen uns schützen, wenn wir heute Abend in das Gasthaus gehen. Ist das klar?«

»Natürlich. Wo finden wir das Haus denn?«

Thompson griff in die rechte Außentasche seines dunkelgrauen Mantels und holte einen Zettel hervor, den er auseinander faltete. »Hier habe ich es Ihnen aufgezeichnet.«

Suko nahm das Papier entgegen. Die Zeichnung war sehr genau.

»Wollen Sie es sich ansehen?«, fragte der Inspektor seinen Chef.

Sir James schüttelte den Kopf. »Wenn Sie damit klarkommen, nicht.«

Leroy Thompson räusperte sich. »Kann ich mich darauf verlassen, dass Sie erscheinen werden?«

»Ja«, erklärte Suko.

»Mein Freund Sir Reginald sprach von einem gewissen John Sinclair. Der kann sich nicht zufällig um die Sache kümmern? Nichts gegen Sie, Inspektor, aber …«

Die Mundwinkel des Superintendenten zuckten. »Sie brauchen keine Sorgen zu haben, Mr Thompson. Der Inspektor ist ein ausgezeichneter Mann. Er kennt …«

»Tut mir Leid, aber ich …«

»Schon erledigt!«

Leroy Thompson merkte, dass er störte. Deshalb stand er auf. Zurückgehalten wurde er nicht. Wie ein gebrochener Mann verließ er das Büro des Superintendenten.

»Ich mag ihn nicht«, sagte Suko. »Er ist ein Rassist. Haben Sie bemerkt, Sir, wie er über die Inder sprach?«

»Natürlich.«

»Man sollte ihn und seine Kumpane wirklich mit ihren Problemen allein lassen.«

Sir James wiegte den Kopf. »Wollen Sie das wirklich? Wenn

ja, würden Sie sich mit denen doch auf eine Stufe stellen, und das wäre nicht gut.«

»Sorry, Sir, aber mich überkam es eben. Auch ich bin nur ein Mensch. Diese Meinung werden wir wohl nie ausrotten können.« Suko lehnte sich zurück und wechselte das Thema. »Es geht um John. Wissen Sie über seine Mission Bescheid? Wissen Sie, was geschehen ist?«

»Er ist in Heathrow draußen.«

»Ja und nein.« Suko berichtete von dem Anruf eines gewissen Mr Madison und was er ihm über die Entwicklung des Falls gesagt hatte.

Auch der Superintendent zog ein besorgtes Gesicht. »Könnte es sein, dass John in ein Wespennest gestochen hat?«

»Möglich. Und zwar in ein indisches«, erwiderte Suko.

»Zu viel Indien, meinen Sie nicht?«

»Doch.«

Sir James nickte. »Fassen wir doch mal zusammen. Da erreicht uns ein Anruf von Mandra Korab, der berichtet, dass jemand einen gläsernen Sarg auf die Reise geschickt hat. Und in dem Sarg liegt eine Frau, die vor ungefähr vierzig Jahren gestorben und nicht verwest ist. Das stellte man fest, als man den Sarg fand. Frage: Wer hat ihn gefunden, und wer hat den Auftrag gegeben, ihn nach London zu schicken? Der Sarg trifft mit seiner makabren Fracht hier ein. John will ihn sich ansehen und stellt fest, dass die Tote ein Zombie ist, der verschwindet. Er flieht durch die Kanalisation und wird von Sinclair verfolgt.«

»Genau, Sir. Und Sie bekommen von einem gewissen Leroy Thompson Besuch, dessen Enkelin ermordet wurde. Angeblich von einem Geist oder einem Henker, der auch schon längst verstorben ist. Eine alte Rache, die in Indien, ungefähr vor vierzig Jahren, ihren Ursprung gehabt hat.«

»Richtig.«

Suko zählte es an den Fingern ab. »Indien, das Mädchen, dann die Ermordete. Ich bin fast der Ansicht, dass die Untote und das damals getötete Mädchen namens Mari identisch sind. Oder wie sehen Sie das, Sir?«

»Keine Abstriche.«

»Dann wäre ja alles klar.«

»Wie meinen Sie das?«

»Wenn ich heute Abend als ungeladener Gast am Stammtisch des Henkers erscheine, kann es durchaus sein, dass ich das vor über vierzig Jahren getötete Mädchen dort antreffe.«

»Und John?«

»Ihn möglicherweise auch.«

Sir James nahm einen Bleistift und ließ ihn zwischen seinen Fingern kreisen. »Das ist starker Tobak«, sagte er und nickte. »Aber haben wir nicht schon die tollsten Dinge erlebt? Ich meine, ja. Deshalb sollten wir davon ausgehen, dass aus zwei Fällen einer geworden ist.« Er sah Suko an. »Wollen Sie noch nach Heathrow raus?«

»Nein, Sir, das kann ich mir schenken. John wird die Sache schon erledigen.«

»Das hoffe ich auch. Weshalb haben wir denn noch keine Nachricht von ihm?«

»Kennen Sie die Größe des Kanalisationsnetzes?«

»Nein.«

Suko hob die Schultern. »Dann würde ich mir auch keine zu großen Sorgen machen.«

Der Superintendent nickte. »Möglicherweise haben Sie Recht. Wann wollen Sie denn losfahren?«

»Nicht zu spät.«

»Das heißt, Sie möchten sich noch ein wenig in der Hütte oder deren Umgebung umschauen.«

»So ist es.«

»Gut. Wenn John zurück ist, werde ich ihn sofort informieren.«

Die beiden Männer verabschiedeten sich. Sir James sagte noch: »Ich will Ihnen keine Vorschriften machen, Suko, aber Sie wissen ja. Lassen Sie persönliche Motive aus dem Spiel. Wir müssen als Polizei objektiv sein und bleiben.«

»Ich weiß, Sir.« Suko verschwand. Er ging die wenigen Schritte zu seinem und John Sinclairs Büro zurück, wo Glenda ihn bereits erwartete. Sie hatte die Akten weggeräumt.

»Damit wird es wohl nichts mehr, oder?«

»Richtig. Die können mir gestohlen bleiben. Hat sich John schon gemeldet?«

»Nein, noch immer nicht. Allmählich werden meine Sorgen stärker, das kannst du mir glauben.«

Suko blieb stehen und warf einen nachdenklichen Blick aus dem Fenster. Er sah den bleigrauen Himmel, durch dessen Fläche nur hin und wieder lange Wolkenfinger glitten. Es schneite nicht. Wahrscheinlich war es mehr Hochnebel, der über der Stadt lag.

»Was ist, Suko?« Er hörte Glendas Stimme dicht neben sich.

»Du wirst es kaum glauben, Mädchen. Wahrscheinlich arbeiten John und ich sogar an demselben Fall.«

»Tatsächlich?«

»Es sieht so aus. Nur weiß er davon nichts. Wenn er kommt, schicke ihn bitte sofort zu Sir James.«

»Und du?«

Suko blickte in Glendas große Augen. »Ich werde einen Stammtisch besuchen. Aber einen besonderen. Den Stammtisch des Henkers!«

Irgendjemand oder irgendetwas fasste mich an, und ich hörte Stimmen, die meilenweit entfernt zu sein schienen, so schwach drangen sie an meine Ohren. »Der Kerl ist wahnsinnig, sich in der Kälte hinzulegen, dazu noch neben einem offenen Schacht. So kann man leicht erfrieren.«

»Vielleicht ist er auch voll.«

»Nein, das hätte ich gerochen.« Jemand zog mich weiter, und ich hörte wieder die Stimme. »Verflucht, die Beule auf seinem Kopf ist nicht von schlechten Eltern. Der hat einen über den Schädel bekommen.«

»Ich informiere den Sicherheitschef.«

»Wäre nicht schlecht.«

Nach dieser Antwort hörte ich nichts mehr. Vielleicht trat ich auch geistig weg und erwachte erst wieder, als ich die Wärme spürte. Das war im Fond eines Autos. Ich schaute in ein fremdes Gesicht. Der Mann trug eine Uniform. Er gehörte zur Sicherheitstruppe des Airports, die von einer privaten Gesellschaft gestellt wurde und das Außengelände jenseits des Zauns kontrollierte.

Der Typ schaute mich an, als hätte er einen besonderen Fang gemacht. »Da wirst du uns aber einiges zu erklären haben, mein Lieber. Uns, deinen Lebensrettern.«

»Dafür bedanke ich mich.«

»Keine Ursache. Wir haben deine Kanone gefunden und sie dir abgenommen. Nur, damit du Bescheid weißt.«

»Haben Sie ein Telefon im Wagen?«

Der andere war von meiner Frage so überrascht worden, dass er sie bejahte.

»Das ist gut, dann werde ich …«

»Gar nichts wirst du.« Der Kerl streckte mir seine Hand entgegen und drückte mich zurück, als ich mich erheben wollte. »Wer mit einem Ballermann am Airport erwischt wird, bekommt eine Sonderbehandlung, das kann ich dir versichern.«

Ich verdrehte die Augen. In meinem Kopf mussten sich die tollsten Szenen abspielen, denn die Stiche breiteten sich nach allen Seiten hin aus und prallten immer wieder gegen die Unterseite der Schädeldecke. Ich war nicht gut drauf, aber ich konnte keine Rücksicht auf mich selbst nehmen. Immer wieder dachte ich an die lebende Leiche und ihren geheimnisvollen Helfer, der mich niedergeschlagen hatte.

»Sie wissen viel, aber nicht alles«, sagte ich stöhnend. »Erlauben Sie mir, dass ich Ihnen etwas zeige?«

»Meinetwegen.«

Er ließ es tatsächlich zu, dass ich in die Tasche griff und meinen Ausweis hervorholte. Er riss ihn mir aus den Fingern, las den Text und erlitt einen leichten Hustenanfall.

Soeben kehrte sein Kollege zurück, der den Deckel wieder geschlossen hatte. Die beiden besprachen sich, wussten nicht, was sie tun sollten, und ich fragte wieder nach einem Telefon.

Man reichte mir den Hörer rüber.

»Kann ich einen Mr Madison von hier aus erreichen?«

»Wer ist das?«

»Ein Mensch vom Zoll.«

»Ja, Sie müssen eine zentrale Sammelnummer wählen. Warten Sie, ich mache das für Sie.«

Es war der zweite Wächter, der sich so kollegial zeigte, während ich inzwischen meinen Ausweis wieder einsteckte. Es dauerte nicht lange, da hatte ich Madison an der Strippe. Leider musste ich ihm eingestehen, welch ein Fehler mir unterlaufen war, aber Madison sah das nicht so.

»Was machen Sie sich Vorwürfe, Sir? Diese lebende Leiche hatte eben einen zu großen Vorsprung. Das ist es gewesen.«

Ich lachte kratzig. »Möglich. Wie sieht es denn bei Ihnen aus? Wie geht es dem Jungen?«

»Der liegt im Hospital. Außerdem ist der Sarg von Yard-Beamten abgeholt worden.«

»Das ist gut.«

»Kommen Sie noch einmal zurück, Sir?«

»Ich will meinen Wagen abholen.«

Madison war erstaunt. »Sie wollen fahren?«

»Natürlich, der Fall geht weiter. Ich kann es mir nicht leisten, die Spur einfach sausen zu lassen.«

»Wo wollen Sie diese aufnehmen?«

»Zunächst fahre ich zum Yard. Wenn etwas ist, erreichen Sie mich dort. Bis später vielleicht.«

»Ja, bis später und alles Gute.«

Ich reichte den Hörer wieder rüber. Die Männer hatten zugehört und starrten mich aus großen Augen an. »Wollen Sie tatsächlich selbst fahren?«, wurde ich gefragt.

»Ja, natürlich.«

»Das ist doch …«

Ich winkte ab. »Klar. Aber ich habe im Handschuhfach Schmerztabletten. Die haben mir bisher immer geholfen.«

»Wie Sie wollen. Und wo steht Ihr Fahrzeug?«

»Wir müssen wieder auf das Airport-Gelände.«

»Okay.«

Natürlich war ich nicht in Bestform, aber ich durfte nicht nachgeben, sonst tauchte dieser verdammte Zombie mit seinem Helfer unter.

Manchmal ging eben alles schief. Ziemlich betrübt starrte ich aus dem Fenster. Die Kopfschmerzen machten mir zu schaffen.

Ein grauer Tag mit Hochnebel. Ebenso grau fühlte auch ich mich in meiner Stimmung. Zudem bedrückte mich eine Frage immer quälender.

Was hatten der Zombie und sein Helfer vor?

Die drei Männer hatten sich besprochen und wollten mit einem Taxi zu ihrem gemeinsamen Ziel fahren. Sie hatten zwar alle selbst einen Führerschein, aber keiner von ihnen fühlte sich in der Lage zu fahren.

Während der Fahrt sprachen sie nicht. Leroy Thompson hatte neben dem Fahrer seinen Platz gefunden, die anderen beiden saßen im Fond. Arthur Kennon Drinkfield steif wie ein Ladestock, Sir Reginald Clifton dagegen hatte sich in die Ecke gedrückt und nahm hin und wieder einen Schluck aus seiner flachen Whiskyflasche.

Sie alle hatte der Fluch einer Vergangenheit eingeholt, die von ihnen längst verbannt worden war. Jetzt konnten sie ihm nicht mehr ausweichen und mussten sich ihm stellen.

Ein wenig beruhigt waren sie schon gewesen, als ihnen Leroy Thompson von seinem Besuch bei Sir James berichtet hatte. Zwar hatte nicht dieser Sinclair zu ihrem Schutz abgestellt werden können, dafür ein anderer Kollege, doch angeblich sollte auch der schon gewisse Erfolge errungen haben.

Man würde sehen.

Die Fahrt dauerte ihre Zeit. Auch der Driver gehörte nicht zu den gesprächigen Menschen, und so herrschte in dem Fahrzeug ein nahezu bedrückendes Schweigen.

Ihr ehemaliges Stammlokal lag auf dem flachen Land. Es hatte einmal als Ausflugslokal gedient, doch die Geschäfte waren immer schlechter gelaufen, und so war zum Schluss nur das kleine Gasthaus übrig geblieben, in dem sich nur wenig Eingeweihte trafen.

Der Besitzer hatte es bis zu seinem Tod geführt. Ein Nachpächter war nicht gefunden worden.

Wie das Haus jetzt aussah, wusste keiner von ihnen, denn sie waren schon seit Jahren nicht mehr dort gewesen.

London blieb zurück, der Verkehr nahm ab, dafür huschten Nebelschwaden über die Fahrbahn. Dünne Schleier, die sich nahe der Themse selten auflösten.

Die Sonne stand als halbkreisförmige, dunkelrote Scheibe am Horizont. Nicht mehr lange, dann würde sich die Dunkelheit über das Land legen.

»Ist aber eine einsame Gegend«, sagte der Fahrer plötzlich.

»Das wissen wir«, antwortete Leroy Thompson.

»Soll ich Sie wieder abholen?«

»Nein.«

Damit erschöpfte sich das Gespräch. Sie bogen weg vom Fluss und fuhren durch kleine Waldstücke. Die sahen aus wie dunkle, von Schleiern umwehte Inseln.

Die Straßen führten an ihnen vorbei. Jeder der drei kannte den Weg. Sie waren ihn oft genug gefahren.

Manchmal begegneten ihnen Bauern. Sie hockten auf ihren Treckern, die mit Runkeln beladene Wagen hinter sich herzogen. Über diese Straße konnte auch das Schloss der Windsors erreicht werden, aber so weit wollten die Männer nicht.

Sie schauten aus dem Fenster. Jetzt aufmerksamer als zu Beginn der Fahrt, denn sie erinnerten sich wieder an diese so schweigende Umgebung, in der sie früher ihre Treffen abgehalten hatten.

»Fahren Sie die nächste Abzweigung rechts«, wies Leroy Thompson den Fahrer an.

»Verstanden.«

Es war nur ein schmaler Weg, der zu dem Gasthaus führte. Der Wald wuchs zu beiden Seiten, aber weiter entfernt. Früher war die unbefestigte Straße besser zu erkennen gewesen, jetzt war sie von einem dichten Grasteppich bewachsen, auch die sonst tief eingefahrenen Reifenspuren kerbten sich nicht mehr so muldenförmig ein.

Sie sahen das Haus schon von der Einbiegung aus. Dünne Nebelfäden umschlangen es mit ihrem hellen Grau, und es wirkte wie ein altes Geisterhaus, in dem Gespenster ihren Unterschlupf gefunden hatten.

»Soll ich stoppen?«

»Ja.«

Der Fahrer bremste ab. Clifton und Drinkfield stiegen aus. Thompson blieb noch sitzen und zahlte die Rechnung. Er legte ein Trinkgeld hinzu. Danach verließ auch er den Wagen. Die drei alten Männer sahen zu, wie das Taxi gewendet wurde und in Richtung London zurückfuhr. Sie sprachen erst, als sie den Wagen nicht mehr sahen.

»Da sind wir nun!«, meinte Sir Reginald Clifton mit rauer Stimme und schaute sich um.

»Suchst du was?«, erkundigte sich Drinkfield.

»Leroy hatte doch von einem Schutz gesprochen, aber ich kann niemanden entdecken.« Seine Stimme hatte jetzt einen lauernden Unterton. »Man wird uns doch nicht geleimt haben?«

»Nein, das glaube ich nicht. Außerdem habe ich dem Mann gesagt, dass er sich zurückhalten soll. Gewissermaßen aus einer sicheren Deckung heraus operieren.«

»Das ist nicht schlecht!«, meinte Arthur Kennon Drinkfield. »Wirklich nicht schlecht.«

Sie machten sich auf den Weg. Drei dunkle Gestalten, die nebeneinander gingen. Einer sogar auf einen Stock gestützt. Relikte aus der Vergangenheit. Menschen, die wirkten, als würden sie zu einem Duell schreiten, das auf einer Wiese stattfinden sollte.

Der Wind wehte ihnen entgegen und spielte mit ihren Mantelschößen, die er in die Höhe drückte. Nebelfetzen legten sich feucht auf ihre alte Haut. Drinkfields Monokel beschlug. Er ließ es aus der Augenöffnung fallen.

Sie redeten nicht und sahen sich um. Die anderen Gebäude machten einen heruntergekommenen Eindruck. Der Anbau war längst verfallen. Das Restaurant mit der Veranda davor hatte kein Dach mehr. Nur das älteste Gebäude stand noch. Dort hatten sie sich immer getroffen.

Der Untergrund war weich und mit dichtem Gras bewachsen, das bereits einen herbstlich trüben Schimmer angenommen hatte. An den Gräsern klebte die Feuchtigkeit. Irgendwo in der Nähe lag ein Froschteich. Das Quaken durchbrach die lastende Stille.

Von ihrem Beschützer hatten sie nichts gesehen. Ebensowenig war ihnen der geheimnisvolle Henker begegnet, und die drei Männer kamen sich ziemlich verlassen vor.

Je mehr sie sich dem Haus näherten, umso zögernder gingen sie. Es war eine natürliche Reaktion, die Angst vor dem Unbekannten und nicht Greifbaren steckte ihnen allen in den Knochen.

»Kommt«, sagte Leroy Thompson. »Es nützt doch nichts, wenn wir zögern.

»Da brennt Licht«, sagte Drinkfield plötzlich. Er hatte sein inzwischen wieder blank geriebenes Monokel eingeklemmt und konnte am besten von ihnen sehen.

»Im Haus?«, fragte Sir Reginald.

»Wo sonst?«

»Dann ist er schon da!«, hauchte Leroy Thompson mit Grabesstimme. »Großer Lord, steh uns bei!«

»An den hätten wir schon damals denken sollen«, erklärte Drinkfield mit seiner Reibeisenstimme. »Ach, ich wollte euch noch etwas sagen. Ich habe übrigens meine alte Dienstpistole mitgenommen. Habt ihr auch eure Waffen?«

»Nein.«

»Das ist schlecht. Im Falle einer Gefahr verlasse ich mich lieber auf mich selbst.«

»Dann kannst du uns ja beschützen«, meinte Sir Reginald Clifton.

»Man kann Geister nicht mit Kugeln töten«, warf Thompson ein. »Wusstet ihr das nicht?«

»Falls es sie gibt.«

»Reggi, ich wünschte mir, du hättest Recht.«

Es waren die letzten Worte, die sie sagten, denn sie hatten das alte Haus erreicht.

Wie früher auch, blieben sie für einen Moment vor dem Eingang stehen. Nur zog sich dieser Moment in die Länge, denn niemand traute sich so recht, den Anfang zu machen.

Über der Tür hing noch immer die Laterne. Ihr Glas war zerbrochen. In den viereckigen Eisenzylinder kroch der Nebel wie mit dünnen Fingern hinein. Auch die meisten Fensterscheiben hatten Lücken, durch die der Wind pfiff. Das Holz hatte seine Beize längst verloren. Es sah alt und verwittert aus. Außerdem wirkte es so, als würde es jeden Augenblick unter der Last des noch immer intakten Dachs zusammenbrechen.

Drinkfield sonderte sich ein wenig ab und schaute durch ein Loch in der Scheibe.

»Was siehst du?«

»Nicht viel.«

»Aber es brennt Licht?«

»Ja. Zwei Lampen.«

»Gibt es denn hier Strom?« Leroy hatte die Frage gestellt.

»Nein. Das sind alte Petroleumleuchten.«

Clifton nahm wieder einen Schluck aus dem Flachmann. Thompson warnte ihn. »Du solltest nüchtern bleiben, Reggi.«

Der Mann mit der Glatze winkte ab. »So oder so kaputt. Was soll es denn, verdammt? Wenn ich sterbe, spielt es keine Rolle, ob ich voll bin oder nicht.«

»Ich will aber leben«, sagte Drinkfield, »und deshalb sehe ich mir die alte Bude an.« Er drückte Clifton zur Seite.

Als Erster trat er über die Schwelle, die anderen folgten ihm langsamer. Niemand sprach mehr. Nur ihre Schritte waren zu hören, die auf den alten Bohlen unnatürlich dumpf klangen.

Der Gastraum war ziemlich groß. Und in der Ecke befand sich der runde Tisch.

Ihr Tisch.

Er stand dort noch immer, aber er war zum Stammtisch des Henkers geworden.

Auf der runden Platte lagen die Utensilien des Mörders.

Ein Schwert und eine Axt!

Die drei alten Männer blieben stehen, wie vom Donner gerührt. Jetzt wussten auch Clifton und Drinkfield, dass ihnen ihr Freund keinen Bären aufgebunden hatte.

Der Henker erwartete sie tatsächlich!

Sie hatten keinen Blick für die übrige Einrichtung, die ebenfalls verfallen war. Die Tische zeigten Risse und Sprünge. Bei den Stühlen war es ähnlich. Kaum einer stand noch auf seinen Beinen. Die meisten lagen auf dem feuchten Boden.

Durch die Löcher in den Fensterscheiben drangen die Nebelschwaden lautlos in das Innere des Gasthofs und glitten wie Geisterfinger in die Nähe der beiden Lampen, wo sie dann rot-gelb schimmerten.

Vier Stühle umstanden den Stammtisch des Henkers. Sie hatten hohe Lehnen, waren aber auf ihren Sitzflächen nicht gepolstert. Nicht weit davon entfernt befand sich ein Fenster mit noch nicht zerstörter Scheibe. Darunter stand eine alte Sitzbank. Auf ihrer Fläche lag der Staub fingerdick. Besonders gut zu erkennen, weil dort ebenfalls eine Petroleumlampe hing und ihr Licht auf die Bank streute.

Leroy Thompson fand als Erster die Sprache wieder. »So

wie der Tisch gedeckt ist, sieht mir das ganz nach einer Einladung aus«, erklärte er. »Wir sollten sie annehmen.«

»Fehlen nur noch die Getränke!«, krächzte der glatzköpfige und geierhaft wirkende Reginald. Er klopfte zweimal mit seinem Stock gegen den Tisch, als könnte er den Henker damit herbeilocken.

»Du hast doch etwas!«, hielt ihm Drinkfield vor. Er machte wieder den Anfang und holte sich den Stuhl heran, auf dem er früher immer gesessen hatte.

Das Schaben der Stuhlbeine auf dem Holzboden war das einzige Geräusch in der Stille.

Steif blieben die Männer sitzen. Nur Sir Reginald Clifton hockte krumm auf seinem Platz.

Sie sprachen nicht, sie warteten. Nicht sie hatten die Regie übernommen, sondern ein anderer, der sich bisher noch nicht gezeigt hatte. Und keiner von ihnen wagte, die Waffen des Henkers anzufassen, aber sie erinnerten sich genau an sie, denn die gleichen Waffen hatte der Henker damals in Indien getragen.

Mit der Klinge des Schwerts war das Mädchen Mari geköpft worden.

Und wieder verstrichen die Minuten. Nur Reginald atmete lauter. Er wollte wieder seine Flasche hervorholen, Drinkfield aber legte ihm eine Hand auf den Arm.

»Lass es!«

Clifton ließ den Flachmann stecken.

Draußen war es inzwischen dunkel geworden. Kein Lichtstrahl schob sich in das Gasthaus. Die Fenster malten sich dunkel ab wie die Eingänge viereckiger Tunnels.

Allmählich veränderte sich die Atmosphäre. Obwohl die drei Männer nicht darüber sprachen, hatte jeder das Gefühl, als würde sie unheimlicher werden.

Vielleicht lag es auch an der Kälte. Sie hatte sich innerhalb der Gaststube eingenistet und kroch von unten her durch die Schuhe in ihre Füße und Beine hinein.

Eine normale Kälte, aber die drei Wartenden empfanden

sie anders. Sie kam ihnen vor wie ein erster Gruß des Todes, den der Sensenmann ausgeschickt hatte, um seine Ankunft anzukündigen.

Sie wussten, dass dieses Gasthaus auch eine erste Etage besaß. Dort hatte früher der Wirt mit seiner Familie gewohnt. Eine alte Holztreppe führte hoch.

Ob die Treppe noch in Ordnung war oder nicht, wusste keiner von ihnen. Jedenfalls vernahmen sie aus dieser Richtung die dumpfen Geräusche, und sie hörten sich an wie Schritte.

Die alten Kameraden lauschten. Drinkfield hatte sich auf seinem Stuhl gedreht und starrte dort hinüber. Der Anfang der Stiege lag versteckt in einer Nische, nicht weit von der Theke entfernt. Dort nistete die tiefe Finsternis, als wäre sie dahingemalt worden.

Und die Schritte wurden lauter.

Ein Beweis dafür, dass sich der Unbekannte näherte. Es konnte nur der Henker sein, denn keiner der drei glaubte, dass sich ihr Bewacher, von dem sie bisher nichts gesehen hatten, zeigen würde.

Und dann war er da.

In der Nische zeichnete sich schemenhaft eine Gestalt ab. Sie bewegte sich, als sie die Nische verließ, und die Schrittfolge nahm einen völlig anderen Klang an.

Er kam.

Nackt war sein Oberkörper. Über seinen Kopf hatte er die übliche rote Kapuze gestreift, die nur die Schlitze für seine Augen freiließ. Wie kleine Hügel stachen die Muskeln an den Oberarmen hervor. Seine Hände waren breit und kräftig, ebenso wie die Finger.

So kam er näher.

Der Henker aus Indien, der längst hätte tot sein müssen, jetzt aber Genugtuung forderte.

Den drei Männern trat allmählich der Angstschweiß auf die Stirn, während sie mit furchtsamen Blicken der unheimlichen Gestalt entgegenschauten.

Es hielt sich noch jemand im Gasthaus auf. Nur war der von den drei Ankömmlingen nicht entdeckt worden.

Dieser Jemand war Suko, und er hatte die Strecke bis zu seinem Ziel im Sattel der Harley zurückgelegt, die Maschine aber so versteckt, dass sie nicht entdeckt werden konnte.

Wie eine Katze um den heißen Brei war Suko um das Haus geschlichen. Als er nichts Verdächtiges fand, war er in das leere Gasthaus gegangen, hatte es durchsucht, zwar einen Keller gefunden, aber den hatte man zugeschüttet.

Zumindest die nach unten führende Treppe. Suko hätte sich gern in den Räumen versteckt. Da dies nicht möglich gewesen war, musste er sich einen anderen Platz suchen, wo er nicht so schnell entdeckt werden konnte, und da war ihm die zweite, nach oben führende Treppe gerade recht gewesen.

So hatte Suko die weichen Holzstufen erklommen und sich dort oben verborgen.

Er musste in einer alten Wohnung gelandet sein, denn dort gab es mehrere Zimmer. In einem standen noch alte Möbel. Ihr Holz war weich und faulig geworden.

Nur noch wenig Glas steckte in den Rahmen der kleinen Fenster. Draußen hatte sich der erste Abendnebel gebildet, und seine langen Streifen krochen in die Wohnung.

Vom Henker hatte Suko keine Spur entdeckt und auch keine Abdrücke auf dem Boden.

Vielleicht war er noch nicht eingetroffen, obwohl sich der Inspektor dies schlecht vorstellen konnte.

Und so wartete er.

Er hatte sich einen Platz an der Vorderseite des Hauses ausgesucht. Dicht neben einem Fenster saß er auf einem wackligen Stuhl und blickte in die Richtung, aus der die drei Männer kommen mussten.

Eine Viertelstunde verging, ohne dass sich etwas getan hätte. Die Kühle nahm zu, der Nebel auch, und seine langen, grauen Arme trieben wie durchlöcherte Kleiderfetzen über die breite Wiese vor dem Haus.

Als noch weitere zehn Minuten herum waren, sah der

Inspektor einen düsteren Schatten, der sich bewegte und schließlich stoppte. Es war ein Auto, ein Londoner Taxi. Aus ihm stiegen die drei Männer, die erst zum Haus gingen, nachdem das Taxi weggefahren war.

Sie gingen sehr langsam, als hätten sie jetzt schon Angst, vom Henker überrascht zu werden.

Suko musterte die drei lange und schüttelte den Kopf. Nein, rüstig waren sie alle nicht mehr. Wahrscheinlich nur verbohrt. Sie gehörten zu den Menschen, die ihre Ansichten auch dann nicht änderten, wenn vierzig Jahre vergangen waren.

Einer von ihnen musste sich auf einem Stock abstützen. Er ging krumm. Sein kahler Kopf glänzte wie eine Kugel. Aber die Nebelfetzen, die ihn umgaben, waren sicherlich kein Heiligenschein. Die drei Männer hatten eine schwere Schuld auf sich geladen. Jetzt wollten sie sich stellen. Sie hätten es nie freiwillig getan, sie waren unter Druck gesetzt worden. Und Suko dachte daran, welch brutales Verbrechen diese drei alten Menschen auf dem Kerbholz hatten.

Es war für ihn nicht zu fassen. Er konnte sich einfach nicht in ihre Lage hineinversetzen, und er hätte sicherlich nicht so gehandelt wie die drei.

Der Chinese zog sich etwas zurück. Dabei erinnerte er sich an die mahnenden Worte, die ihm Sir James mit auf den Weg gegeben hatte. Nur keine persönlichen Gefühle mit in den Fall hineinbringen. Alles nur cool sehen, sonst verlor man den Überblick oder ging vor die Hunde.

Sie waren nicht sehr schnell gegangen, durchaus verständlich in ihrer Situation, und Suko, der nicht mehr aus dem Fenster sah, hörte sie nur noch.

Sie blieben vor der Tür stehen, doch wenige Augenblicke später hatten sie die Gaststube betreten, und der Chinese vernahm das Echo ihrer schleifenden Schritte, als sie die Gaststätte betraten.

Danach vernahm er andere Geräusche. Er konnte sich vorstellen, dass ein Tisch oder Stühle gerückt wurden.

Anschließend wurde es wieder ruhig. Auch Suko kam die Ruhe unnatürlich vor. Er tat nichts, er blieb in diesem oberen Zimmer und wartete darauf, dass die eigentliche Hauptperson des Falles die Regie übernehmen würde.

Draußen wurde es dunkel.

Wie lange würde er noch warten müssen? Suko spielte mit dem Gedanken, nach unten zu laufen und sich den drei Männern zu zeigen, damit sie beruhigt waren.

Er tat es nicht, denn er gönnte diesen Leuten ihre Strafe. Sollten sie warten, hoffen und gleichzeitig zittern. Das bedeutete schließlich keine Lebensgefahr.

Es dauerte nicht mehr lange, als ein Ereignis eintrat, das Suko die Entscheidung abnahm.

Wieder hörte er Schritte.

Diesmal allerdings nicht von mehreren Personen. Da ging ein einzelner durch das Haus.

Aber wer?

Suko drückte sich von seinem Stuhl hoch. Auf Zehenspitzen schlich er zur Tür, wobei es ihm leider nicht gelang, sämtliche Geräusche zu vermeiden, denn der Fußboden war alt und knarrte, wenn er belastet wurde.

Suko hoffte trotzdem, die Tür ungehört erreicht zu haben, und zog sie vorsichtig auf, damit er in den Gang hineinschauen konnte. Zuerst fiel sein Blick nach rechts.

Da sah er nur die Mauer am Ende des Ganges, die in der Düsternis wie ein Schatten wirkte.

An der linken Seite sah es schon anders aus.

Zunächst wollte es der Inspektor nicht glauben, aber genau dort, wo die Treppe begann, stand die Gestalt.

Ein breiter, nackter Rücken, eine enge Hose, die die Beine des anderen umschloss, und eine Kapuze, die seinen Schädel völlig verdeckte.

Der Henker!

Und er ging weiter.

Schritt für Schritt stieg er die Stufen der Treppe hinab, nicht aufgehalten durch Suko, denn der Inspektor hatte trotz der miesen Lichtverhältnisse genau erkannt, dass diese Gestalt nicht bewaffnet gewesen war. Sie schritt also mit leeren Händen in die am Ende der Treppe liegende Gaststube. Wahrscheinlich hatte sie vor, zunächst mit den Männern zu reden und ihnen die Sünden der Vergangenheit vorzuhalten.

Suko erinnerte sich auch daran, dass er bei seiner ersten Inspektion die Waffen des Henkers auf einem runden Tisch hatte liegen sehen. Der Chinese wartete, bis er die Schritte des Unheimlichen nicht mehr auf der Treppe hörte, dann wollte er sich in Bewegung setzen.

Jemand hinderte ihn daran.

Eine Stimme, sanft und weich, dennoch sehr beharrlich klingend. »Geh nicht weiter, Fremder.«

Suko drehte sich um. Er hatte die Stimme vernommen. Sie war wie ein Hauch. So ähnlich kam ihm auch die Person vor, die er jetzt direkt anschaute.

Eine schmale Gestalt in ein weißes Gewand eingehüllt. Sie stand da, als würde sie frieren. Suko konnte sie deshalb so gut erkennen, weil um ihre Gestalt eine Aura lag, die ihm vorkam wie ein überirdisches Leuchten.

War sie ein lebendes Wesen oder eine Geistererscheinung?

Was selten geschah, passierte hier. Suko vergaß den Henker. Der Anblick dieser Gestalt faszinierte ihn. Sie machte auf ihn einen so schutzbedürftigen Eindruck, und als er näher an sie heranging, konnte er sie noch besser erkennen.

Suko sah, dass ihr Gewand an einigen Stellen eingerissen war, als hätte sich jemand mit einem spitzen Gegenstand daran zu schaffen gemacht. Dieser Jemand hatte die Haut nicht verschont, denn die Gegenstände waren auch in das Fleisch gedrungen, hatten es aufgerissen und nicht blutende Wunden hinterlassen.

Sehr dunkle Augen hatte das Mädchen, die sich in dem weißen Gesicht als starker Kontrast dazu abhoben.

Zwei Schritte vor der Unbekannten blieb Suko stehen. Er wunderte sich selbst über den Zauber, mit dem die andere ihn eingefangen hatte. Mit leiser Stimme fragte er: »Wer bist du?«

Ebenso leise erhielt er die Antwort. »Eine Tote.«

Suko akzeptierte dies. »Hast du auch einen Namen?«, wollte er noch wissen.

»Ja. Ich heiße Mari.«

Es hatte Sir James Powell genau zwei Telefonanrufe gekostet, um mich auf den neusten Stand der Informationen zu bringen. In seinem Büro saß ich ihm gegenüber, hatte eine Kopfschmerztablette geschluckt und notierte mir die Wegbeschreibung des Superintendenten. Er erklärte mir, wie ich zu diesem einsam stehenden Gasthof kam, in dem sich die drei Männer früher immer getroffen hatten.

Mein Chef hatte sich mit einem Mitglied der Thompson-Familie unterhalten, der sich zum Glück in dieser Gegend auskannte.

»Haben Sie alles?«, fragte er mich.

Seine Stimme klang belegt.

Ich hob vorsichtig den Kopf und erkundigte mich: »Wie meinen Sie das, Sir?«

Er beugte sich vor und legte seine Hände gegeneinander. »John, ich weiß, was Sie hinter sich haben. Sie können von Glück sagen, dass Sie noch leben. Sie haben einiges auf den Schädel bekommen.«

Ich hob den Arm wie ein Schüler. »Nur eine Beule. Und die habe ich mir schon des Öfteren geholt.«

»Ich weiß ja, dass Sie zu den Unverbesserlichen gehören und Ihren Job ernst nehmen, aber denken Sie daran, dass ein Fall auch mal ohne Ihre Mitwirkung gelöst werden kann.«

»Ich will das Mädchen!«

Meine Stimme hatte sehr hart und entschlossen geklungen. Sir James kannte mich. Er hob die Schultern und nickte gleichzeitig. »Darf ich Ihnen dann noch viel Glück wünschen?«

»Das dürfen Sie.«

»Noch etwas. Vergessen Sie Ihren Bumerang nicht. Mir sind Henker ohne Köpfe am liebsten!«

An diese Unterhaltung und auch an die letzten Worte musste ich denken, als ich durch die einsame Nebelgegend fuhr und mich fühlte wie jemand, der in einem Film mitwirkte.

So ungefähr stellte ich mir die Szenen aus den alten Romanen von Meister Edgar Wallace vor. Die weite Landschaft, die kahlen Bäume mit den breiten Ästen und Zweigen, die von den grauen Schleiern eingehüllt wurden und nur hin und wieder ein vereinzeltes Blatt verloren, das taumelnd dem feuchten Boden entgegenfiel.

Weite Wiesen, überdeckt von einem grauen Hauch, dazwischen Bäche und Zäune. Manchmal sah ich auch Waldstücke. Trotz ihrer Größe wirkten sie etwas verloren in der Weite des Landes.

In meinem alten Bentley kam ich mir selbst wie ein Stück Vergangenheit vor, das durch diese traurige Novemberlandschaft geschoben wurde.

Ich hatte die gelben Nebelscheinwerfer eingeschaltet. Zur rechten Hand hin stieg das Gelände leicht an, wobei es dennoch flach blieb. Eine schräge Wiese, überlagert von einem grauen Film. Das einsame Pferd, das dort weidete, wirkte auf mich wie ein vergessenes Denkmal.

Die Gegend hatte ihren Reiz, ohne Zweifel. Vielleicht hätte ich mich auch in Träumen ergehen lassen können, wenn nicht dieser Druck vorhanden gewesen wäre, es so rasch wie möglich zu schaffen. Ich durfte nicht zögern, denn es standen Menschenleben auf dem Spiel.

Trotzdem blieb ich vorsichtig.

Meinen Spickzettel hatte ich mit einem Magneten am Armaturenbrett befestigt, und zwar so, dass ich während der Fahrt draufschauen konnte.

Der größte Teil der Strecke lag hinter mir, und ich hatte nur noch Minuten zu fahren.

Meinen Wagen wollte ich nicht bis vor das Haus rollen

lassen. Schon jetzt suchte ich nach einem Parkplatz, der vom Haus aus nicht eingesehen werden konnte.

Mir fiel eine Waldinsel auf, zu der ein Wirtschaftsweg führte.

In der Dunkelheit näherte ich mich dem Gebäude von der Seite. Und ich sah das Licht im Gasthaus.

Ich war ein einsamer Mann, eingehüllt von der Dunkelheit und dem Nebel, umgeben von einer lastenden Stille.

War es schon die Stille des Todes?

Plötzlich wurde mir kalt!

Sie sprachen kein Wort, denn sie waren unfähig, sich zu artikulieren. So hockten sie greisenhaft und wie Statuen auf ihren Stühlen und starrten den Henker an.

Ein Stuhl war noch frei.

Auf ihn schritt der Henker zu. Langsam, gemessen, sich seiner Stärke durchaus bewusst. Hinter der Kapuze war das Gesicht verborgen.

Nur die Augen waren zu sehen. Sie füllten die Schlitze aus wie dunkle Seen. Die beiden Lampen erreichten mit ihrem Schein den unheimlichen Henker kaum. Er hielt sich stets im Schatten und wurde höchstens von den zerfasernden Lichtkreisen gestreift.

Er tat so, als hätte er die drei Männer nicht gesehen. Vor dem Stuhl blieb er für einen Moment stehen, fasste nach der Lehne, zog das Sitzmöbel zu sich heran und ließ sich darauf nieder.

Jetzt war der Stammtisch des Henkers besetzt!

Der Henker hatte seine Hand ausgestreckt, wobei seine Finger auf dem Griff des Richtschwerts lagen, über dessen blanker Klinge der hölzerne Axtgriff lag.

Noch immer schwiegen die Männer. Nur ihr Atem war zu hören. Clifton erinnerte immer stärker an einen Geier. Er hatte seinen Kopf vorgebeugt, hielt den Mund offen und atmete stoßweise.

Die anderen taten nichts. Bei ihnen war kaum festzustellen, dass sie noch lebten. Sie glichen Denkmälern. Nur manchmal durchlief sie ein Zittern, besonders Thompson, der sich in seiner Meinung bestätigt sah.

Es gab ihn also, diesen Henker.

Und Thompson spürte die Furcht. Sie lag kalt in seinem Innern und drückte das Herz zusammen. Er hatte den Anfang gemacht, auch damals in Indien. Und bei ihm hatte die Rache begonnen.

Der Henker sprach. Er saß so, dass er alle drei in seinem Blickfeld hatte. Wenn er jemanden anschauen wollte, brauchte er nur seine Augen zu bewegen, nicht den Kopf.

»Ich danke euch, dass ihr gekommen seid!«

Es waren seine ersten Worte. Sie klangen so, als würden sie von einem alten Tonband ablaufen, und die drei Männer wollten es kaum glauben. Der Henker dankte ihnen.

Sir Reginald griff zur Flasche. Jetzt hinderte ihn niemand, einen Schluck zu trinken. Als er den Flachmann ansetzte, sprach der Henker seinen zweiten Satz. »Du hast schon damals am meisten von allen gesoffen, Clifton, und ich wundere mich, dass du überhaupt noch lebst. Es freut mich dennoch, so kannst du zusammen mit den anderen meine Rache genießen.«

Clifton trank nicht. Dass er persönlich von dem Unheimlichen angesprochen worden war, jagte ihm einen Schock durch den Kopf. Er öffnete die Faust, die Flasche rutschte an der Handfläche entlang und fiel auf den Boden, wo sie umkippte. Der Whisky rann hervor. Er bildete eine langgezogene Lache.

Drinkfield räusperte sich. Er versuchte krampfhaft, Haltung zu bewahren. Ihm gelang es als Einzigem. Nur das Monokel in seinem rechten Auge zitterte ein wenig. »Ich weiß gar nicht, was Sie von uns wollen. Wer sind Sie überhaupt?«

Die anderen beiden waren froh, dass Drinkfield den Henker angesprochen hatte. So waren sie wenigstens aus dem Spiel.

»Ich bin euer Henker!«

Arthur lachte militärisch kurz, wie man es von ihm kannte. »Das ist gut. Aber es stimmt nicht. Der Henker von damals ist tot.«

»Ich bin es auch!«

Nach dieser Antwort zuckten auch die beiden anderen zusammen. Ein Toter, der lebte? Das konnte doch nicht sein! Das war Unsinn, widersprach allen Regeln.

Sie warteten auf die weiteren Erklärungen des Mörders, und die folgten auch. »Ich habe überlebt, ich, der Mörder und Henker. Ich habe für euch getan, was ihr von mir verlangt habt. Ich tötete die Aufständischen, die Rebellen, die Verbrecher. Die Hinrichtungen waren bekannt. Ihr habt zugeschaut. Ich sehe euch noch auf der Veranda des Clubs sitzen, Whisky trinken, und höre euch lachen. Es machte euch Spaß, die Menschen sterben zu sehen, denn ihr habt die Macht gehabt. Die königliche Familie hat euch mit der Macht ausgestattet, der König persönlich, aber er hat nicht gewusst, welche Sadisten und Unmenschen er nach Indien schickte.«

»Es war Krieg!«, verteidigte sich Drinkfield.

»Ja, es war Krieg, aber ihr habt euren eigenen Krieg gemacht, ihr Sadisten. Ich war der Henker, ich wurde aus England nach Indien verbannt. Ihr habt mir die Kapuze gegeben, damit es schauriger wirkte. Ich habe euch gehorcht, und ich habe nicht gezählt, wie viele Leichen es waren.«

»Dann bist du gestorben!«, flüsterte Sir Reginald rau. Er streckte vorsichtig einen Arm aus und legte die Hand auf die Schulter des Henkers, als wollte er prüfen, ob die Gestalt echt war.

Die Finger zuckten zurück. »Kalt!«, flüsterte Sir Reginald. »Du bist so verdammt kalt.«

»Ich bin tot.«

»Nein, du lebst doch!«

»Als Untoter.«

»Ein Zombie?«, hauchte Leroy Thompson.

»Ja, so sagt man. Ich tötete für euch, und meine Seele starb.

Ich hatte kein Gewissen mehr, wenn ich in den Blutrausch geriet. Ich muss euch ein Kompliment machen. Ihr habt euch in mir den Richtigen ausgesucht, aber heute werde ich euch die Rechnung präsentieren, denn es passierte damals etwas, das ich nicht vorhersehen konnte.«

»Meinst du das Mädchen?«, fragte Thompson.

»Ja, die kleine Mari.«

»Sie ist vergessen.«

»Nein, mit ihr begann es. Und wegen ihr präsentiere ich euch heute die Rechnung. Wer einen Beruf hat wie ich, der kommt irgendwann einmal darauf, dass es einen Teufel gibt. Ja, es gibt das Böse, nicht nur im Menschen, auch so. Und dieses Böse, dieser Teufel, setzte sich mit mir in Verbindung. Er merkte, dass ich ein Mensch war, mit dem er leichtes Spiel haben würde, und er hatte sich nicht geirrt. Ich stellte mich auf seine Seite, doch dann kamt ihr mit Mari.«

Wieder wollte Thompson widersprechen. Drinkfields Blick aber mahnte ihn zur Ruhe.

Der Henker redete weiter. »Ihr brachtet das Mädchen mit. Sie sollte euch das Haus in Ordnung halten und euch dienen. Aber sie war eine besondere Person. Sie besaß eine Ausstrahlung, der ihr euch nicht entziehen konntet. Sie war kein Kind mehr, aber auch keine Frau. Ein Mittelding zwischen den beiden. Eine Kindfrau. Unschuldig und gleichzeitig erblüht wie eine sich öffnende Knospe. Sie verdrehte euch den Kopf. Nicht nur einem. Bei Clifton fing es an. Er nahm sie als Erste, Drinkfield folgte, und du, Thompson, hast ihr den Rest gegeben. Kannst du dich noch daran erinnern? Erinnert ihr euch alle daran?«

Die Männer schwiegen, aber die Worte des Henkers hatten ihr Innerstes aufgewühlt. Das Blut war zu einem kochenden Brei geworden, die Röte stieg in ihre Gesichter, die Kehle war trocken, und sie bewegten sich unruhig auf den Stühlen hin und her.

Der Henker aber lachte. »Ja, ich merke, dass ihr euch erinnert, obwohl ihr kein Wort sagt. Es ist euch unangenehm, aber ich werde weiter berichten. Das Mädchen Mari war euer Schicksal. Ihr habt sie geschändet, aber ihr wusstet nicht, wer Mari war. Sie war etwas Besonderes, eine Heilige, eine von den Göttern in die Welt gesetzte Botin. Ihr spürtet plötzlich etwas von dieser Kraft. Nicht sie war die Besiegte, sondern ihr. Und ihr habt reagiert. Aus Angst vor ihr und auch davor, dass sie unter Umständen hätte reden können, habt ihr sie mir überlassen. Ich musste mich ihrer annehmen, ich war ja der Henker. Und ich tat es. Ich tötete sie, aber ich brachte es nicht fertig, ihr den Kopf abzuschlagen, denn sie warnte mich. Sie berichtete davon, unter welch einem Schutz sie stand, aber ich hatte meinen Auftrag. Bevor sie starb, verfluchte sie mich und erklärte mir, dass sie ebenso zurückkommen würde wie ich, wenn ich einmal nicht mehr war. Damals lachte ich darüber, aber in den Nächten, wenn ich keinen Schlaf fand und mich die Geister der von mir getöteten Menschen mit ihren heulenden Stimmen quälten, hörte ich auch sie sprechen und immer sagen, dass sie ihr Versprechen einlösen würde. Bis ich wieder in Kontakt mit dem Teufel trat. Er bestätigte die Worte des Mädchens und erklärte mir, dass ich nie eine Heilige hätte töten dürfen. Die indische Rache durfte nicht unterschätzt werden.«

»Aber du bist normal gestorben!«, rief Leroy Thompson.

»Ja, das bin ich. Dank des Teufels, der seinen Schutz über mich ausgebreitet hatte. Er war es, der mir wieder Mut gab, der mir erklärte, dass ich das Schicksal noch ändern konnte, wenn ich wollte. Und natürlich wollte ich. Ich musste dem Satan versprechen, ihm in späterer Zeit drei Seelen zu liefern. Also, ich brauche nur drei Männer zu töten.«

»Du meinst uns!«, rief Drinkfield.

»Ja.«

Die alten Offiziere zuckten mehrmals zusammen, während der Henker weiter berichtete. »Nachdem ich dem Satan das versprochen hatte, hörten Maris Qualen auf. Es dauerte auch nicht lange, dann starb ich. Eine heimtückisch abgefeuerte Gewehrkugel traf meinen Rücken. Auf dem Sterbelager bat ich euch, mir meine Waffen mit in den Sarg zu legen. Ihr habt es getan, und ich brachte sie wieder mit. Bevor ich die Schwelle überschritt, meldete sich Maris Geist noch einmal bei mir. Er erklärte mir, dass wir später wieder zusammenkommen würden. Die Weichen des Schicksals wären von den Göttern gestellt. Wir waren verschieden, aber wir wollten das Gleiche. Mari euren Tod, der Teufel eure Seelen. Beides konnten wir versprechen. Und deshalb habe ich euch herkommen lassen. Hier in dieses Gasthaus, in dem ihr damals nach eurer Rückkehr immer gesessen habt. Ich konnte euch sehen, aber ihr mich nicht. Die Toten können alle Lebenden sehen, wenn sie wollen. Sie sind über alles informiert. Sie sind sogar bei den Lebenden, wenn auch auf einer anderen Ebene. Das Jenseits und das Diesseits verschmelzen miteinander. Sie sind wie zwei Kreise, die zusammenlaufen.«

Über die letzte philosophische Belehrung dachten die drei Männer nicht nach. Sie rekonstruierten die Worte, die der Henker ihnen zuvor gesagt hatte.

Getötet sollten sie werden.

Einfach so.

Schwert und Axt lagen bereit. Damit hatte der Henker stets gearbeitet. Unzählige Opfer gingen auf sein Konto. Er war so grausam und brutal gewesen. Sie hatten sich immer auf ihn verlassen können, auch Mari war von ihm getötet worden, aber nun erhielten sie die Quittung, und sie spürten in ihrem Innern die bohrende Angst, die sich wie eine Klammer um ihre Herzen legte.

Sie schauten sich gegenseitig an. Thompson und Clifton suchten in Drinkfields Gesicht nach einem Schimmer der Hoffnung oder warteten darauf, dass er etwas sagte.

Er blieb stumm.

Seine Hände lagen auf der Tischplatte, das Monokel in seiner Augenhöhle zitterte, der Mund glich einem schmalen Halbmond. Als Einziger schielte er auf den Henker, die anderen hatten ihre Köpfe gesenkt und starrten auf die Tischplatte.

»Euch reut es jetzt, wie?«, drangen die fragenden Worte unter der Kapuze hervor.

Sie gaben keine Antwort. Der Henker sprach für sie. »Zur Reue ist es zu spät. Ihr hättet es euch damals schon überlegen müssen. Das Mädchen war etwas Besonderes. Ihr habt es nicht gefühlt, ihr seid euren Trieben nachgegangen. Sie war eine Heilige, man hatte sie der Göttin Kali geweiht, und die lässt sich nichts wegnehmen. Ihre Rache dauert lange, aber sie trifft jeden und hätte auch mich getroffen, hätte ich nicht unter dem Schutz des Teufels gestanden.«

Solche Reden hörten sich endgültig an, das wussten auch die drei alten Männer, die von den schrecklichen Sünden ihrer Vergangenheit eingeholt worden waren. Sie wollten etwas tun, aber keiner traute sich, den Anfang zu machen.

Es war wieder Arthur Kennon Drinkfield, der schließlich das Wort übernahm. »Du brauchst uns nicht zu töten. Was hättest du davon? Gar nichts! Überhaupt nichts. Wir könnten uns einigen.«

»Wie denn?«, fragte der Henker.

»Nun, wir drei sind nicht unvermögend.«

Da begann der Henker zu lachen. Es hörte sich so schaurig an, dass den drei Männern das Blut in den Adern gefror und ihre Gesichter noch bleicher wurden. Kichernd, hohl und dumpf klang dieses Lachen, und es sagte ihnen mehr als tau-*send Worte, da es ihnen klar machte, dass sie keine Chance hatten.

Abrupt brach es ab. Der Henker sprach wieder und nahm Drinkfields Vorschlag auf. »Geld!«, flüsterte er. »Was ist schon Geld! Vielleicht hat es euch etwas bedeutet, aber mir nicht. Ihr habt vergessen, dass ich aus einer anderen Welt komme. Ich sehe zwar aus wie ein Mensch, aber ich bin es nicht. Ich bin ein lebender Toter. Ein Geist, der aus dem Jenseits kam und wieder in seinen Körper hineingepresst wurde. Ich gehorche jetzt anderen Gesetzen, den Regeln einer schwarzen Magie. Habt ihr verstanden? Schwarze Magie.«

Drinkfield gab nicht auf. »Können wir nicht mit dem Teufel einen Pakt schließen?«

Der Henker zögerte mit seiner Antwort. In den Augenschlitzen bewegten sich seine Pupillen. Dann lachte er leise. »Ja, der Vorschlag ist nicht schlecht gewesen. Ich traue euch auch zu, dies zu tun, aber nicht mehr in eurem Alter. Ihr seid schlecht genug, ihr hättet den Teufel damals in Indien rufen sollen. Jetzt ist es zu spät. Ich habe ihm eure Seelen versprochen, und dieses Versprechen muss ich halten, denn er hat mich die Zeit über beschützt, sonst wäre ich verloren gewesen, denn Mari ist eine Dienerin der Göttin Kali gewesen. Sie allein hat sie beschützt, und Kali ist mächtig, das wissen wir alle. Das hättet auch ihr wissen müssen.«

»Also keine Chance?«

Die rechte Hand des Henkers umklammerte noch härter den Griff des Schwertes. »Nein!«

Die drei Männer schauten sich an. Sie hatten alles versucht, aber nichts erreicht. Der Bogen des Schicksals war gespannt worden. Der Pfeil lag auf, er würde sie treffen.

Allmählich kam der Henker zum Ende seiner Rede. »Ihr könnt euch aussuchen, wer als Erster sterben will. Die Reihenfolge ist mir egal. Los, entscheidet euch!«

Sie sahen sich wieder an, aber niemand traute sich, den Anfang zu machen. Sir Reginald Clifton stöhnte auf, als stünde er unter einem tonnenschweren Druck. Sein Haupt sank tiefer, und sein Atem drang pfeifend über die Lippen. Dabei schüttelte er den Kopf.

»Du also nicht«, sagte der Henker. Er wandte sich dem Nächsten zu. Es war Leroy Thompson. »Wie ist es mit dir?«

Thompson blieb starr sitzen. »Ich?«, hauchte er. »Ich soll als Erster sterben?«

»Ja.«

»Nein!«, sagte er abgehackt. »Nein, nein und abermals nein. Ich will nicht sterben!«

»Du musst es aber!« Der Satz hörte sich so endgültig an, dass Thompson zusammenzuckte, als hätte ihm jemand einen harten Schlag versetzt. Sein Kopf sank nach vorn, die Wangen zitterten, als er anfing zu weinen.

Den Henker ließ das kalt. »Bleibt noch einer übrig!«, erklärte er mit ruhiger Stimme. »Nämlich du!«

Drinkfield war gemeint. Er wusste, dass es keinen Sinn hatte, so wie seine beiden Freunde zu reagieren. Er hatte stets versucht, Haltung zu bewahren. So arrogant, wie er gelebt hatte, wollte er auch sterben.

»Du kannst mit mir den Anfang machen!«, erklärte er.

Der Henker freute sich. Seine Hand umklammerte den Griff des Richtschwertes noch härter. »Endlich jemand, der sich dazu bekennt. Dann wirst du als Erster getötet.«

Drinkfield hob den Arm. »Einen Moment noch«, sagte er. »Ich habe eine Bedingung!«

»Welche?«

»Ich möchte im Stehen sterben! Ich bin Offizier gewesen. Als Offizier stirbt man nicht im Sitzen!«

Der Henker nickte. Dabei schabte der Stoff seiner Kapuze über die nackte Haut an seiner Schulter. »Es freut mich, dass du so etwas sagst. Du hast wenigstens Mut. Steh auf!«

Drinkfield erhob sich ruckartig. Er sah aus wie eine Witzfigur. Das Monokel klemmte nach wie vor in seiner Augenhöhle. Die Lippen waren fest zusammengepresst, er atmete durch die Nase, schob den Stuhl zurück und wurde von seinen beiden Freunden aus großen Augen beobachtet.

Leroy Thompsons Gesicht war nass. Sir Reginald stierte Drinkfield an und sah, dass dieser drei Schritte zurückging, bis er fast den nächsten Tisch erreicht hatte.

»Dort?«, fragte der Henker.

»Ja.«

Der Unheimliche stand ebenfalls auf. Dabei hatte er sein Schwert nicht losgelassen. Er zog die blanke Klinge unter dem Stiel der Axt weg und bewegte schüttelnd seinen rechten Arm, als wollte er dessen Geschmeidigkeit prüfen.

Dann ging er vor.

Drinkfield hatte ihn nicht aus den Augen gelassen. Er war

der Einzige, der eine Waffe trug. Nicht umsonst hatte er die Pistole eingesteckt. Jetzt zog er sie.

Sofort richtete er die Mündung auf den Henker, der auch stehen geblieben war.

»So!«, sagte Drinkfield. »Und jetzt werde ich mit dir abrechnen, du verfluchter Mörder!«

Suko stand im Gang der ersten Etage und lauschte.

»Mari!«, hatte sie gesagt.

Ein wunderschöner Name, ebenso schön wie die gesamte Erscheinung vor ihm. Sie hatte den Chinesen voll in ihren Bann gezogen. Wie von einem Blitzstrahl war er getroffen worden. Hart, tief und mitten ins Herz hinein. So etwas war ihm noch nie passiert. Suko stand da und vergaß seinen eigentlichen Auftrag.

Er wollte zu Mari.

Und sie hatte nichts dagegen. Sie streckte sogar ihren Arm aus, krümmte den Finger und winkte ihm lockend zu. »Komm doch näher!«, hauchte sie.

»Wirklich?«

»Ja.« Ihre Stimme war so hell und fein. Sie kam Suko vor wie das Geläut eines Engels. Zudem wurde Mari von einer hellen Aura umgeben, die sie aussehen ließ wie eine Geistgestalt.

Eine Märchenfee.

Suko hörte die dumpfe Stimme des Henkers nur noch als gemurmeltes Echo in seine unmittelbare Nähe dringen, und auch dies blieb zurück, als er sich dem Mädchen zunächst mit zögernden Schritten näherte.

Er setzte seine Füße sehr vorsichtig, als würde er über blankes Eis laufen. Noch immer begriff er nicht, was mit ihm geschehen war, er folgte einfach dem Befehl einer fremden Kraft.

Aber Mari wich zurück. Sie behielt Sukos Schrittfolge ebenfalls bei, sodass er ihr nie näher kommen konnte. Nur wollte sie nicht fliehen, sie hatte etwas anderes vor, denn in diesem Gang gab es noch zwei weitere Zimmertüren.

Eine hatte sie sich als Ziel ausgesucht. Rückwärts gehend erreichte sie die Tür, trat über die Schwelle und verschwand in dem dahinter liegenden Raum.

Für einen Moment wurde Suko wieder klar. Er dachte daran, dass es eigentlich Wahnsinn war, was er da tat, aber während dieses Gedankens war er weitergegangen und hatte die Tür erreicht, hinter der das Mädchen verschwunden war.

Schon geriet er wieder in Maris Bann. Ein kurzer Blickkontakt hatte ausgereicht, und seine klare Denklinie war wieder zurückgedrängt worden.

Er betrat das Zimmer.

Es war mehr eine Kammer. Sie war vollgestopft mit Gerümpel. An der Wand stand eine zerstörte Standuhr. Ein Bett zeigte Schimmel. Es roch nach Staub, und durch das Fenster drang die Kühle der Nacht.

Dass Suko trotzdem etwas erkennen konnte, lag an Mari und deren geheimnisvoller Aura, die so hell war, sodass sich in ihrer unmittelbaren Nähe Licht und Schatten abwechselten.

Sie ging wie eine Königin auf das Bett zu. Es sah so aus, als würde sie den Boden überhaupt nicht berühren. Zudem bewegte sie sich völlig lautlos.

Suko konnte nicht anders, er musste ihr einfach folgen, weil ihn der Liebreiz dieser Gestalt voll und ganz überwältigt hatte.

Dass er in Shao eine Partnerin hatte, daran dachte er nicht mehr. Die junge Inderin, dazu noch eine Untote, hatte ihn voll in ihren Bann gezogen.

Mari drehte sich so, dass sie auf das Bett schauen konnte. Und sie behielt die Richtung bei. Sie ging sehr langsam, während sich auf ihrem Gesicht ein Lächeln ausbreitete.

Es war eine Lockung, gedacht für Suko, ihr doch endlich zu folgen. Und der Inspektor hatte nichts Besseres zu tun, als dieser Aufforderung nachzukommen.

So folgte er dieser Erscheinung wie ein Hund seinem Herrn. Er schmeckte den Staub, er atmete ihn ein, er spürte das Kratzen in seinem Hals, aber er ließ sich nicht beirren, diesem Engel zu folgen.

Mari sank auf das Bett.

Es wirkte theatralisch, wie sie sich hinlegte, den Kopf schräg zur Seite legte, um Suko anschauen zu können.

Dabei lächelte sie.

Auch Suko lächelte. Er konnte seinen Blick einfach nicht von ihren großen Augen lösen, die auf ihn wie eine Einladung wirkten. Er sollte und musste zu ihr. Mari war sein Ziel, und er wollte von ihr in die Arme geschlossen werden.

Sie schwang auch ihre Beine auf das Bett, winkelte sie etwas an und ließ die Arme ausgestreckt. Dabei bewegte sie ihre Finger so geschmeidig wie eine indische Tempeltänzerin.

»Komm!«

Suko nickte. Er hatte die andere Welt, die reale, völlig vergessen. Das Mädchen war wichtiger. Sie allein zählte, alles andere war völlig unwichtig geworden.

Neben dem Bett blieb er stehen und schaute auf sie hinab. Suko sah nur ihr Gesicht. Dieses edle Antlitz mit den großen Augen und den lockenden Lippen, auf denen er ein Versprechen las.

Angst spürte er nicht.

Es war Genugtuung, die ihn erfasst hatte, und das Wissen, am Ende eines vorgezeichneten Wegs angelangt zu sein. Er freute sich auf die Begegnung mit ihr, spürte die Weichheit in seinen Knien, drehte sich und nahm auf der Bettkante Platz.

Dass sich auf der alten Matratze der Schimmel ausgebreitet hatte, störte ihn überhaupt nicht. Dieses Lager kam ihm vor wie das herrlichste Himmelbett.

»Ich erwarte dich.«

»Ja, ich weiß.«

Auch Suko streckte seine Arme vor. Die Hände gingen aufeinander zu. Gleich würden sie sich berühren. Suko wartete auf den Kontakt, und er legte seine Finger gegen die ihren.

Es war wunderbar, auch wenn er im ersten Moment zusammenzuckte, weil er sich über die Kälte der Haut wunderte. Zudem hatte er die Aura berührt, und da war ihm gewesen, als hätte ihn ein Stromstoß gestreichelt.

Maris Finger umklammerten die seinen. »Ich habe auf dich gewartet!«, hauchte sie, ohne Suko loszulassen. »Ja, ich habe auf dich gewartet, Geliebter. Ich wusste, dass du kommen würdest. Die Zeichen des Schicksals standen günstig für mich. Du bist die Person, auf die ich gewartet habe. Nur du allein.«

»Ich freue mich auch«, erwiderte Suko mit leiser Stimme.

»Und noch jemand wird eine große Freude haben, Geliebter.«

»Wer?«

»Sie ist groß, sie ist mächtig, sie ist überall in meiner Heimat, denn sie wirft einen langen Schatten.«

»Von wem sprichst du?«

»Von der Göttin Kali!«

Arthur Kennon Drinkfield schoss!

Er drückte einmal ab, er drückte ein zweites Mal ab und probierte es auch zum dritten Mal – aber nichts geschah.

Es gab nur ein klickendes Geräusch, das allen Männern unter die Haut ging. Leroy Thompson fing sich als Erster. Er fragte mit einer Stimme, die ihm und den anderen selbst fremd vorkam: »Hast du die Waffe überhaupt geladen, verdammt? Hast du sie geladen?«

Drinkfields Gesicht zuckte. Diese Bewegung übertrug sich auch auf sein Monokel. Es rutschte aus seiner Höhle und wurde von dem Band gehalten, sodass es nicht zu Boden fallen konnte.

»Hast du sie geladen?«, fragte Thompson noch einmal, während Sir Reginald den Kopf schüttelte, als könnte er das alles nicht begreifen, was ihnen da widerfahren war.

»Ich weiß es nicht.« Drinkfield hörte sich sprechen und

wollte kaum glauben, dass er es gewesen war, der die Worte ausgestoßen hatte. Sein Widerstand war zusammengesackt. Er fühlte sich auf einmal so elend wie nie zuvor in seinem Leben, und über die Lippen des Mannes drang ein trockenes Schluchzen. Sein Mund stand offen. Er wirkte innerhalb des Gesichts wie eine kleine Höhle.

Der Henker hatte sich nicht bewegt, sondern alles ruhig über sich ergehen lassen. Jetzt, als Drinkfield so durcheinander war, handelte er. Ein wenig hob er seinen Arm an.

Drinkfield ging diese Bewegung durch und durch. Er ahnte, dass sie der Anfang vom Ende war. Über seine Haut rann ein Schauer, die Knie wurden ihm weich, und er konnte sich aus eigener Kraft nicht mehr auf den Beinen halten.

Der Mann fiel auf die Knie.

Er sah aus wie ein Bittsteller, doch der Henker kannte diese Geste. Sie hatte noch nie Erfolg bei ihm gehabt. Wenn er eine Aufgabe übernahm, führte er sie auch durch.

So ging er auf Drinkfield zu, dessen Kopf nach vorn gesunken war, ebenso wie die Arme. Mit der Waffenmündung stemmte er sich am schmutzigen Boden ab, und ein heftiges Schütteln durchrann seinen Körper.

Keiner half ihm, keiner konnte ihm helfen. Clifton und Thompson saßen starr auf ihren Stühlen und schauten sich die Szene an, ohne sie richtig zu begreifen. Ihre Blicke hatten die gewisse Leere angenommen, die man bei den Menschen sah, denen alles egal war.

Drinkfield aber bekam zu spüren, was es heißt, unter Todesangst zu leiden.

Er konzentrierte sich auf den Henker, hörte seine festen Schritte, als er auf ihn zukam. Jeder Tritt des Unheimlichen ließ den Boden leicht vibrieren.

Das Zittern übertrug sich auch auf ihn. So konnte er den Weg seines Mörders verfolgen, ohne dass er den Kopf heben und den anderen ansehen musste.

Der Henker blieb stehen.

Und er hob den rechten Arm. »Die erste Seele für

Asmodis«, sagte er mit dumpfer Stimme. »Die erste Seele, und die zweite wird bald folgen, aber auch die dritte.«

Wie Drinkfield es schaffte, den Kopf zu heben, wusste er nicht zu sagen, jedenfalls schaute er noch einmal auf und sah über sich die breite Klinge des Henkerschwerts.

Die Waffe raste nach unten.

Drinkfield wollte noch schreien, vielleicht ein letztes Flehen, doch auch dazu kam es nicht mehr.

Der Henker verstand sein Handwerk, und beide Zeugen schauten seiner grausamen Tätigkeit zu.

Ich hatte das Gasthaus noch nicht erreicht. Die Weite des Landes täuschte doch ein wenig, verstärkt durch den Nebel, der die Entfernungen verzerrte. Ich lief auf die Vorderfront zu.

Es war dunkler geworden. Wenn jetzt jemand aus dem Fenster schaute, würde er mich kaum noch sehen, und das hatte ich auch gewollt. Über den weichen Boden ging ich. Den Kragen des Burberry hatte ich hochgeschlagen. Die Feuchtigkeit lag auf meinem Gesicht und auf dem Mantel, wo sie sich zu Tropfen zusammengefunden hatte.

Mein Ziel war das Licht.

Es brannte ruhig, gab einen warmen Schein ab, sodass ich als Quelle eine Kerze oder eine alte Glaslampe annahm. Das Gasthaus hatte zwei Etagen, die obere lag im Dunkeln.

Von Suko sah ich nichts.

Das aber hatte wenig zu bedeuten. Ich kannte meinen Partner und wusste genau, dass er sich irgendwo aufhalten konnte, ohne dass er gesehen wurde. Vielleicht befand er sich schon im Gasthaus und wartete ebenfalls auf den Henker wie auch die drei Männer, die der Unheimliche zum Stammtisch geladen hatte.

Bisher hatte ich diesen Henker noch nicht gesehen. Nur dem getöteten und jetzt wieder lebendigen Mädchen war ich begegnet, und ich war auf ihn sehr gespannt.

Meinen Bumerang hatte ich eingesteckt. Der Mantel verbarg ihn. Ich aber hatte ihn so geknöpft, dass ich sehr schnell an diese Waffe herankommen konnte.

Die Wiese zog sich doch länger hin, als ich angenommen hatte. Manchmal fuhr mir ein kalter Wind entgegen und trieb die Nebelschleier noch schneller vor sich her.

Plötzlich hörte ich den Schrei. Eine Bitte, ausgestoßen in Todesangst.

Für einen Moment war ich stehen geblieben, denn auch mich hielt der Schock gepackt.

Der Schrei war aus dem Gasthaus gedrungen.

Ich dachte an den Henker und auch an Suko, als ich startete und den letzten Rest der Strecke rannte.

Der Henker drehte sich um. Einen Teil seiner Rache hatte er erfüllt. Clifton und Thompson sahen, dass die Schwertklinge rot war. Blut tropfte zu Boden. Und jedes Geräusch wurde von den beiden noch lebenden Personen gehört, die das Grauen spürten, denn es hatte sich in ihren Körpern manifestiert.

Sie konnten einfach nicht fassen, was da geschehen war. Dieser brutale Mord vor ihren Augen. Und jetzt waren sie an der Reihe.

Der Henker würde sein Versprechen wahr machen.

Einer nach dem anderen.

Deshalb hatte er sich auch umgedreht und blickte zum runden Tisch hin, wo die beiden Männer saßen.

Schweigen lastete in der kleinen Gaststube. Eine unnatürliche Stille, eine Todesstille.

Leroy Thompson saß an seinem Tisch wie eine Mumie, die vor der Einbalsamierung ihren Mund zu einem letzten Schrei geöffnet hatte. Seine Hände hatten sich zu harten Fäusten geschlossen, als wollte er etwas zwischen ihnen zerdrücken.

War er der Nächste?

Der Henker hatte sich noch nicht entschieden. Er ließ sich

bewusst Zeit und verlängerte die Angst der Männer noch weiter. »So haben auch eure Opfer gelitten«, erklärte er. »So und nicht anders. Sie haben damals das Gleiche gefühlt wie ihr, auch sie wollten nicht sterben, aber ich durfte ihre Bitten nicht erhören, weil auch ich nur gehorchen musste.«

Es war die düstere Anklage eines Wesens, das unter dem Bann des Höllenfürsten stand.

Und der Teufel kannte kein Pardon. Er wollte Menschen, er wollte Seelen und fand immer wieder Diener, die ihm welche besorgten.

Sir Reginald strich über seine Kopfhaut. Es war eine automatische Geste, gar nicht mal bewusst herbeigeführt, aber der Henker legte sie in seinem Sinne aus.

»Du!«, sagte er.

Sir Reginald verstand. Er drückte seinen Körper zurück, doch die hohe Lehne hielt ihn auf. Um gegen die Kapuze schauen zu können, musste er den Kopf zurücklegen, und sein Gesichtsausdruck erinnerte an den einer starren Leiche. Hinzu kam die Blässe seiner Haut, die auch der Schein der Kerze nicht überdecken konnte.

Plötzlich stand er auf und wunderte sich darüber, woher er die Kraft nahm. Clifton wollte weg, doch er hatte vergessen, nach seinem Stock zu fassen, deshalb konnte er sich nicht mehr auf den Beinen halten. Er sackte zusammen.

Flach lag er auf dem Boden, drückte sich wieder hoch und kroch weiter wie ein kleines Kind, das laufen lernt.

Der Henker blieb gelassen. Er drehte sich und griff mit seiner freien Hand zur zweiten Waffe, die noch auf dem runden Tisch lag.

Es war die Axt!

Sein harter Griff umschloss den Stiel. Ruckartig hob er die Waffe an, bewegte den Arm, und ein Lichtreflex glitt über die scharfe Klinge, bevor sie in der Düsternis des Raumes verschwand, denn der Henker war drei Schritte gegangen.

Sein Ziel hieß Sir Reginald Clifton!

Am Tisch saß nur noch Leroy Thompson. Er verfolgte mit

seinen Blicken den Weg des Henkers, dessen Umriss verschwamm. Sekunden später sah Thompson die schattenhafte Bewegung, wie sich die Gestalt streckte und den linken Arm fallen ließ.

Ein dumpfer Laut, ein Poltern – Stille.

Der Henker hatte sein zweites Opfer gefunden.

Und er kam zurück. Langsam, stoisch, so geriet er in den Schein der Petroleumlampe. Sein Oberkörper glänzte, als hätte man ihn eingerieben, und die Axt hielt er lässig in seiner Linken.

Auch ihre Klinge war nicht mehr blank. Eine dunkle Flüssigkeit rann in Streifen daran nach unten.

»Jetzt du?«, sagte er.

Thompson nickte, obwohl er es nicht wollte. Aber er konnte nicht anders. Er hatte zwei seiner besten Freunde sterben sehen, sie hatten büßen müssen, und ihm würde es nicht anders ergehen.

»Der Stammtisch des Henkers wird für alle Zeiten aufgelöst«, erklärte der Mörder.

Noch nie hatte Leroy Thompson ein Todesurteil so gesprochen gehört. Es war das erste und das letzte Mal, denn der Henker hatte ihn erreicht.

»Du kannst dir die Waffe aussuchen, mit der ich dich ins Jenseits schicken soll. Du wirst geköpft, wie auch deine Freunde. Bei Mari habe ich das nicht getan, ich brachte es einfach nicht fertig und stieß ihr die Klinge nur in den Rücken.«

»Nur!«, keuchte Thompson. Er zitterte. »Warum?«, fragte er dann. »Warum das alles?«

»Weil die schwarzmagischen Gesetze es so vorsehen und der Teufel im Hintergrund dirigiert!«

Eine für den Henker einleuchtende Antwort, nicht aber für Leroy Thompson, den die kalte Todesangst überfiel – und der in diesen Augenblicken endgültig die Beherrschung verlor.

Er schrie.

Es waren schreckliche Laute, die selbst der Henker nicht mochte, denn er bewegte sehr schnell eine seiner Waffen.

Es war das Schwert.

Und der dritte Mann starb ebenfalls.

Der Henker hatte den Stammtisch in der Tat aufgelöst. Dann ging er.

Ich hatte das Haus erreicht, wollte durch die offene Tür in den Gastraum stürzen, hatte auch meine Beretta gezogen, doch ich blieb so abrupt auf der Schwelle stehen, als wäre ich vor eine Mauer gelaufen.

Etwas warnte mich.

Es war keine unmittelbare Gefahr, sondern das Gefühl und einen Moment später auch das Wissen, denn etwas Furchtbares drang mir entgegen.

Es war der Geruch von Angst, Blut und Tod.

Ich hatte dabei das Gefühl, zu Eis zu werden, und kam mir vor wie ein Besucher von einem anderen Stern, der zum ersten Mal die Erde betritt und das Grauen erlebt.

Magen und Herz saßen in meinem Körper wie Klumpen, wobei das Herz heftig schlug, weil ich wusste, dass ich zu spät gekommen war.

Ja, da war nichts mehr zu machen. Ich hatte es nicht rechtzeitig geschafft.

Nein, ich war kein Filmheld, der immer siegte, ich stand mit beiden Füßen in der Wirklichkeit. Mein Gefühl warnte mich davor, den Raum zu betreten, doch ich musste es tun.

Zudem erinnerte ich mich wieder an Suko. Wenn er hier in der Nähe war, weshalb hatte er dann nicht eingegriffen? Wollte oder konnte er nicht?

Das musste ich herausfinden, und so betrat ich den Schankraum des halb zerfallenen Gasthauses.

Das Gefühl, dem unsichtbaren Tod gegenüberzustehen, verstärkte sich zusehends.

Zwei Petroleumleuchten brannten. Sie erhellten mit ihrem

Licht nicht den gesamten Raum, aber was ich sah, reichte aus, um mich das Grauen erkennen zu lassen.

Drei Männer hatten sich hier zusammengefunden.

Jetzt waren sie tot!

Hingerichtet von einem Henker, von einer Person, die ich nicht als Mensch bezeichnen wollte, denn ich konnte es nicht fassen, dass Menschen so grausam waren, obwohl die Nachrichten täglich davon berichteten.

Ich schritt durch den Raum, ohne es richtig wahrzunehmen. Dabei kam ich mir vor wie ein Schlafwandler. Ich wich den beiden am Boden liegenden Körpern aus, mein rechter Arm hing nach unten, die Mündung der Beretta zeigte zu Boden, sie fand kein Ziel.

Der Henker war verschwunden.

Aber er hatte drei Tote hinterlassen. Einer von ihnen saß noch am Tisch. Kopflos!

Ich möchte mir eine nähere Beschreibung ersparen, es war schlimm genug, und das Klima des Schreckens verflüchtigte sich nicht. Hier weilte nach wie vor der Tod als unsichtbarer Gast.

Ich hatte den Gastraum durchquert und stieß gegen einen Tisch. Erst diese Berührung ließ mich aus der schlafwandlerischen Erstarrung erwachen. Plötzlich war ich wieder voll da, wenn sich auch das kalte Gefühl in meinem Nacken festgesetzt hatte.

Ich musste den Henker finden!

Und auch meinen Freund Suko!

Auf meinem Weg zum Ziel hatte ich niemanden aus der Tür des Gasthauses treten sehen. Ich war sicher, dass der Henker seine schaurige Umgebung noch nicht verlassen hatte, ging weiter und wandte mich dabei nach links, wo die Schatten der Finsternis dichter waren.

Trotzdem sah ich den Umriss einer Nische. Ich holte die Lampe hervor, strahlte hinein und fand die Nische leer.

Aber ich sah den Beginn einer in die erste Etage führenden Treppe aus altem Holz.

War der Henker über sie verschwunden?

Durch eine Drehung gelang es mir, mich in die Nische hineinzudrücken. Ich wollte die Treppe hochgehen, als ich von oben her das Geräusch vernahm. Es waren Schritte – und Stimmen.

Da wusste ich, dass ich richtig war und das Finale einläuten konnte.

Das untote Mädchen hielt Sukos Hände noch immer fest, nachdem sie das entscheidende Wort gesagt hatte.

Kali!

Der Name der Totengöttin. Ein furchtbarer Begriff. Ein Synonym für Grauen und Schrecken, für Totenkult und Zombies, für Wahn und Kannibalismus.

Das alles vereinigte die Göttin.

Und wieder sprach sie den Namen. »Kali. Ich gehöre Kali. Sie hat dafür gesorgt, dass ich lebe. Man durfte mich nicht töten. Wer es versucht, wird schrecklich dafür büßen. Wie diese drei Männer, die mich damals einfach nahmen und töten ließen, weil sie Angst davor hatten, dass ihre Taten ans Licht gerieten. Aber ich bin da, ich hole mir neue Männer. Du bist der erste Kandidat. Willst du?«

Es war eine Suggestivfrage. Nach Sukos vorherigen Handlungen hätte er sie eigentlich nur mit einem *Ja* beantworten können, doch er war ein Mensch, der vieles durchgemacht und den finsteren Mächten den Kampf angesagt hatte.

Oft hatten sie versucht, ihn zu töten, doch der Inspektor war ihnen immer entkommen. Und auch hier fühlte er sich nicht mehr so stark unter dem Bann der jungen Inderin stehend wie noch vor einer halben Minute.

Er schüttelte den Kopf.

Mari hatte die Bewegung gesehen und auch verstanden. »Du willst nicht?«, hauchte sie. »Du willst mir tatsächlich entsagen?«

»Ich weiß nicht.«

Suko war hin- und hergerissen. Ein Sturm der Gefühle tobte in seinem Innern. Er wusste tatsächlich nicht mehr, wie er sich verhalten sollte.

Mari verstärkte den Druck. Sie wollte Suko zu sich heranziehen, und sie öffnete bereits den Mund. »Ich werde dich küssen!«, versprach sie. »Ich gebe dir den Todeskuss der Kali.«

Das war genau ein Satz zu viel. Plötzlich riss der Bann, der Suko festgehalten hatte, auseinander. Mit einer glatten Bewegung zog er seine Hände aus der Umklammerung, drehte sich nach links und hörte ihren wütenden Schrei. Suko wollte vom Bett in die Höhe schnellen und zur Tür laufen, um Mari aus der Entfernung zu bekämpfen, denn ihm war klar geworden, dass er von einem Zombie hatte geliebt werden sollen.

Es kam nicht mehr dazu.

Jemand stand in der offenen Tür.

Eine gewaltige Gestalt, die eine Kapuze über den Kopf gestreift hatte und fast die gesamte Türbreite ausfüllte. Und diese Gestalt war mit einer Axt und einem Schwert bewaffnet. Suko stand dem Henker gegenüber!

Er war also doch gekommen, und er bot bei seinem bühnenreifen Auftritt ein Bild des Schreckens.

Suko konnte sich von diesem Anblick so schnell nicht lösen. Er war auf eine gewisse Art und Weise von ihm fasziniert und auch von dem Hauch der Gewalt, den der Henker ausströmte.

Furchtbar.

Suko hockte auf der Bettkante, der Henker stand bewegungslos auf der Schwelle, und beide starrten sich an.

Der eine durch die Augenschlitze in der düsteren Kapuze, der andere mit einem steinern wirkenden Gesicht und Pupillen, die an Steine erinnerten.

Der Henker war gekommen, um zu töten. Suko glaubte

nicht daran, dass er die untote Inderin erledigen wollte, diese Gestalt hatte es allein auf ihn abgesehen.

Und das bewies sie plötzlich, als sie den linken Arm hob. Sie wollte Suko die Axt entgegenschleudern.

Wäre er einige Minuten früher erschienen, hätte er Suko wehrlos unter einem Bann stehend erlebt. So aber war der Inspektor wieder bei Kräften und wollte sich nicht töten lassen.

Suko schnappte nach seiner Beretta.

Da geschah es.

Im Eifer des Gefechts hatte er die tote Inderin vergessen. Sie aber sah ihre Chance gekommen, Suko mit dem Todeskuss der Kali zu überrumpeln. Bevor der Inspektor seine Beretta völlig hervorgezerrt hatte, spürte er die Finger als Klammer an seinem Hals und wurde mit einem Ruck auf das verschimmelte Lager gezogen.

Aber noch etwas vernahm er.

Eine Stimme.

Sie gehörte John Sinclair!

»Rühr dich nicht, Henker!«

Ich war so leise wie möglich hinter dem Unheimlichen hergeschlichen und zielte mit der Beretta auf seinen nackten Rücken.

Die Combat-Stellung hatte ich eingenommen, war in den Knien leicht eingeknickt, hatte den rechten Arm ausgestreckt und die Waffenhand mit der anderen unterstützt.

Er selbst hatte ebenfalls seinen linken Arm mit der Axt erhoben. Das sah so aus, als wollte er die Waffe werfen, aber dann hatte ihn mein Befehl erreicht, und ich war gespannt, wie er reagieren würde.

Es gelang mir leider nicht, einen Blick in den dunklen Raum zu werfen.

So wartete ich ab.

Noch tat sich nichts bei ihm. Wahrscheinlich musste er seine Überraschung zunächst einmal verdauen.

Er stand zwischen den beiden Türrahmen wie eine aus einem Felsen gehauene menschliche Gestalt. Nur der Stoff seiner Kapuze zitterte ein wenig, sonst blieb er ruhig.

Noch wartete ich.

Aus dem Zimmer vernahm ich Geräusche. Es waren unnatürliche Laute. Keuchend und ächzend, als würde dort jemand mit einem anderen kämpfen. Möglicherweise mein Freund Suko.

»Jetzt dreh dich um, Killer!« Meine Stimme klang kratzig, als ich den Befehl gab, denn ich hatte wieder an die drei Toten eine Etage tiefer gedacht.

Der Mörder stand vor meiner Mündung, ich hätte in seinen breiten Rücken feuern können, das tat ich nicht.

Der Henker gehorchte.

Welche Motive ihn dabei leiteten, wusste ich nicht. Vielleicht wollte er auch demjenigen ins Auge sehen, den er als Nächsten auf seine Liste gesetzt hatte.

Seine Bewegung wurde nicht überhastet geführt. Beinahe gemächlich drehte er sich, und ich hielt dabei besonders seinen linken Arm im Auge, dessen Hand den Griff der Axt umschloss.

Der Arm blieb in seiner Haltung.

Allmählich entspannte ich mich und war fast locker, als ich ihn endlich von vorn sah.

Viel war nicht zu sehen. Der bloße, mächtige Oberkörper, die Muskeln an seinen Armen und auch an den Beinen, wo sie sich unter dem dünnen Stoff der Hose abzeichneten.

Diese Gestalt war schon ein Koloss. So groß wie ich, aber in den Schultern wesentlich breiter.

»Es ist gut«, sagte ich. »Komm von der Tür weg. Los, Killer, geh auf mich zu!«

Er kam.

Fast stoisch ging er, und ich schritt zurück. Ich wollte ihn in einen anderen Raum locken und ihm dort die Kapuze vom Kopf reißen.

Ob der Henker Furcht hatte und ob er wusste, welche

Kugeln meine Waffe barg, war ihm nicht anzusehen. Er ging jedenfalls weiter und erreichte die nächste Tür auf derselben Gangseite. Ich hatte die Öffnung bereits passiert.

»Stehen bleiben!« Meine Stimme klang gespannt. Der Stress in mir verstärkte sich immer mehr.

Er gehorchte.

»Geh in das Zimmer!«

Für einen Moment lief ein Ruck durch seine Gestalt. Wollte er sich weigern?

Nein, er drehte sich nach links, um über die Schwelle zu treten. Dadurch geriet sein linker Arm mit der Axt aus meinem unmittelbaren Sichtbereich. Dafür sah ich jetzt die lange Klinge, an der noch rote Blutfäden herabliefen.

Im nächsten Moment wurde der Henker zu einem wirbelnden Schatten. Er drehte sich wieder in meine Richtung, aber er setzte nicht sein Schwert ein, sondern die Axt.

Sie sollte mich erwischen!

Die Hände der untoten Inderin hatten sich in die dünne Haut des Halses gegraben und wollten Suko die Luft abschnüren. Er lag nicht nur auf dem Bett, sondern auch auf Kalis Dienerin. Er spürte ihren Körper und sah in das schmale Gesicht, das einen verzerrten Ausdruck angenommen hatte.

Lebende Leichen besitzen Kräfte, die allen Menschen überlegen sind. Das wusste Suko. Vielleicht hätte er den Griff durch das Brechen der Finger sprengen können, aber das hätte Zeit gekostet, und die hatte er nicht, denn schon nach wenigen Sekunden spürte Suko, wie schlecht es ihm erging. Der weibliche Zombie hatte sich regelrecht in ihm festgekrallt.

Ein Vorteil allerdings befand sich auf Sukos Seite. Als er zur Seite gerissen wurde, hatte seine rechte Hand die Beretta schon fest im Griff, und auch bei dem plötzlichen Überfall hatte er die Waffe nicht losgelassen.

Er würde schießen, er musste es tun, um sein Leben zu retten.

Während sich der Zombie unter ihm hektisch bewegte und der Modergeruch aus seinem offenen Maul wehte, gelang es dem Inspektor, seine Hand so zu drehen, dass die Beretta-Mündung nach unten zeigte und sich in den weichen Körper der untoten Inderin bohrte.

Suko schoss.

Gleichzeitig hörte er die Detonationen im Gang. Furchtbare Angst um John erfasste ihn, und er sah, wie das Gesicht der Inderin plötzlich versteinerte.

Es wurde starr. Der letzte Ausdruck blieb darin kleben. Es war eine Dokumentation des Hasses. Dann sackte sie zusammen, und die weiße Aura verschwand, die bisher um ihre Gestalt gelegen hatte.

Das aber war nicht mal wichtig.

Für Suko allein zählte, dass sich auch der Griff um seinem Hals lockerte.

Die Finger wurden steif, starr – und schwarz. Zwar befand sich noch der Druck dort, aber die Kuppen drangen nicht mehr tiefer ein, und Suko konnte die Hände von seinem Hals wegziehen.

Sofort rollte er sich zur Seite. Dabei störte es ihn nicht, dass er über die Bettkante rutschte und zu Boden fiel. Wichtig allein war, dass er noch lebte – und wieder Luft bekam. Er drehte sich auf den Bauch, stemmte sich ab und kam so wieder hoch. Ein wenig schwankend blieb er vor dem alten Bett stehen und schaute auf die dort Liegende hinab.

Sie hatte sich verändert.

Das Gesicht war zu einer schwarzen, ölig schimmernden Fläche geworden, in der nur die Augen weiß und rund wie zwei blasse Laternen leuchteten.

Ansonsten war sie erledigt. Das geweihte Silber hatte auch bei diesem Wesen gewirkt.

Suko jedoch ruhte sich nicht auf seinen Lorbeeren aus. Er dachte an die gehörten Schüsse und an seinen Freund John

Sinclair, der, ebenso wie der unheimliche Henker, verschwunden war.

Ich schoss!

Immer wieder drückte ich ab. Die Angst ließ mich einfach so handeln, denn was kann schlimmer sein als die Schneide einer rasiermesserscharfen Axt?

Ich hatte Todesangst, als ich das Mündungsfeuer wie blasse Blumen leuchten sah und auch noch den fünften Schuss abgab.

Der Henker hatte keiner Kugel entgehen können.

Ich war bei dieser Aktion auf die Knie gefallen. Automatisch hatte ich so gehandelt, um ein möglichst kleines Ziel zu bieten. Geblendet vom Mündungsfeuer, bekam ich trotzdem mit, wie die Hand mit der Axt nach unten sank und der Henker taumelte.

Er warf die Waffe nicht mehr, und er stieß auch sein Schwert nicht mehr nach mir.

Stattdessen zuckte er unter den zahlreichen Einschlägen zusammen, prallte gegen den Türrahmen und taumelte in den dahinter liegenden Raum.

Nicht allein das Mündungsfeuer hatte mich geblendet. Bei jedem Treffer war genau die Stelle aufgeflammt, die von der Silberkugel getroffen worden war.

Der Henker brannte, und er taumelte noch weiter, bis er endlich zusammenbrach.

Ich sah seinen Körper, wie er sich grotesk drehte, sah, wie der Arm mit dem Schwert noch einmal hochfuhr, als wollte er die Klinge in die Decke rammen.

Ein harter Fall ertönte, der Boden vibrierte.

An der hinter mir entlangführenden Wand stützte ich mich ab. Mein Gesicht war verzerrt, die Knie weich, aber ich lebte und hatte nicht einen Kratzer abbekommen. Sogar die kleine Lampe brannte noch. Ich hatte sie zu Boden geworfen und nahm sie jetzt wieder an mich.

Aus dem ersten Zimmer torkelte eine Gestalt. An den Umrissen erkannte ich, dass es sich dabei um meinen Freund Suko handelte. Er hob den Arm wie zum Gruß und fragte mit einer Reibeisenstimme, wie ich sie bei ihm selten gehört hatte: »Alles in Ordnung?«

»Bei mir schon. Und bei dir?«

»Man lebt.«

Das klang nicht sehr optimistisch, und ich setzte noch eine zweite Frage nach. »Was hast du denn?«

»Fast hätte es diese Inderin geschafft, mich zu erwürgen. Sie ist übrigens eine Dienerin der Totengöttin Kali.«

»Auch das noch.«

»Und dein Henker?«

»Ich wollte ihn mir gerade ansehen.«

Wir betraten gemeinsam den Raum. Es war schlimm. Der Henker lebte nicht mehr, das stellten wir sofort fest, denn dort, wo meine Silberkugeln ihn erwischt hatten, sahen wir die pechschwarzen, handgroßen Brandflecken, die wie Röhren in den leblosen Körper hineinstachen. Aus den Löchern krochen dünne, schwarze Rauchfahnen.

Nicht allein meine Kugeln hatten ihn erwischt. Er war während des Falls in die Klinge des Schwerts gefallen, und die Spitze ragte weit aus seinem Rücken hervor.

»Wer kann das nur gewesen sein?«, fragte Suko leise.

»Keine Ahnung. Wir werden es aber sofort haben. Halte mal die Lampe.« Ich drückte Suko die Bleistiftleuchte in die Hand, bückte mich und zerrte an der Kapuze.

Ich musste ein wenig zupfen und ziehen, dann endlich hatte ich sie frei – und prallte mit einem Schrei auf den Lippen zurück.

Im Strahl der Lampe sah ich ein widerliches, grinsendes und hässliches Gesicht, das einem alten Bekannten gehörte.

Dem Teufel!

»Asmodis!« Ich schrie seinen Namen, griff nach dem Kreuz, aber da war der dreieckige Kopf mit dem hässlichen Gesicht schon verschwunden. Der wahre Schädel des Henkers lag voll in meinem Sichtfeld.

Eine Haut wie altes Leder und ebenso brüchig. Sie rieselte zu Boden. Auch die strähnigen, grauen Haare regneten in den Staub.

Das also war das Ende einer langen Rache.

»Okay, John, wir haben es geschafft«, sagte Suko und schaute mir zu, wie ich mich erhob. »Jetzt nehmen wir die drei anderen mit und gehen.«

»Das geht nicht.«

Suko wurde bleich. Er hatte verstanden, schluckte und fragte noch einmal nach. »Sind sie …?«

»Ja, sie sind tot. Alle drei. Der Henker hat seine Aufgabe bis zum Schluss erledigt!«

Ich hatte das Gefühl, als würde Suko zusammenbrechen. Als ich ihn stützen wollte, lehnte er sich gegen die Wand und schüttelte den Kopf. »Nein, John, schon gut. Aber ich trage die eigentliche Schuld am Tode dieser drei Menschen.«

»Wie kommst du darauf?«

Er lachte bitter. »Ich war früh genug da. Viel früher als du. Ich hätte alles verhindern können, doch dieses Mädchen …« Er hob die Schultern. »Kannst du dir vorstellen, John, dass ich mich fast in die Kleine verliebt hätte oder es sogar war?«

»Nein, das kann ich nicht.«

»Es stimmt aber. Sie hat mich aufgehalten, sonst wäre längst alles klar gewesen. Mein Gott!« Er schlug sich gegen die Stirn und vergrub sein Gesicht in den Händen.

Ich konnte mir nur zu gut vorstellen, wie es in ihm aussah. Auch mir war es in ähnlichen Situationen nicht anders ergangen. Aber so war das Leben nun mal. Man konnte es leider nicht mit einem Film vergleichen, der ein Happy End hat.

So schön dies auch manchmal gewesen wäre …

ENDE

Der Drachenblut-Vampir

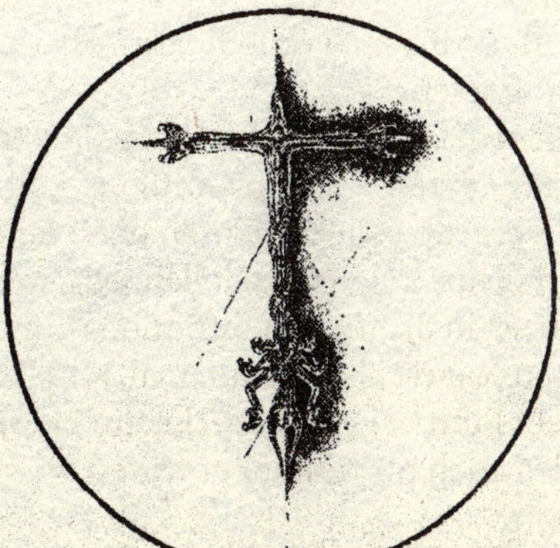

»Da, John, da ist es wieder«, flüsterte das Mädchen. »Großer Lord, hör doch. Du musst zuhören, du musst es! Ich habe nicht übertrieben. Da – wieder …«

»Keine Angst, Ria. Ich weiß es ja.«

Und doch hatte Ria Rush Angst. Sie klammerte sich an mir fest, suchte in meiner Nähe Schutz.

Dann hörten wir beide den Ruf der Banshee!

Er wurde stets der Ruf genannt, obwohl ich ihn als Schrei empfand. Oft hatten die Menschen darüber gesprochen, doch an diesem Abend hörte ich den Schrei zum ersten Mal in meinem Leben.

Es war ein schriller, manchmal klagender Gesang, der durch die dünnen Nebelschleier und die hereinbrechende Dunkelheit an unsere Ohren drang. Er steigerte sich zu einer alles beherrschenden Lärmkulisse, die jedem Zuhörer wahre Gänsehautschauer über den Rücken trieb.

Der Ruf sprach von einer ungeheuren Qual, von schwerem Leid und von einer absoluten Hoffnungslosigkeit. Er zitterte förmlich in der Luft.

Die Iren glaubten fest daran, dass jemand aus der Familie starb, wenn man den Schrei vernahm.

Deshalb hatte Ria so eine große Angst.

Sie hielt mich noch immer umklammert. Es schien so, als wollte der Schrei überhaupt nicht abreißen. Die Banshee entlockte ihrer Kehle stets neue Töne und Klänge, die erst nach einer Minute leiser wurden, bevor der Schrei, jetzt zu einem Wimmern verkümmert, endgültig verstummte.

Ria Rush und ich standen stumm auf dem Fleck und schauten in die weiche, wandernde Nebelwatte hinein, die über das grüne Spätherbstland strich.

Ria lehnte ihren Kopf gegen meine Schulter und schaute mich an. Ich ahnte, dass sie etwas sagen wollte.

Sie war eine typische Irin. Das rotblonde Haar hielt sie unter einem schlichten Kopftuch verborgen, die Haut war ein wenig blass, aber voller Sommersprossen. Ich kannte Frauen, die hatten ebenfalls grüne Augen, aber nicht so wie

Ria. Das Grün ihrer Augen war weich und Vertrauen erweckend.

Und Vertrauen hatte sie zu mir, sonst hätte sie mich nicht auf die grüne Insel geholt. Mich und Suko, der sich momentan woanders befand.

»Jetzt hast du den Schrei gehört, John, und kannst nichts mehr abstreiten.«

»Das stimmt.«

»Nun wird jemand sterben.«

»Das ist nicht sicher.«

»Doch, John«, sagte sie mit ernster Stimme. »Es ist sicher. So sicher wie der Schrei der Banshee. Immer wieder haben wir gedacht, dass es sie nicht mehr gibt, aber sie sind noch da, vielleicht zurückgekehrt aus ihrer Welt.«

»Was ist ihre Welt?«, fragte ich zwischen.

»Aibon.«

Ich presste die Lippen hart zusammen, denn genau das war der springende Punkt.

Aibon! Allein wegen dieses Namens hatte ich die weite Fahrt nach Irland unternommen. Aibon – das geheimnisvolle Land der Druiden, das Reich zwischen den Welten, das entstanden war, als die Zeiten begannen und der große Kampf des Guten gegen das Böse stattfand.

Als die Heerscharen des Lichts, an der Spitze der Erzengel Michael, die Abtrünnigen, mit Luzifer als Anführer, in die ewige Verdammnis stießen, war auch Aibon entstanden. Als eines der ältesten Reiche überhaupt. Wenn man versuchte, seine Lage zu lokalisieren, gelangte man zu dem Ergebnis, dass es zwischen Himmel und Erde liegen musste, vielleicht auch zwischen Gut und Böse, getrieben von dem Drang, sich den Menschen des Öfteren zu offenbaren. Aibon war allgegenwärtig, auch unter der Menschheit. In Sagen, in Legenden, in vielen Geschichten, die von Elfen, Gnomen, Zwergen, aber auch von Drachen und Riesenschlangen erzählten, die allesamt von der Kraft und der Macht der Eichenkundigen, den Druiden, geleitet wurden.

Das war Aibon, das grüne Land.

Aber es gab auch das andere Gesicht des Landes. Nicht die netten Legenden und Geschichten, sondern das Grauen, die brodelnde Unterwelt, denn auch in diesem Land gab es Gut und Böse.

Und die Banshees?

Sie waren etwas Besonders. Manche sagten Hexen zu ihnen. Früher jedenfalls waren sie als Hexen gejagt worden, doch ich wollte das nicht glauben. Für mich zählten die Banshees mehr zu den feenartigen Geschöpfen oder Elfen, die einen tiefen Einblick in die Dinge hatten, die uns Menschen verborgen blieben und die deshalb die Menschen warnten und ihnen Unheil ankündigten.

Aibon hatte mich also alarmiert – und auch Ria Rush, die von Aibon träumte und von einer jungen Frau, die sich ihr in den Wahrträumen als Miriam di Carlo vorstellte.

Sie war ihr immer öfter erschienen, hatte meinen Namen genannt und mit ernster Stimme gesprochen.

Von einer schrecklichen Gefahr hatte sie geredet, von Tod, Leid und Grauen.

Und von den Banshees, die als Todesboten die Grenzen zwischen den Reichen und Dimensionen überschritten hatten, um ihre warnenden Rufe erklingen zu lassen.

Ich hatte in London Bescheid bekommen und zum Glück auch Zeit gehabt. Den letzten Fall, in dem ein Henker späte Rache übte, hatte ich abgeschlossen.

Aibon hatte nicht nur mich aus meiner Lethargie gerissen, sondern auch meinen Chef, Sir James. Und der hatte beschlossen, dass ich nicht allein fuhr, sondern Suko mitnahm. Zu viele Gefahren lauerten, und da war es gut, wenn man Rückendeckung hatte.

So war es dazu gekommen, dass ich die Familie Rush kennen lernte. Die Tochter Ria, die Mutter Helen, die Schwester Elaine, den Vater Patrick und den Bruder Scotty.

Eine typisch irische Familie, die noch einen festen Zusammenhalt hatte und von der Landwirtschaft lebte. Auch

Rias Großeltern waren noch mit auf dem Hof, sie hatte ich noch nicht zu Gesicht bekommen.

Schon zweimal hatte Ria den Ruf der Banshee vernommen, jetzt mit mir zusammen das dritte Mal, und wir waren nicht im Haus geblieben, weil ich den Ruf in der freien Natur sehr deutlich hatte hören wollen.

»Wird sie noch einmal schreien?«, fragte ich.

»Nein, John, das wird sie nicht.« Ria begann leise zu schluchzen. »Wenn die Banshee dreimal geschrien hat, ist die Stunde des Todes angebrochen!«, flüsterte sie. »Dann schleicht bereits der Knöcherne mit seiner Sense um das Haus und hat sich eine Person ausgesucht.«

Ich lächelte und sagte: »Tut mir Leid, aber ich habe den Knöchernen nicht gesehen. Sollte er mir über den Weg laufen, werde ich mich schon zu wehren wissen.«

»Bitte, damit spaßt man nicht«, erwiderte sie. »Mit dem Ruf der Banshee ist einfach schon zu viel geschehen.«

»Aber du kannst mir nicht sagen, wer oder was Banshees genau sind?«

»Nein, nicht genau. Einige sagen Geister, andere Hexen, wieder andere bezeichnen sie als Druidinnen oder gefallene Engel. Die Meinungen gehen da weit auseinander.«

»Vielleicht werden wir eine sehen.«

Ria erschrak. »Eine Banshee? Aber wieso? Nein, du kannst sie doch nicht sehen.«

Ich strich über Rias Kopftuch. »Weshalb nicht? Ich habe sie sogar gehört.«

Das Mädchen löste sich von mir. Mit beiden Händen deutete sie in die Schwaden. »Sie ist eine von ihnen. Sie treibt über das Land und sieht es sich und seine Menschen mit ganz anderen Augen an. Nein, die Banshees sind uns Menschen überlegen.«

»Vielleicht.« Ich zeigte nach unten. »Ria, liegt dort nicht der Fluss?«

»Der Bach.«

»Ja, den meine ich.«

»Aber da ist nicht die Banshee.«

»Woher willst du das wissen? Ich jedenfalls möchte nachschauen, solange es noch nicht völlig dunkel ist. Auf der Herfahrt bin ich über die schmale Brücke gekommen und habe in der Nähe auch eine Hütte gesehen. Wenn mich nicht alles täuscht, ist der Ruf der Banshee sogar nahe der Hütte aufgeklungen.«

»Dann willst du dorthin?«

»Natürlich.«

Ria schüttelte den Kopf. »Ich würde es mir an deiner Stelle überlegen. Wichtiger ist jetzt, wann wir wieder zurück ins Haus gehen. Die Hütte steht seit Jahren leer. Hin und wieder dient sie Liebespaaren als Unterschlupf. Ansonsten ist sie nicht geheuer, sagt man.«

»Und weshalb nicht?«

Ria hob die Schultern. »Das weiß ich auch nicht. Sie muss irgendein Geheimnis in sich bergen.«

»Möglicherweise wohnte die Banshee darin.«

»Die leben doch nicht wie Menschen!«, widersprach Ria heftig.

»Willst du nun mit?«, fragte ich sie.

»Ja, John Sinclair, ich will mit dir. An deiner Seite fühle ich mich sicher.« Sie schaute mich dabei an. Ihre Augen kamen mir vor wie geheimnisvolle Teiche, in denen etwas lauerte, das mich zur Vorsicht mahnte. Vorsicht deshalb, weil ich Blicke wie diese kannte.

Bei Jane Collins, Nadine Berger und auch Glenda Perkins hatte ich sie erlebt.

»Es wird ja nicht die ganze Nacht dauern«, sagte ich und erntete daraufhin ein verschmitztes und gleichzeitig wissendes Lächeln meiner hübschen Begleiterin.

Der Weg zum Bach führte uns einen flachen Hügelkamm hinunter, quer durch die Nebelfelder und vorbei an den großen Trauerweiden, die nahe des Baches wuchsen und mit den Spitzen ihrer Zweige den Grasboden berührten.

Die meisten Trauerweiden hatten längst ihre schmalen,

gelb gewordenen Blätter verloren. Sie lagen wie ein Teppich auf dem Gras.

Ich kam mir ähnlich vor wie bei meinem letzten Fall, als ich allein auf das Gasthaus zugelaufen war. Hier befand sich ein Mädchen in meiner Begleitung, was heißt Mädchen, Ria war schon fünfundzwanzig.

In Irland, so hatte mal jemand gesagt, wäre die Welt noch in Ordnung. Ich erlebte, dass sich auch die Tiere noch wohl fühlten, denn ein Uhu strich wie ein Schattenwesen mit trägen Flügelschlägen an uns vorbei und wurde von der Dämmerung verschluckt.

Jetzt begann seine Jagdzeit.

Am Fuße des flachen Hügels schlängelte sich der Bach entlang, der in den Shannon River mündete. Er plätscherte ruhig dahin und bahnte sich in vielen Schleifen seinen Weg. An seinen Ufern wuchsen Erlen und Weiden. Der Dunst umspielte sie. Manchmal wirkte er wie ein löchriger Teppich.

Wir entdeckten auch die Hütte. Sie stand in der Nähe des Bachs, jedoch ein wenig erhöht, sodass sie bei Hochwasser nicht erreicht wurde, wie Ria mir erzählte.

Sie war schon vorgelaufen. Die Hände hatte sie in den Manteltaschen vergraben. Es war doch empfindlich kalt geworden. Über Ria war ich mir noch nicht klar geworden. Irgendwie hatte ich das Gefühl, dass sie eine gewisse Rolle spielte und eigentlich mehr wusste, als sie mir bisher gestanden hatte.

Auch vergaß ich den Ruf der Banshee nicht. Er hatte tatsächlich schauerlich geklungen, und zwar so, als hätte auch dieses Wesen vor irgendetwas Angst gehabt.

Den Grund wusste ich nicht, aber ich konnte mir vorstellen, dass sich etwas zusammenbraute.

Die Brücke sah ich ebenfalls. Schwach zeichneten sich ihre Umrisse ab. Sie bestand aus zwei steinernen Halbbögen, die über den schmalen Creek führten.

Ria Rush erwartete mich an der Hütte. Sie winkte mir zu. Das Kopftuch hatte sie abgenommen. Ihr Haar war kurz geschnitten. Über der Stirn standen einige rot-blonde Fransen in die Höhe.

Sie lächelte mich an, als ich neben ihr stand. »Es ist niemand in der Hütte.«

»Hast du schon nachgeschaut?«

»Ich hätte zumindest etwas gehört.«

»Mag sein.« Ich ging auf die Tür zu und schaute sie mir genau an. Sie sah alt aus, aber zeigte gleichzeitig eine gewisse Stabilität. Man hatte sie aus Holzbohlen zusammengenagelt. Verschlossen war sie nicht, aber ich musste mich anstrengen, um sie aufzuziehen.

Es war düster im Innern der Hütte. Durch das lückenhafte Dach fiel letztes Tageslicht.

Auf der Schwelle drehte ich mich zu Ria um. »Da ich hier kein elektrisches Licht erwarten kann, möchte ich fragen, ob es in der Hütte Kerzen gibt.«

»Nein, aber ich habe welche mitgebracht.« Sie schlug gegen ihre Manteltaschen. »Hier.«

Ich lächelte. »Du wolltest also hierher?«

»Ja.«

Was hatte Ria vor? Die Kleine schien mich irgendwie an der langen Leine führen zu wollen. Ich war gespannt, wie es weiterging. Der Boden bestand aus gestampftem Lehm. Hinter der Tür konnte ich nicht stehen. Einige Schritte weiter musste ich den Kopf einziehen, weil sich das Dach zur Bergseite hin senkte.

Die Einrichtung war karg. Zwei einfache Stühle, eine Bank, ein Tisch und natürlich ein Lager. Auf einem Holzbett lagen Felle und Decken.

Ich ging hin und fasste sie ab. »Die liegen aber noch nicht lange hier«, bemerkte ich.

Ria ließ sich Zeit mit einer Antwort. Sie zündete gerade die Kerzendochte an. »Das stimmt.«

»Hast du sie …?«

»Klar, John. Ich habe sie hergeschafft.«

»Und warum?«

Ria stellte bereits die vierte Kerze auf. Der warme Schein legte sich über das Innere der Hütte und gab ihr einen gemütlichen Touch. »Weil ich damit rechnete, dass man hier unter Umständen übernachten muss.«

»Weshalb?«

Sie kam mit einer Kerze näher. In ihren grünen Augen tanzten rot-gelbe Reflexe. Der sanfte Schein gab ihrem Gesicht etwas Geheimnisvolles, und auch über ihre Haare flossen die Reflexe.

»Manchmal muss man eben Dinge tun, John, die sind im ersten Moment unverständlich.«

»Aber du weißt Bescheid.«

»Noch nicht. Es könnte aber sein, dass die Banshee der Hütte einen Besuch abstatten will.«

»Dann werden wir sie erwarten.«

»So ist es.« Ria stellte die Kerze auf einen schmalen Hocker neben dem Bett. Sie hatte zuvor Wachs auf die Fläche tropfen lassen, sodass die Kerze den nötigen Halt fand.

Was Ria weiter vorhatte, sagte sie nicht. Beide wurden wir abgelenkt, denn draußen, vielleicht sogar direkt vor der Hütte, hörten wir plötzlich ein hässliches geiferndes Lachen, das sich ebenso schlimm anhörte wie der Ruf der Banshee.

Ria wurde bleich.

Suko fühlte sich sauwohl!

Er konnte sich kaum noch vorstellen, dass er die Familie Rush besucht hatte, weil ihm und John ein Fall unter den Nägeln brannte, denn was er im großen Haus der Rushs erlebte, konnte man mit Nostalgie bezeichnen und einer Atmosphäre, die in die alten Geschichten und Legenden gehörte, die sich die Menschen hin und wieder erzählten, wenn sie in den Bauernstuben saßen und von früher berichteten.

Als zentraler Punkt konnte die große Küche des Hauses bezeichnet werden. Dem gewaltigen Ofen, in dem auch gebacken und gekocht wurde, schloss sich ein offener Kamin an, in dem das Holz knisternd unter den züngelnden Flammen verbrannte.

Natürlich stand ein großer Tisch in der Küche, an dem nicht nur die Familie ihren Platz fand, auch Gäste konnten daran sitzen und sich auf der warmen Ofenbank wohl fühlen.

Es war ein wunderbares Gefühl für Suko, auf der Bank zu sitzen, die Beine auszustrecken und in die Flammen zu schauen.

Helen Rush, die Hausherrin, stand am Herd und kochte. Sie wollte einen Eintopf auf den Tisch bringen, der es in sich hatte. Hammelfleisch, Bohnen, Kartoffeln, Gemüse und viel Fett.

Das tat bei diesem Wetter gut.

Suko hatte Helen als eine Frau kennen gelernt, die zupacken konnte. Sie wirkte wie ein Rundling, denn sie war ungewöhnlich klein, aber energiegeladen. Ihr Alter war schwer zu schätzen, aber in ihrem freundlichen Gesicht zeichneten sich kaum Falten ab. Helen trug ein buntes Wollkleid und hatte das dunkelblonde Haar nach hinten gekämmt, wo es im Nacken zu einem Knoten zusammengebunden war.

Links von Suko saß Patrick Rush, der Hausherr. Er gehörte zu den kernigen Typen, die man mit dem Attribut bodenständig bezeichnen konnte. Der Mann wirkte wie ein Baumstamm, so hart, so knorrig. Er ließ sich durch nichts aus der Ruhe bringen. Seine grauen Augen blickten stets ein wenig abwartend, und seine braunen Haare bildeten auf dem Kopf regelrechte Wirbel. Die schwieligen Hände zeugten davon, dass der Mann es gelernt hatte, zuzupacken, und das musste er auch, wenn er die Familie über Wasser halten wollte.

Die Rushs waren Farmer. Sie lebten von der Schafzucht, hatten auch Kühe, die genügend Milch gaben, um Butter und Käse herstellen zu können.

Rush hatte auch seine Probleme. Er schimpfte auf die EG

und auch auf die Engländer. Suko fühlte sich für die Politik nicht zuständig.

Ihm ging es um andere Dinge. Da stand Aibon an erster Stelle. Mehrmals hatte er versucht, Patrick Rush darauf anzusprechen, doch der wollte davon nichts hören, auch als Suko einen weiteren Versuch wagte, winkte er mit einer Hand ab, während er sich mit der anderen durch das Gesicht fuhr und einige scharfe Falten mit den Fingern nachzeichnete, die sich in die Haut eingegraben hatten.

»Ich bin mir da nicht so sicher«, erklärte er. »Ria ist immer ein etwas komisches Mädchen gewesen.«

»Wie meinst du das?«

Er verzog den Mund. »Sie war anders als wir.«

Helen Rush hatte die Worte gehört. »Pat, das darfst du nicht so sagen. Nur weil sie sich für Dinge interessiert, die nicht mit unserem Hof zu tun haben, ist sie doch nicht komisch.«

»Mir kommt es so vor.«

»Dann glaubst du nicht an Aibon?«, fragte Suko.

Rush schüttete selbstgebrannten Whisky in ein Glas. »Was heißt glauben? Ich habe noch nie davon gehört.«

»Und wie sieht es mit den Banshees aus?«

Rush verkorkte die Flasche und hob die Schultern. »Das ist auch ein Problem für sich. Alle reden davon, aber gesehen hat diese Wesen noch keiner.«

»Nur gehört!«, meldete sich Helen.

»Ja, du.«

Die kleine Frau verließ den Herd und kam zum Tisch. Sie wischte ihre Hände an der bunten Schürze ab. Platz nahm sie nicht, sondern stemmte die Handflächen auf die Platte. »Ich sage Ihnen etwas, Suko. In diesem Land ist vieles anders. Hier gibt es nicht nur die sichtbare Welt, auch die unsichtbare.«

Während sie sprach, trank ihr Mann. Er grinste dabei, denn er glaubte an diese Dinge nicht.

Suko war da schon skeptischer, aber auch er kam nicht

dazu, eine Antwort zu geben, denn die drei hörten plötzlich den Ruf.

Es war der Schrei der Banshee.

Woher er kam, konnte niemand sagen, aber sie saßen wie erstarrt auf ihren Plätzen und wurden bleich. Selbst Suko konnte die Gänsehaut nicht unterdrücken. Er war es, der als Erster reagierte, die Sitzbank verließ und zur Tür hastete.

»Nicht, Suko!«, rief Helen. »Man darf sie nicht stören.«

Der Chinese kümmerte sich nicht darum. Er zog die Tür auf, geriet in den kleinen Flur, der als Windfang diente, und öffnete einen Flügel der großen Haustür.

Er schaute auf Ställe und Anbauten, die im dichten Nebel zu dunklen Schatten verschwammen.

Von der Banshee sah Suko nichts, dafür hörte er ihren Ruf. Er schien aus allen Richtungen zu kommen und schwang nur allmählich aus.

Suko verharrte, vielleicht hatte die Banshee auch etwas hinterlassen, doch es blieb still. Ihr Ruf wiederholte sich nicht, und auch sie selbst war nicht zu hören.

Dafür vernahm Suko Schritte hinter sich. Ohne sich umdrehen zu müssen, wusste er, dass es Pat Rush war, der zu ihm kam. Er blieb neben ihm stehen.

»Hast du die Banshee gesehen?«

»Nein.«

»Ich auch nicht.«

»Aber du glaubst jetzt daran?«, fragte Suko.

Rush schüttelte den Kopf. »Da kann uns auch jemand reingelegt haben.«

»Und wer?«

»Keine Ahnung.«

»Da käme doch nur jemand in Frage, der etwas gegen euch hat. Gibt es eine solche Person?«

»Feinde hat wohl jeder.«

Suko schlug ein anderes Thema an. »Sagt man nicht, dass jemand stirbt, wenn der Schrei der Banshee erklungen ist?«

»So erzählt es die Legende.«

»Wenn sie wahr wäre, müssten wir damit rechnen, dass bald jemand die große Reise antritt.«

»Das sind Geschichten.«

Suko hob die Schultern. »Ich gebe dir Recht, widerspreche dir trotzdem, denn ich habe oft genug erlebt, dass solche Geschichten zu Tatsachen wurden.«

»Ihr glaubt daran?«

»Ja, John und ich haben tagtäglich mit übernatürlichen Dingen zu tun. Wir wissen auch, dass es das geheimnisvolle Druidenreich Aibon gibt, von dem deine Tochter berichtet hat.«

»Ich habe es noch nie gesehen.«

»Das wird dir auch kaum gelingen. Aibon liegt praktisch zwischen Gut und Böse. Zwischen dem Diesseits und dem Jenseits. Es ist das Land der Sagen und Legenden. Sie werden dort zu Tatsachen, glaub mir.«

Patrick Rush lachte leise. »Ich bin zwar ein waschechter Ire, aber von unseren Legenden und Sagen habe ich nie viel gehalten, das will ich dir ehrlich sagen.«

»Vielleicht denkst du bald anders. Für mich ist der Ruf der Banshee so etwas wie ein Anfang gewesen. Wir stehen noch immer an der Schwelle und müssen sie überschreiten.«

»Wo willst du dann hin?«

»Unter Umständen nach Aibon.« Suko schaute noch einmal über den Hof, aber er konnte auch jetzt keine Gestalt entdecken, die auf die Existenz einer Banshee hinwies. Zudem wusste niemand genau, wie diese Person aussah. Sie war zwar oft erwähnt, aber nie genau beschrieben worden. Um sie rankte sich ein nebelartiges Geheimnis.

Pat Rush rieb seine Hände. »Lass uns wieder ins Haus gehen. Es wird kalt. John und Ria finden den Weg auch allein zurück.«

»Sie werden den Ruf auch vernommen haben.«

»Klar, und Ria glaubt daran.« Rush drehte sich um und ging als Erster zurück.

Suko blieb noch einen Moment stehen, bevor er sich

ebenfalls auf den Weg in das wärmende Haus machte. Die Iren hatten von einem langen Winter gesprochen, der kommen würde. Deshalb stapelte sich auch das gehackte Holz bis an die Decke des an einer Seite offenen Schuppens. Suko schaute dorthin und zuckte zusammen, weil er glaubte, dort eine Bewegung gesehen zu haben. Ein huschender Schatten, mehr nicht, der sehr bald verschwunden war, ohne einen Laut von sich gegeben zu haben.

Der Inspektor lief trotzdem hin. Er roch das Holz, so dicht stand er daneben.

Seine Spurensuche war vergeblich. Wenn jemand hier gestanden hatte, war jedenfalls nichts von ihm zurückgeblieben, nicht mal Spuren im Gras.

Er ging wieder zurück, ein wenig unsicher, da er nicht wusste, ob es die Gestalt tatsächlich gegeben oder er sich nur getäuscht hatte, weil der Dunst vieles vorgaukelte.

Suko ging ins Haus und schloss die Tür hinter sich. Wohlige Wärme drang aus der Küche in den Windfang, und er hörte die Stimmen.

Eine war noch hinzugekommen, die Suko nicht kannte. Die Stimme einer Frau. Sie klang krächzend und gleichzeitig erregt.

Suko stieß die Küchentür auf und blieb auf der Schwelle stehen, weil er plötzlich das Gefühl hatte, einer lebenden Leiche gegenüberzustehen, die ihn aus großen, runden Augen anstarrte.

Ria und ich hatten das hässliche und gemeine Lachen gehört. Während Ria äußerlich und innerlich erstarrte, die Arme anhob und die Hände zu Fäusten schloss, überwand ich meine Überraschung wesentlich schneller, drehte mich um und lief auf die Tür zu.

»Bleib du hier, Mädchen!«

Ich zog die klemmende Tür auf und streckte vorsichtig den Kopf nach draußen. Mein Blick fiel auf den Bach und auf die über ihm schwebenden Dunstschleier. Die am jenseitigen Ufer wachsenden Büsche sahen aus wie knochige, mit Tüchern behangene Gespenster, die sich im leichten Abendwind bewegten, aber von dem unheimlichen Lacher sah ich nichts. Ich trat bis dicht an den Bach, blickte nach rechts und links, ohne einen Menschen zu sehen.

Ich bin kein ängstlicher Mensch, aber ich hätte schon gern gewusst, wer da so hässlich gelacht hatte. War es vielleicht die Banshee gewesen? Das wollte ich kaum glauben, sie hatte so etwas eigentlich nicht nötig. Wichtig war bei ihr der Totenruf.

Es war still geworden. Ich wartete auch darauf, dass sich das Lachen wiederholte, doch da tat sich nichts. In meiner Umgebung blieb es ruhig. Der Nebel schien sämtliche Geräusche aufzusaugen, und auch das Plätschern des Baches klang leiser als sonst.

Um jedoch sicherzugehen, schritt ich noch einmal um die Hütte herum. Erst jetzt erkannte ich, dass sie an der Rückseite noch zwei kleine, lukenartige Fenster hatte, die dicht unter dem Rand des weit vorgezogenen Daches lagen.

Vor mir erstreckte sich die weite Anhöhe, über die wir auch gekommen waren. Auch hier sah ich keine Gestalt über die Wiese laufen. Nur der Nebel hing mit seinen langen Armen an den Spitzen der braun-grünen Gräser fest. Es hatte keinen Sinn mehr, dass ich mich verrückt machte. Wenn eine unbekannte Person sich tatsächlich in der Nähe aufhielt und etwas von uns wollte, würde sie sich bestimmt irgendwann wieder zeigen. Dann konnte man weitersehen.

Ich fragte mich auch, was Ria von mir gewollt hatte. Aus welch einem Grund hatte sie mich zu dieser Hütte geführt, die angeblich ein Geheimnis barg?

Hing es mit den Banshees zusammen, über die kaum jemand Bescheid wusste? Oder war es nur ein Trick?

»John, kommst du?«

Ria hatte aus der Hütte gerufen, und ich gab auch die Antwort. »Ja, einen Augenblick noch.«

»Hast du denn etwas entdeckt?«

»Nein.«

»Vielleicht war es auch ein Vogel!«, rief sie. »Ein Rabe oder so.« Der Klang ihrer Stimme hatte sich verändert. Ich blickte zurück und sah ihr Gesicht hinter der rechten der beiden Luken schimmern.

»Wir werden sehen.« Ich ging den gleichen Weg, den ich gekommen war. Inzwischen war es so dunkel geworden, dass ich den Bach nur noch ahnen konnte. Der Atem vor meinen Lippen vermischte sich mit den grauen Nebelschleiern. So romantisch die Hütte auch sein mochte, ich hatte keine Lust, hier die Nacht zu verbringen, ohne irgendeine Spur von der Banshee oder einen konkreten Hinweis auf Aibon gefunden zu haben. Das wollte ich auch meiner Begleiterin sagen.

Ich schob mich durch den Türspalt, drückte die Tür wieder hinter mir zu und schaute in das Licht der vier Kerzen, das mich ein wenig blendete, deshalb sah ich Ria Rush auch nicht sofort.

Dafür nahm ich ihr Parfüm wahr.

»Ria!«, rief ich.

Die Antwort kam aus der Ecke der Hütte, wo das Bett stand. »Ja, ich bin hier, John.« Ihre Stimme hatte sich verändert. Irgendwie war sie mir rauchiger und geheimnisvoller vorgekommen.

Ria trat in den Lichtkreis der Kerze.

Im ersten Moment glaubte ich an eine Täuschung, an das Bild aus einem erotischen Märchen, aber es stimmte.

Ria war nur mit einem Höschen bekleidet. Und das zog sie jetzt noch aus!

Ein Zombie!

Das war Sukos erster Gedanke, bis er feststellte, dass es sich nicht um eine weibliche Untote handelte, auch wenn die alte Frau fast so aussah. Es war Gesine Rush, die Großmutter, die noch mit im Haus lebte, wie auch ihr Mann Morton und deren gemeinsame Enkel Elaine und Scotty. Die letzten drei waren gegangen. Sie wollten zu irgendeinem Farmertreffen und würden erst spät in der Nacht zurückkehren.

Der Inspektor entspannte sich wieder. Er wollte sich nicht in die Familienangelegenheiten einmischen.

Die Großmutter stand mit dem Rücken zum Kamin. Ihre Haut war bleich und eingefallen. Man sah ihr an, dass sie krank war. An den nackten Füßen trug sie warme Pantoffeln, das weiß-graue Wollnachthemd reichte fast bis auf die Knöchel. Der Haarknoten hatte sich zum Teil gelöst, sodass die Strähnen nach allen Seiten fielen. Auch ins Gesicht.

Sie streckte den Arm aus. Ein magerer Zeigefinger wies auf ihre Schwiegertochter. »Du hast es gehört, Helen«, erklärte sie mit krächzender Stimme. »Du musst es gehört haben.«

Helen nickte. »Ja, Mutter, das haben wir auch. Aber bitte, jetzt geh nach oben und leg dich wieder hin.«

Gesine Rush ging nicht auf die Bemerkung ihrer Schwiegertochter ein. »Du weißt, was dieser Schrei zu bedeuten hat, Helen?«

»Das weiß ich, Mutter!«

Die alte Frau nickte. »Dann sag es, sag es schnell. Ich will es von dir hören.«

Helen warf ihrem Mann einen verzweifelten Blick zu, und Patrick handelte. »Hör mal, Mutter, wir alle hier sind in diesem Land geboren und kennen auch seine Geschichten. Aber wie ich schon sagte, es sind Geschichten, keine Tatsachen! Das müsstest du doch auch wissen.«

»Die Banshee hat geschrien, Patrick«, erklärte die alte Frau mit leiser Stimme. »Die Banshee hat geschrien. Sie ist anders als wir Menschen. Sie merkt genau, wenn sich der Tod ausbreitet. Da kennt sie sich aus, weil sie hinter die Dinge schaut. Und die Legende erzählt, dass jemand aus der Familie stirbt, wenn man den Ruf vernimmt. Ich habe den Schrei gehört, ich bin bettlägerig, also werde ich sterben. Der Schrei gilt mir«, fügte sie noch flüsternd hinzu.

Patrick ging auf seine Mutter zu. »Keinem galt der Ruf oder der Schrei. Da hat sich jemand einen Scherz erlaubt.«

Gesine hob den Kopf an. Ihre Züge versteinerten. »Nein, mein Sohn, so ist das nicht. Niemand auf unserer Insel würde damit spaßen. Ein jeder weiß, wie gefährlich die Banshees sind und wie recht sie mit ihrem Todesruf haben. Weißt du, weshalb ich zu euch gekommen bin, mein Sohn?«

»Ich kann es mir denken. Du hast den Ruf gehört und ...«

»Rede nicht, ich bin gekommen, um von euch Abschied zu nehmen. Ich wollte die Familie noch einmal sehen, weil ich weiß, dass ich diese Nacht nicht überstehen werde.«

»Aber das ist doch Unsinn.« Dann nickte der Mann. »Sicher, vielleicht holst du dir eine Lungenentzündung. Das mag schon sein, aber nicht, weil irgendjemand geschrien hat. Dabei weiß man nicht einmal, ob es ein Tier oder ein Mensch gewesen ist.«

»Eine Banshee, Patrick!«, flüsterte die alte Frau.

»Ich habe sie jedenfalls nicht gesehen!«, erklärte der Mann. »Ich glaube einfach nicht daran.«

Die Augen der alten Frau bekamen einen anderen Blick. Tiefer Ernst lag in ihnen. »Mein Junge, du wirst dich noch wundern. Das Leben ist nicht mit dem abgeschlossen oder zufrieden, was du in deiner unmittelbaren Umgebung siehst. Es gibt andere Dinge, die man nicht auf den ersten Blick erkennen kann, die aber dazwischen liegen, im Verborgenen bleiben und doch so viel Einfluss auf uns Menschen haben. Ich habe die Weisheit des Alters. Du bist noch jünger, mein Sohn, und ich hoffe, dass du irgendwann einmal so denken wirst wie ich. Aber dann kann es zu spät sein. Deshalb bitte ich dich inständig, kehre um, Patrick! Ändere dich, nimm die alten Warnungen ernst! Sie sind nicht von ungefähr ausgesprochen worden, glaube es mir.«

Die letzten Worte hatten die von einer Krankheit geschwächte Frau sehr mitgenommen. Es sah so aus, als würde sie zusammenbrechen. Patrick sprang vor und stützte seine Mutter.

»Jetzt hast du dich übernommen. Ich bringe dich auf dein Zimmer, dort kannst du schlafen.«

»Gute Nacht, Mutter«, sagte Helen.

»Nicht gute Nacht, mein Kind!«, flüsterte sie, und plötzlich schienen alle Versammelten den Atem anzuhalten. Es wurde still, nur das Knistern des Feuers war noch zu hören. »Ich möchte nicht gute Nacht sagen«, flüsterte die kranke Frau. »Wir werden uns in dieser Welt nicht mehr wiedersehen. Wenn ich jetzt ins Bett gehe, dann, um zu sterben. Macht es gut.« Sie drehte den Kopf und schaute Suko an. »Ich kenne dich nicht, Fremder, aber ich weiß und spüre, dass du die Dinge anders siehst. Du glaubst daran. Deshalb versuche, es meinen Kindern und Enkelkindern zu erklären. Sie dürfen nicht mit geschlossenen Augen durchs Leben gehen. Sie dürfen es nicht. Und jetzt, mein Sohn«, die Frau holte noch einmal tief Luft, »bring mich nach oben auf mein Sterbelager.«

»Ja, Mutter, ja.«

Die beiden gingen. Zurück ließen sie einen nachdenklichen Suko und eine ängstliche Helen.

Die Schritte von Mutter und Sohn waren noch einige Zeit zu hören, dann erst fasste sich Helen ein Herz. »Ich muss mich für meine Mutter entschuldigen«, sagte sie. »Aber sie sieht die Dinge eben anders. Sie ist alt, leidet an Verkalkung.«

Suko schüttelte den Kopf. »Ich weiß nicht, ob man das Verkalkung nennen kann.«

Helen legte beide Hände aufs Herz. »Dann glauben Sie ihr?«

»Unter Umständen.«

Der Ton bei den Rushs war locker. Manchmal wurde gesiezt, dann wieder geduzt. Im Augenblick kam Suko der Hausherrin sehr fremd vor, deshalb redete sie so förmlich mit ihm. Sie hatte auch die Hände gefaltet, als wollte sie beten. Dabei bewegten sich ihre Lippen, ohne dass Suko jedoch ein Wort gehört hätte.

Der Inspektor wurde das Gefühl nicht los, dass er jetzt

etwas sagen musste. Das tat er auch. »Es gibt Menschen, die Todesahnungen haben«, erklärte er. »Ihre Schwiegermutter wird zu denjenigen gehören.«

»So krank ist sie nicht.«

»Es muss ja auch nicht unbedingt alles mit einer Krankheit zu tun haben«, erwiderte Suko.

Helen ging zum Tisch und nahm auf der Bank Platz. Sie stützte das Kinn in beide Hände, während sie den Kopf schüttelte. »Ich begreife es einfach nicht, das müssen Sie mir glauben. Tut mir Leid, wenn ich so …«

»Ich werde auf jeden Fall bei Ihnen bleiben«, sagte der Chinese. »Wenn tatsächlich etwas passieren sollte, bin ich bereit, sofort einzugreifen.«

»Glauben Sie denn, dass Gesine sterben wird?«

»Nein!«

Nicht Suko hatte die Antwort gegeben, sondern Patrick Rush, der zurückgekommen war und die Tür schloss. Er blieb unter dem breiten Lampenring stehen, auf dem sechs kelchförmige Schalen ihren Platz gefunden hatten. Drei von ihnen brannten. »Ich glaube es nicht. Es ist einfach nicht logisch. Für mich sind es die Hirngespinste einer kranken Frau.«

»Sehr überzeugend hat Ihre Stimme nicht geklungen«, bemerkte Suko.

Er trat einige Schritte vor und ging ebenfalls auf den großen viereckigen Holztisch zu. »Es kommt auch darauf an, wer einem diese Worte sagt. Bei mir war es die eigene Mutter. Da wird man natürlich nachdenklich. Sie ist fest davon überzeugt, dass sie in dieser Nacht sterben wird.«

»Wie schwer ist denn ihre Krankheit?«, fragte Suko.

Patrick hob die Schultern. »Das ist alles so eine Sache. Meine Mutter hatte die Grippe, sie nicht richtig auskuriert, sich erneut erkältet und ist dabei sehr schwach geworden. Sie hütet schon seit einigen Wochen das Bett. Mich hat es gewundert, dass sie ihr Zimmer verließ und nach unten kam.«

»In der letzten Zeit wurde sie auch wunderlich«, mischte sich Helen ein.

»Wieso?«

»Sehen Sie, Suko, meine Schwiegermutter war ein sehr gläubiger Mensch. Aber vor einer Woche fiel mir auf, dass sie ihr altes Kreuz von der Wand über dem Bett abgenommen hat.«

»Und?«, fragte Suko.

»Das hat doch nichts zu bedeuten«, meinte Patrick.

»Sag das nicht!« Helen beugte sich vor. »Ich habe dir nichts davon erzählt, aber ich fragte sie, weshalb sie das getan hat. Damals sprach sie schon von ihrer Todesahnung, erklärte aber gleichzeitig, dass sie noch auf ein bestimmtes Ereignis wartete.«

»War das der Ruf der Banshee?«

»Ja, Suko.« Helens Stimme klang gebrochen. In ihren Augen schimmerten plötzlich Tränen. »Das hat sie gesagt. Und sie fügte hinzu, dass unsere Familie mit Dingen konfrontiert werden würde, an die keiner von uns gedacht hat.«

»Ging sie auf Einzelheiten ein?«

»Nein, ich wollte sie auch nicht mehr danach fragen. Das war mir alles sehr unangenehm, wie du sicherlich verstehst. Diese Dinge habe ich immer zu verdrängen versucht, aber jetzt bin ich praktisch gezwungen, da anders zu denken. Nicht allein durch Gesine, auch wegen der Träume unserer Tochter.«

Patrick Rush lachte laut. Es klang unnatürlich. Man merkte ihm an, dass er sich in seiner Haut nicht wohl fühlte. »Komm, Suko, wir trinken einen Whisky auf die Gesundheit meiner Mutter. Einverstanden?«

Suko wollte seine Gastgeber nicht vor den Kopf stoßen, obwohl er schon einen Whisky getrunken hatte. Er stoppte Patrick aber, als dieser zu gut einschenken wollte. »Nein, nicht so viel.«

»Wie du willst.« Der Ire gönnte sich einen Doppelten.

Helen saß am Tisch und schaute ins Leere. Sie bekam überhaupt nicht mit, was um sie herum vorging.

Patrick Rush wollte Suko das Glas reichen und hatte es auch schon angefasst, als es geschah.

Ein Schrei gellte auf!

Schrill und fürchterlich. Anders als der einer Banshee, denn ihn hatte ein Mensch ausgestoßen.

Helen sprang hoch. »Mutter!«, rief sie.

Und damit hatte sie Recht.

Suko aber rannte schon los.

Er hatte genau gesehen, wohin Patrick seine Mutter gebracht hatte. Hinter dem Kamin existierte eine dicke Bohlentür, die Suko aufriss und in einen schmalen Flur gelangte, wo eine Wandleuchte brannte und ihren Schein auf die ersten Stufen der nach oben führenden Treppe warf. Suko hielt sich an dem runden Geländer fest, als er hinaufstürmte.

Er hatte die Hälfte der Holztreppe noch nicht hinter sich gelassen, als er einen zweiten Schrei hörte.

Diesmal lauter, noch schriller klingend und voller Angst steckend. Der Schrei zitterte ihm entgegen und brach urplötzlich ab. Hinter sich hörte Suko schwere Schritte, denn auch Patrick Rush stürmte die Treppe hoch, um nach seiner Mutter zu sehen.

Suko war schneller, erreichte einen kleinen Flur und hörte die Stimme des Hausherrn. »Es ist die rechte Tür direkt hinter der Treppe!«

Für diese Information war der Inspektor ihm dankbar, da zahlreiche Türen zur Auswahl gestanden hätten.

Er brauchte sich nur zu drehen, schlug auf die Klinke und stieß die Tür auf. Gleichzeitig zog er seine mit geweihten Silberkugeln geladene Beretta, um sofort hart und entschlossen handeln zu können, wenn es sein musste.

Suko starrte in den Raum.

Er sah das Bett, den Kleiderschrank, den Tisch, die kleine

Anrichte mit der Kugellampe darauf, und er sah die Gestalt, die sich über die im Bett liegende Frau gebeugt hatte.

Sie zuckte hoch, als Suko auf der Türschwelle stand, starrte ihn und den hinter Suko stehenden Patrick Rush an, und beide Männer blickten auf ein glatzköpfiges Monster mit grüner Haut und langen Zähnen.

Der Eindringling war ein Vampir!

Ihre Brüste waren hoch angesetzt und erinnerten mich an kleine Äpfel. Sie hob die Schultern, lächelte und ließ sich nicht dabei stören, auch noch das letzte Kleidungsstück auszuziehen.

So etwas hatte ich noch nie erlebt. Ich wollte etwas sagen, aber meine Kehle war wie zugemauert.

Ria hatte einen straffen, jungen Körper. Sie war eine echte Blondine. Ich bewunderte auch den Schwung ihrer Hüften.

Wie eine Verlockung stand sie vor mir. Das Licht der Kerze streifte über ihren nackten Körper und ließ auch weiterhin Reflexe in ihren Augen tanzen.

»Gefalle ich dir?«

»Ja, ich – aber ...« Verdammt, mir fehlten die Worte! Ich musste an den Blick denken, den sie mir bei unserem Hergang zugeworfen hatte, aber auch an meinen Verdacht.

Er hatte mich nicht getrogen.

Mit einer grazil anmutenden Bewegung drehte sie sich zur Seite, sodass sie auf das Bett zuschreiten konnte. Jetzt erst sah ich, dass die Decke und das Fell schon an einer Seite aufgeschlagen waren, sodass sie schlangengleich in die warme Höhle des Bettes schlüpfen konnte. Bis zum Hals zog sie Fell und Decke hoch, bevor sie mich aus großen Augen anschaute und die Lippen zu einem Lächeln in die Breite zog.

»Warum ziehst du dich nicht aus?«, fragte sie. »Ich erwarte dich, John.«

Endlich hatte ich mich wieder gefangen. »Es kommt ein wenig überraschend für mich.«

»Aber nicht für mich. Ich wollte dich, ich will dich, und ich bin alt genug. Du hast eine fünfundzwanzigjährige Frau vor dir und kein Kind. Ich bin es gewohnt, mein Schicksal selbst in die Hand zu nehmen, und brauche niemandem Rechenschaft darüber abzugeben. Und ich möchte mit dir schlafen. Für mich hat diese Nacht einen besonderen Reiz. Sie steckt voller Gefahren, man weiß nie, was im nächsten Augenblick passiert. Da ist es besonders prickelnd für mich, jemanden zu lieben. Das erhöht den Reiz, da werde ich zu einem Vulkan, der von dir gelöscht werden will.«

Ich war natürlich nicht hier, um mich mit der Tochter des Hauses zu vergnügen, es war auch nicht der rechte Zeitpunkt und nicht der rechte Ort, um mit ihr ins Bett zu steigen.

Ich sollte mich auch ausziehen, stattdessen holte ich einen schweren Holzstuhl herbei und stellte ihn neben das Bett.

Darauf nahm ich Platz.

Das Lächeln verschwand aus ihrem Gesicht. »John Sinclair, ich sehe dir an, dass du nicht willst.«

Ich wollte sie nicht vor den Kopf stoßen und erwiderte: »Die Umstände sind ein wenig ungewöhnlich.«

»Das mag sein, John, aber habe ich dir nicht von Liebespaaren erzählt, die in dieser Hütte Unterschlupf finden?« Sie drehte sich auf die rechte Seite und schob ihren Arm unter der Decke hervor, sodass sie nach meiner Hand fassen konnte.

Das ließ ich geschehen.

Ria streichelte meine Handfläche, während sie weitersprach. »Wir haben beide den Ruf der Banshee vernommen, John«, sagte sie mit weicher Stimme. »Es ist der Lockruf des Todes. Jemand wird sterben. Vielleicht bin ich an der Reihe. Deshalb will ich das Leben noch einmal genießen. Kannst du das verstehen?«

»Ja, sehr gut sogar.«

»Dann zier dich nicht länger.« Sie drängte jetzt, und in ihren Nixenaugen loderte der Wille wie eine heiße Flamme.

Ich lenkte vom Thema ab. »Hast du nicht von einem Geheimnis gesprochen, das diese Hütte hier bergen soll?«

»Stimmt. Vielleicht bin ich das Geheimnis?«

»Das glaube ich dir nicht.«

»Wenn du es erfahren willst, musst du zu mir kommen, John. Wenn du neben mir liegst, werde ich es dir erzählen. Du brauchst keine Angst zu haben. Vielleicht bin ich das Geheimnis.«

Ich schaute sie skeptisch an und lächelte. »Das ist Erpressung, kleine Ria.«

»Nenne es meinetwegen so, aber denke auch an mich. Ich bin eine Frau, die ein Verlangen in sich spürt. Und wir wohnen sehr einsam, John. Ich komme hier nicht oft weg. Ist es dann nicht menschlich, dass ich mit einem Mann, der mir sympathisch ist, die Liebe genießen will?«

»Schon«, gab ich zu. »Ich würde auch nicht nein sagen, aber es gibt eben Dinge, die man zurückstellen muss. Wie deinen Wunsch, so verständlich er auch ist. Wenn alles vorbei ist, können wir noch einmal darüber reden. Wir würden dann vielleicht sogar wegfahren und zwei Tage für uns herausholen, aber jetzt?« Ich legte eine kleine Kunstpause ein. »Denk mal darüber nach, Ria.«

Sie wurde plötzlich still. Ihre Hand verschwand wieder unter der Bettdecke, und sie drehte sich auch wieder auf den Rücken und starrte zur Decke.

Ich sah in ihr Gesicht. Sie war enttäuscht. Ihr Mund zuckte, die Wangen ebenfalls, und in ihren Augen schimmerten die Tränen.

Ein wenig kam ich mir vor wie ein Schuft. Was ich getan hatte, war jedoch notwendig gewesen. Ich hätte auch sagen können: Dienst ist Dienst, und Schnaps ist Schnaps.

Natürlich gab es Filmhelden, die sich solche Angebote nicht entgehen ließen, aber mein Leben spielte sich nun mal nicht auf der Leinwand ab, zudem war es außergewöhnlich genug, was ich hier in den letzten Minuten erlebt hatte.

Sie weinte still. Ich suchte noch nach Worten, da fragte sie mich: »Weißt du eigentlich, John, wer ich bin?«

»Du hast es mir gesagt. Ria Rush.«

»Ja, das denken viele, aber es stimmt nicht ganz.«

»Moment. Sind deine Eltern nicht deine …?«

»Nein, ich wurde angenommen. Als ich noch ein Baby war, legte man mich den Rushs vor die Haustür.«

Ich schwieg, da ich ahnte, dass sie mir ein Geheimnis offenbaren wollte. Wahrscheinlich war ich überhaupt der erste Mann, mit dem sie darüber sprechen wollte, und ich drängte sie nicht. Sie musste entscheiden, wann sie die erlösenden Worte sagen wollte.

Das Dach war nicht ganz dicht. Durch die Fugen und Ritzen fand der Wind seinen Weg in die Hütte und spielte mit den Kerzenflammen.

»Man legte mich der Familie Rush vor die Tür, in der Hoffnung, gute Menschen gefunden zu haben. Die Rushs waren jung verheiratet, sie hatten selbst noch keine Kinder gehabt. Mein Bruder Scotty und meine Schwester Elaine kamen später. Sie haben auch nie erfahren, dass die Rushs nicht meine richtigen Eltern sind. Die Großeltern empfanden mich damals als ein Geschenk des Himmels. Der Herrgott hatte ihnen einen Fingerzeig gegeben, und es wäre den Menschen nie in den Sinn gekommen, mich abzugeben. So wuchs ich bei ihnen auf und erfuhr erst im späten Teenageralter meine Vergangenheit. Ich war natürlich ungemein überrascht, aber gleichzeitig meinen Eltern dankbar, dass sie mich aufgenommen hatten. Nach dieser Aufklärung begann eine Zeit des Forschens und Suchens. Ich wollte herausfinden, wer meine richtigen Eltern waren. Und ich spürte, dass ich anders war als die mich umgebenden Menschen. Ich konnte am Tag träumen. Ich sah manchmal Dinge, die von den übrigen Menschen nicht wahrgenommen wurden. Immer wieder spielten die Gestalten und Wesen aus alten irischen Legenden eine Rolle. Dabei waren auch die Banshees vertreten, und zu ihnen fasste ich ein besonderes Vertrauen. Sie berichteten in meinen Träumen von dieser Umgebung, die in sehr früher Zeit einmal anders ausgesehen hatte, denn hier genau sollte sich das Tal der Drachen befunden haben.«

»Moment mal, wo sind wir hier?«

»Ja. Jetzt steht hier die Hütte, aber die alte Magie ist nicht vergangen, das wussten die Banshees, denn sie sprachen immer mit großem Respekt von dieser Zeit. Da musste etwas Schreckliches geschehen sein, das zurückkommen sollte.«

»Ist es gekommen?«

»Es sieht so aus!«

»Um was geht es denn genau?«

»Das habe ich nur bruchstückhaft erfahren, weil ich noch auf der Suche nach meiner Mutter war.«

»Hast du sie denn gefunden?« Ich hatte eine entscheidende Frage gestellt, und Ria ließ sich mit der Antwort Zeit, denn sie überlegte sich die Worte sehr genau.

»Meine Mutter ist – du wirst es vielleicht schon ahnen oder geahnt haben – eine Banshee!«

Das war ein Hammer!

Fast hätte ich mich verschluckt, als ich fragte: »Bist du dir sicher?«

»Ganz sicher.«

Ich holte meine Zigaretten hervor, bot Ria auch eine an, doch sie schüttelte den Kopf. »Nein, nein, nicht. Ich möchte nicht rauchen. Ich will es nicht.«

Als ich das Stäbchen anzündete, dachte ich nach. Ein Ergebnis bekam ich nicht, so fragte ich weiter: »Wenn deine Mutter eine Banshee ist, kennst du vielleicht auch ihren Namen und weißt unter Umständen, wie sie aussieht.«

»Nein, den Namen hat sie mir nicht gesagt, aber sie nahm mit mir Kontakt auf.«

»In deinen Träumen?«

»Sicher.«

»Dann hat sie auch mit dir über Aibon gesprochen? Kann es sein, dass du dein Wissen über Aibon von ihr hast?«

»Es stimmt.«

»Aber du hast von einer gewissen Miriam di Carlo gesprochen, die dir angeblich die Informationen über dieses geheimnisvolle Druidenland gegeben hat.«

»Das stimmt auch«, gab sie mit leiser Stimme zu und drehte den Kopf so, dass sie mich anblicken konnte.

Sie schaute in mein gespanntes Gesicht. Ich hatte längst eins und eins zusammengezählt und kam auch zu einem Ergebnis. »Könnte ich davon ausgehen, dass Miriam di Carlo dann deine Mutter gewesen ist?« Auf die nächste Antwort war ich gespannt. Tief atmete sie ein. Sehr tief sogar, und sie schaute dabei dem Rauch meiner Zigarette nach. »Es ist möglich, ich gehe sogar davon aus, dass Miriam di Carlo und meine Mutter identisch sind.«

Mein Kopf sank nach vorn. Von der Zigarette fiel die Asche auf den Boden. Meine Gedanken fuhren Karussell. Das war ein harter Stoff, und eigentlich widersprach es jeglicher Logik.

»Du glaubst mir nicht, John?«

Ich lachte leise auf. »Zumindest fällt es mir sehr schwer, denn ich kenne Miriam di Carlo.«

»Das ist wunderbar.« Sie wollte sich erheben, doch ich drückte sie wieder zurück. »Moment mal, Ria, so einfach ist das nicht. Miriam di Carlo ist kaum älter als du. Sie kann normalerweise nicht deine Mutter sein. Das ist nicht möglich.«

Eigentlich hätte Ria Rush jetzt überrascht sein müssen. Das aber war sie nicht. Sie sagte nur: »John, denk mal nach. Meine echte Mutter war eine Banshee.«

»Das sagtest du schon.«

»Und Banshees besitzen Kräfte, die mit den menschlichen nicht zu vergleichen sind. Es sind mächtige Wesen. Sie stammen aus anderen Welten, sie beherrschen manchen Zauber, sie wissen von alten Zeiten, und sie können auch eine menschliche Gestalt annehmen, wie ich erfahren habe.«

»Moment mal. Du meinst also ...« Ich dachte jetzt scharf nach. »Dass Miriam di Carlo eine menschliche Gestalt angenommen hat, nachdem sie dich an die Familie Rush abgab.«

»So sehe ich es.«

Die Überlegung war nicht schlecht, zwar sehr gewagt, doch nicht unmöglich. Meine Gedanken beschäftigten sich in der nächsten Zeit mit Miriam di Carlo. Man konnte diese Frau mit den roten Haaren als Medium bezeichnen. Ich hatte sie damals kennen gelernt, als sie mir eine Schreckensversion der Stadt London unterbreitete. London lag in Schutt und Asche. Meine Freunde waren tot, ich irrte durch die Trümmer. Das alles hatte sich dann bewahrheitet, aber es war nur ein Spiegelbild der Magie gewesen und nicht in Wirklichkeit eingetroffen.

Nun, Miriam di Carlo war schon etwas Besonderes gewesen. Des Öfteren hatten sich unsere Wege gekreuzt. Einmal war es mir gelungen, sie vor einer zerquetschenden Galgenhand zu retten, und ich wusste, dass ich mich auf sie verlassen konnte.

Sie sollte also die Mutter der jungen Frau sein, die vor mir unter den Fellen und Decken lag.

Ria musste bemerkt haben, dass ich mittlerweile eine Entscheidung getroffen hatte, denn sie fragte: »Du akzeptierst meine Version der Dinge?«

»Das tue ich.«

»Und wie stehst du dazu?«

»Positiv. Sehr positiv sogar, denn ich kenne deine wirkliche Mutter gut. Sie ist eine fantastische Frau, und sie wird dich abgegeben haben, bevor sie ihre menschliche Gestalt annahm. Sie konnte Aibon verlassen, sie gab auf dieser Welt nur ein Gastspiel, bevor sie wieder hinüberging, was ich sogar noch erleben durfte. Nur frage ich mich Folgendes: Eine Mutter kann zwar ein Kind allein gebären, aber es gehört ein Vater dazu. Wer ist dein Vater, Ria?«

»Ich weiß es nicht.«

»Hast du nie gefragt? Ich meine, als dir deine Mutter in den Träumen begegnete?«

»Doch, ich habe sie gefragt, nur gab sie mir nie eine Antwort. Sie behielt das Geheimnis für sich. Zuletzt erschien sie mir und nannte nur deinen Namen. Du solltest kommen. Sie hat dich beschrieben, sie war sehr angetan von dir. Mir kam es vor, als würde sie auf dich alle Hoffnungen setzen, und ich verliebte mich bereits in dich, als dich meine Mutter nur beschrieben hatte. Kannst du dir das vorstellen?«

Ich lächelte. »Schlecht, aber dazu muss man wohl eine Frau sein. Ich aber bin ein Mann.«

»Da hast du Recht.«

»Sie warnte dich gleichzeitig vor einer Gefahr. Nur möchte ich wissen, welche Gefahr das gewesen sein könnte. Hat sie dir keinen Hinweis geben können?«

»Das Tal der Drachen!«

»Also diese Stelle.«

»Genau. Hier muss etwas vor langer Zeit passiert sein, von dem vielleicht nur die Banshees etwas wissen, das aber sehr entscheidend war. Vielleicht für diese Welt und möglicherweise auch für Aibon.«

»Gibt es denn noch Spuren?«

»Ich habe nicht danach gesucht und deine Ankunft erst abgewartet. Meine Mutter redete von einem getöteten Drachen, von seinem Blut und seiner Haut. Er soll sehr mächtig gewesen sein, aber es gab jemanden, der noch mächtiger war als er.«

»Das kann die Siegfried-Sage sein.«

»Die kenne ich nicht.«

»Es ist ein germanisches und kein keltisches Heldenepos. Aber diese beiden Mythologien sind sich ja nicht so fremd.«

»Möglich.« Ria lächelte. »Jetzt weißt du alles, John, obwohl ich es dir erst nachher sagen wollte. Ich liege hier und schäme mich.«

»Wir sind ja allein.«

»Gut.« Sie setzte sich hin, hielt aber die Decke vor ihren Busen gepresst und sagte: »Ich werde mich wieder anziehen.«

»Tu das.« Ich stand auf. Als Kavalier drehte ich ihr den Rücken zu, denn ich wollte sie nicht in Verlegenheit bringen. Das Mädchen hatte eine schwache Minute gehabt, und es sollte nicht mehr weiter daran erinnert werden.

Ich dachte darüber nach, welches Geheimnis dieser Flecken Erde noch bergen konnte. Die Hütte, in der wir uns befanden, war zwar alt und sah auch brüchig aus, aber ich konnte mir schlecht vorstellen, dass sie aus Aibon stammte. Die hatten Menschen viel später gebaut, nur eben an einem sagenumwobenen Ort, der sich Tal der Drachen nannte.

Je mehr Kontakt ich zu dem Reich der Druiden hatte, umso rätselhafter wurde mir dieses Land. Ein Land zwischen Gut und Böse, ein Reich der Geister, das es immer wieder schaffte, in unsere normale Welt zu gelangen. Möglicherweise auch in dieser Nacht.

Ich hörte, dass sich Ria anzog. Sie war enttäuscht, hatte ein Wunschbild gehabt, doch das war nicht in Erfüllung gegangen.

»Du kannst dich umdrehen, John.«

Ich tat es und sah, dass sie ihren Mantel schloss. »Weißt du, ich bin froh, dass du so schnell gekommen und vor allen Dingen an diesem Abend in meiner Nähe bist.«

»Weshalb?«

»Weil diese Nacht entscheidend sein kann.«

»Hat dir das auch deine Mutter gesagt?«

Sie nahm das Kopftuch und steckte es in die linke Manteltasche. »Nicht direkt, aber es muss so sein. Wir haben den Ruf der Banshee gehört. Diese Nacht …« Jetzt senkte sie ihre Stimme und bekam große Augen. »Diese Nacht gehört den Geistern, den geheimnisvollen Bewohnern des Landes Aibon. Das braucht man nicht zu wissen, das kann man einfach spüren. Geht es dir nicht ebenso?«

»Nein, noch nicht. Aber was sollte geschehen? Die Gefahr ist nie konkretisiert worden.«

»Stimmt. Doch erinnere dich an das hämische Lachen, das wir hörten. Das war nicht normal.«

»Es ist jemand durch den Nebel geschlichen.«

»Ja, ich spürte dann die Gefahr, die von diesem Unsichtbaren ausging. Auch jetzt ist mir so seltsam.«

»Wie denn?«

Ria hob die Schultern. »Ich kann es schlecht erklären, aber ich habe das Gefühl, als wäre mein Körper von einer anderen Kraft erfüllt, die auch Macht und Einfluss über mich gewonnen hat.«

»Deine Mutter?«

»Kann ich nicht genau sagen, aber etwas ist anders geworden in den letzten Sekunden.«

Ich schaute sie scharf an. Ria selbst hatte sich nicht verändert, es war vielmehr ihr Verhalten, das mir ungewöhnlich vorkam. Als sie einen Schritt auf mich zutrat, hatte ich das Gefühl, als würde der vorgesetzte Fuß überhaupt nicht den Boden berühren, sondern ein winziges Stück darüber schweben.

Plötzlich merkte ich es auch.

Etwas drang von unten her in meinen Körper, erfasste ihn, nahm ihn direkt in seinen Besitz, und ich hatte das Gefühl, nicht mehr mit beiden Beinen auf der Erde zu stehen.

Das Licht der Kerzen malte geheimnisvolle Schattenspiele aus roten, gelben und schwarzen Farben auf ihn, die auch meine Füße erreichten.

Ria und ich standen nach wie vor in der Hütte, und doch hatten wir beide das Gefühl, nur noch Beobachter zu sein. Eine andere Macht ergriff von uns Besitz, und ich hatte dafür nur eine Erklärung.

Aibon!

Es gab Zeiten, da hatte ich mich vor dem Reich der Druiden gefürchtet. Das lag lange zurück. Aibon war für mich nicht mehr das Land des Schreckens, es hatte seinen besonderen Reiz für mich. Ich spürte einen Drang und eine große Neugierde, mehr darüber zu erfahren. Ganz würde ich es wohl nie begreifen, aber ich freute mich darauf, es erleben zu dürfen, und da schloss ich seine Magie mit ein.

»Du spürst es auch, John, nicht wahr?«

»Es ist seltsam.«

»Auch gefährlich?«

»Nein, das glaube ich nicht.«

Ria schüttelte den Kopf. Wie in Zeitlupe. »Es ist alles so anders«, flüsterte sie. »Ich habe plötzlich das Gefühl, in einer unendlichen Weite zu stehen, so, als hätte sich da etwas verschoben.«

»Das kann schon sein. Die Zeiten, zum Beispiel.«

»Ja, die Zeiten. Wir stehen im Tal der Drachen. Hier muss noch etwas gewesen sein. Der Schrei der Banshee, das hässliche Lachen des Unbekannten, all das waren Hinweise auf die Veränderung.«

Ria verstummte, denn es passierte etwas, mit dem auch sie nicht gerechnet hatte.

Die Wände der Hütte bewegten sich zunächst wellenartig hin und her. Dann veränderten sie ihre Struktur, wurden blasser und schließlich durchsichtig.

Wir schauten hinaus.

Und wir sahen beide in die Weite eines Gebiets hinein, das zuvor noch nicht gewesen war. Jemand sorgte dafür, dass sich unser Blick klärte. Er durchstreifte das andere Gebiet, in dem keine Nebelschwaden ihre geisterhaft wirkenden Pirouetten drehten. Wo wir hinschauten, war die Luft rein, und das Licht sah aus wie ein blasses, hellgrünes Gespinst.

Als ich dies sah, war ich mir endgültig sicher, dass uns Aibon seine Tore geöffnet hatte, und ich spürte den Beweis auch an meinem Kreuz, das verborgen unter meiner Kleidung hing.

Es erwärmte sich kaum, aber es gab eine grüne Strahlung ab, die ebenfalls zu Aibon passte.

Ich atmete die frische Luft tief ein und fand mich mit der magischen Zeitverschiebung ab.

Auch Ria gelang es. Nur wollte sie nicht allein bleiben. Sie kam auf mich zu, und ich hatte abermals das Gefühl, als würde sie schweben.

Ihre Augen leuchteten wie zwei grüne Sterne, als sie mir

ihre Arme entgegenstreckte, meine Hände ergriff, sodass ich sie an mich ziehen konnte. Eng schmiegte sich Ria an mich, als wollte sie Schutz vor dem suchen, was uns erwartete.

Und so standen wir da. Eng umschlungen, ein einsames Paar in der Weite eines geheimnisvollen und rätselhaften Landes, das sich uns wieder einmal offenbaren wollte.

Wir konnten nur warten, dass sich im Land der Drachen etwas tat.

Suko hatte mit allem gerechnet, aber nicht mit dieser schaurigen Wende. Zudem hatte er schon zahlreiche Vampire in seinem Leben gesehen, so einen noch nicht.

Deshalb war er auch so überrascht, stand da, hielt seine Beretta schussbereit, aber er drückte nicht ab, weil sich das Aussehen des Vampirs fest in sein Gedächtnis grub.

Da er einen schwarzen Mantel mit einem hohen Schalkragen trug, unterschied er sich in der Kleidung kaum von den Blutsaugern der klassischen Art. Es fiel an ihm auf, dass auf dem blanken Schädel kein einziges Haar wuchs, dieser aber, ebenso wie das Gesicht und die aus den langen Stulpenärmeln hervorschauenden Hände, eine giftgrüne Farbe hatte. Nur die Zähne schimmerten in einem hellen Weiß, und besonders gefährlich wirkten die beiden Eckzähne, die wie die eines Säbelzahntigers wirkten.

Weiß waren auch die Augen, in denen die kleinen schwarzen Pupillen wie Stecknadelköpfe aussahen. Die Ohren konnte man mit den Lauschern eines Mr Spock aus der Serie *Enterprise* vergleichen.

Für Suko war diese Gestalt eine Ausgeburt an Hässlichkeit. Und nicht nur das. Er wusste auch, wie gefährlich die Vampire waren, ob es sich nun um welche mit einer grünen oder fahlen Haut handelte.

Sein Opfer hatte er schon gefunden. Es lag regungslos vor ihm im Bett. Mit ausgebreiteten Armen und einem leichenblassen Gesicht.

Sukos Mund wurde hart. Er hörte hinter sich Patricks scharfen Atem und vernahm auch Helens Stimme von der Treppe her. Die Frau wollte ebenfalls sehen, was geschehen war. Aber sie durfte nicht in dieses Zimmer, und Patrick musste auch verschwinden. Mit diesem Vampir nahm Suko es ganz allein auf.

»Geh weg!«, zischte er Rush zu, ohne den grünen Blutsauger aus den Augen zu lassen. »Verschwinde und nimm deine Frau mit!«

»Aber ich …«

»Mach schon!«

Patrick sah wohl ein, dass es besser für ihn war, wenn er sich zurückzog, denn dieser Mann aus London hatte mehr Erfahrung als er.

So ging der Hausherr dann.

Suko blieb zurück.

Ihn und den Vampir trennte die Breite des Bettes, wo Gesine Rush totenbleich lag. Aber der Blutsauger schien keine Angst zu haben. Im Gegenteil, er fand das Zusammentreffen der beiden sogar noch amüsant, denn er verzog seine Lippen zu einem breiten, spöttischen Lächeln, bevor er lässig die Arme hob und sie vor der Brust verschränkte, als wäre er hier derjenige, der alles überblickte.

Dem wollte Suko einen Riegel vorsetzen.

Er wusste nicht, ob dieses Wesen ihn verstand, trotzdem versuchte er es und sagte mit flüsternder Stimme: »Rühr dich nicht vom Fleck, Blutsauger, sonst brenne ich dir eine Kugel auf den Pelz.«

Suko erhielt keine Antwort. Der andere lächelte nur, wobei Suko das Gefühl hatte, ausgelacht zu werden.

Dieser Vampir war sich seiner Macht bewusst.

Bei einem anderen hätte Suko längst geschossen, hier zögerte er, denn er wusste, dass dieser Blutsauger nicht mit normalen Maßstäben zu messen war und wahrscheinlich einer völlig anderen Vampir-Generation entstammte.

»Wer bist du?«, fragte er.

Wider Erwarten erhielt Suko eine Antwort, sogar in seiner Sprache. »Ich bin Tyrrtoll, der Drachenblut-Vampir!«

Vielleicht hatte der Vampir gedacht, Suko würde zusammenzucken oder vor Ehrfurcht im Boden versinken, das geschah nicht. Der Chinese nickte nur und stellte eine weitere Frage: »Und was hast du hier zu suchen?«

»Ich jage Banshees!«

»Ach.« Suko deutete mit der freien Hand auf die alte Frau. »War sie eine Banshee?«

»Nein!«

»Dann hättest du nicht herzukommen brauchen. Weshalb bist du bei ihr eingedrungen?«

»Sie kennt Banshees. Sie hat den Ruf der Banshees vernommen, der weit über das Land hallte und auch mich aus meinem Reich holte.« Er streckte einen Arm aus, wies über das Bett und zielte auf Suko. »Versuche niemals, mich aufzuhalten! Ich bin der Drachenblut-Vampir und unbesiegbar!«

»Das werden wir noch sehen«, erklärte Suko kalt. »Ich habe es mir im Gegensatz zu dir zur Aufgabe gemacht, keine Banshees zu jagen, dafür aber Vampire, und du stehst bereits auf meiner Liste. Das hier war dein letzter Einsatz.«

Tyrrtoll lachte, dann sprang er. Es sah so aus, als würde er mit dem Kopf gegen die Decke donnern, und Suko feuerte auch sofort.

Auf diese Entfernung hin konnte er einfach nicht vorbeischießen. Das Echo des Schusses schmetterte als peitschender Klang durch den Raum, und die Kugel prallte etwa dort von der Kleidung des Vampirs ab, wo bei einem Menschen das Herz schlägt.

Doch es passierte nichts!

Suko glaubte sogar, den silbernen Querschläger zu sehen, der seinen Weg quer durch das Zimmer fand und als deformierter Klumpen in die Wand schlug, wo er stecken blieb.

Aber der Drachenblut-Vampir jagte bereits mit einem gewaltigen Satz über das Bett hinweg und stürzte auf Suko zu.

In ihm hatte er sich gerade den richtigen Gegner ausgesucht. Der Inspektor hatte seine Überraschung innerhalb eines Sekundenbruchteils verdaut und drosch zu.

Einmal mit der rechten Hand, in der er noch die Beretta hielt, zum anderen mit der linken Karatehand. Es wurden beides Volltreffer.

Der grüne Blutsauger stieß keinen Schrei aus, dafür Suko, denn er hatte das Gefühl, gegen eine Wand gehämmert zu haben, so hart war der Körper des Vampirs.

Suko kippte zurück. Er fiel gegen den Türrahmen. Tyrrtoll prallte halb auf ihn, wollte ihn zurückdrücken, um seine beiden langen Zähne in den Hals des Chinesen zu schlagen, als es Suko gerade noch gelang, seine ausgestreckte Hand zwischen seinem und dem Gesicht des Blutsaugers zu schießen.

Der Biss ging ins Leere.

Dafür riss Suko sein Knie hoch. Er traf Tyrrtoll voll in den Leib und hatte das Gefühl, mit der Kniescheibe gegen eine Platte geschlagen zu haben. Trotzdem kippte der Drachenblut-Vampir zurück, wälzte sich über den Boden, wobei der lange Mantel in die Höhe wallte wie ein dunkler Vorhang, der auch zurückfiel und wieder hochgeschleudert wurde, als er auf die Beine gelangte.

Diesmal griff er nicht an. Er drehte sich noch auf der Stelle und jagte auf das schmale Fenster zu, dessen Rahmen ein Kreuz zeigte. Kurz davor stieß sich Tyrrtoll ab.

Wie ein grün-schwarzer Schatten jagte er durch das Fenster.

Die Splitter und Holzteile lagen noch nicht am Boden, als Suko bereits das Fenster erreichte und nach draußen schaute.

Es hatte keinen Sinn, den Drachenblut-Vampir zu verfolgen. Die Dunkelheit und der Nebel schützten ihn wie eine doppelte Decke. Nur eines hörte der Inspektor noch. Es war ein krächzendes, hässliches und widerlich klingendes Lachen, das nur allmählich verstummte.

Suko drehte sich wieder um. Er schüttelte den Kopf, denn er hatte etwas Unfassbares erlebt.

Seine geweihte Silberkugel hatte den Vampir getroffen, doch sie war abgeprallt und als deformierter Querschläger durch das Zimmer gesaust. Nicht mal einen Kratzer hatte der Vampir abbekommen.

Wieso?

Am Fußende des Bettes blieb Suko stehen. Er wusste noch keine Lösung, konnte sich jedoch vorstellen, dass sich sein Gegner nicht umsonst den Namen Drachenblut-Vampir gegeben hatte.

Darin musste das Geheimnis seiner relativen Unverletzlichkeit liegen. Jedenfalls war dem Chinesen klar geworden, dass er sich bei diesem Feind auf einiges gefasst machen konnte. Ebenso wie sein Freund John Sinclair, der mit der Tochter des Hauses unterwegs war.

»Suko?« Aus dem Flur hörte der Inspektor Patricks Rufen.

»Komm hoch!«

»Alles klar?«

»Fast.« Mehr sagte Suko nicht. Er setzte sich in Bewegung und trat an die Seite des Bettes, an der Gesine Rush nach wie vor regungslos auf dem Rücken lag.

Bisher hatte es Suko nur geahnt. Jetzt hatte er die Gewissheit. Gesine Rush war tot, und somit hatte sich das Versprechen der Banshee erfüllt.

Suko untersuchte die Tote. Die Leiche war noch warm. Suko strich über den faltigen Hals, aber er fand keine der typischen kleinen Wunden, die auf einen Vampirbiss hingedeutet hätten.

Der Blutsauger mit der grünen Haut hatte es also nicht geschafft, und das beruhigte den Inspektor. Sonst wäre es möglich gewesen, dass die alte Frau plötzlich aufgestanden wäre, um sich auf die Suche nach Menschenblut zu begeben.

Woran war sie dann gestorben?

Suko konnte nur raten, glaubte aber, dass er mit seiner Vermutung der Wahrheit ziemlich nahe kam, denn er rechnete mit einem Herzschlag. Gesine Rush war alt gewesen, sie hatte zudem den Ruf der Banshee gehört und gewusst, dass sie sterben würde.

Er hörte leise Schritte, schaute zur Tür hin und sah dort Helen und Patrick stehen. Sie hielten sich an den Händen. Das Gesicht der Frau war schmerzerfüllt, die Züge des Mannes glichen einem starren Steinrelief.

Suko wusste, dass er jetzt etwas sagen musste, und er tat es mit leiser Stimme. »Sie ist leider tot.«

Patrick nickte. Helen schaute den Chinesen für einen Moment starr an. Es sah so aus, als wollte sie etwas sagen. Schließlich hob sie die Schultern, drehte den Kopf und begann zu weinen.

Die beiden Männer schwiegen. Es herrschte plötzlich eine beklemmende Atmosphäre. Da stimmte nichts mehr. Sie hatten das Gefühl, als wäre der Tod bei ihnen zu Gast.

Nun ist der Tod eine natürliche Sache. Leben und Sterben gehören zum ewigen Rhythmus des Weltenlaufs, trotzdem war es etwas anders als bei einem normalen Fall. Hier war jemand auf eine schreckliche Art und Weise umgekommen, und die Bedrohung blieb.

Helen hatte auf dem Bett neben der Leiche Platz genommen und schloss ihr die Augen, da sie den starren Blick einfach nicht mehr ertragen konnte. Sie weinte auch, als sie ihrer Schwiegermutter die Hände über der Brust zusammenlegte.

Patrick trat auf Suko zu. Fragend hatte er die Augenbrauen gehoben. »Wie ist sie getötet worden?«

»Nicht durch dieses Monster«, erklärte der Chinese.

»Tatsächlich?«

»Ja, ich kam zur rechten Zeit. Er hatte sich über sie gebeugt und wollte gerade zubeißen, als es geschah. Es muss der Schreck gewesen sein. Ich tippe auf einen Herzschlag.«

»Dann kann sie von Glück sagen …«

»Wieso?«

Patrick Rush hob die Schultern. »Ist doch klar. Ein Vampir

hätte sie durch einen Biss ebenfalls zu einer solchen Bestie gemacht.«

»Ich widerspreche dir nicht.«

»Wenn nur die anderen noch hier wären. Ihr Mann und die beiden anderen Enkel.«

»Wo sind sie denn?«

»In der Stadt. Sie müssen etwas besorgen. So können wir Morton nichts vom Tod seiner Frau mitteilen.« Patrick schüttelte den Kopf. »Sie hat Recht gehabt, Suko. Sie hat tatsächlich Recht gehabt. Der Ruf der Banshee. Er bringt den Tod.«

»Das kann auch Zufall gewesen sein.«

»Nein, Suko, daran will ich nicht glauben. Kein Zufall. Die Banshee und dieser Vampir.« Er stockte, weil er nicht mehr weiterwusste. »Ich habe auch keine Ahnung, wie dies alles noch zusammenhängt. Da sind einfach zu viele Rätsel.«

»Ja, das stimmt.« Suko überlegte, bevor er weitersprach. »Der Vampir ist verschwunden. Meine geweihten Silberkugeln sind von ihm abgeprallt. Er ist etwas Besonderes. Weißt du mehr über ihn?«

»Nein.«

»Er hat mir seinen Namen genannt. Tyrrtoll, der Drachenblut-Vampir. Das ist außergewöhnlich.«

Suko hatte sein Gegenüber angeschaut. Patricks Gesicht zeigte Überraschung. Er nickte. »Ja, das ist tatsächlich ungewöhnlich, ein Drachenblut-Vampir.«

»Kennst du ihn?«

»Nein.«

»Auch nichts davon gehört?«

»Ja und nein. Ria, die immer sehr sensibel war und für alles ein Auge hatte, würde da vielleicht besser Bescheid wissen. Sie kennt die Mythen und Legenden. Sie hat mal von einem Tal der Drachen gesprochen, das es hier gegeben hat.«

Suko bekam große Ohren. »Und wo war das?«

»Nicht in dieser Welt, sondern im Reich der Legenden. Sie hat auch den Namen gesagt.«

»Etwa Aibon?«

Der Ire nickte heftig. »Tatsächlich, so hieß das Land.«

Suko überlegte schon weiter und sprach seine Gedanken auch aus. »Wir können also davon ausgehen, dass auch dieser grünhäutige Vampir aus Aibon stammt.«

»So sieht es aus.« Patrick war sehr nachdenklich und traurig. Er ging zu seiner Frau, die noch neben der Toten am Bett saß. »Lass uns nach unten gehen«, sagte Patrick.

Helen schüttelte den Kopf. »Nein, das kann ich nicht.«

»Willst hier sitzen bleiben?«

»Ja.«

»Neben der Toten?«

Sie nickte ernst. »Es ist deine Mutter, Patrick. Du hättest auch die Pflicht, auf der Bettkante zu sitzen. Ich weiß, dass Dinge geschehen sind, die dies nicht erlauben. Finstere Mächte haben ihre Fühler ausgestreckt und in unser Leben eingegriffen, deshalb stehst du ihm zur Seite, denn du kennst dich hier aus. Mir kannst du noch einen Gefallen tun.«

»Welchen?«

»Unten in der Kammer liegen noch die vier Kerzen. Es sind die Taufkerzen der Mutter. Sie sollen auch an ihrem Totenbett brennen, damit ihr Licht der Seele heimleuchtet.«

Der Mann räusperte sich und nickte. »Ja«, sagte er flüsternd. »Ich werde gehen und sie holen.«

»Danke.«

Suko hätte den Raum gern verlassen. Er brachte es einfach nicht über das Herz. Vielleicht spürte er auch, dass die Frau noch mit ihm reden wollte, deshalb blieb er.

Helen atmete tief ein. »Es ist ein alter Brauch bei uns, dass wir die Kerzen anzünden«, erklärte sie. »Du wirst es sicherlich verstehen.«

»Natürlich.«

Die nächsten Minuten vergingen schweigend. Suko schaute durch das zerbrochene Fenster, durch dessen Öffnung Nebelfäden wie lange, dünne Finger lautlos in den Raum tasteten, zum Bett vordrangen und so wirkten, als wollten sie von der Toten Abschied nehmen.

Dann kam Patrick zurück. Sie hörten seine Schritte schon auf der Treppe. Als Patrick das Zimmer betrat, trug er vier lange Kerzen. Die dazugehörigen Leuchter hatte er sich unter den rechten Arm geklemmt. Sie waren aus Holz und in Handarbeit hergestellt worden. Die Ständer baute er um das Bett der Toten herum auf. Helen erhob sich und trat zur Seite, damit ihr Mann Platz fand.

Sie weinte leise.

Suko wollte helfen, doch der Ire winkte ab. »Es ist meine Aufgabe«, erklärte er mit spröder Stimme. Suko verstand diesen Brauch und zog sich zurück.

Die Beklemmung innerhalb des Raumes wollte nicht weichen. Denn nach wie vor geisterte der Tod als unsichtbarer Gast zwischen ihnen. Patrick zündete die Dochte an. Als alle vier brannten, faltete er, ebenso wie seine Frau, die Hände und betete.

Suko tat es ihnen nach.

Erst Minuten später beendeten die beiden Rushs das Gebet mit einem Kreuzzeichen.

Beinahe abrupt drehte sich Patrick Rush zu Suko um und schaute ihn an. Der Inspektor sah deutlich, dass die Augen des Iren brannten. Der Tod seiner Mutter war ihm nahegegangen.

»Können wir?«, fragte er.

»Wohin?«

»Das Untier suchen!«

Daran hatte auch Suko schon gedacht. Er zögerte die Antwort trotzdem hinaus.

»Willst du nicht?«, fragte Patrick.

»Doch.«

»Was hindert dich?«

»Ich denke dabei an dich, Pat. Du solltest im Haus bleiben und nicht mitgehen. Der Vampir ist gefährlich. Und er ist auch deshalb gefährlich, weil selbst geweihte Silberkugeln an ihm abprallen. Er kommt mir vor, als hätte er einen magischen Panzer.«

Patrick faltete die Hände. »Das weiß ich alles, Suko. Nur muss ich ihn stellen.« Er sprach drängend, seine Augen funkelten. »Er hat meine Mutter getötet.«

Zumindest indirekt, dachte Suko. Aber der Ire hatte Recht. Suko hätte an dessen Stelle nicht anders gehandelt.

Vielleicht war es symptomatisch, dass Helen nichts sagte. Sie stand zwischen zwei Kerzen und wurde von den Totenlichtern eingerahmt. Den Blick hielt sie auf ihren Mann gerichtet. Suko las darin vollstes Vertrauen. Was Pat auch immer tun würde, es wurde von seiner Frau voll akzeptiert.

Die Kerzen flackerten. Suko erinnerten sie an ein Totenlicht, so kalt und abweisend kam es ihm vor. Dazwischen hatte der feine Dunst seine Bahn gefunden. Er war durch das Fenster gekrochen, und keiner der Menschen spürte die Kälte, die er mitbrachte.

Patrick Rush ging zu seiner Frau und legte ihr eine Hand auf die Schulter. Er brauchte nichts zu sagen, schaute sie an, und sie nickte bedächtig. Diese Frau war einverstanden.

Suko seufzte. Wenn das so lief, konnte er sich nicht gegen die Tatsachen sträuben. Er war Gast im Hause der Rushs und durfte ihnen keine Vorschriften machen. Zudem waren beide erwachsen, und gewarnt hatte er sie auch.

Schweigend verließen sie das Zimmer. Unten hingen ihre Jacken. Suko streifte seinen gefütterten Parka über, der Ire griff nach einer Wolljacke. Dann ging er in eine Kammer, deren schmale Tür verschlossen gewesen war. Als er zurückkam, hielt er eine Schrotflinte in den Händen. Er zeigte sie Suko und hängte sie sich über die Schulter.

»Die wird dir nichts nutzen«, erklärte der Inspektor.

»Ich fühle mich damit aber sicherer.«

»Dann nimm sie mit.«

»Patrick!« Helens Stimme hallte klirrend durch das Haus. Jeder hörte das Zittern darin.

»Was ist?«

»Gott möge euch beistehen!«, rief sie. »Holt euch die verdammte Bestie. Bitte!«

Der Ire erwiderte nichts. Er drehte sich um und ging auf die Tür zu. Seine Schritte waren schwer, und Suko folgte dem Mann, der sich entschlossen hatte, über seinen eigenen Schatten zu springen.

Draußen empfing sie der Nebel. Sie schauten sich um und sahen so gut wie nichts. Diese Sucherei glich einem Ratespiel. Der Vampir konnte überall stecken, das war ja das Schlimme.

»Wenn er durch das Fenster gesprungen ist, könnte er sich bei den Ställen aufhalten«, vermutete Patrick.

Suko war da nicht sicher. »Meinst du, dass er sich tatsächlich noch hier in der Nähe versteckt hat?«

Der Ire streifte Wollhandschuhe über. »Er will doch Menschenblut – oder nicht?«

»Das haben Vampire so an sich.«

»Wir durchsuchen die Ställe.« Patrick hatte entschieden. Suko hatte nichts dagegen. Um besser sehen zu können, hatte Patrick eine Taschenlampe mitgenommen. Der Lederriemen hing um seinen Hals, die Lampe baumelte dicht über der Gürtelschnalle. Er schaltete sie ein und bot damit gleichzeitig ein gutes Ziel.

Suko wies ihn darauf hin. »Ich würde sie nur im Notfall einschalten«, sagte er.

»Meinst du?«

»Ja.«

»Gut.«

Die beiden Männer durchsuchten die Ställe. Sie hatten keinen Erfolg, der Drachenblut-Vampir schien überhaupt nicht dort gewesen zu sein, denn sie entdeckten keine Spuren von ihm.

Ziemlich ratlos standen die beiden zusammen. »Das gefällt mir nicht«, flüsterte Patrick Rush, »überhaupt nicht. Der führt uns an der Nase herum.«

»Möglicherweise will er uns auch vom Haus weglocken. Deine Frau ist zurückgeblieben. Und zwar wehrlos.«

»Ja, daran habe ich auch gedacht«, gab der Ire zu. »Nur frage ich mich, was ich denn tun soll?«

»Bei ihr bleiben.«

»Und dann?«

»Schließt euch ein. Vernagelt die Fenster. Holt Kreuze und Knoblauch, wenn ihr habt.«

»Ist das ein sicherer Schutz?«

»Nein, das nicht. Der Vampir ist stark. Er wird viele Hindernisse überwinden können. Aber es ist ein Anfang, wenn du verstehst, was ich meine.«

»Ja, natürlich.«

Patrick Rush wankte bereits. Das war Suko sehr recht. Aber es sollte anders kommen, ganz anders. Zuerst hörten sie einen schrillen Schrei, der beide zusammenzucken ließ. Die Männer warfen sich Blicke zu. Niemand wusste genau zu sagen, aus welcher Richtung der Schrei geklungen war, zudem verzerrte der Nebel das Echo, aber ihnen war schon bekannt, wer ihn ausgestoßen hatte.

»Das war eine Banshee!«, flüsterte Rush und ballte eine Hand zur Faust. »Verdammt, das war sie!«

»Und weshalb sollte sie geschrien haben?«, fragte Suko.

Der Ire hob die Schultern. »Das kann ich auch nicht sagen!«, flüsterte er. »Dieses Land steckt voller Rätsel und Geheimnisse, die gestern noch verborgen gewesen waren, heute aber an die Oberfläche steigen. Das ist einfach furchtbar und grauenhaft.«

»Du rechnest damit, dass wieder jemand stirbt?«, fragte Suko.

Er wunderte sich, dass sein Begleiter den Kopf schüttelte. »Nein, Suko, nein, diesmal nicht.«

»Aber sie hat geschrien!«

»Stimmt, nur war es kein Totenruf, sondern ein Schrei. Und zwar ein Schrei der Angst. Sie muss fürchterliche Angst gehabt haben, das weiß ich.«

»Wovor sollte eine Banshee Angst haben?«

Patrick schaute den Inspektor groß an. Suko sah die Nässe auf seiner Haut. »Vor dem Drachenblut-Vampir.«

Und wieder zuckten sie zusammen, als sie den Schrei

hörten. Diesmal hatte er sich verändert und war zu einem grauenvollen Heulen geworden, das den Männern tief unter die Haut ging. Das Heulen jagte durch den Nebel, er schien darunter zu leiden und zu zittern, aber er bewegte sich nicht und gab kein Loch frei, durch das die beiden hätten schauen können.

»Weit kann es nicht entfernt sein«, hauchte der Ire. »Das muss noch auf meinem Feld …«

Er kam nicht mehr weiter, denn er hörte den dritten Schrei.

Im nächsten Augenblick sahen es beide. Patrick Rush riss seine Schrotflinte hoch und zielte in die Nebelwand, die vor ihnen in Bewegung gekommen war.

Dort erschien eine Gestalt.

Fließend, schwebend, als wäre sie selbst ein Teil dieses grauen Dunstes.

Aber das war sie nicht.

Die beiden sahen eine Banshee.

Es tat sich etwas!

Wir, die wir plötzlich zwischen die Zeiten oder Dimensionen geraten waren, hörten den geheimnisvollen Ruf.

Es war der typische Schrei der Banshee. Diesmal nicht nur warnend, auch verzweifelt klingend, aber wir sahen die Ruferin nicht.

»Das war der gleiche Schrei!«, flüsterte Ria. Sie griff wieder nach meiner Hand.

»Scheint so.« Ich wartete ab. Dieser Schrei hatte etwas zu bedeuten gehabt. Vielleicht eine gewisse Signalwirkung.

Plötzlich vermisste ich den Bach. Und auch die Wände der Hütte sah ich nicht mehr. Der Dunst einer realen Welt oder der Zauber einer neuen schien beides verschluckt zu haben, sodass wir ziemlich allein auf weiter Flur standen, aber das Gefühl hatten, beobachtet zu werden.

Vor uns lag eine weite Landschaft. Nicht so grün, wie ich

sie an den schönsten Flecken des Landes Aibon kannte, mehr karstig, rau und wild.

Noch immer war der kaum erklärbare Vorgang im Gange. Nur allmählich schälten sich gewisse Konturen in der Weite des Landes hervor. Ich entdeckte weite Hügel und kegelförmige Vulkane.

Erloschen, vielleicht tief in ihrem Innern brodelnd, aber nicht mehr mit der Kraft, die ausgereicht hätte, um den gefährlichen Inhalt aus der Öffnung und in die Höhe zu schleudern.

»Ist dies das Tal der Drachen, von dem in euren Legenden gesprochen wurde?«, fragte ich.

Ria nickte. »Das muss es einfach sein.«

»Dann lass uns tiefer hineingehen.«

»Warum?«

»Weil ich die Drachen sehen will.«

»Und du hast keine Angst?«

»Noch nicht.«

»Dann werde ich dich begleiten.«

Ich schaute gegen den Himmel. Der Aibon-Himmel war, das wusste ich, oftmals von einem unnatürlichen Blau, gemischt mit dem dunklen oder manchmal auch hellen Grün des Landes, sodass ich hin und wieder einen türkisfarbenen Schimmer gesehen hatte, der sich von einer Unendlichkeit in die andere hatte ziehen wollen.

An diesem Tag sah ich diesen Himmel nicht. Der hier war düster und grau, manchmal von langen Streifen durchschnitten, die aber von keiner sichtbaren Sonne stammten.

Wir hatten in unserer Welt in der Dunkelheit gestanden, hier erlebten wir eine Grauzone, in die hin und wieder ein hellerer Streifen hineinfiel.

Aibon-Erde!

Und dann sahen wir die Bewegungen. Es mussten einfach Geister sein, denn das Brausen um uns herum und die weichen, schmeichelnden Berührungen in den Gesichtern konnten nur von ihnen stammen, da ich keinen Nebel oder Wind spürte.

Ria drehte mir ihr Gesicht zu. »Sie sind da!«, hauchte sie.

»An wen denkst du?«

In ihren Nixenaugen las ich plötzlich eine gewisse Sehnsucht. »An die Banshees, vielleicht sogar an meine Mutter. Ob ich sie wohl mal sehen werde?« Sie fasste mich jetzt an. An der Härte ihres Griffes erlebte ich, wie sehr sie diese Vorstellung faszinierte. »Was meinst du dazu, John?«

Ich gab eine diplomatische Antwort. »Möglich ist schließlich alles, und Aibon steckt voller Rätsel.«

Mehr fragte Ria nicht. Auch ich wollte nicht gestört werden, denn ich konzentrierte meine Blicke auf den geisterhaften Tanz, der über dem Vulkanboden stattfand.

Es waren Gespenster. Möglicherweise auch Elfenwesen oder Feen, so genau konnte ich das nicht erkennen. Sie drehten ihre Reigen und bildeten stets neue Figuren.

Ria war von diesem Tanz fasziniert. Sie konnte nicht mehr ruhig stehen bleiben. »Seid ihr die Banshees?«, fragte sie. »Seid ihr die Geister, die uns Menschen in ihrem Leben begleiten? Bitte, gebt doch Antwort. Seid ihr es tatsächlich?«

Weder Ria noch ich erhielten eine Antwort. Dafür wirbelten die Gestalten weiter. Ihr Tanz wurde mit einer gewissen Besessenheit geführt. Es gelang mir allerdings nicht, Gesichtsmerkmale zu unterscheiden, dafür sahen sie einfach zu blass und nebulös aus. Ich erinnerte mich daran, Elfen und Feen gesehen zu haben, als ich das rätselhafte Land Aibon zum ersten Mal intensiv erlebt und auch das Rad der Zeit kennen gelernt hatte.

Hier sahen die Gestalten ähnlich aus. Wunderbare, nebulöse Tänzerinnen, die in ihren Bewegungen voll aufgingen.

Miriam di Carlo aber sah ich nicht.

Ria Rush sprach mich an. »John, ich will zu ihnen. Vielleicht kann ich mich mit ihnen unterhalten. Bitte.«

»Versuch es.«

Und sie ging.

Nein, sie ging nicht, denn plötzlich merkte Ria, dass sie sich nicht bewegen konnte.

»John!« Ihre Stimme zitterte. »John, was ist das? Ich kann nicht mehr gehen. Mich noch nicht mal bewegen. Da will mich jemand festhalten, John!«

Sie hatte nicht mal Unrecht. Als ich es versuchte, kam ich ebenfalls nicht von der Stelle. Es war so, als würde uns eine Kraft aus dem Innern der Erde festhalten.

Nur anfassen konnten wir uns. Ich spürte wieder Rias Griff. »Kannst du nichts tun, John?«

»Ich glaube nicht.«

»Aber dann sind wir …« Sie holte tief Luft. »Verflixt, dann sind wir Gefangene.«

»Das kann sein.«

»Und jetzt?«

»Müssen wir warten.«

Es war wirklich das Beste, was wir tun konnten. Warten, nur einfach warten und zuschauen, wie es die geisterhaften Tänzerinnen mit ihren langen, fließenden Haaren weitertrieben.

Es war auch für mich nicht gut, unbeteiligt zu bleiben, aber ich dachte längst darüber nach, wie dies überhaupt möglich sein konnte, wo wir doch so übergangslos in diese geheimnisvolle Welt des Landes Aibon transportiert worden waren.

Jetzt hingen wir fest. Waren nur noch Statisten, denn die anderen bewiesen uns ihre Macht und Magie.

Vielleicht hatte auch mein Kreuz dafür gesorgt, dass die alte Magie der Drachen wieder an die Oberfläche und in die Gegenwart hingespült worden war, und ich wurde das Gefühl nicht los, dass man uns etwas zeigen wollte.

Noch immer tanzten die nebulösen Wesen, drehten die Banshees ihre Kreise, und wir hörten auch wieder die Schreie.

Diesmal verändert. Nicht mehr so schrill, mehr jammernd, als würden sie von einer kommenden Gefahr wissen, nicht aber in der Lage waren, etwas dagegen zu unternehmen.

Auch Ria hatte bemerkt, dass sich etwas veränderte. »Was kommt da auf uns zu?«, fragte sie.

»Ich weiß es nicht.«

Ihre Augen verengten sich. Sie zog den Kopf zwischen die Schultern, als wäre sie von einem kalten Hauch gestreift worden. »Ich habe das Gefühl, dass wir uns wie auf dem Präsentierteller befinden, John. Irgendetwas ist da nicht in Ordnung. Ich merke genau, dass wir uns nicht wehren können. Man ist uns überlegen.«

In ihre letzten Worte hinein erklang ein fürchterlicher Schrei. Diesmal nicht von einer Banshee ausgestoßen, sondern von allen Gestalten, die den Reigen bildeten.

Sie schrien, jammerten, brüllten und wuchteten ihre geisterhaften Körper zurück, als wäre zwischen ihnen eine Bombe eingeschlagen. So ähnlich kam es uns in den folgenden Sekunden vor, denn dort, wo die Banshees getanzt hatten, öffnete sich plötzlich die Erde. Wir konnten nicht weg und waren in einem Inferno gefangen, das sich aus Erde, Steinen, Rauch und Feuer zusammensetzte.

Ein Vulkanausbruch fand praktisch vor unseren Zehenspitzen statt, und er hätte uns ebenfalls in die Höhe geschleudert oder zerfetzt, aber wir sahen nur zu, erlebten es ja nicht mit.

Rauch hüllte uns ein. Wir wurden nicht getroffen und atmeten den Qualm auch nicht ein. Wir standen wie geisterhafte Erscheinungen vor Ort, waren aber in Wirklichkeit woanders.

Das war kaum zu fassen.

Auch Ria hatte ihren ersten Schreck überwunden. Sie riss nicht mehr ihre Arme in die Höhe, um sich vor den aus dem Erdboden herausgeschleuderten Gegenständen zu schützen, die uns selbst nicht erwischt hatten.

Wir mussten auf einer zeitlosen Insel stehen, in einem Loch zwischen den Dimensionen, das uns vor allem schützte, was sich an Horror vor uns abspielte.

Allmählich verschwand der Rauch. Es war ein dicker,

schwadenartiger und schwarzer Qualm, unsere Sicht klärte sich, und wir konnten das erkennen, was die Explosion zurückgelassen hatte.

Es war ein Krater!

Feine Rauchschleier drangen aus ihm hervor und wurden vom Wind mitgerissen.

»Ich verstehe das nicht, John, du etwa?«

»Kaum, aber ich werde das Gefühl nicht los, dass wir hier etwas erleben, das sich in der Vergangenheit oder in Aibon ereignet hat.«

»Und was könnte das sein?«

»Das, meine liebe Ria, werden wir sehr bald sehen. Warte es mal ab.«

Interessant war der Krater. Er befand sich zwar in der Nähe, aber wir waren trotzdem zu weit von ihm entfernt, als dass wir bis auf seinen Grund hätten schauen können. So mussten wir zunächst einmal abwarten, ob noch weitere Ereignisse ihre Schatten über das Land und uns warfen.

Die geisterhaften Banshees waren verschwunden. Eine trügerische Ruhe lag über dem Land. Der bei dem Vulkanausbruch entstandene Qualm trieb den Bergen entgegen.

Zudem fielen die ersten Partikel wieder zurück. Sie kamen als gewaltiger Regen aus Asche, kleinen Steinen und Staub. All dies setzte sich auf dem Boden ab, ohne uns allerdings zu berühren, denn uns schützte ein unsichtbares Dach.

Ich wunderte mich nicht mehr. Meine Anspannung ließ nach. Sie schuf einer gesunden Neugierde Platz. Zudem konnte ich mir nicht vorstellen, dass mit dem Ausbruch des Vulkans alles vorbei gewesen sein sollte.

Und ich behielt Recht.

In der Tiefe des Vulkans tat sich etwas. Dort begann es zu grummeln, und plötzlich spritzte wieder glühende Lava in die Höhe.

Es war erst der Beginn.

Eine gewaltige Feuersäule jagte in den Himmel, doch nicht der Vulkan hatte sie ausgespien, sondern ein Monstrum, das in ihm lauerte. Einen Augenblick später fiel die Flammensäule in sich zusammen.

Dann reckte ein grünes Schuppentier seinen hässlichen Schädel über den Kraterrand.

Ria faltete die Hände und suchte neben mir Schutz. »John, das ist ein Drache!

Kaum hatte Ria das gesagt, leckte erneut ein Flammenstoß über den Kraterrand.

Ein wenig schwerfällig wirkte es, als das Monstrum aus dem Krater kletterte. Die dicke Drachenhaut schimmerte in einem dunklen Grün, ebenso wie der lange, kräftige Schwanz, mit dem das Riesentier problemlos Häuser einreißen konnte.

Wir waren gebannt von diesem Anblick.

»Und wenn er uns verschlingt?« Ria zitterte am ganzen Leib. »John, der verschlingt uns mit Haut und Haaren!«

»Ich weiß, aber ich glaube nicht, dass uns etwas geschieht. Wir sind geschützt, uns hat das Feuer nichts anhaben können, selbst der Vulkanausbruch ist spurlos an uns vorübergegangen. Nicht ein Stein traf uns, nicht mal ein Staubkorn.«

»Und was ist das?«

Der Drache drehte sich.

Es war nicht das erste Mal, dass ich einem solchen Untier gegenüberstand, aber diesmal brauchte ich nicht zu fliehen. Er konnte mir nichts tun, wir standen geschützt.

Nicht ein Geräusch hörten wir. Die Szene lief vor uns ab wie in einem Stummfilm.

Auch wir schwiegen, als wir dem Phänomen weiter zusahen.

Ein wenig mulmig war mir schon, als der Drache sich uns zuwandte. Ria reagierte ähnlich. Über ihr Gesicht rann eine Gänsehaut. Angst hielt sie umklammert. Ich hörte ihr scharfes Atmen, als der Drache näher kam.

Seine Augen wirkten wie Halbkugeln. Sie fixierten uns. Die Schnauze öffnete sich langsam. Wir konnten in das Maul hineinschauen. Dolchartige Reißzähne flößten uns Respekt ein.

Durch die Gestalt des urwelthaften Tieres ging ein gewaltiger Ruck. Es sah aus, als bereitete er sich auf einen Angriff vor, doch er schien nur Stärke demonstrieren zu wollen.

Ria meldete sich wieder. »John, das gibt es doch nicht. Sag mir, dass ich träume.« Das konnte ich nicht. Im nächsten Augenblick drehte der Drache durch.

Ein mächtiges Gebrüll begleitete den Feuerstrahl, den er in unsere Richtung schickte.

Wir duckten uns unwillkürlich, rechneten mit dem alles verzehrenden Feuer, doch die Flammen wischten über uns hinweg, obwohl sie uns hätten erfassen müssen.

Es war einfach unbeschreiblich. Ria schaute vorsichtig hoch. »Leben wir noch?«, fragte sie allen Ernstes.

»Es sieht so aus.«

»Dann kann er uns nichts tun, oder?«

Ich gab ihr keine Antwort, denn der Drache wuchtete jetzt seinen mächtigen Körper herum, und ich wollte sehen, was er als Nächstes unternahm.

Nichts gegen uns, denn hinter ihm war plötzlich eine Gestalt aufgetaucht.

Ein Mensch, der einen dunklen Mantel trug und zwei brennende Lanzen in der Hand hielt, deren Feuerschein ihn von zwei Seiten umspielte.

»Wer ist das?«, hauchte Ria.

»Keine Ahnung.« Erst jetzt bemerkte ich, dass diese Gestalt kahlköpfig war.

Durch das tanzende Feuer sah sie so aus, als würde sie sich unter einer roten Glut bewegen und sich dabei immer mehr verzerren. Auch ihr Gesicht blieb dabei nicht mehr im Schatten.

Aibons Luft war klar, auch in dieser Gegend, wo die

Vulkane hin und wieder ihre gewaltigen Flammensäulen in die Luft schleuderten. Aus diesem Grunde konnte ich die Gestalt auch so deutlich erkennen, obwohl sie sich meiner Schätzung nach relativ weit von uns entfernt befand. Ich sah, wie sich ihr Gesicht bewegte und der Mund dabei weit aufklaffte.

Auch Ria hatte etwas davon bemerkt. »Ein Vampir«, flüsterte sie.

Ihre Feststellung war noch nicht verklungen, als Ria einen leisen Ruf ausstieß. Sie schüttelte sich dabei, als wollte sie es nicht glauben. »Vampire in Aibon!?«

Sie sprach nicht mehr weiter. Auch ich blieb stumm, denn wir beide hörten plötzlich ein Geräusch, das uns bekannt vorkam. Es war ein krächzendes, hässliches Lachen, das wir einfach nicht überhören konnten. Es erinnerte uns an das, was hinter uns lag.

Ich sah mich wieder mit Ria in der Hütte stehen und lauschen. Wir hatten das hässliche Lachen auch in unserer normalen Welt vernommen, und jetzt hörten wir es wieder.

In Aibon.

O Gott, was tat sich da? Welche Magie und Ereignisse würden wir noch erleben?

»John, träume ich?« Ria Rush konnte es kaum fassen.

»Nein, Mädchen. Du befindest dich in dem Reich, in dem die Legenden geboren wurden. Wo die Feen, Elfen, Drachen und Geister zu Hause sind. Das ist die Welt von Aibon, das ist …« Ich hob die Schultern. »Vielleicht erkläre ich es dir später.«

Es war auch keine Zeit für irgendwelche Dialoge, denn der Drache hatte bemerkt, dass in seiner Nähe jemand aufgetaucht war, und er drehte seinen Körper so, dass die Halbkugel-Augen diesen Gegner anstarren konnten.

Gegner, ich hatte mich nicht getäuscht, denn die beiden waren keine Freunde.

Da gab es etwas zwischen ihnen, das nicht sichtbar war, an dem ich jedoch fühlen konnte.

Das unsichtbare Band der Feindschaft.

Und der Drache reagierte als Erster. Er wollte es schnell zum Abschluss bringen, öffnete seine gewaltige Schnauze, und abermals jagte ein Feuerstrahl daraus hervor und dem Vampir direkt entgegen.

Wir rechneten damit, dass der andere in Deckung springen würde. Ich ertappte mich sogar dabei, dass ich ihm die Daumen drückte, doch der Blutsauger blieb stehen wie eine Eins.

Er brauchte sich nicht zu bewegen, denn die Feuersäule rann zuckend über den harten Boden und erreichte ihn nicht. Mit der gleichen Geschwindigkeit schlug sie wieder zurück und verschwand im noch immer aufgerissenen Maul des Drachen.

»Das gibt was!«, flüsterte Ria. »Die beiden werden sich bekämpfen.«

»Und wer gewinnt?«

»Wem gönnst du es, John?«

Das war eine gute Frage. Der Drache war gefährlich, der Vampir nicht minder. Obwohl ich mir zutraute, gegen ihn erfolgreicher bestehen zu können als gegen ein so vorsintflutliches Ungeheuer.

Die erste Attacke des Drachen war nur eine Warnung gewesen. Bis hierher und nicht weiter hätte das heißen können. Jetzt bewegte sich dieser Klumpen aus Schuppen und harter Haut nach links. Er wollte einen Bogen schlagen, um sein Opfer von der Seite erreichen und vernichten zu können. Dabei brauchte er sich nicht allein auf sein Maul zu verlassen, auch seinen Schwanz konnte er einsetzen, und dessen Kraft würde den Blutsauger aus Aibon zerstückeln.

Der Drache hatte sich geduckt, wenn man bei ihm überhaupt davon sprechen konnte. Sein gewaltiger Leib schabte über den Boden und wirbelte Staub auf.

Der Vampir blieb ruhig stehen. Ich wusste nicht, wo er so

plötzlich hergekommen war, ich fand mich einfach damit ab, dass er überhaupt vorhanden war und sich dem Drachen stellte.

Als Zeichen eines baldigen Angriffs wertete ich die Bewegungen der beiden Arme. In den Händen hielt er die flammenden Lanzen. Ich konzentrierte mich für einen Moment auf den Feuerschein und sah in seinem Innern ein grünes Zucken.

Grün wie das Licht von Aibon.

Sollten die Flammen damit gefüllt sein?

Noch hatte ich keine Ahnung, aber das Gefühl, dass bald etwas passieren würde, steigerte sich von Sekunde zu Sekunde. Der Blutsauger hatte jetzt die Arme angewinkelt und drückte sie langsam nach hinten. Er schien Kraft zu sammeln.

Mit Lanzen gegen einen Drachen?

Normalerweise unwahrscheinlich, doch ich sah es anders. Wir befanden uns in Aibon, zwar nur als Zuschauer degradiert, aber wir mussten den Gesetzen dieses Landes Tribut zollen. Hier lief vieles anders als in der normalen Welt, auch Waffen würden hier eine besondere Wirkung zeigen, und wenn es nur die beiden brennenden Lanzen waren.

Der Drache schien zu merken, was auf ihn zukam. Genüsslich öffnete er sein Maul.

Der gewaltige Oberkörper wurde zurückgedrückt, sodass es für uns aussah, als wollte das vorsintflutliche Tier noch einmal Kraft schöpfen, um anschließend voll einzusteigen.

Der Vampir kam ihm zuvor.

Urplötzlich riss er beide Arme nach vorn. Das geschah synchron, und zusammen verließen die brennenden Stäbe seine Fäuste, die er gedankenschnell geöffnet hatte.

Die zwei brennenden Lanzen jagten dem grün geschuppten Untier mit einer fast wahnsinnigen Geschwindigkeit entgegen, sodass sie für uns aussahen wie Kometen.

Und sie trafen.

Was dann geschah, übertraf unsere kühnsten Erwartungen.

Gleichzeitig hatte ich das Gefühl, eine alte germanische Sage zu erleben.

Vor Überraschung ging Patrick Rush einen Schritt zur Seite und schüttelte den Kopf. »Meine Güte, Suko!«, keuchte er. »Das ist sie. Das ist eine Banshee!«

Auch der Inspektor sah zum ersten Mal in seinem Leben dieses geheimnisvolle Wesen, um das sich so viele Gespräche gedreht hatten, aber er konnte es nicht richtig erkennen.

Die Banshee war einfach zu schnell. Sie huschte durch den Nebel und war zu einem dunkelgrauen Schatten geworden, der nur bei genauerem Hinsehen als Körper mit einigermaßen menschlichen Zügen zu erkennen gewesen wäre.

Suko holte tief Luft. Er hatte das Gefühl gehabt, als würde die Banshee genau auf ihn zukommen, um nach ihm greifen zu können. Dann drehte sie sich schnell ab und jagte heulend in eine dicke, wallende Nebelwolke hinein, mit der sie eins wurde.

Alles war so schnell abgelaufen, dass die beiden Männer nicht reagiert hatten. Sie standen sprachlos da.

Nur Rush bewegte sich. Er hob dabei die Schrotflinte. Die beiden Hähne waren gespannt.

Ein Gelächter aus dem Nebel drang an ihre Ohren. So krächzend, gleichzeitig schrill und furchtbar, unterlegt mit Hohn und einer widerlichen Häme, die beide zusammenzucken ließ.

Das musste der Drachenblut-Vampir gewesen sein. Wenn ja, dann lauerte er in ihrer Nähe, wurde nur vom Nebel gedeckt und ließ sich deshalb nicht blicken.

Suko verzichtete auf seine Beretta. Er holte stattdessen eine andere Waffe hervor. Es war die Dämonenpeitsche, mit der er einen Kreis über den Boden schlug, sodass die drei Riemen hervorrutschten konnten.

Suko wartete ab.

»Nichts zu sehen!«, kommentierte Patrick und kam wieder

zurück. Er hatte sich einige Schritte entfernt gehabt. Seine Gestalt wurde von den grauen Schleiern umwallt, sodass er wie ein gewaltiger Klotz in der Finsternis wirkte. »Aber es ist eine echte Banshee gewesen«, erklärte er fest überzeugt.

»Woher willst du das wissen?«

»Sie werden immer so beschrieben.«

»Als Geister?« Suko zweifelte.

»Das ist unterschiedlich. Manchmal feinstofflich, dann wieder anders, weißt du?«

Suko nickte. Er dachte darüber nach, dass die Banshee so schnell und wie ein Schatten an ihnen vorbeigehuscht war. Als wäre sie auf der Flucht gewesen.

Wenn ja, vor wem?

Suko brauchte nicht lange nachzudenken, um den Grund zu erraten. Das konnte nur der Vampir gewesen sein.

Er spürte die Trockenheit in seinem Hals und die Feuchtigkeit auf seinen Handflächen. Patrick Rush schaute auf die Dämonenpeitsche, stellte aber keine Frage. Er hatte längst erkannt, dass der Inspektor mehr Erfahrung mit Geistern hatte als er.

Eine Stimme hallte durch die graue Suppe.

Es war Helen.

»Wo seid ihr?«

Patrick schüttelte den Kopf. Er wollte ebensowenig wie Suko, dass sich seine Frau da einmischte. »Bleib bitte im Haus, Helen!«

»Wer hat da geschrien?«

»Eine Banshee!«

»Habt ihr sie gesehen?«

»Ja.«

»Gott!« Ihr Schrei klang laut durch den Nebel. »Dann wird noch jemand sterben!«

Patrick schwieg. Er schaute Suko an und nickte dabei. »Sie könnte Recht behalten«, sagte er. »Beim ersten Schrei der Banshee ist meine Mutter gestorben. Und jetzt ...«

Es lag auf der Hand, dass er sich starke Sorgen machte.

Suko reagierte entsprechend. »Okay«, sagte er. »Okay, Pat. Du wirst jetzt zu Helen gehen und das Haus dann nicht verlassen!«

Der Blick des Iren wurde starr. »Und was machst du?«

Da lachte Suko leise. »Ich werde versuchen, diesen Drachenblut-Vampir zu stellen.«

»Allein?«

»Ich bin deshalb hergekommen. Vergiss das nicht. Und jetzt verschwinde, Mensch.«

Patrick hatte erkannt, dass Suko keinen Widerspruch mehr duldete. Er schaute noch kurz zu Boden, hängte dann die Schrotflinte über die rechte Schulter, nickte und ging weg.

Helen rief wieder nach ihrem Mann und erhielt von ihm eine beruhigende Antwort.

Suko wollte den Drachenblut-Vampir. Einmal hatte ihn diese Bestie reinlegen können, das sollte ihm ein zweites Mal nicht passieren. Aber er wusste nicht, wo der Blutsauger steckte.

Tyrrtoll konnte sich an das Haus herangeschlichen und sich darin verborgen haben.

Trotzdem ging der Chinese davon aus, dass sich der Drachenblut-Vampir nicht in das Haus verzogen hatte. Er jagte Banshees, und die fand er nun mal in freier Wildbahn und nicht zwischen den Wänden eines Bauernhauses.

An einer Stallwand hing eine Laterne, die mit ihrem Licht nur mühsam die Schwärze der Nacht und den Nebel durchdrang. Suko ging auf sie zu.

Der Inspektor gehörte nicht zu den ängstlichen Gemütern, trotzdem konnte er sich etwas Besseres vorstellen, als durch den feuchten Nebel zu laufen.

Es war ein leises Quietschen. Blinder Alarm. Die Laterne schaukelte in ihrer Halterung und quietschte dabei.

Suko konnte sich ein Lächeln der Erleichterung nicht verkneifen, als er die natürliche Erklärung für dieses Phänomen erkannte.

Die Tür schräg unter der Lampe stand breit offen. Suko

musste den Schuppen untersuchen. Es roch dort nach Heu. Licht gab es keins.

Dafür hörte Suko ein dünnes, gequältes Wimmern – und im selben Augenblick das krächzende Lachen des Drachenblut-Vampirs.

Da wusste Suko Bescheid.

Vor ihm, in der Finsternis des Schuppens mussten sich eine Banshee und der Vampir befinden.

Nach wie vor sah Suko die berühmte Hand vor Augen nicht. Wenn er gezielt eingreifen wollte, brauchte er Licht. Das konnte ihm nur seine Lampe geben, die in seiner Tasche steckte.

Der Inspektor kam nicht mehr dazu, sie hervorzuholen, denn vor ihm flackerte plötzlich ein Feuer auf. Es entstand aus dem Nichts, aber es war so intensiv, dass es genau die Stelle erleuchtete, wo sich eine schaurige Szene abspielte.

Zum zweiten Mal entdeckte Suko den Drachenblut-Vampir! Die flackernden Feuerlanzen erhellten die nähere Umgebung. Beide, die Banshee und der Vampir, standen sich unter einem vorgezogenen Dach gegenüber, das als Lagerstätte für Strohballen diente. Stroh lag ebenfalls in der Ecke, wo die beiden sich aufhielten und die Banshee sich auf dem Boden zusammengekauert hatte.

Sie erstickte fast an ihrer Angst. Nur wimmernde Laute drangen aus ihrem Mund.

Zum ersten Mal sah Suko sie nicht allein als feinstoffliches Wesen. Sie hatte sich verändert und eine normale menschliche Gestalt angenommen. Die Kleidung der Frau war bunt. Und inmitten der Farben leuchtete ein bleiches Gesicht. Die »Haare« auf ihrem Kopf ähnelten verdorrten Pflanzenarmen. Sie waren gelb-grau und standen nach allen Seiten ab. Kein scheußliches Bild, und die Banshee, oft als Hexe verschrien, wirkte wie eine Mischung aus Pflanze und Mensch.

Sie hatte die Arme halb angehoben und auch angewinkelt,

weil sie sich auf diese Art und Weise schützen wollte, aber der Vampir würde kein Pardon kennen, zudem war die Banshee waffenlos.

Er stand vor ihr.

Leicht gebückt, den Kopf nach unten gerichtet, und der hohe Schalkragen überragte ihn jetzt, er wirkte wie ein steifes Gebilde aus dunklem Metall.

»Die Erste!«, krächzte der Blutsauger. »Mich hält niemand auf. Mich, den unbesiegbaren, der aus den Drachenhügeln gekommen ist und Aibons Botschaft verbreitet.«

»Tust du das wirklich, Tyrrtoll?«, fragte Suko hart.

Wenn der Vampir überrascht war, so zeigte er es nicht. Eiskalt schaute er Suko an.

Obwohl der Inspektor im Dunkeln stand, musste sein Gegner genau wissen, wer diesen Schuppen betreten hatte. Mit seiner krächzenden Stimme sagte er nur einen Satz. »Du mit den Silberkugeln schon wieder?«

»Ja, ich.«

»Und was willst du?«

»Die Banshee retten!«

Da lachte Tyrrtoll. »Sie kann niemand mehr retten. Ich bin gekommen, um sie zu jagen. Sie hatten geglaubt, in Aibon bleiben zu können. Als ich ihnen dort auf den Fersen war, verließen sie die Welt der Druiden, um sich den Menschen zu zeigen. Sagengestalten, an die viele noch glauben, und man hörte auch den Totenruf der Banshee. Um die Legende zur Wahrheit zu machen, bin ich hingegangen und sorgte dafür, dass die erste Person starb. Sie gab bereits auf, als sie mich entdeckte. Da konnte sie nicht mehr. Ihr Herz stand still. Ich brauchte nicht mal ihr Blut.« Er lachte. »Mir entkommt keiner, wenn ich es nicht will. Was ich in Aibon anfing, führe ich in dieser Welt fort.«

»Jetzt nicht mehr!«

Sukos Stimme hatte sehr sicher geklungen und auch unversöhnlich. Das ärgerte den Vampir und machte ihn gleichzeitig wütend. Deshalb musste er handeln. Er schleuderte seine Lanzen. Eine jagte auf die vor ihm hockende Gestalt zu, die zweite Feuerlanze aber suchte sich Suko als Ziel aus.

Auch in Aibon wurde gekämpft.

Zwei Zeugen, die auf einer Insel zwischen den Zeiten oder Dimensionen standen, schauten zu, wie sich eine Lanze in den Körper des Drachen bohrte.

Zwar versuchte der Drache noch, sich zu wehren, er warf seinen kantigen Schädel herum und gleichzeitig in die Höhe, sodass die aus dem Maul schießende Wolke aus Feuer, Rauch und Asche in den Himmel jagte und nicht gegen seinen Todfeind.

Der Vampir hatte gewonnen.

Und er verhielt sich wie ein Sieger, denn er streckte beide Arme in die Höhe, ballte die Hände zu Fäusten, legte den Kopf zurück, während aus seinem Maul ein hässliches Triumphlachen drang. Es hallte als Zeichen des Sieges über das trostlose Land mit den zahlreichen Hügeln und Vulkanen. Der Blutsauger war Sieger. Er schaute, wie auch wir, dem Todeskampf des Drachen zu.

»Ist das möglich?«, hauchte Ria neben mir.

»Du siehst es ja.«

In der germanischen Mythologie gibt es die Sage vom blonden Recken Siegfried. Der Vampir war zwar mit diesem Mann nicht zu vergleichen, im Prinzip aber spielte sich hier das Gleiche ab, denn der Drache verlor.

Welche Art von Feuer die Lanze umflackerte, konnte ich nicht sagen. Jedenfalls war es stärker als normales Feuer, denn es ließ sich auch dann nicht löschen, als sich der schwerverletzte Drache in seiner Verzweiflung über den Boden wälzte, um auf diese Art und Weise zu versuchen, die Flammen zu ersticken.

Er kämpfte verbissen. Der gewaltige Koloss drehte sich von einer Seite auf die andere, richtete sich auf, krachte aber immer wieder zurück, sodass der Boden dröhnte und zitterte.

Er gab nicht auf.

Immer wieder jagte Feuer aus seinem Maul. Manchmal auch in unsere Richtung, sodass wir uns unwillkürlich duckten und nichts abbekamen. Die magische Insel, auf der wir standen, hielt tatsächlich dicht.

Hinein in Feuer und Rauch wallte der vom Untergrund hochgewirbelte Staub, sodass wir kaum etwas erkennen konnten und der Drache für uns zu einem sich wälzenden und quälenden Schatten wurde, wobei an einigen Stellen seines Körpers bereits die Schuppenhaut aufbrach und zischende Flammen hervorschnellten.

Die Schuppen wurden hoch in die Luft geschleudert, verfolgt vom Feuer, dem Rauch und den Innereien des Riesentieres, die ebenfalls mit verbrannten.

Es erholte sich nicht mehr.

Seine Bewegungen wurden schwächer. Träge sah es aus, wenn er sich von einer Seite auf die andere wälzte und dabei immer wieder mit seinem Schädel auf den Boden donnerte, sodass die Erde vibrierte. Auch das Feuer aus seinem Maul war nicht mehr so stark wie zu Beginn. Ich wurde das Gefühl nicht los, als wollten sich die Flammen mit dem Feuer vereinigen, um dem Untier den Rest zu geben.

Der Drache brannte innerlich aus.

Und er schmolz.

Zuerst glaubte ich an eine Täuschung, bis ich erkannte, dass die Schuppenhaut durch die starke Hitze tatsächlich flüssig geworden war und unter seinem Körper hervorrann.

Da das Gelände leicht abschüssig war und dies ausgerechnet zum Rand des Vulkans hin, lief die sirupartige, grüne Masse auf den Vulkan zu, um über dessen Rand zu laufen und dann in der Tiefe zu verschwinden.

Ria und ich waren fasziniert. Aus großen Augen schauten wir diesem Schauspiel zu. So etwas hatten wir beide noch nie gesehen, denn nur die Haut des Drachen wurde zerstört.

Die Knochen und die Eingeweide blieben. Sie lagen als klumpiger Rest dort, wo der Drache gestorben war.

Meine Begleiterin hatte ihre Hände geballt. Sie stand unter dem Einfluss dieses Schauspiels, das mich nicht mehr so interessierte, denn der Vampir war wichtiger geworden.

Er schritt gemächlich auf den Ort des Geschehens zu, ohne sich um die qualmenden Reste des zerstörten Drachen zu kümmern.

Der Rauch trieb weg. Zum Glück nicht auf uns zu, sondern in die entgegengesetzte Richtung, den Hügeln zu. So blieb unser Blick klar. Der Vampir hob sich scharf konturiert vom düsteren Untergrund des Vulkanbodens ab.

Ohne dem Drachen auch nur einen Blick zu gönnen, schritt er an ihm vorbei und blieb am Rand des Kraters stehen, nicht weit von der Stelle entfernt, wo die geschmolzene Schuppenhaut des Aibon-Drachen in den Krater hineinfloss.

Auch Ria Rush war wieder aufmerksam geworden. »Was hat er denn jetzt vor?«, fragte sie mich.

Ich brauchte ihr keine Antwort zu geben, das erledigte der Blutsauger von allein. Er ließ seine beiden Lanzen innerhalb des Drachenrestes stecken, bewegte seinen Körper ruckartig nach hinten, drückte seine Arme zurück und fasste nach den breiten Schulterstücken seines Umhangs. Ein kurzer Ruck, dann fiel der Umhang zu Boden und faltete sich dort zusammen.

Ein nackter Vampir stand vor uns.

Ich war erstaunt. Er hatte einen fahlweißen, bleich schimmernden Körper, bei dem ich nicht erkennen konnte, ob das Skelett von einer Hautschicht überzogen war, so mager wirkte er. Wenn er eine Haut hatte, musste sie sehr dünn sein.

Wir hatten beide das Gefühl, dicht vor der Lösung des Rätsels zu stehen, auch Ria, denn sie nickte und flüsterte mir zu: »Ich glaube, jetzt passiert es.«

Sie hatte sich nicht getäuscht. Der Vampir schaute zuerst in den Krater hinein, bückte sich, ging noch einen Schritt vor, trat mit seinen dürren Füßen schon ins Leere und rutschte mit den Hacken an der Innenseite des Kraters entlang.

Das auch nicht mehr lange, denn er verschwand vor unseren Augen in der Tiefe des Kraters.

Und der war mit der geschmolzenen Drachenhaut gefüllt.

»Wie bei Siegfried!«, flüsterte ich.

»Was meinst du, John?«

»Schon gut.«

Ria war nicht zufrieden. »Meine Güte, wenn wir jetzt vorgehen und in den Krater hineinschauen könnten.«

»Das geht leider nicht.«

»Wieso denn?« Sie schlug gegen ihre Stirn. »Entschuldige, aber ich war dumm. Natürlich, wir stehen hier auf einer Insel zwischen den Zeiten, und da ist es …«

Ich hatte Geräusche gehört. Sie drangen aus dem Krater. Es war ein wohliges Ächzen und Stöhnen, als würde sich der Badende so gut wie noch nie fühlen.

Er genoss es, in der geschmolzenen Drachenhaut baden zu können, die seinem Körper einen kaum zu durchdringenden Schutzschirm gab.

Er kam zurück.

Wir schauten schräg in den Krater hinein, konnten zwar die geschmolzene Drachenhaut nicht erkennen, aber dafür das Paar Arme, das aus der sirupartigen Masse herausragte. Am Rand des Kraters versuchten sich die Hände hochzuziehen. Da war das Gestein erkaltet und nicht mehr so weich wie bei der Entstehung des Kraters.

Der Vampir zog sich hoch.

Er hatte im Blut und in der Haut des Drachen gebadet. Gestärkt kam er zurück – und grün.

Diesmal passte er zu Aibon.

Es gab keinen Flecken an seinem Körper, der von dieser grünen Masse verschont geblieben wäre. Sie hatte ihren Weg überall hingefunden. In die Ohren, die Nase, bestimmt auch in den Mund. Noch war sie nicht erkaltet und erhärtet, sodass sie an einigen Stellen in dicken, schleimigen Tropfen zu Boden fiel.

Der Vampir blieb stehen, streckte sich, drückte die Arme hoch und zur Seite. Er sorgte dafür, dass jede magere Falte seines Körpers von der Haut des Drachen bedeckt wurde.

Dann erst war er zufrieden.

Mit einer etwas träge wirkenden Bewegung wandte er sich nach links und ging dorthin, wo die Überreste des Monstrums lagen und vor sich hin kokelten.

Der jetzt grünhäutige Vampir hatte noch etwas vergessen. Die Lanze steckte wie ein Zeichen des Todes im verbrannten Kadaver. Der Blutsauger zog sie hervor, warf sie in die Luft, und während des Überschlags fing sie wieder Feuer.

Geschickt fing er die gefährliche Waffe auf.

Mit einem letzten Blick auf den vernichteten Drachen verließ er den Ort des Geschehens. Ob er uns gesehen hatte, konnte ich nicht sagen. Er verschwand so schnell, wie er gekommen war.

Zurück blieben zwei staunende Menschen – Ria und ich. Sie schüttelte den Kopf. Ihre Haare gerieten dabei in Bewegung und strichen kitzelnd über meine Wangen.

»Das ist mir alles unbegreiflich!«, hauchte sie. »Das glaubt mir keiner.«

Ich lachte leise. »An so etwas kann man sich gewöhnen, Ria. Mir ergeht es nicht anders.«

»Der Vampir ist weg, wir sitzen hier. Was sollen wir tun, John? Wie kommen wir hier weg?«

Ich schaute zu den Vulkanhügeln hin. »Eine gute Frage, meine Liebe. Wirklich.«

»Weißt du die Antwort?«

»Nein.«

Ria überlegte. »Es wäre also theoretisch möglich, dass wir für immer eingeschlossen bleiben.«

»Das wäre es, aber daran will ich nicht glauben. Nein, man hat uns nicht umsonst diese Szene vorgeführt. Auch in anderen Welten und Reichen geschieht nichts ohne Grund.«

»Wie Recht du hast, John Sinclair.«

Ich zuckte zusammen, denn nicht Ria hatte mir diese Antwort gegeben, sondern eine andere Frau, deren Stimme mir ebenfalls bekannt war. Ich kam auch sehr schnell darauf.

»Miriam?«, fragte ich.

»Ja«, hallte es wie der helle Klang einer Glocke in meinem Hirn. »Ich bin es tatsächlich.«

»Was willst du?«

»Euch führen, wie ich euch schon einmal geführt habe. Oder glaubst du, dass du es selbst gewesen bist, der Ria und dich nach Aibon transportierte? Nein, ich wollte dir nur zeigen, wie dieser grausame Drachenblut-Vampir entstanden ist, der uns jagt.«

»Uns?«, fragte ich. »Die Banshees?«

»So ist es.«

Ich atmete tief durch. »Dann bist du doch eine Banshee, eine Hexe, oder nicht?«

»In der Tat!«

»Und auch Rias Mutter?«

»Ja. Ich bin jung und gleichzeitig alt sowie zeitlos. Ich gehöre zu Aibon, wo alles anders ist als in der normalen Welt. Das wirst du kaum begreifen, aber ich wurde als Banshee geboren, bevor ich anschließend eine menschliche Gestalt annahm. Ich habe meine Tochter stets im Auge behalten. Als ich wusste, dass Tyrrtoll, der Drachenblut-Vampir, Aibon verlassen wollte, um Banshees zu jagen, setzte ich mich mit Ria in Verbindung, damit sie mir den Gefallen tat, dich zu alarmieren. Und den Ratschlag hat sie befolgt.«

Das hatte sie wirklich. Ich warf der rotblonden Frau, die kaum jünger war als ihre Mutter, einen knappen Blick zu. Ria Rush hatte von unserer Unterhaltung nichts mitbekommen, aber sie bemerkte, dass ich mich verändert hatte, denn sie fragte: »Was ist denn, John?«

»Sage ihr nichts!«, hörte ich Miriams Stimme. »Wir sehen uns bestimmt irgendwann wieder. Aibon ist so gewaltig, du machst dir keine Vorstellungen davon. Adieu.«

»Gib doch Antwort!«, forderte mich Ria auf und rüttelte an meinem Arm.

Ich lächelte und entschuldigte mich gleichzeitig. »Sorry, aber ich war in Gedanken versunken.«

»Hast du einen Ausweg aus dieser Lage gefunden?«

»Möglich.«

»Und welchen?«

»Wir müssen warten. Die Kräfte, die uns nach Aibon und auf diese Insel zwischen den Zeiten geschafft haben, werden auch für unsere Rückkehr sorgen. Das verspreche ich dir.«

»Da bin ich gespannt.«

Sie brauchte nicht lange zu warten, denn das gleiche Gefühl, das sich unserer bemächtigt hatte, als wir die Reise unternahmen, das erfasste uns auch jetzt.

Wir fühlten uns plötzlich schwerelos wie im All.

Ria fasste nach mir. »Es geht los!«, hauchte sie. »Mein Gott, John, du hattest Recht.«

Eine Antwort erhielt sie von mir nicht. Dafür lächelte ich still in mich hinein und war froh, eine Helferin wie Miriam di Carlo zu haben.

Mein Blick blieb auch jetzt auf die Vulkanhügel gerichtet, deren Konturen verwischten, als würde ich sie durch eine Scheibe sehen, gegen die jemand Wasser gekippt hatte.

»Merkst du es auch, John?«, fragte Ria mit leiser Stimme.

»Ja, wir befinden uns auf der Reise.«

»Zurück, zurück«, flüsterte sie. »Ich kann es kaum fassen. Etwas hat uns gerettet. Aber was?«

Ich hätte es ihr sagen können, aber weshalb sollte ich dieses Mädchen mit Miriam di Carlo konfrontieren? Es war sowieso unwahrscheinlich, sie sich als Mutter vorzustellen.

Und wer war dann der Vater?

Noch hielt uns die Magie des Landes Aibon fest, aber die andere Zeit, unsere Gegenwart, war dabei, diesen Mantel aufzulösen. Er verschwand allmählich. Ein diffuser Nebel legte sich vor unsere Augen, der bald verschwand, sodass wir etwas anderes erkennen konnten.

Es war die Hütte.

Ich schaute gegen die Wände, nahm den typischen Geruch wahr und vernahm das Aufstöhnen neben mir. »John, wir sind wieder zu Hause. Wir haben die Hütte erreicht.« Nach diesen Worten versuchte Ria, einen Schritt nach vorn zu setzen.

Ich sah lächelnd zu, wie sie an das Bett herantrat und mit beiden Händen darüber hinwegstrich. »John!«, flüsterte sie mir zu. »John Sinclair! Ich kann es anfassen. Ich kann es anfassen.«

Ich nickte. »Ja, das sehe ich.«

»Es ist herrlich!«, flüsterte sie. »Es ist wunderbar. Wir sind wieder in unserer Zeit. Und ich werde das Gefühl nicht los, dass uns jemand geleitet hat.« Sie schaute in mein Gesicht. »Meinst du nicht auch, John?«

»Möglich. Aber wer?«

Sie kam näher und blickte auf ihre Fußspitzen. »Das ist die Frage«, murmelte sie und legte ihre Stirn in Falten. »Ob ich darauf eine Antwort weiß?« Sie hob die Schultern. »Ich meine, also, es ist fantastisch, aber ich werde das Gefühl einfach nicht los, dass uns meine Mutter bei dieser Reise geholfen hat.«

»Hast du sie gesehen?«

»Nein, das nicht. Aber sie war in der Nähe. So etwas kann man spüren, John.«

»Wenn du das sagst, will ich es dir wohl glauben.«

Sie lachte und kam näher. Beide Hände legte sie gegen meine Wangen. »Das sagst du nur, um mir einen Gefallen zu tun. Gib es zu.«

»Nein, du siehst das falsch. Es ist durchaus möglich, dass deine Mutter eingegriffen hat.«

Ihre Hände sanken wieder herab. »Hast du Beweise?«

Ich hatte längst beschlossen, ihr einen Teil der Wahrheit zu sagen. »Es ist so, Ria. Deine Mutter hat nicht nur mit dir während deiner Träume Kontakt aufgenommen, sie schaffte es auch, mit mir auf geistiger Ebene zu reden, als wir uns in Aibon befanden. Sie hat uns praktisch den Weg geebnet.«

Ria war erstaunt. Ein Schauer der Ehrfurcht hatte sich auf ihr Gesicht gelegt. »Dann willst du damit sagen, dass wir ihr unsere Rettung verdanken?«

»So ungefähr.«

Sie schüttelte den Kopf. »Es ist fantastisch. Es ist sagenhaft, unbeschreiblich.«

Ich dämpfte ihre Euphorie. »Du solltest dir und anderen einen Gefallen tun, Ria, und das alles für dich behalten. Es ist besser so, glaube mir. Wenn du Helen und Patrick davon berichten würdest, ich glaube kaum, dass sie es verstünden.«

Sie überlegte. »Meinst du wirklich?«

»Ja, du würdest sie verwirren. Das ist meine Ansicht.«

»Ja, du hast Recht.« Ihr Blick wurde nachdenklich. Sie schaute auf die Kerzen, die kaum heruntergebrannt waren, sodass bei unserem Ausflug nach Aibon kaum Zeit verstrichen war. Wenigstens nicht so viel, wie unser Abenteuer in Aibon gedauert hatte. »Aber was hat sie von uns gewollt? Weshalb holte sie uns nach Aibon? Kannst du darauf eine Antwort geben?«

»Nicht genau. Ich weiß nur, dass sie uns hat warnen wollen und wir ihr wohl helfen sollten.«

»Wobei?«

»Die Banshees existieren. Es gibt sie, damit sollten wir uns abfinden. Jetzt werden sie gejagt, und zwar von diesem Drachenblut-Vampir. Er ist derjenige, der sie hetzt, weil er sie töten möchte. Ist dir das klar geworden? Sie hat uns gezeigt, wie der Vampir gewissermaßen entstand, damit wir Bescheid wissen.«

»Und er befindet sich wohl jetzt in dieser Zeit – oder?«

»Richtig kombiniert. Der Drachenblut-Vampir ist unser Gegner. Das wollte ich dir sagen.«

Ria zählte auf. »Die Banshees sind da, wir haben ihren Ruf gehört. Wenn alles so zutrifft, wie du vorausgesagt hast, John, müssten wir den Vampir auch finden. Aber wo?«

»Wir werden suchen müssen.«

Sie lachte. »Du bist gut. Suchen …«

»Zunächst einmal verlassen wir die Hütte hier und gehen zurück zu eurer Farm.«

Ria Rush holte tief Luft. »Zur Farm!«, flüsterte sie. »Glaubst du, dass meine Eltern in Gefahr sind?«

»Ich rechne zumindest damit. Aber da ist noch Suko. Er kennt sich aus, er ist ein Mensch, der Erfahrung im Umgang mit Schwarzblütern hat. Wenn Suko sich in der Nähe deiner Eltern befindet, ist mir um sie nicht bange.«

»Hoffentlich behältst du Recht.«

Ich war tatsächlich nicht so vermessen, anzunehmen, dass Suko alle Probleme aus dem Weg räumen würde. Dieser Drachenblut-Vampir war verdammt stark. Nicht umsonst war uns sein Bad im Blut und in der geschmolzenen Haut des Drachen gezeigt worden. Man wollte uns eine Art von Stärke zeigen. Ich dachte wieder an die alte germanische Sage. Auch Siegfried hatte im Drachenblut gebadet und war nur an einer Stelle verletzbar gewesen, als bei seinem Bad ein Blatt auf diese Stelle gefallen war und der Körper dort vom Blut des Drachen verschont blieb.

Tyrrtoll hatte jeden Fleck seines Vampirkörpers mit dem Drachenblut bedeckt.

Das machte ihn unverletzlich.

Ein Vampir ist normalerweise kein großes Problem für uns. Es sieht zwar schaurig aus, wenn so ein Typ erscheint, doch mit einer schnellen Silberkugel erledigte sich dieses Problem oft genug.

Tyrrtoll traute ich mehr zu. Sein Körper war durch das Bad unverwundbar, deshalb würden nicht nur die Banshees ihre Schwierigkeiten bekommen, auch wir.

Ria Rush stand schon an der Tür. »Lass mich zuerst gehen«, bat ich sie.

»Rechnest du, dass sie oder er vor der Tür …?«

Ich schob Ria zur Seite und drückte den Spalt so weit auf, dass ich mich hindurchschieben konnte.

Noch immer lagen Dunkelheit und Nebel über Aibon.

Allein hätte ich mich kaum zurechtgefunden. Es war schon gut, Ria als Führerin zu wissen.

Den Vampir sah ich nicht. Er hatte sich wenigstens nicht in unmittelbarer Nähe der Hütte versteckt.

Auch Ria atmete auf. »Ich führe dich zum Haus«, sagte sie. »Allein wärst du verloren.«

»Da kannst du Recht haben.«

»Komm.« Sie nahm wieder meine Hand.«

In der Nähe gluckerte das Wasser. Wir hörten es zwar, sahen den schmalen Bach aber nicht, so dicht lag in dieser Mulde der Dunst. Er wurde etwas dünner, als wir den flachen Hang hochstiegen, aber viel mehr konnten wir auch nicht sehen.

Bis zu dem Zeitpunkt, als etwas Rotes durch den Nebel flackerte.

»Das ist Feuer!«

Ich hatte den Satz nicht gesagt. Er war meiner Begleiterin über die Lippen gerutscht, und sie fügte auch noch einen nächsten hinzu, der erstickt klang. »Unsere Farm, John, sie brennt.«

Um die Banshee konnte sich der Inspektor nicht kümmern, sein Leben war wichtiger, denn die geschleuderte Lanze war ungemein schnell.

Er hechtete zur Seite, tauchte in das Dunkel des Schuppens und hörte einen schrillen Schrei, als er zuerst auf der Schulter landete und sich abrollte.

Die Banshee hatte ihn ausgestoßen. In ihren Schrei hinein klang das Gelächter des Drachenblut-Vampirs, der sich über den Erfolg freute und zusah, wie die Banshee auf die Beine kam.

Er ließ sie gewähren, auch dann, als sie sich umdrehte, auf ihn zuhuschte und er mit einem blitzschnellen Griff nach der brennenden Lanze fasste, um sie ihr aus der Brust zu reißen. Das gelang ihm auch, die Banshee aber hob plötzlich vom

Boden ab. Ein brennender Hexenkörper oder magischer Komet jagte durch den großen Stall, wobei die Banshee ihr Ziel auf der Tenne fand.

Dort lagerte das Stroh.

Sie war direkt in die Ballen hineingerast. Die Flamme umgab sie wie eine Wolke, die aufloderte und dabei ihre Haare erfasste.

Als schlimm empfand Suko ihr Kreischen. Das hatte nichts mehr mit dem geisterhaften Ruf der Banshee zu tun, es war das letzte Brüllen vor dem Ende.

Sie schlug um sich, ein Funkenregen hüllte sie ein, und immer tiefer bohrte sie sich in das Stroh, das schon längst Feuer gefangen hatte. Die Flammen nahmen die gesamte Breite der Tenne ein und hatten sie in eine lodernde Hölle verwandelt.

Für dieses Wesen konnte Suko nichts mehr tun. Es war gejagt und vernichtet worden. Jetzt musste er an sich selbst denken.

Der Drachenblut-Vampir hatte seinen Standort geändert. Er war in das von Qualm und Rauch erfüllte Dunkel unter dem Tennenboden gekrochen und lauerte dort wie jemand, der bereit war, jeden Augenblick anzugreifen. Das allerdings tat er nicht. Dafür hallte Suko sein hässliches Lachen entgegen. Es hatte keinen Sinn, den Vampir zu attackieren, denn in der Hölle aus Rauch und Flammen war für Suko ein Überleben unmöglich.

Die Tenne brannte lichterloh. Das Dach platzte bereits. Glühende Balken wurden nicht nur in die Luft geschleudert, sie fielen auch wieder zurück und gaben der Flammenhölle auf der Tenne neue Nahrung.

Auch Suko hüllte der Rauch ein. Die Tür, in die die brennende Lanze gefahren war, hatte ebenfalls Feuer gefangen. Das Holz war alt und trocken. Es brannte wie Zunder. Um die Lanze herum hatte sich ein besonders großer Flammenkreis gebildet. Es war Suko unmöglich, sie an sich zu nehmen.

Auf den Kampf mit dem Drachenblut-Vampir musste er ebenfalls verzichten. Wichtig für ihn war, dass er aus der Scheune kam. Eine fette Rauchwolke quoll gegen sein Gesicht. Er konnte nicht mehr atmen, hielt die Luft an und rannte auf die Tür zu. Über ihm krachte das Gebälk. Taumelnd stürzten brennende Balken dem Boden entgegen, prallten dort hart auf und wurden zu einem wahren feurigen Sprüh, der sich kreisförmig verteilte.

Mit der Schulter rammte Suko die Tür weiter auf. Er spürte schon die Kälte der Nacht und atmete tief die feuchte Luft ein.

Seine Knie waren weich geworden. Er hustete stark, als er von der Scheune wegtaumelte, aber nicht wusste, wo er sich befand, denn der Nebel machte eine Orientierung so gut wie unmöglich

Er lief noch einige Schritte weiter, bevor er sich umdrehte und zurückschaute.

Das Feuer leistete ganze Arbeit. Es hatte mittlerweile die gesamte Scheune erfasst. Aus dem Dach schlugen die roten Finger in langen, gierigen Bahnen.

Irgendwo dort musste sich der Drachenblut-Vampir befinden. Ein Wesen, das selbst dem Feuer trotzte, weil es so gut wie unbesiegbar war durch seine Haut.

Die Scheune verbrannte nicht lautlos. Ihre Zerstörung war von knallenden und explodierenden Geräuschen begleitet, zudem von dicken Rauchwolken, die sich fett und schwarz mit dem wallenden Nebel vermischten.

Der Chinese lief noch weiter zurück und hörte die lauten Rufe durch den Nebel hallen.

Es war diesmal kein Schrei der Banshee. Ein Mensch wollte etwas von dem Inspektor.

Als sich Suko umdrehte, sah er den Schatten. Es war Patrick Rush, der auf ihn zulief. Seine Schrotflinte hatte er noch immer über der Schulter hängen, er fuchtelte mit den Armen und schrie Suko etwas zu, das dieser nicht genau verstand.

Erst als er Suko wegzog, hörte der Inspektor seine Fragen. »Wieso brennt die Scheune? Wer hat sie angezündet?«

»Der Vampir.«

»Warum denn?«

Rush wollte eine Antwort. Suko gab sie ihn in Kurzform.

»Dann hast du eine Banshee gesehen?«

»Ja, aber nur für einen Moment. Sie starb ebenfalls. Tyrrtoll macht Jagd auf sie.«

»Wie viele von ihnen gibt es denn?«

»Das weiß ich nicht. Einige werden da schon zusammenkommen, verlass dich drauf.«

»Und danach wird er uns angreifen.«

»Das ist zu vermuten.«

»Verdammt, du sagst das so lässig.«

Suko hob die Schultern. »Mich hat der Job vielleicht abgestumpft, aber so ist es.«

Beide Männer starrten auf das brennende Haus. Der Nebel wallte nach wie vor wie eine graue Wand. Das Feuer war nicht klar zu erkennen. Ein diffus wirkendes Glosen und Zucken geisterte durch die dicken Schwaden, und manchmal nur hörten sie die Geräusche, wenn wieder irgendetwas zerplatzte und explodierte.

»Wir können nichts mehr löschen«, sagte Suko. »Ich hoffe nur, dass das Feuer nicht übergreift.«

»So windig ist es nicht. Da besteht keine Gefahr«, beruhigte ihn Patrick Rush. »Außerdem steht die brennende Scheune für sich.« Er ballte die Hände. »Wenn ich nur genau wüsste, was er will.«

»Banshees jagen.«

»Wie?«

»Er will sie vernichten, Pat. Frag mich nicht nach seinem Motiv. Es ist so. Vielleicht liegt es in einer anderen Zeit und Dimension begründet. Da spielt Aibon sicherlich eine Rolle.«

Rush schüttelte den Kopf. »Immer wieder kommst du mit diesem Namen. Ist er tatsächlich so wichtig?«

»Ja. Aibon ist für John Sinclair und mich zu einem zentralen Thema geworden. Vieles stammt von ihm ab. Vielleicht sogar alles, was wir Menschen an Träumen, Wünschen und Ideen haben.«

»Wo liegt Aibon? Du sprichst darüber, als würdest du es gut kennen.«

»Ich kenne es und kenne es trotzdem nicht. Ich will dir eine Antwort geben, obwohl sie nicht leicht zu verstehen ist. Aibon hat seinen Platz zwischen zwei Fronten. Zwischen Gut und Böse. Kannst du das verstehen?«

»Nein.«

»Ich auch nicht«, gab Suko zu und schaute wieder auf die brennende Scheune. Er hatte das Gefühl, als würde der Nebel in Flammen stehen und an seinen Rändern glühen.

»Nein!«, flüsterte Rush. »Da holen wir niemanden mehr raus. Wir nicht mehr. Lass uns gehen.«

Suko widersprach nicht. Es war am besten, wenn sie sich im Haus aufhielten, denn dort befand sich die schutzlose Helen. Sie hatte es verlassen und stand vor der Tür. Eine schmale Gestalt im Nebel. Patrick regte sich sofort auf.

»Bist du denn lebensmüde, Helen! Du kannst doch nicht das Haus verlassen, wo der Vampir hier herumirrt.«

»Er wäre auch ins Haus gekommen«, erklärte sie.

»Aber jetzt gehen wir hinein.« Patrick legte eine Hand auf die Schulter seiner Frau und schob Helen über die Schwelle.

Suko wartete noch und drehte sich um. Er warf einen Blick auf die brennende Scheune. Sie kam ihm vor wie das gewaltige Auge eines berghohen Zyklopen. Manchmal zuckte es im Innern der Flammenwand. Dort explodierte etwas und wurde herausgeschleudert, das aussah wie brennende Pfeile.

Auch er drehte sich um und ging. In der großen Küche traf er die beiden Rushs. Sie blickten ihn an, als erwarteten sie von ihm eine Erklärung. Aber Suko hob nur die Schultern. »Wir können nicht agieren, nur reagieren. Das ist unser Pech.«

Patrick meinte: »Das heißt, wir müssen warten, bis sich die andere Seite zeigt.«

»So ist es.«

Helen schüttelte sich. »Das passt mir nicht«, flüsterte sie. »Nein, das passt mir überhaupt nicht. Ich denke auch an Ria und John Sinclair. Was mag mit den beiden sein?«

»In der Scheune waren sie zumindest nicht«, erklärte Suko. »Sie werden sich noch in der Hütte aufhalten.«

»Meinst du?«

»Klar.«

»Aber was machen sie dort?«, fragte Patrick. »Trotz des Nebels müssen sie das Feuer gesehen haben. Weshalb sind sie nicht hier?«

»Ich weiß es nicht.« Suko ging zum Fenster. Eine Hausecke verwehrte ihm die direkte Sicht auf die in Flammen stehende Scheune, aber er sah den roten Schein, der die Ecke als Rand nachzeichnete.

»Kommen Sie?«, fragte Helen.

Suko drehte sich um und schüttelte den Kopf.

»Hoffentlich sind sie dann nicht dem Vampir in die Arme gelaufen. Der ist so schlimm.«

»John Sinclair kann sich wehren.«

»Auch gegen ihn?«

»Das hoffe ich.« Suko wandte sich an den Hausherrn. »Wie sieht es aus, Patrick? Hast du die Fenster geschlossen und …?«

»Ja, das schon. Nur das Fenster im Totenzimmer steht noch offen. Ich bin nicht dazu gekommen, es zu vernageln. Da hat der Vampir dann leider freie Bahn.«

»Ja, das ist schlecht.« Suko nagte auf der Unterlippe. »Wenn man nur wüsste, was er genau vorhat.«

»Er will doch Banshees jagen.«

»Stimmt, Pat. Nur würde mich interessieren, wie viele dieser Wesen in dieser unmittelbaren Nähe noch herumgeistern. Ihr lebt hier. Könnt ihr mir keinen Hinweis geben?«

Die beiden Rushs schauten sich an. Helen war ängstlich.

Für sie waren die Banshees immer suspekte Wesen gewesen. »Ich kann es nicht sagen. Ich habe nur ihre Rufe gehört. Ich weiß auch nicht, wo sie herkommen. Auf einmal sind sie da.«

»Aus einer anderen Welt, Helen«, sagte ihr Mann. »Aus einer Welt zwischen Gut und Böse.«

»Woher weißt du das?«

»Das hat mir Suko gesagt.«

Der legte einen Finger auf die Lippen. Die beiden sahen es und waren still. Suko lief schon zur Tür, denn er hatte Geräusche gehört. Dass es der Vampir war, glaubte er nicht. Der würde sich anschleichen.

Suko öffnete.

Zwei Gestalten standen vor ihm, und die Augen des Inspektors glänzten freudig. »Ria, John – endlich. Verflixt, kommt rein!«

Suko reichte mir die Hand. Er zog mich förmlich über die Schwelle, ich nahm Ria mit. Helen stürzte sofort auf ihre Tochter zu und nahm sie in die Arme. »Ein Glück, dass du lebst und nicht diesem Blutsauger in die Hände gefallen bist.«

»Du kennst ihn auch, Mum?«

»Ja, wir haben ihn gesehen. Oben liegt deine Großmutter. Sie ist tot.«

Ria erschrak. »Der Vampir?«

»Nein, nicht er. Oder doch. Sie hat vor Schreck einen Herzschlag erlitten, als er auftauchte.«

»Das ist ja schrecklich.« Ria schüttelte den Kopf und begann zu weinen. Sie wurde von ihrer Mutter an den großen Küchentisch geführt, wo beide Platz nahmen.

Ich hatte zugehört und fragte Suko. »Stimmt das alles?«

»Leider.«

»Und die brennende Scheune? Was ist damit?«

Ich setzte mich ebenfalls an den Tisch. Patrick kam und

fragte, ob ich einen Schluck wollte. »Mein Whisky ist gut. Den kann man jetzt brauchen, denke ich.«

Ich war nicht abgeneigt. Der Mann holte die Flasche und mehrere Gläser. Suko wollte nichts.

»Dann auf eine glückliche Rückkehr!«, sagte Patrick. Er prostete mir und seiner Tochter zu.

Dann erfuhren Ria und ich aus berufenem Munde, was geschehen war. Zudem bestätigte sich unsere Annahme, dass der Drachenblut-Vampir ebenfalls den Sprung von Aibon in die normale Welt geschafft hatte, um die Banshees zu jagen.

»Ich frage mich nur«, sagte Suko, »weshalb er dies getan hat. Und auch die Banshees. Aus welch einem Grund haben sie Aibon verlassen? Waren sie dort nicht sicherer?«

»Das könnte man annehmen«, murmelte ich. »Vielleicht wollten sie sich hier verstecken.«

»Der Vampir findet sie überall, wenn er will.«

»Auch da gebe ich dir Recht, Suko. Ich möchte mal etwas unbescheiden sein. In Aibon gibt es keinen Suko oder John Sinclair. Meiner Ansicht nach haben die Banshees deshalb das grüne Land der Druiden verlassen, um uns mit dem Drachenblut-Vampir zusammenzubringen.«

Suko überlegte einen Moment. »Nicht schlecht, Herr Specht. Wenn das zuträfe, müssten wir auch die Waffen besitzen, um den Drachenblut-Vampir vernichten zu können.«

»Richtig.« Ich trank einen zweiten Schluck. Weich rann die Flüssigkeit durch meine Kehle.

»Nur keine Silberkugeln«, führte Suko den Gedanken fort. »Ich habe ihn zwar mit einer solchen Kugel getroffen, aber sie prallte von seiner Haut ab, als hätte ich gegen eine Wand gefeuert.«

»Das ist eben unser Dilemma.«

»Wie wäre es denn mit deinem Bumerang?«

»Daran habe ich auch gedacht. Nur müssten wir ihn dazu erst einmal haben. Weißt du, wo der Vampir ist?«

»Nein. Als ich ihn zum letzten Mal sah, brannte er

lichterloh. Das war in der Scheune. Und die Flammen haben ihm nicht mal die Haut geritzt.«

Ich nickte. »Wir sollten auch die Lanze nicht unterschätzen. Damit hat er einen Drachen erledigt.«

Die Rushs sahen uns starr an. »Meinst du das wirklich so, John?«, fragte sie und hielt ihre Tochter so fest, als wollte sie Ria nie mehr loslassen.

»Ja, ich bin ehrlich zu euch.«

Patrick leerte sein Glas. »Und wie kommen wir aus diesem Dilemma wieder heraus?«

Ich lachte scharf. »Wir müssen warten.«

»Oder ihn suchen«, meinte Suko.

»Ja, das ginge auch.«

»Aber draußen liegt Nebel. Suko und ich haben alles versucht«, widersprach Patrick. »Der kann sich anschleichen, ohne dass wir etwas davon merken.«

»Dann warten wir eben, bis er kommt«, sagte Suko.

»Ins Haus?«, fragte Helen schnell. Sie blickte aus großen Augen in die Runde. »Schon wieder?«

»Es ist die einzige Chance, um ihn zu packen. Wir alle sind seine Lockvögel«, erklärte ich.

Nach diesen Worten wurde es ruhig. Jeder hing seinen Gedanken nach. Nur das Feuer im Kamin knisterte. Manchmal knallten die Holzstücke.

Helen schaute zum Kamin hin, als rechnete sie damit, dass jeden Augenblick der Vampir dort erscheinen würde.

Er kam nicht, aber wir hörten etwas.

Es begann mit einem leisen Heulen.

Sofort saßen wir starr. »Die Banshee«, hauchte Helen. »Ja, das ist sie. Hört ihr sie nicht?«

Wir nickten.

»Aber wo?«, fragte Ria.

»Überall und nirgends«, flüsterte Suko. »Sie sind zu mehreren, man kann es hören!«

In der Tat hatten sich noch andere Laute hineingemischt. Das Heulen wurde von einem Kreischen überlagert, das sich anhörte, als würde jemand unter starken Schmerzen leiden.

»Die ist in der Nähe«, sagte Suko und drückte sich von seinem Stuhl hoch. Er legte seine rechte Hand auf den Griff der Dämonenpeitsche, die im Gürtel steckte.

Nur die beiden Frauen saßen noch auf der Bank. Wir hatten uns vor dem Tisch verteilt, die Köpfe in den Nacken gelegt und schauten zur Decke hoch.

»Über dem Dach.«

»Die kreist«, flüsterte Suko.

»Man könnte hinausgehen und nachschauen!«, schlug Patrick vor.

Wir waren dagegen und erhielten auch die Bestätigung, denn die Gefahr lauerte nicht mehr draußen, sie befand sich bereits im Haus.

Es begann mit einem Fauchen.

Gleichzeitig rumpelte es im Kaminschacht. Das Feuer auf dem Rost wurde von einer anderen Kraft dem Gitter entgegen – und dabei platt gedrückt. Hervorgerufen durch den plötzlichen Windstoß, der ein Vorbote für dasjenige Wesen war, das seinen Weg durch den Kamin in das Feuer gefunden hatte.

Eine Banshee.

Und sie brannte!

Sie war wie ein Komet gekommen und von oben her durch den Kamin gejagt. Ein fürchterliches Wesen, eine Mischung aus Mensch und Geist, dabei in Flammen stehend, die sie wie einen Kometenschweif hinter sich herzog, denn sie blieb nicht im Kamin, sondern fuhr in einem Halbbogen in die Höhe.

Dort prallte sie gegen die Decke.

Noch einmal heulte sie auf. In den Laut hinein sahen wir sie bereits zerplatzen, und ein pilzartiger Funkenregen jagte auf unsere Köpfe nieder.

Funken können Flammen entfachen, das wussten wir, deshalb spritzten wir zur Seite in verschiedene Richtungen weg.

Die Funken erwischten uns nicht. Sie glühten auf dem Steinboden der großen Küche aus, und es waren praktisch die Reste der Banshee, von der nichts mehr zurückgeblieben war.

Suko fand seine Sprache als Erster zurück. »Verflixt noch mal, der räumt aber auf. Es ist die Zweite innerhalb kurzer Zeit, deren Tod ich erlebt habe.«

Patrick gab Suko Recht und fügte noch etwas hinzu. »Eine Legende prophezeit, dass unser Land sterben wird, wenn es keine Banshees mehr gibt.«

»Glaubst du daran?«, fragte ich.

»Allmählich ja.«

Suko sah mich an. »Wir sollten zusehen, dass wir den Vampir endlich zu fassen kriegen. Der führt uns hier an der Nase herum.«

»Hast du einen Vorschlag?«

»Noch nicht.«

»Dann lass dir etwas einfallen.«

»Ob er noch einmal an den Ort seiner Untaten zurückkehren will?«, fragte Suko nach einer Weile.

»Du denkst an das Haus?«

»Ja.«

Ich wiegte den Kopf. »Er jagt Banshees und keine Menschen.«

»Weshalb ist er dann in Gesines Zimmer gestürmt?«, fragte Suko.

»Ja«, mischte sich Patrick ein. »Der muss einen Grund gehabt haben, uns aufs Korn zu nehmen.«

»Und der Grund sitzt hier!«

Wir alle waren überrascht, denn Ria Rush hatte gesprochen. Erstaunt schauten wir sie an, als sie sich erhob.

»Mein Kind«, sagte Helen.«

»Ich bin nicht dein Kind, Mutter, das weißt du. Ich hatte andere Eltern.«

»Ja, das wissen wir, aber …«

»Ich kenne jetzt meine wahre Mutter«, erklärte Ria. »John weiß Bescheid. Euch anderen möchte ich es jetzt sagen.« Ihr Gesicht war starr geworden. »Meine wahre Mutter heißt Miriam di Carlo. Und sie ist eine Banshee.«

Jetzt war es heraus. Selbst Suko wunderte sich, die Rushs aber waren völlig perplex.

»Das kann doch nicht wahr sein«, flüsterte Patrick. Er ging zögernd auf den Tisch zu, als hätte er vor seiner eigenen Tochter plötzlich Furcht bekommen.

»Es stimmt aber leider«, erklärte Ria. »Du kannst es mir glauben. Auch John weiß es.«

Vor dem Tisch blieb der Mann stehen. Wir hielten uns raus. Was jetzt folgte, ging nur ihn und seine Tochter etwas an.

»Stimmt es wirklich, Ria?«

»Ja, Dad.«

Patrick verzog das Gesicht. Es hatte einen gequälten Ausdruck angenommen. »Das ist grausam!«, flüsterte er. »Verdammt, das ist nicht zu fassen. Ich komme da nicht mit.«

»Nimm es hin, dass eine Banshee meine wahre Mutter ist. Sie war es, die während meiner Träume Kontakt zu mir aufnahm. Nur sie. Und sie hat mich auch gewarnt. Sie gab mir zu verstehen, dass nur John Sinclair den Vampir stoppen kann. Er jagt Banshees, Dad. Aber nicht nur sie. Er wird uns auch auf seine Liste gesetzt haben, und daran trage ich allein die ganze Schuld. Wenn er kommt, dann wegen mir, und er verschont auch euch nicht, wie er es bei der Großmutter bewiesen hat. Sie ist durch den plötzlichen Schreck gestorben. Ihr werdet es wohl nicht, und deshalb habe ich mich entschlossen, hinauszugehen.«

Patrick Rush hob den Arm. »Augenblick mal. Habe ich Recht gehört? Du willst hinaus? Aus dem Haus?«

»Ja.«

»Das ist unmöglich!«

»Nein, Dad, ich muss gehen. Ich will euch retten. Ihr habt mich großgezogen, ich habe eine Schwester und einen

Bruder, auf die ich Rücksicht nehmen muss. Und auch einen Großvater, der vom Tod seiner Frau noch nichts weiß. Deshalb kann ich einfach nicht anders. Ich werde mich Tyrrtoll stellen.«

»Das lasse ich nicht zu!« Patricks Antwort klang bestimmt, und auch Helen mischte sich ein.

»Ria, es ist uns doch egal, wer deine richtige Mutter gewesen sein mag. Das spielt alles keine Rolle. Du bist unser Kind geworden. Wir werden dich nicht opfern.«

»Niemand kann mich aufhalten.«

Scharf drehte sich Patrick Rush um und schaute mich an. »Sag du mal etwas, John! Du kennst dich aus. Wie würdest du reagieren? Wir können doch nicht zulassen, dass Ria hinausgeht und den Vampir anlockt.«

Ich ließ mir etwas Zeit mit der Antwort, weil ich ihn nicht schocken wollte. »Weißt du, Pat«, fasste ich diplomatisch zusammen. »Es gibt manchmal Dinge im Leben, die sollte man sich genau überlegen.«

Seine Augenbrauen schoben sich zusammen. »Sag nur nicht, John, dass du einverstanden bist?«

»Das bin ich.«

»Du willst sie in den Tod gehen lassen?!«, schrie er plötzlich.

»So krass möchte ich es nicht ausdrücken.«

»Aber es ist so.«

»Sie muss gehen, Pat, aber sie wird nicht allein sein. Suko und ich werden ihr Rückendeckung geben.«

Er holte tief Luft, bevor er laut und freudlos zu lachen begann. »Das ist doch ein Witz, dazu noch ein schlechter.« Mit dem ausgestreckten Zeigefinger zielte er auf Suko. »Er hat es versucht. Er hat auf den Drachenblut-Vampir geschossen. Und was ist dabei herausgekommen, frage ich dich? Nichts, seine geweihte Silberkugel prallte einfach an dem Körper des Blutsaugers ab. Das muss man sich mal vorstellen. Eine geweihte Kugel.«

Ich hob den Arm. »Du vergisst eins, Patrick. Suko und ich

besitzen als Waffen nicht nur geweihte Kugeln. Wir sind auch anders ausgerüstet. Die geweihte Kugel war nur ein Versuch.«

Er winkte ab. »Ein Versuch, der schief ging. Wer sagt mir denn, dass die anderen Waffen, die ihr bei euch tragt, gegen den Vampir wirksam sind? Tyrrtoll stammt aus einer völlig anderen Welt, wenn ich dich richtig verstanden habe. Da herrschen fremde Gesetze.«

»Dad, ich gehe.« Das Mädchen hatte ein Machtwort gesprochen. Ria stand auf. Sie schob sich zwischen Tischkante und Bank hindurch. Patrick versperrte ihr den Weg.

»Du bleibst hier!«, befahl er.

»Nein!« Ria hatte sich fast bis zum Ende der Bank hin vorgeschoben. Aus kurzer Distanz sahen sich die beiden Familienmitglieder in die Augen.

Es war eine Sache zwischen Ria und ihrem Vater. Ich wollte mich da nicht einmischen.

Die beiden maßen sich mit Blicken. Keiner rückte von seinem Standpunkt ab. »Ich muss es tun, Dad. Es ist auch in eurem Sinne. Suko und John werden auf mich Acht geben.«

»Und wenn der Vampir es bemerkt?«

»Wird er hoffentlich uns angreifen«, sagte ich.

»Das ist alles zu vage.«

»Mach doch einen besseren Vorschlag, Dad.«

Patrick war ehrlich. »Den habe ich ja nicht, verdammt, das ist es ja.«

»Da siehst du es.«

Er ging einen Schritt zurück. Es war das erste Zeichen für sein Nachgeben. Unter seinen Sohlen zerknirschten die verbrannten Reste der Banshee.

»Lässt du mich durch, Dad?«

»Ja«, antwortete er rau. »Ja, du kannst gehen. Ich bin davon nicht überzeugt, aber vielleicht ist es wirklich besser.« Er senkte den Kopf und trat zur Seite.

Helen sagte nichts. Sie starrte auf den Rücken ihrer Tochter, die sich vor ihr entfernte.

Ria warf sich gegen ihren Vater. »Es tut mir so Leid«, hörten wir sie flüstern. »Aber es muss sein. Ich kann nichts daran ändern. Der Weg ist für mich vorgeschrieben. Ich habe es gefühlt. Ich spüre, dass er mich will. Tyrrtoll lauert auf mich. Er möchte nicht nur die Banshees vernichten, aber ich werde mich gegen ihn stellen.«

Patrick erwiderte nichts. Die Atmosphäre in dem Raum war bedrückt. Unsere Nerven waren zum Zerreißen gespannt.

Ich wollte keine Prophezeiung wagen, doch ich konnte mir durchaus vorstellen, dass es ein verdammt harter Kampf werden würde. Der Drachenblut-Vampir war sich seiner Stärke bewusst.

Als ich Ria so bedrückt zur Tür schreiten sah, kamen mir Zweifel, ob ich richtig gehandelt hatte. Vielleicht hätte ich nicht zustimmen sollen, doch ein Zurück gab es nicht mehr.

Wir hatten uns einmal entschlossen und würden den Weg nun bis zum Ende gehen.

Auf leisen Sohlen trat Suko zu mir. »Sollen wir ihr direkt folgen oder abwarten?«

Ich war für das Abwarten und hielt Ria auf, die schon eine Hand auf die Klinke gelegt hatte. »Hör mir zu, Ria. Wir warten etwas. Du musst uns nur die Richtung sagen, in die du gehen willst.«

Sie drehte sich um. Ihr Gesicht war konzentriert, sehr stark angespannt. »Er wird mich immer finden, wenn ich draußen bin. Deshalb wende ich mich der verbrannten Scheune zu. Sie ist auch im Dunkeln zu sehen.«

»Gut, wir folgen dann später.«

Ria hob noch einmal die Hand zum Gruß. Es war eine Abschied nehmende Geste. Sollte das ein Abschied für immer werden?

Ich schüttelte mich, als könnte ich diese Gedanken so verscheuchen. Dann fiel die Tür zu.

Das Geräusch klang in der Stille überlaut.

Suko ging zum Fenster. Er versuchte, den Weg der jungen Frau zu verfolgen.

Patrick atmete schwer aus. »Sie wird es nicht überstehen«, flüsterte er. »Nein, das schafft sie nicht. Die andere Macht ist zu stark. Sie wird sich für uns alle opfern.«

»Bitte, Pat, hör auf!«, flehte Helen. Sie hatte die Hände zusammengelegt und betete.

Da hörten wir es wieder.

Es war der klagende, heulende, Gänsehaut erzeugende und gleichzeitig warnende Ruf der Banshee, der als schauerlicher Gesang durch den Nebel und die stille Nacht hallte.

War es das Signal und der Beweis für die Niederlage?

Wir alle dachten ähnlich, aber wir sprachen nicht darüber. Ich nickte Suko zu.

Er verstand.

Seite an Seite schritten wir zur Tür. Ein Wort des Abschieds war unnötig gewesen.

Die feuchte Luft legte sich wie eine Klammer um die Gestalt der Ria Rush, als sie die warme Küche hinter sich gelassen hatte. Sie hatte das Gefühl, von einer Welt in die andere getreten zu sein, und dies durchaus im doppelten Sinne des Wortes.

Ria trug noch ihren Mantel mit dem warmen Innenfutter. Mit den Händen in den Taschen ging sie weiter.

Eine einsame Gestalt, umwallt von grauen Schleiern, die aus unzähligen Armen und Händen zu bestehen schienen, um ihr das Geleit zu geben.

Um das versprochene Ziel zu erreichen, musste sie sich nach rechts wenden.

Dort lag die abgebrannte Scheune.

Alles war in sich zusammengefallen. Hier und da glühten Reste.

Ria hatte sich viel vorgenommen. Sie war bei ihrer Familie sehr hart gewesen, doch das hatte sie nur gespielt. In ihrem Innern lauerte die Angst, letztendlich zu versagen und zu verlieren.

Das Haus blieb hinter ihr zurück. Sein Schatten verschwand im Nebel. Sie sah es als Symbol. Möglicherweise würde auch ihr Leben bald wie ein Hauch verschwinden.

Tyrrtoll, der Drachenblut-Vampir, jagte Banshees. Sie war die Tochter einer Banshee. Was also lag näher, als sich auch auf sie zu konzentrieren?

Da hörte sie den Ruf.

Keinen Schritt ging Ria mehr weiter. Sie lauschte, obwohl sie am liebsten weggelaufen wäre, und sie bezog den heulenden, klagenden und schreienden Ruf auf sich.

Die Banshee selbst war nicht zu sehen, nur der klagende Schrei zitterte durch die Nacht.

Und sie hörte noch mehr. Es war eine flüsternde Stimme, die sie aus ihren Träumen kannte.

Miriam di Carlo meldete sich, ihre Mutter. »Du hast es gewagt, dich ihm zu stellen?! Ja, du hast Recht gehabt. Der Drachenblut-Vampir wollte auch dich. Gerade dich, Kind. Er will den Menschen und den Banshees zeigen, dass er stärker ist.«

»Kann ich ihn besiegen?«

»Nein.«

»Werde ich sterben?«

»Ich weiß es nicht. Ich bin nicht allwissend. Er ist ungemein stark, aber du hast Freunde. Versuche Ihnen zu vertrauen. Ihr müsst ihn vernichten. Wenn er weiter am Leben bleibt, wird er alle Banshees töten, die noch existieren. Er hasst uns wie die Pest und will uns zerstören.«

»Weshalb?«

»Weil wir immer auf der anderen Seite standen.« Miriam di Carlo legte eine kleine Pause ein. »Sei vorsichtig, Tochter. Sei vorsichtig. Er ist in der Nähe.«

»Eines noch, Mutter.«

»Ja, schnell.«

»Wer ist mein richtiger Vater?«

»Ein Mensch. Wir hatten uns geliebt, aber er wurde mir genommen. Er starb. Vorsicht, er kommt.« Es war die letzte

Warnung, die Miriam di Carlo ihrer Tochter mit auf den Weg geben konnte.

Danach versickerte ihre Stimme.

Ria blieb zurück. Über ihren Körper rann ein Frösteln, nicht allein wegen der Kälte, hinzu kam die Angst, die sie fest in den Klauen hielt.

Ria traute sich nicht, weiterzugehen. Ihr Blick fiel nach rechts. An das Kreisen der Nebelschwaden hatte sie sich mittlerweile gewöhnt. Es war normal geworden. Deshalb entdeckte sie auch die andere Bewegung, die nicht dazu gehörte.

Es war ein dunklerer Schatten, der zwischen ihr und dem glosenden Auge des heruntergebrannten Stalls stand.

Unbeweglich, starr.

Aber er lebte, denn er sprach sie an. Seine düstere Stimme klang erstickt, er konnte den großen Triumph kaum verhehlen, als er sagte: »Jetzt bist du bei mir.«

Nach dem letzten Wort zuckten seine Schultern. Die Bewegung setzte sich fort, die Arme wurden von seinem Rücken her wieder nach vorn geschwenkt, und als Ria sie sah, konnte sie einen leisen Schrei nicht vermeiden, denn der Vampir hielt etwas in den Händen, das sie schon von Aibon her kannte.

Es waren die beiden brennenden Pfeile!

Rias Atem stockte. Sie spürte das Brennen in den Augen, und sie hörte aus der Ferne abermals den Schrei einer Banshee.

Diesmal noch unheimlicher und klagender. Ein Totenlied, das durch Nacht und Nebel geisterte. Grauenvoll angestimmt und davon berichtend, dass jetzt alles vorbei war.

Der Ruf der Banshee.

Schrei nach dem vergessenen Leben. Ruf nach dem Jenseits, dem Tod, der so endgültig war.

Auch Tyrrtoll hielt sich zurück. Wie Ria, so lauschte er ebenfalls dem Ruf, der nur allmählich verklang wie der Ruf einer fernen Glocke im Abendwind.

Stille senkte sich über den Hof.

Ria riss sich zusammen. Sie drängte ihre Furcht zurück, denn sie sagte sich, dass sie nicht allein war. John Sinclair und Suko hatten versprochen, ihr beizustehen. Man konnte sich auf sie verlassen. Nie würden sie das Mädchen im Stich lassen.

Und doch blieb ein Rest von Unsicherheit.

Tyrrtoll kam näher. Er setzte seine Schritte gravitätisch, fühlte sich als Sieger, und seine Körperbewegungen übertrugen sich auf seine beiden Arme.

Die Fackeln schwenkten auf und nieder. Sie leuchteten wie flackernde Augen, die mal in die Höhe stießen und dann wieder nach unten fielen. Alles wirkte wie abgezirkelt.

Und die Distanz zwischen ihnen schmolz.

Gleichzeitig wuchs Rias Angst. Die Hände hielt sie auch weiterhin in den Taschen vergraben. Sie hatte sie zu Fäusten geballt.

Wie nahe würde er kommen? Vielleicht bis dicht an sie heran, oder würde er vorher die beiden Lanzen werfen, damit es ihr so erging wie dem Drachen in Aibon?

Noch redete er und erklärte mit dumpf klingender Stimme: »Ich werde dich töten, Banshee.«

Banshee, hatte er gesagt.

Aber sie war keine Banshee. Keine echte. Sie stammte zwar von einer Banshee ab, aber sie wollte trotzdem nicht so genannt werden.

»Ich bin es nicht!«, flüsterte sie. »Nein, so kannst du mit mir nicht reden. Ich bin es wirklich nicht.«

»Ich will alle. Ich rotte sie aus. Die Banshees müssen vernichtet werden. Wenn sie nicht mehr sind, stirbt auch das Land. Dann beginnt wieder die Herrschaft der Drachen und Vampire, so wie ich es mir wünsche. Ich bin gekommen, um den Anfang zu machen. Die Banshees sollen sterben, das habe ich versprochen.«

Noch einen Schritt trat er vor.

Allmählich wuchs Rias Verzweiflung. Sie dachte an das

Versprechen, dass John Sinclair ihr gegeben hatte. Würde er es einhalten können?

Noch war von ihm und Suko nichts zu sehen.

»Du wirst verbrennen, wie es einer Banshee zusteht«, erklärte der Vampir. »Zerschmelzen und ...« Er hob bereits einen Arm.

Es war der rechte.

Sehr genau zielte er.

Und das Mädchen stand steif. Es gelang ihr nicht, sich zu bewegen. Die Angst war zu stark. Sie wollte nach John Sinclair schreien, selbst das schaffte sie nicht, weil die Kehle mit irgendetwas ausgefüllt war, das sie auch durch heftiges Räuspern nicht wegbekam.

Dann hörte sie ein Wort.

Sie verstand es zwar, aber sie begriff es nicht.

»Topar!«

Es war Suko, der dieses Wort ausgerufen hatte.

Es war uns gelungen, uns ungesehen an den Ort des Geschehens anzuschleichen. Leider konnten wir Ria und den Vampir nur schattenhaft erkennen, aber wir entnahmen dem Gespräch, dass der Drachenblut-Vampir dicht davorstand, sein Opfer zu vernichten.

Wir sahen die Bewegung seines rechten Arms, denn das kleine Feuer an der Lanze war gut zu erkennen.

Was Suko vorhatte, wusste ich. Er hielt Buddhas magischen Stab längst in der Hand. Für fünf Sekunden konnte er damit die Zeit anhalten, und genau für die Dauer erstarrten auch die Bewegungen derjenigen Personen, die den Ruf gehört hatten.

Suko hatte sehr scharf und auch laut gesprochen. Sofort stand ich bewegungslos.

Aber nicht nur ich.

Auch Ria und Tyrrtoll. Auf ihn kam es uns schließlich an.

Nur Suko bewegte sich. Und er war verdammt schnell, er

musste schnell sein. Mit gewaltigen Sätzen jagte er durch den Nebel. Fünf Sekunden waren nicht viel, das wusste er. Zudem musste er noch eine gewisse Distanz hinter sich bringen, um den Vampir zu erreichen.

Die Zeit verging.

Suko rannte, stoppte dicht vor seinem Gegner ab und sah ihn zum ersten Mal aus der Nähe. Die Haut leuchtete in einem dunklen Grün. Wie zwei funkelnde, kalte Diamanten lagen die Augen dazwischen, eingebettet in tiefe Höhlen.

Er griff nach dem rechten Arm seines Gegners, wollte ihm die Lanze aus der Hand drehen. Töten durfte er seinen Gegner nicht, sonst hätte der Stab seine Kraft verloren. Suko schaffte es tatsächlich, den Arm zur Seite zu drücken. Fast hätte er ihn gebrochen. Leider blieb ihm nicht mehr die Zeit, um die Faust zu öffnen, denn die fünf Sekunden waren verstrichen.

Plötzlich bewegte sich Tyrrtoll wieder. Er wollte den rechten Arm nach unten drücken und die kleine Lanze aus seiner Hand schleudern. Das gelang ihm nicht mehr, da Suko hart festhielt.

Aber er hatte noch den zweiten Pfeil.

Suko konnte nicht überall sein, ich war auch zu weit weg, und der Drachenblut-Vampir sah seine Chance.

Er wuchtete den zweiten brennenden Pfeil nach vorn.

Und der traf genau.

Dicht über dem Bauchnabel bohrte er sich in den Körper der starr dastehenden Ria Rush.

*

Das Entsetzen traf mich wie eine eiskalte Wasserdusche. Ich hatte nicht mehr eingreifen können, es war einfach alles zu schnell gegangen, und so sah ich den Pfeil im Körper der jungen Frau stecken, die ich nicht mehr hatte retten können.

Ria schrie nicht einmal, sie stand nur da, und ihre Hände umklammerten den brennenden Schaft.

Ich war es, der schrie. Meiner Wut, meinem Zorn und meinem Hass musste ich freie Bahn lassen.

»Weg, Suko!«

Mein Partner hatte mich verstanden. Er ließ den Vampir so plötzlich los, dass dieser von der Aktion überrascht wurde und zur Seite taumelte, aber so in die Wurfrichtung geriet, dass ich den Bumerang trotz des Nebels zielsicher schleudern konnte.

Ich hatte schon beim Laufen ausgeholt.

Dann warf ich.

Die silberne Banane zerschnitt den grauen Dunst. Sie fauchte förmlich hindurch. Tyrrtoll wollte sich noch zur Seite drehen, was ihm nur halb gelang, denn die von mir geschleuderte Waffe jagte schräg auf ihn zu, sodass sie nicht nur gegen seinen Hals hämmerte, sondern auch noch ein Stück des grünen Schädels mitriss, und da half ihm auch die getrocknete Haut des Drachen nicht mehr.

Die Magie des Bumerangs war einfach zu stark.

Wie eine Kreissäge wühlte sie sich weiter und schaffte es, den Drachenblut-Vampir zu köpfen.

Das war sein Ende.

Ich ging nicht zu ihm, ich wollte ihn nicht sehen, mein Weg führte zu einer anderen.

Ria Rush lag auf dem Rücken.

Und ich sah sofort, dass sie im Sterben lag.

Nebelfetzen glitten über ihren Körper hinweg wie alte Leichentücher. Der Pfeil hatte sich tief in sie gebohrt und würde sie innerlich verbrennen. Die Augen hielt sie offen, sodass sie meinem Blick begegnen konnte.

»Ria«, flüsterte ich.

»John, ich muss sterben!«, hauchte sie. Trotzdem war ihre Stimme überraschend klar.

»Nein, nein! Wir werden einen Arzt …«

»Er kann mir nicht mehr helfen, danke.« Sie lächelte verloren, als würde sie sich an etwas erinnern. »Weißt du noch, John, was du mir in der Hütte versprochen hast?«

»Ja.«

»Ich hätte mir gewünscht, dieses Versprechen …« Sie hustete, und plötzlich verzerrte sich ihr Gesicht. »Es tut so weh, so weh …« Sie jammerte, und ich hätte sie gern getröstet, aber mir fehlten die Worte.

Sie starb, ich litt.

»Jetzt ist er vernichtet, John. Ich habe es noch gesehen. Du hast es geschafft. Er kann der Familie nichts mehr tun. Ich wusste es. Ich habe es gewusst, dass ich dies nicht überstehe. Als ich mich entschloss, nach draußen zu gehen, war es mir klar geworden. Bitte, John, grüße die anderen. Sage ihnen, dass ich gern bei ihnen gewesen bin. Versprichst du mir das?«

»Ja, ich verspreche es.«

»Dann ist es gut, John.«

Es waren ihre letzten Worte. Mir blieb nur die traurige Pflicht, ihr die Augen zuzudrücken.

Ich kniete neben der Toten und spürte die Nässe meiner eigenen Tränen auf dem Gesicht. Irgendwann hörte ich Miriams Stimme im Nebel. »Manchmal geht das Schicksal schmerzvolle Wege, um einen Sieg zu erringen.«

Vielleicht hatte sie Recht. Ich wollte weiterhin mit meinen Gedanken allein sein, als ich Sukos Stimme vernahm. »John, du musst aufstehen. Komm, bitte.«

Er zog mich hoch.

Als ich neben ihm stand, da hörten wir ihn wieder.

Klagend, unheimlich, nach Abschied und Trauer klingend.

Zum letzten Mal der Ruf der geheimnisvollen Banshee.

Wir hörten so lange zu, bis er verklungen war. Dann drehte ich mich um und schaute auf den Drachenblut-Vampir.

Wo er gestorben war, lag grüne Asche.

Patrick und Helen Rush weinten nicht mal. Sie blickten uns nur starr an. Suko hatte die Tote auf seine Arme gelegt. Ich wollte etwas erklären, aber sie ließen mich nicht zu Wort kommen.

Helen sagte: »Wir haben es beide gewusst.«

Und gerade dieser Kommentar traf mich tief, denn ich hatte damals versprochen, Ria zu retten. Es war mir nicht gelungen. Manchmal ist das Leben grausam.

»Sie hat noch einmal gerufen«, flüsterte Patrick. »Die Banshee hat noch einmal gerufen, da war es auch mir klar.«

Ich stand da und hätte mich am liebsten ins All gewünscht.

Helen trat zu mir. »John, Suko, macht euch keine Vorwürfe! Ihr habt alles versucht, aber Rias Weg war vorgezeichnet. Bleibt unsere Freunde!«

Das versprachen wir.

ENDE

Sehr geehrte Leserin, sehr geehrter Leser,

Falls Ihr Buchhändler die **John Sinclair-Taschenbücher** nicht regelmäßig führt, bietet Ihnen die ROMANTRUHE in Kerpen-Türnich mit diesem Bestellschein die Möglichkeit, diese Taschenbuch-Reihe zu abonnieren.

Hiermit bestelle ich bis auf Widerruf bei ROMANTRUHE,
Röntgenstr. 79, 50169 Kerpen-Türnich, Tel-Nr. 02237/92496,
Fax-Nr. 02237/924970 oder Internet: www.Romantruhe.de
die **John Sinclair-Tachenbücher** zum Preis von 45,00 Euro
für 12 Ausgaben.
Die Zusendung erfolgt jeweils zum Erscheinungstag. Kündigung jederzeit möglich. Auslandsabonnement (Europa/Übersee) plus Euro 0,51 Porto pro Ausgabe.

Zahlungsart: ☐ - jährlich ☐ - 1/2-jährlich ☐ - 1/4-jährlich
☐ - monatlich (nur bei Bankeinzug)
Bezahlung per Bankeinzug bei allen Zahlungsarten möglich.
Bitte Geburtsdatum angeben: ___ /___ /19___
Name und Ort der Bank: ____________________

Konto-Nr.: ____________ Bankleitzahl: ____________

Name: ____________ Vorname: ____________

Straße: ____________________ Nr.: ______

PLZ/Wohnort: ____________________

Unterschrift: ____________ Datum: ____________
(bei Minderjährigen des Erziehungsberechtigten)

Die Bestellung wird erst wirksam, wenn sie nicht innerhalb von zwei Wochen ab dem auf die Aushändigung dieser Belehrung folgenden Tag schriftlich (zweckmäßigerweise per Einschreiben bei: Romantruhe, Röntgenstr. 79, 50169 Kerpen-Türnich) widerrufen wird. Zur Wahrung der Frist genügt die rechtzeitige Absendung des Widerrufs. Dies bestätige ich mit meiner

2. Unterschrift: ____________ Datum: ____________

Wenn Sie das Buch nicht zerschneiden möchten, können Sie die Bestellung natürlich auch gerne auf eine Postkarte schreiben.

Die Hölle auf Erden

Mit einer Gesamtauflage von 250 Millionen ist ›*Geisterjäger John Sinclair*‹ die erfolgreichste Horror-Serie der Welt, und Jason Dark zählt zu den meistgelesenen Autoren deutscher Sprache. In dieser Taschenbuchausgabe erscheinen acht seiner atemberaubenden Romane:

Raissas Raubtier-Horror
Tödliche Perücken
Der Herold des Satans
Ein Grab aus der Vergangenheit
Ich stellte die Killer-Mumien
Zweikampf um die Ninja-Krone
Roboter-Grauen
Im Namen der Hölle

ISBN 3–404–73952–3

BASTEI
LÜBBE

Grüße aus dem Fegefeuer

Mit einer Gesamtauflage von 250 Millionen ist ›*Geisterjäger John Sinclair*‹ die erfolgreichste Horror-Serie der Welt, und Jason Dark zählt zu den meistgelesenen Autoren deutscher Sprache. In dieser Taschenbuchausgabe erscheinen acht seiner atemberaubenden Romane:

Die Straße der Gräber
Das Richtschwert der Templer
Der Grusel-Star
Aibons Schlangenzauber
Willkommen im Fegefeuer
Der Werwolf-Jäger
Das lebende Bild
Der Kampf mit dem Höllendrachen

ISBN 3–404–73953–1

BASTEI LÜBBE

Der Mondmann

Eine fieberkranke Frau bekommt am Abend Besuch von einem Mann mit gelben Augen. Wenig später ist sie spurlos verschwunden.
Stunden danach steht ihr Ehemann vor einem Rätsel. Als er jedoch einen Raben mit mondgelben Augen sieht, weiß er Bescheid und verfällt in Panik.
Zur gleichen Zeit befand ich mich schon in Schottland, gerufen von Maxine Wells, der Tierärztin. Sie und das Vogelmädchen Carlotta hatten längst bemerkt, welches Grauen klammheimlich in die Welt geschlichen war.
So machten wir uns zu dritt in einer mondhellen Nacht auf den Weg, um ein Wesen zu fangen, das es gar nicht geben durfte …

ISBN 3-404-73283-9

BASTEI
LÜBBE